U0710456

中华国学文库

高适诗集编年笺注

〔唐〕高 适 著

刘开扬 笺注

中 华 书 局

图书在版编目（CIP）数据

高适诗集编年笺注/（唐）高适著;刘开扬笺注. —北京:中华
书局,2018.9
（中华国学文库）
ISBN 978-7-101-13344-8

Ⅰ.高… Ⅱ.①高…②刘… Ⅲ.唐诗-注释 Ⅳ.I222.742

中国版本图书馆 CIP 数据核字（2018）第 153676 号

书　　　名	高适诗集编年笺注
著　　　者	〔唐〕高　适
笺 注 者	刘开扬
丛 书 名	中华国学文库
责任编辑	朱兆虎
出版发行	中华书局
	（北京市丰台区太平桥西里 38 号　100073）
	http://www.zhbc.com.cn
	E-mail:zhbc@zhbc.com.cn
印　　　刷	北京瑞古冠中印刷厂
版　　　次	2018 年 9 月北京第 1 版
	2018 年 9 月北京第 1 次印刷
规　　　格	开本/880×1230 毫米　1/32
	印张 15¾　插页 2　字数 253 千字
印　　　数	1-5000 册
国际书号	ISBN 978-7-101-13344-8
定　　　价	48.00 元

中华国学文库出版缘起

《中华国学文库》的出版缘起，要从九十年前说起。

1920 年，中华书局在创办人陆费伯鸿先生的主持下，开始编纂《四部备要》。这套汇集三百三十六种典籍的大型丛书，精选经史子集的"最要之书"，校订成"通行善本"，以精雅的仿宋体铅字排印。一经推出，即以其选目实用、文字准确、品相精美、价格低廉的鲜明特点，最大限度地满足了国人研治学问、阅读典籍的需要，广受欢迎。丛书中的许多品种，至今仍为常用之书。

新中国成立之后，党和国家倡导系统整理中国传统文献典籍。六十馀年来，在新的学术理念和新的整理方法的指导下，数千种古籍得到了系统整理，并涌现出许多精校精注整理本，已成为超越前代的新善本，为学界所必备。

同时，随着中华民族以前所未有的自信快速发展，全社会对中国固有的学术文化——国学，也表现出前所未有的关注和重视。让中华文化的优秀成果得到继承和创新，并在世界范围内进行传播和弘扬，普惠全人类，已经成为中华民族的历史使命。当此之时，符合当代国民阅读需要的权威的国学经典读本的出现，实为当务之急。于是，《中华国学文库》应运而生。

《中华国学文库》是我们追慕前贤、服务当代的产物，因此，它自当具备以下三个基本特点：

一、《文库》所选均为中国学术文化的"最要之书"。举凡哲学、历史、文学、宗教、科学、艺术等各类基本典籍，只要是公认的国学经典，皆在此列。

二、《文库》所选均为代表当代最新学术水平的"最善之本"，即经过精校精注的最有品质的整理本。其中既有传统旧注本的点校整理本，如朱熹《四书章句集注》，也有获得学界定评的新校新注本，如余嘉锡《世说新语笺疏》。总之，不以新旧为别，惟以善本是求。

三、《文库》所选均以新式标点、简体横排刊印。中国古籍向以繁体竖排为标准样式。时至当代，繁体竖排的标准古籍整理方式仍通行于学术界，但绝大多数国人早已习惯于现代通行的简体横排的图书样式。《文库》作为服务当代公众的国学读本，标准简体字横排本自当是恰当的选择。

《中华国学文库》将逐年分辑出版，每辑十种，一次推出；期以十年，以毕其功。在此，我们诚挚希望得到学术界、出版界同仁的襄助和广大读者的支持。

中华书局自 1912 年成立，至今已近百岁。我们将《中华国学文库》当作向中华书局百年诞辰敬献的一份贺礼，更是向致力于中华民族和平崛起、实现复兴大业的全国人民敬献的一份厚礼。我们自当努力，让《中华国学文库》当得起这份重任，这份荣誉。

中华书局编辑部

2010 年 12 月

目　录

目
录

3

目　录

5

第二部分　未编年诗

第三部分 赋

第四部分 误收之诗

第五部分 附录文 史传及诸家评论

目录

高适诗集编年笺注原始

　　盛唐诗至为发达。盛唐诗人若高、岑,若李、杜,若王昌
龄、王维,其尤著者也。无高、岑、二王,则李、杜无从见其博
大,虽云光焰万丈,而不能不互有挹取,所谓他山之石,可以
攻错是已。相较而诵,则学者可以揣摩借鉴,得于心而应于
手,实有助于今日诗歌之创作也。

　　李、杜、王三家之诗,昔称诗仙、诗圣、诗佛者,均有人为
之作注。李白诗有萧士赟及王琦注,王维诗有赵殿成注,杜
甫诗则注家蜂起,仇兆鳌为其集大成者也。独高、岑、王昌龄
三家,则自来无注,遑论考订、编年乎? 读之者辄感难解,颇
恨无人为作郑笺,以致误会者有之,茫然不晓所谓者有之,而
欲援引论列,则大非易事矣。

　　余不敏,素有此志,欲揄扬三家之诗,则首应为之注释、
考订、辑佚、编年,然自幼多病,壮岁溺于词章,疏于经史,且
家乏藏书,故不敢轻举,恐异日悔其少作,不过供后人用覆酱
瓿耳。一九五九年夏,北京中华书局编辑部命为《李白集》新

注,时余方为二竖所苦,以卷帙浩繁,力难胜任,拜辞之馀,乃督以兹事,始允先注高适诗,凡数易其稿矣。国家多故,不幸定稿竟失其半,今复据初稿增补,并对近人所作系年考证,略为论其得失。而岑参与王昌龄诗注尚付阙如。《礼》云:"五十始衰。"今余年逾花甲,精力稍逊于昔日,二诗之注尚不识能如愿否也。

夫注诗之难,陆放翁《施司谏注东坡诗序》及钱牧斋《读杜小笺》言之详矣,而编年尤处处荆棘,非独具只眼者几于不能措手。欲求尽当,谈何容易。加之鄙人见闻不广,缪误难免,敬希读者是正。斯编之作,中华书局编辑部及诸友慰勉有加,多所匡助,并此谢之。

一九七九年十二月刘开扬于成都银杏书屋

一九八〇年五月誊清

〔附记〕本稿付印以前,承北京图书馆惠寄《唐诗选》、《高适诗集》敦煌钞本胶卷及照片,使增校工作得以顺利进行,谨志铭感。一九八〇年八月。

高适诗集编年笺注例言

一、高适集板本常见者有《四部丛刊》集部影印上海涵芬楼所藏明活字本《高常侍集》，八卷，前有《东征赋》、《奉和鹘赋》；《丛书集成》据《畿辅丛书》两卷本内容亦同。清末上海同文书局有石印《唐四家集》，其《高常侍集》十卷，计诗八卷，文二卷，诗少《淇上别业》一首。《四库》所据汲古阁影宋本亦十卷，辨别较为审慎，如各本皆有之《听张立本女吟》、《重阳》二首，系误收，此本独无之。然收录亦不全，且文字上有意改动处不少。明刻本尚有正德间与王、岑二家合刻本、明上凌校刻本等，与《四库》本均不常见。考晁公武《郡斋读书志》卷四上称"《高适集》十卷，集外文二卷，别诗一卷"，《旧唐书》本传则称："有文集二十卷。"《新唐书·艺文志》："《高适集》二十卷。"则晁氏所见已非全集，故王重民《敦煌古籍叙录》曰："疑为宋人据选集辑补，非获见二十卷本也。"今各本均有亡佚，散佚者或以文为多，如《唐文粹》卷四十三所收《后汉贼臣董卓庙议》，则《唐四家集》无之，惟《全唐文》收入。至《全唐文》所收《苍鹰赋》,《文苑英华》卷一三六虽列于适《奉和鹘赋》之后,但未标明作者为"前人",据其体例,均是阙名,故《佩文韵府》卷四十"瑶光彩"下引作"唐无名氏苍鹰赋"者,是也。又所收《皇甫冉集序》,乃《唐诗纪事》引高仲武《中兴间气集》评语(述古堂影宋钞本较全),亦被《全唐文》编者误为高适之作而收入,又潼关败亡之势乃谒见玄宗所言,非疏陈也,故此三篇本集不收入附录。

二、《全唐诗》三函有高适诗四卷,较明活字本多出诗四首,即《自淇涉黄河途中作》多出一首为十三首,又《玉真公主歌》二首及《途中酬李少府赠别之作》一首(此首见王安石《唐百家诗选》)。《奉和储光羲》、《感五溪荠菜》二首活字本等误收,此本独无之;但未剔除《听张立本女吟》、《重阳》二首,又《铜雀妓》当属王适作,《塞下曲》"君不见芳树枝"一首当属贺兰进明作,此本亦未剔除(仅后首题注"贺兰作")。又《唐诗纪事》载《赠任华》一首,此本亦无之。是则此本亦非尽善,未可全据。

三、王重民《敦煌古籍叙录》及《补全唐诗》(《中华文史论丛》第三辑)收有敦煌唐钞卷高适佚诗四首、赋一首(伯三八六二、二五五二);又不著撰人四首(伯三八一二),非高适之作。按唐钞本《唐诗选》残卷(伯二五六七及伯二五五二)凡高适诗五十首,应除去《东平留赠狄司马》重出一首,计四十九首,其逸佚及与今本《高常侍集》有异文者凡四十七首。又唐钞本《高适诗集》残卷(伯三八六二,所录诗多不全,实为高适诗选,姑仍王重民所称)计诗题三十六题,诗四十八首,有题无诗者一首,赋一首,其逸佚及有异文者凡四十首。据三卷逸佚及异文共校补八十七首。

四、本集据明活字本排印,而以《唐诗选》残卷、《高适诗集》残卷、《文苑英华》、《全唐诗》等补其逸佚,增其题注,校其误字,录其异文,误收之诗附载于诗赋之后。又郑振铎编《世界文库》中有《高常侍集》,据《四库》本校勘,亦已参考采用。

五、集中可以确定或大致可以确定写作时间者称为编年诗,不能肯定写作时间者称为未编年诗,列于编年诗之后。每诗之后,有题解,或考证写作时间,或解说与诗题有关之事,间录过去评论、解说之有助于理解全诗者,偶附己见,其仅关于某一诗语者则入注文。注文旨在究明出处,诠释词义,极常见之词语一般不注。较长及重要篇章另有笺释于注文之后。

六、赋与诗相近(班固《两都赋序》曰:"赋者,古诗之流也。"),明活字本《高常侍集》亦只录诗赋,故高适赋今存之三篇仍作笺注,并次其先后。误收入诗以系原集所有,亦予作注。

七、高适文与新旧《唐书》本传均作为附录,文据《唐四家集》、《唐文粹》(其二十一卷目录《长明灯颂》乃高迈误为适),而以《文苑英华》、《全唐文》校之,新旧《唐书》本传用竹简斋本,以百衲本校之,均不加笺注。无论诗、赋、文及史传、诸家评论一律加新式标点。

八、书前有高适年谱,重要诗文可考者均列入,可与各诗题解相参看。

高适年谱

高适字达夫,渤海蓨县人。(《旧唐书》本传)

　　《新唐书·宰相世系表》:后汉时高洪为渤海太守,"因居渤海蓨
　　县"。《旧唐书·地理志》:"冀州蓨县,汉县,属渤海郡,隋旧隶观
　　州,州废,属德州,⋯⋯永泰后属冀州。"如高适生于其地,应称德
　　州蓨县(今河北景县)人。渤海乃用旧称。《旧唐书·陆据传》称
　　"京兆王昌龄、高适",王昌龄下疑有脱文。《新唐书》本传则称
　　"沧州渤海人",沧州渤海连称犹《地理志》所谓"沧州渤海郡",渤
　　海如为县,应称棣州渤海县(今山东滨县)。唐人习于称郡望,《新
　　唐书·高俭传》所谓"言李悉出陇西,言刘悉出彭城",《隋书·高
　　颍传》:"自云渤海蓨人也。"此已开风气之先矣。故高适生籍甚
　　难确知,谱云蓨人,从《旧唐书》本传也。

父从文,位终韶州(今广东曲江)长史。(《旧唐书》本传)

唐武后长安四年(公元七〇四年),高适生。是年李白四岁。王
维四岁。孟浩然十六岁。王之涣十七岁。

晁公武《郡斋读书志》卷四上："高适天宝八年举有道科中第。"适有《留别郑三韦九兼洛下诸公》诗云："蹇踬蹉跎竟不成，年过四十尚躬耕。……幸逢明盛多招隐，高山大泽征求尽。此时亦得辞渔樵，青袍裹身荷圣朝。"是则适被征出仕时为四十馀岁。李颀《赠别高三十五》诗云："五十无产业，心轻百万资，……忽然辟命下，众谓趋丹墀。"可知其时适年近五十，在四十六岁至四十八、九岁之间。杜甫《王竟携酒高亦同过共用寒字》诗原注："高(适)每云：汝(称杜甫)年几小(影印《宋本杜工部集》无此小字，甚是)且不必小于我，故此句("头白恐风寒")戏之。"如天宝八载(公元七四九年)高适为四十八岁，则比杜甫大十岁，与注文高对杜所言不合。故余定高适此时为四十六岁，比杜甫长八岁，逆推应生于长安四年(公元七〇四年)。《郡斋读书志》之说应有所据。以《旧唐书》、《新唐书》、《资治通鉴》所记诸事考之，除宋州刺史张九皋荐举有道科外，陈希烈任左相在天宝六载三月后，而李林甫死在十一载十一月，高适曾上诗于二相，高适游河西后河西陇右节度使哥舒翰以为掌书记在天宝十三载三月(系事后奏闻)，而据适《奉寄平原颜太守》诗及萧昕《唐银青光禄大夫岭南五府节度经略采访处置等使摄御史中丞张公神道碑》(《全唐文》卷三五五)，张九皋历安康、淮安、彭城、睢阳四郡太守，天宝末犹为南海太守，则晁公武称高适天宝八载应有道科中第，新旧《唐书》本传均言系宋州刺史张九皋荐举，亦与以上诸事年岁相符。往者余据《重阳》诗考证高适生年，然彼系宋人程俱诗误入适集者，见所著《北山小集》卷九，应予辨明订正。

中宗神龙元年(公元七〇五年),二岁。

神龙二年(公元七〇六年),三岁。

景龙元年(公元七〇七年),四岁。

景龙二年(公元七〇八年),五岁。

景龙三年(公元七〇九年),六岁。

　　颜真卿生。

睿宗景云元年(公元七一〇年),七岁。

景云二年(公元七一一年),八岁。

玄宗先天元年(公元七一二年),九岁。

　　杜甫生。宋之问流配钦州赐死。

开元元年(公元七一三年),十岁。

开元二年(公元七一四年),十一岁。

开元三年(公元七一五年),十二岁。

开元四年(公元七一六年),十三岁。

　　岑参生。

开元五年(公元七一七年),十四岁。

开元六年(公元七一八年),十五岁。

　　贾至生。

开元七年(公元七一九年),十六岁。

开元八年(公元七二〇年),十七岁。

开元九年(公元七二一年),十八岁。

开元十年(公元七二二年),十九岁。

　　据《秦中送李九赴越》、《送郑侍御谪闽中》二诗,知适曾游浙闽,
　　当系随父从文南宦韶州之时,难定其在中宗末或睿宗时抑玄宗

初年也。

开元十一年(公元七二三年)，二十岁。

适有《别韦参军》诗云："二十解书剑，西游长安城。"即知适于是年前后到长安。又云："布衣不得干明主。"则可知适之前往，颇有上书求见之意。集中有《行路难二首》及《古歌行》，似即其时所作。

开元十二年(公元七二四年)，二十一岁。

寓居梁宋，耕钓为生。

《旧唐书》本传："适少濩落，不事生业，家贫，客于梁宋，以求丐取给。"适《别韦参军》诗云："归来洛阳无负郭，东过梁宋非吾土，兔苑为农岁不登，雁池垂钓心长苦。"适归宋州后，有《宋中十首》，彭兰《高适系年考证》(《文史》第三辑)定为天宝三载所作，然三载《登子贱琴堂赋诗三首》序云："次章美太守能嗣子贱之政。"而此诗之九则云："何意千年后，寂寥无此人。"又此诗云："九月桑叶尽。"而适天宝三载与李、杜同游则为夏末秋初，时间相去亦甚远，且据适《东征赋》，九月已东游于楚，知此诗绝非其时所作。故系于初归宋州时。适是年曾否至单父，据诗尚无由断定(第九首只是泛咏子贱之治)。初归宋州尚有《别韦参军》、《酬庞十兵曹》等诗。

开元十三年(公元七二五年)，二十二岁。

独孤及生。

开元十四年(公元七二六年)，二十三岁。

开元十五年(公元七二七年)，二十四岁。

开元十六年(公元七二八年)，二十五岁。

开元十七年(公元七二九年)，二十六岁。

开元十八年(公元七三〇年)，二十七岁。

开元十九年(公元七三一年)，二十八岁。

是年秋，适北上蓟门，过魏州，有《三君咏》。

又至钜鹿，有《钜鹿赠李少府》诗。

至真定，有《真定即事奉赠韦使君二十八韵》呈恒州刺史韦济(参该诗题解)，又有《酬司空璕》，亦燕赵之作。

至蓟门，有《蓟门不遇王之涣郭密之因以留赠》诗。王卒于天宝元年(详该诗题解)，因知非天宝八载适送兵至蓟北之作。

是年冬，尚有《酬李少府》、《送李少府时在客舍》、《别冯判官》、《蓟门五首》、《赠别王十七管记》(名悔)等诗。

出卢龙塞(今河北迁安西)，有《塞上》诗。

开元二十年(公元七三二年)，二十九岁。

有《信安王幕府诗》。

冬日自蓟北归，有诗。

开元二十一年(公元七三三年)，三十岁。

至邯郸，有《邯郸少年行》。

夏至漳水上，有《别韦五》诗，诗云："夏云满郊甸。"又云："东看漳水流。"

至卫州，有《淇上酬薛三据兼寄郭少府微》，一作王昌龄诗，误，王无淇上作诗，而适集则淇上诗甚多也，又诗中"北上登蓟门"云云均与高适行踪相符，故知为高适作。《全唐诗》薛据小传引此诗诗句亦称高适赠诗。归至宋州，有《苦雨赠房四兄弟》诗。《全唐诗》房四一作房休，其弟即房敬叔也(李华《送房七西游梁宋序》)。

开元二十二年（公元七三四年），三十一岁。

在宋州。

秋日有《赠别晋三处士》诗。

又有宋州诗《送萧十八》（疑为萧昕）、《同房侍御山园新亭与邢判官同游》（房侍御即琯）、《酬裴秀才》、《寄孟五少府》、《宋中遇刘书记有别》、《宋中遇林虑杨十七山人因而有别》、《宋中别李八》、《酬岑二十主簿秋夜见赠之作》（岑二十当为参兄渭或况）、《苦雪四首》、《送蔡山人》、《平台夜遇李景参有别》、《同颜少府旅宦秋中》（颜少府疑为杲卿弟春卿）、《九月九日酬颜少府》、《宋中别司功叔各赋一物得商丘》、《别韦兵曹》、《别从甥万盈》、《别孙䜣》、《秋日作》、《田家春望》、《闲居》等诗，难以细按年月，姑系于此。

开元二十三年（公元七三五年），三十二岁。

赴长安应试。

高适有《酬秘书弟兼寄幕下诸公》诗，序云："乙亥岁，适征诣长安。"乙亥为本年，知适曾于本年赴长安应试。李白集中是年有《秋日于太原南栅饯阳曲王赞公贾少公石艾尹少公应举赴上都序》，亦称《赴上都》。而《太平广记》卷二二二引《定命录》则称："开元二十三年，（崔圆）应将帅举科，又于河南府充乡贡进士，其日正于福唐观试，遇敕下，便于试场中唤将拜执戟，参谋河西军事，……崔初入蜀，常于亲知自说如此。"据徐松《唐两京城坊考》卷五："东京崇业坊有福唐观，李邕有《东京福唐观邓天师碣》。"究竟是年考试在长安抑在洛阳，殊成问题。如其考试在洛阳，则适所称乙亥岁征诣长安及李白所称王、贾、尹等应举赴上都均误，否则《定命录》之说不可靠。曩余甚重"崔初入蜀，常于亲知自说如此”之语，以为虽系迷信，其事未必全属子虚，最少应试于福唐观为真，故颇信闻一多《少陵先生年谱会笺》据以定杜甫是年在洛阳应试之说。然以高适、李白两人诗文较之，则《定命录》依托成分为重。高适尚有佚诗《奉寄平原颜太守》（敦煌唐钞本伯三八六二《高适诗集》残卷，见王重民《敦煌古籍叙录》及《补全唐诗》），诗序称："初颜公任兰台郎，与余有周旋之分，而于词赋特为深知。"据留元刚《颜鲁公年谱》、因亮《颜鲁公行状》，颜为秘书省著作局校书郎在开元二十四年，亦可为高适开元二十三年至长安应试次年尚留京城之佐证。彭兰以高适是年所应系有道科，不知其时张九皋未为宋州刺史，将由何人荐之？按萧昕撰张九皋神道碑称"及元昆（九龄）出牧荆镇（开元二十五年），公亦随贬外出，遂历安康、淮安、彭城、睢阳四郡守"，九皋随兄外贬，历安康等三郡最后到睢阳，自不得在开元二十三年即任宋州刺史也。以每任四考计，天宝八载甚可能在睢阳郡，后为南海太守至天宝末，均与晁公武之说相符。

开元二十四年（公元七三六年），三十三岁。

归宋州。

王安石《唐百家诗选》有《途中酬李少府赠别之作》，并见《全唐诗》，诗云："余亦惬所从，渔樵十二年。"自开元十二年东归计之，当为本年作于大梁。

又有《送李少府贬峡中王少府贬长沙》诗云："圣代即今多雨露。"与上篇之"皇明烛幽遐，德泽普照宣"相类，暂系于此。

开元二十五年（公元七三七年），三十四岁。

在宋州。是年前后有《哭单父梁九少府》诗，《文苑英华》题后有洽字,按徐松《登科记考》卷八:开元二十二年进士有梁洽。是年有《遇冲和先生》诗。《册府元龟》卷三三六:"开元二十五年,逸人姜抚献长春酒。"《新唐书·方伎传》:"姜抚,宋州人。……号冲和先生。……民间以酒渍藤饮者多暴死,乃止。抚内惭悸,请求药牢山,遂逃去。"适与之相遇,当在抚逃往牢山过宋州时。

往相州,有《题尉迟将军新庙》诗。孙星衍《寰宇访碑录》卷三:"周太师蜀国公尉迟迥庙碑,阎伯玙撰序,颜真卿撰铭,蔡有邻八分书,开元二十六年正月,河南安阳。"(并见毕沅《中州金石记》卷二)碑文述开元丁丑岁相州刺史张嘉祐立庙之事。丁丑为开元二十五年。据此,诗当为本年作。

开元二十六年(公元七三八年),三十五岁。

在宋州。有《睢阳酬别畅大判官》诗。诗中述幽州长史张守珪破契丹事,最晚为开元二十六年击奚败绩之前。岑仲勉《唐人行第录》以畅大判官为畅当,然就年岁言,不应指当而为当父璀也。详见该诗题解。

是年有《燕歌行》。《序》曰:"客有从元戎出塞而还者,作《燕歌行》以示适,感征戍之事,因而和焉。"作诗之客或即畅大璀也。据《旧唐书·畅璀传》:"璀举进士。"自亦能诗也。

开元二十七年(公元七三九年),三十六岁。

在宋州。

有《宋中送族姪式颜时张大夫贬括州使人召式颜遂有此作》。按《旧唐书·张守珪传》:"(开元)二十七年,(牛)仙童事露伏法,守珪以旧功减罪,左迁括州刺史。"《又送族姪式颜》诗当续前诗之作。

开元二十八年(公元七四〇年),三十七岁。

在宋州。

孟浩然卒。

开元二十九年（公元七四一年），三十八岁。

在宋州。

天宝元年（公元七四二年），三十九岁。

在宋州。

二月，改州为郡、刺史为太守。宋州改为睢阳郡，李少康为太守。独孤及《唐故睢阳太守赠秘书监李公神道碑》曰："公讳少康，字某。……元宗后元年（天宝元年），改宋州为睢阳郡，命公为太守。"秋日有《酬鸿胪裴主簿睢阳北楼见赠之作》。冬日有《同群公十月朝宴李太守宅》诗。又《画马篇》，《全唐诗》题下有注："同诸公宴睢阳李太守各赋一物。"知同时作也。又《奉酬睢阳李太守》诗，十一月作。详见该诗题解。

有《奉和鹘赋》，和灵昌郡（滑州）太守李邕也。

天宝二年（公元七四三年），四十岁。

在睢阳。

二月有《同李司仓早春宴睢阳东亭》诗，今本失载，据敦煌唐写本《唐诗选》残卷（伯二五五二），见《敦煌古籍叙录》及《补全唐诗》。

秋日有《同韩四薛三东亭玩月》诗。薛三即薛据也。

又《玉真公主歌》二首，亦天宝元、二年作。《新唐书·诸公主列传》："玉真公主字持盈，……天宝三载上言曰：先帝许妾舍家，今仍叨主策，食租赋，诚愿去公主号，罢邑司，归之王府。玄宗不许。又言：妾高宗之孙，睿宗之女，陛下之女弟，于天下不为贱，何必名系主号，资汤沐，然后为贵？请入数百家之产，延十年之命。帝知主意，乃许之。"此必在三载去主号以前也。陆耀遹《金石续编》卷八收蔡玮《张尊师探玄碑》，称"我唐玉真公主于(仙人)台下构馆"，陆氏以为"仙台构馆经始于天宝元年，玉真实居洞府"。《中州金石记》卷三："玉真公主受道灵坛祥应记，天宝二年立，道士蔡玮撰，元丹丘正书(元丹丘疑为建碑人，当为萧诚书)。"故知适此歌作于天宝元、二年也。

天宝三载(公元七四四年)，四十一岁。

正月，改年为载。

是年春，李少康告归洛阳(独孤及《唐故睢阳太守赠秘书监李公神道碑》)。

游大梁，春日有《送杨山人归嵩阳》诗。旋返睢阳。

夏日有《送虞城刘明府谒魏郡苗太守》诗。据《旧唐书·苗晋卿传》："天宝三载闰二月，转魏郡太守，充河北采访处置使。"又诗云："炎天昼如火。"知为本年夏日作也。秋日至单父，与李白、杜甫相会。杜甫《奉寄高常侍》诗云："汶上相逢年颇多。"仇注："开元间相遇于齐鲁。"按适齐鲁作诗多题鲁郡、东平、北海，而不言兖州、郓州、青州，称薛太守、李太守而不称刺史或使君(使君为太守、刺史通称)，则明为天宝初而非开元末，仇说无据。所谓汶上与杜甫相逢当在天宝三载秋，不言单父而言汶上者，或单父之游时短而齐鲁之游时较长也。杜《昔游》诗云："昔者与高李，晚登单父台。"《遣怀》诗云："昔我游宋中，惟梁孝王都。……忆与高李辈，论交入酒垆，两公壮藻思，得我色敷腴，气酣登吹台，怀古视平芜。"可证适与李白、杜甫相会于单父并同游于梁宋也。李颀《赠别高三十五》诗："寄迹栖霞山，蓬头睢水湄。"栖霞山在单父。适单父作诗有《同群公秋登琴台》、《单父逢邓司仓覆仓库因而有

16

赠》、《登子贱琴堂赋诗三首》、《观李九少府翥树宓子贱神祠碑》等。

秋日至大梁。《新唐书·杜甫传》:"尝从白及高适过汴州,酒酣登吹台,慷慨怀古,人莫测也。"有《古大梁行》。

仍归睢阳,有《宋中别周梁李三子》、《同熊少府题卢主簿茅斋》等作。岑参《敬酬杜华淇上见赠兼呈熊曜》诗云:"熊生尉淇上。"又云:"忆昨癸未岁。"癸未为天宝二年,岑参此诗作于三载后,适此诗亦当作于同时或略有先后。

秋末,东游于楚,有《东征赋》。

天宝四载(公元七四五年),四十二岁。

至临淮郡涟水县,有《涟上题樊氏水亭》诗云:"菱芋藩篱下。"秋日作也。《涟上别王秀才》诗云:"飘飘经远道,客思满穷秋。"亦秋日作。

归睢阳,有《别王彻》、《饯宋八充彭中丞判官之岭外》诗。彭中丞即彭果也。《资治通鉴》卷二一五:"天宝四载三月,以刑部尚书裴敦复充岭南五府经略等使,五月,敦复坐逗留不之官,贬淄川太守,以光禄少卿彭果代之。""天宝五载秋,岭南经略使张九章加三品。"此诗作于四载秋。

赴鲁郡,有《鲁郡途中遇徐十八录事》、《途中寄徐录事》诗,《全唐诗》题下有注:"时此君学王书嗟别。""比以王书见赠。"似即徐浩,以年代、官职、善书法三者均相近也。

至任城县,有《秋胡行》。《古今图书集成》神异典神庙部引《山东通志》:"秋胡庙,在山东嘉祥县南五十里平山上,……俗传秋胡妻邵氏为神,山下居民邵姓者自称秋胡妻族,庙中所祀,秋胡之妻,非秋胡也。"(《唐代丛书》卷一三九《鬼冢志》附《鲁秋胡妻疑冢志》引何璧说,谓冢在楚黄陂武湖之南,秋胡妻乃罗氏,恐不足据。)

又有《酬别薛三蔡大留别韩十四主簿》、《送郭处士往莱芜兼寄苟山人》诗,均东鲁之作。

至东平郡,有《鲁西至东平》、《东平留赠狄司马》、《东平路作三首》、《送蔡少府赴登州推事》,次年又有《东平路中遇大水》等诗。《东平旅游奉赠薛太守二十四韵》、《东平别前卫县李寀少府》。

又有《为东平薛太守进王氏瑞诗表》。

天宝五载(公元七四六年),四十三岁。

四月,陈希烈以门下侍郎同中书门下平章事。希烈,宋州人,以讲老庄得进,专用神仙符瑞取媚于玄宗,凡政事一决于中书令李林甫。

适在东平。有《奉酬北海李太守丈人夏日平阴亭》诗,平阴,东平郡属县,又平阴故城,春秋时齐邑,在今肥城、平阴间,疑亭在此。参该诗题解。彭兰以为即历下新亭,恐未必然。诗中称"四十犹聚萤",举成数也。

至济南郡历城县,与北海太守李邕、高平太守郑某等泛舟于大明湖,有和李邕诗《同李太守北池泛舟宴高平郑太守》。

秋日至渤海之滨,有《同群公出猎海上》诗。

秋日至淇上,从事农耕,有《淇上别业》、《送魏八》、《淇上送韦司仓往滑台》、《酬陆少府》、《淇上别刘少府子英》等诗。偶至滑台,有《同群公题郑少府田家》诗,《全唐诗》题下有注:"此公昔任白马尉,今寄住滑台。"

又至楚丘(滑台东),有《和崔二少府登楚丘城作》、《过崔二有别》诗。

至濮上，有《赠别沈四逸人》、《赋得还山吟赠沈四山人》诗。考《唐才子传》卷二：“沈千运，吴兴人。……当时士流皆敬慕之，号沈四山人。天宝中，数应举不第，时年齿已迈，遨游襄邓间，干谒名公。来濮上，……遂浩然有归欤之志。”既称“数应举”，当不在初年，而天宝三至五载适又南北漫游，是此诗之作当在六载居淇上之时偶然东行也。又有《同群公登濮阳圣佛寺阁》诗。冬初回至滑台，又有《效古赠崔二》诗，诗云：“十月河洲时。”此不同于前《别韦五》诗“明月照河洲”之指漳水，乃指卫河也。彭兰以河洲当作河州，系天宝九载河西作，无据。

冬日居淇上，有《送蔡十二之海上》诗，《高适诗集》残卷题上有卫中，四库本适集及《全唐诗》题下有注：“时在卫地。”卫地在淇上。又有《同卫八题陆少府书斋》诗，明活字本《高常侍集》卫八作魏八，从《唐百家诗选》。据《酬陆少府》诗云：“朝临淇水岸，还望卫人邑。”知亦淇上作。又《同卫八雪中见寄》诗亦是年季冬作。杜甫有《赠卫八处士诗》，未知即其人否。

天宝六载（公元七四七年），四十四岁。

春日在卫滑一带，有《夜别韦司士》诗。

三月，陈希烈为左相。

夏秋间自卫州渡黄河归至梁宋，有《自淇涉黄河途中作十三首》。是年有《独孤判官部送兵》诗。《旧唐书·封常清传》：“开元末，会达奚部落背叛，……（四镇节度使夫蒙灵詧）判官刘眺、独孤峻等逆问之。”按夫蒙灵詧于天宝六载冬为高仙芝所代，仙芝奏常清为庆王府录事参军充节度判官，则此诗当作于六载冬以前。与董令望相逢，有诗赠别（《唐诗选》残卷题作《别董令望》）。诗中称“一离京洛十馀年"，或为适在长安时之旧交，自开元二十三年适应试不第归梁宋后，至是年已十三年矣，姑系于此。各本题作《别董大二首》，而李颀有《听董大弹胡笳兼寄语弄房给事》诗，注家咸以适所别者为董庭兰，误矣。

天宝七载（公元七四八年），四十五岁。

在睢阳。

与陈兼、贾至、独孤及等交往，见梁肃《独孤及行状》："（年）三（原注：集作二，是。可参岑仲勉《唐集质疑·独孤及系年录》考证）十馀，以文章游梁宋间，通人颍川陈兼、长乐贾至、渤海高适见公皆色授心服。"（《毗陵集》附录从《文苑英华》增入）独孤及亦有《送陈兼应辟兼寄高适贾至》诗，称"高侯秉戎翰，策马观西夷"，已在适十一载赴河西之后。考独孤及于大历十二年去世，年五十三，则其二十馀岁在梁宋与高适、陈兼初相接时，约为天宝七载。适是年亦有《宋中赠陈二》诗，《河岳英灵集》、《文苑英华》陈二作陈兼。天宝十一载陈兼有《陈留郡文宣王庙堂碑》，自称"前封丘丞泗上陈兼"，其任职当在十载前，此诗不称赞府而称陈兼或陈二，似更在任封丘丞之前也。杜甫《赠陈二补阙》诗乃在天宝十三载（据仇兆鳌、浦起龙编年），韦执谊《翰林院故事记》列陈兼之名于李白前，非必据时间先后也。宋中指睢阳，用旧名。

李益生。

天宝八载（公元七四九年），四十六岁。

盛夏赴长安应试中第。《旧唐书》本传："天宝中，……宋州刺史张九皋深奇之，荐举有道科。时右相李林甫擅权，薄于文雅，唯以举子待之，解褐汴州封丘尉，非其好也。"《郡斋读书志》卷四：

"高适……天宝八年举有道科中第。"《册府元龟》卷六八八："张九皋为宋州刺史,时高适好学,以诗知名,佳句朝出,夕遍人口,九皋表荐之。"

彭兰以《旧唐书》本传所称为未中第,解褐封丘尉则定为天宝六载,谓晁氏八载中第之说与《资治通鉴》所记事实不合。按《通鉴》卷二一五:"上欲广求天下之士,命通一艺以上皆诣京师,李林甫恐草野之士斥言其奸恶,建言举人多卑贱愚聩,恐有俚言,污浊圣听,乃令郡县长官精加试练,灼然超越者具名送省,委尚书覆试,御史中丞监之,取名实相符者闻奏,既而至者皆试以诗赋论,遂无一人及第者,林甫乃上表贺野无遗贤。"此乃天宝六载春之事(唐制十一月选至三月毕。举人正月赴礼部试,二月放榜,四月送吏部授官)。而高适《答侯少府》诗则云:"诏书下柴门,天命敢逡巡?赫赫三伏时,十日到咸秦。"《全唐文》卷三五七录高适《谢封丘县尉表》云:"自天有命,追赴上京,曾未浃旬,又拜臣职。"既非冬赴春试,而为盛夏入京,又到京未十日即释褐拜职,故决非天宝六载之事,而为八载玄宗特诏所征。《旧唐书》本传亦未言其不中第,故晁公武之说较彭说为可信。适后有《奉寄平原颜太守》诗,序称:"今南海太守之牧梁也(谓张九皋为睢阳太守),遂奏所制诗集于明主。"盖适之诗集先呈玄宗,《答侯少府》诗云:"褐衣不得见。"是入京仍不得见君也,即旧传所谓"时右相李林甫擅权,薄于文雅,唯以举子待之"之意也。

有《古乐府飞龙曲留上陈左相》、《留上李右相》二诗,均离京时所作。又《咏史》一首似亦其时所作。秋日过洛阳时有《留别郑三韦九兼洛下诸公》诗。韦九名建,见该诗题解。至封丘,有《谢封丘县尉表》及《初至封丘作》诗。

天宝九载(公元七五〇年),四十七岁。

春日与同僚出游,至汴州蓬池,有《同陈留崔司户早春宴蓬池》诗。

秋日送兵至清夷军(今河北怀来),行前有《奉酬路太守见赠之作》,《全唐诗》题作《奉酬睢阳路太守见赠之作》,甚是。盖是年张九皋迁襄阳郡太守兼山南东道采访处置使,睢阳太守由路齐晖继任。《新唐书·宰相世系表》:"路齐晖,徐、宋二州刺史。"至博陵,见太守贾循,以诗文呈政。又有《酬秘书弟兼寄幕下诸公》诗。

至蓟北,有《送兵到蓟北》诗。

自清夷军还入居庸关,有《使清夷军入居庸三首》。又有《蓟中作》。

有《除夜作》诗云:"旅馆寒灯独不眠。"又云:"霜鬓明朝又一年。"知非少年之作,姑系于此。

天宝十载(公元七五一年),四十八岁。

北使归来,春日行至燕赵境上,有《答侯少府》诗。

至瀛州河间,与敬括、卢琚(?)游清河(长丰渠),乃开元二十五年刺史卢晖自束城、平舒引滹沱东入淇通漕也。有《同敬八卢五泛河间清河》诗。《旧唐书·敬括传》:"河东人也。少以文词称,乡举进士,又应制登科。"敬八疑即此人。杜甫有《奉赠卢五丈参谋琚》,诗云:"说诗能累夜,醉酒或连朝。"卢五疑即琚也。适诗云:"燕婉舟中词。"称二人泛舟原诗也。

至冀州信都故辟阳城,有《辟阳城》一诗,实讽玄宗与贵妃、禄山

22

也(参刘师培《左盦外集》卷十三《读全唐诗发微》)。

归至封丘,有《封丘作》、《封丘县》二诗。

孟郊生。

天宝十一载(公元七五二年),四十九岁。

有《陈留郡上源新驿记》。

秋日适弃官西至长安。有《崔司录宅燕大理李卿》、《同诸公登慈恩寺塔》、《同薛司直诸公秋霁曲江俯见南山作》、《同李九士曹观壁画云作》、《同崔员外綦母拾遗九日宴京兆府李士曹》、《秦中送李九赴越》等诗。又《醉后赠张九旭》、《宴韦司户山亭院》、《送崔功曹赴越》、《赠任华》、《送蹇秀才赴临洮》、《送白少府送兵之陇右》等诗,均似为是年长安之作。

赴河西。《旧唐书》本传:"客游河右,河西节度使哥舒翰见而异之,表为左骁卫兵曹,充翰府掌书记。"《册府元龟》卷七二八:"高适好学,以诗知名,为汴州封丘尉。时边将用事,务收俊乂,河西节度使哥舒翰表适为左骁卫兵曹,充掌书记。"杜甫《赠田九判官梁丘》诗:"陈留阮瑀谁争长,京兆田郎早见招。"仇注:"高之入幕,必由田君所荐,故云早见招。"

考适天宝十一载后长安所作诗多在秋日,必秋暮已赴河西任,冬日随哥舒翰入朝后,以初有职而少诗作也。如天宝十二载夏始赴任,则十一载冬至次年夏闲居中何以极少诗作(仅《李云南征蛮诗》一首)?且十四载四月张九皋已卒,适在张生前所作《奉寄平原颜太守》诗(序文称"今南海太守张公")如作于此年春日或夏初,不应称十二载以后为"三见南飞鸿",总以十一载秋赴河西任为是。参《登垅(陇)》、《自武威赴临洮谒大夫不及因书即事寄河西陇右幕

下诸公》、《送浑将军出塞》、《奉寄平原颜太守》等诗题解。是年
有《登垅（当作陇）》诗。

至金城，有《金城北楼》诗。

又《登百丈峰二首》，《高适诗集》残卷题为《武威作二首》，是也，
参该诗题解。至武威后赴陇右，有《自武威赴临洮谒大夫不及因
书即事寄河西陇右幕下诸公》诗，时哥舒为陇右节度使、权知河
西节度也，不知哥舒何往，适未得见。

是年或下年有《送浑将军出塞》诗。浑将军名释之，详见该诗题
解。又有《后汉贼臣董卓庙议》(《唐文粹》卷四十二)按《后汉书·董
卓传》："陇西临洮人也。"此文亦云："今狄道之人，不惭卓之不臣
而务其为鬼。"又云："适窃奉吹嘘，庇身戎幕。"知为陇右之作。

是年冬随翰入朝(参仇兆鳌《杜少陵集详注》卷二《送高三十五书记十五韵》题
注)。

天宝十二载(公元七五三年)，五十岁。

是年四月前在长安，有《李云南征蛮诗》。旋返河西。

杜甫有《送高三十五书记十五韵》。

五月，哥舒翰收河西九曲，杨国忠奏以翰兼河西节度使。适有
《同李员外贺哥舒大夫破九曲之作》、《塞下曲》。

八月，赐翰爵西平郡王。适有《九曲词》。秋日有《同吕判官从哥
舒大夫破洪济城回登积石军多福七级浮图》、《同吕员外酬田著
作幕门军西宿盘山秋夜之作》、《河西送李十七》、《部落曲》。

天宝十三载(公元七五四年)，五十一岁。

适在河西。《资治通鉴》卷二一七："天宝十三载三月，翰又
奏……前封丘尉高适为掌书记。"乃系事后奏闻。是年适皈依佛

教,刘长卿有《秋夜有怀高三十五兼呈空上人》诗。

秋日有《武威同诸公过杨七山人》、《陪窦侍御灵云南亭宴诗》、《陪窦侍御泛灵云池》、《和窦侍御登凉州七级浮图之作》。又有《送窦侍御知河西和籴还京序》。又《绣阿育王像赞并序》称窦氏女为其母建,姑系于此。

南至昌松县,有《入昌松东界山行》诗。

《旧唐书·金梁凤传》:"天宝十三载客于河西,善相人,又言玄象。时哥舒翰为节度使,诏入京师,裴冕为祠部郎中、知河西留后,在武威。"哥舒翰之奉诏入京当在是年末。

上年,颜真卿出为平原太守,本年适有《奉寄平原颜太守》诗,诗云:"一为天崖(崖之峻而高者为崖,崖同涯)客,三见南飞鸿。"谓十一载西游,至此为三年也。

天宝十四载(公元七五五年),五十二岁。

在河西。

《资治通鉴》卷二一七:"天宝十四载二月,陇右河西节度使哥舒翰入朝,道得风疾,遂留京师家居不出。"是上年冬入京,本年二月方至也。

有《和贺兰判官望北海作》,贺兰判官似为进明,据《旧唐书·玄宗纪》,进明为北海太守收信都在天宝十五载六月,《册府元龟》卷七二二:"会安禄山反,进明迁北海郡太守。"为判官当在前,姑系于此。是年冬十一月,安禄山作乱,十二月,自灵昌渡河,陷洛阳。玄宗诛封常清、高仙芝。时哥舒翰病在京师,征翰讨贼,拜兵马副元帅。适至长安,拜左拾遗,转监察御史,佐哥舒守潼关。

肃宗至德元载(公元七五六年),五十三岁。

正月,加哥舒翰左仆射、同平章事。安禄山之子庆绪攻潼关,翰败之。

监军李大宜等用事,不恤士卒,适与杨国忠争,不见纳。

六月,玄宗听杨国忠之言,促翰出关,为贼所败,翰为蕃将火拔归仁所劫,遂降禄山。《册府元龟》卷四七七:"潼关失守,适上策曰:竭库藏召募以御贼,犹未失计。事虽不行,闻者壮之。"适自骆谷(陕西盩厔西南)西驰,至河池郡(今陕西凤县),见玄宗,陈潼关败亡之势,言甚剀切。玄宗嘉之,迁侍御史。

七月,玄宗至普安郡(今四川剑阁)。肃宗即位于灵武。

玄宗以诸王分镇,适切谏不可。玄宗不听。从玄宗至蜀郡(今成都),拜谏议大夫。

十一月,永王璘起兵江陵,欲据江东,肃宗命朝上皇于蜀,璘反。

肃宗闻适论谏有素,召而谋之,适陈江东利害,且言璘必败。

十二月以适兼御史大夫、扬州大都督府长史、淮南节度使,诏与淮西节度使来瑱、江东节度使韦陟共讨璘,会师于安州(今湖北安陆)。此据《旧唐书》本传。李白有《送张秀才谒高中丞》诗,适有《罢职还京次睢阳祭张巡许远文》亦自称御史中丞,或者史传有误。

王昌龄被谯郡太守闾丘晓杀害。

至德二载(公元七五七年),五十四岁。

正月,安禄山被杀死。安庆绪遣其下尹子奇将劲兵攻睢阳,张巡、许远固守,江淮得安,国家不亡。至广陵,有《谢上淮南节度使表》。

遣摄判官李耆上《贺安禄山死表》。

二月，永王璘败死。

春日有《广陵别郑处士》、《登广陵栖灵寺塔》诗。

是年有《酬河南节度使贺兰大夫见赠之作》。《旧唐书·房琯传》："诏以(贺兰)进明为河南节度兼御史大夫。"《资治通鉴》卷二一九："至德二载秋七月，河南节度使贺兰进明克高密、琅邪，杀贼二万馀人。""八月，以张镐兼河南节度采访等使代贺兰进明。"适诗为本年七月前作。

九月，收复西京。十月，收复东京。肃宗还京。十二月，上皇(即玄宗)还京。

十月，张镐闻睢阳围急，檄浙东西、淮南、北海诸节度及谯郡太守闾丘晓，使共救之。适与贺兰进明书，令疾救梁宋，以亲诸军，与许叔冀书，使释他憾，同援梁宋。适之关心梁宋及国家安危如此。终以诸将观望，闾丘晓逗遛不进，睢阳城陷。自正月以来，大小四百馀战，杀贼十二万人。张巡、许远被执殉国。张镐杖杀闾丘晓。据《云溪友议》卷上《严黄门》条："章仇大夫兼琼为陈拾遗雪狱，高适侍御(用旧官，当作中丞)与王江宁昌龄申冤，当时用为义士也。"事非全属子虚，可参余嘉锡《四库提要辨证》卷十七《云溪友议》条。

十二月，适有《见人臂苍鹰》诗(《河岳英灵集》题作《见薛大臂鹰作》，可从)，言其遭谗毁也。

乾元元年(公元七五八年)，五十五岁。

适贬官为太子少詹事，赴洛阳。《旧唐书》本传："李辅国恶适敢言，短于上前，乃左授太子少詹事。"(太子詹事为李辅国，见《旧唐书·李辅国传》。)适后有《同河南李少尹毕员外宅夜饮时洛阳告捷遂作春酒歌》云："前年持节将楚兵，去年留司在东京。"杜甫《寄高詹事》诗云："相看过半百。"乃谓高也。

五月，过睢阳，有《罢职还京次睢阳祭张巡许远文》。

夏日在洛阳，有《同群公宿开善寺赠陈十六所居》诗。后魏杨衒之《洛阳伽蓝记》卷四："城西准财里内有开善寺。"按李颀《宴陈十六楼》诗云："西楼对金谷，此地古人心。"金谷在洛阳西北，与开善寺近。又《同观陈十六史兴碑》亦是年作，陈十六即章甫也（见诗序）。

又有《送崔录事赴宣城》、《送桂阳孝廉》似亦洛阳之作。

是年六月房琯外贬，严武坐琯事贬巴州刺史，后迁东川节度使。

储光羲贬岭南。

乾元二年（公元七五九年），五十六岁。

五月，适出为彭州刺史，有《赴彭州山行之作》。于蜀山中为乱军劫夺。

九月，史思明入洛阳，十月，引兵攻河阳城，李光弼率诸将败思明将周挚，擒徐璜玉等，思明遁去。十一月，适有《同河南李少尹毕员外宅夜饮时洛阳告捷遂作春酒歌》。又《同鲜于洛阳于毕员外宅观画马歌》，亦是年冬作。

至彭州，有《谢上彭州刺史表》。十二月有《赠杜二拾遗》诗，时杜甫初至成都，寓居草堂寺中。

储光羲卒。

上元元年（公元七六〇年），五十七岁。

在彭州。有《寄宿田家》诗。又《酬裴员外以诗代书》诗，亦叙至彭州刺史止，当为彭州作。

转蜀州刺史。自至德二载玄宗还京后,剑南于绵益二州各置一节度,百姓劳敝,适上西山三城置戍论,疏奏不纳。

上元二年(公元七六一年),五十八岁。

在蜀州。

正月,有《人日寄杜二拾遗》诗。

三月,史思明为部将骆悦缢杀。

四月,梓州刺史段子璋反,攻绵州,东川节度使李奂战败奔成都。

五月,适率兵从西川节度使崔光远与东川节度使李奂共攻绵州,斩段子璋。光远将花惊定大掠东川,肃宗怒光远不能治军,罢光远。十月,崔光远忧恚成疾而死。赵抃《玉垒记》:"冬十月,(崔光远)恚死,其月廷命严武。"钱谦益曰:"光远之罢也,武实代之,武召入,以适代,……谓适代光远者误也。"(《钱注杜诗》卷七"八哀诗·严武"注)先是,宋人黄鹤谓"上元二年冬,高适刺蜀,以摄尹事至成都也"。仇兆鳌曰:"然此诗不曰高尹,而仍谓高使君,……则适实未尝代光远也。"(《杜少陵集详注》卷十《王十七侍御抡许携酒至草堂奉寄此诗便请邀高三十五使君同到》诗题注)

宝应元年(公元七六二年),五十九岁。

四月,上皇、肃宗相继去世。代宗即位。

六月,以兵部侍郎严武为西川节度使(《通鉴》卷二二二)。旋入朝,为太子宾客,迁京兆尹,兼御史大夫,改吏部侍郎。

七月,西川兵马使徐知道反,八月,为其将李忠厚所杀。剑南悉平。适有《贺斩逆贼徐知道表》、《请入奏表》。

十月,以雍王适为天下兵马元帅,与回纥合兵进讨史朝义,大胜,克东京及河阳城。

代宗广德元年(公元七六三年)，六十岁。

在成都。

正月，史朝义为其范阳节度使李怀仙所逼，自缢死。怀仙等降。

二月，适有《谢上剑南节度使表》，由洋州司马摄参谋路球奉表陈谢以闻。表中称："伏愿更征英彦，俾付西南，许臣暮年，归侍丹阙。"故次年正月乃得召还，命严武继任也。

又有《贺收城表》，称"闰正月十六日，中使郭罗至，伏奉敕书，示臣圣略"云云，疑亦二月所上，亦由摄参谋路球奉表陈贺以闻，盖同时奉表也。

吐蕃陷陇右，适率兵临吐蕃南境，欲牵其力，无功，寻亡松维二州及云山城。

广德二年(公元七六四年)，六十一岁。

正月，召适还长安。

合剑南东西川为一道，以黄门侍郎严武为节度使。杜甫《诸将》诗所谓"主恩前后三持节"、《八哀诗》所谓"三掌华阳兵"，即指武为东川节度使与两为西川、剑南节度使也。适还京后为刑部侍郎。转左散骑常侍，加银青光禄大夫，进封渤海县侯，食邑七百户。

永泰元年(公元七六五年)，六十二岁。

正月，高适病逝，赠礼部尚书，谥曰忠。

有文集二十卷。

第一部分　编年诗

行路难二首

君不见富家翁[一]，旧时[二]贫贱谁比数？一朝金多结豪贵，百事胜人健如虎！子孙成长[三]满眼前，妻能管弦[四]妾歌舞，自矜一身忽如此，却笑[五]傍人独愁苦。东邻[六]少年安所如？席门穷巷出无车[七]，有才不肯学干谒[八]，何用年年空读书？

长安少年[九]不少钱，能骑骏马鸣金鞭[一〇]，五侯[一一]相逢大道边，美人弦管[一二]争留连，黄金如斗[一三]不敢惜，片言如山[一四]莫弃捐。安知颛顼[一五]读书者，暮宿灵台[一六]私自怜？

《乐府诗集》收此二诗于杂曲歌辞中。《乐府古题要解》卷下："《行路难》，备言世路艰难及离别伤悲之意，多以'君不见'为首。"明活字本《高常侍集》、《全唐诗》均以"长安少年不少钱"为第一首，《唐诗选》、《高适诗集》残卷（伯二五五二、伯三八六二）又仅各选其一首，兹从《乐府诗集》及《四库》本。适有《别韦参军》诗云："二十解书剑，西游长安城。"其生年为唐武后长安四年（七〇四年），见年谱，则此诗约为玄宗开元十一年（七二三年）左右在长安所作。

〔一〕《史记·留侯世家》集解："徐广曰：一本樊哙谏曰：沛公欲有天下邪？将欲为富家翁邪？"

〔二〕《高适诗集》残卷（伯三八六二，下同）作常时。

〔三〕明活字本作成行，《文苑英华》作生长，《高适诗集》残卷、《唐百家诗选》均作成长，故从之。

〔四〕《高适诗集》残卷作丝管。

〔五〕《高适诗集》残卷作大笑。

〔六〕明活字本作东陵，从《高适诗集》残卷、《唐百家诗选》。

〔七〕《史记·陈丞相世家》："家乃负郭穷巷，以弊席为门。"《战国策·齐策》："（冯谖）复弹其铗歌曰：'长铗归来乎，出无车。'"此句乃答上句"东邻少年（适自谓）安所如"也。

〔八〕《北史·郦道元传》："弟道约，性多造请，好以荣利干谒。"谓求见贵人望其援引。

〔九〕《唐诗选》残卷（伯二五五二，下同）作少长。

〔一〇〕沈炯《建除诗》："满衢飞玉轪，夹道跃金鞭。"鸣谓鞭声也。

〔一一〕《汉书·元后传》："封舅（王）谭为平阿侯，商成都侯，立红阳侯，根曲阳侯，逢时高平侯，五人同日封，故世谓之五侯。"又东汉光武时封王兴五子为五侯，桓帝时封宦者单超等为五侯，因以称显赫之贵族。

〔一二〕《唐诗选》残卷作丝管。

〔一三〕《晋书·周颛传》："今年杀诸贼奴，取金印如斗大系肘。"此但言黄金如斗而不言印，省辞也。《文苑英华》亦作黄金，注"一作千"。按千金如斗,似谓金多也。

〔一四〕《论语·颜渊》:"片言可以折狱者,其由也与!"刘宝楠《正义》:"郑注:片读为半,半言为单辞。……案片半一音之转,故郑注即读片为半。……言人既信子路,自不敢欺,故虽片言,必是直理,即可令依此断狱也。"如山,谓其言至重也,犹言如九鼎之重也。江淹《杂体三十首》之十三《左记室咏史》:"王侯贵片议,公卿重一言。"

〔一五〕《玉篇》卷四:"顦顇,忧貌。"或作憔悴。

〔一六〕《诗·大雅·灵台》:"经始灵台,经之营之。"《序》:"《灵台》,民始附也,文王受命,而民乐其灵德以及鸟兽昆虫焉。"《雍录》:"灵台遗址至正观尚在,故《括地志》曰:辟雍灵沼今悉无复处,惟灵台孤立高二丈,周回一百二十步。"至韩愈作《县斋有怀》诗,犹曰:"尘埃紫陌春,风雨灵台夜。"《清一统志》卷一七九:"灵台,在长安县西,接鄠县界。"至刘峻《自江州还入石头诗》:"忽寄灵台宿,空轸及关叹。"则系泛指帝京之台也。与适诗微有不同。《文苑英华》灵台作虚台。

笺曰:此诗前首以富翁与少年书生对照而言,次首以长安贵游少年与灵台夜宿书生对照而言,书生均适自谓也,前首似犹泛咏,次首更为深刻有力。灵台乃古时文王所营,不胜感慨系之。

古歌行

君不见汉家三叶从代至〔一〕,高皇旧臣多富贵〔二〕,天子垂衣方宴如〔三〕,庙堂拱手无馀议〔四〕。苍生偃卧休征战〔五〕,露台百金以为费〔六〕,田舍老翁不出门〔七〕,洛阳少年莫论事〔八〕。

此亦似适初入长安所作，通篇赞颂而结语悲凉，盖用汉事写唐玄宗开元时，借以咏怀也。

〔一〕汉文帝继高帝、惠帝之后，由代王得立为皇帝，故称"三叶从代至"。

〔二〕高皇旧臣当指绛、灌等，多富贵，赞颂中隐含讽刺。

〔三〕《易·系辞》："黄帝、尧、舜垂衣裳而天下治。"曹植《求自试表》："方今天下一统，九州晏如。"刘良注："晏，安也。"《隋书·高祖纪》："二十年间，天下无事，区宇之内，晏如也。"

〔四〕《书·武成》："垂拱而天下治。"孔疏："谓所任得人，人皆称职，手无所营，下垂其拱。"《新序·杂事》："怀霸王之馀议，摄治乱之遗风，昭奚恤在此。"此言其已臻太平而无遗议矣。

〔五〕《晋书·谢安传》："安石不肯出，将如苍生何?"谓百姓也。《后汉书·严光传》："因共偃卧。"《书·武成》："乃偃武修文，归马于华山之阳，放牛于桃林之野。"

〔六〕《史记·孝文本纪》："尝欲作露台，召匠计之，直百金，上曰：'百金，中民十家之产，吾奉先帝宫室，常恐羞之，何以台为?'"

〔七〕《史记·律书》："文帝时，……自六七十翁，亦未尝至市井，游敖(遨)嬉戏，如小儿状。"

〔八〕《史记·贾生列传》："贾生名谊，洛阳人也。……文帝召为博士，是时贾生年二十馀，最为少，每诏令议下，……尽为之对。……绛、灌、东阳侯、冯敬之属尽害之。……天子后亦疏之，不用其议。"高适以贾谊自比。

笺曰：玄宗以临淄郡王平韦后之乱，后继其父睿宗即皇帝位，此正犹文帝之"汉家三叶从代至"也。开元之治，史所羡称，适之此诗诚亦加以赞美，然"高皇旧臣多富贵"，"洛阳少年莫论事"，即适后有诗《别韦参军》所谓"白璧皆言赐近臣，布衣不得干明主"也。此诗微而婉，《别韦参军》则显而直也。

宋中十首

梁王昔全盛，宾客复多才〔一〕，悠悠一千年，陈迹唯高台〔二〕，寂寞向秋草，悲风千里来。

朝临孟诸〔三〕上，忽见芒砀间，赤帝终已矣，白云长不还〔四〕，时清更何有？禾黍满空山〔五〕。

景公德何广，临变莫能欺，三请皆不忍，妖星终自移〔六〕，君心本如此，天道岂无知〔七〕？

梁苑白日暮，梁山秋草时〔八〕，君王不可见，修竹令人悲〔九〕，九月桑叶尽，寒风鸣树枝。

登高临旧国〔一〇〕，怀古对穷秋，落日鸿雁度，寒城砧杵〔一一〕愁，昔贤〔一二〕不复有，行矣莫淹留〔一三〕。

出门望终古〔一四〕，独立悲且歌，忆昔鲁仲尼，栖栖此经过〔一五〕，众人不可向，伐树将如何〔一六〕。

逍遥漆园吏〔一七〕，冥没不知年，世事浮云外〔一八〕，闲居大道边〔一九〕，古来同一马〔二〇〕，今我亦忘筌〔二一〕。

五霸递征伐〔二二〕，宋人无战功〔二三〕，解围幸奇说，易子伤吾衷〔二四〕，唯见卢门〔二五〕外，萧条多转蓬〔二六〕。

常爱宓子贱，鸣琴能自亲〔二七〕，邑中静无事，岂不由其身？何意千年后，寂寥无此人。

阒伯去已久〔二八〕，高丘临道傍，人皆有兄弟，尔独为参商，终古犹〔二九〕如此，而今安可量〔三○〕？

此开元十一年东归宋州之作，见年谱。《新唐书·地理志》："宋州睢阳郡治宋城。"今河南省商丘市，汉梁王被封之地（梁怀王胜卒后，徙其兄淮阳王武为梁王，是为孝王）。此诗每首均怀古感今，同一格局。

〔一〕《史记·梁孝王世家》："孝王筑东苑，广睢阳城七十里，大治宫室，为复道，自宫连属于平台，五十馀里。……招延四方豪杰，自山以东，游说之士莫不毕至。"《司马相如列传》："是时梁孝王来朝，从游说之士，齐人邹阳、淮阴枚乘、吴庄忌夫子之徒，相如见而说之，因病免，客游梁，梁孝王令与诸生同舍。"

〔二〕左思《咏史》诗："悠悠百世后，英名擅八区。"曹植《杂诗六首》："高台多悲风。"《续汉书·郡国志》："睢阳县……城内有高台，甚秀广，巍然介立，超焉独上，谓之蠡台。"（《水经注》卷二十四引）郦道元以为蠡台即宋景公所登虎圈台。杨守敬疏引《（续）述征记》（《太平御览》卷一百七十八）："蠡台，梁孝王所筑于兔园中，回道似蠡，因名之。"郦氏不以此说为然。高适所称高台非此即平台，如淳曰："平台，离宫所在，今城东二十里有台，宽广而不甚极高，俗谓之平台。"（《水经注》引）《史记·梁孝王世家》索隐引无"宽广"、"极"等字。

〔三〕《尔雅·释地》："十薮，宋有孟诸。"郭璞注："今在梁国睢阳县东北。"孟诸为泽名，在今河南省商丘市东北。

〔四〕《高适诗集》残卷终作今。《史记·高祖本纪》："前有大蛇当

高适诗集编年笺注

径，……乃前拔剑斩蛇。……妪曰：‘吾子，白帝子也，化为蛇当道，今为赤帝子斩之。’……高祖亡匿，隐于芒砀山泽岩石之间，吕后与人俱求常得之。高祖怪问之，吕后曰：‘季所居上，常有云气。’”

〔五〕李陵《答苏武书》：“策名清时。”张铣注：“清时，谓清平之时。”明活字本满作偏，《全唐诗》作偏，从《高适诗集》残卷。

〔六〕《史记·宋世家》：“荧惑守心。心，宋之分野也。景公忧之。司星子韦曰：‘可移于相。’景公曰：‘相，吾之股肱。’曰：‘可移于民。’景公曰：‘君者待民。’曰：‘可移于岁。’景公曰：‘岁饥民困，吾谁为君？’子韦曰：‘天高听卑，君有君人之言三，荧惑宜有动。’于是候之，果移三度。”

〔七〕《书·汤诰》：“天道福善祸淫。”

〔八〕梁苑，即孝王所筑东苑也。《史记·梁孝王世家》：“北猎良山。”《汉书·梁孝王传》作“北猎梁山”。《史记》张守节正义引《括地志》：“梁山在郓州寿张县南三十五里，即猎处也。”

〔九〕君王谓孝王也。《史记·梁孝王世家》正义：“葛洪《西京杂记》云：‘梁孝王苑中有落猿岩、栖龙岫、雁池、鹤洲、凫岛，诸宫观相连，奇果佳树，瑰禽异兽，靡不毕备。’俗人言梁孝王竹园也。”司马贞索隐：“又一名修竹院。”《太平寰宇记》卷十二：“修竹园在(宋城)县东南十里。”钟惺评此诗曰：“写得难堪，只在秋草、修竹、桑叶，然安顿得妙。”(《唐诗归》卷十二)

〔一〇〕《史记·宋微子世家》：“周公既承成王命，诛武庚，杀管叔，放蔡叔，乃命微子开代殷后，奉其先祀，作《微子之命》以申之，国于宋。”《梁孝王世家》正义引《括地志》：“宋州宋城县，在州南二里外城中，本汉之睢阳县也。汉文帝封子武于大梁，以其卑湿,徙睢阳,故改曰梁也。"称旧国,谓梁宋也。

〔一一〕《高适诗集》残卷寒城作寒声。何逊《赠族人秫陵兄弟》诗:"砧
杵鸣四邻。"捣衣之具也。

〔一二〕当指微子而下,梁孝王及其宾客统言之也。

〔一三〕《离骚》:"时缤纷其变易兮,又何可以淹留。"王逸注:"淹,
久也。"

〔一四〕《晋书·陆机传》:"言论慷慨,冠乎终古。"言古昔也。

〔一五〕明活字本误作悽悽。《唐十二家诗集》本作栖栖,下注一作栖
栖。《高适诗集》残卷正作栖栖,径改。《论语·宪问》:"微生
亩谓孔子曰:'丘何为是栖栖者与?无乃为佞乎!'"邢疏:"栖
栖犹皇皇也。"班固《答宾戏》:"栖栖遑遑,孔席不暖。"李善注:
"栖遑,不安居之意也。"《史记·孔子世家》:"孔子去曹适宋,
与弟子习礼大树下。宋司马桓魋欲杀孔子,拔其树。孔子去,
弟子曰:'可以速矣。'孔子曰:'天生德于予,桓魋其如予何!'"
过,平声。

〔一六〕张相《诗词曲语辞汇释》卷四:"与,犹向也,对也。"下首《别韦
参军》诗亦云:"世人向我同众人。"此言众人不可对也。谭元
春曰:"众人不可向,严甚恨甚;伐树将如何,替古人悲恨,是何
等心想。"(《唐诗归》卷十二)

〔一七〕《史记·庄周列传》:"周尝为蒙漆园吏。"《河南通志》卷五十
一:"漆园在(归德)府城南二十五里小蒙城内,庄周尝为漆园
吏,即此地也。"归德即今商丘。

〔一八〕《论语·述而》:"不义而富且贵,于我如浮云。"

〔一九〕赵熙批:"庄生宅。"(《唐百家诗选》手批本)

〔二〇〕《庄子·齐物论》:"天地一指也,万物一马也。"王先谦注:"近

取诸身,则指是;远取诸物,则马是。……故天地虽大,特一指耳;万物虽纷,特一马耳。"

〔二一〕《庄子·外物》:"荃者所以在鱼,得鱼而忘荃。"释文:"荃,崔音孙,香草也,可以饵鱼。或云:积柴水中,使鱼依而食焉。一云:鱼笱也。"案赵本作筌。

〔二二〕《孟子·告子》:"五霸者,三王之罪人也。"注:"赵氏曰:'五霸,齐桓、晋文、秦穆、宋襄、楚庄也。'"《论语·季氏》:"天下无道,则礼乐征伐自诸侯出。"

〔二三〕《周礼·夏官·司勋》:"战功曰多。"注:"克敌出奇,若韩信陈平。"按五霸中以宋襄公为最弱,泓之役败于楚,见《左传·僖公二十二年》。

〔二四〕《左传·宣公十五年》:"宋人惧,使华元夜入楚师,登子反之床,曰:'寡君使元以病告,曰:敝邑易子而食,析骸而爨,虽然,城下之盟,有以国毙,不能从也。去我三十里,唯命是听。'子反惧,与之盟。"奇说即谓华元解围之说也。衷,中心也。

〔二五〕《左传·昭公二十一年》:"华氏居卢门,以南里叛。"杜注:"卢门,宋东城南门。"(《水经注》引作"宋城南门也")《续汉书·郡国志》:"睢阳……有卢门亭。"

〔二六〕《淮南子·说山训》:"见飞蓬转而知为车。"言风拔蓬草根而转动。

〔二七〕《高适诗集》残卷能作然,误。《韩诗外传》卷二:"子贱(姓宓,一作宓)治单父,弹鸣琴,身不下堂而单父治。"《颜氏家训·书证篇》:"虙字从虎,宓字从宀,下俱为必,末世传写,遂误以虙为宓,知其误久矣。"谭元春曰:"能自亲,三字深妙。邑中二句澹语妙绝。"锺惺曰:"此首才是真澹。"(《唐诗归》卷十二)

〔二八〕《高适诗集》残卷久作矣。《左传·昭公元年》：子产曰："昔高辛氏有二子，伯曰阏伯，季曰实沈，居于旷林，不相能也，日寻干戈，以相征讨。后帝不臧，迁阏伯于商丘，主辰，商人是因，故辰为商星；迁实沈于大夏，主参，唐人是因，及成王灭唐，而封大叔焉，故参为晋星。"《续汉书·郡国志》："睢阳本宋国，阏伯墟。"《河南通志》卷五十一："阏伯台，在府城西南三里。"高丘指此。

〔二九〕《高适诗集》残卷犹作独。

〔三〇〕明活字本今作人，从《高适诗集》残卷、《唐百家诗选》。《周礼·夏官·量人》注："量犹度也。"读平声。言古昔如此，今更难料度也。

别韦参军

二十解书剑〔一〕，西游长安城〔二〕，举头望君门〔三〕，屈指取公卿〔四〕。国风冲融迈三五〔五〕，朝廷欢乐弥寰宇〔六〕，白璧皆言赐近臣，布衣〔七〕不得干明主。归来洛阳无负郭〔八〕，东过梁宋非吾土〔九〕，兔苑为农岁不登〔一〇〕，雁池垂钓心长苦〔一一〕。世人向我同众人，唯君於我最相亲〔一二〕，且喜百年有交态〔一三〕，未尝一日辞家贫〔一四〕，弹棋击筑白日晚〔一五〕，纵酒高歌杨柳春〔一六〕。欢娱未尽分散去，使我惆怅惊心神，丈夫不作儿女别〔一七〕，临歧涕泪沾衣巾〔一八〕。

《唐诗选》残卷题作《送韦参军》，题下注："杂言。"《文苑英华》作两首，当以《河岳英灵集》作一首为是。此亦初归宋州时作。适在宋州曾从事农耕，生活甚贫苦，从此诗及下篇可以略见。《新唐书·百官志》："州郡有录事参军事。"李昂有《睢阳送韦参军还汾上》诗，题下注云："此公元昆任睢阳参军。"（《唐诗选》残卷伯二五六七）此韦参军未知是兄或弟。方回曰："送行之诗，有不必皆悲者，别则其情必悲，此类中有送诗，有别诗，当观轻重。"（《瀛奎律髓》卷二十四送别类）亦大抵言之耳。

〔一〕《史记·项羽本纪》："学书不成，去学剑，又不成。"《司马相如列传》："相如少时，好读书，学击剑。"古代士人书剑均学。《魏志·贾诩传》："太祖曰：解。"注："谓晓悟也。"《文苑英华》注"诗选作辞"，非。

〔二〕阮籍《咏怀》诗："平生少年时，……西游咸阳中。"

〔三〕《九辩》："君之门以九重。"谓帝阙也。

〔四〕《孟子·告子》："公卿大夫，人爵也。"屈指，言其屈指心计也。

〔五〕木华《海赋》："沖瀜沆瀁。"李善注："深广之貌。"刘琨《劝进表》："三五以降，靡不由之。"刘良注："三五谓三皇五帝也。"王融《曲水诗序》："迈三代之英风。"吕延济注："迈，过也。"

〔六〕张协《咏史》诗："昔在西京时，朝野多欢娱。"

〔七〕《史记·李斯列传》："此布衣驰骛之时，而游说者之秋也。"称庶人。

〔八〕《史记·苏秦列传》："使我有雒阳负郭田二顷，吾岂能佩六国相印乎？"

〔九〕王粲《登楼赋》："虽信美而非吾土兮，曾何足以少留。"

〔一〇〕《西京杂记》卷二："梁孝王好为宫室苑囿之乐，……筑兔园。"《河南通志》卷五十一："兔园在虞城县西南五十里，亦梁孝王筑。"唐时已成废墟，故高适得耕种于此。登，成也。指谷熟。

〔一一〕同上："园中……又有雁池。"邢昉评四句曰："高岑豪壮感慨，

人所共知,其清疏瘦劲处,罕有知者,如此种是也。"(《唐风定》
卷九)

〔一二〕《经传释词》卷一:"于与於古字通,于犹与也。"张相《诗词曲语
辞汇释》卷四:"与,犹向也,对也。"《唐十二家诗集》于作与。
向与下句于我之于互文,均犹对我、与我也。《河岳英灵集》、
《全唐诗》向我作遇我。《渔父》:"世人皆浊,……众人皆
醉,……"《唐诗选》残卷、《唐百家诗选》最作翻。

〔一三〕《汉书·郑当时传》:"一死一生,乃知交情,一贫一富,乃知
交态。"

〔一四〕言不惜赀费。

〔一五〕傅玄《弹棋赋序》:"刘向以为蹴鞠劳人体,……乃因其体而作
弹棋以解之。"柳宗元《弹棋序》:"置棋二十有四,贵贱各半,用
朱墨以别焉。"《史记·荆轲列传》:"高渐离击筑。"筑为古代乐
器,似瑟,有弦,以竹尺击之。

〔一六〕杨柳春似为歌曲名,适后有《九曲词三首》云:"万骑争歌杨
柳春。"

〔一七〕曹植《赠白马王彪》:"丈夫志四海,万里犹比邻,忧思成疾疹,
无乃儿女仁!"《世说新语·方正》:"周叔治(谟)作晋陵太守,
周侯(顗)、仲智(嵩,均谟兄)往别,叔治以将别,涕泗不止,仲
智恚之,曰:'斯人乃妇女,与人别唯啼泣。'便舍去。周侯独留
与饮酒言话,临别流涕抚其背曰:'奴(谟小字),好自爱。'"《文
苑英华》作儿女悲。《唐诗选》残卷丈夫作终,当有脱字。

〔一八〕《尔雅·释宫》:"二达谓之歧旁。"郭璞注:"歧,道旁出也。"《淮
南子·说林训》:"杨子见歧路而哭之,为其可以南,可以北。"
高诱曰:"嗟其别易而会难也。"鲍照《舞鹤赋》:"临歧矩步。"张

衡《四愁诗》:"侧身北望涕沾巾。"王勃《送杜少府之任蜀川》诗:"无为在歧路,儿女共霑巾。"此亦两句连读,言丈夫不临歧洒泪作儿女之别也。

笺曰:此虽别友之作,然实适之自述诗也。首段八句述己赴京干谒未能如愿,所谓升平之世,而近臣得宠,布衣失志,令人愤慨。次段四句述归宋州后之悲,家无良田,只得于梁园废墟为农,岁恶不入,心长苦忧。三段六句则韦之相亲,慷慨解囊以相助,适本传所谓以求丐自给也。末段四句叙别,而以勿作儿女子流泪别态相勉,乃从王勃《送杜少府之任蜀川》诗来。

酬庞十兵曹

忆昔游京华^[一],自言生羽翼^[二],怀书访知己^[三],末路空相识。许国不成名,还家有惭色,托身从畎亩^[四],浪迹初自得,雨泽感天时,耕耘忘帝力^[五]。同人洛阳至,问我睢水北^[六],遂尔欸津涯^[七],净然见胸臆。高谈悬物象^[八],逸韵投翰墨^[九],别岸迥无垠,海鹤鸣不息。梁城^[一○]多古意,携手共悽恻,怀贤想邹枚^[一一],登高思荆棘^[一二]。世情恶疵贱^[一三],之子怜孤直^[一四],酬赠感并深,离忧^[一五]岂终极?

《新唐书·百官志》:府置"兵曹司兵参军事,掌武官选、兵甲器仗、门禁管钥、军防烽候、传驿畋猎。"十六卫及州郡亦有之。诗云:"同人洛阳至。"知庞十为河南府兵曹参军。王昌龄有《山中别庞十》诗,似庞前此未仕时作。适诗又云:"浪迹初自得","问我睢水北","梁城多古意",知作于初归宋州时。

〔一〕郭璞《游仙诗》："京华游侠窟。"京师为文物所萃,故称京华。

〔二〕骆宾王《帝京篇》："倏忽抟风生羽翼。"

〔三〕王勃《春思赋》："怀书去洛,抱剑入秦。"蒋清翊注:"《国策·赵策》:苏秦负书担橐,……愿见于前。"《战国策·赵策》:"豫让遁逃山中,曰:'士为知己者死,吾其报知氏(知伯)之雠矣。'"

〔四〕《书·益稷》传:"一亩之间,广尺深尺曰畎。"

〔五〕《击壤歌》:"凿井而饮,耕田而食,帝力于我何有哉?"

〔六〕《左传·僖公十九年》杜预注:"睢水受汴,东经陈留、梁、谯、沛、彭城县入泗。"故称梁为睢水北也。

〔七〕《南史·齐郁林王纪》:"接对宾客,皆款曲周至。"《玉篇》卷九:"款,曲也,俗作欵。"言委曲酬应也。《书·微子》:"若涉大水,其无津涯。"此指睢北之地。

〔八〕《周礼·天官·大宰》:"正月之吉,……乃县(悬)治象之灋(法)于象魏,使万民观治象。"《地官·大司徒》:"乃县教象之灋于象魏,使万民观教象。"《夏官·大司马》:"乃县政象之灋于象魏,使万民观政象。"《秋官·大司寇》:"乃县刑象之灋于象魏,使万民观刑象。"

〔九〕张衡《归田赋》:"挥翰墨以奋藻。"谓笔墨也。此句赞庞之赠诗。

〔一〇〕《史记·梁孝王世家》正义引《括地志》:"汉文帝封子武(梁孝王)于大梁,以其卑湿,故改曰梁也。"

〔一一〕邹阳、枚乘等为梁王宾客。

〔一二〕喻时艰。《后汉书·冯异传》:"帝谓公卿曰:……是我起兵时主簿也,为吾披荆棘,定关中。"李贤注:"荆棘,榛梗之谓,以喻纷乱。"

〔一三〕张九龄《感遇十二首》:"贵人弃疵贱,下士尝殷忧。"《说文》卷
　　　七:"疵,病也。"

〔一四〕《诗·王风·扬之水》:"彼其之子。"郑笺:"之子,是子也。"称
　　　庞十。《北史·库狄干传》:"士文性孤直,虽邻里至亲,莫与通
　　　狎。"高适自谓。

〔一五〕《九歌·山鬼》:"思公子兮徒离忧。"蒋骥《山带阁注楚辞》卷
　　　二:"离别而忧也。"

　笺曰:此亦近于前篇作意,前幅略于京华之游,述宋州为农则云
　　"雨泽感天时,耕耘忘帝力",心稍慰矣。后幅言庞之相访赠诗,
　　思及邹、枚,于世事扰攘,世态炎凉,离别在迩,不胜感慨系之矣。

三君咏 并序

开元中,适游于魏,郡北有故太师郑公〔一〕旧馆,里中有故尚书
郭公〔二〕遗业,邑外又有故太守狄公生祠〔三〕焉。睹物增怀,遂
为《三君咏》。

魏郑公

郑公经纶日〔四〕,隋氏风尘昏〔五〕,济代〔六〕取高位,逢时敢直
言〔七〕。道光先帝业,义激旧君〔八〕恩,寂寞卧龙处〔九〕,英
灵〔一〇〕千载魂。

郭代公

代公〔一一〕实英迈,津涯浩难识〔一二〕:拥兵抗矫征〔一三〕,仗节归
有德〔一四〕;纵横负才智,顾盼安社稷〔一五〕。流落勿重陈〔一六〕,

怀哉为悽恻。

狄梁公

梁公乃贞固〔一七〕，勋烈垂竹帛〔一八〕，昌言太后朝〔一九〕，潜运储君策〔二〇〕。待贤开相府〔二一〕，共理登方伯〔二二〕，至今青云人〔二三〕，犹是门下客〔二四〕。

诗《序》云："适游于魏。"按高适开元二十年在幽蓟，有《信安王幕府诗》，此为十九年秋北上过魏时作。《新唐书·地理志》："魏州魏郡治贵乡。"在今河北省大名县东。

〔一〕《新唐书·魏征传》："魏征字玄成，魏州曲成人。……进左光禄大夫、郑国公。"

〔二〕《新唐书·郭震传》："郭震字元振，魏州贵乡人。……景云二年，进同中书门下三品，迁吏部尚书。"

〔三〕《新唐书·狄仁杰传》："狄仁杰字怀英，并州太原人。……万岁通天中，契丹陷冀州，河北震动，擢仁杰为魏州刺史。前刺史惧贼至，驱民保城，修守具，仁杰至曰：'贼在远，何自疲民？万一虏来，吾自办之，何预若辈？'悉纵就田，虏闻亦引去。民爱仰之，复为立祠。"

〔四〕《易·屯》："君子以经纶。"以治丝喻规画政治。《魏征传》："少孤贫，落拓有大志，不事生业，出家为道士，好读书，多所通涉，见天下渐乱，尤属意纵横之术。"

〔五〕班固《答宾戏》："彼皆蹑风尘之会，履颠沛之势。"张铣注："风尘、颠沛，喻危乱也。"

〔六〕即济世，避唐太宗讳改。

〔七〕《魏征传》："每犯颜进谏，虽逢帝怒甚，神色不徙，而天子亦为之霁威，议者谓贲育不能过。"

〔八〕先帝谓太宗也。旧君，指太子建成。《魏征传》："隐太子（建成）引为洗马，征见秦王（世民）功高，阴劝太子早为计，太子败，王责谓曰：'尔阅吾兄弟，奈何？'答曰：'太子蚤从征言，不死今日之祸。'王器其直，无恨意，即位，拜谏议大夫。"

〔九〕同上："帝尝问群臣：征与诸葛亮孰贤？岑文本曰：'亮才兼将相，非征可比。'帝曰：'征蹈履仁义，以弼朕躬，欲致之尧舜，虽亮无以抗。'"故高适称魏征旧宅为"卧龙处"，卧龙，徐庶称诸葛亮语也（《蜀志·诸侯亮传》）。

〔一〇〕《隋书·李德林传》："此即河朔之英灵也。"

〔一一〕《郭震传》："进封代国公，实封四百户。"

〔一二〕见前篇注〔七〕。浩难识即言无津涯也。

〔一三〕《郭震传》："娑葛（西突厥酋长乌质勒之子）遗元振书，且言无仇于唐，而（宗）楚客等受阙啜（西突厥将）金，欲加兵击灭我，故惧死而斗，且请斩楚客。元振奏其状，楚客大怒，诬元振有异图，召将罪之，元振使子鸿间道奏乞留定西土，不敢归京。"矫征即谓楚客之诬而召也。《唐诗选》残卷拥作权。

〔一四〕同上："睿宗立，召为太仆卿，将行，安西酋长有劙面哭送者，旌节下玉门关，去凉州犹八百里，城中争具壶浆欢迎，都督嗟叹以闻。"有德，赞元振也。

〔一五〕同上："玄宗诛太平公主也，睿宗御承天门，诸宰相走伏外省，独元振总兵扈帝，事定，宿中书者十四昔（夕）乃休。"社稷谓国家，指唐室也。《文苑英华》眄作眄。《说文》四上："眄，恨视也。"当作盼，相沿而误。

〔一六〕同上："为朔方大总管，……帝怒军容不整，流新州，起为饶州司马，怏怏不得志，道病卒。"曹丕《杂诗》："弃置勿复陈。"《唐诗选》残卷落作荡，又陈作疏，误。

〔一七〕《狄仁杰传》："睿宗又封梁国公。"《易·乾》："贞固足以干事。"赞狄之德行。

〔一八〕《汉书·和熹邓皇后纪》："必书功于竹帛。"

〔一九〕《书·大禹谟》："禹拜昌言。"赵注《孟子》引作谠言，谓美言也。太后指武后。

〔二〇〕《狄仁杰传》："后欲以武三思为太子，以问宰相，众莫敢对。仁杰曰：'臣观天人未厌唐德，……今欲继统，非庐陵王莫可。'后怒，罢议。久之，召谓曰：'朕数梦双陆不胜，何也?'于是仁杰与王方庆俱在，二人同辞对曰：'双陆不胜，无子也。天其意者以儆陛下乎！……陛下……欲以三思为后。且姑姪与子母孰亲？陛下立庐陵王，则千秋万岁后常享宗庙；三思立，庙不祔姑。'后感悟，即日遣徐彦伯迎庐陵王于房州。王至，后匿王帐中，召见仁杰，语庐陵事，仁杰敷请切至，涕下不能止。后乃使王出，曰：'还尔太子。'仁杰降拜顿首曰：'太子归，未有知者，人言纷纷，何所信？'后然之，更令太子舍龙门，具礼迎还，中外大悦。"

〔二一〕《新唐书·张柬之传》："长安中，武后谓狄仁杰曰：'安得一奇士用之?'仁杰曰：'荆州长史张柬之，虽老，宰相才也，用之必尽节于国。'即召为洛州司马。它日，又求人，仁杰曰：'臣尝荐张柬之，未用也。'后曰：'迁之矣。'曰：'臣荐宰相，而为司马，非用也。'乃授司刑少卿，迁秋官侍郎。后姚崇为灵武军使，将行，后诏举外司可为相者，崇曰：'张柬之沉厚有谋，能断大事，

其人老，惟亟用之。'即日召见，拜同凤阁鸾台平章事，进凤阁
侍郎。"

〔二二〕《礼记·王制》："千里之外设方伯。"谓一方诸侯之长。盖仁杰
　　　曾为宁州、魏州刺史，故云。

〔二三〕《史记·范雎列传》："贾不意卿能自致于青云之上。"《汉书·
　　　扬雄传》："当涂者入青云。"喻高位。《文苑英华》作青霄。

〔二四〕《战国策·齐策》："食之(谓冯谖)，比门下之客。"《新唐书·狄
　　　仁杰传》："仁杰所荐进若张柬之、桓彦范、敬晖、姚崇等，皆为
　　　中兴名臣。"

　　笺曰：颜延之有《五君咏》。《宋书》本传谓延之好酒疏诞，每犯权
要，刘湛言于彭城王义康，出为永嘉太守，延之怨愤，乃作《五君
咏》以述阮籍、嵇康、刘伶、阮咸、向秀五人，盖亦自序也。今适为
此《三君咏》以述魏征、郭震(元振)、狄仁杰三人，虽云游魏州而
睹物增怀，要亦感慨怀古，见贤思齐之意也。

钜鹿赠李少府

李侯虽薄宦〔一〕，时誉何籍籍〔二〕，骏马常借人，黄金每留客。
投壶〔三〕华馆静，纵酒凉风夕，即此遇神仙〔四〕，吾忻知损益〔五〕。

　　此高适北游蓟门，途经钜鹿所作。《容斋随笔》卷一："唐人呼县
令为明府，丞为赞府，尉为少府。"《懒真子》："令呼明府，故尉呼
少府，以亚于县令。"

〔一〕任昉《为范尚书让吏部封侯表》："薄宦东朝。"言官职甚微。

〔二〕《汉书·陆贾传》："名声籍甚。"《史记》作"藉甚"，言声名得所
　　　藉而益盛也。

〔三〕《礼记·投壶》注："主人与客宴饮讲论才艺之礼也。"即宴会时投矢入壶中，胜者酌酒罚负者饮。

〔四〕《汉书·梅福传》："梅福字子真，九江寿春人也。……补南昌尉，后去官，归寿春。……至元始中，王莽颛政，福一朝弃妻子，去九江，至今传以为仙。其后人有见福于会稽者，变名姓，为吴市门卒云。"唐人每称县尉为仙尉，神仙借称李少府。

〔五〕《易·损》："损益盈虚，与时偕行。"

真定即事奉赠韦使君二十八韵

漂泊怀书客〔一〕，迟回此路隅，问津〔二〕惊弃置，投刺〔三〕忽踟蹰。方伯〔四〕恩弥重，苍生咏已苏〔五〕，郡称廉叔度〔六〕，朝议管夷吾〔七〕。乃继三台〔八〕侧，仍将四岳〔九〕俱，江山澄气象，崖谷倚冰壶〔一○〕。诏宠金门〔一一〕策，官荣叶县凫〔一二〕，擢才登粉署〔一三〕，飞步蹑云衢〔一四〕。起草征调墨〔一五〕，焚香即宴娱〔一六〕，光华〔一七〕扬盛矣，霄汉〔一八〕在兹乎！隐轸推公望〔一九〕，逶迤协帝俞〔二○〕，轩车辞魏阙〔二一〕，旌节副幽都〔二二〕。始佩仙郎印，俄兼太守符〔二三〕，尤多蜀郡理〔二四〕，更得颍川谟〔二五〕。城邑推雄镇，山川列简图〔二六〕，旧燕当绝漠，全赵对平芜。旷野何弥漫，长亭复郁纡〔二七〕，始泉〔二八〕遗俗近，活水〔二九〕战场无？月换思乡陌〔三○〕，星回记斗枢〔三一〕，岁容归万象，和气发鸿炉〔三二〕。沦落而谁遇，栖遑〔三三〕有是夫？不才羞拥肿〔三四〕，干禄谢侏儒〔三五〕。契阔〔三六〕惭行迈，羁离忆友于〔三七〕，田园同季子〔三八〕，储畜异陶朱〔三九〕。方欲呈高义，吹嘘揖大巫〔四○〕，永

20

怀吐肝胆〔四一〕,犹惮阻荣枯〔四二〕。解榻〔四三〕情何限,忘言〔四四〕道未殊,从来贵缝掖〔四五〕,应是念穷途〔四六〕。

《新唐书·地理志》:"镇州常山郡,大都督府,本恒州恒山郡。……治真定,天宝元年更郡名。"今河北省正定县。《旧唐书·张果传》:"开元二十一年,恒州刺史韦济以状奏闻。"《后汉书·寇恂传》:"使君建节衔命,以临四方。"盖奉使之官尊称为使君,州郡长官并可称。此诗与《信安王幕府诗》、《奉酬睢阳李太守》均适五言长律之力作。

〔 一 〕见前《酬庞十兵曹》诗注。

〔 二 〕《论语·微子》:"使子路问津焉。"集解:"郑曰:津,济渡处。"此处借言求仕。

〔 三 〕《梁书·诸葛璩传》:"未尝投刺邦宰,曳裾府寺。"投刺谓投送名刺以求进见。

〔 四 〕见前《三君咏》诗注。

〔 五 〕《书·益稷》:"帝光天之下至于海隅苍生。"后世以苍生称人民。《书·仲虺之诰》:"攸徂之民,室家相庆曰:徯予后,后来其苏。"孔传:"汤所往之民皆喜曰:待我君来,其可苏息。"

〔 六 〕《后汉书·廉范传》:"字叔度,京兆杜陵人。……举茂才,数月,再迁为云中太守,会匈奴大入塞,……自率士卒拒之,……斩首数百级,虏自相轹藉,死者千余人,由此不敢复向云中。后频历武威、武都二郡太守,随俗化导,各得治宜。建初中,迁蜀郡太守。……百姓为便,乃歌之曰:廉叔度,来何暮,不禁火,民安作,平生无襦今五绔。"

〔 七 〕《论语·宪问》:"管仲相桓公,霸诸侯,一匡天下,民到于今受其赐,微管仲,吾其被发左衽矣。"仲字夷吾。

〔八〕《晋书·天文志》："三台六星,两两而居,起文昌列抵太微,一曰天柱,三公之位也。在人曰三公,在天曰三台,主开德宣符也。西近文昌二星曰上台,为司命,主寿;次二星曰中台,为司中,主宗室;东二星曰下台,为司禄,主兵,所以昭德塞违也。"又:"中阶上星为诸侯三公,下星为卿大夫,下阶上星为士。"

〔九〕《书·尧典》:"咨四岳。"传:"分掌四岳之诸侯。"岳同嶽。《尔雅·释诂》:"仍,乃也。"仍与上句之乃为互文。两句言韦官职甚高。

〔一〇〕鲍照《代白头吟》:"清如玉壶冰。"姚元崇《冰壶戒序》:"冰壶者,清絜之至也。君子对之,不忘乎清。夫洞澈无瑕,澄空见底,当官明白者,有类是乎!故内怀冰清,外涵玉润,此君子冰壶之德也。"两句赞韦之气质。

〔一一〕《史记·滑稽列传》褚少孙补《东方朔传》:"官署门也,门傍有铜马,故谓之金马门。"

〔一二〕《风俗通》卷二《叶令祠》:"王乔迁为叶令,乔有神术,每月朔常诣台朝,(明)帝怪其数而无车骑,密令太史候望,言其临至时,常有双凫从南飞来,因伏伺,见凫举罗,但得一双舄耳。"后世用为县令之典。

〔一三〕《汉官仪》卷上:"尚书郎奏事明光殿,省中皆胡粉涂壁。"故曰粉署。《白帖》:"诸曹郎曰粉署,亦称仙署。"登粉署谓为员外郎也。

〔一四〕《晋书·郤诜传》:"韫价州里,褒然应诺,对扬天问,高步云衢。"

〔一五〕《汉官仪》:"尚书郎主作文书起草,夜更直五日于建礼门内。"《广韵》卷二:"调,和也。"

〔一六〕《汉官仪》:"女侍执香炉烧薰从入台护衣。"宴娱,言安乐也。

〔一七〕《卿云歌》:"日月光华。"称韦之声誉。

〔一八〕谢灵运《石门新营所住四面高山回溪石濑茂林修竹》诗:"结念属霄汉。"谓天际也。喻得志。

〔一九〕《蜀都赋》:"邑居隐赈,夹江傍山。"刘渊林注:"隐,盛也,赈,富也。"亦可作隐轸或殷赈。《晋书·虞骐传》:"王导尝谓虞骐曰:'孔愉有公才而无公望,丁潭有公望而无公才,兼之者其在卿乎!'"谓公辅之名望。

〔二〇〕《诗·召南·羔羊》:"退食自公,委蛇委蛇。"孔疏:"言大夫减退膳食,顺从于事,心志自得委蛇然。"委蛇一作逶迤。《书·尧典》:"帝曰俞。"传:"俞,然也,然其所举。"

〔二一〕《吕氏春秋·审为》:"身在江海之上,心居乎魏阙之下。"注:"悬教象之法,浃日而收之,魏魏高大,故曰魏阙。言身虽在江海之上,心存王室,故在天子门阙之下也。"《说文》卷十四上:"轩,曲辀藩车。"徐锴系传:"轩,大夫以上车也。"

〔二二〕《周礼·地官·掌节》:"道路用旌节。"注:"今使者所拥节是也。"《新唐书·地理志》:"幽州范阳郡治幽都。"今河北省宛平县西南。韦曾为幽州别驾,故云副。

〔二三〕仙郎,称郎官,参本篇注〔一三〕。《汉官仪》:"若郎处曹二年,赐迁二千石刺史。"兼太守,言韦以郎官兼为恒州刺史也。符,符节。

〔二四〕《汉书·循吏传》:"文翁,庐江舒人也。……景帝末,为蜀郡守,仁爱好教化。"

〔二五〕同上:"颍川太守(黄)霸以外宽内明,得吏民心,户口岁增,治为天下第一。"《说文》卷三上:"谟,议谋也。"

〔二六〕独孤及《江州刺史厅壁记》："世称雄镇，且曰天府。"下句言山
　　　　川载在图籍也。

〔二七〕王褒《送别裴仪同》："长亭送故人。"《白帖》："十里一长亭，五
　　　　里一短亭。"曹植《赠白马王彪》："我思郁以纡。"李善注："王逸
　　　　曰：'纡，屈也；郁，愁也。'"

〔二八〕《诗·卫风·竹竿》："泉源在左。"孔疏："泉源者，泉水初出。
　　　　故云小水之源。"朱熹集传："泉源，即百泉也。在卫之西北，而
　　　　东南流入淇，故曰在左。"

〔二九〕《诗·卫风·硕人》："河水洋洋，北流活活。"传："活活，流也。"

〔三〇〕谢朓《和别沈右率诸君》："叹息东流水，如何故乡陌。"

〔三一〕北斗七星之第一星为斗枢，亦称天枢。

〔三二〕《庄子·大宗师》："今一以天地为大炉，以造化为大冶。"鸿炉
　　　　即大炉，一作洪炉。

〔三三〕见前《宋中十首》注〔一五〕。

〔三四〕《庄子·逍遥游》："吾有大树，人谓之樗，其大本拥肿而不中绳
　　　　墨。"言枝干挛卷也。

〔三五〕《论语·为政》："子张学干禄。"集解："郑曰：干，求也；禄，位
　　　　也。"《礼记·王制》："瘖、聋、跛、躃、断者、侏儒、百工，各以其
　　　　器食之。"注："侏儒，身体短小者也。"《诗词曲语辞汇释》卷五：
　　　　"谢，犹惭也。颜延年《皇太子释奠会作》诗：'徒愧微冥，终谢
　　　　智效。'言终惭智效也，谢与愧互文。"

〔三六〕《后汉书·范冉传》："行路仓卒，非陈契阔之所，可共前亭宿
　　　　息，以叙分隔。"契阔，谓久别也。

〔三七〕《书·君陈》："惟孝，友于兄弟。"后世每以友于用为兄弟之意。
　　　　句言旅游思家。

〔三八〕《史记·苏秦列传》："见季子位高金多也。"集解："谯周曰：苏秦字季子。"索隐："按其嫂呼小叔为季子耳，未必即其字。"田园参前《别韦参军》诗注〔八〕。

〔三九〕《史记·货殖列传》："范蠡既雪会稽之耻，……乃乘扁舟，浮于江湖，变名易姓，适齐，为鸱夷子皮，之陶，为朱公，……乃治产积居，与时逐，……十九年之中，三致千金，……故言富者，皆称陶朱公。"

〔四〇〕《北史·卢思道传》："翦拂吹嘘，长其光价。"吹嘘，言为人揄扬。《吴志·张纮传》注引《吴书》："纮见陈琳作《武库（当作军）赋》、《应机论》，与琳书，深叹美之。琳答曰：……使仆受此过差之谭，非其实也。今景兴（王朗字）在此，足下与子布（张昭字）在彼，所谓小巫见大巫，神气尽矣。"按《庄子》佚文："小巫见大巫，拔茅而弃，此其所以终身弗如也。"（《太平御览》卷七三五引）

〔四一〕《史记·淮阴侯列传》："臣愿披腹心，输肝胆，效愚计。"

〔四二〕曹植《赠丁翼》："荣枯立可须。"张正见《置酒高殿上》："人事有荣枯。"

〔四三〕《后汉书·陈蕃传》："再迁为乐安太守。……郡人周璆，高洁之士，前后郡守招命，莫肯至，唯蕃能致焉，字而不名，特为置一榻，去则悬之。"又《徐稺传》："豫章南昌人也。……时陈蕃为太守，……在郡不接宾客，唯稺来特设一榻，去则县（悬）之。"盖先后二事。

〔四四〕《庄子·外物》："言者所以在意，得意而忘言。"

〔四五〕《后汉书·王符传》："度辽将军皇甫规解官归安定，乡人有以货得雁门太守者，亦去职还家，书刺谒规，规卧不迎。……有顷,又白王符在门,规素闻符名,乃惊遽而起,衣不及带,屣履出迎,援符手而还,与同坐极欢。时人为之语曰:'徒见二千石,不如一缝掖。'言书生道义之为贵也。"李贤注:"《礼记·儒行》:'孔子曰:丘少居鲁,衣逢掖之衣。'郑玄注曰:'逢犹大也,大掖之衣,大袂单衣也。'"

〔四六〕《吴越春秋》卷一:"子胥乞食溧阳,……曰:夫人赈穷途,少饭亦何嫌哉?"

笺曰:此适北行干谒之作也。首四句言己漂泊道途,投刺于恒州刺史韦济而甚感不安。方伯句而下二十四句颂韦之政绩及历官,由县令而入为省郎,出为幽州别驾,又以郎官而兼恒州刺史也。城邑句而下十二句写真定城邑山川及岁时。沦落句而下至末十六句则写己之贫穷失志及望韦援引之意。可与杜甫赠韦济二诗参看。

酬司空璲

飘飘未得意,感激与谁论〔一〕,昨日遇〔二〕夫子,乃欣吾道〔三〕存。江山满词赋,札翰起凉温〔四〕,吾见风雅〔五〕作,人知德业尊。惊飙荡万木,秋气屯高原,燕赵何苍茫,鸿雁来翩翩,此时与君别,握手欲无言。

诗有"燕赵何苍茫"之语,亦北行途中之作。《唐百家诗选》题作《酬司空璲少府》。按《玉篇》卷二:"璲,墓道。正作隧。"知作璲必误。赵熙批:"次第井然。"此五古而多偶句,适之常有也。

〔一〕读平声。

〔二〕《唐百家诗选》遇作偶。

〔三〕《论语·里仁》："吾道一以贯之。曾子曰：夫子之道，忠恕而已矣。"

〔四〕陆厥《奉答内兄希叔》诗："朝夕异凉温。"又："子云惭笔札。"子云，谷永字也。刘峻《广绝交论》："叙温郁则寒谷成暄。"李善注："毛苌《诗传》曰：'燠，暖也。'郁与燠古字通也。"刘向《别录》："邹衍在燕，有谷寒不生五谷，邹子吹律而温至生黍也。"

〔五〕《诗序》："诗有六义焉，一曰风，二曰雅。"疏："一国之事为风，天下之事为雅，……风雅之诗，缘政而作。"

蓟门不遇王之涣郭密之因以留赠

适远登蓟丘〔一〕，兹晨独搔屑〔二〕，贤交不可见，吾愿终难说。迢递千里游，羁离十年别，才华仰清兴〔三〕，功业嗟芳节〔四〕。旷荡阻云海，萧条带风雪，逢时事多谬〔五〕，失路心弥折〔六〕，行矣勿重陈，怀君但愁绝。

《唐六典》注："蓟门在幽州北。"《长安客话》卷一："京师古蓟地，以蓟草多得名。……今都城德胜门外有土城关，相传古蓟门遗址，亦曰蓟丘。"按：土城系元建，非蓟门遗址也。靳能《唐故文安郡文安县尉太原王府君墓志铭并序》："公名之涣，字季陵，本家晋阳，宦徙绛郡。……不盈冠，则究文章之精；未及壮年，已穷经籍之奥。以门子调冀州衡水主簿，……会有诬人交构，公因拂衣去官，遂优游青山，灭裂黄绶，夹河数千里，籍其高风。在家十五年，……复补文安郡文安县尉。……以天宝元年二月十四日遘疾，终于官舍，春秋五十有五。"（岑仲勉《续贞石证史》，载《国立中央研究院历史语言研究所集刊》第十五本）《唐诗纪事》卷二十六:"之涣,并州人。与兄之咸、之贲皆有文。天宝间人。乐天作《滁州刺史郑旷墓志》云:'与王昌龄、王之涣、崔国辅联唱迭和,名动一时。'"称天宝间人误。《唐才子传》卷三:"之奂,蓟门人,少有侠气,所从游皆五陵少年,击剑悲歌,从禽纵酒。中折节工文,十年名誉日振。……为诗情致雅畅,得齐梁之风,每有作,乐工辄取以被声律。"称蓟门人恐因此诗诗题而误。诗云:"羁离十年别。"当指开元十一年高适与王之涣在长安相识后分离至此时而言。又钱大昕《十驾斋养新录》卷十五《诸暨令郭密之诗》条:"郭密之五言诗二篇,一题《□(出)使永嘉经谢公石门山作》,天宝八载冬仲月(孙星衍《寰宇访碑录》卷三作八月,恐误)勒,一题《永嘉怀古》,不见年月,皆刻于青田之石门洞岩壁,……诗古淡近选体。"并见阮元《定香亭笔谈》卷四。天宝八载冬郭密之既为宦于南方,且王之涣已卒于天宝元年,故此诗当非高适天宝九载冬送兵到蓟北时所作,而为开元十九年第一次游幽蓟时作。

〔一〕《水经注》卷十三灅水条:"(蓟)城内西北隅有蓟丘,因丘以为邑也。犹鲁之曲阜、齐之营丘矣。"今河北省宛平县北。

〔二〕刘向《九叹》:"风骚屑以摇木兮。"骚屑,风声也。搔,通骚。

〔三〕王勃《山亭夜宴》诗:"清兴殊未阑。"按殷仲文《南州桓公九井作》:"独有清秋日,能使高兴尽。"李周翰注:"清秋感人,兴喻之情可尽于此。"

〔四〕梁元帝《纂要》:"节曰华节、芳节、良节……。"(《初学记》卷三引)此句叹良时功业不成也。

〔五〕苏颋《奉和崔尚书赠大理陆卿鸿胪刘卿见示之作》:"美价逢时出,奇才选众稀。"《汉书·司马迁传》:"而事乃有大谬不然者。"

〔六〕江淹《别赋》:"心折骨惊。"

笺曰:此适北游蓟门之作也。适弱冠在长安时,即与王之涣等相识。王少有侠气,所交多五陵少年,而不以适之憔悴书生相弃,今至蓟门,不遇王等,故留诗以赠,用述己之失意,且于王等之诗才表示景仰,怀念不置也。观"逢时事多谬"之语,则适北行目的未达,必有难言之隐也。

酬李少府

出塞魂犹惊,怀质〔一〕意难说,谁知吾道〔二〕间,乃在客中别,日夕捧琼瑶〔三〕,相思无休歇。伊人虽薄宦,举代推高节,述作凌江山,声华满冰雪〔四〕。一登蓟丘上,四顾何惨烈,来雁无尽时,边风正骚屑〔五〕。将从岩谷遁,且与沉浮绝〔六〕,君若登青云〔七〕,吾当投魏阙〔八〕。

少府见前《钜鹿赠李少府》诗题解。观"述作"等句,此李少府似非钜鹿赠诗之人,盖彼所谓"时誉"乃在"骏马常借人,黄金每留客"也。彭兰谓高适"至蓟门后得(钜鹿)李少府书即有是作",未必然也。诗云:"一登蓟丘上。"为蓟门作。

〔一〕梁武帝《申饬选人表》:"其有勇退志进,怀质抱真者……。"

〔二〕见前《酬司空璲》诗注。

〔三〕《诗·卫风·木瓜》:"报之以琼瑶。"传:"琼瑶,美玉。"以喻李之赠诗。

〔四〕任昉《宣德皇后再敦劝梁王令》:"声华籍甚。"张铣注:"声名极盛于天下。"满冰雪言其名盛而清。

〔五〕见前篇注〔二〕。

〔六〕《史记·游侠列传》："与世沉浮而取荣名。"两句言将隐退而与
世相绝。

〔七〕《史记·范雎列传》："贾不意君能自致于青云之上。"喻高
位也。

〔八〕见前《真定即事奉赠韦使君二十八韵》诗注。

笺曰："举代推高节"，见世之所重在李之节操，"述作凌江山"，则
李之诗才尤为适所嘉赏，故曰"日夕捧琼瑶，相思无休歇"也。结
以退隐，而心存王室，仍以李之见用为祝。

送李少府时在客舍

相逢旅馆意多违〔一〕，暮雪初晴候雁〔二〕飞，主人酒尽君未醉，
薄暮途遥归不归？

此亦北地送别友人南归之作，不识所送与上篇所酬之李少府是
否一人，然均作于冬日，故系于此。与《钜鹿赠李少府》之作于秋
日者异，亦未必如彭兰所谓"至蓟门后得（钜鹿）李少府书即有是
作"（谓《酬李少府》诗）也。锺惺甚赞末二句曰："与客调笑得妙，
宾主相忘，意在言外矣。较'我醉欲眠卿可去'（陶潜语，李白诗
用之）句更真更婉。"（《唐诗归》卷十二）

〔一〕谢灵运《游南亭》诗："旅馆眺郊歧。"李善注："杜预《左氏传》注
曰：逆旅，客舍也。"《诗·邶风·谷风》："中心如违。"传："违，
离也。"笺："徘徊也。"

〔二〕候时南飞之雁，《唐人万首绝句》候作复。

塞上

东出卢龙塞〔一〕，浩然客思孤〔二〕，亭堠〔三〕列万里，汉兵犹备胡。

边尘满北溟〔四〕，虏骑〔五〕正南驱，转斗岂长策〔六〕？和亲〔七〕非远图。惟昔李将军〔八〕，按节临此都〔九〕，总戎扫大漠，一战擒单于〔一〇〕。常怀感激心，愿效纵横谟〔一一〕，倚剑〔一二〕欲谁语？关河空郁纡〔一三〕。

《乐府诗集》卷二十一："《晋书·乐志》曰:《出塞》《入塞》曲,李延年造。曹嘉之《晋书》曰:刘畴尝避乱坞壁,贾胡百数欲害之,畴无惧色,援箫而吹之,为《出塞》《入塞》之声,以动其游客之思,于是群胡皆垂泣而去。按《西京杂记》曰:戚夫人善歌《出塞》《入塞》《望归》之曲。则高帝时已有之,疑不起于延年也。唐又有《塞上》《塞下》曲,盖出于此。"《乐府诗集》收入新乐府辞中。

〔 一 〕《水经注》卷十四:"濡水又东南经卢龙塞。……卢龙之险,峻坂萦折。"在今河北省迁安县西。《唐诗选》残卷塞作间。

〔 二 〕《孟子·公孙丑》:"予然后浩然有归志。"赵歧注:"心浩浩有远志也。"客思之思去声。

〔 三 〕《文苑英华》作亭候。《后汉书·光武帝纪》:"筑亭候。"注:"伺候望敌之所。前书曰:秦法十里一亭,亭有长,汉因之不改。"候一作堠。

〔 四 〕《庄子·逍遥游》:"北冥有鱼。"释文:"本亦作溟,北海也。"《文苑英华》满作涨。

〔 五 〕《唐诗选》残卷作塞马。

〔 六 〕《史记·淮阴侯列传》:"转斗逐北。"谓久战也。《孟子·公孙丑》:"敢问夫子恶乎长?"长,善也。

〔 七 〕《史记·匈奴列传》:"高帝乃使刘敬奉宗室女公主为单于阏氏,……约为昆弟以和亲。"

编年诗　送李少府时在客舍　塞上

31

〔八〕《唐诗选》残卷作先将军。

〔九〕《史记·李将军列传》："乃拜广为右北平太守。……广居右北平,匈奴闻之,号曰汉之飞将军。"《文苑英华》、《全唐诗》作出皇都。《唐诗选》残卷作临兹都。

〔一〇〕同上:"广自请曰:……臣结发而与匈奴战,今乃一得当单于,臣愿居前,先死单于。大将军青亦阴受上诫,以为李广老,数奇,毋令当单于,恐不得所欲。"此处言"一战擒单于",虽于史实有不符,但旨在写李广之勇,欲效之以靖边塞耳。《汉书·匈奴传》:"单于,广大之貌,言其象天单于然也。"匈奴之君长。

〔一一〕《汉书·艺文志》:"纵横家者流,盖出于行人之官。"《主父偃传》:"学长短纵横术。"

〔一二〕卢照邻《中和乐九章》:"横戈碣石,倚剑浮津。"

〔一三〕郁纡见前《真定即事奉赠韦使君二十八韵》诗注。《唐诗选》残卷关河作关阿,误。《文苑英华》作关山,注"集作河"。

笺曰:此诗前后段各八句,前言边事可虑,后言当靖边氛,惟以和亲非远图,未当也。

别冯判官

碣石辽西地〔一〕,渔阳〔二〕蓟北天,关山唯一道,雨雪尽三边〔三〕。才子〔四〕方为客,将军正渴贤〔五〕,遥知幕府〔六〕下,书记日翩翩〔七〕。

《唐诗选》残卷、《文苑英华》作《送冯判官》。此高适在碣石送冯往渔阳之作。《新唐书·百官志》:"节度、观察、团练、防御诸使各有判官一人。"此律诗,幕府之幕失调。

32

〔一〕《汉书·武帝纪》:"复东行海上,至碣石。"文颖曰:"在辽西絫
县。絫县今罢,属临榆,此石著海旁。"今山海关西。曹操《步
出夏门行》:"东临碣石,以观沧海。"(又《通典》卷一七八:"平
州卢龙县有碣石山,碣然而立在海旁,故名之。"今河北省昌黎
县西北。汉武及曹操所至之碣石非其地。)《汉书·地理志》:
"辽西郡,秦置,有临渝县。"《武帝纪》:"自辽西历北边九原,归
于甘泉。"《唐诗选》残卷地作海。《新唐书·地理志》幽州范阳
郡幽都县下双行注:"隋于营州之境汝罗故城置辽西郡,以处
粟末靺鞨降人,武德元年曰燕州,领县三:辽西、泸河、怀
远。……六年自营州迁于幽州城中。……开元二十五年,徙
治幽州北桃谷山。"唐初在营州境内之辽西郡治所当在今辽宁
朝阳西。

〔二〕《新唐书·地理志》:"蓟州渔阳郡治渔阳。"故城在今河北省
蓟县。

〔三〕三边泛指边塞之地。《晋书·张轨传》:"时遇兵凶,阻三边而
高视。"张正见《御幸乐游苑侍宴》:"轨文通万国,旌节靖
三边。"

〔四〕潘岳《西征赋》:"贾生洛阳之才子。"

〔五〕《唐诗选》残卷作爱贤,明活字本作慕贤,《文苑英华》作爱贤,
注"集作渴",从《全唐诗》。《蜀志·诸葛亮传》:"思贤如渴。"

〔六〕《史记·李牧列传》:"市租皆输入莫府。"索隐:"崔浩云:古者
出征为将帅,军还则罢,理无常处,以幕帟为府署,故曰幕府。
则莫当为幕字之误也。"《李广列传》索隐谓古字通用。

〔七〕曹丕《与吴质书》:"元瑜书记翩翩。"刘良注:"翩翩,美貌。言
其文雅之致。"

33

营州歌

营州少年厌原野[一]，皮裘蒙茸猎城下[二]，虏酒千锺[三]不醉人，胡儿十岁能骑马[四]。

《文苑英华》题作《营州》。《新唐书·地理志》："营州柳城郡有柳城县，西北接奚，北接契丹，东有碣石山。"在今辽宁省朝阳县。胡应麟曰："王翰《凉州词》、王维《少年行》、高适《营州歌》、王之涣《凉州词》，……皆乐府也。然音响自是唐人，与五言绝稍异。"（《诗薮》内编卷六）邢昉《唐风定》末批："古调。"（卷二十一）此诗当为高适出塞后写其所见。唐汝询曰："此排斥少年之词。猎必于野，今彼厌原野而猎城下者何？乘醉以夸善骑耳。我想虏人饮千锺而不醉，胡儿十岁即能骑马，则又胜汝矣。深贱之，故以胡虏取譬。虏酒胡儿，倒装作对，益见奇绝。"（《唐诗解》卷二十七）按，此但写营州好武之民俗耳，唐解过拘。

〔一〕《礼记·月令》："周视原野。"郑注："广平曰原，……平野也。"《文苑英华》厌作满。《全唐诗》厌一作满，一作歇，一作爱。《左传·隐公元年》："姜氏何厌之有？"厌通猒，足也。《唐百家诗选》正作猒。《文苑英华》注"集作猒"。唐汝询解作厌恨之厌，非。

〔二〕《诗·邶风·旄丘》："狐裘蒙戎。"传："蒙戎以言乱也。"《左传·僖公五年》："狐裘尨茸。"注："尨茸，乱貌。……尨，莫江反，又音蒙。"城下，亦郊野。《文苑英华》作狐裘，注"集作皮（裘）"。

〔三〕《全唐诗》虏酒一作鲁酒，锺一作杯，从明活字本。

〔四〕《史记·李广列传》:"睨其旁有一胡儿骑善马。"

蓟门五首

蓟门逢古老〔一〕,独立思氛氲〔二〕,一身既零丁〔三〕,头鬓白纷纷,
勋庸今已矣〔四〕,不识霍将军〔五〕。

汉家能用武,开拓穷异域,戍卒厌糟糠,降胡饱衣食〔六〕,关亭
试一望,吾欲涕沾臆。

幽州多骑射,结发重横行〔七〕,一朝事将军,出入有声名,纷纷
猎秋草,相向角弓鸣〔八〕。

黯黯〔九〕长城外,日没更烟尘,胡骑虽凭陵〔一○〕,汉兵不顾身,
古树满空塞,黄云愁杀人。

边城十一月,雨雪乱霏霏,元戎〔一一〕号令严,人马亦轻肥,羌
胡无尽日,征战几时归?

《乐府诗集》收入杂曲歌辞中,题为《蓟门行五首》(《全唐诗》题亦
同)。五首次第各本不同,今依明活字本及《全唐诗》,而以原第
三首为第五首。第三首云:"纷纷猎秋草。"第五首云:"边城十一
月。"知非一时所作。

〔一〕李白《上留田行》:"古老向予言。"一作故老。

〔二〕沈佺期《途出郴口北望苏耽山》诗:"此中迷出处,含思坐氛
　　氲。"氛氲,盛貌。

〔三〕李密《陈情表》:"零丁孤苦。"

〔四〕《周礼·夏官·司勋》:"王功曰勋,国功曰功,民功曰庸。"注:

"辅成王业若周公,保全国家若伊尹,法施于民若后稷。"此乃言功勋。《唐诗选》残卷矣作久,误。

〔五〕《史记·霍去病列传》:"元狩二年春,以冠军侯(霍去病)为骠骑将军。"

〔六〕《旧唐书·北狄列传》:"(契丹)可突于(干)率其麾下远遁,奚众尽降。……奚酋长李诗琐高等以其部落五千帐来降,诏封李斯为归义王兼特进左羽林军大将军同正,仍充归义州都督,赐物十万段,移其部落于幽州界安置。"《通鉴》系其事于开元二十年三月。饱食兼衣言之,偏义复词。四库本饱一作重。

〔七〕《汉书·李广传》:"广结发与匈奴大小七十徐战。"结发,谓束发。指成年时。《史记·季布列传》:"樊哙曰:'臣愿得十万众横行匈奴中。'"横行,遍行之意。

〔八〕《诗·小雅》有《角弓》篇。孔疏:"冬官弓人以六材为弓,谓干、角、筋、胶、丝、漆也。……此言角弓,盖别有角弓如今北狄所用者。"朱熹注:"角弓,以角饰弓也。"赵熙批:"收处能仿魏人气局。"

〔九〕《唐诗选》残卷作茫茫。

〔一〇〕《左传·襄公八年》:"冯陵我城郭。"注:"冯,迫也。"一作凭。

〔一一〕《旧唐书·玄宗纪》:"开元二十年六月丁丑,单于大都护、河北东道行军元帅忠王浚加司徒,都护如故。副大使(信)安王祎加开府仪同三司。"

笺曰:此适边塞诗之力作也,当与后《燕歌行》参看。第一首写一老卒不为将军所重。第二首写戍卒之少食,而降虏得厚赐。第三、四二首写汉兵善能骑射,不顾敌兵之侵侮,不惜牺牲。末首有慨于胡人之盛,则何日奏凯而还,所深忧也。

赠别王十七管记

故交吾未测，薄宦空年岁，晚节踪曩贤，雄词冠当世。堂中皆食客[一]，门外多酒债[二]，产业[三]曾未言，衣裘与人敝[四]。飘飘戎幕下，出入关山际，转战轻壮心[五]，立谈[六]有边计。云沙自回合，天海空迢递，星高[七]汉将骄，月盛[八]胡兵锐。沙深冷陉[九]断，雪暗辽阳闭[一〇]，亦谓扫槐枪[一一]，旋惊陷蜂虿[一二]。归旌告东捷，斗骑传西败，遥飞绝漠书[一三]，已筑长安第[一四]。画龙俱在叶[一五]，宠鹤先归卫[一六]，勿辞部曲[一七]勋，不借将军势。相逢季冬月，怅望穷海裔[一八]，折剑留赠人，严装[一九]遂云迈。我行即悠缅[二〇]，及此还羁滞，曾非济代[二一]谋，且有临深诫[二二]。随波混清浊[二三]，与物同丑丽，眇忆青岩栖，宁忘褐衣拜[二四]？自言偕水石[二五]，本欲亲兰蕙[二六]，何意薄松筠[二七]，翻然重菅蒯[二八]，恒深取与[二九]分，孰慢平生契？款曲鸡黍期[三〇]，酸辛别离袂。逢时愧名节[三一]，遇坎悲渝替[三二]，适赵非解纷[三三]，游燕独无说[三四]。浩歌方振荡，逸翮思凌励，倏若异鹏抟[三五]，吾当学蝉蜕[三六]。

各本题作《赠别王七十管记》，据《全唐诗》校改。《旧唐书·张守珪传》："契丹首领屈剌与可突于(干)恐惧，遣使诈降，守珪察知其伪，遣管记、右卫骑曹王悔诣其部落就谋之，悔至屈剌帐，贼徒初无降意，乃移其营帐，渐向西北，密遣使引突厥，将杀悔以叛，会契丹别帅李过折与可突于争权不叶，悔潜诱之斩屈剌、可突于，尽诛其党，率馀众以降。"王十七即悔也。《南史·陆玠传》：

"弘雅有识度，好学能属文，后主在东宫，征为管记。"为掌理文牍
之官。如张说曾为清边道大总管武攸宜幕管记。此诗云"怅望
穷海裔"，又云"适赵"、"游燕"，当在蓟门一带所作。又云："相逢
季冬月。"依时间故系于此。明活字本列此诗于五言古诗，然实
五言长律，第多拗句耳。

〔一〕《史记·孟尝君列传》："食客数千人。"寄食之宾客。

〔二〕孔融《失题》诗："归来酒债多，门客粲成行。"

〔三〕《史记·苏秦列传》："周人之俗，治产业，力工商，逐什二以
　　　为务。"

〔四〕《论语·公冶长》："子路曰：'愿车马衣轻裘（轻字宋人误加），
　　　与朋友共，敝之而无憾。'"此亦一证。

〔五〕庾信《周上柱国齐王宪神道碑》："斗建麾兵，天离转战。"又：
　　　"天离转阵，月德回兵。"倪璠注："《汉书》曰：匈奴举事，常随月
　　　盛满以攻战，月亏则退兵。"此但用为苦战之意。曹操《步出夏
　　　门行》："烈士暮年，壮心不已。"此反用之，言苦战之时以壮心
　　　为易。

〔六〕扬雄《解嘲》："或立谈间而封侯。"李善注："虞卿说赵孝成王，
　　　再见为赵上卿。"

〔七〕星谓太白，言将星也。

〔八〕《左传·成公十六年》疏："日为阳精，月为阴精，兵尚杀害，阴
　　　之道也，行兵贵月盛之时。晦是月终，阴之尽也，故兵家以晦
　　　为忌。"月盛，谓月满也。

〔九〕《辽史·地理志》："冷陉屏右，辽河堑左。"连山中绝曰陉。

〔一〇〕《汉书·地理志》："辽东郡有辽阳县。"《新唐书·地理志》："太
　　　宗亲征（高丽），得辽东城，置辽州。"闭谓隆冬闭藏。

〔一一〕《尔雅·释天》:"彗星为欃枪。"欃一作搀。崔骃《慰志赋》:"运
搀枪以电埽兮,清六合之土宇。"言扫除宇内也。

〔一二〕《左传·僖公二十二年》:"公卑邾人,不设备而御之,臧文仲
曰:……君其毋谓邾小,蜂虿有毒,而况国乎?"言为敌所攻击。

〔一三〕《全唐诗》漠作汉,误。《后汉书·西域传》:"命遣虎臣,浮河绝
漠。"李贤注:"沙土曰漠,直度曰绝。"绝漠书,谓求援之信。

〔一四〕《汉书·霍去病传》:"上为治第,令视之,对曰:'匈奴不灭,无
以家为也。'"此句反言主将之不重国事。

〔一五〕《新序·杂事》:"子张见鲁哀公……曰:君之好士也,有似叶公
子高之好龙也。……钩以写龙,凿以写龙,屋室雕文以写龙,
于是天龙闻而下之,窥头于牖,施尾于堂,叶公见之,弃而
还走。"

〔一六〕《左传·闵公二年》:"卫懿公好鹤,鹤有乘轩者。"两句谓不好
真士而好如画龙及鹤之似士而非者。

〔一七〕《说文》卷十四下:"辤,讼也。"又与辟通。同上:"辟,不受也。"
此宜作讼解。同书卷三上:"讼,争也。"《续汉书·百官志》:
"将军领军皆有部曲。大将军营五部,部校尉一人;部下有曲,
曲有军候一人。"句言不争部属之功也。

〔一八〕《淮南子·原道训》:"游于江浔海裔。"注:"裔,边也。"

〔一九〕《后汉书·清河孝王庆传》:"常夜分严装衣冠待明。"

〔二〇〕《玉篇》卷二十七:"緪与缅同,思貌也。"

〔二一〕见前《三君咏》诗注。

〔二二〕《后汉书·杨终传》:"岂可不临深履薄,以为至戒。"按《诗·小
雅·小旻》:"如临深渊,如履薄冰。"传:"(如临深渊)恐队(坠)
也;(如履薄冰)恐陷也。"

〔二三〕《楚辞·渔父》:"屈原曰:举世皆浊而我独清。……渔父曰:世人皆浊,何不淈其泥而扬其波?"《史记·屈原列传》作"何不随其流而扬其波?"

〔二四〕《孟子·滕文公》:"许子衣褐。"赵歧注:"以毳织之,若今马衣也。或曰:褐,枲衣也。一曰:粗布衣也。"孔融《荐祢衡表》:"乞令衡以褐衣召见。"

〔二五〕《全唐诗》偕作爱。水石,山间所有。

〔二六〕《离骚》:"余既滋兰之九畹兮,又树蕙之百亩。"赵壹《刺世疾邪赋》:"被褐怀金玉,兰蕙化为刍。"

〔二七〕叶大庆曰:"《礼器》:'其在人也,如竹箭之有筠也,如松柏之有心也,故贯四时而不改柯易叶,故君子有礼则外谐而内无怨。'郑注云:'四物于天下最得气之本,或柔刃于外,或和泽于内,用此不变伤也。'然则谓柔刃于外,亦以筠为竹皮欤?后世例以筠配松,直以筠为竹,自齐梁以来皆然。"(《考古质疑》卷五)杜甫《崔氏东山草堂》:"柴门空闭锁松筠。"储光羲《敬酬陈掾亲家翁秋夜有赠》:"节操方松筠。"与此诗皆以称松竹,误也。

〔二八〕《左传·成公九年》:"虽有丝麻,毋弃菅蒯。"疏:"郭璞曰:菅,茅属。……蒯与菅连,亦菅之类。……并可代丝麻之乏,故云无弃也。"适以菅蒯自比。

〔二九〕《汉书·司马迁传》:"临财廉,取与义。"

〔三〇〕《南史·齐郁林王纪》:"款曲周至。"言委曲应酬。《论语·微子》:"止子路宿,杀鸡为黍而食之。"鸡黍待客见其情真。期,约也。

〔三一〕曹丕《与吴质书》:"鲜能以名节自立。"

〔三二〕张九龄《别韦侍御序》:"韦侯始以才进,中而遇坎。"言失意也。

《易·坎》王弼注："坎，险陷之名也。"渝替，变衰之意。

〔三三〕《史记·鲁仲连传》："游于赵，魏王使客将军新垣衍令赵帝秦，……鲁仲连见新垣衍，……（新垣衍）不敢复言帝秦。秦将闻之，为却军五十里。……平原君欲封鲁连，鲁连辞让。……酒酣起前，以千金为鲁连寿，鲁连笑曰：所谓贵于天下之士者，为人排患释难解纷乱而无取也。"

〔三四〕《史记·苏秦列传》："去游燕，岁馀而后得见说燕文侯。"说，读去声。

〔三五〕《庄子·逍遥游》："鹏之徙于南冥也，水击三千里，抟扶摇而上者九万里。"此句言不能高举。

〔三六〕《史记·屈原列传》："蝉蜕于浊秽以浮游尘埃之外。"言当远引也。

笺曰：此适赠别幽州节度使张守珪之管记王悔而作。首云"吾未测"、"踪曩贤"，用《后汉书·刘平传》序张奉叹毛义奉檄事也。"归旌告东捷"四句反映当时出征奚、契丹之情况，而适北行之失意亦于诗中见之。

信安王幕府诗并序

开元二十年，国家有事林胡〔一〕，诏礼部尚书信安王总戎大举，时考功郎中王公、司勋郎中刘公、主客郎中魏公、侍御史李公、监察御史崔公，咸在幕府，诗以颂美数公，见于词凡三十韵。

41

云纪轩皇代〔二〕，星高太白年〔三〕，庙堂咨上策〔四〕，幕府制中权〔五〕。盘石藩维〔六〕固，升坛〔七〕礼乐先，国章荣印绶〔八〕，公服贵貂蝉〔九〕。乐善〔一〇〕旌深德，输忠格上玄〔一一〕，剪桐光宠锡〔一二〕，题剑美贞坚〔一三〕。圣祚雄图广〔一四〕，师贞武德虔〔一五〕，雷霆七校〔一六〕发，旌旆五营〔一七〕连。华省征群乂〔一八〕，霜台举二贤〔一九〕，岂伊公望远〔二〇〕，曾是茂才〔二一〕迁。并秉韬钤术〔二二〕，兼该翰墨筵〔二三〕，帝思麟阁像〔二四〕，臣献柏梁篇〔二五〕。振玉登辽甸〔二六〕，摐金历蓟墙〔二七〕，度河飞羽檄〔二八〕，横海泛楼船〔二九〕。北伐声逾迈，东征务以专〔三〇〕，讲戎喧涿野〔三一〕，料敌静居延〔三二〕。军势持三略〔三三〕，兵戈自九天〔三四〕，朝瞻授钺去〔三五〕，时听偃戈旋〔三六〕。大漠风沙里，长城雨雪边，云端临碣石〔三七〕，波际隐朝鲜〔三八〕。夜壁冲高斗〔三九〕，寒空驻彩旃〔四〇〕，倚弓玄兔月〔四一〕，饮马白狼川〔四二〕。关塞鸿勋著，京华甲第〔四三〕全，落梅〔四四〕横吹后，春色凯歌〔四五〕前。庶物随交泰〔四六〕，苍生解倒悬〔四七〕，四郊增气象，万里绝风烟。直道常兼济〔四八〕，微才独弃捐，曳裾〔四九〕诚已矣，投笔〔五〇〕尚悽然。作赋同元叔〔五一〕，能诗匪仲宣〔五二〕，云霄〔五三〕不可望，空欲仰神仙〔五四〕。

《唐诗选》残卷题作《信安王出塞》，序文"诗以颂美数公"作"以颂数公"。《册府元龟》卷六八九："信安王祎（祎）历蜀、濮二州刺史，政号清肃，人吏畏而服之。"《新唐书·玄宗纪》："开元二十年正月乙卯，信安郡王祎为河东河北道行军副元帅以伐奚、契丹。三月，战于蓟州，败之。"《后汉书·班固传》："固奏记说（东平王）苍曰：幕府新开，广延群俊。"按《旧唐书·吴王恪传》：信安王祎，为太宗子吴王恪之孙。开元十二年，封信安郡王；十五年，拜左金吾卫大将军，朔方节度副大使知节度事，兼摄御史大夫，迁礼

高适诗集编年笺注

42

部尚书。《资治通鉴》卷二一七胡注:"信安王祎,开元初以军功有宠于上。"此诗当为开元二十年春作于幽冀之地。其中庶物四句与关塞四句系据敦煌唐写本《唐诗选》残卷(伯二五六七)互易其位置。胡应麟评此诗曰:"典重整齐,精工赡逸,特为高作。"(《诗薮》内编卷四)按此诗从陈子良《赞德上越国公杨素》而来,精美过之。

〔 一 〕《史记·苏秦列传》:"北有林胡、楼烦。"正义:"林胡,国名。朔岚以北。"《通鉴》卷二一四胡注:"《实录》以契丹即战国时林胡地。"事,变故,言兵事也。

〔 二 〕《左传·昭公十七年》:"黄帝以云纪官,故为云师而云名。"轩皇,即黄帝。此句赞唐之盛世。

〔 三 〕星谓将星。《史记·天官书》正义:"太白者,西方金之精,白帝之子,上公大将军之象也。"此句赞信安王祎之显达。胡应麟曰:"凡排律起句,极宜冠裳雄浑,不得作小家语。唐人可法者:……李白'独坐清天下,专征出海隅',高适'云纪轩皇代,星高太白年',此类最为得体。"(《诗薮》内编卷四)

〔 四 〕《汉书·匈奴传》:"莽将严尤谏曰:……周秦汉征之,然皆未有得上策者也。周得中策,汉得下策,秦无策焉。"《尔雅·释诂》:"咨,谋也。"《唐诗选》残卷咨作资。

〔 五 〕《左传·宣公十二年》:"前茅虑无,中权后劲。"注:"中军制谋,后以精军为殿。"

〔 六 〕《史记·孝文帝纪》:"高帝封王子弟地犬牙相制,此所谓磐石之宗也。"索隐:"言其固如磐石。"《诗·大雅·板》:"价人维藩。"郑笺:"王当用公卿诸侯及宗室之贵者为藩屏。"王中《头陀寺碑》:"观政藩维,树风江汉。"吕延济注:"藩谓诸侯也,维,隅也，言使观政作藩，卫彼一隅也。"

〔 七 〕《汉书·高帝纪》："汉王齐（斋）戒，设坛场，拜韩信为大将军。"
注："筑土而高曰坛，除地为场。"《韩信传》萧何言有"具礼"，即
"礼乐先"也。

〔 八 〕《后汉书·应劭传》："旧章堙没，书记罕存，……乃缀集所闻，
著汉官礼仪故事，凡朝廷制度，百官典式，多劭所立。"颜延之
《赭白马赋》："振民隐，修国章。"吕延济注："国章，国之礼仪
也。"独孤及《唐故太子宾客兼御史大夫洪州刺史洪吉八州防
御观察使张公遗爱碑》序："公之解裋褐而施（《文苑英华》作
拖）国章也，十有一年矣。"《史记·项羽本纪》："项梁持守头，
佩其印绶。"

〔 九 〕《北史·魏孝文帝纪》："始制五等公服。"《后汉书·舆服志》：
"侍中、中常侍冠武弁大冠，加黄金珰，附蝉为文，貂尾为饰。"

〔一〇〕《后汉书·东平王苍传》："日者问东平王，处家何等最乐？王
言为善最乐。"

〔一一〕《书·说命》："格于皇天。"格，感通之意。《隋书·高祖纪》：
"受命上玄。"上玄即皇天也。

〔一二〕《史记·晋世家》："周公诛灭唐，成王与叔虞戏，削桐叶为珪，
以与叔虞曰：以此封若。史佚因请择日立叔虞。"叔虞，成王
弟，故以比玄宗封祎为郡王。

〔一三〕《东观汉纪》卷二："（章）帝赐尚书剑各一，手署姓名：韩稜楚龙
泉，郅寿蜀汉文，陈宠济南锻成。（《后汉书·韩棱传》作"韩棱
楚龙渊，郅寿蜀汉文，陈宠济南椎成"。）……其时论者以为稜
渊深有谋，故得龙泉，寿明达有文章，故得汉文剑，宠敦朴有善
于内，不见于外，故得锻成剑。"张九龄《奉和圣制送尚书燕国

公赴朔方》诗:"为奏薰琴唱,仍题宝剑名。"时信安王为礼部尚书,故云。梁元帝《下荆州书》:"昔伯武贞坚,就仕河内。"

〔一四〕庾信《周宗庙歌》:"雄图属天造,宏略遇群飞。"《唐诗选》残卷圣祚作圣作,当误。

〔一五〕《易·师》:"师贞,丈人吉,无咎。"注:"为师之正,丈人乃吉也。"《史记·秦始皇本纪》:"奋扬武德。"

〔一六〕《汉书·刑法志》注:"《百官表》:中垒、屯骑、步兵、越骑、长水、胡骑、射声、虎贲凡八校尉。胡骑不常置,故此言七也。"

〔一七〕《后汉书·顺帝纪》:"调五营弩师,郡举五人,令教习战射。"注:"五营,五校也,谓长水、步兵、射声、胡骑、车骑等五校尉也。"刘攽以为当改胡作屯,改车为越。

〔一八〕潘岳《秋兴赋》:"独展转于华省。"谓散骑之贵省也。唐官署有尚书、门下、中书、秘书、殿中、内侍六省。群义,称王、刘、魏等郎中为俊乂之士。

〔一九〕《白帖》:"御史大夫,宪台,霜台。"二贤,指侍御史李及监察御史崔。

〔二〇〕《经传释词》卷三:"伊,维也。唯与维同。"鲍照《代放歌行》:"岂伊白璧赐,将起黄金台。"公望见前《真定即事奉赠韦使君二十八韵》诗注。句言非唯公望远也。

〔二一〕《汉书·武帝纪》:"察吏民有茂才异等。"注:"应劭曰:旧言秀才,避光武讳,称茂才。"

〔二二〕《礼记·礼运》注:"秉,犹持也。"韬钤,古兵书有《六韬》及《玉钤篇》。《唐诗选》残卷术作述,较佳。此句言通武。

〔二三〕《楚辞·招魂》注:"该亦备也。"翰墨筵,言文席也。

〔二四〕《汉书·苏武传》:"上(宣帝)思股肱之美,乃图画其人于麒麟阁，法其形貌，署其官爵姓名，曰大司马大将军博陆侯姓霍氏（名光）……凡十一人。”

〔二五〕《古文苑》卷四：“汉武帝元封三年作柏梁台，诏群臣二千石有能为七言诗者乃得上座。帝曰：‘日月星辰和四时。’”自梁王以下作诗者二十五人。

〔二六〕王融《永明乐》：“振玉躧丹墀。”振玉，犹鸣珂。辽甸，指辽东西之地，为与奚、契丹交战之前沿地带。

〔二七〕司马相如《子虚赋》：“摐金鼓。”颜师古注：“摐，撞也。”《新唐书·地理志》：“蓟州渔阳郡治渔阳。”在今河北省蓟县。《玉篇》卷二：“堧，张晏云：城旁地。俗作壖。”

〔二八〕《隋书·炀帝纪》：“度河，至浚仪襄城，达于上洛。”度，同渡。《汉书·高帝纪》注：“檄者，以木简为书，长尺二寸，用征召也。其有急事，则加以鸟羽插之，示速疾也。”

〔二九〕《史记·平准书》：“大修昆明池，治楼船，高十馀丈。”

〔三〇〕敦煌唐写本《唐诗选》残卷此句以作已，字相通。《礼记·檀弓》：“毋乃已疏乎？”郑注：“已犹甚也。”已与上句之逾互文，言东征务甚专也。

〔三一〕《史记·五帝本纪》：“黄帝乃征师诸侯，与蚩尤战于涿鹿之野。”地在今河北省涿鹿县。《玉篇》卷五：“喧，大语也。”

〔三二〕《史记·苏秦列传》：“是故明主外料其敌之强弱，内度其士卒贤不肖，不待两军相当，而胜败存亡之机，固已形于胸中矣。”《汉书·武帝纪》：“将军去病、公孙敖出北地二千馀里，过居延。”颜师古注：“居延，匈奴中地名也。韦昭以为张掖县，失之。”

〔三三〕《孙子·势篇》：“战势不过奇正，奇正之变不可胜穷也。”曹操

注:"用兵任势也。"三略,传说黄石公授张良之兵书,始见于《隋书·经籍志》:"《黄石公三略》三卷,下邳神人撰。"系伪托。

〔三四〕《唐诗选》残卷戎作威。涉上讲戎之戎而误重也。《孙子·形篇》:"善攻者动于九天之上。"

〔三五〕朝谓朝中之人。《汉书·王莽传》:"莽以大保甄邯为大将军,受钺高庙,领天下兵。"钺,大斧也。言奉命出征。

〔三六〕《汉书·匈奴传》注:"三月为一时。"《北史·周太祖纪》:"命将士皆偃戈于葭芦中。"此句盼其早日凯旋。

〔三七〕见前《别冯判官》诗注。

〔三八〕敦煌唐写本隐作指。《史记·朝鲜列传》:"定朝鲜为四郡。"

〔三九〕壁谓天壁。《唐诗选》残卷冲作衔。北斗居中央最高,故称高斗。

〔四○〕《说文》卷七:"旆,旗曲柄也。"或作旜。

〔四一〕庾信《哀江南赋》:"倚弓于玉女窗扉,系马于凤凰楼柱。"谢庄《月赋》:"引玄兔于帝台,集素娥于后庭。"李周翰注:"玄兔,月也。"王褒《轻举篇》:"低望月如弓。"

〔四二〕《水经注》卷十四:"辽水右会白狼水,水出右北平白狼县东南。"杨守敬以为即大凌河,由辽宁省凌源县经朝阳、锦州入辽东湾。沈佺期《古意呈补阙乔知之》诗:"白狼河北音书断。"

〔四三〕《史记·武帝纪》:"赐列侯甲第。"集解:"骃案《汉书音义》曰:'有甲乙第次,故曰第。'"《汉书·夏侯婴传》:"乃赐婴北第第一。"颜师古注:"北第者,近北阙之第,婴最第一也。故张衡《西京赋》云:北阙甲第,当道直启。"《文选·西京赋》注:"第,馆也,甲言第一也。"

〔四四〕《乐府诗集》卷二十四:"《梅花落》,本笛中曲也。"

〔四五〕《晋书·乐志叙》:"其有短箫之乐者,则所谓王师大捷,令军中凯歌者也。"

〔四六〕庶物,万物也。《易·泰》:"天地交泰。"

〔四七〕《孟子·公孙丑》:"民之悦之犹解倒悬也。"注:"喻困苦也。"

〔四八〕即兼善。《孟子·尽心》:"达则兼善天下。"此句称幕府诸人。

〔四九〕《汉书·邹阳传》:"饰固陋之心,则何王之门不可曳长裾乎?"言寄食于王侯之门也。

〔五〇〕《后汉书·班超传》:"家贫,常为官佣书以供养,尝辍业投笔叹曰:'大丈夫无他志略,犹当效傅介子、张骞立功异域,以取封侯,安能久事笔研间乎?'"

〔五一〕明活字本作元淑,误。从《唐诗选》残卷。《后汉书·赵壹传》:"赵壹字元叔,为《穷鸟赋》一篇,……又作《刺世疾邪赋》,以抒其怨愤。"

〔五二〕《魏志·王粲传》:"王粲字仲宣,善属文,举笔便成,无所改定,时人常以为宿构。……著诗赋论议垂六十篇。"

〔五三〕《晋书·熊远传》:"攀龙附凤,翱翔云霄。"

〔五四〕《唐诗选》残卷作"徒欲慕神仙"。《后汉书·郭泰传》:"李膺同舟而济,众宾望之以为神仙焉。"《世说·企羡》:"孟昶未达时,家在京口,尝见王恭乘高舆、被鹤氅裘,于时微雪,昶于篱间窥之,叹曰:此真神仙中人。"

笺曰:此诗首段十六句颂美信安王,次段八句颂美幕府诸人,三段二十八句祝战胜,末八句自叹弃捐,有求援引意。

自蓟北归

驱马〔一〕蓟门北,北风边马哀〔二〕,苍茫〔三〕远山口,豁达〔四〕胡天开。五将已深入〔五〕，前军止半回〔六〕，谁怜不得意〔七〕，长剑独归来〔八〕。

此适开元二十年冬自蓟北南还时作。唐汝询《唐诗解》卷三十七："按达夫尝居哥舒翰幕下，盖出战不利而有是作。"考适居哥舒幕下在河西，不当至蓟北，唐说误。张正见《从军行》："胡兵屯蓟北。"谓蓟门以北也。明活字本列此诗于五言律诗，然四、五、七句三句均失调而未相救，亦为病也。

〔一〕《诗·鄘风·载驰》："驱马悠悠。"

〔二〕《后汉书·董祀妻传》："胡笳动兮边马鸣。"黄培芳评此二句："叠北、马二字。"近藤元粹增评："起手颇奇。"（《唐贤三昧集笺注》卷下）按：首二句相调救。

〔三〕何逊《行经范仆射故宅》诗："苍茫落日晖。"孟浩然《赴命途中逢雪》诗："迢递秦京道，苍茫岁暮天。"旷远迷茫之状。

〔四〕刘桢《公讌诗》："豁达来风凉。"刘良注："豁然犹通达，而达（来）风凉也。"

〔五〕《汉书·匈奴传》："遣御史大夫田广明……凡五将，军兵十馀万骑出塞，匈奴远遁逃，是以五将少所得。……皆不至期还。"

〔六〕《太公六韬》："前军绝行乱阵。"《汉书·酷吏传》："以祁连将军（田广明）将兵击匈奴，出塞，至受降城，……不至质（指所期处），引军空还，下太守杜延年簿责，广明自杀阙下。"《汉书·匈奴传》："祁连将军出塞千六百里，至鸡秩山，……逢汉使匈奴还者冉弘等言鸡秩山西有虏众，祁连即戒弘，使言无虏，……遂引兵还，虎牙将军（田顺）出塞八百馀里，至丹余吾水上，即止兵不进，……引兵还。上以虎牙将军不至期，诈增卤获，而祁连知虏在前，逗遛不进，皆下吏，自杀。"《唐诗选》残卷止作无。

〔七〕《史记·虞卿列传》:"不得意,乃著书。"

〔八〕《唐诗选》残卷独作自。《战国策·齐策》:"居有顷,(冯谖)倚柱弹其铗,歌曰:长铗归来乎,食无鱼。……"铗,剑柄也。

笺曰:此诗"五将已深入,前军止半回",必有所指,惜未知何事耳。

邯郸少年行

邯郸城南游侠子〔一〕,自矜〔二〕生长邯郸里:千场纵博〔三〕家仍富,几度报雠〔四〕身不死。宅中歌笑日纷纷,门外车马常如云〔五〕,未知肝胆〔六〕向谁是,令人却忆平原君〔七〕。君不见即今交态〔八〕薄,黄金用尽还疏索〔九〕。以兹感叹〔一○〕辞旧游,更于时事〔一一〕无所求,且与少年饮美酒,往来射猎西山头〔一二〕。

《乐府诗集》收此诗于杂曲歌辞中。《淇上酬薛三据兼寄郭少府微》诗云:"北上登蓟门,茫茫见沙漠。……拂衣去燕赵,驱马怅不乐,天长沧洲路,日暮邯郸郭。"此诗应为高适游蓟门后南归途经邯郸所作。《汉书·地理志》:"赵国,故秦邯郸郡,属冀州。""邯郸县,赵敬侯自中牟徙此。"邯郸为战国时赵之国都。《新唐书·地理志》:"河北道惠州有邯郸县。"即今河北省邯郸市。唐汝询曰:"此叹交道之薄,因少年以发之也。意谓世之交者,孰非势利耶?观此邦游侠之子,贪嗜于财,倖免于法,非能豪举也,然而门庭若市,故我之肝胆未知所向,以世无平原君也。交态既日薄矣,吾岂待金尽而疏索哉?惟辞彼旧游而于时事无求耳。今少年不尚游侠,不趋势利,但与饮酒射猎以相娱乐,则其交也庶几哉！"(《唐诗解》卷十六)王尧衢曰："邯郸是赵之旧都，其生长人士多轻生尚义，而多游侠之少年，故少年亦以自夸。"邯郸少年即游侠子，得其解矣。唐说误。又曰："此篇上下两段局。上半篇一转韵，气缓；下半篇君不见后转韵，气促，格调宜然。"(《古唐诗合解》卷三)赵熙于此诗眉批曰："兀敖奇横。"

〔一〕《文苑英华》城南一作城西。《史记·游侠列传》集解："荀悦曰：'立气齐，作威福，结私交，以立强于世者，谓之游侠。'"曹植《白马篇》："借问谁家子，幽并游侠儿。"赵熙批曰："李白'淮南小山白毫子，乃在淮南小山里'，与此起同妙。"

〔二〕《文苑英华》作自言，注"一作矜"。

〔三〕《论语·阳货》疏："博，《说文》作簙，局戏也，六箸十二棋也。"

〔四〕《史记·郭解列传》："以躯借交报仇。"《唐诗选》残卷度作处。

〔五〕明活字本作如云屯，从《文苑英华》，盖屯属真、元韵，云与君属文韵。《唐诗选》残卷、《唐百家诗选》、《唐诗纪事》作长如云，《河岳英灵集》作屯如云，然此处以作常或长为愈。陆机《从军行》："胡马如云屯。"李善注："《广雅》曰：'屯，聚也。'"吕向注："如云，言多也。"

〔六〕《史记·淮阴侯列传》："蒯通曰：'臣愿披腹心，输肝胆。'"

〔七〕《史记·平原君列传》："平原君赵胜者，赵之诸公子也。……喜宾客，宾客盖至者数千人。"殷璠曰："余所最深爱者：未知肝胆向谁是，令人却忆平原君。"(《河岳英灵集》卷上)黄培芳曰："句有远神，最为宕逸。"(《唐贤三昧集笺注》卷下评)唐汝询谓平原君为汉朱建赐号平原君者，闻人倓《古诗笺》卷下取其说，非是。

〔八〕《史记·汲郑列传》："一贫一富，乃知交态。"明活字本即今作今人,从《唐诗选》残卷、《文苑英华》、《唐百家诗选》。此句赵熙旁批:"突断。"

〔 九 〕《战国策·秦策》:"黄金百斤尽。"萧子云《东郊望春禺王建安隽晚游》诗:"相去能几许,一水终疏索。"骆宾王《畴昔篇》:"畴昔交朋已疏索。"《释名·释言语》:"疏,索也。获索相远也。"《礼记·檀弓》注:"索犹散也。"谢灵运《过白岸亭诗》:"未若长疏散,万事恒抱朴。"意亦近也。

〔一〇〕《文苑英华》一作感激。

〔一一〕鲍照《代东武吟》:"时事一朝异,孤愤谁复论?"

〔一二〕《史记·李将军列传》:"居蓝田南山中射猎。"《史记·赵奢列传》:"赵惠文王赐奢号为马服君。"集解:"张华曰:'赵奢冢在邯郸界西山上,谓之马服山。'"《括地志》:"马服山(在)邯郸县西北十里。"赵熙于两句旁批曰:"大力收束。何其健举!"

笺曰:此适南归经邯郸时交结游侠少年之作也。殷璠《河岳英灵集》谓适"性拓落,不拘小节,隐迹博徒",于此诗见之,所谓"千场纵博家仍富",则少年即一博徒也。璠又称"余所最深爱者:未知肝胆向谁是,令人却忆平原君",则此诗之见重于当时,亦可知矣。

渔父歌

曲岸深潭一山叟,驻眼看钩不移手,世人欲得知姓名,良久问他不开口。笋皮笠子荷叶衣,心无所营守钓矶〔一〕,料得孤舟无定止〔二〕,日暮持竿何处归?

《淇上酬薛三据兼寄郭少府微》诗自叙蓟北归来曰:"酒肆或淹

留，渔潭屡栖泊。"姑系于此。岑参有《渔父》诗与此命意相同。
其后张志和有《渔父歌》、《渔父》，柳宗元有《渔翁》，皆由此出。

〔一〕锺惺评曰："当知驻眼看钩不移手，心无所营守钓矶，与意不在
　　　　鱼(《自淇涉黄河途中作十三首》云："钓鱼三十年，中心无所
　　　　向。")同一机局，皆出世人心眼。"谭元春曰："钓鱼三十年，心
　　　　中无所向，比心无所营更微，此处是描他模样，别有一好处
　　　　耳。"(《唐诗归》卷十二)

〔二〕《唐诗归》料得作料理。按明活字本及《全唐诗》均作料得，解
　　　　料为料理，是也。锺惺曰："从心无所营来，有味。"(同上)

别韦五

徒然酌杯酒，不觉[一]散人愁，相识仍[二]远别，欲归翻旅游[三]。
夏云满郊甸，明月照河洲[四]，莫恨征途远，东看漳水[五]流。

　　观末句可知此诗为漳水上作。诗又云："欲归翻旅游。"似北游归
　　来未至宋州时作也。

〔一〕未见之意，酒不能解愁，故云徒然也。

〔二〕《尔雅·释诂》："仍，乃也。"

〔三〕翻，反也。两语令人错愕。

〔四〕赵熙批："二句风格高入晋宋。"

〔五〕《水经注》卷十："浊漳水出上党长子县西发鸠山，……过邺
　　　　县西。"

效古赠崔二

十月河洲时，一看有归思[一]，风飙生惨烈[二]，雨雪暗天地，我

辈今胡为？浩哉迷所至。缅怀当途者〔三〕，济济〔四〕居声位，邈然在云霄〔五〕，宁肯更沦踬〔六〕？周旋多燕乐〔七〕，门馆列车骑。美人芙蓉姿〔八〕，狭室兰麝气〔九〕，金炉陈兽炭〔一〇〕，谈笑正得意，岂论草泽中〔一一〕，有此枯槁士〔一二〕？我惭经济〔一三〕策，久欲甘弃置〔一四〕；君负纵横〔一五〕才，如何尚颠顿〔一六〕？长歌增郁怏，对酒不能醉，穷达自有时，夫子〔一七〕莫下泪。

《别韦五》诗云："明月照河洲。"此诗亦云："十月河洲时。"似亦漳水上作。然前诗云："夏云满郊甸。"此诗则十月作，适何以在漳水上淹留数月之久，难以得知。又天宝五载适有《和崔二少府登楚丘城作》，楚丘城在滑州，诗云："年丰爱墟落"，为秋日作，又称"圣心思贤才，朅来刈葵藿"，与此诗之"我辈今胡为？浩哉迷所至"亦不同，似非同时同地之作，又《过崔二有别》称"秋风吹别马"，秋日已别，无缘十月赠诗。故此诗恐非天宝五载居淇上时，而为开元中北游归来未至宋州时作也。姑系于此。彭兰以河洲当作河州，系天宝九载河西作，按适在河西为哥舒翰幕掌书记，与此失意之作亦不符，不可妄改。李白有《送崔氏昆季之金陵》诗，一作《秋夜崔八丈水亭送崔二》，储光羲有《田家即事答崔二东皋作》，此三崔二不知是否一人。李白、储光羲均有《效古二首》。岑仲勉曰："效古者，效古体也。"（《唐人行第录》九十七页）

〔一〕思，读去声。宋育仁曰："妙于造语，每以俊取致，有如河洲十月，一看思归；舍下蛩鸣，居然萧索；载酒平台，赠君千里，发端既远，研意弥新。"（《三唐诗品》）

〔二〕张衡《西京赋》："冰霜惨烈。"薛综注："惨烈，寒也。"

〔三〕《韩非子·孤愤》："当涂之人擅事要，则外内为之用矣。"谓居要路，执政之人。

〔四〕《书·大禹谟》："济济有众。"传："众盛之貌。"读上声。

〔五〕见前《信安王幕府诗》注。

〔六〕谢灵运《富春渚》诗："沦踬困微弱。"吕延济注："以沉顿困于
微弱。"

〔七〕《礼记·内则》："进退周旋慎齐。"周旋犹言应接也。《新唐
书·礼乐志》："自周陈以上，雅郑淆杂而无别，隋文帝始分雅
俗二部，至唐更曰部当，凡所谓俗乐者二十有八调，……其后
声器寖殊，或有宫调之名，或以倍四为度，有与律吕同名而声
不近雅者，其宫调乃应夹钟之律，燕设用之。"是燕乐者，俗
乐也。

〔八〕《西京杂记》卷二："卓文君脸际常若芙蓉。"

〔九〕张华《情诗》："兰室无容光。"江总《杂曲》："愿奉更衣兰麝气，
恐君马到自惊香。"

〔一〇〕《晋书·羊琇传》："琇性豪侈，费用无复齐限，而屑炭和作兽形
以温酒，洛下豪贵咸竞效之。"

〔一一〕《史记·仲尼弟子列传》："原宪亡在草泽中。"谓在野。

〔一二〕《渔父》："屈原既放，游于江潭，颜色憔悴，形容枯槁。"

〔一三〕《文中子·礼乐》："皆有经济之道。"言经世济民也。

〔一四〕曹丕《杂诗》："弃置勿复陈，客子常畏人。"

〔一五〕见前《塞上》诗注。

〔一六〕同憔悴。

〔一七〕称崔二。

笺曰：首段六句叙时景，动人归思而不知所向。次段十二句遥想
权贵之生活，均适在长安等地所目睹，故揭露深刻。末段八句言

己与崔均弃置憔悴，本堪下泪，而仍以穷达自有时命相慰也。

淇上酬薛三据兼寄郭少府微

自从别京华[一]，我心乃萧索，十年守章句[二]，万事空寥落。
北上登蓟门，茫茫见沙漠，倚剑对风尘[三]，慨然思卫霍[四]。
拂衣[五]去燕赵，驱马怅不乐，天长沧洲[六]路，日暮邯郸郭。
酒肆或淹留，渔潭[七]屡栖泊，独行备艰险，所见穷善恶[八]。
永愿拯刍荛[九]，孰云干鼎镬[一〇]？皇情念淳古，时俗何浮薄？
理道资任贤，安人在求瘼[一一]。故交负灵奇，逸气抱謇
谔[一二]，隐轸经济具[一三]，纵横建安作[一四]，才望忽先鸣[一五]，
风期无宿诺[一六]。飘飖劳州县，迢递限言谑，东驰眇贝
丘[一七]，西顾弥虢略[一八]。淇水徒自流[一九]，浮云不堪托，吾
谋适可用[二〇]，天路岂寥廓[二一]？不然买山田，一身与耕
凿[二二]，且欲同鹪鹩[二三]，焉能志鸿鹤[二四]？

《诗·鄘风·桑中》："送我乎淇之上矣。"郑笺："其送我于淇水之
上。"《史记·卫康叔列传》："封康叔为卫君，居河淇间故商墟。"
《新唐书·地理志》："卫州汲郡有卫县，贞观十七年省清淇县入
焉。"今河南省淇县。淇上即指其地。《文苑英华》作王昌龄诗，
《全唐诗》一作王昌龄诗，按王昌龄无淇上作诗，而高适集中则淇
上诗甚多，又《北上登蓟门》云云均与高适行踪相符，故知为高适
作。《全唐诗》薛据小传引此诗"隐轸"二句称《高适赠诗》，甚是。
此诗叙至蓟北归来，当为途次淇上时之作也。各本题作《淇上酬
薛三掾兼寄郭少府》，《唐百家诗选》则作郭主簿，据《全唐诗》校

改。按崔曙有《送薛据之宋州》诗。刘长卿有《送薛据宰涉县》诗,题下注:"自永乐主簿陟状,寻复选受此官。"事在天宝六载后(见《唐才子传》卷二)。韩愈《国子助教河东薛君墓志铭》:"据为尚书水部郎中,赠给事中。"适所和薛据诗或即今存之《怀哉行》。祖咏有《家园夜坐寄郭微》诗,刘眘虚有《送韩平兼寄郭微》诗。

〔 一 〕谢灵运《斋中读书》诗:"昔余游京华,未尝废丘壑。"称文物荟萃之京城也。

〔 二 〕《汉书·夏侯胜传》:"建所谓章句小儒,破碎大道。"谓章节句读。

〔 三 〕《后汉书·班固传》:"设后北虏稍强,能为风尘。"戎马所至,风尘遂起。

〔 四 〕潘岳《西征赋》:"辛李卫霍之将。"卫霍,卫青霍去病也。

〔 五 〕谢灵运《述祖德诗》:"拂衣五湖里。"谓褰衣而去隐于五湖也。

〔 六 〕阮籍《为郑冲劝晋王笺》:"临沧洲而谢支伯。"沧洲,隐者所居。

〔 七 〕《文苑英华》作渔泽。

〔 八 〕《易·系辞》:"君子居则观其象而玩其辞。"疏:"君子自居处其身,观看其象,以知身之善恶,而习玩其辞,以晓事之吉凶。"王弼《周易略例》:"象生于意,故可寻象以观意。"

〔 九 〕《诗·大雅·板》:"先民有言:询于刍荛。"传:"薪采者也。"郑笺:"有疑事当与薪采者谋之。"《孟子·梁惠王》:"民以为将拯己于水火之中也。"

〔一〇〕《说苑·正谏》:"始皇帝大怒曰:是子(茅焦)故来犯吾禁,趋炊镬汤煮之。"《晋书·庾勇传》赞:"勇献嘉谋,几趋鼎镬。"古之烹刑也。孰云,谁谓也。《说文》卷三:"干,犯也。"《文苑英华》有脱句,且作"孰辞于鼎镬"。

〔一〕安人，安民也，避太宗讳。《诗·小雅·四月》："乱离瘼矣。"
传："瘼，病也。"

〔一二〕袁宏《三国名臣序赞》："岂徒謇谔而已哉?"李善注："《东观汉
纪》：戴冯谢上曰：'臣无謇谔之节，而有狂瞽之言。'字书曰：
'謇谔，直言也。'"

〔一三〕隐轸见前《真定即事奉赠韦使君二十八韵》诗注。经济见前
《效古赠崔二》诗注。李陵《答苏武书》："皆信命世之才，抱将
相之具。……卒使怀才受谤，能不得展。"具犹能也。

〔一四〕锺嵘《诗品》："降及建安，曹公父子笃好诗文，平原(曹植)兄弟
郁为文栋，刘桢王粲为其羽翼，……彬彬之盛大备于时矣。"

〔一五〕才望见前《真定即事奉赠韦使君二十八韵》《公望》注。《左
传·襄公二十一年》："平阴之役，先二子鸣。"杜注："自比于鸡
斗，胜而先鸣。"

〔一六〕《晋书·习凿齿传》："风期俊迈。"风期犹风度也。《论语·颜
渊》："子路无宿诺。"朱注："急于践言，不留其诺也。"

〔一七〕《左传·庄公八年》："齐侯游于姑棼，遂田于贝丘。"注："姑棼、
贝丘皆齐地。"今山东省博兴县南。眇，远也。

〔一八〕《左传·僖公十五年》注："虢略，虢之境界也。"《续汉书·郡国
志》："宏农郡陆浑西有虢略地。"在今河南嵩县西北。弥，
终极。

〔一九〕《诗·卫风·竹竿》："淇水滺滺。"传："滺滺，流貌。"

〔二○〕《左传·文公十七年》："子无谓秦无人，吾谋适不用也。"

〔二一〕江总《除尚书令谢台启》："声寄浮云，方祈九天之路。"言其高
远，欲退隐也。适诗则谓浮云不可寄，而天路可至，意指得君
之用也。《文苑英华》天路作天道。

〔二二〕《击壤歌》："凿井而饮,耕田而食。"

〔二三〕《庄子·逍遥游》："鹪鹩巢于深林,不过一枝。"

〔二四〕《汉书·张良传》："鸿鹄高飞,一举千里。"《诗·小雅·鹤鸣》：
"鹤鸣于九皋,声闻于天。"王嘉《拾遗记》卷三："老聃在周之
末,居反景日室之山,与世人绝迹,惟有黄发老叟五人,或乘鸿
鹤,或衣羽毛,……与聃共谈天地之数。"适诗则与鹪鹩对言,
非谓神仙之术,乃指大鸟高飞也。末二句《文苑英华》亦脱去。

笺曰:此适归途次淇上时和薛据之赠诗也。前幅二十二句,自述
与薛据长安别后十年来之经历,兼叙己志在于"拯刍荛"、"安民"
也。后幅十八句:故交六句赞薛据之才德,飘飖四句言道途相
隔,不得欢聚,末八句言仕进既难,只得农耕为生也。

苦雨寄房四昆季

独坐见多雨,况兹兼索居〔一〕,茫茫十月交〔二〕,穷阴千里馀。
弥望无端倪〔三〕,北风击林箊〔四〕,白日眇难睹,黄云争卷舒,安
得造化〔五〕功,旷然一扫除! 滴沥檐宇愁,寥寥谈笑疏,泥涂拥
城郭,水潦盘丘墟。惆怅悯田农,徘徊伤里闾〔六〕,曾是力井
税〔七〕,曷为无斗储〔八〕? 万事切中怀,十年思上书〔九〕,君门嗟
缅邈,身计念居诸〔一〇〕。沉吟顾草茅〔一一〕,郁怏任盈虚〔一二〕,
黄鹄〔一三〕不可羡,鸣鸡时起予〔一四〕。故人平台〔一五〕侧,高馆列
通衢〔一六〕,兄弟方荀陈〔一七〕,才华冠应徐〔一八〕。弹棋自多暇,
饮酒更何如? 知人想林宗〔一九〕,直道惭史鱼〔二〇〕。携手流
风〔二一〕在,开襟鄙吝祛〔二二〕,宁能访穷巷〔二三〕,相与对园蔬?

《文苑英华》房四作房休，注"集作四"，《全唐诗》房四一作房休。《文苑英华》卷七二〇有李华《送房七西游梁宋序》，时、地均相合。即房敬叔也。此诗云"故人平台侧"，又云"宁能访穷巷"，必宋州之作。又云："十年思上书。"适东归至开元二十一年已十年。《初学记》卷二："雨久曰苦雨。"

〔一〕《礼记·檀弓》："吾离群而索居。"注："群，朋友也。索，散也。"

〔二〕明活字本交作郊，《文苑英华》注："集作郊，非。"

〔三〕谢灵运《游赤石进帆海》诗："溟涨无端倪。"李周翰注："端倪，犹涯际也。"弥望，极望也。

〔四〕《吴都赋》："其竹则筼筜、林箖。"刘良注："林箖，是袁公所与越女试剑竹者也。"戴凯之《竹谱》："箖箊叶薄而广，越女使剑竹是也。"

〔五〕《庄子·大宗师》："以天地为大炉，以造化为大冶。"造化谓创造化育，指自然也。

〔六〕《诗·郑风·将仲子》："无踰我里。"传："里，居也。二十五家为里。"里有门，故称里闾。亦谓在乡为闾，在遂为里（《周礼·天官·小宰》疏）。

〔七〕《孟子·滕文公》："国中什一使自赋。……方里而井，井九百亩。其中为公田，八家皆私百亩。同养公田，公事毕，然后敢治私事。"鲍照《拟古八首》："岁暮井赋讫，程课相追寻。"钱振伦注："《周礼·小司徒》：乃经土地而井，牧其田野，以任地事，而令其贡赋。……课，税也。"此处借以言田租，唐所行为租庸调制，但当时因豪强兼并，已开始破坏。

〔八〕古乐府《东门行》："盎中无斗储。"谓斗米之储也。

〔九〕《史记·秦始皇本纪》："李斯上书说，乃止逐客令。"

〔一○〕《诗·邶风·日月》:"日居月诸。"传:"日乎月乎。"

〔一一〕《仪礼·士相见礼》:"在野则曰草茅之臣。"《后汉书·曹褒传》:"昼夜研精,沈吟专思。"

〔一二〕《易·丰》:"天地盈虚,与时消息。"

〔一三〕《卜居》:"宁与黄鹄比翼乎?"朱熹注:"黄鹄,大鸟。"

〔一四〕《晋书·祖逖传》:"与司空刘琨俱为司州主簿,情好绸缪,共被同寝,中夜闻荒鸡鸣,蹴琨觉曰:'此非恶声也。'因起舞。"《论语·八佾》:"起予者商也。"何晏集解:"包曰:'予,我也,孔子言子夏能发明我意,可与共言诗。'"

〔一五〕见前《宋中十首》注〔二〕。

〔一六〕《汉书·东方朔传》:"燔之于四通之衢。"谓广通之大道也。《文苑英华》通衢作东渠。

〔一七〕《世说》卷四:"正始中人士比论,以五荀方五陈:荀淑方陈寔,荀靖方陈谌,荀爽方陈纪,荀彧方陈群,荀顗方陈泰。"

〔一八〕谓建安七子之应场、徐干也。张说《扈从幸韦嗣立山庄应制》:"连藻愧应徐。"

〔一九〕《后汉书·郭太传》:"性明知人,好奖训士类。"太字林宗。

〔二○〕《论语·卫灵公》:"直哉史鱼,邦有道如矢,邦无道如矢。"朱熹注:"如矢,言直也。史鱼自以不能进贤(蘧伯玉)退不肖(弥子瑕),既死犹以尸谏,故夫子称其直。"

〔二一〕《孟子·公孙丑》:"其故家遗俗,流风善政,犹有存者。"《文苑英华》、《全唐诗》流风作风流。

〔二二〕《后汉书·黄宪传》:"同郡陈蕃周举尝相谓曰:'时月之间,不见黄生,则鄙吝之萌复存乎心。'"注:"吝,贪也。"《汉书·儿宽传》:"合祛于天地神祇。"注:"李奇曰:祛,开散也。"段玉裁谓古无从示之祛，从衣不误。

〔二三〕穷巷见前《行路难二首》注。此句与下句连读。

笺曰：此适雨中不耐索居寄房休兄弟之诗也。首段十四句写久雨之景。次段惆怅八句伤农民之贫困，欲上书而不得见纳也。三段十二句言己草野之臣，不可徒羡高飞，而故人才德俱优，当能启发、见访也。

赠别晋三处士

有人家住清河源〔一〕，渡河问〔二〕我游梁园，手持道经〔三〕注已毕，心知内篇〔四〕口不言。卢门〔五〕十年见秋草，此心惆怅谁能道？知己〔六〕从来不易知，慕君为人与君好〔七〕。别时九月桑叶疏，出门千里无行车〔八〕，爱君且欲君先达〔九〕，今上求贤早上书〔一○〕。

《唐诗选》残卷题作《赠别晋处士》。诗云："卢门十年见秋草。"知在宋州已十秋，如自开元十二年起算，应作于开元二十一年，然是年十月适尚在漳水上，上篇亦系初归宋州之作，则此当为次年九月所作，言十年，举其成数也。《史记·信陵君列传》："赵有处士毛公，藏于博徒。"处士谓有学行而隐居不仕者。

〔一〕《水经注》卷九："清水出河内修武县之北黑山。"修武在今河南省获嘉县。

〔二〕《诗词曲语辞汇释》卷五："问犹向也。"

〔三〕《南史·顾欢传》："佛经繁而显，道经简而幽，道经之作，著自西周，佛经之来，始自东汉。"道经即《道德经》也。

〔四〕《庄子》分内、外、杂篇，成玄英疏："内篇明于理本，外篇语其事迹,杂篇杂明于理事。"《黄庭内景经》亦名内篇。世以称神仙家言。

〔五〕见前《宋中十首》注。

〔六〕《战国策·赵策》:"士为知己者死。"

〔七〕《诗·小雅·斯干》:"兄及弟矣,式相好矣。"郑笺:"言时人骨肉用是相爱好也。"朱熹注:"好,去声。"

〔八〕《唐诗选》残卷作一行车。

〔九〕《唐诗选》残卷且作又。

〔一〇〕《诗·周南·卷耳》序:"又当辅佐君子,求贤审官。"孔疏:"其志欲令君子求贤德之人,审置于官位。"上书见上篇注〔九〕。

送萧十八<small>与房侍御回还</small>

常苦古人远,今见斯人古〔一〕,淡泊遗声华〔二〕,周旋必邹鲁〔三〕。故交在梁宋,游方〔四〕出庭户,匹马鸣朔风,一身济河浒。辛勤采兰咏〔五〕,款曲翰林主〔六〕,岁月催别离,庭闱〔七〕远风土。寥寥寒烟静,莽莽夕云吐,明发〔八〕不在兹,青天眇难睹。

题下注据《文苑英华》、《全唐诗》补。萧十八疑即萧昕。陶翰有《赠房侍御》诗,题下注:"时房公在新安。"诗曰:"谪居东南远。"又曰:"郡临新安渚,佳赏此城偏。"当指歙州新安郡。按《旧唐书·房琯传》:"(开元)二十二年拜监察御史,其年坐鞫狱不当,贬睦州司户。"睦、歙邻州,陶诗所云"征奇忽忘返"也。此诗当为房任宋城令时作。见下篇题解。以下二十三首宋州作诗难以细按年月,照诗集先后排列。

〔一〕《文苑英华》苦一作悲。孙涛《全唐诗话续编》卷下以此为佳

63

句。按此诗发端甚奇。《自蓟北归》诗曰："驱马蓟门北,北风边马哀。"叠北、马二字。此叠古、人二字也。

〔二〕见前《酬李少府》诗注。

〔三〕庾信《哀江南赋》:"门成邹鲁。"倪璠注:"言其多文学也。"

〔四〕《论语·里仁》:"父母在,不远游,游必有方。"

〔五〕束皙《补亡诗》:"循彼南陔,言采其兰。"序:"南陔,孝子相戒以养也。"

〔六〕款曲见前《赠别王十七管记》诗注。扬雄《长杨赋》:"故借翰林以为主人。"李善注:"韦昭曰:翰,笔也。文翰之多若林也。……犹儒林之义也。……《说文》曰:毛长者曰翰。"

〔七〕束皙《补亡诗》:"眷恋庭闱,心不遑安。"李善注:"庭闱,亲之所居。眷恋,思慕也。"

〔八〕《诗·小雅·小宛》:"明发不寐,有怀二人。"传:"发夕至明。"

同房侍御山园新亭与邢判官同游

隐隐春城外,蒙笼〔一〕陈迹深,君子顾榛莽,与言〔二〕伤古今。决河导新流,疏逐踪旧林,开亭俯川陆,时景宜招寻〔三〕。肃穆逢使轩,夤缘事登临〔四〕,忝游芝兰室〔五〕,还对桃李阴〔六〕,岸远白波来〔七〕,气暄黄鸟吟〔八〕。因睹歌颂作〔九〕,始知经济〔一〇〕心,灌坛有遗风〔一一〕,单父多鸣琴〔一二〕,谁为久州县,苍生怀德音〔一三〕。

《旧唐书·房琯传》:"历慈溪、宋城、济源县令,为政多兴利除害,缮理廨宇,颇著能名。"又称"琯雅有巧思"。此为其任宋城令时作也。琯之原作已不存。

〔一〕 一作蒙茏,《全唐诗》作朦胧。

〔二〕 《全唐诗》作兴言。

〔三〕 骆宾王《夏日游山家同夏少府》诗:“返照下层岑,物外狎
招寻。”

〔四〕 《吴都赋》:“蒙缘山岳之岊。”李善注:“蒙缘,出也。”李周翰注:
“言众草滋长皆缘上山岳而生。”宋玉《九辩》:“登山临水兮送
将归。”

〔五〕 《孔子家语》卷四:“与善人居,如入芝兰之室。”

〔六〕 《汉书·李广传》:“桃李不言,下自成蹊。”注:“蹊,谓径道也。
言桃李以其花实之故,非有所招呼而人事归趋,来往不绝,其
下自然成径,以喻人怀诚信之心,故能潜有所感也。”

〔七〕 《庄子·外物》:“白波若山,海水震荡。”

〔八〕 陆玑《毛诗草木鸟兽虫鱼疏》卷上:“黄鸟,黄鹂鹠也。幽州人
谓之黄莺。”《尔雅·释鸟》郝懿行义疏:“黄鸟即今之黄
雀,……非黄离留也。”明活字本气暄作气喧,从《全唐诗》。王
嘉《拾遗记》卷一:“中国气暄,羽毛之衣稍稍自落。”

〔九〕 谓房之《山园新亭》诗也。

〔一○〕 见前《效古赠崔二》诗注。

〔一一〕 《博物志》卷七:“太公为灌坛令,武王梦妇人当道夜哭,问之,
曰:‘吾是东海神女,嫁于西海神童。今灌坛令当道,废其行,
我行必有大风雨,而太公有德,吾不敢以暴风雨过,是毁君
德。’武王至明日,召太公,三日三夜,果有疾风暴雨从太公邑
外过。”(《搜神记》以为系文王事,《太平御览》卷二六八、《太平
广记》卷二九一引《博物志》亦同)庾肩吾《从驾喜雨》诗:“归神
出灌坛。”吴士鉴《九钟精舍金石跋》云:“《隶释》载高彪碑有

云：'流化外黄，貟（贸）昔蘁檀。'亦用此事。惟碑皆作蘁檀
（《西乡侯兄张君残碑》同），盖蘁取灌木之义，檀亦木名，《博物
志》误檀为坛耳。"《汉书·地理志》："陈留郡有外黄县。"

〔一二〕见前《宋中十首》注〔二七〕。

〔一三〕《礼记·乐记》："天下大定，然后正六律，和五声，弦歌诗颂，此
之谓德音。德音之谓乐。"郑注："此有德之音，所谓乐也。"

笺曰：此诗见房琯之善治园亭，且好登临山水也。适赞其兴利除
害之德政，故以太公、宓子贱比之也。

酬裴秀才

男儿贵得意，何必相知早，飘荡与物永^[一]，蹉跎^[二]觉年老。
长卿无产业^[三]，季子惭妻嫂^[四]，此事难重陈^[五]，未为众
人道^[六]。

《新唐书·选举志》："其科之目，有秀才，有明经，有进士。"《国史
补》卷下："进士通称谓之秀才。"盖秀才科唐初所设，不久即停
（《新唐书·选举志》："高宗永徽二年，始停秀才科。"），此言秀
才，称进士也。

〔一〕物指岁物，句言长年飘流。《文苑英华》作物华，非。

〔二〕阮籍《咏怀》诗："白日忽蹉跎。"失时之意。

〔三〕《史记·司马相如列传》："相如字长卿，……归而家贫，无以
自业。"

〔四〕《史记·苏秦列传》："出游数岁，大困而归，兄弟嫂妹妻妾窃皆
笑之曰：'……今子释本而事口舌，困，不亦宜乎！'苏秦闻之而
惭，自伤。"季子参前《真定即事奉赠韦使君二十八韵》诗注。

〔五〕见前《效古赠崔二》诗注〔一四〕。"难重陈"即"勿复陈"意。

〔六〕《汉书·司马迁传》:"然此可为智者道,难为俗人言也。"《经传释词》卷十:"末犹未也,末犹勿也。"则未亦犹勿也。同上书卷二:"为犹与也。"句言勿与众人道,即勿与俗人言也。四库本为作于。

笺曰:此和贡士裴某之作也,言己以长年飘流失意,不觉年已老矣,而相如无产业,家徒四壁立,苏秦大困归家,愧见妻嫂,见适其时尚未有淇上之别业也。末言此事难再陈述,望裴勿与众人言也。

寄孟五少府

秋风落穷巷〔一〕,离忧兼暮蝉〔二〕,后时〔三〕已如此,高兴〔四〕亦徒然。知君念淹泊〔五〕,忆我屡周旋〔六〕,征路见来雁,归人悲远天,平生感千里,相望在贞坚〔七〕。

《文苑英华》、《全唐诗》题此,活字本则作《寄孟五》。锺惺曰:"排律化境,细读沈宋诗,方知其妙。"(《唐诗归》卷十二)《唐贤三昧集笺注》黄培芳评曰:"后四句因景生情,情深于文。"

〔一〕《文苑英华》、四库本秋风作秋气。《战国策·秦策》:"苏秦特穷巷掘门桑户棬枢之士耳。"

〔二〕《九歌·山鬼》:"思公子兮离忧。"《全唐诗话续编》卷下称此为佳句。

〔三〕陆机《演连珠》:"俊乂之臣屡抱后时之悲。"吕向注:"后,失也。"言不能及早得志。

〔四〕殷仲文《南州桓公九井作》:"独有清秋日,能使高兴尽。"李善

注:"潘安仁有《秋兴赋》。郑玄《周礼注》曰:'兴者,托事于物也。'"李周翰注:"清秋感人,兴喻之情可尽于此。"

〔五〕张九龄《奉和圣制送十道采访使及朝集使》诗:"戒程有攸往,诏饯无淹泊。"

〔六〕见前《效古赠崔二》诗注。

〔七〕明活字本作贞贤,从《文苑英华》、《全唐诗》。见前《信安王幕府诗》注。《后汉书·郎𫖮传》:"十室之邑,必有忠信,率土之人,岂无贞贤?"

笺曰:此诗首言秋风、穷巷、离忧、暮蝉,均使人不堪,而失时之悲更甚,末言来雁使人思归,所幸者,至交之情坚而不渝,为可感也。

宋中遇刘书记有别

何代无秀士,高门生此才,森然睹毛发〔一〕,若见江山〔二〕来。
几载困常调〔三〕,一朝时运催,白身〔四〕谒明主,待诏登云台〔五〕。
相逢梁宋间,与我醉蒿莱〔六〕,寒楚〔七〕眇千里,雪天昼不开〔八〕。
末路终别离,不能强悲哀〔九〕,男儿争富贵,劝尔莫迟回。

《新唐书·百官志》:"节度使下有掌书记。"

〔一〕《文苑英华》作毫发。从《唐诗选》残卷、明活字本。

〔二〕《全唐诗》作河山。从《唐诗选》残卷、明活字本。

〔三〕《新唐书·选举志》:"其不第则习业如初。三岁而又试,三试而不中第,从常调。"薛逢《君不见》诗:"或闻羁旅甘常调,簿尉文参各天表。"可参。

〔四〕同上:"白身视有出身,一经三传皆通者奖擢之。"白身谓无科第之人。

〔五〕扬雄《解嘲》李善注引应劭曰："待诏金马门。"《后汉书·贾逵传》："诏逵入讲北宫白虎观、南宫云台。"

〔六〕《韩诗外传》卷一："原宪居鲁环堵之室,茨以蒿莱。"

〔七〕《说文》卷六："楚,丛木,一名荆也。"

〔八〕《文苑英华》作闭不开。从《唐诗选》残卷、明活字本。

〔九〕强谓过甚。读上声。

宋中遇林虑杨十七山人因而有别

昔余涉漳水,驱车行邺西〔一〕,遥见林虑山,苍苍凌天倪〔二〕。邂逅逢尔曹〔三〕,说君彼岩栖,萝径垂野蔓,石房倚云梯〔四〕。秋韭何青青,药苗数百畦,栗林隘谷口,栝树森回溪。耕耘有山田,纺绩有山妻,人生苟如此,何必组与珪〔五〕？谁谓远相访,曩情殊不迷,檐前举醇醪,灶下烹只鸡。朔风忽振荡,昨夜寒蛩啼,游子益思归,罢琴伤解携〔六〕。出门尽原野,白日黯已低,始惊道路难,终念言笑暌〔七〕,因声谢〔八〕岑壑,岁暮一攀跻。

《汉书·地理志》："河内郡有隆虑县。"注："应劭曰:'林虑山在北,避殇帝名,改为林虑也。'师古曰:'虑音庐。'"郎蔚之《隋州郡图经》："隆虑山,一名林虑,盖隋县。西二十里,山有三峰。南第一峰名仙人楼,高五十丈,下有黄花谷,……西北有洞穴,去地十馀仞,下有小山孤竦,谓之玉女岩,高九百丈,其山北一峰,名举峰,其地有偏桥,即抱犊山也。南接大行,北连恒岳。"《新唐书·地理志》："相州邺郡林虑县,有林虑山。"今河南省林县西二十里，接山西省界。

〔一〕今河南省临漳县西，参前《别韦五》诗漳水注。

〔二〕《书·益稷》："戛击鸣球。"《说文》卷十二："戛，戟也。"戟，有枝兵也。《周礼》："戟长丈六尺。"一作戟。戛为戛之俗字。《庄子·齐物论》："和之以天倪。"释文："崔云：'或作霓，际也。'"赵熙批："五字极远山之奇。"

〔三〕《诗·郑风·野有蔓草》："邂逅相遇。"尔曹称同与杨山人隐居之辈。

〔四〕郭璞《游仙诗》："安事登云梯？"李善注："言仙人升天，因云而上。"

〔五〕左思《咏史》："临组不肯缧，对珪不肯分。"李善注："组，绶也。……诸侯执珪。"四库本苟一作但。

〔六〕《左传·僖公七年》："招携以礼。"注："携，离也。"解携，言分离也。

〔七〕《玉篇》卷二十："暌，违也。"

〔八〕《诗词曲语辞汇释》卷五："谢，犹语也。宋子侯《董娇饶》诗：'请谢彼姝子，何为见损伤？'"按《史记·张耳陈馀列传》："有厮养卒谢其舍中曰：'吾为公说燕，与赵王载归。'"谢即告语也。

笺曰：此诗前幅十六句述往日至林虑山访杨山人之经过及山中所见，后幅十四句则宋中相遇，旧情不改，斗酒只鸡，杂以琴奏，而北风忽起，又将分离，但告山壑，当再登攀也。

宋中别李八

岁晏谁不归，君归意可说〔一〕，将趋倚门望〔二〕，还念同人别。

驻马临长亭,飘然事明发〔三〕,苍茫眺千里,正值苦寒节。旧国多转蓬〔四〕,平台〔五〕下明月,世情恶疵贱〔六〕,夫子怀贤哲,行矣各勉旃〔七〕,吾当挹馀烈〔八〕。

〔一〕同悦。

〔二〕《战国策·齐策》:"王孙贾……母曰:'女(汝)朝出而晚来,则吾倚门而望。'"《诗·齐风·猗嗟》释文:"趋本亦作趍。"

〔三〕见前《送萧十八》诗注。

〔四〕、〔五〕见前《宋中十首》注〔二六〕、注〔一〕。

〔六〕见前《酬庞十兵曹》诗注。

〔七〕杨恽《报孙会宗书》:"愿勉旃毋多谈。"颜师古注:"旃,之也。"

〔八〕《史记·甘茂列传》:"臣闻贫人女与富人女会绩,贫人女曰:'我无以买烛,而子之烛光幸有馀,子可分我馀光,无损子明,而得一斯便焉。'今臣困,而君(称苏代)方使秦而当路矣,茂之妻子在焉,愿君以馀光振之。"《尔雅·释诂》:"烈,光也。"

酬岑二十主簿秋夜见赠之作

舍下蛩乱鸣,居然自萧索,缅怀高秋兴〔一〕,忽枉清夜作。感物我心劳,凉风惊二毛〔二〕,池空菡萏死,月出梧桐高。如何异乡县,复得交才彦,泪没嗟后时〔三〕,蹉跎耻相见。箕山〔四〕别来久,魏阙〔五〕谁不恋?独有江海心〔六〕,悠然未尝倦。

《新唐书·百官志》:御史台及大理、太常等寺有主簿,诸县亦置,掌簿书。恐此岑二十系任县职,以诗云"如何异乡县,复得交才彦"也。考杜甫有《寄彭州岑二十七长史参》诗,岑参有《送二十

二兄北游寻罗中》诗，此岑二十当亦为岑参之兄。闻一多《岑嘉
州系年考证》曰："植子五人，渭、况、参、秉、亚也。渭与秉、亚皆
无考，况尝官单父尉（按当作宰），与刘长卿善，似亦有文名，杜甫
《渼陂行》'岑参兄弟皆好奇'，王昌龄《留别岑参兄弟》'岑家双琼
树，腾光难为俦'，盖皆谓况也。"按《新唐书·宰相世系表》参兄
渭，澄城丞；况，湖州别驾（均终职）。此外尚有其伯父仲林（当作
休）之子尹，著作郎；灵（《元和姓纂》作炅），叶丞，然未知是否长
于参。则此能诗之岑二十主簿，亦未知是渭或况也。诗云："如
何异乡县，复得交才彦。"似在宋州属县所作。

〔一〕见前《寄孟五少府》诗注。

〔二〕《左传·僖公二十二年》："不禽二毛。"注："头白有二色。"

〔三〕见前《寄孟五少府》诗注。

〔四〕《史记·伯夷列传》："尧让天下于许由，许由不受，耻之，逃
　　　隐。……余登箕山，其上盖有许由冢云。"

〔五〕《吕氏春秋·审为》："身在江海之上，心居乎魏阙之下。"注：
　　　"魏阙，象魏也，悬教象之法，浃日而收之，魏魏高大，故曰魏
　　　阙。言身虽在江海之上，心存王室，故在天子门阙之下也。"

〔六〕同上。

苦雪四首

二月犹北风，天阴雪冥冥，寥落一室中，怅然惭百龄[一]，苦愁
正如此，门柳复青青。

惠连发清兴[二]，袁安念高卧[三]，余故非斯人，为性兼懒惰，赖
兹樽中酒，终日聊自过。

蒙蒙洒平陆,淅沥至幽居,且喜润群物,焉能悲斗储〔四〕? 故交久不见,鸟雀投吾庐。

孰云久闲旷,本自保知寡〔五〕,穷巷独无成,春条只盈把〔六〕。安能羡鹏举〔七〕,且欲歌牛下〔八〕,乃知古时人,亦有如我者。

范晞文《对床夜语》卷四评第一首曰:"皇甫冉云:'岸有经霜草,林有故年枝,俱应待春色,独使客心悲。'不如适气长而有生意。渊明《归去词》云:'木欣欣以向荣,泉涓涓而始流,善万物之得时,感吾生之行休。'冉述之也。"

〔一〕明活字本作百灵,按《海赋》注百灵言众仙也,据《全唐诗》改。颜延之《又释何衡阳书》:"刍豢之功,希至百龄。"诗意谓此生可愧。

〔二〕《南史·谢惠连传》:"年十岁,能属文,族兄灵运加赏之,云:'每有篇章,对惠连辄得佳语。'尝于永嘉西堂思诗,竟日不就,忽梦见惠连,即得'池塘生春草',大以为工。……(惠连)为《雪赋》,以高丽见奇。"清兴见前《蓟门不遇王之涣郭密之因以留赠》诗注。

〔三〕《后汉书·袁安传》注:"《汝南先贤传》曰:'时大雪,积地丈馀。洛阳令自出案行,见人家皆除雪出,有乞食者。至袁安门,无有行路,谓安已死,令人除雪,入户,见安僵卧,问何以不出,安曰:"大雪人皆饿,不宜干人。"令以为贤,举为孝廉也。'"

〔四〕见前《苦雨寄房四昆季》诗注。

〔五〕班固《幽通赋》:"纷屯邅与蹇连兮,何艰多而知寡。"李善注:"《汉书音义》曰:'世艰多智少,故遇祸也。'"保知寡,殆即《道德经》所谓"知我者希,则我者贵"之意。参《蜀志·秦宓传》。

于鬯曰:"知我者少,实即上文所谓天下莫能知也。则(法)我
者少,即(上文)所谓莫能行也。下文云:是以圣人被褐怀玉。"
(《香草续校书》,二○页)

〔六〕《韩诗外传》卷五:"盈把之木,无合拱之枝。"盈把,一手所握,
言其小也。

〔七〕《庄子·逍遥游》:"鹏之徙于南冥也,水击三千里,抟扶摇而上
者九万里。"

〔八〕《吕氏春秋·举难》:"宁戚饭牛,居车下,望桓公而悲,击牛角
疾歌(《史记·邹阳列传》集解称"疾击牛角商歌"),……桓公
赐之衣冠,将见之。宁戚见,说桓公以治境内,明日复见,说桓
公以为(为,治也)天下,桓公大说(悦),将任之。"

笺曰:此四首虽失意之词,然适之为性拓落不拘,亦复于"焉能悲
斗储"及末首结语见之,非特"门柳复青青"、"且喜润群物"、"鸟
雀投吾庐"(异于谢灵运《斋中读书》诗之"空庭来鸟雀",及常语
之"门可罗雀")为有生意,"且欲歌牛下",则固不忘用世也。

送蔡山人

东山布衣〔一〕明古今,自言独未遇知音〔二〕,识者阅见〔三〕一生
事,到处豁然千里心〔四〕。看书〔五〕学剑长辛苦,近日方思谒明
主,斗酒相留醉复醒,悲歌数年〔六〕泪如雨。丈夫遭遇不可知,
买臣主父皆如斯〔七〕,我今蹭蹬无所似〔八〕,看尔崩腾何
若为〔九〕!

按李白亦有《送蔡山人》诗,未知是否一人。彭兰以白诗有云:
"燕客期跃马,唐生(举)安敢讥?"亦寓此诗"近日方思谒明主"之

74

意,因疑白与适所送同为一人,又以白诗"我本不弃世,世人自弃我"为白被谗去京后之语,定二诗为天宝三载同游梁宋,送蔡入京之作。然白诗结语云:"故山有松月,迟尔玩清晖。"似系送蔡还山。或以为白所送者即《早春江夏送蔡十还家云梦序》所送之蔡十(如詹瑛《李白诗文系年》后附《篇目索引》即定诗、序同为七二八年即开元十七年所作,似以蔡山人即蔡十,惟《系年》未明言),彼时适既不在江夏,则所送者另为一人也。二说虽尚不能加以确定,要之此诗为宋州所作,则无疑也。

〔一〕《史记·苏秦列传》:"天下卿相人臣及布衣之士,皆高贤君之行义。"《晋书·谢安传》:"高崧戏之曰:'卿累违朝旨,高卧东山。'"《唐诗选》残卷东山作山东。

〔二〕曹丕《与吴质书》:"昔伯牙绝弦于锺期,仲尼覆醢于子路,痛知音之难遇,伤门人之莫逮。"

〔三〕《唐诗选》残卷作识来闷见,当误。

〔四〕《汉书·高帝纪》:"意豁如也。"注:"豁然开大之貌。"汤惠休《杨花曲三首》之二:"江南相思引,多叹不成音,黄鹤西北去,衔我千里心。"

〔五〕《唐诗选》残卷作著书,较佳。

〔六〕《唐诗选》残卷作数声。

〔七〕《汉书·朱买臣传》:"家贫,好读书,不治产业,常艾薪樵卖以给食。……会邑子严助贵幸,荐买臣,召见,说《春秋》,言《楚词》,帝甚说(悦)之,拜买臣为中大夫,与严助俱侍中。"《主父偃传》:"家贫,假贷(贷)无所得,北游燕、赵、中山,皆莫能厚,客甚困。……乃上书阙下,朝奏,暮召入见,……乃拜偃、(徐)乐、(严)安皆为郎中,偃数上疏言事,迁谒者中郎、中大夫,岁中四迁。"

〔八〕 木华《海赋》："或乃蹭蹬穷波，陆死盐田。"李善注："蹭蹬，失势之貌。"无所似，言无所比拟也。

〔九〕 司马相如《上林赋》李善注："郭璞曰：烂熳远迁，崩腾群走貌也。"吕向注："皆兽腾跃奔散之貌。"谢灵运《述祖德诗二首》："崩腾永嘉末，逼迫太元始。"吕延济注："崩腾，破坏貌。"李白《赠张相镐二首》："晚途未云已，蹭蹬遭谗毁，想像晋末时，崩腾胡尘起。"崩腾意亦相同。又岑参《送许子擢第归江宁拜亲因寄王大昌龄》诗云："奔走朝万国，崩腾集百灵。"则崩腾非破坏之状，而形容众仙之腾集也。适之此诗似亦同义，用以形容蔡之腾达也。《唐诗选》残卷作"看尔骞腾更若为"，是也。（杜甫《寄岳州贾司马六丈巴州严八使君两阁老五十韵》诗："如公尽雄俊，志在必腾骞。"骞同鶱。）如只述失意，则送人诗不作慰勉语为可异。晚唐唐彦谦《留别四首》诗云："老骥春风里，奔腾独异群。"此诗亦其意也。《经传释词》卷二："为，语助也。"何若为，言何如也。《四库》本则作更若为。《诗词曲语辞汇释》卷一："若为，有应作怎样或如何解者。王绩《青雀歌》：'莫言不解衔环报，但问君恩今若为？'言但问君恩怎样耳。……李白《寄远》诗：'桃李今若为，当窗发光彩。'犹言桃李今如何也。"更若为，犹言又如何也。

平台夜遇李景参有别

离心忽怅然〔一〕，策马对秋天。孟诸薄暮凉风起〔二〕，归客相逢渡睢水，昨时携手已十年〔三〕，今日〔四〕分途各千里。岁物萧条满路歧,此行浩荡〔五〕令人悲,家贫羡尔有微禄,欲往从之何所之?

《高适诗集》残卷、明活字本题作《别李景参》,从《文苑英华》、《唐百家诗选》。平台见前《宋中十首》注。《金石录》卷七:"唐宓子贱碑,李少康撰,李景参正书,天宝三载七月。"

〔一〕《文苑英华》作"离忧何浩然"。

〔二〕孟诸见前《宋中十首》注。赵熙批:"接处过人,一篇警策。"

〔三〕《高适诗集》残卷作向十年。

〔四〕《文苑英华》作明日,从《高适诗集》残卷。

〔五〕《后汉书·张衡传》:"志浩荡而不嘉。"注:"浩荡,广大也。"

同颜少府旅宦秋中

传君昨夜怅然悲,独坐新斋木落时,逸气旧来凌燕雀〔一〕,高才何得混妍媸〔二〕?迹留黄绶〔三〕人多叹,心在青云〔四〕世莫知,不是鬼神无正直〔五〕,从来州县有瑕疵〔六〕。

《唐百家诗选》题作《同颜六少府旅居秋中之作》,可从。颜六疑即颜杲卿(真卿称为"二兄",见《颜鲁公文集》补遗)之弟春卿,尝为蜀尉,终偃师丞(《新唐书·忠义列传》)。真卿自称"第十三叔",见《颜鲁公集》卷十《祭姪季明文》。

〔一〕《史记·陈涉世家》:"燕雀安知鸿鹄之志哉?"

〔二〕陆机《文赋》:"或寄辞于瘁音,或徒靡而弗华,混妍蚩而成体,累良质而为瑕。"李善注:"妍谓言靡,蚩谓瘁音,既混妍蚩共为一体,翻累良质而为瑕也。"言颜之作无此病也。

〔三〕《汉书·百官表》："县有丞尉，秩四百石至二百石。……比二百石以上皆铜印黄绶。"《后汉书·舆服志》："四百石三百石二百石黄绶。"陈子昂《晖上人房饯齐少府使入京府序》："虽黄绶位轻，而青云器重。"此言颜为县尉也。

〔四〕《史记·范睢列传》："须贾顿首言死罪，曰：'贾不意君能自致于青云之上。'"谓高位也。

〔五〕《左传·庄公三十二年》："神，聪明正直而壹者也。"

〔六〕《后汉书·梁竦传》："尝登高远望，叹息言曰：'大丈夫居世，生当封侯，死当庙食。……州郡之职，徒劳人耳。'"陈子昂《饯陈少府从军序》："梁竦长怀，耻为州县之职。"《左传·僖公七年》："不汝瑕疵也。"注："不以汝为罪衅也。"元应《一切经音义》卷六："瑕，过也。"《说文》卷七："疵，病也。"

笺曰：史载颜春卿性倜傥，通当世务，十六举明经，拔萃高第，调犀浦主簿，转蜀尉，苏颋为长史，颜被潜系狱，为《樱桐赋》自托，颋即出之，所谓"州县从来多瑕疵"，"高才何得混妍媸"是也。春卿后至河南，适在梁宋得与唱和，而位终偃师丞，所谓"迹留黄绶人多叹"也。

九月九日酬颜少府

78　檐前白日应可惜，篱下黄花为谁有〔一〕？行子迎霜未授衣〔二〕，主人得钱始沽酒〔三〕。苏秦憔顇人多厌〔四〕，蔡泽栖迟世看丑〔五〕，纵使登高只断肠，不如独坐空搔首〔六〕。

《河岳英灵集》、《唐文粹》卷十八作《九日酬顾少府》。《才调集》同此题。《高适诗集》残卷、程俱《北山小集》卷九《重阳》诗注引此诗作《九日酬颜少府》，兹从《唐百家诗选》，与明活字本同。《续齐谐志》："汝南桓景随费长房游学累年，长房谓曰：'九月九日汝家中当有灾，宜急去令家人各作绛囊，盛茱萸以系臂，登高饮菊花酒，此祸可除。'景如言，齐家登山，夕还见鸡犬牛羊一时暴死。长房闻之曰：'此可代也。'今世人九日登高饮酒……始于此。"《唐诗解》卷十六："此客中纪事伤落魄也。景虽可怜，菊不能赏者，正以无衣之客而值乏酒之主也。"

〔 一 〕陶潜《饮酒二十首》："采菊东篱下。"为谁有，为谁而开也。

〔 二 〕鲍照《代东门行》："居人掩闺卧，行子夜中饭。"《诗·豳风·七月》："九月授衣。"传："九月霜始降，妇功成，可以授冬衣矣。"

〔 三 〕《才调集》作喜沽酒。《唐文粹》作肯酤酒。

〔 四 〕《战国策·秦策》："苏秦说秦王书十上而说不行，……形容枯槁，面目黧黑，状有愧色，归至家，妻不下紝，嫂不为炊，父母不与言。"《高适诗集》残卷、《唐百家诗选》、《河岳英灵集》、《才调集》人作时。

〔 五 〕《才调集》栖迟作恓惶。《高适诗集》残卷作栖遑。《史记·蔡泽列传》："游学，干诸侯小大甚众，不遇。而从唐举相，曰：'吾闻先生相李兑曰："百日之内持国秉"，有之乎？'曰：'有之。'曰：'若臣者何如？'唐举熟视而笑曰：'先生曷（蝎）鼻、巨肩、魋颜、蹙齃、膝挛，吾闻圣人不相，殆先生乎？'蔡泽知唐举戏之。……去之赵，见逐。入韩、魏，遇夺釜鬲于涂。"《诗词曲语词汇释》卷三："看，估量之辞。《九日酬颜少府》诗：'苏秦顦顇人多厌，蔡泽栖迟世看丑。'言看做丑也。"看读平声。

〔 六 〕《诗·邶风·静女》："搔首踟蹰。"人烦急则手搔其首也。

笺曰：此适续和颜六之作也。自叹无衣御寒，而颜亦无酒相待，故白日之景虽佳，而篱下之菊难赏，总缘憔悴、栖迟，为世人所轻，纵才如苏、蔡，亦无可如何，与其同往登高而悲，不如独坐搔首之为愈也。宋人程俱有《重阳》诗效其体（见本集第四部分），可以相匹。

宋中别司功叔各赋一物得商丘

商丘试一望，隐隐带秋天，地与星辰在〔一〕，城将大路迁〔二〕。干戈悲昔事，墟落对穷年〔三〕，即此伤离绪，凄凄〔四〕赋酒筵。

诗题诸本无"得商丘"三字，从《全唐诗》补。《新唐书·百官志》："州郡有司功参军事。"《左传·昭公元年》注："商丘，宋地。"

〔一〕《左传·昭公元年》："迁阏伯于商丘，主辰，商人是因，故辰为商星。"此句言地与星长存，古人每以天空星宿与地域合论。

〔二〕《高适诗集》残卷大路作火正，《国语·楚语》："火正黎司地以属民。"《汉书·五行志》："古之火正，谓火官也。"庾信《春赋》："眉将柳而争绿。"《诗词曲语辞汇释》卷三："将犹与也。"盖为互文。

〔三〕谓自秋及冬，年岁日穷尽也。《高适诗集》残卷作摇落，误。

〔四〕《高适诗集》残卷作悽其。

别韦兵曹

离别长千里，相逢数十年〔一〕，此心应不变，他事亦徒然〔二〕。惆怅春光〔三〕里，蹉跎柳色前，逢时当自取〔四〕，有尔欲先鞭〔五〕。

此韦兵曹与前《别韦参军》之韦某当非一人，前诗叙适东归梁宋与韦交亲，只泛云"百年有交态"，似非久交。此诗云"相逢数十年"，不应十年仍为兵曹参军而不迁转。王昌龄有《送韦十二兵曹》诗，当同为一人。

〔一〕《唐诗选》残卷数作每。数，上声，动词，计数也。

〔二〕《唐诗选》残卷、《畿辅丛书》本亦作已。适后有《送杨山人归嵩阳》诗，亦谓"旧时心事已徒然"也。

〔三〕《唐诗选》残卷作春风。

〔四〕《唐诗选》残卷作盛时看自致。

〔五〕《晋书·刘琨传》："吾枕戈待旦，常恐祖生（逖）先吾着鞭。"《诗词曲语辞汇释》卷四："有，犹在也。"此谓在尔欲先着鞭进取也。《唐诗选》残卷有作看，与上句"盛时看自致"必有一误。

笺曰：长年远离，十年未逢，世事难言，而此心不改，徒见春光柳色，悲愁难堪，然盛时当谋自致，在君则欲先着鞭也。

别从甥万盈

诸生〔一〕曰万盈，四十乃知名，宅相〔二〕予偏重，家丘〔三〕人莫轻。美才应自料〔四〕，苦节岂无成？莫以山田薄，今春又不耕〔五〕。

〔一〕《通俗编》："诸生犹诸侯，虽一人亦得云诸，今仍然也。"《高适诗集》残卷作诸甥。

〔二〕《晋书·魏舒传》："舒少孤，为外家宁氏所养，宁氏起宅，相宅者云：'当出贵甥。'"

〔三〕《魏志·邴原传》注引《邴原别传》："（孙）崧曰：'郑君（玄）学览古今，博闻强识，钩深致远，诚学者之师模也。君（称邴原）乃舍之，蹑屣千里，所谓以郑为东家丘也。'"陈琳《为曹洪与世子

书》:"怪乃轻其家丘,谓为倩人。"张铣注:"鲁人不识孔子圣
人,乃云:'我东家丘者,吾知之矣。'言轻孔丘也。"

〔四〕《史记·李斯列传》:"(赵)高曰:'君侯自料,能孰与蒙恬?'"
《广韵》卷四:"料,度量也。"

〔五〕锺惺评此二句:"前辈骨肉语。"(《唐诗归》卷十二)实高适躬耕
后有所体验之言,犹陶潜所云"力耕不吾欺"也。

别孙诉

离人去复留,白马黑貂裘〔一〕,屈指论前事,停鞭惜旧游。帝乡
那可忘〔二〕,旅馆日堪愁,谁念无知己,年年睇水流。

诗云"惜旧游",又云"帝乡那可忘",孙诉似与高适在长安相
识者。

〔一〕《战国策·赵策》:"苏秦说李兑,……抵掌而谈,李兑送苏秦明
月之珠、和氏之璧、黑貂之裘、黄金百镒,苏秦得以为用,西入
于秦。"《秦策》:"(苏秦)说秦王,书十上而说不行,黑貂之
裘敝。"

〔二〕《庄子·天地》:"(华)封人(谓尧)曰:'乘彼白云,至于帝乡。'"
陶潜《归去来辞》:"帝乡不可期。"此均指仙乡。周舍《上云
乐》:"重驷修路,始届帝乡,伏拜金阙,瞻仰玉堂。"骆宾王《畴
昔篇》:"淹留坐帝乡。"又常建《塞下曲》:"玉帛朝回望帝乡。"
皆指帝京。此诗亦当从后解。

秋日作

端居值秋节,此日更愁辛〔一〕,寂寞〔二〕无一事,蒿莱通四邻〔三〕。

闭门生白发，回首忆青春，岁月不相待，交游随众人。云霄〔四〕何处托，愚直有谁亲〔五〕？举酒聊自劝，穷通信尔身〔六〕。

《高适诗集》残卷题作《秋日言怀》。此下三首落寞极矣，必梁宋作。

〔 一 〕《高适诗集》残卷作益愁新，作辛为是。

〔 二 〕扬雄《解嘲》："惟寂惟寞，守德之宅。"

〔 三 〕《韩诗外传》卷一："原宪居鲁环堵之室，茨以蒿莱。"《三辅决录》："张仲蔚，平陵人也，与同郡景卿俱隐居不仕，所居蓬蒿没人。"江淹《杂体诗三十首·左记室思咏史》："顾念张仲蔚，蓬蒿满中园。"

〔 四 〕见前《信安王幕府诗》注。《南史·何敬容传》："云霄之翼，岂顾樊笼之粮，何者，所托已盛也。"

〔 五 〕《论语·阳货》："古之愚也直，今之愚也诈而已矣。"《高适诗集》残卷有作与。

〔 六 〕《庄子·让王》："孔子曰：'……君子通于道之谓通，穷于道之谓穷，今丘抱仁义之道，以遭乱世之患，其何穷之为？'"《说文》卷五："信，诚也。"言穷通诚由尔之身也。

田家春望

出门何所见，春色满平芜〔一〕，可叹无知己〔二〕，高阳一酒徒〔三〕。

唐汝询曰："所见唯草间春色，不复有知己，安得不混迹于酒徒？"（《唐诗解》卷二十二）彭兰《高适系年考证》定于天宝三载漫游至雍丘（高阳故城）作，不免过泥。姑系于宋州诗内。

〔 一 〕江淹《郊外望秋答殷博士》："青满平地芜。"

〔二〕见前《酬庞十兵曹》诗注。

〔三〕《史记·郦生陆贾列传》：“郦生（食其）踵军门上谒，……沛公曰：‘为我谢之，言我方以天下为事，未暇见儒人也。’郦生瞋目案剑叱使者曰：‘走复入言沛公，吾高阳酒徒也，非儒人也。’……沛公曰：‘延客入。’……问所以取天下者。”《全唐诗》作忆酒徒，似不及此活字本。邢昉末批云：“豪壮。”（《唐风定》卷十九）

笺曰：此诗谓出门眺望，春色满地，而无知己之人，则可叹惜，我乃高阳一酒徒，有郦生之才志而佐君无由也。

闲居

柳色惊心事，春风厌索居〔一〕，方知一杯酒〔二〕，犹胜百家书〔三〕。

晋潘岳有《闲居赋》。序曰：“乃作《闲居赋》，以歌事遂情焉。”

〔一〕见前《苦雨寄房四昆季》诗注。

〔二〕《晋书·张翰传》：“翰曰：‘使我有身后名，不如即时一杯酒。’时人贵其旷达。”

〔三〕谓诸子百家之书。

笺曰：此诗谓柳色使人惊异者，心事徒然，独坐无聊，方知适意在一杯酒，犹胜读百家之书而不得见用也。

途中酬李少府赠别之作

西上逢节换，东征私自怜，故人今卧疾，欲别还留连。举酒临南轩，夕阳满中筵，宁知江上兴，乃在河梁〔一〕偏。行李〔二〕多光辉，札翰忽相鲜〔三〕，谁谓岁月晚，交情尚贞坚。终嗟州县劳，官谤复迁遭，虽负忠信〔四〕美，其如方寸〔五〕悬。连帅扇清风〔六〕，千里犹眼前，曾是趋藻镜〔七〕，不应翻弃捐。日来知自强，风气〔八〕殊未瘳，可以加药物，胡为辄忧煎？驱马出大梁，原野一悠然，柳色感行客，云阴愁远天。皇明烛幽遐，德泽普照宣，鹓鸿列霄汉，燕雀何翩翩〔九〕。余亦惬所从，渔樵十二年，种瓜漆园里，凿井卢门边〔一○〕，去去勿重陈〔一一〕，生涯难勉旃。或期遇春事〔一二〕，与尔复周旋，投报空回首，狂歌谢比肩〔一三〕。

此诗各本俱无，据《唐百家诗选》及《全唐诗》补。观"渔樵十二年"，当在开元二十二年，作于大梁。

〔一〕李陵《与苏武诗》："携手上河梁，游子暮何之？"刘良注："河梁，桥也。"

〔二〕《左传·僖公三十年》注："行李，使人。"《李太白诗集》卷八《江夏行》王琦注："琦按杜氏《左传注》：'行李，行人也。'后人多据之而訾以行装为行李者为非是。方密之云：使人行必有装，郑当时之治行，孟子之治任是已。则以行李为随行之物，何不可耶？"

〔三〕《淮南子·俶真训》："华藻镈鲜。"注："鲜，明好也。"郭璞《游仙诗》："翡翠戏兰苕，容色更相鲜。"李善注："言珍禽芳草递相辉映，可悦之甚也。"

〔四〕《易·乾》："忠信所以进德也。"杨炯《巫峡》诗："忠信吾所蹈，泛舟亦何伤？"

〔五〕《蜀志·诸葛亮传》："徐庶辞先主而指其心曰：'本欲与将军共

图王霸之业者,以此方寸之地也,今已失老母,方寸乱矣。'"

〔六〕《后汉书·马援传》:"援兄员,时为增山连率。"注:"连率,亦太守也。"率即帅字。《晋书·袁宏传》:"宏出为东阳郡,(谢)安取一扇授之,宏应声答曰:'辄当奉扬仁风,慰彼黎庶。'"阮籍《咏怀诗》:"万载垂清风。"

〔七〕江总《让尚书仆射表》:"藻镜官方,品才人物。"谓品藻鉴别也。

〔八〕《史记·仓公列传》:"臣意诊其脉,切其太阴之口,湿然风气也。"

〔九〕两句言君子小人各得其所也。参前《同颜少府旅宦秋中》诗注。

〔一○〕漆园、卢门见前《宋中十首》注。

〔一一〕见前《效古赠崔二》注〔一四〕。

〔一二〕《书·尧典》传:"冬寒无事,并入室处,春事既起,壮丁就功。"谓春月岁功方兴也。

〔一三〕《吴志·吾粲传》:"与同郡陆逊、卜静等比肩齐声矣。"

送李少府贬峡中王少府贬长沙

嗟君此别意何如,驻马衔杯问谪居〔一〕,巫峡啼猿数行泪〔二〕,衡阳归雁几封书〔三〕。青枫江〔四〕上秋天远,白帝城边古木疏〔五〕,圣代即今多雨露〔六〕,暂时分手莫踌躇〔七〕。

《途中酬李少府赠别之作》有"终嗟州县劳,官谤复迍邅",与此诗之李少府或为一人,又上篇"皇明烛幽遐"二语与此诗"圣代即今多雨露"意亦同,姑系于此。胡应麟《诗薮》内编卷五近体中七言:"盛唐王、李、杜外,崔颢《华阴》、李白《送贺监》、贾至《早朝》、岑参《和大明宫》、《西掖》、高适《送李少府》、祖咏《望蓟门》，皆可竞爽。"盛传敏《碛砂唐诗纂释》卷二："中联以二人谪地分说，恰好切潭峡事极工确，且就中便含别思，末复收拾以应首句，然首句便已含蓄。"《唐贤三体诗》卷三何焯评："几封书反对暂字，五六则言瞻望伫立之情也。中二联于工整中仍错综变换。"沈德潜曰："连用四地名，究非律诗所宜，五六浑言之，斯善矣。"（《唐诗别裁》卷十三）方回曰："中四句指土俗所尚。"纪昀批："此非土俗，谬甚。"又谓："平列四地名，究为碍格，前人已议之。"又曰："通体清老，结更和平不逼。"（《瀛奎律髓刊误》卷四十三）按中四句景中有情，五六尤为开阔，结语慰别虽佳，然不免美化封建政治。胡应麟《诗薮》内编卷五云："大率唐人诗主神韵，不主气格，故结句率弱者多。"并举此诗结语为证。《东岩草堂评订唐诗鼓吹》卷二朱三锡评："人臣一身惟君所命，今二公被贬，即口无怨辞，或中萌一点怨尤之意，便是不忠。一起曰：嗟君此别意何如，妙妙。盖意何如三字推到至微至隐之地，……始终以君臣大义相勉，最为得体。"尤属主观附会，盖意何如者，谓情何如耳，故下接驻马衔杯问谪居也，何隐微之有？君臣大义更为迂腐。按王维《送杨少府贬郴州》诗云："明到衡山与洞庭，若为秋月听猿声。愁看北渚三湘远，恶说南风五两轻。青草瘴时过夏口，白头浪里出湓城，长沙不久留才子，贾谊何须吊屈平？"则与此诗相类，吴乔《围炉诗话》卷四极推重之，然地名、人名亦觉太多也。《旧唐书·地理志》："夔州巫山县以巫山硖为名。""潭州有长沙县。"

〔一〕温子升《白鼻騧》诗："驻马诣当垆。"《晋书·刘伶传》："衔杯漱醪。"《史记·贾谊列传》："贾生既以适居长沙……。"适同谪，贬官也。

〔二〕《巴东三峡歌》："巴东三峡巫峡长，猿啼三声泪沾裳。"猨同猿。《唐诗鼓吹》朱三锡评："闻猿下泪，危险不辞也。"

〔三〕王勃《滕王阁序》："雁阵惊寒，声断衡阳之浦。"《方舆胜览》："回雁峰在衡阳之南，雁至此不过，遇春而回，故名。"范成大《骖鸾录》："登回雁峰，郡南一小山也，世传阳鸟不过衡山，至此而回。然闻桂林尚有雁声。"故其说实非。《汉书·苏武传》："教使者谓单于，言天子射上林中，得雁，足有系帛书，言武等在某泽中。"《唐诗鼓吹》朱三锡评："归雁寄书，远道无虑也。"

〔四〕《唐三体诗》圆至注："《楚词》：秋水湛湛兮上有枫。"《唐诗鼓吹评注》钱谦益评曰："'湛湛江水兮上有枫。'如何注家妄造水名？"盖旧郝天挺注谓"长沙有青枫江"也。按《清一统志》卷二七六："浏水经浏阳县西南三十五里，曰清枫浦，折而西入长沙县，至县西北十里骆驼嘴入湘。"又："枫浦在浏阳县南三十里浏水中，一名青枫浦。"青枫江当指浏水，入湘在长沙。青枫江、白帝城实对，不得谓注家妄造水名也。且圆至与钱谦益所引《招魂》文但言江有枫，而不及青枫，注亦不确。

〔五〕《蜀志·先主刘备传》："权闻先主住白帝。"《水经注》卷三十三："江水又东经鱼复县故城南，故鱼国也。公孙述名之为白帝，取其王色。……刘备改白帝为永安。"《元和郡县志》阙卷逸文："白帝山即夔州城所据也，与赤甲山相接，初公孙述殿前井有白龙出，因号白帝城。"（《通鉴地理通释》卷十一引）峡中地也。"古木疏"为冬景，盖峡中较长沙途远，故冬方可到。

〔六〕《礼记·祭义》："春，雨露既濡，君子履之，必有怵惕之心，如将见之。"《北史·袁翻传》："皇上……威厉秋霜，惠霑春露。"贺數《奉和九月九日应制》："恩融雨露濡。"

〔七〕沈约《别范安成》诗："分手易前期。"《汉书·外戚列传》："哀裴
回以踌躇。"颜师古注："踌躇，住足也。"《唐诗鼓吹评注》钱朝
鼒解："今圣天子在位，泽如雨露，当即赐环（与还同音），此亦
暂时分手而已，不必犹豫于临行之际也。"

笺曰：此适送李贬奉节县尉、王贬长沙县尉之作也。诗谓叹君等
此行之情意如何，故驻马衔杯以相恤问也。李贬奉节，当过巫
峡，闻猿啼必下数行之泪，王贬长沙，则衡阳归雁可传几封之书？
青枫江上秋天旷远，白帝城边古木冬疏，虽云道途辽远，然圣朝
皇恩常施，必将宥过起用，暂时之离切莫犹豫不安也。

哭单父梁九少府

开箧泪沾臆，见君前日书，夜台〔一〕今寂寞，犹是子云居〔二〕。
畴昔贪灵奇〔三〕，登临赋山水，同舟南浦下〔四〕，望月西江里。
契阔〔五〕多别离，绸缪〔六〕到生死，九原〔七〕即何处，万事皆如此。
晋山〔八〕徒嵯峨，斯人已冥冥，常时禄且薄，殁后家复贫，妻子
在远道，弟兄无一人！十上〔九〕多苦辛，一官常自哂，青云将可
致〔一〇〕，白日忽先尽，唯有身后名〔一一〕，空留无远近。

《文苑英华》及《四库》本梁九少府下有洽字，当为梁九名。《集异
记》载此诗作于开元中，长安梨园伶官能讴唱。《全唐文》卷三五
六有梁洽文，小传称："洽，开元时处士。"（《太平广记》卷二一四
引《历代名画记》称梁洽处士善画山水，《京洛寺塔记》谓"洽，宪
宗时人"，或另为一人。）徐松《登科记考》卷八：开元二十二年进
士二十九人，有梁洽，下注"见《文苑英华》"（《全唐诗》三函九册

有梁洽诗，小传称"开宝间进士"）。今已为县尉，当在开元二十二年后，姑系于此。诗曰："同舟南浦（《河岳英灵集》作南楚）下，望月西江里。"南浦虽亦泛称，如历城鹊山湖南亦可称之，见李白《陪从祖济南太守泛鹊山湖三首》，但西江当指南中，《全唐诗》有梁洽《观汉水》一诗，可为洽曾至楚地之证。按适天宝三载游楚仅至涟上，则"望月西江"或为适少年从父南宫之事，已莫得而考矣。诗为五古，《集异记》误以首四句为绝句，《唐贤三昧集》、《唐诗别裁》亦收入五言绝句中，断非。洪迈《唐人万首绝句》无此诗。且《集异记》所记旗亭画壁故事，伶工讴唱之另三首均为七言，独此为五言，可疑者一，在宴会上诵此哀悼之诗，可疑者二。疑所讴高适之诗为《和王七玉门关上吹笛》或《送董大》等作。胡应麟《少室山房随笔》卷四十一有专条辨旗亭之事为诬安，无可取者。

〔一〕阮瑀《七哀诗》："冥冥九泉室，漫漫长夜台。"陆机《挽歌》："送子长夜台。"李周翰注："坟墓一闭，无复见明。"

〔二〕《汉书·扬雄传》："惟寂寞，自投阁。""家素贫，人希至其门。……而钜鹿侯芭常从雄居。"二句言人亡屋在也。

〔三〕《文苑英华》贪作探。

〔四〕《江夏记》："南浦在江夏县南三里，其源出京首山，流入大江。"《文苑英华》作南楚夜。

〔五〕《诗·邶风·击鼓》："死生契阔。"传："契阔，勤苦也。"朱熹注："隔远之意。"

〔六〕《诗·唐风·绸缪》："绸缪束薪。"传："绸缪，犹缠绵也。"

〔七〕《礼记·檀弓》："赵文子与叔誉观乎九原。"又："是全要领以从先大夫于九京也。"郑注："晋卿大夫之墓地在九原，京盖字之误。”

〔八〕梁洽为晋人,晋山乃太行山之泛称,非专指晋水所出之悬瓮
山也。

〔九〕见前《别孙𬣙》诗注〔一〕。

〔一〇〕见前《同颜少府旅宦秋中》诗注。

〔一一〕《晋书·张翰传》:“独不为身后名耶?”

笺曰:此适哭单父县尉梁洽之诗也。首由开箧得见洽之遗书,不
由泪沾胸臆写起,而夜台寂寞,人亡屋在。次忆昔游,不多着墨,
以哀悼诗不宜也。再叹别离情深,九原复何处耶?万事皆如此
也。晋山以喻洽之高行,今斯人已杳,生前禄微,死后家贫,妻子
远道,又无弟兄,何其悲也!梁君屡上书而不见纳,遂常自笑官
卑言轻,青云虽有可致之期,而白日先尽矣,唯留身后之名空传
远近也。

遇冲和先生

冲和生何代,或谓游东溟〔一〕,三命谒金殿,一言拜银青〔二〕。
自云多方术〔三〕,往往通神灵,万乘〔四〕亲问道,六宫无敢听〔五〕。
昔去〔六〕限霄汉,今来睹仪形,头戴鹔鹴冠〔七〕,手摇白鹤翎〔八〕。
终日饮醇酒,不醉复不醒〔九〕,犹忆鸡鸣山〔一〇〕,每诵西升
经〔一一〕。拊背念离别〔一二〕,依然〔一三〕出户庭,莫见今如此,曾
为一客星〔一四〕。

明活字本题作《遇冲和先王》,据《唐诗选》残卷、《文苑英华》、《全
唐诗》校改。《册府元龟》卷三三六:“裴耀卿为左丞相,开元二十
五年,逸人姜抚献长春酒,玄宗分赐年衰朝官,兼与方法,⋯⋯时

士庶竞服长春酒，多有暴卒者，帝惧而止。"《新唐书·方伎传》：
"姜抚，宋州人。自言通仙人不死术，隐居不出。开元末，太常卿
韦縚祭名山，因访隐民，还白抚已数百岁。召至东都，舍集贤院，
因言服常春藤使白发转鬒，则长生可致。……帝遣使者至太湖
多取以赐中朝老臣，因诏天下使自求之。宰相（当作左丞相）裴
耀卿奉觞上千万岁寿，帝悦，御花萼楼宴群臣，出藤百奁遍赐之，
擢抚银青光禄大夫，号冲和先生。抚又言终南山有旱藕，饵之延
年，状类葛粉，帝作汤饼赐大臣。右骁卫将军甘守诚能諰药石，
曰：'常春者，千岁虆也。旱藕，杜蒙也。方家久不用，抚易名以
神之。'民间以酒渍藤饮者多暴死，乃止。抚内惭悸，请求药牢
山，遂逃去。"《册府元龟》卷八十："开元二十八年八月己未以降
诞之日御花萼楼宴群臣，赐帛有差。"不言赐常春藤事。《旧唐
书·玄宗纪》："天宝元载九月辛卯，上御花萼楼，出宫女谯毗伽
可汗妻可登及男女等，赏赐不可胜纪。"《通鉴》称"宴突厥降者"。
恐赐群臣常春藤亦不在此年。据《册府元龟》卷三三六上引文暂
系于开元二十五年。此诗作于姜抚讹言东往牢山（即墨之劳山）
过宋州时。诗亦实写其人，非尽神仙荒诞之词。《太平广记》卷
二八八引《辨疑志》言有荆岩者加以嘲讽，姜抚惭恨数日而卒，
恐非。

〔一〕《史记·秦始皇本纪》："于是遣徐市发童男女数千人入海求神
　　　　药。"《封禅书》："少君言上曰：'臣常游海上，见安期生，……安
　　　　期生僊（仙）者，通蓬莱中，合则见人，不合则隐。'"此言不知生
　　　　于何代，即韦縚所言抚已数百岁之意。《太平广记》载荆岩曾
　　　　叱其为诳妄，"上欺天子，下惑世人"。

〔二〕谓银青光禄大夫，银印青绶也。

〔三〕《北史·周澹传》:"多方术,尤善医药。"方术指占卜、医术等。《唐诗选》残卷自作白。

〔四〕《孟子·梁惠王》:"万乘之国,弑其君者,必千乘之家。"赵注:"万乘,兵车万乘,谓天子也。"

〔五〕《周礼·天官·内宰》:"以阴礼教六宫。"郑玄以六宫谓后。但后世往往称后妃全体为六宫,似从郑众之说。无敢听,极言尊重也。

〔六〕明活字本作昔云,从《唐诗选》残卷(《文苑英华》注"集作去")及《全唐诗》。按去与下句今来之来对文,且上已有"自云多方术",知涉上而误重也。

〔七〕《汉书·艺文志》注:"鹖冠子,楚人,居深山,以鹖为冠。"《山海经·中山经》:"辉诸之山,其鸟为鹖。"郭注:"似雉而大,青色,有毛角。"《文苑英华》作雏凤冠。

〔八〕谓以白鹤羽为扇。

〔九〕读平声,醒谓醉解也。

〔一〇〕《南史·雷次宗传》:"少入庐山,事沙门释慧远,……征至都,开馆于鸡笼山,聚徒教授。"又《齐竞陵王子良传》:"移居鸡笼山西邸,招致名僧,讲论佛法,……道俗之盛,江左未有。"鸡笼山即鸡鸣山。《文苑英华》犹作常。

〔一一〕《新唐书·艺文志》:"《老子西升经》二卷。"

〔一二〕《史记·外戚世家》:"子夫上车,平阳主拊其背曰:'行矣强饭,勉之,即贵无相忘。'"《文苑英华》拊作抚,义同。《唐诗选》残卷离别作别离。

〔一三〕江淹《别赋》:"唯世间兮重别,谢主人兮依然。"李周翰注:"依然不能无情。"

〔一四〕《后汉书·严光传》："因共偃卧，光以足加帝腹上，明日太史奏
客星犯御座甚急，帝笑曰：'朕故人严子陵共卧耳。'"

笺曰：冲和先生生于何代乎，或言其曾为方士游东海之上也。三
命而谒帝于金殿，一言而拜银青光禄大夫，自云多知占卜、医药
之方术，常通于鬼神，天子亲自问道，六宫不敢出听，何其尊且贵
也。昔去宋州赴京，霄汉相隔，今来见其仪态，头戴鹖鸟冠，手摇
鹤羽扇，终日饮酒，似醉非醉，犹忆昔日鸡鸣山常诵西升经也。
今抚背念将分离，出户庭而情意依然，莫见其今日之寻常，当知
曾为客星而居帝旁也。适盖不知姜抚之即行逃去矣。

题尉迟将军新庙

周室既版荡〔一〕，贼臣立婴儿〔二〕，将军独激昂，誓欲酬恩私。
孤城日无援〔三〕，高节终可悲，家国共沦亡，精魂空在斯，沉沉
积冤气，寂寂无人知。良牧〔四〕怀深仁，与君建明祠，父子俱血
食〔五〕，轩车每逶迤〔六〕。我来荐苹蘩〔七〕，感叹兴此词，晨光上
阶闼，杀气〔八〕翻旌旗。明明幽冥〔九〕理，至诚信莫欺，唯夫二
千石〔一〇〕，多庆〔一一〕方自兹。

《周书·尉迟迥传》："迥以隋文帝当权，将图篡夺，遂谋举
兵。……隋文帝于是征兵讨迥，……迥大败，遂入邺，……上楼
射杀数人，乃自杀。(唐)武德中，迥从孙库部员外郎耆福上表请
改葬，朝议以迥忠于周室，有诏许之。"《周太师蜀国公尉迟迥庙
碑》，阎伯玙撰序，颜真卿撰铭。碑文述开元丁丑岁相州刺史张
嘉祐立庙之事。丁丑为开元二十五年，据此，诗当为本年作。详
见《年谱》。

〔一〕亦作板荡,均《诗·大雅》篇名,言厉王之无道,后以称乱世。

〔二〕贼臣,称杨坚,即隋文帝。婴儿,指周静帝宇文衍,即位时仅八岁。

〔三〕孤城谓相州。《周书·尉迟迥传》:"自称大总管,……迥弟子勤为青州总管,……诸州皆从之,众数十万。(子)惇率众十万入武德,军于沁东。……迥别统万人,皆绿巾锦袄,号曰黄龙兵。……其麾下千兵皆关中人,为之力战。……迥大败,遂入邺,迥走保北城,……上楼射杀数人,乃自杀。"

〔四〕《北史·齐赵郡王琛传》:"琛子睿,……为定州刺史、六州大都督,时年十七,称为良牧。"此称唐相州刺史张嘉祐。

〔五〕《史记·封禅书》:"立后稷之祠,至今血食天下。"注:"祭有牲牢,故言血食遍于天下。"父子指尉迟迥及惇、祐。

〔六〕轩车见前《真定即事奉赠韦使君二十八韵》注。逶迤,长貌。谓参拜之人众也。

〔七〕《左传·隐公三年》:"苟有明信,涧溪沼沚之毛,苹蘩蕴藻之菜,筐筥锜釜之器,潢污行潦之水,可荐于鬼神,可羞于王公。"

〔八〕《礼记·月令》:"孟秋之月,杀气浸盈,阳气日衰。"或解为杀伐之气。

〔九〕《无量寿经》:"入其幽冥,转生受身。"犹言冥土。

〔一〇〕《汉书·循吏传》:"与我共此者,其唯良二千石乎!"注:"谓郡守、诸侯相。"此处称张嘉祐。

〔一一〕《易·履》:"大有庆也。"谓多福。

95

睢阳酬别畅大判官

吾友遇知己〔一〕,策名〔二〕逢圣朝,高才擅白雪〔三〕,逸翰怀青霄〔四〕，承诏选嘉兵〔五〕，慨然即驰轺〔六〕。清昼下公馆〔七〕，尺书〔八〕忽相邀，留欢惜别离，毕景驻行镳〔九〕，言及沙漠〔一〇〕事，益令胡马〔一一〕骄。大夫拔东蕃〔一二〕，声冠霍嫖姚〔一三〕，兜鍪〔一四〕冲矢石，铁甲生风飙。诸将出井陉〔一五〕，连营济石桥〔一六〕，酋豪尽俘馘，子弟输征徭。边庭绝刁斗〔一七〕，战地成渔樵，榆关〔一八〕夜不扃，塞口长萧萧〔一九〕。降胡满蓟门〔二〇〕，一一能射雕〔二一〕，军中多燕乐〔二二〕，马上何轻趫。戎狄本无厌〔二三〕，羁縻非一朝，饥附诚足用，饱飞安可招？李牧制儋蓝〔二四〕，遗风岂寂寥？君还谢幕府〔二五〕，慎勿轻蒭荛〔二六〕。

《唐诗选》残卷题作《睢阳酬畅判官》。《旧唐书·畅璀传》："河东人也。乡举进士。天宝末，安禄山奏为河北海运判官。……璀廓落有口才，好谈王霸之略。"《册府元龟》卷七一六："苏震为吏部侍郎，畅璀为谏议大夫，至德初，肃宗以广平王为天下兵马元帅，以震、璀为副使、判官。"然天宝末、至德初高适不在睢阳，则畅大判官非指河北海运判官及广平王之兵马元帅府判官。如指畅璀，则诗题判官或有误。又《元和姓纂》卷九引《陈留风俗传》有畅悦，亦河东人，并称："状云：本望魏郡。璀子当，悦子偃。又诗人畅诸，汝州人，许昌尉。"按其所举诸人次序，畅大不应为悦。岑仲勉《唐人行第录》以畅大为畅当，其《读全唐诗札记》有详细辨证，然韦应物有《寄畅当》诗，题注称其"闻以子弟被召从军"，卢纶有《送畅当》诗等，惟均未言其为判官。且就年岁言，天宝末其父璀尚为河北海运判官，则开元末畅当即为判官亦不可能。《唐才子传》："之奂与王昌龄、高适、畅当忘形尔汝。"（卷三）恐因此诗"承诏选嘉兵"及韦诗题注而误以畅大判官即当也。据贞元三年顾况代畅当作《韩滉谥议》，知畅当贞元三年（公元七八七年）犹为太常博士，其死更后。余以此畅大为璀，而必不为悦、当、偃与诸等人也。详诗之内容，指开元二十二年幽州长史张守珪破契丹事，此诗最晚为开元二十六年击奚败绩前作（据《旧唐书》本传）。睢阳即宋州，汉为睢阳县，天宝元年改为睢阳郡，此诗题用旧名。

〔 一 〕见前《酬庞十兵曹》诗注。

〔 二 〕《左传·僖公二十三年》："策名委质。"注："名书于所臣之策，屈膝而君事之。"疏："策，简策也。"

〔 三 〕宋玉《对楚王问》："客有歌于郢中者，其始曰下里巴人，国中属而和者数千人，……其为阳春白雪，国中属而和者不过数十人。……是其曲弥高，其和弥寡。"喻畅大能诗。

〔 四 〕郭璞《客傲》："蔼若邓林之会逸翰，烂若溟海之纳奔涛。"逸翰言飞鸟也。左思《魏都赋》："恒碣礋碣于青霄。"青霄犹青云也。《唐诗选》残卷作逸翮凌青霄。

〔 五 〕《唐诗选》残卷作佳兵。《道德经》："夫佳兵者不祥之器。"韦应物《寄畅当》诗题注："闻以子弟破召从军。"然畅大既非当，即非指此事。《全唐诗》作嘉宾。《诗·小雅·鹿鸣》序："鹿鸣，燕群臣嘉宾也。"孔疏："序之群臣，则经之嘉宾，一矣。故群臣嘉宾并言之，明群臣亦为嘉宾也。"选嘉宾谓选群僚也。

〔 六 〕《史记·季布列传》："朱家乃乘轺车之洛阳。"集解："徐广曰，马车也。"索隐："案谓轻车，一马车也。"

〔 七 〕《礼记·杂记》："大夫次于公馆以终丧。"注："公宫之舍也。"疏："君之舍也。"杜甫《严公厅宴同咏蜀道画图》诗："日临公馆静。"可参。

〔八〕应璩《百一诗》:"文章不经国,筐箧无尺书。"李善注引《汉书·韩信传》:"广武君曰:'奉咫尺之书以使燕。'"

〔九〕《拾遗记》:"毕景忘归,乃至通夜。"毕景,日落也。梁武帝《捣衣诗》:"沉思惨行镳。"镳,马衔也。

〔一〇〕《唐诗选》残卷作沙塞。

〔一一〕《唐诗选》残卷作人马。

〔一二〕《旧唐书·张守珪传》:"开元二十三年春,遂拜为辅国大将军……兼御史大夫。"《旧唐书·玄宗纪》:"开元二十二年,幽州长史张守珪发兵讨契丹,斩其王屈烈及其大臣可突干于阵,传首东都,馀叛奚皆散走山谷。"并参前《赠别王十七管记》诗题解。

〔一三〕《汉书·霍去病传》:"为票姚校尉。"注:"票姚,劲疾之貌。"

〔一四〕《后汉书·袁绍传》:"绍脱兜鍪抵地。"即冠胄,盔也。

〔一五〕《唐诗选》残卷作冷陉,非。《元和郡县志》卷十七:"恒州井陉县,陉山在县东南八十里,四面高中央下如井,故曰井陉,属常山郡。"

〔一六〕张鷟《朝野佥载》卷五:"赵州石桥甚工,磨礲密致如削焉,望之如初日出云,长虹饮涧,上有勾栏皆石也,勾栏并有石狮子。"

〔一七〕《史记·李将军列传》集解:"孟康曰:'以铜作鐎器,受一斗,昼炊饭食,夜击持行,名曰刁斗。'"索隐:"荀悦云:'刁斗,小铃,如宫中传夜铃也。'"陈子良《赞德上越国公杨素》诗:"鼓鼙朝作气,刁斗夜偏鸣。"

〔一八〕《通典》卷一七八:"卢龙县有临榆关,在县城东一百八十里。"即古榆关。《长安客话》卷七:"平滦旧有榆关,土地旷衍,无险可据。……唐后遂废去。东八十里为元迁安镇。本朝武宁王徐达经略北边,谓是枕山襟海,实辽蓟咽喉,乃移关于此,……
而关因以山海名。"则今山海关也。

〔一九〕荆轲《易水歌》:"风萧萧兮易水寒。"

〔二〇〕见前《蓟门不遇王之涣郭密之因以留赠》诗题解。

〔二一〕《史记·李将军列传》:"是必射雕者也。"集解:"文颖曰:'雕,
鸟也,故使善射者射也。'"索隐:"案服虔云:'雕,大鹙鸟也。'"

〔二二〕见前《效古赠崔二》诗注。《隋书·音乐志》以为出于龟兹
琵琶。

〔二三〕《诗·鲁颂·閟宫》:"戎狄是膺。"称西、北方少数民族。厌,饱
也,足也,俗作餍。见前《营州歌》注。

〔二四〕《史记·李牧列传》:"大破杀匈奴十馀万骑,灭襜褴。"如淳曰:
"胡名也,在代北。"

〔二五〕《汉书·赵广汉传》:"界上亭长寄声谢我。"颜注:"谢,告也。"

〔二六〕见前《淇上酬薛三据兼寄郭少府微》诗注。《汉书·艺文志》:
"如或一言可采,此亦刍荛狂夫之议也。"蒭同刍。

笺曰:此适和畅大赠别之作也。首谓畅之才志非凡,今得知遇,
诏选为幽州节度幕中僚属(据嘉宾解),乃即慨然而往。次言晨
下公舍,而忽以尺书相邀,惜别留醉,至暮未行,言及边地之事,
更使胡马气骄,志何壮也。中幅十六句叙张守珪败契丹事,而降
胡射雕,又可虑也。结尾八句则忧在降胡反覆无常,而以李牧灭
胡为劝,则适之思想有悖于和议睦邻之义也。

99

燕歌行并序

开元二十六年〔一〕,客有从元戎〔二〕出塞而还者,作《燕歌行》以

示适，感征戍之事，因而和焉。

汉家烟尘在东北〔三〕，汉将辞家破残贼，男儿本自重横行〔四〕，天子非常赐颜色〔五〕。摐金伐鼓下榆关〔六〕，旌旆逶迤碣石〔七〕间，校尉羽书飞瀚海〔八〕，单于猎火照狼山〔九〕。山川萧条极边土，胡骑凭陵杂风雨〔一〇〕，战士军前半死生，美人帐下犹歌舞！大漠穷秋塞草腓〔一二〕，孤城落日斗兵稀，身当恩遇常轻敌，力尽关山未解围〔一三〕。铁衣〔一四〕远戍辛勤久，玉箸〔一五〕应啼别离后，少妇城南〔一六〕欲断肠，征人蓟北〔一七〕空回首。边庭飘飖那可度〔一八〕，绝域苍茫无所有〔一九〕，杀气三时作阵云〔二〇〕，寒声一夜传刁斗〔二一〕。相看白刃血纷纷〔二二〕，死节从来岂顾勋〔二三〕？君不见沙场征战苦，至今犹忆李将军〔二四〕。

《高适诗集》残卷无并序二字，序文作题下注："客有从元戎出塞还者，作《燕歌行》示适，感征戍之事，作此《燕歌行》。"《乐府诗集》收入相和歌辞平调曲中。《乐府解题》："晋乐奏魏文帝《秋风》、《别日》二曲（《燕歌行七解》、《六解》，《文选》收前首），言时序迁换，行役不归，妇人怨旷无所诉也。"《广题》曰："燕，地名也。言良人从役于燕，而为此曲。"（《乐府诗集》卷三十二）《周书·王褒传》："褒曾作《燕歌行》，妙尽关塞寒苦之状，元帝及诸文士并和之，而竞为凄切之词。"冯班《钝吟杂录》："七言歌行，盛于梁末，梁元帝为《燕歌行》，群下和之（此误，如庾信均有此作），今书目有《燕歌行集》。"何焯评："常侍有《燕歌行》一首，亦是梁陈格调。"（卷三）唐汝询曰："此述征戍之苦也，言烟尘在东北，原非犯我内地，汉将所破特馀寇耳。盖此辈本重横行，天子乃厚加礼

高适诗集编年笺注
100

貌，能不生边衅乎？于是鸣金鼓，建旌旆，以临瀚海，适值单于之猎，凭陵我军，我军死者过半，主将方且拥美姬歌舞帐下，其不惜士卒乃尔。是以当防秋之际，斗兵日稀，然主将不以为意者，以其恃恩而轻敌也。何为使士卒力尽关山未得罢归乎？戍既久，室家相望之情极矣，则又述士卒之意曰：吾岂欲树勋于白刃间耶？既苦征战，则思古之李牧为将，守备为本，亦庶几哉！"（《唐诗解》卷十六）锺惺评"战士"、"美人"二句曰："豪壮中写出暇整气象。"（《唐诗归》卷十二）按，其说甚误，唐解为近。宋邦绥曰："此言主将不恤士卒，如骠骑在塞外，卒乏粮或不能自振，而骠骑尚穿域蹋鞠之类。"（《才调集补注》卷三）骠骑谓骠骑将军霍去病也，《史记》本传称其"少而侍中，贵不省士，其从军，天子为遣太官齎数十乘，既还，重车馀弃粱肉，而士有饥者。……事多此类。"陈沆曰："张守珪为瓜州刺史，完修故城，版筑方立，虏奄至，众失色，守珪置酒城上，会饮作乐，虏疑有备，引去，守珪因纵兵击败之，故有'战士军前半死生，美人帐下犹歌舞'之句，然其时守珪尚未建节，此诗作于开元二十六年建节之时，或追咏其事，抑或刺其末年富贵骄逸，不恤士卒之词，均未可定。要之观其题序，断非无病之呻也。"（《诗比兴笺》卷三）岑仲勉曰："此刺张守珪也。……二十六年，击奚，讳败为胜，诗所由云'孤城落日斗兵稀，身当恩遇常轻敌，力尽关山未解围'也。"（《读全唐诗札记》，蔡义江以所刺者为安禄山，见《高适〈燕歌行〉非刺张守珪辨》，载《文史哲》一九八〇年二期）。邢昉批曰："金戈铁马之声，有玉磬鸣球之节，非一意抒写以为悲壮也。"（《唐风定》卷九）黄培芳曰："句中含双单字，此七古造句之要诀，盖如此则顿跌多姿，而不伤

于虚弱,杜工部《渼陂行》多用此句法。转韵亦用对法。"(《唐贤
三昧集笺注》卷下)赵熙曰:"常侍第一大篇,与东川《白日登山望
烽火》一首非但声情高壮,其于守珪有微词,盖与国史相表里
也。"按此诗多偶对句,功力深,笔力亦到,非他人可及,即李颀
《古从军行》亦觉逊色也。

〔一〕《又玄集》、《唐文粹》作开元十年,《河岳英灵集》、《才调集》、
《文苑英华》作开元十六年,均误,据明活字本《高常侍集》。

〔二〕《文苑英华》、《全唐诗》元戎作御史大夫张公,《又玄集》亦同,
漏从字。《旧唐书·张守珪传》:"开元二十三年春,守珪诣东
都献捷,……遂拜守珪为辅国大将军、右羽林大将军兼御史大
夫。"王运熙因下篇"仍招布衣士"疑"客"为高式颜(《文学遗
产》三一五期《谈高适的〈燕歌行〉》,可参),愚意此语不过赞张
守珪虽遭贬谪仍能重贤招用式颜,不必谓前已招用式颜,而
"客"亦非必高式颜也。观下篇"游梁且未遇,适越今可以"二
语,未及出塞事,可知也。彭兰疑客为畅当,引《睢阳酬别畅大
判官》为说,然畅大非畅当,说见前篇题解,自不可能(彭说见
《高适系年考证》),或有可能指畅璀,阙疑可也。

〔三〕萧统《七契》:"边境无烟尘之惊。"谓边疆寇警也。

〔四〕见前《蓟门五首》注。

〔五〕《论语·泰伯》:"正颜色,斯近信矣。"谓容色也。刘宝楠正义:
"《说文》:以颜谓眉目之间,色谓凡见于面也。"(按《说文》卷
九:"色,颜气也。")曹植《艳歌行》:"长者赐颜色,泰山可动
移。"宋之问《桂州三月三日》:"两朝赐颜色。"

〔六〕《史记·司马相如列传》:"摐金鼓。"集解:"摐,撞也。"《汉书·
东方朔传》注:"钲鼓所以为进退士众之节也。"按《诗·小雅·

采芑》："钲人伐鼓。"毛传："伐,击也。钲以静之,鼓以动之。"
疏："钲即铙也。"郑笺："钲也鼓也,各有人焉,言钲人伐鼓,互
言尔。"

〔七〕《离骚》："载云旗之委蛇。"朱熹集注："二字一作逶迤。"碣石见
前《别冯判官》诗注。

〔八〕校尉见前《信安王幕府诗》注〔一六〕。《楚汉春秋》："黥布反,
羽书至。"虞羲《咏霍将军北伐》诗李善注："羽书,即羽檄也。"
参前《信安王幕府诗》注〔二八〕。《史记·骠骑列传》索隐："案
崔浩云:'北海名,群鸟之所解羽,故云瀚海。'广志:'在沙漠
北。'"今苏联贝加尔湖。汉以后人称沙漠为瀚海。周祈《名义
考》："以沙飞若浪,人马相失若沉,视犹海然,非真有水之
海也。"

〔九〕《史记·匈奴列传》集解引《汉书音义》："单于者,广大之貌,言
其象天单于然。"索隐："胡所谓天子。"《新唐书·地理志》："幽
州范阳郡昌平县,有纳款关,即居庸故关,亦谓之军都关,其北
有防御军,古夏阳川也。有狼山。"沈涛《瑟榭丛谈》卷上:"《唐
书·地理志》:'居庸关北有狼山。'今在怀来县西十五里,一名
狼居胥山,见元周伯温《扈从北行日纪》。考汉骠骑所封之山
在代北二千馀里,何以此山亦冒狼居胥山之名?是犹窦宪纪
功之燕然去鸡鹿塞三千馀里,而宣郡亦有燕然山也。"《清一统
志》卷四〇八:"狼山在(乌喇忒)旗东四十里。"以山多狼,故
名。今内蒙古自治区五原西北黄河北岸之地。一说在今蒙古
人民共和国科布多城附近。

〔一〇〕班固《西都赋》："原野萧条。"

〔一一〕凭陵见前《蓟门五首》注。《新序·善谋》："且匈奴者,……来

若风雨,解若收电。"

〔一二〕《诗·小雅·四月》:"秋日凄凄,百卉具腓。"传:"卉,草也;腓,病也。"《文苑英华》腓作衰。

〔一三〕《高适诗集》残卷作常轻敌。《新序·善谋》:"高皇帝尝围于平城,……七日不食,天下叹之,及解围反位,无忿怨之色。"

〔一四〕《木兰辞》:"寒光照铁衣。"赵熙旁批:"此段事外远致。"

〔一五〕刘孝威《独不见》:"谁怜双玉箸,流面复流襟。"指泪。

〔一六〕《日出东南隅行》:"日出东南隅,照我秦氏楼,秦氏有好女,自言名罗敷,罗敷善蚕桑,采桑城南隅。"曹植《美女篇》:"借问女安居? 乃在城南端。"沈佺期《古意呈补阙乔知之》诗:"丹凤城南秋夜长。"则长安城南也。

〔一七〕孔稚圭《白马篇》:"征兵离蓟北。"

〔一八〕《玉篇》卷二十二:"度,过也。"《高适诗集》残卷作边亭。飘飘,各本多作飘飘。《高适诗集》残卷、明活字本较佳,故从之。《文苑英华》那可度作难可越。

〔一九〕《文苑英华》、《全唐诗》无所有一作更何有。《诗词曲语辞汇释》卷四:"有,犹在也。高适《燕歌行》:'边风飘飘那可度,绝域苍茫更何有。'何有,即何在也。言绝域地远,不知何在也。"故作更何有为优。

〔二〇〕《左传·桓公六年》:"谓其三时不害。"杜注:"三时,春夏秋。"谓农时。《文苑英华》作三日。《王氏画记》:"张询于蜀画一堵早景、一堵午景、一堵晚景,谓之三时山。"则三时,一日之间也。似均与《乐府解题》所言之"时序迁换"不符,仍从杜注为宜。《史记·天官书》:"阵云如立垣。"索隐:"姚氏案兵书云:营上云气如织,勿与战也。"窦威《出塞曲》:"看云方结阵。"

高适诗集编年笺注

〔二一〕见上篇注。《文苑英华》作寒风，注"一作声"。

〔二二〕从《才调集》、《高适诗集》残卷，《文苑英华》血作徒。一作雪，
观下"死节"云云可知其误。司马相如《喻巴蜀檄》："触白刃，
冒流矢。"

〔二三〕此对邀功奏捷者有所刺讥也。《史记·货殖列传》："守信死
节。"谭元春曰："真志士。顾勋二字笑尽妻子身家中人。"（《唐
诗归》卷十二）按唐初王宏《从军行》诗曰："从来战斗不求勋，
杀身为君君不闻。"

〔二四〕《唐诗别裁》卷五："李广爱惜士卒，故云。或云李牧亦可。"《史
记·李牧列传》："常居代雁门，以便宜置吏，市租皆输入莫府，
为士卒费，日击数牛飨士，习射骑，谨烽火，多间谍，厚遇战
士，……匈奴数岁无所得，终以为怯。边士日得赏赐而不用，
皆愿一战，于是乃具选车得千三百乘，选骑得万三千匹，百金
之士五万人，彀者十万人，……大破杀匈奴十馀万骑，灭襜褴，
破东胡，降林胡，单于奔走。其后十馀岁，匈奴不敢近赵
边城。"

笺曰：此叙蓟北从军之艰辛也。首言汉将出征，甚得君之信任，
继言战争激烈，士卒半死，而主帅不恤，犹然自赏歌舞。当此穷
秋草衰，孤城日暮，斗兵甚稀，以身受恩遇，故轻敌力战，而苦于
未得解围驰突也。斯时城南少妇，望征夫之归，几于肠断，征人
则在蓟北之地，空自回首，不得返乡也。边庭风剧难越，绝域苍
茫何在（据"更何有"解），杀气方盛，刁斗夜传，血染白刃，死节岂
为立勋耶？沙场征战苦辛，故今人犹忆李牧之将才，以其善于筹
画卫边也。

宋中送族侄式颜时张大夫贬括州使人召式颜遂有此作

大夫东击胡，胡尘不敢起，胡人山下哭，胡马海边死〔一〕。部曲〔二〕尽公侯，舆台亦朱紫〔三〕，当时有勋业，末路遭谗毁〔四〕。转旆〔五〕燕赵间，剖符括苍〔六〕里，弟兄莫相见，亲族远纷梓〔七〕，不改青云心〔八〕，仍招布衣士〔九〕。平生怀感激，本欲候知己〔一〇〕，去矣难重陈〔一一〕，飘然自兹始。游梁且未遇，适越今可以〔一二〕，乡山西北愁，竹箭东南美〔一三〕。峥嵘缙云〔一四〕外，苍莽〔一五〕几千里？旅雁悲啾啾，朝昏孰云已？登临多瘴疠，动息在风水，虽有贤主人〔一六〕，终为客行子〔一七〕。我携一尊酒，满酌聊劝尔，劝尔惟一言，家声勿沦滓。

《全唐诗》题作《宋中送族侄式颜》，馀系题下注，但《唐百家诗选》已作全题，姑仍其旧。《旧唐书·张守珪传》："守珪裨将赵堪、白真陁罗等假以守珪之命，逼平卢军使乌知义令率骑邀叛奚馀众于湟水之北，……初胜后败，守珪隐其败状，而妄奏克获之功，事颇泄，上令谒者牛仙童往按之，守珪厚赂仙童，遂附会其事，但归罪于白真陁罗，逼令自缢而死。二十七年，仙童事露伏法，守珪以旧功减罪，左迁括州刺史，到官无几，疽发背而卒。"《新唐书·地理志》："处州缙云郡本括州，治丽水。"今浙江省丽水县东南。杜甫有《赠高式颜》诗。

〔一〕 四句连用四胡字，句奇。

〔二〕 见前《赠别王十七管记》诗注。《唐律义疏》："部曲、奴婢，是为家仆。"

〔三〕《左传·昭公七年》:"人有十等。……士臣皂,皂臣舆,……仆臣台。"《晋书·夏侯湛传》:"群公百辟卿士常伯,被朱佩紫,耀金带白。"谓朱服紫绶。《新唐书·马周传》:"三品服紫,四品五品朱。"则全谓服色也。

〔四〕《资治通鉴》卷二一四:"(牛)仙童有宠于上,众宦官疾之,共发其事。……命杨思勖杖杀之。思勖缚格,杖之数百,剖取其心,割其肉啗之。守珪坐贬括州刺史。太子太师萧嵩尝赂仙童以城南良田数顷,李林甫发之,嵩坐贬青州刺史。"高适所谓谗毁之人指众宦官。

〔五〕张正见《秋日别庚正员》诗:"征途愁转斾。"

〔六〕《新唐书·地理志》:"丽水县有括苍山。"

〔七〕谢灵运《述祖德诗二首》:"傍岩艺枌梓。"李周翰注:"枌、榆、梓,木名。"按《汉书·郊祀志》:"高祖祷丰枌榆社。"注:"枌榆,乡名也。"属丰邑。后因谓乡里为枌榆。《诗·小雅·小弁》:"维桑与梓,必恭敬止。"朱熹集传:"桑、梓二木,古者五亩之宅,树之墙下,以遗子孙,给蚕食、具器用者也。"故亦以桑梓为乡里之称。此称枌梓亦同。

〔八〕《史记·伯夷列传》:"闾巷之士欲砥行立名者,非附青云之士,乌能施于后世哉?"言美德令誉也。

〔九〕见前《送蔡山人》诗注。

〔一〇〕见前《酬庞十兵曹》诗注。

〔一一〕见前《效古赠崔二》诗注〔一四〕。难重陈即勿复陈之意也。

〔一二〕《论语·微子》:"不使大臣怨乎不以。"何注:"以,用也。"《全唐诗》可以作何以。

〔一三〕《尔雅·释地》:"东南之美者,有会稽之竹箭焉。"《孔子家语·
　　　　子路初见》:"南山有竹,不柔自直,斩而用之,达于犀革。"喻人
　　　　之才。

〔一四〕《新唐书·地理志》:"处州缙云县有缙云山。"即仙都山。括州
　　　　在其南,故称"缙云外",犹剑南称剑外也。

〔一五〕《庄子·逍遥游》:"适莽苍者三餐而反。"成疏:"莽苍,郊野
　　　　之色。"

〔一六〕《艳歌行》:"赖得贤主人,览取为吾绢。"惟此称居停妇,适诗则
　　　　称张守珪为贤主人也。

〔一七〕见前《效古赠崔二》诗注〔一四〕。《淮南子·精神训》:"犹行客
　　　　也。"注:"犹行路过客。"

　　笺曰:守珪隐匿败讯,妄奏克获,又贿赂宦者牛仙童,遂左迁括州
刺史,本属咎有应得,适以为谗毁者,盖众宦官必有溢恶之言,使
之忧虑,疽发背而死也。适既赞其功业,又喜其招引贤士,于式
颜则以"家声勿沦滓"为劝,勉其笃行,勿贻族人之羞也。下篇
云:"世上五百年,吾家一千里。"适对之无限厚爱也。

又送族侄式颜

惜君才未遇,爱君才若此,世上五百年〔一〕,吾家一千里〔二〕。
俱游帝城〔三〕下,忽在梁园里,我今行山东〔四〕,离忧不能已。

　　此亦宋州作,当在前诗作后不久。

〔一〕《孟子·公孙丑》:"五百年必有王者兴,其间必有名世者。"朱
　　　熹集注:"自尧至汤,自汤至文武,皆五百馀年,而圣人出。名
　　　世,谓其人德业闻望可名于一世者,为之辅佐,若皋陶、稷、契、

伊尹、莱朱、太公望、散宜生之属。"以比式颜。

〔二〕《楚辞·卜居》："宁昂昂若千里之驹乎?"洪兴祖补注:"千里
驹,展才力也。颜师古云:言若骏马可致千里也。"

〔三〕谓长安。

〔四〕似谓梁山之东。

酬鸿胪裴主簿雨后睢阳北楼见赠之作

暮霞照新晴,归云犹相逐,有怀晨昏〔一〕暇,想见登眺目,问礼
侍彤褕〔二〕,题诗访茅屋。高楼多古今〔三〕,陈事满陵谷,地久
微子封〔四〕,台馀孝王筑〔五〕。徘徊顾霄汉,豁达〔六〕俯川陆,远
水对秋城,长天向乔木。公门何清净〔七〕,列戟〔八〕森已肃,不
叹携手稀,恒思着鞭〔九〕速,终当拂羽翰,轻举随鸿鹄〔一○〕。

《全唐诗》一作王昌龄诗,按王昌龄无睢阳作诗,当属之高适。
《新唐书·百官志》:"鸿胪寺有主簿一人。"《唐贤三昧集》选此诗
无"鸿胪"二字,误。《地理志》:"天宝元年改宋州为睢阳郡。"此
诗或为天宝元、二年秋作。

〔一〕《礼记·曲礼》:"凡为人子之礼,冬温而夏清,昏定而晨省。"

〔二〕《礼记·曲礼》:"在朝言礼,问礼对以礼。"《左传·僖公二十四
年》:"郑伯……问礼于皇武子,……享宋公有加,礼也。"《史
记·孔子世家》:"俱适周问礼,盖见老子云。"《尔雅·释器》:
"衣蔽前谓之襜。"独孤及《唐故睢阳郡太守赠秘书李公神道
碑》:"赤舄彤襜,牧彼四州。"彤襜,贵者所服,四州谓青、常、
徐、宋也。《广韵》卷一:"彤,赤也。"此句彤襜即指睢阳太
守也。

〔三〕赵熙旁批曰："大波蹴起。"

〔四〕《史记·宋微子世家》："命微子开代殷后,国于宋。"

〔五〕见前《宋中十首》注〔一〕、〔二〕。

〔六〕何晏《景福殿赋》："开南端之豁达。"

〔七〕《后汉书·鲍昱传》："昱为沘阳长,政化仁爱,境内清净。"

〔八〕《周礼·天官·掌舍》注："郑司农云:棘门,以戟为门。"《后汉书·舆服志》："公以下至二千石,骑吏四人,千石以下至三百石县长二人,皆带剑持棨戟为前列。"则古官吏出以为前导也。

〔九〕见前《别韦兵曹》诗注。

〔一〇〕张华《上巳篇》："高飞舞凤翼,轻举攀龙鳞。"轻举亦犹高飞也。《史记·陈涉世家》："燕雀安知鸿鹄之志哉?"索隐:"鸿鹄是一鸟,若凤皇然。非鸿雁与黄鹄也。"

笺曰:此适和鸿胪寺主簿裴某之作也。首段六句咏裴雨霁登眺及赠诗。次段八句推开叙睢阳古迹及山川,以应前段之登眺,亦实写也。末段六句言裴拘官守,不能长聚,所盼者速于着鞭,当拂羽而飞,以相随也。

同群公十月朝宴李太守宅

良牧征高赏〔一〕,寨帷对考槃〔二〕,岁时当正月〔三〕,甲子入初寒〔四〕。已听甘棠颂〔五〕,欣陪旨酒〔六〕欢,仍怜门下客〔七〕,不作布衣看〔八〕。

此诗云:"已听甘棠颂。"后篇《奉酬睢阳李太守》有"梁国歌来晚,徐方怨不留"之句,又下篇题下注:"同诸公宴睢阳李太守各赋一物。"知此李太守即睢阳太守李少康(参后《奉酬睢阳李太守》诗题解），诗为天宝元、二年冬作。黄锡珪《李太白年谱》引此诗题作《同群公十月朝宴李北海宅》，不知何据，彭兰亦谓此李太守疑即李邕，盖不知尚有睢阳太守李少康其人也。《后汉书·刘宠传》："拜会稽太守，……征为将作大匠，山阴县有五六老叟，……人赍百钱以送宠，……曰：山谷鄙生，未尝识郡朝。"《蜀志·法正传》裴松之注引《三辅决录注》曰："（法）真曰：'以明府（称扶风太守）见待有礼，故四时朝觐。'"又"待正旦，使观（南郡）朝吏会，会者数百人。"则于郡守固可称朝也。

〔一〕良牧见前《题尉迟将军新庙》诗注。《南史·江敩传》："数与宴赏。"征高赏即谓聚宴。

〔二〕《后汉书·贾琮传》："以琮为冀州刺史。旧典，传车骖驾，垂赤帷裳，迎于州界。及琮之部，升车言曰：'刺史当远视广听，纠察美恶，何有反垂帷裳，以自掩塞乎？'乃命御者褰之，百城闻风，自然竦震。"《诗·卫风·考槃》："考槃在涧，硕人之宽。"集传："诗人美贤者隐处涧谷之间而硕大宽广无戚戚之意。"

〔三〕《史记·历书》："（秦）正以十月。"汉初袭而未改。

〔四〕谢灵运《燕歌行》："孟冬初寒节气成。"

〔五〕《诗·召南·甘棠》序："甘棠，美召伯也，召伯之教，明于南国。"

〔六〕《诗·小雅·正月》："彼有旨酒，又有嘉殽。"《说文》卷五："旨，美也。"

〔七〕见前《三君咏》注。高适以冯谖自喻。

〔八〕见前《送蔡山人》诗注。看读平声。

画马篇 同诸公宴睢阳李太守各赋一物

君侯枥上骢，貌在丹青〔一〕中。马毛连钱〔二〕蹄铁色，图画光辉〔三〕骄玉勒。马行不动势若来,权奇〔四〕蹴踏无尘埃。感兹绝代称妙手,遂令谈者不容口〔五〕,麒麟〔六〕独步自可珍,驽骀万疋知何有! 终未如他枥上骢〔七〕,载华毂,骋飞鸿〔八〕,荷君蓊拂与君用〔九〕,一日千里如旋风。

题下注据《全唐诗》补。与上篇同时作。

〔一〕《汉书·苏武传》:"竹帛所载,丹青所画。"谓丹砂、青蒦之类。貌,描画而肖其状也。

〔二〕《尔雅·释畜》:"青骊驎驔。"注:"色有深浅,斑驳隐粼,今之连钱骢。"

〔三〕《高适诗集》残卷作金羁。

〔四〕《汉书·礼乐志》:"志俶傥,精权奇。"(《天马歌》)王先谦补注:"权奇者,奇谲非常之意。"

〔五〕《汉书·爰盎传》:"称之皆不容口。"师古注:"称美其德,口不能容也。"

〔六〕《高适诗集》残卷作骐骥。《商君书·画策》:"骐骥騄駬,每一日走千里。"

〔七〕《高适诗集》残卷作"终有君枥上骢",疑脱未字。

〔八〕谓疾驰如鸿之飞。《高适诗集》残卷骋作若。

〔九〕沈佺期《紫骝马》:"荷君能蓊拂,躞蹀喷桑干。"按刘峻《广绝交论》:"蓊拂使其长鸣。"李善注:"湔祓、蓊拂,音义同也。"言去其恶。《高适诗集》残卷用作同。

笺曰:此诗先言画马乃图太守枥上之骢,次写画马之毛色装配,再写画马之势态,而赞绝代妙技。夫此独步之骐骥岂驽骀万匹所能望其项背哉? 然而视太守枥上之骢,能为太守之用,日行千里者，则未可相比也。适盖有望于李少康之荐用也。

奉酬睢阳李太守

公族〔一〕称王佐，朝经允帝求〔二〕，本枝疆我李〔三〕，盘石冠诸刘〔四〕。礼乐光辉盛，山河气象幽，系高周柱史〔五〕，名重晋阳秋〔六〕。华省应推择〔七〕，青云宠宴游，握兰多具美〔八〕，前席有嘉谋〔九〕。赋得黄金赐〔一〇〕，言皆白璧酬〔一一〕，着鞭驱驷马〔一二〕，操刃解全牛〔一三〕。出镇兼方伯〔一四〕，承家复列侯〔一五〕，朝瞻孔北海〔一六〕，时用杜荆州〔一七〕。广固才登陟〔一八〕，毗陵忽阻修〔一九〕，三台冀入梦〔二〇〕，四岳尚分忧〔二一〕。郡邑连京口〔二二〕，山川望石头〔二三〕，海门当建节〔二四〕，江路引鸣驺〔二五〕。俗见中兴理，人逢至道休，先移白额〔二六〕横，更息赭衣偷〔二七〕。梁国歌来晚〔二八〕，徐方怨不留〔二九〕，岂伊齐政术〔三〇〕，将以变浇浮〔三一〕。讼简知能吏，刑宽察要囚〔三二〕，坐堂风偃草〔三三〕，行县雨随輈〔三四〕。地是蒙庄宅，城遗阏伯丘〔三五〕，孝王馀井径〔三六〕，微子故田畴〔三七〕。冬至招摇〔三八〕转，天寒螮蝀〔三九〕收，猿岩飞雨雪，兔苑〔四〇〕落梧楸。列戟霜侵户，褰帏月在钩〔四一〕，好贤常解榻〔四二〕，乘兴每登楼〔四三〕。逸足〔四四〕横千里，高谈注九流〔四五〕，诗题青玉案〔四六〕，衣赠黑貂裘〔四七〕。〔应接米何幸，栖迟庶寮尤〔四八〕，扬雄词为诳〔四九〕，王粲体偏柔〔五〇〕。〕穷巷轩车静，闲斋耳目愁，未能方管乐〔五一〕，翻欲慕巢由〔五二〕。讲德良难敌〔五三〕，观风〔五四〕岂易俦？寸心仍〔五五〕有适，江海一扁舟〔五六〕。

《唐诗选》残卷题作《宋中即事赠李太守》。《新唐书·百官志》：
"天宝元年，改刺史曰太守。"诗云"冬至招摇转"，知作于仲冬之
月。按天宝三载秋高适南游楚地（见所作《东征赋》），故此诗当
作于天宝元年至三载秋之间。独孤及《唐故睢阳太守赠秘书监
李公神道碑》曰："公讳少康，字某，……元宗后元年（天宝元年），
改宋州为睢阳郡，命公为太守。……三年春，赐告归洛阳（《平台
夜遇李景参有别》诗题解所引《金石录》载宓子贱碑系李少康撰，
立碑年月为天宝三载七月，撰文当在二年），是年十二月丙午
薨。"（《全唐文》卷三九〇）由此文可断定此诗作于天宝元、二年
冬，李太守绝非李邕，而岑仲勉疑李少康之为李巂字者（《唐人行
第录》四三页）更可涣然冰释矣。彭兰谓此李太守为李峘，然李
峘为太守在天宝十一载冬杨国忠为相以后，时高适已赴长安，遂
谓适由长安归宋城，失之臆测不考矣。王维有《送李睢阳》诗，赵
殿成注以为李峘是也，诗言"宗室子弟君最贤"，谓信安王祎之子
峘峄岘，峘居长，为最贤也。此首与《信安王幕府诗》均高适五言
长律之代表作。

〔一〕《诗·召南·麟之趾》传："公族，公同祖也。"《汉书·刘向传》：
"数言公族者，国之枝叶，枝叶落，则本根无所庇荫。"谓李为唐
之宗室也。

〔二〕任昉《为齐明帝让宣城公表》："增一职已黩朝经。"李周翰注：
"经，法也。"朝经犹朝纲也。《书·太甲》："旁求俊彦。"孔传：
"旁非一方，美士曰彦。"

〔三〕《诗·大雅·文王》："文王孙子，本支百世。"传："本，本宗也。
支，支子也。"《后汉书·贾逵传》："强干弱枝，劝善戒恶。"《唐
诗选》残卷疆作强。《集韵》卷三："疆，或作彊。"彊通强。

〔四〕《汉书·文帝纪》：“高帝王子弟地，犬牙相制，所谓盘石之宗
也。”《荀子·富国篇》注：“盘石，盘薄大石也。”《史记》作磐石。

〔五〕《史记·张丞相列传》索隐：“周秦皆有柱下史，谓御史也。所
掌及侍立恒在殿柱之下，故老聃为周柱下史。”《列仙传》：“李
耳字伯阳，生于殷时，为周柱下史。”以其同姓李，故谓李少康
系出老聃。

〔六〕《晋书·孙盛传》：“著《魏氏春秋》、《晋阳秋》，……《晋阳秋》词
直而理正，咸称良史焉。”言李少康之文名亦如孙盛。

〔七〕华省见前《信安王幕府诗》注。《唐诗选》残卷、《全唐诗》应作
腐。陆俹《授浔阳太守章》：“徒荷容盖，空劳推择。”

〔八〕《汉官仪》：“尚书郎怀香握兰，趋走丹墀。”《南史·柳恽传》：
“君子不可求备，至于柳恽，可谓具美，分其才艺，足了十人。”
据独孤及碑文，李少康曾为尚书祠部郎中，雅善属词，有集二
十卷，又为《道德经》作训解。

〔九〕《史记·贾谊列传》：“上因感鬼神事，而问鬼神之本，贾生因具
道所以然之状，至夜半，文帝前席。”《书·君陈》：“尔有嘉谋嘉
猷，则入告尔后于内，尔乃顺之于外。”孔传：“汝有善谋善道，
则入告汝君于内，汝乃顺行之于外。”

〔一〇〕《史记·虞卿列传》：“蹑蹻担簦，说赵孝成王，一见赐黄金百
镒，白璧一双。”

〔一一〕同上。

〔一二〕着鞭见前《别韦兵曹》诗注。《华阳国志·蜀志》：“城北十里有
升仙桥，司马相如初入长安，题市门曰：‘不乘赤车驷马，不过
汝下也。’”

〔一三〕《庄子·养生主》：“始臣之解牛之时，所见无非牛者；三年之

后,未尝见全牛也。"言其胸有成竹也。

〔一四〕据独孤及所撰李少康碑,李尝为青州、常州、徐州刺史,后改睢
　　　　阳郡太守。

〔一五〕《唐故睢阳郡太守李公神道碑》曰:"太祖生雍王绘,雍王绘生
　　　　东平王绍,东平王绍生高平王道立,高平王生毕公景淑,毕公
　　　　(生少康)。"承家谓此,列侯指太守言。

〔一六〕《后汉书·孔融传》:"客有言于(何)进曰:'孔文举有重
　　　　名。……'(董)卓乃讽三府,同举融为北海相。"李贤注引融家
　　　　传:"客言于进曰:'孔文举于时英雄特杰,譬诸物类,犹众星之
　　　　有北辰,百谷之有黍稷,天下莫不属目也。'"朝瞻,谓朝中咸仰
　　　　慕也。

〔一七〕《晋书·杜预传》:"拜镇南大将军,都督荆州诸军事。"时用,谓
　　　　合时之用也。

〔一八〕《晋书·地理志》:"永嘉乱,青州沦没,东莱人曹嶷为刺史,始
　　　　造广固城。"《元和郡县志》卷十:"益都县,本汉广固县之
　　　　地。……广固城,在县西四里。……曹嶷为刺史所筑。有大
　　　　涧甚广固,故谓之广固。"句谓李为青州刺史也。

〔一九〕《汉书·地理志》:"会稽郡有毗陵。"师古注:"旧延陵,汉改
　　　　之。"今江苏省武进县。张载《拟四愁诗》:"我所思兮在营州,
　　　　欲往从之路阻修。"句谓李为常州刺史也。

〔二〇〕三台见前《真定即事奉赠韦使君二十八韵》诗注。《史记·殷
　　　　本纪》:"武丁(殷高宗)夜梦得圣人,名曰说。……是时说为胥
　　　　靡,筑于傅岩。见于武丁,武丁曰:是也。得而与之语,果圣
　　　　人,举以为相,殷国大治。"

〔二一〕四岳见前《真定即事奉赠韦使君二十八韵》诗注。《晋书·宣

帝纪》：“帝留镇许昌，改封向乡侯，转抚军、假节，……天子（魏文帝）曰：‘……此非以为荣，乃分忧耳。’”

〔二二〕《元和郡县志》卷二十五：“孙权自吴理丹徒，号曰京城，今（润）州是也。（建安）十六年迁都建业，于此为京口镇。”

〔二三〕同上：“石头城在城西四里，本楚之金陵城也。吴改为石头城。”

〔二四〕明活字本当作尚，从《唐诗选》残卷、《全唐诗》。《后汉书·寇恂传》：“使君建节衔命，以临四方。”

〔二五〕《南史·到溉传》：“鸣驺枉道，以相存问。”言车马出行也。

〔二六〕《晋书·周处传》：“南山白额猛兽、长桥下蛟，并子为三矣。”此诗以白额喻苛政，即《礼记·檀弓》“苛政猛于虎”之意。

〔二七〕《汉书·贾山传》：“赭衣半道。”颜注：“行道之人半着赭衣，言被罪者众也。”《唐诗选》残卷更作再。

〔二八〕《后汉书·贾琮传》：“交阯屯兵反，……有司举琮为交阯刺史，琮到部，讯其反状，咸言赋敛过重，百姓莫不空单，京师遥远，告冤无所，民不聊生自给，故聚为盗贼。琮即移书告示，各使安其资业，招抚荒散，蠲复徭役，诛斩渠帅为大害者，简选良吏，试守诸县，岁间荡定，百姓以安。巷路为之歌曰：‘贾父来晚，使我先反；今见清平，吏不敢饭。’”独孤及撰李少康神道碑文谓“峻其侵渔之令，宏其并容之仁，吏或不廉不恪，不惠不迪，纠之诘之，必诚必信”。梁国即谓睢阳也。

〔二九〕《魏书·任城王云传》：“除都督徐兖二州缘淮诸军事、征东大将军开府、徐州刺史，……性善抚绥，得徐方之心。”《晋书·邓攸传》：“攸在（吴）郡，刑政清明，百姓欢悦，为中兴良守。后称疾去职，……百姓数千人留牵攸船，不得进，攸乃小停，夜中发

117

去。吴人歌之曰：'纨如打五鼓，鸡鸣天欲曙。邓侯挽不留，谢令推不去。'"此喻李为徐州刺史亦有德政也。

〔三〇〕《礼记·王制》："齐其政不易其宜。"郑注："政谓刑禁。"孔疏："谓齐其政令之事，当逐物之所宜。"岂伊，岂惟也。

〔三一〕《易·系辞》孔疏："中古之时，事渐浇浮。"

〔三二〕《书·康诰》："要囚，服念五六日，至于旬时，丕蔽要囚。"孔传："谓察其要辞以断狱，既得其辞，服膺思念五六日，至于十日，至于三月，乃大断之，言必反覆思念，重刑之至也。"蔡沈集传："要囚，狱辞之要者也。"

〔三三〕《论语·颜渊》："君子之德风，小人之德草。草上之风必偃。"集解："孔曰：'加草以风，无不仆者，犹民之化于上。'"

〔三四〕《汉书·韩延寿传》："守左冯翊，岁馀不肯出行县，丞掾数白，宜循行郡中。"《后汉书·郑弘传》："政有仁惠，民称苏息，迁淮阴太守。"注引谢承书曰："弘消息繇赋，政不烦苛，行春大旱，随车致雨。"《说文》卷十四："辀，辕也。"

〔三五〕《史记·庄周列传》："庄子者，蒙人也。"集解："驷案《地理志》：蒙县属梁国。"阒伯丘见前《宋中十首》注〔二八〕。

〔三六〕孝王参前《宋中十首》注〔一〕。鲍照《芜城赋》："井迳灭兮丘陇残。"李善注："《周礼》（《地官·大司徒》）曰：'九夫为井。'（《遂人》）又曰：'夫间有遂，遂上有径。'"

〔三七〕见前《酬鸿胪裴主簿雨后睢阳北楼见赠之作》注〔四〕。《唐诗选》残卷故作旧。

〔三八〕《史记·天官书》："杓端有两星。一内为矛，招摇；一外为盾，天锋。"

〔三九〕《尔雅·释天》："螮蝀，虹也。"

〔四〇〕《西京杂记》卷二："梁孝王好营宫室苑囿之乐，作曜华之宫，筑兔园。"

〔四一〕列戟见前《酬鸿胪裴主簿雨后睢阳北楼见赠之作》注。"霜侵户"喻其严威。《唐诗选》残卷帏作帷。

〔四二〕见前《真定即事奉赠韦使君二十八韵》注。

〔四三〕《世说新语·任诞》："王子猷居山阴，夜大雪，忽忆戴安道，戴时在剡，即便夜乘小船就之，经宿方至，造门不前而返，人问其故，曰：'吾本乘兴而行，兴尽而返，何必见戴？'"《魏志·王粲传》："以西京扰乱，乃之荆州依刘表。"盛弘之《荆州记》："当阳县城楼，王仲宣登之而作赋。"（《文选》《登楼赋》注引）

〔四四〕傅毅《舞赋》："良骏逸足。"李善注："逸，疾也。"

〔四五〕《晋书·文苑传》序："言泉会于九流。"

〔四六〕张衡《四愁诗》："何以报之青玉案。"李善注："玉案君所凭倚，喻大臣亦为天子所恃。"刘良注："玉案，美器，可以致食。"

〔四七〕见前《别孙诉》诗注。云赠裘者，济人乏也。《唐诗选》残卷衣赠作酒助。

〔四八〕《诗·陈风·衡门》："衡门之下，可以栖迟。"传："衡门，横木为门，言浅陋也。栖迟，游息也。"朱熹注："此隐居自乐而无求者之辞，言衡门虽浅陋，然亦可以游息。"庾亮《让中书令表》："庶寮咸允。"《尔雅·释诂》注："同官为寮。"释文："寮字又作僚。"言己游息横门之下，其恬退恐比之同官为尤甚也。所可疑者，此诗乃长律，不应散行，或寮为寡字之误。《论语·为政》："多闻阙疑，慎言其馀，则寡尤。"集解："包曰：'尤，过也。'"陆机《文赋》："或率意而寡尤。"庶寡尤，庶几少过也。若作庶无尤，则平仄不调矣。

〔四九〕《汉书·扬雄传》：“口吃不能剧谈，默而好深湛之思。”《论语·里仁》：“君子讷于言而敏于行。”

〔五〇〕曹丕《与吴质书》：“仲宣（王粲字）独自善于辞赋，惜其体弱，不足起其文。”此上四句据敦煌写本《唐诗选》残卷（伯二五五二）补，见赵万里《芸盦群书题记》。

〔五一〕《蜀志·诸葛亮传》：“每自比于管仲、乐毅。”

〔五二〕《汉书·鲍宣传》：“尧舜在上，下有巢由。”谓巢父、许由也。

〔五三〕王褒《四子讲德论》：“褒既为益州刺史王襄作中和乐职宣布之诗，又作传，名曰四子讲德，以明其意焉。”《唐诗选》残卷敀作尽。

〔五四〕《礼记·王制》：“命太师陈诗以观民风。”

〔五五〕寸心见前《途中酬李少府赠别之作》注〔五〕。《尔雅·释诂》：“仍，乃也。”

〔五六〕《史记·货殖列传》：“乃乘扁舟，浮于江湖。”索隐：“扁音篇。又音符殄反。《国语》云：‘范蠡乘轻舟。’”

笺曰：此适酬和诗之力作也。首段八句颂李少康之世系高名。次段八句叙其为省郎，得君之宠遇。三段二十四句叙李出为青、常、徐、宋四州刺史之德政。四段十六句写睢阳时景及颂李之重贤好施。末段十二句则自叙本志，在于江海，未敢有所冀于李少康也。此乃谦辞。

同李司仓早春宴睢阳东亭

春皋宜晚景，芳树杂流霞，莺燕知二月，池台称百花。竹根初带笋〔一〕，槐色正开牙〔二〕，且莫催行骑，归时有月华〔三〕。

此诗今本失载，系据《唐诗选》残卷补。见《敦煌古籍叙录》引赵万里《芸盦群书题记》。《补全唐诗》题下有"得花字"，是也。《新唐书·百官志》："州郡有司仓参军。"刘长卿有《睢阳赠李司仓》诗，当同为一人。此与前宋州诸诗之悲感者不同，为天宝二年与睢阳郡吏周旋所作，李司仓是否景参不可知。

〔一〕《芸盦群书题记》称原缺一字。《补全唐诗》作笋是也，细审《唐诗选》原卷，确是笋字。

〔二〕与芽通。

〔三〕江淹《杂体三十首·休上人怨别》："露彩方泛艳，月华始徘徊。"谓月光也。

同韩四薛三东亭玩月

远游怅不乐，兹赏吾道存，款曲故人意，辛勤清夜言。东亭何寥寥，佳境无朝昏，塏墣近洲渚，户牖当郊原。矧乃穷周旋〔一〕，游时怡讨论〔二〕，树阴荡瑶瑟，月气延清樽。明河带飞雁，野火连荒村，对此更愁予〔三〕，悠哉怀故园。

观前《同李司仓早春宴睢阳东亭》诗，知此诗东亭在睢阳。诗云："明河带飞雁。"为天宝二年秋日作。韩四名不详，薛三即薛据。

〔一〕见前《效古赠崔二》诗注〔七〕。

〔二〕孔安国《尚书序》："讨论坟典。"疏："《论语》曰：'世叔讨论之。'郑以讨论为整理。孔君既取彼文义，亦当然以书是乱物，故就而整理之。"论读平声。

〔三〕《九歌·湘夫人》："帝子降兮北渚，目眇眇兮愁予。"王逸注："眇眇，好貌。予，屈原自谓也。"洪兴祖补注："言神之降，望而不见，使我愁也。以况思贤而不得见也。予音与。"

玉真公主歌

常言龙德^{〔一〕}本天仙，谁谓仙人每学仙^{〔二〕}，更道玄元指李日^{〔三〕}，多于王母种桃年^{〔四〕}。

仙宫仙府有真仙，天宝天仙秘莫传，为问轩皇三百岁^{〔五〕}，何如大道一千年^{〔六〕}！

各本无此二首，从《唐人万首绝句》及《全唐诗》补。《新唐书·诸公主列传》："玉真公主字持盈，始封崇昌县主，俄进号上清玄都大洞三景师。"又："太极元年，（金仙公主）与玉真公主皆为道士，筑观京师，以方士史崇元为师。"毕沅《中州金石记》卷三："玉真公主受道灵坛祥应记，在济源灵都宫。……有云：公主法号无上，真字元元，……岂公主自加道号欤！史称公主升仙之处，志家载之，可谓大愚矣。"此诗当作于天宝元、二年间，观"仙宫仙府"、"天宝天仙"之语可见。并参《年谱》。作诗之地当在宋州。

〔一〕《易·乾·文言》："乾龙勿用，何谓也？子曰：龙德而隐者也。"李峤《上应天神龙皇帝册文》："法身用马鸣成道，上士以龙德为仙。"

〔二〕意谓天仙不学而成，谁知仙人亦每常学仙也。以赞玉真公主之学道。

〔三〕《新唐书·高宗纪》："乾封元年，祠老子，追号玄元太上皇帝。"《史记·老子列传》索隐："按葛玄云：'李氏女所生，因母姓也。'又云：'生而指李树，因以为姓。'"

〔四〕《汉武故事》："东郡献短人，呼东方朔至，短人因指朔谓上曰：

‘西王母种桃三千岁为子，此儿不良，已三过偷之矣。’”《史记·老子列传》正义："葛仙公序云：‘老子体于自然，生乎大始之间，起乎无因，经历天地终始，不可称载也。’"故云指李而生之日多于王母种桃之年也，盖道教妄言。

〔五〕《大戴礼记·五帝德》："宰我问于孔子曰：‘昔者予闻诸荣伊，言（误作令，据《史记·五帝本纪》索隐校改）黄帝三百年。请问黄帝者人邪？抑非人邪？何以至于三百年乎？’孔子曰：‘黄帝……生而民得其利百年，死而民畏其神百年，亡而民用其教百年，故曰三百年。’"轩皇，轩辕黄帝也。

〔六〕《庄子·天道》："是故古之明大道者，先明天，而道德次之。"《拾遗记》卷一："丹丘千年一烧，黄河千年一清，至圣之君以为大瑞。"此亦谓天道也。

送杨山人归嵩阳

不到嵩阳动十年，旧时心事已徒然〔一〕，一二故人不复见，三十六峰〔二〕犹眼前。夷门〔三〕二月柳条色，流莺数声〔四〕泪沾臆，凿井耕田不我招，知君以此忘帝力〔五〕，山人好去嵩阳路，惟余眷眷长相忆。

各本题作《别杨山人》，从《文苑英华》及《全唐诗》。观"夷门二月柳条色"之句，知作于大梁。此杨山人非前林虑山之杨十七山人。李白有《送杨山人归嵩山》诗，当即此人。黄锡珪谓"天宝二年夏，白在长安作"（《李太白编年诗集目录》）。詹锳则谓：白诗与高适此诗"疑俱为本年（指天宝四载五月后）游梁宋时作"（《李太白诗文系年》六一页），然此诗明言"夷门二月柳条色"，并非夏日,则与白诗未必同时或同地作矣,然时间相去必不太远,故系于三载春。

〔一〕旧时心事谓欲隐居嵩阳也。《文苑英华》作旧家。

〔二〕戴延之《西征记》:"嵩山三十六峰。"

〔三〕《史记·信陵君列传》:"魏有隐士曰侯嬴,年七十,家贫,为大梁夷门监者。"又:"夷门者,城之东门也。"

〔四〕王楙《补禽经说》:"章茂深尝得其妇翁石林所书《贺新郎》词,首曰'睡起啼莺语',章疑其误,颇诘之,石林曰:'老夫尝得之矣,流莺不解语,啼莺解语,见《禽经》。'今《禽经》无之,疑非全本。"则流莺乃莺之一种。

〔五〕见前《酬庞十兵曹》诗注。谭元春评此句曰:"森然健笔,写出先民之风。"

送虞城刘明府谒魏郡苗太守

天官〔一〕苍生望,出入承明庐〔二〕,肃肃领旧藩〔三〕,皇皇降玺书。茂宰〔四〕多感激,良将复吹嘘〔五〕,永怀一言合,谁谓千里疏〔六〕?对酒忽命驾,兹情何起予〔七〕,炎天昼如火,极目无行车,长路出雷泽〔八〕,浮云归孟诸〔九〕。魏郡〔一○〕十万家,歌锺喧里间〔一一〕,传道贤君至,闭关常晏如〔一二〕。君将挹高论〔一三〕,定是问樵渔,今日逢明圣,吾为陶隐居〔一四〕。

《旧唐书·苗晋卿传》:"开元二十九年,拜吏部侍郎,前后典选五年。……贬为安康郡太守。……天宝三载闰二月,转魏郡太守,充河北采访处置使。……晋卿宽厚廉谨,为政举大纲,不问小过,所到有惠化,魏人思之,为立碑颂德。"诗云"炎天昼如火",知

高适诗集编年笺注

此诗为天宝三载夏作,盖四载虞城县令为李锡,见李白《虞城县令李公去思颂碑》。《新唐书·地理志》:"睢阳郡有虞城县。"今河南省虞城县。明府见前《钜鹿赠李少府》诗题解。按《后汉书·张俭传》李笃称外黄令毛钦为明廷,乃明府之本始。李贤注:"明廷犹明府。"

〔一〕《新唐书·百官志》:"武后光宅元年,改吏部曰天官。"

〔二〕《汉书·严助传》注:"张晏曰:'承明庐在石渠阁外,直宿所止曰庐。'"

〔三〕称魏郡。

〔四〕谢朓《和伏武昌登孙权故城》诗:"茂宰深遐眺。"茂谓德美,宰称县令也。

〔五〕《吴志·鲁肃传》:"宜得良将以镇抚之。鲁肃智略足任。"吹嘘见前《真定即事奉赠韦使君二十八韵》诗注。

〔六〕虞世南《结客少年场行》:"结交一言重,相期千里至。"

〔七〕见前《苦雨寄房四昆季》诗注。

〔八〕《史记·五帝本纪》:"舜耕历山,渔雷泽。"集解:"雷夏,兖州泽,今属济阴。"在今山东省濮县东南。

〔九〕见前《宋中十首》注。

〔一〇〕见前《三君咏》题解。

〔一一〕明活字本作歌锺,《周礼·冬官考工记·凫氏》:"凫氏为锺。"《国语·晋语》:"公赐魏绛女乐一八,歌锺一肆。"《全唐诗》作歌鐘。里闾见前《苦雨寄房四昆季》诗注。

〔一二〕见前《古歌行》注。

〔一三〕《诗·大雅·泂酌》:"挹彼注兹。"疏:"挹彼大器之水,注之此小器之中。"谓汲取也。《汉书·息夫躬传》:"躬待诏数危言高论。"

〔一四〕《南史·陶弘景传》:"自号华阳陶隐居,人间书札,即以隐居代名。……国家每有吉凶征讨大事,无不前以咨询。"

笺曰:此适送虞城县令刘某往魏郡谒太守苗晋卿之作也。谓苗为吏部侍郎,出为魏郡太守,充河北采访处置使,贤令气激,良将吹嘘,一言相合,千里非远也。今炎夏起行,道出雷泽,已则仍还宋州。而魏乃剧郡,歌钟喧阗,闻贤君之至,城关晏安,君若挹取高论危言,垂问渔樵,今逢圣明之主,吾其为陶弘景以待咨询乎!

同群公秋登琴台

古迹使人感,琴台空寂寥,静然顾遗尘,千载如昨朝。临眺自兹始,群贤久相邀,德与形神高〔一〕,孰知天地遥?四时何倏忽,六月鸣秋蜩,万象归白帝〔二〕,平川横赤霄〔三〕,犹是对夏伏〔四〕,几时有凉飙?燕雀满檐楹,鸿鹄抟扶摇〔五〕,物性各自得,我心在渔樵,兀然〔六〕还复醉,尚握樽中瓢〔七〕。

此天宝三载秋初与李白、杜甫(可能尚有李翥、李景参)等在单父县作。李白《梁园吟》:"我浮黄河去京阙,挂席欲进波连山,天长水阔厌远涉,访古始及平台间。"杜甫《赠李白》:"李侯金闺彦,脱身事幽讨,亦有梁宋游,方期拾瑶草。"《昔游》诗:"昔者与高李,同登单父台。"可知三人同游梁宋与单父琴台,并参《年谱》。《清一统志》卷一四四:"琴台在单县东南一里旧城北。《寰宇志》:'琴台在单父县北一里,高三丈,即子贱弹琴之所。'"考《韩诗外传》称子贱"弹鸣琴,身不下堂而单父治",故亦称琴堂,盖堂在台上也。曹学佺《蜀中名胜记》卷二以此诗为登成都司马相如琴台

高适诗集编年笺注

作,误。

〔 一 〕嵇康《养生论》:"呼吸吐纳,服食养身,使形神相亲,表里俱济。"又陶潜有《形影神三首并序》。张尔公曰:"渊明悲世人扰扰,毕世不事德业,故托神释以警之。"(温汝能《陶诗汇评》卷二引)

〔 二 〕《礼记·月令》:"立秋之月,……其帝少皞,其神蓐收。"郑注:"此白精之君,金官之臣。"《洞天记》:"少昊(即少皞)为白帝。"

〔 三 〕《淮南子·人间训》:"背负青天,胸摩赤霄。"注:"赤霄,飞云也。"

〔 四 〕《汉书·东方朔传》注:"三伏之日也。"《郊祀志》注:"六月伏日也。……伏者,谓阴气将起,迫于残阳而未得升,故为藏伏,因名伏日也。"

〔 五 〕《孟子·告子》:"一心以为鸿鹄将至。"《诗·豳风·九罭》:"似鹤而大。"鸿鹄即鹄,一名天鹅。《庄子·逍遥游》:"抟扶摇而上者九万里。"成玄英疏:"扶摇,旋风也。"

〔 六 〕孙绰《游天台山赋》:"兀同体于自然。"李善注:"兀,无知之貌也。"

〔 七 〕《庄子·逍遥游》:"魏王遗我大瓠之种,剖之以为瓢,则瓠落无所容。"成玄英疏:"分剖为瓢,平浅不容多物。"又:"今子有五石之瓠,何不虑以为大樽。"疏:"樽者漆之如酒罇,以绳结缚,用渡江湖,南人所谓腰舟者也。"《说文》十四下:"尊,酒器也。"段注:"自专用为尊卑字,而别制罇,樽为酒尊字矣。"樽以贮酒,瓢以挹酒者。

笺曰:此高适与李白、杜甫等人同登单父琴台之作也。题云《同群公秋登琴台》,则首唱非适也。李、杜当亦有作,惟均无存者,独此尚幸存，可见唐诗之佚逸者多矣。诗谓琴台古迹，使人感怀，千载之事，犹如昨朝也。群公久相邀登，今始得临眺，思宓公之德高，见天地之遥远，四时转换，今又立秋矣，何时得有凉风飒然而至乎？檐前燕雀之自适，亦如鸿鹄之高飞，我亦各适其性，志在隐处，以饮酒为乐也。

单父逢邓司仓覆仓库因而有赠

邦牧今坐啸〔一〕，群贤趋纪纲，四人忽不扰〔二〕，耕者遥相望〔三〕。粲粲府中妙，授词如履霜〔四〕，炎炎伏热〔五〕时，草木无晶〔六〕光，匹马度睢水，清风何激扬。校缗〔七〕阅帑藏，发廪忻斯箱〔八〕，邂逅〔九〕得相逢，欢言至夕阳，开襟自公馀〔一〇〕，载酒登琴堂。举杯挹山川，寓目穷毫芒〔一一〕，白鸟向田尽，青蝉归路长，醉中不惜别，况乃〔一二〕正游梁。

《高适诗集》残卷题无司仓之仓，赠作别。覆仓库，谓检校仓库，以防私隐也。诗云"炎炎伏热时"，又云"载酒登琴堂"，知为天宝三载秋初，与上篇同时作也。《新唐书·百官志》："州郡有司仓参军。"《地理志》："宋州睢阳郡有单父县。"今山东省单县东南。

〔一〕《后汉书·党锢列传》序："弘农成缙但坐啸。"陈子昂《为郑资州让官表》："坐啸徒积，主诺空惭。"谓闲坐吟咏，无他事也。

〔二〕《北齐书·文襄帝纪》："百姓乂宁，四人安堵。"四人即四民，避唐太宗讳改。《高适诗集》残卷忽作惚。按總与總易混，總又作揔，因讹作惚。

〔三〕马融《围棋赋》："缘边遮迿兮往往相望。"曹丕《燕歌行》："牵牛织女遥相望。"望读平声，向也。

〔四〕《易·坤》:"履霜坚冰至。"戒慎之意,所以防渐虑微也。

〔五〕见前篇注。《阴阳书候》:"夏至后第三庚为初伏,四庚为中伏,
　　　立秋后初庚为终伏。"

〔六〕《玉篇》卷二十:"皛,明也,显也。"徐灏《说文段注笺》:"皛与皎
　　　音义同。"

〔七〕《汉书·武帝纪》注:"緡,丝也,以贯钱也。一贯千钱。"

〔八〕《诗·小雅·甫田》:"乃求千斯仓,乃求万斯箱。"

〔九〕《诗·郑风·野有蔓草》:"邂逅相遇。"《唐风·绸缪》释文:"邂
　　　逅,解说(悦)也。"谓人会遇解抒离别之苦而相悦也。

〔一〇〕《诗·召南·羔羊》:"退食自公,委蛇委蛇。"笺:"自,从也。从
　　　于公,谓正直顺于事也。"《高适诗集》残卷馀作馆。《礼记·杂
　　　记》:"公馆复,私馆不复。"

〔一一〕《左传·僖公二十八年》:"得臣与寓目焉。"杜注:"寓,寄也。"
　　　谢灵运《酬从弟惠连》诗:"岩壑寓耳目。"寓目犹属目也。《后
　　　汉书·郭玉传》:"针石之间,毫芒即乖。"言细微之物。指下白
　　　鸟、青蝉。

〔一二〕《经传释词》卷六:"乃,犹是也。"

登子贱琴堂赋诗三首并序

甲申岁,适登子贱琴堂〔一〕,赋诗三首,首章怀宓公之德,千祀
不朽〔二〕;次章美太守李公能嗣子贱之政〔三〕,再造琴台;末章
多邑宰崔公能思子贱之理〔四〕。

宓子昔为政,鸣琴登此台,琴和人亦闲,千载称其才。临眺忽
悽怆,人琴安在哉? 悠悠此天壤,唯有颂声来。

邦伯感遗事,慨然建琴堂,乃知静者〔五〕心,千载犹相望。入室想其人,出门何茫茫,唯见白云合,来临邹鲁乡〔六〕。

皤皤〔七〕邑中老,自夸邑中理,何必升君堂,然后知君美?开门无犬吠〔八〕,早卧常晏起,昔人不忍欺〔九〕,今我还复尔〔一〇〕。

此天宝三载秋在单父县作。《高适诗集》残卷题作《琴台三首并序》,序文亦称"琴台"。

〔 一 〕见前《宋中十首》注〔二七〕。

〔 二 〕《高适诗集》残卷怀作歌,宓公作子贱。《书·洪范》:"惟十有三祀。"孔疏:"商曰祀,周曰年。"千祀谓千年也。《左传·襄公二十四年》:"太上有立德,其次有立功,其次有立言,虽久不废,此之谓不朽。"

〔 三 〕参前《平台夜遇李景参有别》诗题解。此李太守即睢阳太守李少康也。《高适诗集》残卷嗣作思。

〔 四 〕《说文》卷一:"理,治玉也。"治事之治亦用之。《高适诗集》残卷能思作而继。

〔 五 〕《论语·雍也》:"仁者静。"

〔 六 〕韦孟《在邹诗》:"济济邹鲁,礼义惟恭。"盖孔子鲁人,孟子邹人,故云然也。

〔 七 〕《汉书·叙传》:"营平皤皤。"颜注:"皤皤,白发貌也。"《高适诗集》残卷老作宰。

〔 八 〕《高适诗集》残卷作吠犬。

〔 九 〕《孔子家语》卷九:"宓不齐,鲁人,字子贱,少孔子四十九岁,仕为单父宰,有才智,仁爱百姓,(百姓)不忍欺,孔子大之。"又卷八有齐寇鲁时,宓子贱不许民自由刈麦及渔父得鱼辄舍之二事，孔子曰："诚于此者行乎彼，宓子行此术于单父也。"

〔一○〕适言今我亦不忍欺崔公也。

观李九少府纛树宓子贱神祠碑

吾友吏兹邑，亦尝怀宓公，安知梦寐间，忽与精灵〔一〕通。一见兴永叹，再来激深衷，宾从忽逶迤，二十四老翁〔二〕。于焉建层碑〔三〕，突兀长林东，作者无愧色，行人感遗风。坐令高岸〔四〕尽，独对秋山空，片石〔五〕勿谓轻，斯言固难穷。龙盘色丝〔六〕外，鹊顾偃波〔七〕中，形胜驻群目，坚贞指苍穹〔八〕，我非王仲宣，去矣徒发蒙〔九〕。

《高适诗集》残卷题作《观彭少府树宓子贱祠碑作》，当误。李纛与高适系至友，后高适为淮南节度使，纛摄判官，见高适《贺安禄山死表》(《全唐文》卷三五七)。

〔一〕《隋书·音乐志》："精灵毕臻。"谓鬼神也。

〔二〕《孔子家语》卷三："孔子谓宓子贱曰：'子治单父，众悦，子何施而得之也？'对曰：'……不齐所父事者三人，所兄事者五人，所友事者十一人，……此地民有贤于不齐者五人，不齐事之。'"合为二十四人。

〔三〕《高适诗集》残卷作树丰碑。

〔四〕《高适诗集》残卷作高峰，误。

〔五〕《朝野佥载》卷六："唯有韩陵山一片石堪共语。"谓碑文也。

〔六〕《晋书·王羲之传》："凤翥龙蟠，势如斜而反正。"《世说新语·捷悟》："魏武尝过曹娥碑下，杨修从碑背上见题作'黄绢幼妇外孙齑臼'八字，……曰：'黄绢，色丝也，于字为绝；幼妇，少女也,于字为妙;外孙,女子也,于字为好;齑臼,受辛也,于字为辞。所谓绝妙好辞也。'"

〔七〕庾信《谢赵王示新诗启》:"琉璃雕管,鹊顾鸾回,婉转绿沉,猿惊雁落。"《墨薮》:"偃波书即版书,状如连文,谓之偃波。"

〔八〕以碑石之坚贞高耸喻宓子贱之德。

〔九〕《魏志·王粲传》:"王粲字仲宣,……与人共行,读道边碑,人问曰:'卿能暗诵乎?'曰:'能。'因使背而诵之,不失一字。……其强记默识如此。"《易·蒙》:"初六发蒙。"适言我非王粲之强记,去后但启发蒙昧,不能析其精蕴,承上文"片石勿谓轻,斯言固难穷"也。

古大梁行

古城莽苍饶荆榛〔一〕,驱马荒城愁杀人〔二〕,魏王宫观尽禾黍〔三〕,信陵宾客随灰尘〔四〕。忆昨雄都旧朝市〔五〕,轩车照耀歌锺起〔六〕,军容带甲三十万〔七〕,国步连营一千里〔八〕。全盛须臾那可论〔九〕,高台曲池无复存〔一〇〕,遗墟但见狐狸迹〔一一〕,古地空馀草木根。暮天摇落〔一二〕伤怀抱,抚剑悲歌对秋草,侠客犹传朱亥名〔一三〕,行人尚识夷门〔一四〕道。白璧黄金万户侯〔一五〕,宝刀骏马〔一六〕填山丘,年代凄凉不可问,往来唯见水东流。

《乐府诗集》题作《大梁行》,归于新乐府辞。《新唐书·杜甫传》:"尝从(李)白及高适过汴州,酒酣登吹台,慷慨怀古,人莫测也。"按杜甫《遣怀》诗云:"昔我游宋中,惟梁孝王都。"又云:"忆与高李辈,论交入酒垆,两公壮藻思,得我色敷腴,气酣登吹台,怀古视平芜。"分述游宋州及大梁事甚明。蔡絛《西清诗话》只据杜甫《昔游》诗之"昔者与高李,同登单父台",疑《新唐书·杜甫传》所称同登吹台为同登单父台之误,非是。宋人黄朝英辨之已详,见所著《靖康缃素杂记》卷一,并谓所登吹台即繁台也。《河南通志》卷五十一:"吹台在府城东南三里许,按《九域志》即繁台也。又名平台。上有三贤祠,……今又建禹王庙。"此诗与李白《侠客行》内容相近,当同作于天宝三载。大梁为战国时魏之都城(《史记·魏世家》:"惠王三十一年,徙治大梁。"《河南通志》卷五十一:"梁王城在府城西北二里,即梁惠王故城。"),在今河南省开封市。邢昉批曰:"按节安歌,步武严整,无一往奔轶之习。"(《唐风定》卷九)黄培芳评此诗曰:"隔联间以对仗,壁垒森严。"(《唐贤三昧集笺注》卷下)日人近藤元粹增评:"开后人故迹凭吊诗之法门。"(《笺注唐贤诗集》卷下)方东树曰:"起二句伉爽,魏王二句衍,忆昨四句推开,全盛句折入,暮天句入己,以下重复感叹,自有浅深,而气益厚,韵益长,反覆吟咏,久之自见。"(《昭昧詹言续录》卷二)

〔 一 〕莽苍见前《宋中送族姪式颜》诗注〔一五〕。潘岳《关中诗》:"荆棘成榛。"

〔 二 〕《古诗》:"白杨多悲风,萧萧愁杀人。"《唐诗选》残卷愁作思。

〔 三 〕《诗·王风·黍离》序:"周大夫行役至于宗周,过故宗庙宫室,尽为禾黍。"

〔 四 〕《史记·魏公子列传》:"信陵君食客三千人。"陶潜《饮酒二十首》:"一朝成灰尘。"《唐诗选》残卷随作无。

〔 五 〕《史记·张仪列传》:"臣闻争名者于朝,争利者于市,今三川周室,天下之朝市也。"王康琚《反招隐诗》:"小隐隐陵薮,大隐隐

编年诗 古大梁行

朝市。"《周礼·冬官·匠人》："匠人营国,……面朝后市。"

〔 六 〕《古诗》："思君令人老,轩车来何迟。"歌锺见前《送虞城刘明府
谒魏郡苗太守》诗注。《唐诗选》残卷耀作曜。

〔 七 〕《战国策·齐策》："昔者魏……带甲三十六万。"《吴都赋》注:
"军容,军之营表也。"

〔 八 〕《诗·大雅·桑柔》："国步斯频。"朱熹集传:"步犹运也。"《魏
志·文帝传》："帝闻备兵东下,与权交战,树栅连营,七百馀
里。"《唐诗选》残卷作连衡,误。明活字本一千作五千。据《唐
诗选》残卷、《唐百家诗选》、《全唐诗》。

〔 九 〕鲍照《芜城赋》："昔当全盛之时。"论,读平声。

〔一〇〕《说苑·善说篇》："高台既已坏,曲池既已渐。"赵熙批:"《芜城
赋》。"

〔一一〕傅玄《放歌行》："但见狐狸迹。"

〔一二〕宋玉《九辩》："悲哉秋之为气也,萧瑟兮草木摇落而变衰。"王
逸注:"华叶陨零,肥润去也。"

〔一三〕《史记·游侠列传》："要以功见言信,侠客之义,又曷可少哉?"
《魏公子列传》："侯生曰:'臣客屠者朱亥可与俱,此人力士。
晋鄙听,大善;不听,可使击之。'……于是公子请朱亥,朱亥笑
曰:'臣乃市井鼓刀屠者,而公子亲数存之,所以不报谢者,以
为小礼无所用,今公子有急,此乃臣效命之秋也。'遂与公子
俱。……朱亥袖四十斤铁椎,椎杀晋鄙。"

〔一四〕见前《送杨山人归嵩阳》诗注。

〔一五〕《史记·虞卿列传》："说赵孝成王,一见赐黄金百镒、白璧一
双,再见为赵上卿,……封虞卿以一城。……虞卿既以魏齐之
故,不重万户侯卿相之印,与魏齐间行,卒去赵,困于梁,魏齐

已死，不得意，乃著书。"索隐："魏齐，魏相，与应侯有仇，秦求
之急，乃抵虞卿，卿弃相印，乃与齐间行，亡归梁，以托信陵君，
信陵君疑未决，齐自杀。"

〔一六〕《谷梁传·僖公元年》："孟劳者，鲁之宝刀也。"《史记·项羽本
纪》："骏马名骓常骑之。"《玉篇》卷二十三："骏，马之美称也。"

笺曰：此乐府而咏怀古迹之作也。由驱马荒城，见魏宫禾黍而忆
及全盛之时，朝市歌钟，兵强势壮，须臾竟成陈迹，所见者遗墟草
木而已。岁暮堪伤，而朱亥名犹传于侠客之口，行人尚识侯生之
夷门道途，彼万户侯及黄金骏马安在哉？唯见汴水东流而已。

宋中别周梁李三子

曾是不得意，适来兼别离，如何一樽酒，翻作满堂悲？周子负
高价〔一〕，梁生多逸词，周旋〔二〕梁宋间，感激建安时〔三〕，白雪正
如此，青云无自疑〔四〕。李侯怀英雄〔五〕，肮脏〔六〕乃天资，方
寸〔七〕且无间，衣冠〔八〕当在斯。俱为千里游，忽念两乡〔九〕辞，
且见壮心〔一〇〕在，莫嗟携手迟。凉风吹北原，落日满西陂，露
下草初白，天长云屡滋。我心不可问〔一一〕，君去〔一二〕定何之？
京洛多知己〔一三〕，谁能忆左思〔一四〕？

此所别之周子已难考。梁亦非梁洽（见前《哭单父梁九少府》诗
题解）。闻一多疑李侯即李白（见《少陵先生年谱会笺》）。如然，
当作于单父、吹台同游之后，高适天宝三载暮秋楚游之前。首二
句两意相承，三四句一意而反言之，颇富变化。下入三子惜别，
情景俱真。

〔一〕《后汉书·边让传》："章璩伟之高价。"言才德盛也。

〔二〕见前《效古赠崔二》诗注。

〔三〕《文心雕龙·明诗》:"暨建安之初,五言腾踊。文帝陈思,纵辔以骋节;王徐应刘,望路而争趋。并怜风月,狎池苑,述恩荣,叙酣宴,慷慨以任气,磊落以使才。"《隋书·卢思道传》:"于是感激,闭户读书。"

〔四〕见前《睢阳酬别畅大判官》、《同颜少府旅宦秋中》诗注。

〔五〕《文苑英华》作清英,较优。

〔六〕《后汉书·赵壹传》:"伊优北堂上,抗脏倚门边。"李贤注:"抗脏,高亢婞直之貌也。"肮与抗同。

〔七〕见前《途中酬李少府赠别之作》注。

〔八〕《后汉书·羊陟传》:"家世衣冠族。"

〔九〕明活字本作勿念,从《文苑英华》及《全唐诗》。谢朓《暂使下都夜发新林至京邑赠西府同僚》诗:"驰晖不可接,何况是两乡。"李善注:"毛苌《诗传》曰:'乡,所也。'"

〔一○〕见前《赠别王十七管记》诗注。

〔一一〕明活字本问作得,从《文苑英华》及《全唐诗》。

〔一二〕明活字本去作兮,从《文苑英华》及《全唐诗》。

〔一三〕见前《酬庞十兵曹》诗注。

〔一四〕《晋书·左思传》:"造《齐都赋》,一年乃成。复欲赋三都,……及赋成,……安定皇甫谧有高誉,思造而示之,谧称善,为其赋序。张载为注《魏都》,刘逵注《吴都》、《蜀都》。(《左思别传》以其注为左思自为,假人姓名,恐非。)……司空张华见而叹曰:'班张之流也……。'于是豪贵之家竞相传写,洛阳为之纸贵。"适以左思自喻。

同熊少府题卢主簿茅斋

虚院野情在，茅斋秋兴〔一〕存，孝廉〔二〕趋下位，才子〔三〕出高门。乃继幽人〔四〕静，能令学者尊，江山归谢客〔五〕，神鬼下刘根〔六〕。阶树时攀折，窗书任讨论，自堪成独往，何必武陵源〔七〕？

《元和姓纂》卷一："开元临清尉熊跃（当作曜）。"《封氏闻见记》卷九："熊曜为临清尉，以干蛊（能任事）闻。"《全唐文》卷三五一："熊曜，南昌人，开元中进士，为贝州参军。"收有所撰《琅琊台观日序》。《全唐诗》十一函八册有熊曜诗一首（均见《文苑英华》）。《新唐书·地理志》："贝州清河郡有临清县。"盖先为县尉后为郡参军。又岑参有《敬酬杜华淇上见赠兼呈熊曜》诗，称"熊生尉淇上"（临清县在淇上），又称"忆昨癸未岁"，癸未为天宝二年，则岑诗作于三载，高适此诗亦当作于同时或略有先后。《新唐书·百官志》："诸县置主簿。"李白有诗题为《赠任城卢主簿潜》，任城县在鲁郡，不知是否此人。《全唐诗》录此诗题下有注："卢兼有人伦。"诗所谓"孝廉趋下位"也。

〔一〕潘岳《秋兴赋》序："仆野人也，偃息不过茅屋茂林之下，谈话不过农夫田父之客，……于时秋也，故以秋兴名篇。"

〔二〕《汉书·武帝纪》："初令郡国举孝廉。"注："孝谓善事父母者，廉谓清洁有廉隅者。"

〔三〕潘岳《西征赋》："贾生洛阳之才子。"

〔四〕《易·履》："履道坦坦，幽人贞吉。"疏："既无险难，故在幽隐之人，守正得吉。"孟浩然《上巳日涧南园期王山人陈七诸公不至》诗："采艾值幽人。"

〔 五 〕锺嵘《诗品》："谢客为元嘉之雄，颜延年为辅。……王微风月，谢客山泉，……斯皆五言之警策者也。""初，钱塘杜明师夜梦东南有人来入其馆，是夕，即灵运生于会稽。旬日而谢玄（灵运祖父）亡。其家以子孙难得，送灵运于杜治养之，十五方还都，故名客儿。"《南史·谢灵运传》："灵运寻山陟岭，必造幽峻，岩障数十重，莫不备尽登蹑"

〔 六 〕《后汉书·刘根传》："太守史祈以根为妖妄，乃收执诣郡，数之曰：'汝有何术，而诬惑百姓，若果有神，可显一验事，不尔，立死矣。'根曰：'实无他异，颇能令人见鬼耳。'……于是左顾而啸，有顷，祈之亡父祖近亲数十人，皆反缚在前，向根叩头曰：'小儿无状，分当万坐。'"此言其深于方术也。

〔 七 〕陶潜《桃花源记》："武陵人捕鱼为业，……忽逢桃花林。……便舍船，从（山）口入，……其中往来种作，男女衣着，悉如外人，黄发垂髫，并怡然自乐。"

涟上题樊氏水亭

涟上非所趣[一]，偶为世务牵，经时驻归棹，日夕对平川。莫论行子[二]愁，且得主人贤[三]，亭上酒初熟，厨中鱼每鲜。自说宦游[四]来，因之居住偏，煮盐沧海曲，种稻长淮边。四时长晏如[五]，百口无饥年，菱芋藩篱下，渔樵耳目前。异县少朋从，我行复迤遭[六]，向不逢此君，孤舟已言旋，明日又分首[七]，风涛还眇然[八]。

《新唐书·地理志》："泗州临淮郡有涟水县。"在今江苏省涟水县北。适有《东征赋》，称："岁在甲申（天宝三载）秋穷季月，高子游

梁既久,方适楚以超忽。"知秋末南游于楚。此诗云:"经时驻归
棹","菱芋藩篱下",知为四载秋游楚北归所作,《东征赋》所谓
"挹襄鄙之邑居"是也,涟水旧名襄贲县(《隋书·地理志》)。

〔 一 〕《畿辅丛书》本趣作趋。

〔 二 〕见前《九月九酬颜少府》诗注。

〔 三 〕见前《宋中送族姪式颜》诗注。

〔 四 〕《史记·司马相如列传》:"(王)吉曰:长卿久宦游不遂而来
　　　　过我。"

〔 五 〕见前《古歌行》注。

〔 六 〕《易·屯》:"屯如邅如。"难进之意。屯通迍。

〔 七 〕《颜氏家训·风操篇》:"歧路言离,欢笑分首。"谓分别首途。
　　　　明活字本作分手,据《畿辅》、《四库》本、《唐十二家诗》改。

〔 八 〕《畿辅》本作渺然。

涟上别王秀才

飘飘经远道,客思满穷秋,浩荡对长涟,君行殊未休。崎岖山
海侧,想像无前俦〔一〕,何意照乘珠〔二〕,忽然欲暗投〔三〕。东路
方萧条,楚歌〔四〕复悲愁,暮帆使人感,去鸟兼离忧。行矣当自
爱,壮年莫悠悠〔五〕,余亦从此辞,异乡难久留,赠言〔六〕岂终
极,慎勿滞沧洲〔七〕。

此与前篇为同时作。《文苑英华》题作《涟上酬王秀才》。

〔 一 〕谢灵运《登江中孤屿》诗:"想像昆山姿,缅邈区中缘。"李善注:
　　　　"《楚辞》曰:'思旧故而想像。'"鲍照《上浔阳还都道中》诗:"侵
　　　　星赴早路,毕景逐前俦。"钱振伦注:"闻人倓曰:'前俦,先

行者。'"

〔二〕《史记·田敬仲世家》："魏王曰：'若寡人之小国，尚有径寸之珠照车前后各十二乘者十枚。'"《文苑英华》何意作谁谓。

〔三〕《史记·邹阳列传》："臣闻明月之珠，夜光之璧，以暗投人于道路，人无不按剑相眄者，何则？无因而至前也。"

〔四〕《史记·项羽本纪》："夜闻汉军四面皆楚歌。"正义："颜师古云：'楚人之歌也，犹言吴讴越吟。'"

〔五〕《高适诗集》残卷当作莫，误。《文苑英华》壮年作壮心。《诗·小雅·车攻》："悠悠斾旌。"朱熹集传："萧萧、悠悠皆闲瑕之貌。"引申为懒惰、松懈之意。

〔六〕《文苑英华》作言宴。

〔七〕谢朓《之宣城郡出新林浦向版桥》诗："既欢怀禄情，复协沧洲趣。"李善注："扬雄《橄灵赋》曰：'世有黄公者，起于苍州，精神养性，与道浮游。'"吕延济注："沧洲，洲名，隐者所居。"祝廉先《文选六臣注订讹》曰："沧洲，犹言水滨。《南史·袁粲传》：尝作五言诗云：'访迹虽中宇，循寄乃沧洲。'"（《文史》第一辑）

别王彻

归客自南楚，怅然思北林〔一〕，萧条秋风暮，回首江淮〔二〕深。留连愁作欢〔三〕，或为梁甫吟〔四〕，时辈想鹏举〔五〕，他人嗟陆沉〔六〕。载酒登平台，赠君千里心，浮云暗长路，落日有归禽〔七〕。离别未足悲，辛勤当自任〔八〕，吾知十年后，季子多黄金〔九〕。

《高适诗集》残卷题作《别王澈》。《文苑英华》作《送别王彻》。诗云"归客自南楚",又云"载酒登平台",可知为高适游楚后北返睢阳之作,当在天宝四载秋。《沧浪诗话·诗评》:"高达夫赠王彻云:'吾知十年后,季子多黄金。'金多何足道,又甚于以名位期人者,此达夫偶然漏逗处也。"

〔 一 〕《文苑英华》作北临,从《高适诗集》残卷、明活字本。

〔 二 〕《高适诗集》残卷作江海。

〔 三 〕《高适诗集》残卷作"留连终日欢",《文苑英华》作"留君终日欢"。

〔 四 〕《蜀志·诸葛亮传》:"亮躬耕陇亩,好为梁父吟。"梁父一作梁甫,泰山下小山也。李勉《琴说》:"梁甫吟,曾子撰。"

〔 五 〕《庄子·逍遥游》:"鹏之徙于南冥也,水击三千里,抟扶摇而上者九万里。"喻得志也。

〔 六 〕《庄子·则阳》注:"人中隐者,譬之无水而沉也。"言埋没。

〔 七 〕《高适诗集》残卷落作兹。

〔 八 〕《广韵》卷二:"任,堪也,保也,当也。"读平声。

〔 九 〕《史记·苏秦列传》:"嫂委蛇蒲服,以面掩地而谢,曰:'见季子位高金多也。'"

饯宋八充彭中丞判官之岭外

睹君济时略,使我气填膺〔一〕,长策竟不用,高才徒见称。一朝知己达,累日诏书征,羽翮忽然就,风飚谁敢凌〔二〕？举鞭趋岭峤〔三〕,屈指冒炎蒸〔四〕,北雁送驰驿,南人思饮冰〔五〕。彼邦本倔强,习俗多骄矜,翠羽干平法〔六〕,黄金挠直绳〔七〕。若将除害马〔八〕,慎勿信苍蝇〔九〕,魑魅宁为患〔一〇〕？忠贞适有凭〔一一〕。

猿啼山不断，鸢跕〔一二〕路难登，海岸出交趾〔一三〕，江城连始兴〔一四〕。绣衣〔一五〕当节制，幕府盛威棱〔一六〕，勿惮九疑〔一七〕险，须令百越澄〔一八〕。立谈多感激〔一九〕，行李即严凝〔二〇〕，离别胡为者？云霄迟〔二一〕尔升。

《唐诗选》残卷题作《饯宋判官之岭外》。岑仲勉《唐人行第录》："彭中丞即牛仙客引进之彭果。"《资治通鉴》卷二一五："天宝四载三月，以刑部尚书裴敦复充岭南五府经略等使，五月，敦复坐逗留不之官，贬淄川太守，以光禄少卿彭果代之。"《旧唐书·玄宗纪》："天宝六载三月戊戌，南海太守彭果坐赃决杖长流凑溪郡死。"《资治通鉴》卷二一五："天宝五载秋，岭南经略使张九章加三品。"此诗作于四载秋。

〔一〕《恨赋》："置酒欲饮，悲来填膺。"李善注："郑玄《礼记注》曰：'填，满也。'"

〔二〕《唐诗选》残卷、《文苑英华》就作动、《文苑英华》凌作陵。

〔三〕《南史·陈本纪》："长驱岭峤，梦想京畿。"《唐诗选》残卷、《文苑英华》作岭障。

〔四〕庾信《奉和夏日应令》诗："五月炎蒸气。"

〔五〕《庄子·人间世》："今吾朝受命而夕饮冰，我其内热与？"疏："（沈）诸梁晨朝受诏，暮夕饮冰，足明怖惧忧愁，内心燻灼。"

〔六〕《异物志》："翡赤而翠青，其羽可以为饰。"（《太平御览》卷九二四引）《禽经》："背有采羽曰翡翠，状如鹨鵯，……尤惜其羽，日濯于水中，今王公之家以为妇人首饰，其羽直千金。"《说文》卷三："干，犯也。"用法尚平，故称平法。

〔七〕《晋书·李宣伯传》："迁御史中丞，恭恪直绳，百官惮之。"绳以挈曲直,亦言法度也。两句言豪强玩法,赃贿成风。

〔八〕《庄子·徐无鬼》:"夫为天下者,亦奚以异乎牧马者哉?亦去其害马者而已矣。"注:"马以过分为害。"疏:"害马者,谓分外之事也。夫治身莫先守分,故牧马之术,可以养民。"

〔九〕《诗·小雅·青蝇》:"营营青蝇,止于樊,岂弟君子,无信谗言。"

〔一○〕《左传·宣公三年》注:"螭,山神,兽形;魅,怪物。"螭一作魑。《唐诗选》残卷、《文苑英华》为患作无患。

〔一一〕《玉篇》卷八:"凭,投托也。"

〔一二〕《后汉书·马援传》:"仰视飞鸢跕跕堕水中。"注:"跕跕,堕貌也。"

〔一三〕《新唐书·地理志》:"安南中都护府本交趾郡。武德五年曰交州,治交趾。调露元年曰安南都护府。"

〔一四〕同上:"韶州始兴郡治始兴。"今广东曲江县。

〔一五〕《汉书·百官公卿表》:"侍御史有绣衣直指,出讨奸猾,治大狱,武帝所制,不常置。"

〔一六〕《汉书·李广传》:"威稜憺乎邻国。"颜师古注:"李奇曰:'神灵之威曰稜。'"王先谦补注:"稜,俗棱字。木四方为棱,人有威如有棱者然,故曰威棱。后汉班固、王允传注并训稜为威,非独神灵之威曰稜也。"

〔一七〕《水经注》卷三十八:"罗岩九举,各导一溪,岫壑负阻,异岭同势,游者疑焉,故曰九疑山。"《元和郡县志》卷二十九:"郴州蓝山县,九疑山在县西南五十里。"今湖南省蓝山县。

〔一八〕《史记·秦始皇本纪》:"南取百越之地,以为桂林、象郡。"集解:"韦昭曰:'越有百邑。'"《文献通考》卷二十三:"自岭而南,当唐虞三代为蛮夷之国,是百越之地。"《广韵》卷二:"澄,清也。"

〔一九〕立谈见前《赠别王十七管记》诗注。《后汉书·朱穆传》:"又专诸荆卿之感激,侯生豫子之投身,情为恩死,命缘义轻。"

〔二〇〕见前《途中酬李少府赠别之作》注。《旧唐书·温造传》:"左拾遗舒元褒等上疏论之曰:'……臣闻元和、长庆中,中丞行李不过半坊,今乃远至两坊,谓之"笼街喝道"。……'敕曰:'宪官之职,职在指佞触邪,不在行李自大。'"《日知录》卷三十二:"唐时谓官府导从之人亦曰行李,……岂其不敢称卤簿而别为是名耶?"《道德指归论》:"清风飀冽,霜雪严凝。"此就柏台霜威言。

〔二一〕《易·归妹》:"迟归有时。"注:"迟归以待时也。"《韵会》:"迟,待也。"音治。《唐诗选》残卷迟作途,误。

笺曰:此适钱宋某充南海太守、岭南经略使彭果幕中判官南行之作也。首段十二句写宋之充任判官。先叹宋有济时才略而不得用,"使我气填膺",起意极高,不同寻常浮泛之语也,接述一朝见征,高飞云霄,谁敢凌辱哉?今举鞭南行矣,时值炎暑,屈指计日而岭南可到也。次段十二句述岭南恶习,贪贿成风,而勉以忠贞为志,则鬼魅不能为患。猿啼鸢跕,道途虽险,然经始兴(今曲江)而交州(今广州)遂至也。末段八句则御史中丞彭果任经略使,霜威可令百越清平,而勉宋以进身也。

鲁郡途中遇徐十八录事 时此君学王书嗟别

谁谓嵩颍〔一〕客,遂经邹鲁乡,前临少昊墟〔二〕,始觉东蒙〔三〕长。

独行岂吾心，怀古激中肠，圣人[四]久已矣，游夏遥相望[五]。徘徊野泽间，左右多悲伤，日出见阙里[六]，川平知汶阳[七]。弱冠负高节，十年思自强，终当[八]不得意，去去任行藏[九]。

《旧唐书·地理志》："天宝元年，改兖州为鲁郡。"此诗为天宝四载作，参后《东平旅游奉赠薛太守二十四韵》及《东平路中遇大水》等诗题解。此诗各本题下无注，据《四库》本及《全唐诗》补。武平一《徐氏法书记》："豫州刺史东海徐公峤之季子浩，并有献之（羲之子，合称二王）之妙。"（《法书要录》卷三）南唐后主与张泊评书于清辉阁，观《修禊叙》，用拨镫法书曰："善书法者，各得右军（称羲之）之一体，……徐浩得其肉，而失于俗。"（桑世昌《兰亭考》卷五引）似风格柔弱而少筋骨。《旧唐书·徐浩传》："字季海，越州人。……工草隶，……幽州节度使张守珪奏在幕府，改监察御史，丁父忧，服除，授京兆司录，以母忧去职，数年，调授河南司录。"此诗之徐十八似即徐浩，年代、经历、官职、善书四者均相近也（牟融有《送徐浩》诗，恐别有其人，又欧阳詹有《徐十八晦落第》诗，两人均较高适年代为晚）。又《国秀集》目录卷下"鲁郡录事徐晶三首"，然不知其学书否。《新唐书·百官志》："州郡有录事参军，府有司录参军。"

〔 一 〕《元和郡县志》卷五："嵩高山在（登封）县北八里，……东曰太室，西曰少室，嵩高总名，即中岳也。"又："颍水有三源，右水出阳乾山之颍谷。""阳乾山在颍阳县东二十五里。"嵩颍客，适自谓也。

〔 二 〕《帝王世纪》："少昊帝是为玄嚣，降居江水，有圣德，邑于穷桑，以登帝位，都曲阜。"

〔三〕《论语·季氏》邢疏："蒙山在东,故曰东蒙。"今山东省蒙阴县南。

〔四〕《易·乾》:"圣人作而万物睹。"此诗专指孔子。

〔五〕《论语·先进》:"文学:子游、子夏。"均孔子弟子。相望见前《单父逢邓司仓覆仓库因而有赠》诗注。适与徐均业文学,故以自喻。

〔六〕《汉书·梅福传》注:"阙里,孔子旧里也。"今山东省曲阜城中。

〔七〕《隋书·地理志》:"开皇三年,(任城)郡废,四年改县,曰汶阳。十六年,改名曲阜。"明活字本知作如,从《唐百家诗选》。

〔八〕明活字本作终年,误。《文苑英华》作终然。从《唐百家诗选》。

〔九〕《论语·述而》:"用之则行,舍之则藏。"集解:"孔曰:'言可行则行,可止则止。'"

笺曰:此适至鲁郡途中遇书法家徐某(疑即徐浩)赠别之作也。诗谓我乃嵩颍山居之士,今竟到邹鲁礼乐之邦矣,观少昊之遗墟,觉蒙山之路远。独行非愿,怀古生慨,孔圣逝矣,游夏相望,徘徊泽畔,益增悲伤,日出而见孔子旧里,川平知为汶阳故城也。末言弱冠抱负而不得意,终当去任行藏,何必强求也。

途中寄徐录事比以王书见赠

落日风雨至,秋天鸿雁初〔一〕,离忧不堪比〔二〕,旅馆〔三〕复何如?君又几时去,我知音信疏,空多箧中赠,长见右军书〔四〕。

题下注据《四库》本及《全唐诗》补。锺惺、谭元春评此诗曰:"起二句清光纷披,君又句若有承接,实无着落,妙妙。我知句妙在预知,苦在预知。妙在不添一词藻然后逼真。长见句亦自写得

亲厚。"(《唐诗归》卷十二)

〔 一 〕《礼记·月令》:"季秋之月,鸿雁来宾。"《诗·小雅·鸿雁》传:
"大曰鸿,小曰雁。"初谓初见南飞也。

〔 二 〕《唐贤三昧集》作不堪此。

〔 三 〕见前《送李少府时在客舍》诗注。

〔 四 〕《晋书·王羲之传》:"尤善隶书(草行书亦佳),为古今之冠,论
者称其笔势,以为飘若浮云,矫若惊龙。……羲之既拜护军,
又苦求宣城郡,不许,乃以为右军将军、会稽内史。……每自
称:'我书比锺繇当抗行(衡),比张芝草犹当雁行也。'"张怀瓘
《书断》卷中:"王羲之,尤善书草隶、八分、飞白、章行,备精诸
体,自成一家法。"(《法书要录》卷八)

秋胡行

妾本邯郸未嫁时,容华倚翠〔一〕人未知,一朝结发〔二〕事君子,
将妾迢迢东路隅〔三〕。时逢大道无难阻,君方游宦从陈汝〔四〕,
蕙楼独卧频度春,彩落辞君几徂暑〔五〕。三月垂杨蚕未眠,携
笼结侣南陌边,道逢行子不相识,赠妾黄金买少年〔六〕。妾家
夫婿经离久,寸心誓与长相守,愿言行路〔七〕莫多情,道妾贞心
在人口。日暮蚕饥相命归,携笼端饰来庭闱〔八〕,劳心苦力终
无恨,所冀君恩〔九〕那可依?闻说行人〔一〇〕已归止,乃是向
来〔一一〕赠金子,相看颜色不复言,相顾怀惭有何已?从来自
隐无疑背〔一二〕,直为君情也相会〔一三〕,如何咫尺仍有情〔一四〕,
况复迢迢千里外?誓将顾恩不顾身〔一五〕,念君此日赴河
津〔一六〕,莫道向来不得意〔一七〕,故欲留规诫后人〔一八〕。

《列女传》卷五："洁妇者，鲁秋胡子妻也。（秋胡子）既纳之五日，去而官于陈，五年乃归，未至家，见路傍妇人采桑，秋胡子悦之，下车谓曰：'……力田不如逢丰年，力桑不如见国卿，吾有金，愿以与夫人。'妇人曰：'……吾不愿金，所愿卿无有外意，妾亦无淫佚之志，收子之赍与笥金。'秋胡子遂去，至家，奉金遗母，使人唤妇至，乃向采桑者也。秋胡子惭，妇曰：'……今也乃悦路傍妇人，下子之粮，以金予之，是忘母也，忘母不孝；好色淫佚，是污行也，污行不义；……子改娶矣，妾亦不嫁。'遂去而东走，投河而死。"（《西京杂记》所载略同，惟五日作三月，五年作三年，并称秋胡妻"赴沂水而死"，且无责秋胡"忘母不孝"之语。）《古今图书集成》神异典神庙部引《山东通志》："秋胡庙，在嘉祥县南五十里平山上，其来已久，……俗传秋胡妻邵氏为神，山下居民邵姓者自称秋胡妻族，庙中所祀，秋胡之妻，非秋胡也。"以地域考之，似可信。按嘉祥在唐属鲁郡任城县，姑系于此。何璧曰："予游楚黄，……廷尉向予言，黄武湖之南有秋胡妻罗氏故冢，去冢有牛湖城桑园嘴，予谓牛湖城当作秋胡城。"（《唐代丛书》卷一三九《鬼冢志》附《鲁秋胡妻疑冢志》引）恐属附会。《乐府解题》："后人哀而赋之，为《秋胡行》。"《秋胡行》作者甚多，除傅玄之作《和秋胡行》略有"彼夫既不淑，此妇亦太刚"之语（其后刘知几《史通·品藻篇》谓为凶险之顽人，强梁之悍妇，杨慎谓为妒妇）外，大多对秋胡妻极为称颂。洪亮吉曰："女子不幸而为秋胡之妻、乐羊之妇，然身可死，名不可没也。"（《北江诗话》卷二）《乐府诗集》收此诗入相和歌辞清调曲中。此在高适七言歌行中为唯一叙事完整之作，上继古乐府及卢、骆，下对日后杜甫、元稹、白居易之作新乐府亦可能有所影响,而末语"故欲留规戒后人"则封建之说教也。

〔一〕王粲《七释》:"邯郸才女,三齐巧士。"曹植《美女篇》:"容华耀朝日。"李善注:"言美如东方之日出也。"《杂诗六首》之四:"南国有佳人,容华若桃李。"《西京杂记》卷二:"文君姣好,眉色如望远山。"倚翠即言眉色也。

〔二〕苏武《古诗四首》之二:"结发为夫妻。"李善注:"结发,始成人也。谓男年二十,女年十五,取笄、冠为义也。"

〔三〕《诗·召南·鹊巢》:"百两将之。"传:"将,送也。"陲,边也。

〔四〕唐陈州淮阳郡地近蔡州汝南郡,故称陈汝。

〔五〕《四库》本作彩阁。《九怀》:"菌阁兮蕙楼。"沈佺期《拟古别离》:"皓月掩兰室,光风虚蕙楼。"《后汉书·仇览传》:"庐落整顿。"注:"落,居也。"《诗·小雅·四月》:"四月维夏,六月徂暑。"传:"徂,往也。暑盛而往矣。"笺:"徂,犹始也,六月始盛暑。"

〔六〕谓青春也。

〔七〕《淮南子·精神训》:"犹行客也。"高诱注:"犹行路过客。"此谓行路之人。

〔八〕束晳补《南陔》诗:"眷恋庭闱。"李善注:"庭闱,亲之所居。"

〔九〕夫君之恩爱。

〔一〇〕谓行子,称其夫。

〔一一〕《诗词曲语辞汇释》卷三:"向来,表示时间之辞。有指从前者,有指近来者,有指即时者。……陶潜《挽歌》:'向来相送人,各已归其家。'此云适来送殡之人。"适诗亦适来、适才之意。

〔一二〕《礼记·少仪》:"隐情以虞。"郑注:"隐,意也,思也。"疑背,犹

　　　　　二心也。

〔一三〕言两情相合也。

〔一四〕此谓轻薄之情,即前"愿言行路莫多情"之情。

〔一五〕李昂《赋戚夫人楚舞歌》:"从来顾恩不顾己,何异浮萍寄
　　　　深水?"

〔一六〕言投水也。

〔一七〕言勿谓适来之事不得我意也。

〔一八〕"诗词曲语辞汇释"卷四:"故,犹云故意或特意也。"故欲诫后
　　　　人,言特意欲诫后人也。

　　笺曰:此篇乃以秋胡妻口吻叙秋胡事也。言我本邯郸赵女,容华
未为人知,既嫁于君,则送我东行也。而君游宦赴陈汝后,我独
居已数载矣。春蚕采桑,道遇不相识之行子,赠我以金,欲求非
礼,我誓守贞节,愿行子莫轻薄多情也。暮归来庭,心力虽苦,事
亲无怨,所望夫君之恩爱,岂可相依乎?闻行人(夫君)已归,相
见乃知为适才赠金之人,相看不言,相顾羞惭,何能已也。自思
从来无二心于夫君,直以夫君之情亦相合也,如何咫尺之间即将
相见,乃复轻薄施情于他人,况远在千里之外乎?我誓将顾往日
之恩情,不顾此身,此日思君乃赴河津而死,勿谓我适才之不得
快意,乃特欲留规以诫后人耳。

150

酬别薛三蔡大留简韩十四主簿

迢递辞京华,辛勤异乡县,登高俯沧海,回首泪如霰〔一〕,同人
久离别,失路〔二〕还相见。薛侯怀直道,德业应时选〔三〕;蔡子
负清才,当年擢宾荐〔四〕。韩公有奇节,词赋凌群彦,读书嵩岑

间,作吏沧海甸。伊余寡栖托,感激多愠见[五],纵诞非尔情[六],漂沦任疲贱,忽枉琼瑶作[七],乃深平生眷。始谓吾道[八]存,终嗟客游倦,归心无昼夜,别事除言宴[九],复值凉风时,苍茫夏云变。

此诗云"迢递辞京华","登高俯沧海","作吏沧海甸",又云"终嗟客游倦","同人久离别,失路还相见",似在京聚首后今重见于东鲁一带,又将分别,薛、蔡等赠诗与适,适因而和之。薛三者,薛据也。杜甫有《送韩十四江东省觐》诗,称"故乡犹恐未同归",韩与杜甫同为巩县人(此诗称其"读书嵩岑间",嵩山地近巩县)。独孤及有《喜辱韩十四郎中书兼封近诗示代书题赠》等二诗,似为另一人(岑仲勉谓"以其时与官考之,应属于滉",见《唐人行第录》;但《韩滉传》仅称"出为同官主簿",无作吏海滨之记载)。崔国辅有《送韩十四被鲁王推递往济南府》诗,似即此人,如然则韩曾遇横事。此诗或作于韩被递前。姑系于此。

〔一〕江淹《杂体三十首·李都尉陵从军》:"握手泪如霰。"

〔二〕《汉书·扬雄传》:"当涂者升青云,失路者委沟壑。"

〔三〕《唐才子传》卷二:"薛据开元十九年王维榜进士。天宝六载又中风雅古调科。"此所云应选或六载前亦曾应制举,盖六载后适不在鲁也。

〔四〕《汉书·司马迁传》:"当年不能究其礼。"王先谦补注:"当年,犹丁年。"《周礼·地官·大司徒》:"以乡三物教万民而宾兴之。"注:"兴犹举也,民三事教成,乡大夫举其贤者能者,以饮酒之礼宾客之,既则献其书于王矣。"宾荐犹宾兴也。此蔡大疑即后《送蔡少府赴登州推事》诗之蔡少府。

〔 五 〕《论语·卫灵公》：“在陈绝粮，从者病，莫能兴。子路愠见曰：‘君子亦有穷乎？’”朱熹集注：“见，贤遍反。”通现，与“失路还相见”之见异义，非重韵也。

〔 六 〕《晋书·王澄传》：“酣谑纵诞，穷欢极娱。”非尔情，言薛等无此情也。

〔 七 〕见前《酬李少府》诗注。

〔 八 〕见前《酬司空璲》诗注。

〔 九 〕《诗·卫风·氓》：“言笑晏晏。”传：“晏晏，和柔也。”除，去也。

笺曰：此当与《淇上酬薛三据兼寄郭少府微》诗相参看。此亦酬和薛据及蔡某等之作也。首段六句忆昔年京城别后，漂流异县，今复相聚，泪如雨雪也。次段八句言薛之直道德业，故应时选；蔡之清才，丁年宾举；韩则奇节能赋，读书嵩山，作吏海疆也。三段六句自述乏一枝之栖，而多愠于穷困，君等不能纵诞适情，余则沉沦，任其病瑕贱贫也。忽得赠诗，平生交情乃更深也。末段六句言初以吾道犹存，孰知客游令人嗟其久倦，昼夜思归，别后不得言笑，又值凉风至而夏云倏变，能无悲乎？

送郭处士往莱芜兼寄苟山人

君为东蒙客，往来东蒙畔，云卧临峄阳〔一〕，山行穷日观〔二〕。少年词赋皆可听，秀眉白面风清泠，身上未曾染名利，口中独未知羶腥〔三〕。今日还山意无极，岂辞世路多相识，归见莱芜九十翁〔四〕，为论别后长相忆〔五〕。

诗云“往来东蒙畔”，必在鲁所作。《新唐书·地理志》：“兖州鲁郡有莱芜县。”

〔一〕《书·禹贡》:"峄阳孤桐。"《汉书·地理志》:"东海郡下邳有葛
　　峄山,在西,古文以为峄阳。"

〔二〕《汉官仪》卷下:"东山名曰日观,日观者,鸡一鸣时,见日始欲
　　出,长三丈所。"观读去声。

〔三〕《汉武帝内传》:"勤斋戒,节饮食,绝五谷,去羶腥。"《吕氏春
　　秋·本味》:"水居者腥,草食者羶。"

〔四〕指苟山人,年九十岁。

〔五〕为论,为说。忆,读入声。蔡邕《饮马长城窟行》:"下言长
　　相忆。"

鲁西至东平

沙岸泊不定,石桥水横流〔一〕,问津见鲁谷〔二〕,怀古伤家丘〔三〕,
寥落千载后,空传褒圣侯〔四〕。

《旧唐书·地理志》:"天宝元年改郓州为东平郡。"此自鲁郡至东
平郡作。

〔一〕赵熙批:"情事如接,二句一事而不薄。"

〔二〕问津见前《真定即事奉赠韦使君二十八韵》诗注。干宝《三日
　　纪》:"征在生孔子空桑之地,今名空窦,在鲁南山之空窦中。"
　　(《史记·孔子世家》正义引)鲁谷谓此。《全唐诗》作鲁俗,谓
　　一作鲁叟。恐非。

〔三〕见前《别从甥万盈》诗注。赵熙批:"对法好。"彭兰谓"伤家丘"
　　即适自伤,是也。

〔四〕《玉海》卷一一三:"武德九年(原注:一云贞观十年。误。参
　　《孔氏祖庭广记》卷十)封孔子之后德伦为褒圣侯。"赵熙批:

"大结而寄慨无尽。"

东平留赠狄司马

古人无宿诺〔一〕，兹道未为难〔二〕，万里赴知己〔三〕，一言诚可叹〔四〕。马蹄经月窟〔五〕，剑术指楼兰〔六〕，地出北庭〔七〕尽，城临西海〔八〕寒。森然瞻武库〔九〕，则是弄儒翰〔一〇〕，入幕绾银绶〔一一〕，乘轺兼铁冠〔一二〕。练兵日精锐，杀敌无遗残，献捷见天子，论功俘可汗〔一三〕，激昂丹墀〔一四〕下，顾盻〔一五〕青云端。谁谓纵横策〔一六〕，翻为权势干〔一七〕，将军〔一八〕既坎壈，使者〔一九〕亦辛酸。耿介揔三事〔二〇〕，羁离从一官，知君不得意，他日会鹏抟〔二一〕。

此诗《唐诗选》残卷重出，一首题作《东平留赠狄司户》。《新唐书·百官志》："州郡有司马一人。"《唐百家诗选》题下有注："曾与田安西充判官。"《金石萃编》卷八十三《易州田公德政碑》："公名琬，字正勤，……除易州刺史。（开元）二十八年春二月，制摄御史中丞，迁安西都护。"《宰相世系表》有"狄光远，州司马"，或即其人。此为五言古诗而多用偶句，又异于《燕歌行》、《古大梁行》。

〔一〕见前《淇上酬薛三据兼寄郭少府微》诗注。

〔二〕言狄已行此道。《唐诗选》残卷未作以，一作已。

〔三〕见前《酬庞十兵曹》诗注。

〔四〕见前《送虞城刘明府谒魏郡苗太守》诗注〔六〕。叹，平声。

〔五〕扬雄《长杨赋》："西厌月窟。"服虔曰："窟音窟穴之窟，月所生也。"（《汉书·扬雄传》注引）谓西域极远之地。

〔六〕《汉书·西域传》:"鄯善国本名楼兰,王治扞泥城。……大将军霍光白遣平乐监傅介子往刺其王,……既至楼兰,许其王欲赐之,王喜,与介子饮醉,将其王屏语,壮士二人从后刺杀之,……介子遂斩王尝归(王名)首。"

〔七〕《新唐书·地理志》:"北庭大都护府本庭州,领金满、轮台、后庭、西海四县。"治所金满在今新疆吉木萨尔。

〔八〕西海当今吐鲁番地。

〔九〕《晋书·杜预传》:"预在内七年,损益万机,不可胜数。朝野称美,号曰'杜武库'。言其无所不有也。"

〔一〇〕《文苑英华》则是作刚若。左思《咏史》:"弱冠弄柔翰,卓荦观群书。"本诗翰读平声。

〔一一〕《汉书·百官表》:"凡吏秩比二千石以上皆银印青绶。"《唐诗选》残卷一首同此,一首作"入绾佩银印",误。

〔一二〕《南史·陈伯之传》:"乘轺建节,奉疆埸之任。"《汉书·张敞传》注:"应劭曰:'柱后,以铁为柱,今法冠是也。一名惠文冠。'晋灼曰:'……秦制,执法服,今御史服之。'"

〔一三〕《木兰辞》:"可汗大点兵。"《新唐书·突厥传》:"可汗,犹单于也。"音克寒。

〔一四〕《汉官仪》:"以丹漆阶上地曰丹墀。"谓殿陛。

〔一五〕当作盻,相沿而误。见前《三君咏》诗注。

〔一六〕《汉书·艺文志》:"纵横家者流,盖出于行人之官。……言其当权事制宜,受命而不受辞,此其所长也。"《战国策·秦策》:"当此之时,天下之大,万民之众,王侯之威,谋臣之权,皆欲决于苏秦之策。"《史记·主父偃列传》:"学长短纵横之术。"

〔一七〕言反为权贵所干预。《唐诗选》残卷一首同此,一首干作看,误。

〔一八〕称田畹。

〔一九〕称狄。

〔二○〕《诗·小雅·雨无正》:"三事大夫,莫肯夙夜。"传:"三事,三公也。"《周书·立政》:"任人、准夫、牧,作三事。"疏:"任人,谓六卿;准夫,平法之人,谓理狱官也;牧者,九州之牧。治为天地人之三事。"此诗当谓三公也。《荀子·议兵篇》:"汤武之诛桀纣,拱挹指麾。"挹通揖。《文苑英华》作揖三事。

〔二一〕见前《别王彻》诗注〔五〕。

笺曰:此实亦适之边塞诗也。末八句言安西都护田仁畹罢职后,判官狄某(疑即光远)改东平郡司马,适过该地,乃留赠此诗。诗谓狄不辞万里远行,入田之幕为判官,兼为御史,杀敌立功,献捷丹墀之下。不料纵横长策反为权势所阻,不得实现,将军既已失志,使者亦复悲酸,以耿介之士,揖别三公,独赴微官,今虽不得意,他日必当鹏举也。

东平路作三首

南图适不就〔一〕,东走〔二〕岂吾心?索索〔三〕凉风动,行行秋水深〔四〕,蝉鸣木叶落,兹夕更秋霖〔五〕。

明时好画策〔六〕,动欲干〔七〕王公,今日无成事,依依亲老农〔八〕,扁舟向何处?吾爱汶阳中〔九〕。

清旷〔一○〕凉夜月,徘徊孤客舟〔一一〕,渺然〔一二〕风波上,独梦前山秋,秋至复摇落〔一三〕,空令行者〔一四〕愁。

诗云："扁舟向何处？吾爱汶阳中。"此天宝四载秋自东平至汶阳途中作，汶阳在今山东省宁阳县东北，盖自西东行也。赵熙批曰："连章之作，此极严谨。"

《高适诗集》残卷题无作字。

〔 一 〕赵熙批："总摄四首（连前《鲁西至东平》），而本篇自有起结。"《庄子·逍遥游》："而后乃今将图南。"就，成也。此句谓志不得展。《高适诗集》残卷就作尽，恐误。

〔 二 〕《淮南子·说山训》："狂者东走。"此谓东鲁之游。

〔 三 〕江总《贞女峡赋》："树索索而摇枝。"索索，风声。

〔 四 〕《古诗十九首》："行行重行行。"张庚解曰："首言行行，远也。"《庄子·秋水》："秋水时至，百川灌河。"释文："李云：'水生于春，壮于秋。'"

〔 五 〕《说文》卷十一："凡雨三日已上为霖。"《高适诗集》残卷秋作愁。

〔 六 〕曹植《求自试表》："志欲自效于明时，立功于圣世。"《高适诗集》残卷作书策。《汉书·司马迁传》："退而论书策以舒其愤。"

〔 七 〕《玉篇》卷二十九："干，求也。"

〔 八 〕《论语·子路》："吾不如老农。"

〔 九 〕《高适诗集》残卷作何处去。《左传·僖公元年》："公赐季友汶阳之田。"《汉书·地理志》："鲁国汶阳县。"今山东省宁阳县东北。赵熙批此句下曰："杜子（赠适诗）云：佳句法如何？知诗所重在句，句自有法也。"

〔一〇〕《后汉书·仲长统传》："欲卜居清旷，以乐其志。"

〔一一〕赵熙批："拍入行程。"

〔一二〕《高适诗集》残卷作眇然。

〔一三〕见前《古大梁行》注。

〔一四〕《孟子·公孙丑》:"行者必以赆。"

笺曰:此适自东平赴汶阳途中之作也。所云扁舟,乃在汶水中行。第一首言己志不得展,东鲁之行非其本愿,风动秋深,蝉鸣叶落,兼之久雨,景殊可悲。第二首言己欲干谒王公以行良策,而事不成,只得与老农相亲,以汶阳境地可爱,故客舟即向该处也。第三首言秋月舟中,犹梦前山,见草木凋残,行子不胜悲愁也。

东平路中遇大水

天灾自古有,昏垫弥今秋〔一〕,霖霪溢川原,澒洞涵田畴。指涂〔二〕适汶阳,挂席〔三〕经芦洲,永望齐鲁郊,白云何悠悠?傍沿钜野泽〔四〕,大水纵横流,虫蛇拥独树,麇鹿奔行舟。稼穑随波澜,西成〔五〕不可求,室居相枕藉〔六〕,䨓䨓声啾啾。乃怜穴蚁漂,益羡云禽游,农夫无倚着〔七〕,野老生殷忧。圣主当深仁,庙堂运良筹,仓廪终尔给,田租应罢收。我心胡郁陶〔八〕,征旅亦悲愁,纵怀济时策〔九〕,谁肯论吾谋?

《旧唐书·玄宗纪》:"天宝四载秋八月,河南、睢阳、淮阳、谯等八郡大水。"东平郡与上举四郡相近,且同属河南道,上篇又云"兹夕更秋霖",知东平郡亦有水灾也。此诗云"指涂适汶阳",知此诗亦与上篇同作于东平至汶阳途中。

〔一 〕《书·益稷谟》:"洪水滔天,……下民昏垫。"孔传:"言天下民昏瞀垫溺皆困水灾。"疏:"瞀者,眩惑之意,故言昏瞀;垫是下

158

湿之名,故为溺也。"谢灵运《游南亭》诗:"久痗昏垫苦。"弥,
益也。

〔二〕陆机《赠弟士龙》:"指涂悲有馀,临觞欢不足。"

〔三〕谢灵运《游赤石进帆海》诗:"扬帆采石华,挂席拾海月。"李善
注:"扬帆、挂席,其义一也。"

〔四〕《元和郡县志》卷十:"大野泽亦名钜野。"在今山东省钜野县
北。元末已涸。

〔五〕《书·尧典》:"平秩西成。"孔疏:"秋位在西,于时万物成熟。"

〔六〕《汉书·尹赏传》:"皆相枕藉死也。"

〔七〕《说文》卷八:"倚,依也。"《汉书·贾谊传》:"廑如黑子之著
面。"著,附也。俗作着。句言农夫无所依附也。

〔八〕《书·五子之歌》:"郁陶乎予心。"传:"言哀思也。"江淹《杂体
三十首·谢法曹惠连赠别》:"还望方郁陶。"《隋书·李密传》:
"密郁郁不得志,为五言诗曰:'……此夕穷涂士,空轸郁
陶心。'"

〔九〕《后汉书·崔实传》:"济时拯世之术,岂必体尧蹈舜,然后乃
理哉?"

笺曰:此诗反映灾害之苦农,为高适集中关怀人民生活之杰作,
虽杜甫、白居易亦无以过。首谓今秋水灾,不比寻常。次叙已往
汶阳途中,大水横流,虫蛇攀树,麋鹿奔舟,稼穑淹没,秋收无望,
居人枕藉而死,蛙鸣啾啾未休。遂觉穴蚁漂流可悲,飞鸟高翔可
羡,农民无所附着,野老为之深忧。为君主者当以仁厚为贵,宜
制定良策,开仓以给民食,并应罢收田租,我心既悲,行旅亦愁,
纵有此济时之良策,谁肯议吾谋以行乎?

送蔡少府赴登州推事

胶东连即墨〔一〕，莱水〔二〕入沧溟，国小常多事，人讹屡抵刑。
公才征郡邑〔三〕，诏使出郊垧〔四〕，标格〔五〕谁当犯，风谣信可
听〔六〕。峥嵘大岘口〔七〕，逦迤汶阳亭，地迥云偏白，天秋山更
青。祖筵方卜昼〔八〕，王事急侵星〔九〕，劝尔将为德，斯言盖
有听〔一〇〕。

诗云："峥嵘大岘口，逦迤汶阳亭。"知作于汶阳。《新唐书·地理
志》："登州东牟郡治蓬莱，领蓬莱、牟平、文登、黄四县。"《旧唐
书·李义府传》："制下司刑太常伯刘祥道与侍御详刑对推其
事。"推事谓审理狱讼也。

〔一〕《史记·田儋列传》："乃徙齐王市更王胶东，治即墨。"《新唐
书·地理志》："莱州东莱郡有胶水县，汉胶东国地。"今山东省
平度县。又"即墨县，汉不其县地。"今山东省即墨县。胶东包
括登州、莱州之地。

〔二〕即胶莱河。《水经注》卷二十六："胶水又北过夷安县东。……
应劭曰：故莱夷维邑也。又北过当利县西，北入于海。县故王
莽更名之为东莱亭也。"

〔三〕公才见前《真定即事奉赠韦使君二十八韵》注〔一九〕。郡邑指
登州。

〔四〕沈约《郊居赋》："亘绕州邑，款跨郊垧。"邑外曰郊，远野为垧。

〔五〕谓风范也。

〔六〕《后汉书·羊续传》："乃羸服间行，侍童子一人，观历县邑，采
问风谣，然后乃进。"可听与末句有听重韵，疑为可聆之误。

〔 七 〕《魏书·刁雍传》："大岘以南，处处狭隘，不得方轨。"《齐乘》："大岘山即穆陵关也，为齐南天险。"在今山东临朐县东南一百五十里。

〔 八 〕《左传·昭公七年》注："祖，祭道神。"《汉书·刘屈氂传》注："祖者，送行之祭，因设宴饮焉。"《左传·庄公二十二年》："齐侯使敬仲为工正，饮桓公酒，乐，公曰：'以火继之。'辞曰：'臣卜其昼，未卜其夜，不敢。'"

〔 九 〕鲍照《上浔阳还都道中》诗："侵星赴早路，毕景逐前俦。"钱振伦注："闻人倓曰：'侵星犹戴星也。'"

〔一〇〕傅咸《鹦鹉赋》："侧聪耳而有听。"听读平声。

笺曰：此适于汶阳送蔡某赴登州审理狱讼之作也。诗谓登州与莱州接壤，为古胶东国地，海隅小国，民常犯法，蔡以有才见征，使出郊坰，采问风谣，人谁敢犯？去路遥远，自汶阳经大岘山口而往，方欲祖饯，以王事甚急，戴星前行，劝君以德为贵，而有听于斯言也。

东平旅游奉赠薛太守二十四韵

颂美驰千古，钦贤仰大猷〔一〕，晋公标逸气，汾水注长流〔二〕。神与公忠节，天生将相俦〔三〕，青云本自负，赤县独推尤〔四〕。御史风逾劲，郎官草屡修，鸳鸾粉署起〔五〕，鹰隼柏台秋〔六〕。出入交三事〔七〕，飞鸣揖五侯〔八〕，军书陈上策，廷议借前筹〔九〕。肃肃趋朝列，雠雠引帝求〔一〇〕，一麾俄出守〔一一〕，千里再分忧〔一二〕。不改任棠水〔一三〕，仍传晏子裘〔一四〕，歌谣随举扇〔一五〕，旌旆逐鸣驺〔一六〕。郡国长河绕，川源大野幽，地连尧泰岳〔一七〕，山向禹青州〔一八〕。汶上春帆渡〔一九〕，秦亭〔二〇〕晚日愁，遗墟当少昊〔二一〕，悬象逼奎娄〔二二〕。即此逢清鉴〔二三〕，终然喜暗投〔二四〕，叨承解榻礼〔二五〕，更得问缣游〔二六〕。高兴陪登陟，嘉言忝献酬，观棋知战胜，探象会冥搜〔二七〕。眺听〔二八〕情何限，冲融〔二九〕惠勿休，只应齐语默〔三〇〕，宁肯问沉浮〔三一〕？然诺长怀季〔三二〕，栖遑辄累丘〔三三〕，平生感知己，方寸岂悠悠〔三四〕？

《唐诗选》残卷题作《东平寓奉赠薛太守》。高适有《为东平薛太守进王氏瑞诗表》，见《全唐文》卷三五七。《新唐书·宰相世系表》有"薛思贞，郓州刺史。"即此人。此诗云："汶上春帆渡。"又云："悬象逼奎娄。"知作于天宝五载春日。

〔一〕《唐诗选》残卷千古作终古。《诗·小雅·巧言》："秩秩大猷。"郑笺："猷，道也。大道，治国之礼法。"

〔二〕《唐诗选》残卷作晋山，较优。又长流作洪流。《史记·晋世家》："曲沃武公伐晋侯缗灭之，……厘王命曲沃武公为晋君，列为诸侯，于是尽并晋地而有之。"薛本在鲁而言晋者，以三国时薛齐降魏徙居河东故也。《新唐书·宰相世系表》："（薛）永生齐，字夷甫，巴蜀二郡太守。蜀亡，率户五千降魏，拜光禄大夫，徙河东汾阴，世号蜀薛。"齐孙薛兴，"晋河东太守安邑庄公"，十二传而至思贞。曹丕《与吴质书》："公干有逸气。"

〔三〕神与犹天生也。

〔四〕《唐诗选》残卷作青霄。《读史方舆纪要》卷五："凡天下县千五百七十有三。"注："京都所理曰赤县，所统曰畿县，其馀曰望、曰紧及上、中、下之目，凡分七等。"

〔五〕《隋书·音乐志》："怀黄绾白，鹓鹭成行。"喻朝官行列。《庄子·秋水》疏："鹓雏，鸾凤之属，亦言凤子也。"故亦称鸳鸾。粉署见前《真定即事奉赠韦使君二十八韵》诗注〔一三〕。《唐诗选》残卷起作早。此句承上"郎官草屡修"句。

〔六〕《史记·义纵传》："纵以鹰击毛挚为治。"言其治严猛。《汉书·朱博传》："御史……府中列柏树，常有野乌数千栖宿其上。"故世称御史台为柏台。此句承上"御史风逾劲"句。

〔七〕见前《东平留赠狄司马》诗注。

〔八〕见前《行路难二首》注。

〔九〕《汉书·张良传》："良谒汉王，汉王方食，曰：'客有为我计挠楚权者。'良曰：'请借前箸以筹之。'"注："张晏曰：'求借所食之箸用指画也。'"

〔一〇〕《诗·大雅·思齐》："雝雝在宫，肃肃在庙。"毛传："雝雝，和也。肃肃，敬也。"郑笺："宫为辟廱宫也。群臣助文王养老则尚和，助祭于庙则尚敬，言得礼之宜。"帝求见前《奉酬睢阳李太守》诗注。

〔一一〕颜延之《五君咏》："屡荐不入官，一麾乃出守。"李善注："言（阮咸）为（荀）勖所指麾也。傅畅《诸公赞》曰：'勖性自矜，因事左迁咸为始平太守。'"此言薛之出守也。似非言其左迁，则误用事矣。沈括《梦溪笔谈》卷四："今人守郡谓之建麾，盖用颜延年'一麾乃出守'，此误也。延年谓一麾乃指麾之麾，如武王'右秉白旄以麾'之麾，非旌麾之麾也。……自杜牧为《登乐游原》诗：'拟把一麾江海去（赴吴兴守任），乐游原上望昭陵。'始谬用一麾，自此遂为故事。"杜牧似非首误之人。

〔一二〕千里见前《三君咏》诗注〔二二〕。分忧见前《奉酬睢阳李太守》

诗注。

〔一三〕《后汉书·庞参传》："拜参为汉阳太守。郡人任棠者,有奇节,隐居教授。参到先候之。棠不与言,但以薤一大本、水一盂置户屏前,……参思其微意,良久曰:'棠是欲晓太守也。水者,欲吾清也。拔大本薤者,欲吾击强宗也。'"

〔一四〕《尔雅·释诂》:"仍,乃也。"《晏子春秋》内篇杂下第六:"晏子相景公,布衣鹿裘以朝。"

〔一五〕见前《途中酬李少府赠别之作》注〔六〕。

〔一六〕见前《奉酬睢阳李太守》诗注。

〔一七〕《诗·大雅·崧高》传:"崧岳,四岳也。东岳岱,南岳衡,西岳华,北岳恒。尧之时,姜氏为四伯,掌四岳之祀。"泰岳即东岳岱也。

〔一八〕《书·禹贡》疏:"计九州之境,当应旧定,而云禹别者,以尧遭洪水,万事改新,此为作贡生文,故言禹别耳。"青州为九州之一。

〔一九〕《清一统志》卷一四二:"旧志:汶水旧在东平州南一里。"《唐诗选》残卷春帆渡作风帆度。

〔二〇〕《春秋·庄公三十一年》:"筑台于秦。"注:"东平范县西北有秦亭。"《唐诗选》残卷秦作春,当误。

〔二一〕见前《鲁郡途中遇徐十八录事》诗注。

〔二二〕悬象见前《酬庞十兵曹》诗注。《礼记·月令》:"仲春之月,日在奎。"注:"仲春者,日月会于降娄,而斗建卯之辰也。"疏:"降,降也;娄,敛也,言万物降落而收敛。"《尔雅·释天》:"降娄,奎娄也。"注:"奎为沟渎,故名降。"

〔二三〕《隋书·高构传》:"薛道衡才高当世,每称构有清鉴,所为文毕,必先以草呈构,而后出之。"

〔二四〕谓暗相投合。

〔二五〕见前《真定即事奉赠韦使君二十八韵》诗注。

〔二六〕《后汉书·王丹传》:"时河南太守同郡陈遵,关西之大侠也。
其友人丧亲,遵为护丧事,赙助甚丰。丹乃怀缣一匹,陈之于
主人前,曰:'如丹此缣,出自机杼。'遵闻而有惭色。自以知
名,欲结交于丹,丹拒而不许。……丹子有同门生丧亲,家在
中山,白丹欲往奔慰。结侣将行,丹怒而挞之,令寄缣以祠焉。
或问其故,丹曰:'交道之难,未易言也。世称管、鲍,次则王、
贡。张、陈(张耳、陈馀)凶其终,萧、朱(萧育、朱博)隙其末,故
知全之者鲜矣。'时人服其言。"

〔二七〕孙绰《游天台山赋》:"远寄冥搜。"李善注:"搜访幽冥。"

〔二八〕何逊《登石头城》诗:"眺听穷耳目。"

〔二九〕见前《别韦参军》诗注。

〔三〇〕陶潜《与殷晋安别》诗:"语默自殊势。"《易·系辞》:"君子之
道,或出或处,或语或默。"

〔三一〕《诗·小雅·菁菁者莪》:"泛泛杨舟,载沉载浮。"郑笺:"舟者,
沉物亦载,浮物亦载。喻人君用士,……于人之材无所废。"张
正见《白头吟》:"语默妍媸际,沉浮毁誉中。"

〔三二〕《史记·季布列传》:"季布,楚人也,为气任侠,有名于
楚。……楚人谚曰:'得黄金百斤,不如得季布一诺。'"诺,
应声。

〔三三〕栖遑见前《真定即事奉赠韦使君二十八韵》诗注。丘谓孔丘。

〔三四〕方寸见前《途中酬李少府赠别之作》注。悠悠见前《涟上别王
秀才》诗注。

笺曰：此诗首颂东平太守薛思贞世系，出自河东汾阴之薛齐。次叙其历任御史、郎官，多所纠弹陈奏。而后出守，不改其节，郡中得治，山河皆丽。末言解榻相顾，并得陪游，以栖遑之人，有感于薛之知己也。

东平别前卫县李寀少府

黄鸟翩翩〔一〕杨柳垂，春风送客使人悲，怨别自惊千里外，论交〔二〕却忆十年时。云开汶水〔三〕孤帆远，路绕梁山匹马迟〔四〕，此地从来可乘兴〔五〕，留君不住益凄其〔六〕。

《唐诗选》残卷题作《别李四少府》。观颈联知是东平作诗，与上篇同时。《文苑英华》、《全唐诗》题作《东平别前卫县李寀少府》，《御选唐诗》作《送卫县李寀少府》，明活字本《高常侍集》作《送前卫李寀少诗》，误，今据《文苑英华》及《全唐诗》。盖李时卸任，故称"前"，《御选唐诗》遗此字，亦不当。《新唐书·地理志》："卫州汲郡有卫县。"今河南省淇县。金圣叹曰："只加翩翩二字，便知其写出两黄鸟也（按：此误）。杨柳垂之为言，值此良日也。……曾是我之与君，而固一鸟不如。……云开，写少府既别而去也；路绕，写自己既送而归也。远字，见去者之太疾；迟字，见送者之不舍。末又补写东平，言今日设无此别，则此处与君正堪乘兴，而今已不必说也。"（《唐才子诗集》卷四）赵臣瑗曰："春风和煦，黄鸟方相逐于柳阴深处，而人方送别，当此之时，即新知近地，且犹不可，况以十年之谊，而为千里之游乎？所以忽然而惊，猛然而忆，而卒至怅然而悲也。此四句从未分手时言。于是而去者去矣，帆非远，我偏觉其远，归者归矣，马非迟，我偏欲其迟。此二句写一种恋恋不舍情事,逼真如画。"(《唐七言律诗笺注》卷一)沈德潜评此诗曰:"情不深而自远,景不丽而自佳,韵使之也。"又评此诗及《夜别韦司士》曰:"以上皆近应酬诗,因神韵使人不觉,知近体贵神韵也。"(《唐诗别裁》卷十三)神韵之说不然,情景固相融无间也。方东树曰:"先写时景起,二三句正点,四句挽回,五六收同前(指《夜别韦司士》诗之"黄河曲里沙为岸,白马津边柳向城")。常侍每工于发端,后半平常未奇也。"(《续昭昧詹言》卷三)按方说未当,然发端好亦是事实。

〔一〕黄鸟见前《同房侍御山园新亭与邢判官同游》诗注。《诗·小雅·南有嘉鱼》:"翩翩曰雏。"《说文》卷四:"翩,疾飞也。"

〔二〕《说苑·建本》:"论交合友,所以相致也。"

〔三〕《兖州志》:"东平州有汶水县。"《清一统志》卷一四二:"汶水……又西流经东平州南境,又西南流入兖州府汶上县,俗呼为大汶河。"

〔四〕《新唐书·地理志》:"郓州东平郡寿张县有刀梁山。"《清一统志》卷一四二:"梁山在东平州西南五十里。"上句写李寀所去路程,为水路;此句写自己之归,为陆路。

〔五〕《唐诗选》残卷从来作犹来。乘兴见前《奉酬睢阳李太守》诗注。

〔六〕《文苑英华》益作亦,不当。《诗·邶风·绿衣》:"絺兮绤兮,凄其以风。"传:"凄,寒风也。"疏:"《四月》六·'秋日凄凄。'凄,寒凉之名也。此连云以风,故云寒风也。"朱熹集传:"絺绤而遇寒风,犹己之过时而见弃也。"句谓以离别在即而更觉悲凉也。《唐诗选》残卷凄作悽。

笺曰:黄鸟轻飞,杨柳垂丝,景物虽佳,而春风送客,使人愁也。

惊道里之遥远,故怨别离,与君相交年久,情尤难堪也。君去舟行帆远,我归陆行马迟,盖不忍别也。此地正堪乘兴相聚,今留君不住而更觉悲凉矣。

别崔少府

知君少得意,汝上掩柴扉,寒食仍留火〔一〕,春风未授衣〔二〕。皆言黄绶〔三〕屈,早向青云飞,借问他乡事〔四〕,今年归不归?

诗云"汝上掩柴扉",亦东平作。

〔一〕《汝南先贤传》:"介之推以三月三日自燔,后成禁火之俗。"谓崔不得意,寒食日亦无心纪念或不知节日来临也。

〔二〕言春服未裁。《论语·先进》:"莫春者,春服既成……。"集解:"包曰:'莫春者,季春三月也。'"《唐诗选》残卷授作换。

〔三〕见前《同颜少府旅宦秋中》诗注。

〔四〕蔡邕《饮马长城窟行》:"梦见在我傍,忽觉在他乡。"

奉酬北海李太守丈人夏日平阴亭

天子股肱守〔一〕,丈人山岳灵〔二〕,出身侍丹墀〔三〕,举翮凌青冥〔四〕。当昔皇运否,人神俱未宁,谏官莫敢议,酷吏方专刑〔五〕。谷永独言事〔六〕,匡衡多引经〔七〕,两朝纳深衷,万岁无不听〔八〕,盛烈播南史〔九〕,雄词豁东溟〔一○〕。谁谓整隼旟〔一一〕,翻然忆柴扃〔一二〕?寄书汝阳客〔一三〕,回首平阴亭。开封见千里〔一四〕,结念存百龄〔一五〕,隐轸江山丽〔一六〕,氛氲兰茝〔一七〕馨。自怜遇时休〔一八〕,漂泊随流萍,春野变木德〔一九〕,夏天临火星〔二〇〕。一生徒羡鱼〔二一〕，四十犹聚萤〔二二〕，从此日闲放，焉能怀拾青〔二三〕。

《唐诗选》残卷题无北海字，丈人无人字。明活字本编入五言古诗，但多有偶句耳。李邕出守北海不久，即寄书并诗《夏日平阴亭》与高适，今李之原诗已佚。李邕先有《鹘赋》，高适在睢阳有《奉和鹘赋》。《旧唐书·地理志》："天宝元年改青州为北海郡，治益都。"今山东省益都县。又："郓州东平郡有平阴县。"今山东省平阴县西北。按《左传·襄公十八年》："晋伐齐，齐侯御诸平阴。"《山东通志》卷三十五谓故城在肥城县西北六十里。平阴亭似即在其地。彭兰疑为历下新亭。然李邕寄杜甫诗题为《登历下古城员外孙新亭》，未言"平阴亭"者，故未可必。《旧唐书·李邕传》："邕性豪侈，不拘细行，所在纵求财货，驰猎自恣。（天宝）五载奸赃事发……"《玄宗纪》："天宝六载正月辛巳朔，北海太守李邕、淄川太守裴敦复并以事连王曾、柳勣，遣使就杀之。"因知此诗作于五载夏。《论语·微子》："子路从而后，遇丈人，以杖荷蓧。"集解："包曰：'丈人，老人也。'"又《易·师》："丈人吉。"疏："丈人，谓严庄尊重之人。"

〔一〕《书·益稷》疏："君为元首，臣为股肱耳目。"守谓太守也。

〔二〕刘桢《遂志赋》："信此山之多灵，何神分之煌煌。"灵谓神明。此则以谓人之神明者，得自山岳之气也。

〔三〕丹墀见前《东平留赠狄司马》诗注。《新唐书·李邕传》："（李）峤为内史，与监察御史张廷珪荐邕文高气方直，才任谏诤，乃召拜左拾遗。"

〔四〕《九章·悲回风》："据青冥而摅虹兮。"王逸注："上至玄冥，舒光耀也。"青冥谓天也。

〔五〕《新唐书・酷吏传》序:"武后乘高、中懦庸,盗攘天权,畏下异己,欲胁制群臣,榍翦宗支,……于是索元礼、来俊臣之徒,揣后密旨,纷纷并兴。"

〔六〕《汉书・谷永传》:"前后所上四十馀事。"

〔七〕《汉书・匡衡传》:"学者多上书荐衡经明,当世少双。"衡上疏多引经传。

〔八〕《新唐书・李邕传》:"御史中丞宋璟劾张昌宗等反状,武后不应,邕立阶下大言曰:'璟所陈社稷大计,陛下当听。'后色解,即可璟奏。……中宗立,郑普思以方伎幸,擢秘书监,邕谏……不纳,……韦氏平,召拜左台殿中侍御史,弹劾任职,人颇惮之。……帝(玄宗)封泰山还,邕见帝汴州,诏献词赋,帝悦。"杜甫《八哀诗》曰:"否臧太常议,面折二张势。"两朝,当谓武后与玄宗。听,读平声。

〔九〕《左传・襄公二十五年》:"大史书曰:'崔杼弑其君。'崔子杀之。其弟嗣书,而死者二人,其弟又书,乃舍之。南史氏闻大史尽死,执简以往,闻既书矣,乃还。"

〔一〇〕《李邕传》:"邕之文于碑颂是所长,人奉金帛请其文,前后所受钜万计,邕虽诎不进,而文名天下,时称李北海。"

〔一一〕《周礼・春官・司常》:"鸟隼为旟。"《说文》卷七:"旟,错革画鸟其上,所以进士众。"(《尔雅・释天》:"错革鸟曰旟。")段玉裁注曰:"郑注《周礼》云:'画日月、画交龙、画熊虎鸟隼龟蛇。'是则郑之说错革鸟谓画鸟隼,孙(炎)说所本也。许云其上者,谓画于正幅高处。"(《说文段注》卷十三)《唐诗选》残卷谓作为,当误。

〔一二〕《隋书·地理志》："蓬室柴门。"柴扃,高适自谓所居。

〔一三〕时高适在汶阳,故云。

〔一四〕开封,开启缄封。千里谓千里心也。

〔一五〕谢灵运《石门新营所住四面高山回溪石濑修竹茂林》诗:"结念
属霄汉。"百龄见前《苦雨四首》注。言百年一意不变,喻结交
之深也。

〔一六〕隐轸见前《真定即事奉赠韦使君二十八韵》注。《唐诗选》残卷
丽作来,或采之误。

〔一七〕《荀子·劝学篇》:"兰槐之根,是为芷。"曹植《与杨德祖书》:
"兰茞荪蕙之芳。"刘峻《广绝交论》:"心同琴瑟,言郁郁于
兰茞。"

〔一八〕《史记·公孙弘列传》:"公孙弘行义虽修,然亦遇时。"休谓
盛时。

〔一九〕《礼记·月令》:"某日立春,盛德在木。"傅玄《柳赋》:"嘉木德
之在春。"变木德,言春去也。

〔二〇〕《礼记·月令》:"某日立夏,盛德在火。"《左传·昭公三年》:
"火星(据《周礼》郑注补"星"字)中而寒暑退。"杜注:"心以季
夏昏中而暑退。"

〔二一〕《汉书·董仲舒传》:"临渊羡鱼,不如退而结网。"本言求治,此
处以喻求仕。孟浩然《临洞庭湖赠张丞相》诗:"坐观垂钓者,
徒有羡鱼情。"

〔二二〕《晋书·车胤传》:"恭勤不倦,博学多通,家贫,不常得油,夏月
则练囊盛数十萤火以照书,以夜继日焉。"

〔二三〕《唐诗选》残卷怀作俯。《汉书·夏侯胜传》:"士病不明经术,
经术苟明,其取青紫如俛(俯)拾地芥耳。"王先谦补注引叶梦

得曰："汉丞相太尉皆金印紫绶，御史大夫银印青绶，此三府官之极崇者，胜云青紫谓此。"《周书·儒林传》史臣曰："前世通六艺之士，莫不兼达政术，故云拾青紫如地芥。"

笺曰：此适和李邕《夏日平阴亭》诗之作也。首言邕为君之股肱贤臣，出身近侍，志在青霄。昔当国运艰难，谏臣缄口，酷吏专刑。而邕独能言事，上疏引经，武后、玄宗深为采纳，名标史册，雄词如海。谁料整旒，反见顾于柴门之士，寄书与适，并附平阴亭诗。启缄而见千里之心，结交百年而不变，江山富盛，兰茞气馨。自怜遇时之休，而漂泊如萍，今春去而夏至矣。一生徒欲入仕，四十本当强仕之年，犹聚萤而苦读，从此恐将日益闲放，岂能怀拾取青紫之念乎？

同李太守北池泛舟宴高平郑太守

每揖龚黄[一]事，还陪李郭舟[二]，云从四岳[三]起，水向百城流。幽意随登陟，嘉言即献酬，乃知缝掖贵[四]，今日对诸侯[五]。

北池即大明湖。《水经注》卷八："泺水出历（城）县故城西南，……城南对山，其水北为大明湖，西即大明寺，寺东北两面侧湖，此水便成净池也。池上有客亭。"《齐乘》："池上有亭，即渚池，今名五龙潭。"（《杜诗钱注》引）《新唐书·地理志》："泽州高平郡治晋城。"今山西省晋城县东北。

〔一〕《汉书·循吏传》序："是故汉世良吏，于是为盛，称中兴焉。……王成、黄霸、朱邑、龚遂、郑弘、召信臣等，所居民富，所去见思。"龚黄即龚遂、黄霸。

〔二〕《后汉书·郭泰传》："游于洛阳，始见河南尹李膺，膺大奇之，遂相友善，于是名震京师。后归乡里，衣冠诸儒送至河上，车数千两，林宗（泰字）唯与李膺同舟而济，众宾望之以为神仙焉。"

〔三〕见前《东平旅游奉赠薛太守二十四韵》注〔一七〕。

〔四〕见前《真定即事奉赠韦使君二十八韵》注。

〔五〕称李、郑。

同群公出猎海上

畋猎自古昔，况伊心赏俱〔一〕，偶与群公游，旷然出平芜。层阴涨溟海，杀气穷幽都〔二〕，鹰隼何翩翩，驰聚相传呼。豺狼窜榛莽，麋鹿罹艰虞，高鸟下骍弓〔三〕，困兽斗匹夫〔四〕。尘惊大泽晦，火燎深林枯，失之有馀恨，获者无全躯〔五〕。咄彼工拙间〔六〕，恨非指踪徒〔七〕，犹怀老氏训〔八〕，感叹此欢娱。

> 诗云："杀气穷幽都。"此天宝五载秋高适在北海郡与人畋猎之作。《旧唐书·李邕传》："邕……驰猎自恣。"此似以邕为首出猎。杜甫《壮游》诗云："冬猎青丘旁。"在北海郡千乘县，今山东广饶县。地近莱州湾，所谓海上也。

〔一〕伊，此也。《诗·小雅·伐木》："矧伊人矣，不求友生。"郑笺："况是人乎，可不求之。"又《尔雅·释诂》："伊，维也。"《经传释词》卷九："矧惟，又惟也。皆非况之一训所能该也。"裴纳之《邺馆公宴诗》："千里风云契，一朝心赏同。"

〔二〕《书·尧典》："申命和叔，宅朔方，曰幽都。"孔传："北称朔，……北称幽都，南称明，从可知也。都谓所聚也。"

〔三〕《诗·小雅·角弓》："骍骍角弓。"传："骍骍，调利也。"

〔　四　〕《左传·宣公十三年》：“困兽犹斗。”《论语·子罕》：“匹夫不可夺志也。”邢昺疏：“士大夫已上有妾媵，庶人贱，但夫妇相匹配而已，故云匹夫。”

〔　五　〕言为鹰隼、弓矢、火燎所伤，故获兽无全身者。

〔　六　〕谢灵运《从游京口北固应诏》：“工拙各所宜，终以返林巢。”此处谓捕猎者之巧拙。

〔　七　〕《史记·萧丞相世家》：“夫猎，追杀兔兽者，狗也，而发踪指示兽处者，人也。”《汉书·萧何传》作指纵。指踪徒，称猎人。

〔　八　〕《道德经》：“驰骋畋猎令人心发狂。”

笺曰：此适与李邕、杜甫等出猎海上（青丘）之作也。首言自古畋猎（齐景公尝猎于此），况今心赏相同，而与诸人出游平芜之野。次叙海滨层阴，北地杀气，鹰隼喧聚驰飞。豺狼奔窜，麋鹿被捕，飞鸟随弓矢以落，困兽与猎夫犹斗。风尘起而大泽晦，火燎盛而深林枯，失之可憾，获者多残。嗟彼猎者之有工拙，恨不能发踪指示兽处，然犹怀老子之训诲，“驰骋畋猎令人心发狂”，当此欢娱之时，不胜感慨系之矣。可与杜甫后在东川所作之《冬狩行》参看，知彼更深刻。

淇上别业

174

依依西山下，别业桑林边〔一〕，庭鸭喜多雨，邻鸡知暮天〔二〕。野人种秋菜〔三〕，古老开原田〔四〕，且向世情远，吾今聊自然。

石崇《思归引序》：“肥遁于河阳别业。”李善注：“别业，别居也。”《淇上酬薛三据兼寄郭少府微》诗云：“不然买山田，一身与耕凿。”此西山下之别业当即所买之山田也。彭兰以此为天宝五载作。

〔一〕《楚辞·九思·伤时》:"志恋恋兮依依。"《古唐诗合解》卷八:
　　　"此即从别业地名起(淇上近桑间之地也),依依犹言依恋也。"

〔二〕锺惺曰:"喜字、知字妙于体物。"(《唐诗归》卷十二)

〔三〕《文苑英华》作秋菓。

〔四〕古老见前《蓟门五首》注。《文苑英华》作看原田。

送魏八

更沽淇上酒,还泛驿前舟,为惜故人去,复怜嘶马[一]愁。云山
行处合,风雨兴中秋[二],此路[三]无知己,明珠莫暗投[四]。

〔一〕陈后主《陇头》诗:"惊风起嘶马。"

〔二〕兴,读去声,谓风雨而起秋兴。

〔三〕各本作北路,从《全唐诗》校改。

〔四〕见前《涟上别王秀才》诗注。王褒《墙上难为趋》诗:"白璧求善
　　　价,明珠难暗投。"唐汝询曰:"君之往也,盖欲求售于时,然前
　　　路无知己,岂可以明珠暗投耶? 当自重其才,勿轻视也。"(《唐
　　　诗解》卷三十七)

淇上送韦司仓往滑台

饮酒莫辞醉,醉多适不愁,孰知非远别,终念对穷秋[一]。滑台
门外见,淇水眼前流,君去应回首,风波满渡头。

　　此诗语极自然生动,结句情景相融。

〔一〕《文苑英华》作新秋。

酬陆少府

朝临淇水岸，还望卫人邑〔一〕，别意在山阿〔二〕，征途背原隰。稍稍〔三〕前村口，唯见转蓬〔四〕入，水渚人去迟，霜天雁飞急〔五〕。固应不远别，所与路未及〔六〕，欲济川上舟，相思空伫立。

〔一〕《史记·卫康叔世家》："周公旦以成王命，兴师伐殷，……以武庚殷馀民封康叔，为卫君。居河淇间故商墟。"今淇县东北朝歌城是也。

〔二〕《文苑英华》作"别思在山河。"

〔三〕《广雅·释训》："稍稍，小也。"《文苑英华》作萧萧。

〔四〕见前《宋中十首》注。

〔五〕《文苑英华》作"冰渚人去迟，雪天雁飞急"。

〔六〕《文苑英华》作"我行应不远，所兴终未及"。

淇上别刘少府子英

近来住淇上，萧条惟空林，又非耕种时，闲散多自任〔一〕。伊君〔二〕独知我，驱马欲招寻〔三〕，千里忽携手，十年同苦心〔四〕。求仁见交态〔五〕，于道喜甘临〔六〕，逸思乃天纵〔七〕，微才应陆沉〔八〕。飘然归故乡〔九〕，不复问离襟，南登黎阳渡〔一〇〕，莽苍〔一一〕寒云阴。桑叶原上起〔一二〕，河凌〔一三〕山下深，途穷〔一四〕更远别，相对益悲吟。

《高适诗集》残卷题作《别刘子英》。

〔一〕王粲《登楼赋》："孰忧思之可任。"李善注："任，当也。"读平声。

〔二〕《高适诗集》残卷作唯君。

〔三〕见前《同房侍御山园新亭与邢判官同游》诗注。《高适诗集》残卷欲作来。

〔四〕《高适诗集》残卷同作仍。

〔五〕《论语·述而》："求仁而得仁，又何怨？"交态见前《别韦参军》诗注。《高适诗集》残卷仁作人，下句道作我，误。

〔六〕《易·临》："甘临，无攸利，既忧之，无咎。"王弼注："甘者，佞邪说媚不正之名也。履非其位，居刚长之世，而以邪说临物，宜其无攸利也。若能尽忧其危，改修其道，刚不害正，故咎不长。"孔颖达疏："甘临者，谓甘美谄佞也。"

〔七〕《论语·子罕》："固天纵之将圣，又多能也。"集解："孔曰：'言天固纵大圣之德，又使多能也。'"

〔八〕见前《别王彻》诗注。

〔九〕《高适诗集》残卷飘作飙，误。故作旧。

〔一〇〕《汉书·地理志》："魏郡有黎阳。"注："晋灼曰：'黎山在其南，河水经其东。……县取山之名，取水在其阳以为名。'"《史记·荆燕世家》正义："黎阳一名白马津。"在滑县北。

〔一一〕见前《宋中送族侄式颜》诗注〔一五〕。《高适诗集》残卷作莽莽。

〔一二〕此亦同《淇上别业》诗之"别业桑林边"，暗用桑间地名也。

〔一三〕《初学记》卷七："《风俗通》云：'积冰曰凌。'"《高适诗集》残卷凌作流。

〔一四〕《高适诗集》残卷作穷途。

笺曰：此适与县尉刘子英之赠别诗也。首言己居淇上，耕种之时未至，故闲散自适。刘独不远千里，策马招寻，十年旧交，虽邪佞

177

履非其位，而能尽忧其危，故可无咎而以为喜也。刘有天纵之思，而己则才微宜沉没也。今飘然而去，南渡黎阳津，岁暮寒甚，相别益悲也。

同群公题郑少府田家

郑侯应恓惶，五十头尽白[一]，昔为南昌尉[二]，今作东郡[三]客。与语多远情，论心知所益，秋林既清旷[四]，穷巷空渐沥，蝶舞园更闲，鸡鸣日云夕。男儿未称意，其道固无适，劝君且杜门，勿叹人事隔。

《唐百家诗选》题下有注云："此公昔任白马尉，今寄住滑台。"黄锡珪《李太白年谱》以此诗为天宝三载与李白、杜甫同游滑台之作，按高适尚有《同群公题中山寺》、《同群公题张处士菜园》等诗，岂可皆断为三人同游之作？彭兰定为天宝四载在汶阳作，似未见诗题下注。当为居淇上时，偶至滑台所作。观下《淇上送韦司仓往滑台》诗云："滑台门外见。"知两地相距甚近。

〔一〕《文镜秘府论》地卷引作"垂白"。

〔二〕见前《钜鹿赠李少府》诗注〔四〕。

〔三〕《新唐书·地理志》："滑州灵昌郡，望，本东郡。"

〔四〕见前《东平路作三首》注。

笺曰：此与人同题前白马县尉郑某寄居之滑台田家诗也。郑恓惶道途，五十而发已尽白，昔为白马县尉，今为滑州寓居之客。交谈多澹远之情，殊有益于吾心，秋林清旷，贫居雨馀，蝶舞鸡鸣，日将夕矣。男儿未能得志，其道固无合者，劝君杜门而居，勿叹人事相隔也。

和崔二少府登楚丘城作

故人亦不遇，异县久栖托，辛勤失路[一]意，感叹登楼作[二]。清晨眺原野，独立空寥廓，云散芒砀山，水还睢阳郭。绕梁即襟带[三]，封卫[四]多漂泊，事古悲城池，年丰爱墟落。相逢俱未展，携手空萧索，何意千里心[五]，仍求百金诺[六]？公侯皆我辈，动用在谋略，圣心思贤才，竭来刈葵藿[七]。

《新唐书·地理志》："宋州睢阳郡有楚丘县。"在今山东省曹县东南。观"封卫"句又似在滑州作，姑系于此。诗云："故人亦不遇，异县久栖托。"此似即前《效古赠崔二》诗之所赠者。赵熙批曰："细针密线。"

〔一〕《汉书·扬雄传》："失路者委沟渠。"谓失势不遇也。

〔二〕见前《奉酬睢阳李太守》诗注。此言崔二之登楚丘城诗。

〔三〕梁指宋州之地。《史记·春申君列传》："襟以山东之险，带以曲河之利。"

〔四〕《左传·僖公二年》："诸侯城楚丘而封卫焉。"此古楚丘城，朱熹《诗集传》卷二以为在滑州。

〔五〕见前《送蔡山人》诗注。

〔六〕见前《东平旅游奉赠薛太守二十四韵》诗注〔三二〕。

〔七〕《诗词曲语辞汇释》卷四："竭来，犹云盍来也。……按盍字有两义，一为何义，一为何不义，详见王引之《经传释词》。……竭来亦有可以何不来释之者，高适《和崔二少府登楚丘城》诗：'公侯皆我辈，动用在谋略，圣心思贤才，竭来刈葵藿。'意言何不来采取葵藿倾太阳之志诚也。葵藿为自况之辞，义见《三国志·曹植传》。……李商隐《井泥》诗:'我欲秉钧者,揭来与我偕。'此与上述高适诗同机轴。"胡震亨《唐音癸签》卷二十四《诂笺九》:"唐人诗多用揭来二字。……韵书:'揭,却也,去也。'又发语辞。……颜延年《秋胡诗》:'揭来空复辞。'兼发语辞用。后人入诗,多从颜作虚字。杨用修引《吕氏春秋》胶鬲问武王'揭去揭至'欲作盍字解,恐未合。"按胡解为长。曹植《求通亲亲表》:"若葵藿之倾叶,太阳虽不为之回光,然向之者诚也。臣窃自比葵藿。"

笺曰:首段四句谓故人崔二亦如我之不遇于时,栖托异县,失路感叹而作此登楼诗也。次段八句写登楚丘城楼之所见。三段八句言相逢同悲失意,不意千里之心,仍重信义任侠,而有望于季布之一诺也。公侯皆出我辈,要在谋略得用,圣心自重贤才,却来采取葵藿倾太阳之志诚也。

过崔二有别

大国多任士〔一〕,明时遗此人,颐颔尚丰盈,毛骨未合迍〔二〕。逸足望千里〔三〕,商歌〔四〕悲四邻,谁谓多才富,却令家道贫!秋风吹别马,携手更伤神。

此诗今本《高常侍集》失载,系据《高适诗集》残卷补,王重民《补全唐诗》同,《敦煌古籍叙录》作《遇崔二有别》,误。上篇云:"辛勤失路意。"此诗云:"明时遗此人。"似同时作。两首均五古而多偶句。

〔一〕《庄子·秋水》:"五帝之所连,三王之所争,仁人之所忧,任士之所劳,尽此矣。"释文:"李云:任,能也。"

〔二〕《晋书·元帝纪》:"琅琊王毛骨非常。"迍,同屯。《易·屯》:

"正道未通,涉远而行,难可以进。"两句言崔二骨相佳,不应如

此失意。

〔三〕见前《又送族侄式颜》诗注。

〔四〕《淮南子·主术训》:"宁戚商歌车下,桓公喟然而寤矣。"商为

秋声,其声凄厉。

笺曰:此过视崔二赠别之诗,又伤其失志且即将分离也。明时遗

此能士,年岁方壮,骨相不应屯蹇,望骏马之飞驰,四邻悲闻商

歌,谁谓才富而家贫如此乎!

赠别沈四逸人

沈侯未可测〔一〕,其况信浮沉〔二〕,十载常独坐〔三〕,几人知此心?

乘舟蹈沧海,买剑投黄金〔四〕,世务不足烦,有田西山岑。我

来〔五〕遇知己,遂得开清襟,何意阛阓间〔六〕,沛然江海深〔七〕。

疾风扫秋树,濮上多鸣砧,耿耿〔八〕尊酒前,联雁飞愁音〔九〕,平

生重离别,感激〔一○〕对孤琴。

明活字本题作《赠别沈四逸士》,从《高适诗集》残卷。《唐才子

传》卷二:"沈千运,吴兴人,工旧体诗,气格高古,当时士流皆敬

慕之,号为沈四山人。……来濮上,……其时多艰,自知屯

蹇,……遂释志,还山中别业,高适赠《还山吟》(即下篇)赠别。"

并参《年谱》。元结《箧中集》序:"近世作者,更相沿袭,拘限声

病,喜尚形似,且以流易为词,不知丧于雅正。……吴兴沈千运

独挺于流俗之中,强攘于已溺之后,穷老不惑,五十馀年,凡所为

文,皆与时异,故朋友后生,稍见师效。能似类者,有五六人。呜

呼,自沈公及二三子,皆以正直而无禄位,皆以忠信而久贫贱。"《全唐诗》卷九有沈千运诗五首,其《濮上言怀》云:"五十无寸禄,衰退当弃捐。"故《唐才子传》云"时年齿已迈"也。王季友有《代贺若令誉赠沈千运》诗,张籍有《沈千运旧居》诗。《汉书·地理志》:"濮水自濮阳南入钜野。"今河南省濮阳县南。《后汉书·逸民列传》:"举逸人则天下归心。"逸人谓隐居不仕者。

〔一〕《后汉书·刘平传》序:"张奉叹曰:贤者固不可测,往日之喜,乃为亲屈也。"《高适诗集》残卷作不易测。

〔二〕《史记·袁盎列传》:"与闾里浮湛(沉)。"谓与世俯仰。

〔三〕《晋中兴书》:"陶淡字处静,年十五,便服食绝谷,……设小床独坐,不与人共。"皇甫谧《高士传》:"管宁常坐一木榻,五十馀年,榻上当膝皆穿。"

〔四〕二句言浪游海上不惜赀费。

〔五〕《高适诗集》残卷作我行。

〔六〕刘峻《广绝交论》:"蹈其阃阈。"李善注:"郑玄《礼记》注曰:'阃阈皆门限也。'"

〔七〕赞沈气质深厚如江海。

〔八〕楚辞《远游》洪兴祖补注:"耿耿,不安也。"

〔九〕《高适诗集》残卷作愁阴,误。

〔一〇〕感慨激动也。并参前《饯宋八充彭中丞判官之岭外》诗注。

笺曰:诗谓沈千运气量不可测知,能与世俯仰,独坐居静,人谁知之?浮舟海上,黄金买剑以随身,不务世事,西山耕耘以为生。我来相知,开襟畅叙,门户之间,如见江海。秋风叶落,濮上砧鸣,别尊之前,雁音不已,孤琴独奏,对之感慨激动也。

赋得还山吟赠沈四山人

还山吟，天高日暮寒山深，送君还山识君心。人生老大须恣意〔一〕，看君解作一生〔二〕事，山间偃仰〔三〕无不至：石泉淙淙若风雨，桂花松子常满地。卖药囊中应有钱〔四〕，还山服药又长年〔五〕，白云劝尽杯中物〔六〕，明月相随何处眠〔七〕？眠时忆问醒时意〔八〕，梦魂可以相周旋〔九〕。

《唐百家诗选》题下有"杂言"二字。王尧衢《古唐诗合解》卷三："此篇从题起韵，写题二句，转调用叠韵五句，再转韵则六句，前紧促，后宽徐。"

〔一〕《长歌行》："老大徒伤悲。"扬雄《解嘲》："矫翼厉翮，恣意所存。"

〔二〕《南史·赵伦之传》："于人间世事，多所不解。"陶潜《饮酒二十首》："所以贵我身，岂不在一生？一生复能几，倏如流电惊。"

〔三〕《诗·小雅·北山》："或栖迟偃仰。"《说文》段注："凡仰仆曰偃。"

〔四〕《后汉书·赵壹传》："文籍虽满腹，不如一囊钱。"《后汉书·逸民列传》："韩康……常采药山中，卖于长安市。"张正见《煌煌京洛行》："唯当卖药处，不入长安城。"

〔五〕《礼记·曲礼》："医不三世，不服其药。"江淹《游黄蘗山》诗："秦皇慕隐沦，汉武愿长年。"

〔六〕陶潜《责子》诗："且尽杯中物。"谓酒也。

〔七〕两句写隐士生活。

〔八〕邢昉批此句上云："落落酣歌，快意无比。"(《唐风定》卷九)《唐百家诗选》及《全唐诗》作"醒时事"。

〔九〕《韩非子》佚文："张敏高惠为友,每相思不能见,敏便于梦中往寻,行至半道,即迷不知路,遂回,如此者三。"《南史·张充传》:"通梦交魂。"周旋见前《效古赠崔二》诗注。谭元春曰:"梦魂可以相周旋,知君以此忘帝力(《送杨山人归嵩阳》),我公不以为是非(《崔司录宅燕大理李卿》),皆以此一种句法,妙绝今古,当看其用笔老处。"(《唐诗归》卷十二)

笺曰:此适再赋《还山吟》以送别沈千运也。上篇云:"沈侯未可测,其况信浮沉,十载常独坐,几人知此心?"此篇云:"送君还山识君心。"下即还山之事以写其心,所谓"人生老大须恣意","还山服药又长年",犹上篇云"其况信浮沉"也。"梦魂可以相周旋",适之倾倒于沈千运者亦至矣。

同群公登濮阳圣佛寺阁

落日登临处,悠然意不穷,佛因初地〔一〕识,人觉四天空〔二〕。来雁清霜后,孤帆远树中,徘徊伤寓目〔三〕,萧索对寒风。

《新唐书·地理志》:"濮州濮阳郡有濮阳县。"今河南省濮阳县南。黄锡珪《李太白年谱》以此诗为与李白等同至濮阳作,恐未必然。

〔一〕十地之第一地也。地,能生功德之义。《法苑珠林》:"十地部云:'佛告弥勒菩萨,我今为汝说菩萨所得功德地法,初地菩萨犹如初月,光明未显,然其明性皆悉具足。'"

〔二〕《楞伽经》:"四空天,名无色界,谓空无边处,识无边处,无所有处,非非想处。"

〔三〕见前《单父逢邓司仓覆仓库因而有赠》诗注。

送蔡十二之海上_{时在卫中}

黯然〔一〕何所为，相对益悲酸，季弟念离别〔二〕，贤兄救急难〔三〕。
河流冰处尽，海路雪中寒〔四〕，尚有南飞雁，知君不忍看〔五〕。

题下注系据《四库》本及《全唐诗》补。《高适诗集》残卷题作《卫
中送蔡十二之海上》。卫地在淇上。

〔一〕江淹《别赋》："黯然销魂者，唯别而已矣。"吕向注："黯然，失
色貌。"

〔二〕《高适诗集》残卷念作今。

〔三〕《诗·小雅·常棣》："脊令在原，兄弟急难。"释文："难如字。"
《高适诗集》残卷救作旧。

〔四〕《高适诗集》残卷作"海日望中寒"。

〔五〕看读平声。

同卫八题陆少府书斋

知君薄州县，好静无冬春，散帙〔一〕至栖鸟，明灯留故人〔二〕。
深房腊酒〔三〕熟，高院梅花新，若是周旋〔四〕地，当令风义亲。

明活字本卫八作魏八，据《唐百家诗选》改。杜甫有《赠卫八处
士》诗，未知即其人否。《唐史拾遗》称："杜甫与李白、高适、卫宾
相友善，时宾年最少，号小友。"乃伪书杜撰。参前《酬陆少府》
诗，知为淇上作。此诗甚有风致，散帙二句尤佳。

〔一〕《说文》卷七："帙，书衣也。"谢灵运《酬从弟惠连》诗："散帙问

所知。"刘良注：'散帙，谓开书帙也。'王琦曰：'按古时书卷必有帙包之，如裹袱之类，或以细竹为帘，袭以薄缯，藏古书画家尚存此制。'"（《李太白文集》卷十二注）。

〔二〕《全唐诗话续编》卷下以此为佳句。赵熙批："有卫八。"故人指卫。

〔三〕《说文》卷四："冬至后三戌腊祭百神。"徐锴注："腊，合也，合祭祀诸神也。"腊祭行于十二月，世称腊月，腊月所制之酒亦称腊酒。

〔四〕见前《效古赠崔二》诗注。

酬卫八雪中见寄

季冬忆淇上，落日归山樊〔一〕，旧宅带流水，平田临古村。雪中望来信〔二〕，醉里开衡门〔三〕，果得希代宝〔四〕，缄之那可论〔五〕。

此首与前首写作时间相近，故系于此。

〔一〕《庄子·则阳》："夏则休乎山樊。"释文："李云：'傍也。'司马云：'阴也。'《广雅》云：'边也。'"

〔二〕《世说新语·文学》："司空郑冲驰遣信就阮籍求文。"信谓使者。

〔三〕《诗·陈风·衡门》传："衡门，横木为门，言浅陋也。"二语写来如画。锺惺曰："二语一气看始妙。"谭元春曰："醉里开衡门是雪中，又是望信，衬得妙绝。"

〔四〕曹丕《与锺繇谢玉玦书》："得睹希世之宝。"杨炯《王子安集序》："所制九陇县孔子庙堂碑文，宏伟绝人，希代为宝。"唐讳世为代。此指卫之赠诗。谭元春曰："果得二字仍是一气。"

〔五〕论读平声，言也。

夜别韦司士

高馆张灯酒复清〔一〕，夜钟残月雁归声〔二〕，只言啼鸟堪求侣〔三〕，无那春风欲送行〔四〕。黄河曲〔五〕里沙为岸，白马津〔六〕边柳向城，莫怨他乡暂离别〔七〕，知君到处有逢迎〔八〕。

《全唐诗》此诗题下有"得城字"。《新唐书·百官志》："州有司士参军事。"诗云："白马津边柳向城。"《元和郡县志》卷八："滑州白马县东北有白马山，津与县盖取此山为名。"知诗为天宝六载春高适在卫滑一带所作。赵臣瑗曰："首句七字，字字快心，次句七字，字字败兴。三承一，四承二。一顿一宕，多少风致。五六指其所往之处，七八聊以慰之。玩此诗语气，先生与司士当是初次相识，而司士之为人，足以动人爱慕，又可知也。"（《唐七言律笺注》）方东树《续昭昧詹言》卷三："起二句叙夜，为别字传神，亦用攒字设色。三句垫，四句点别。五六别后情事，收世情而已。"《唐贤三昧集笺注》黄培芳评："起手不平亦不生。（中四句）盛唐高调，收亦尽熟，尚不至滑。"（卷下）

〔一〕谢灵运《登石门最高顶》诗："疏峰抗高馆。"《南史·韦睿传》："三更起张灯达曙。"《诗·大雅·凫鹥》；"尔酒既清。"

〔二〕江总《入龙丘岩精舍》诗："空林彻夜钟。"夜钟残月，写将晓之时，雁尚知归，韦则远去，使人闻声而悲。

〔三〕《诗·小雅·伐木》："伐木丁丁，鸟鸣嘤嘤，……嘤其鸣矣，求其友声。相彼鸟矣，犹求友声，矧伊人矣，不求友生。"郑笺：

"鸟尚知居高木呼其友,况是人乎? 可不求之?"

〔四〕《左传·宣公二年》:"弃甲则那。"顾炎武《日知录》卷三十二:
　　"直言之曰那,长言之曰奈何,一也。"《诗词曲语辞汇释》卷二:
　　"无那犹云无奈也。"春风送行语隽。

〔五〕《公羊传·文公十二年》:"河千里而一曲也。"《尔雅·释水》:
　　"河百里一小曲,千里一曲一直。"

〔六〕《战国策·赵策》:"守白马之津。"《水经注》卷五:"鹿鸣津又曰
　　白马济,津之东南有白马城。"今河南省滑县北。

〔七〕蔡邕《饮马长城窟行》:"梦见在我傍,忽觉在他乡。他乡各异
　　县,展转不相见。"

〔八〕《诗薮》内编卷五亦谓此诗结句为弱。按两句犹后《别董大二
　　首》之"莫愁前路无知己,天下谁人不识君"。邢昉谓此首与
　　《东平别前卫县李寀少府》、《送李少府贬峡中王少府贬长沙》
　　"三诗结法相似,跌荡开爽,不为法度所局"(《唐风定》卷十
　　六)。

笺曰:夜中张灯高馆,饯别酒清,天将晓而钟鸣月残,闻雁归之
声,不胜愁也。啼鸟能求其侣,人独不知乎? 春风欲送君行,真
无可奈何也。黄河沙岸,黎阳柳色,他乡景物,动人别思;然分离
乃暂时也,以君之才名,到处皆有逢迎之人,可慰寂寞也。

自淇涉黄河途中作十三首

川上常极目〔一〕,世情今已闲,去帆带落日,征路随长山。亲友
若云霄,可望不可攀,于兹任所适,浩荡〔二〕风波间。

清晨泛中流,羽族〔三〕满汀渚,黄鹄何处来,昂藏〔四〕寡俦侣。

飞鸣无人见，饮啄岂得所？云汉尔固知，胡为不轻举？

朝景入平川，川长复垂柳，遥看魏公墓^{〔五〕}，突兀前山后。忆昔大业时，群雄角奔走^{〔六〕}，伊人何电迈^{〔七〕}，独立风尘^{〔八〕}首。传檄举敖仓^{〔九〕}，拥兵屯洛口^{〔一〇〕}，连营一百万，六合如可有^{〔一一〕}。方项终比肩^{〔一二〕}，乱隋将假手^{〔一三〕}，力争固难恃，骄战曷能久^{〔一四〕}？若使学萧曹^{〔一五〕}，功名当不朽。

兹川方悠邈，云沙无前后，古堰^{〔一六〕}对河壖，长林出淇口^{〔一七〕}。独行非吾意，东向日已久，忧来谁得知，且酌罇中酒。

野人头尽白，与我^{〔一八〕}忽相访，手持青竹竿^{〔一九〕}，日暮淇水上。虽老美容色，虽贫亦闲放，钓鱼三十年，中心无所向。

南登滑台^{〔二〇〕}上，却望河淇间，行树夹流水，孤城对远山。念兹川路阔，羡尔沙鸥闲，长想别离处，犹无音信还。

朝从北岸来，泊船南河浒，试共野人言，深觉农夫苦。去秋虽薄熟，今夏犹未雨，耕耘日勤劳，租税兼鸟卤^{〔二一〕}。园蔬空寥落^{〔二二〕}，产业不足数，尚有献芹^{〔二三〕}心，无因见明主。

东入黄河水，茫茫泛纡直^{〔二四〕}，北望太行山，峨峨半天色^{〔二五〕}。山河相映带，深浅未可测，自昔有贤才，相逢不相识。

汒汒浊河注，怀古临河滨，禹功本豁达^{〔二六〕}，汉迹方因循^{〔二七〕}。坎德^{〔二八〕}昔滂沱，冯夷胡不仁^{〔二九〕}？渤潏^{〔三〇〕}陵隄防，东郡多悲辛^{〔三一〕}。天子忽惊悼，从官皆负薪^{〔三二〕}，畚筑^{〔三三〕}岂无谋，祈祷如有神^{〔三四〕}，宣房^{〔三五〕}今安在？高岸空嶙峋^{〔三六〕}。我行倦风湍,辍棹将问津〔三七〕,空传歌瓠子〔三八〕,感慨独愁人。

孟夏桑叶肥〔三九〕,秾阴夹长津,蚕农有时节,田野无闲人。临水狎渔樵,望山怀隐沦〔四〇〕,谁能去京洛?颙颔对风尘〔四一〕。

秋日登滑台,台高秋已暮,独行既未惬,怀土〔四二〕怅无趣。晋宋何萧条〔四三〕,羌胡散驰骛,当时无战略,此地即边戍,兵革徒自勤,山河孰云固?乘闲喜临眺,感物伤游寓〔四四〕,惆怅落日前,飘飘远帆处。北风吹万里,南雁不知数,归意方浩然〔四五〕,云沙更回互〔四六〕。

乱流自兹远,倚楫时一望,遥见楚汉城〔四七〕,崔嵬高山上。天道昔未测,人心无所向,屠钓称侯王〔四八〕,龙蛇争霸王〔四九〕。缅怀多杀戮,顾此增悽怆〔五〇〕,圣代休甲兵,吾其得闲放。

皤皤河滨叟,相遇似有耻〔五一〕,辍榜〔五二〕聊问之,答言尽终始:一生虽贫贱,九十年未死〔五三〕,且喜对儿孙,弥惭远城市〔五四〕。结庐〔五五〕黄河曲,垂钓长河里,漫漫〔五六〕望云沙,萧条听风水。所思强饭食〔五七〕,永愿在乡里,万事吾不知,其心只如此。

《高适诗集》残卷录第一首,题作《自淇涉河途中作》。此天宝六载夏秋间高适自淇渡黄河归至梁宋时作。末首系据《全唐诗》补入。各诗先后据彭兰考证。原第六首彭氏定为天宝五载作,今列为第十一首。又第九首末四句据《文苑英华》及《四库》本由第十首移来。诸诗即景抒怀,可见高适关心民生及其抱负不得实现之情况。邢昉评此第五首("野人头尽白")曰:"高浑,绝去镵锤。""胜嘉州《渔父》之作。"(《唐风定》卷三)良然。

〔 一 〕《高适诗集》残卷常极目作恒独立。

〔 二 〕见前《平台夜遇李景参有别》诗注。

〔 三 〕祢衡《鹦鹉赋》："羽族之可贵。"郭璞《江赋》："其羽族也则有晨
　　　　鹄天鸡。"

〔 四 〕陆机《晋平西将军孝侯周处碑》："昂藏寮寀之上。"言其仪态不
　　　　凡也。此首暗以黄鹄自喻。

〔 五 〕《隋书·李密传》："（翟）让于是推密为主。……让上密号为魏
　　　　公。"《旧唐书·李密传》："葬于黎阳山南五里。"

〔 六 〕大业，隋炀帝年号。《汉书·贾谊传》注："角，校也，竞也。"《唐
　　　　百家诗选》角作各。奔走，言其急也。

〔 七 〕《宋书·孔凯传》："铁骑连群，风驱电迈。"

〔 八 〕《后燕录》："遇风尘之会，必有凌霄之志。"风尘喻世事之扰攘。

〔 九 〕《资治通鉴》卷一八三："密使其幕府移檄郡县。"（檄文载《旧唐
　　　　书·李密传》，"祖君彦之辞也"。）《史记·项羽本纪》："汉军荥
　　　　阳，……以取敖仓粟。"集解："敖，地名，在荥阳西北山，临河有
　　　　大仓。"正义："《括地志》：'敖仓在郑州荥阳县西十五里。……
　　　　秦时置仓于敖山，名敖仓云。'"此指密破兴洛、回洛二仓而言，
　　　　回洛仓在河南孟津县东。

〔一〇〕《元和郡县志》卷五："洛水东经洛汭，北对郎邪渚入河，谓之洛
　　　　口。"隋炀帝于此置洛口仓城，亦曰兴洛仓，李密据此筑洛口城
　　　　周四十里。今河南巩县东南。

〔一一〕《旧唐书·李密传》："于是修金墉城居之，有众三十馀
　　　　万。……谓其徒曰：'我有众百万。'"《庄子·齐物论》："六合
　　　　之外，圣人存而不论。"疏："六合者，谓天地四方。"以上八句均
　　　　咏李密事。

〔一二〕《旧唐书·李密传》："尝欲寻包恺,乘一黄牛,……一手捉牛靷,一手翻卷书读之,尚书令越国公杨素见于道,……问所读书,答曰:'《项羽传》。'"《汉书·贾山传》:"比肩而立。"言并肩也。

〔一三〕《书·伊训》:"假手于我有命,造攻自鸣条。"《旧唐书·李密传》:"乃致书呼高祖(李渊)为兄,请合从以灭隋,……高祖览书笑曰:'密今适所以为吾拒东都之兵,守成皋之扼,更求韩、彭,莫如用密。宜卑辞推奖,以骄其志,使其不虞于我。我得入关,……大事济矣。'"又:"其府掾柳燮对曰:'……阻东都断隋归路,使唐公(李渊)不战而据京师,此亦公(李密)之功也。'"此即假手之意。

〔一四〕《史记·项羽本纪》:"自矜功伐,奋其私智,而不师古,谓霸王之业,欲以力征经营天下,五年卒亡其国。"此二句即其意也。

〔一五〕《史记·高祖本纪》:"沛令后悔,……欲诛萧曹。"谓萧何曹参也。

〔一六〕彭氏谓古堰即指枋头,是也。《水经注》卷九:"魏武王于水口下大枋木以成堰,遏淇水东入白沟以通漕运。故时人号其处为枋头。"

〔一七〕同上:"淇水又南历枋堰旧淇水口,东流经黎阳县界,南入河。《地理志》曰:'淇水出共东,至黎阳入河。'《沟洫志》曰:'遮害亭西十八里,至淇水口是也。'"

〔一八〕见前《别韦参军》诗注〔一二〕。

〔一九〕《庄子·秋水》:"庄子钓于濮水之上,楚王使大夫二人往先焉,曰:'愿以境内累矣。'庄子持竿不顾。"锺惺评此首末二句"钓鱼三十年,中心无所向"曰:"二语写出高士。"(《唐诗归》卷十

〔二〇〕《水经注》卷五：“河水又东，右经滑台城北，城有三重，中小城谓之滑台城。”《元和郡县志》卷八：“滑州州城，即古滑台城，……昔滑氏为垒，后人增以为城，甚高峻坚险，临河亦有台。”

〔二一〕《汉书·沟洫志》注：“舄即斥卤也，谓咸卤之地也。”

〔二二〕谢朓《京路夜发》诗：“晓星正寥落。”李善注：“寥落，星稀之貌也。”此言疏稀也。《文苑英华》空作定。

〔二三〕《列子·杨朱篇》：“昔人有美戎菽甘枲茎芹萍子者，对乡豪称之，乡豪取而尝之，蜇于口，惨于腹，众哂而怨之，其人大惭。”嵇康《与山巨源绝交书》：“野人有快炙背而美芹子者，欲献之至尊。”适用此语。

〔二四〕鲍照《观漏赋》：“从江河之纡直。”按《尔雅·释水》：“黄河百里一小曲，千里一曲一直。”故云泛纡直也。

〔二五〕彭氏引《太平寰宇记》：“登滑台城西北望太行山白鹿岩，王莽岭冠于众山表也。”

〔二六〕《史记·高祖本纪》：“意豁如也。”集解“服虔曰：‘豁达。’”《汉书·高帝纪》注：“豁然开大之貌。”

〔二七〕《汉书·冯立传》：“兄弟继踵相因循，聪明贤知惠吏民。”依旧不改之意。

〔二八〕《易·说卦》：“坎为水，为沟渎，为隐伏。”

〔二九〕《史记·河渠书》：“天子（武帝）既临河决，悼功之不成，乃作歌曰：‘……为我谓河伯兮何不仁？’……”冯夷即河伯名。

〔三〇〕《说文》卷十一：“潏，涌出也。”《玉篇》卷十九：“潏，流貌。”

〔三一〕《史记·河渠书》：“孝文时，河决酸枣，东溃金隄《括地志》：

"在白马县东五里。"），于是东郡大兴卒塞之。……今天子（武
帝）元光之中，而河决于瓠子，东南注钜野，通于淮河。于是天
子使汲黯、郑当时兴人徒塞之，辄复坏。"《汉书·武帝纪》注：
"服虔曰：'瓠子，隄名也，在东郡白马。'苏林曰：'在鄄城以南，
濮阳以北。'"按服说是也。

〔三二〕《史记·河渠书》："自河决瓠子后二十馀岁，……（元封二年）
天子（武帝）自临决河，……令群臣从官自将军以下皆负薪寘
决河。是时东郡烧草，以故薪柴少，而下淇园之竹以为楗。"

〔三三〕《左传·宣公十一年》："称畚筑。"注："盛土器。"

〔三四〕《史记·河渠书》："沉白马玉璧于河"以祷，歌有"归旧川兮神
哉沛"之语。

〔三五〕同书："于是卒塞瓠子，筑宫其上，名曰宣房宫。"

〔三六〕扬雄《反离骚》："岭嶻嶙峋，洞亡厓兮。"师古注："嶙峋，节
级貌。"

〔三七〕《论语·微子》："使子路问津焉。"疏："使子路往问济渡之
处也。"

〔三八〕《汉书·武帝纪》："元封二年，作《瓠子之歌》。"即上引汉武帝
"瓠子决兮将奈何"之歌。

〔三九〕从《文苑英华》及《四库》本以本句开始，因上四句诗意与上首
近，故应移至前首末，如此，韵亦不重津字。

〔四〇〕谢灵运《入华子岗是麻源第三谷》诗："既枉隐沦客。"吕向注：
"隐沦、肥遁皆幽居者。"怀隐沦，谓招寻隐者。

〔四一〕陆机《为顾彦先赠妇》诗："京洛多风尘，素衣化为缁。""愿假归
鸿翼，翻飞游江汜。"

〔四二〕王粲《登楼赋》："人情同于怀土兮，岂穷达而异心？"李周翰注：

"言思归者人情所同。"

〔四三〕五胡之乱，东晋偏安江左，至刘宋犹然，故称晋宋。

〔四四〕谓流寓在外，见景物而有此感。所见景物即落日远帆、北风南雁等。

〔四五〕《孟子·公孙丑》："予然后浩然有归志。"赵歧注："心浩浩有远志也。"言流水一去不返顾，喻归志之决。

〔四六〕回互，曲折阻隔。句犹第四首云"云沙无前后"也。

〔四七〕《史记·项羽本纪》："项王……与汉俱临广武而军。"集解引孟康曰："于荥阳筑两城相对为广武，在敖仓西三皇山上。"《续汉书·郡国志》刘昭注："《西征记》曰：'有三皇山……上有二城，东曰东广武，西曰西广武，各在一山头，相去二百馀步，其间隔深涧，汉祖与项籍语处。'"

〔四八〕《宋书·恩倖传》序："屠钓，卑事也。版筑，贱役也。太公起为周师，傅说去为殷相。"《史记·樊哙列传》："以屠狗为事。……赐爵列侯（舞阳侯）。"《淮阴侯列传》："信钓于城下。……乃遣张良立为齐王。"

〔四九〕《易·系辞》："龙蛇之蛰，为存身也。"孔疏："言静以求动也。龙蛇初蛰，是静也。以此存身，是后动也。言动必因静也。"《史记·高祖本纪》："刘媪尝息大泽之陂，梦与神遇，是时雷电晦冥，太公往视，则见蛟龙于其上，已而有身，送产高祖。高祖为人隆准而龙颜。"斩蛇事参前《宋中十首》注〔四〕。龙蛇喻刘项。霸王之王读去声。

〔五〇〕怆读去声，音创。

〔五一〕皤皤见前《登子贱琴堂赋诗三首》注。《论语·子路》："行己有耻。"集解："孔曰：'有耻者，有所不为。'"

〔五二〕《汉书·司马相如传》集解:"张揖曰:'榜,船也。'"

〔五三〕《列子·天瑞》:"人生有不见日月,不免襁褓者,吾(荣启期自称)既已行年九十矣,是三乐也。贫者士之常也,死者人之终也,处常得终,当何忧哉?"

〔五四〕《后汉书·刘宠传》:"山民愿朴,乃有白首不入市井者。"刘攽曰:"言至市当有所鬻矣。"老人自谦其僻居草野。

〔五五〕陶潜《饮酒》诗:"结庐在人境,而无车马喧。"

〔五六〕《文苑英华》作溟漫。

〔五七〕《汉书·贡禹传》:"生其强饭慎疾以自辅。"犹言健饭也。

笺曰:此适蓟北归来渡河前后之行旅诗也。第一首言舟行淇水任其所之。第二首见众鸟饮啄,而黄鹄孤独无侣,何为不高飞乎?悲己亦如此也。第三首遥见黎阳李密墓,思其叱咤一时而不知学萧曹之树立功名也。第四首入黄河见古枋堰,不胜怀古之忧也。第五首野老持竿相访,羡其垂钓淇水而无机心也。第六首登滑台城,回顾河淇之间,羡沙鸥之自适,怀良友于此别后尚无音书也。第七首至黄河南岸,与野老话言,深觉农夫之苦,夏旱不雨,租税甚重,地又瘠薄,园蔬甚稀,产业难言,彼尚有献芹君主之心也。第八首在滑台见黄河泛流,太行巍峨,山河难测其深邃,自古皆有贤才,虽相逢而不相识也。第九首见河水昏浊,而思禹之治水,其功甚伟,汉亦继之,当元光之时,河决瓠子,其后武帝率从官治之,今孰能继之治水乎?不禁感慨独愁矣。第十首亲渔樵而怀隐者,言谁能离去京洛而归游乎?风尘令人颣颈也。第十一首登滑台而怀乡,思昔晋宋之际,胡兵侵陵,以无战谋,而此乃为边戍之地,战争频仍,山河不固,尤可痛也。今睹时景而悲,方欲归去也。第十二首至荥阳广武城而悲刘项之相争，士卒多战死，今幸时平无战争之苦，故吾得闲放也。第十三首遇河滨老叟，停船问之，乃述其虽贫犹寿，惟愧不知世事，河滨结庐，长河垂钓，所思健饭别无他求也。适闻之必喜而羡之，无待言也。

独孤判官部送兵

钱君嗟远别，为客念周旋，征路今如此，前军犹眇然。出关逢汉壁[一]，登陇[二]望胡天，亦是封侯地，期君早着鞭[三]。

《旧唐书·封常清传》："开元末，会达奚部落背叛，……（四镇节度使夫蒙灵詧）判官刘眺、独孤峻等逆问之。"按夫蒙灵詧于天宝六载冬为高仙芝所代，仙芝奏常清为庆王府录事参军充节度判官，则此诗当作于六载冬以前，故系于此。

〔一〕《史记·项羽本纪》："诸侯军救钜鹿下者十馀壁。"壁谓军垒也。

〔二〕《三秦记》："垅坻，其坂九回，不知高几许，欲上者七日乃越。"（《续汉书·郡国志》引）

〔三〕见前《别韦兵曹》诗注。

别董大二首

六翮飘飖私自怜[一]，一离京洛[二]十馀年，丈夫贫贱应未足[三]，今日相逢无酒钱。

十里黄云白日曛[四]，北风吹雁雪纷纷[五]，莫愁前路无知己[六]，天下谁人不识君[七]？

《唐诗选》残卷题作《别董令望》，颇堪注意。李颀有《听董大弹胡笳兼寄语弄房给事》诗。《旧唐书·房琯传》："听董庭兰弹琴，大招集琴客筵宴。"按房琯为给事中在天宝五载，六载春坐与李适之善，贬宜春太守。则李颀与董庭兰相接当在天宝五载。《唐诗选》残卷既题作《别董令望》，恐非庭兰而另有其人。然令望事迹亦不可考。并参年谱，暂系于此。明活字本第一首作第二首，从《唐诗选》残卷、《四库》本，前首写己，而后写人。唐汝询曰："云有将雪之色，雁起离群之思，于此分别，殆难为情，故以莫愁慰之。言君才易知，所如必有合者。"（《唐诗解》卷二十七）徐增曰："此诗（亦指第二首）妙在粗豪。"（《而庵说唐诗》卷十一）按首二句景色令人悽伤，结二句转慰，与《夜别韦司士》意近而语更动人，言"知己"，则比"逢迎"者更深矣。

〔 一 〕《韩诗外传》卷六："夫鸿鹄一举千里，所恃者六翮尔。"祢衡《鹦鹉赋》："顾六翮之残毁，虽奋迅其焉如？"此正用其诗意。

〔 二 〕见前《自淇涉黄河途中作十三首》注。

〔 三 〕《唐诗选》残卷作应未定，《唐人万首绝句》作应未是，似误。未足，未足于财也。

〔 四 〕《唐诗选》残卷十里作千里。江淹《杂体三十首·古离别》："黄云蔽千里。"《南史·朱异传》："每迫曛黄，虑台门将阖。"陈子昂《入东阳峡与李明府船前后不相及》诗："峰回白日曛。"

〔 五 〕《诗·小雅·信南山》："雨雪雰雰。"传："雰雰，雪貌。"雰为纷之假借字。

〔 六 〕见前《酬庞十兵曹》诗注。

〔 七 〕邢昉《唐风定》卷二十一此诗末批："雄快。"似暗切令望名。

宋中遇陈二

常恧鲍叔义^[一]，所寄王佐才^[二]，如何守苦节，独此无良媒^[三]？离别十年外，飘蓬^[四]千里来，安知罢官后，惟见柴门^[五]开。穷巷^[六]隐东郭，高堂咏南陔^[七]，篱根长花草，井上生莓苔^[八]。伊昔望霄汉^[九]，于今倦蒿莱^[一〇]，男儿命未达^[一一]，且进手中杯^[一二]。

《河岳英灵集》、《高适诗集》残卷、《文苑英华》陈二作陈兼。《全唐文》卷三七三有陈兼文，小传称："兼，秘书少监京父，官右补阙，翰林学士。"（陈京官职据《柳河东集》卷八《陈给事行状》，陈兼官职据《新唐书·宰相世系表》）杜甫有《赠陈二补阙》诗。又梁肃有《独孤及行状》云："（年）三（集作二，是也，可参岑仲勉《唐集质疑·独孤及系年录》考证）十馀，以文章游梁宋间，通人颍川陈兼、长乐贾至、渤海高适见公皆色授心服。"（引自《毗陵集》附录，从《文苑英华》卷九七二增入）又独孤及有《送陈兼应辟兼寄高适贾至》诗。则陈二必为陈兼。考独孤及于大历十二年卒，年五十三，则其二十馀岁在梁宋与高适、陈兼相接时，约为天宝七载。陈兼《陈留郡文宣王庙堂碑》作于天宝十一载，末称"遂命客卿前封丘丞泗上陈兼志之"，恐任封丘丞亦在六载至十载间也。惟此诗所云"罢官"及独孤及诗所云"罢官梁山外"，未知是否即封丘丞之职。独孤及之诗称"高侯秉戎翰，策马观西夷"，已在适赴河西之后矣。其时陈更未任补阙及翰林学士（韦执谊《翰林院故事记》列其名于李白前，非必时间先后），杜甫赠诗乃作于天宝十三载（据仇兆鳌《杜诗详注》、浦起龙《读杜心解》）。宋中指睢阳，系用旧名。

〔一〕《史记·管仲列传》："少时常与鲍叔牙游，鲍叔知其贤。管仲贫困，常欺鲍叔，鲍叔终善遇之，不以为言。已而鲍叔事齐公子小白，管仲事公子纠，及小白立为桓公，公子纠死，管仲因焉，鲍叔遂进管仲。管仲既用，任政于齐，齐桓公以霸。"此高适言己得交于陈兼，深知其贤，如鲍叔之于管仲，终始以义，非谓己饶于财如鲍叔也。忝，谦词。《河岳英灵集》忝作参。

〔二〕《汉书·董仲舒传》："刘向称董仲舒有王佐之材，虽伊吕亡以加。"后独孤及送陈兼应辟诗亦称陈为王佐才也。《河岳英灵集》寄作期。《高适诗集》残卷作奇。

〔三〕《诗·卫风·氓》："匪我愆期，子无良媒。"此处以喻引荐之人。《河岳英灵集》此作自。

〔四〕潘岳《西征赋》："飘萍浮而蓬转。"蓬草经风飞转，以喻转徙不定。《高适诗集》残卷作飘飘。

〔五〕《隋书·地理志》："虽蓬室柴门，食必兼肉。"谓以柴为门也。

〔六〕见前《行路难二首》注。

〔七〕《诗·小雅》篇名，其诗久佚。《诗·小序》："南陔，孝子相戒以养也，……有其义而亡其辞。"《六月》序："南陔废则孝友缺矣。"晋束皙有补亡诗。洪迈曰："有其义者，谓孝子相戒以养，万物得由其道之义；亡其辞，元未尝有辞也。"（《容斋续笔》卷十五）朱熹《诗集传》亦谓"有声无辞"。

〔八〕《高适诗集》残卷花草作秋草。井上作井口。

〔九〕谢灵运《石门新营所住四面高山回溪石濑茂林修竹》诗："结念属霄汉。"张铣注："结念近于高远，故云属霄汉。"

〔一〇〕见前《宋中遇刘书记有别》诗注。

〔一一〕《河岳英灵集》、《文苑英华》作须达命。《高适诗集》残卷作"人生各有命",似优。

〔一二〕《高适诗集》残卷进作醉。

笺曰:适于睢阳遇故人陈兼,赠之以诗,谓己忝为兼之知交,所期望者,兼有王佐之才,必能大展其志,谁料苦守高节,而无荐引者哉?离别至今十馀年矣,远道飘转而来,岂知罢官之后,仍居柴门蓬室乎?穷巷负郭,事亲甚孝,居甚幽静,井渫可食也。昔望高举云霄,今则倦居蒿茨之室,丈夫命未达时,且进杯中酒也。

古乐府飞龙曲留上陈左相

德以精灵降〔一〕,时膺梦寐求〔二〕,苍生谢安石〔三〕,天子富人侯〔四〕。尊俎〔五〕资高论,岩廊挹大猷〔六〕,相门连户牖〔七〕,卿族嗣弓裘〔八〕。豁达云开霁〔九〕,清明月映秋,能为吉甫颂〔一〇〕,善用子房筹〔一一〕。阶砌思攀陟,门阑尚阻修〔一二〕,高山不易仰〔一三〕,大匠〔一四〕本难投。迹与松乔合〔一五〕,心缘启沃留〔一六〕,公才山吏部〔一七〕,书癖杜荆州〔一八〕。幸沐千年圣〔一九〕,何辞一尉休〔二〇〕,折腰〔二一〕知宠辱,回首见沉浮〔二二〕。天地庄生马〔二三〕,江湖范蠡舟〔二四〕,逍遥堪自乐〔二五〕,浩荡〔二六〕信无忧。去此从黄绶〔二七〕,归欤〔二八〕任白头,风尘与霄汉〔二九〕,瞻望日悠悠〔三〇〕。

《唐诗选》残卷(伯二五六七)卷末题作《上陈左相》,仅二行,又一卷(伯二五五二)存后半,正相衔接。惟字有缺脱,当是卷纸坏烂之故。今据以相校,颇有异文。《乐府诗集》收曹植《飞龙篇》于杂曲歌辞(乃四言诗)。并谓:"楚辞《离骚》曰:'为余驾飞龙兮,杂瑶象以为车。'曹植《飞龙篇》亦言求仙者乘飞龙而升天,与《楚辞》同意。按琴曲亦有《飞龙引》。"(卷六十四)琴曲歌辞收萧悫一首系五言而短,多偶对句,为高适此首长律之所祖,李白二首为七言,陈陶同。《资治通鉴》卷二一五:"天宝元年改侍中为左相,中书令为右相。""(陈)希烈,宋州人,以讲老庄得进,专用神仙符瑞取媚于上,李林甫以希烈为上所爱,且柔佞易制,故引以为相。凡政事一决于林甫,希烈但给唯诺。"《新唐书·玄宗纪》:"天宝六载三月甲辰陈希烈为左相。"《新唐书》本传:"天宝中,……宋州刺史张九皋奇之,举有道中第,调封丘尉。"晁公武《郡斋读书志》卷四:"高适……天宝八年举有道科中第。"彭兰以《旧唐书》本传称"时右相李林甫擅权,薄于文雅,唯以举子待之,解褐汴州封丘尉"为开元二十三年应试未中第,任封丘尉则在天宝六载,谓晁氏言八载中第与《资治通鉴》所记事实不合,非是。详见《年谱》。此诗应作于天宝八载秋。葛立方曰:"唐明皇时,陈希烈为左相,李林甫为右相,高适各有诗上之,以陈为吉甫、子房,以李为傅说、萧何,其比拟不伦如是!上陈诗云:'天地庄生马,江湖范蠡舟,逍遥堪自乐,浩荡信无忧。'则无意于依陈。上李相诗云:'莫以才难用,终期善易听,未为门下客,徒谢少微星。'则有意于干李。按希烈传,林甫颛朝,以希烈柔易,乃荐之共政,则权在林甫,而不希烈,故适不依陈而干李也。"(《韵语阳秋》卷八)葛说虽甚有理,然两诗均不免愤慨,不可忽略。尤以"风尘与霄汉"云云、"莫以才难用"云云,隐含责备之意。

〔一〕精灵见前《观李九少府翥树宓子贱神祠碑》诗注。句谓陈有德,因精灵之感而降于世也。

〔二〕《书·说命》:"高宗梦得(傅)说,使百工营求诸野,得诸傅岩。"

〔三〕《晋书·谢安传》:"出则渔弋山水,入则言咏属文,无处世意。……及万(安弟)黜废,安始有仕进志,时年已四十馀矣。征西大将军桓温请为司马,将发新亭,朝士咸送,中丞高崧戏之曰:'卿累违朝旨,高卧东山,诸人每相与言:安石不肯出,将如苍生何? 苍生今亦将如卿何?'"以谢安比希烈,失之矣。

〔四〕明活字本、《全唐诗》作富平侯,从《文苑英华》、《唐诗选》残卷。《汉书·张汤传》附安世传:"大将军霍光秉政,……以朝无旧臣,白用安世为右将军光禄勋以自副焉。封富平侯。"陈与张氏无关,知其必误。富人侯之人系民字,避太宗讳而改。《汉书·车千秋传》:"本姓田氏,其先齐诸田徙长陵。……遂代刘屈氂为丞相,封富民侯。……千秋为人,敦厚有智,居位自称,踰于前后数公。……朝见得乘小车入宫殿中,故因号曰车丞相。"按陈敬仲完奔齐,以陈、田二字声相近,改为田氏。(《史记·田敬仲完世家》)故适以田千秋比陈希烈也。《新唐书·陈希烈传》:"封临颍侯。"

〔五〕《晏子春秋·内篇杂上》十六:"夫不出尊俎之间,而知千里之外,其晏子之谓也,可谓折冲矣。"徐陵《九锡文》:"决胜于尊俎之间。"

〔六〕《汉书·董仲舒传》:"游于岩郎之下。"岩郎即岩廊。晋灼曰:"谓严峻之廊也。"大猷见前《东平旅游奉赠薛太守二十四韵》诗注。《全唐诗》挹一作揖。

〔七〕《汉书·陈平传》:"阳武户牖乡人也。……高帝与功臣剖符定封,封平为户牖侯。"颜注:"阳武,县名,属陈留。"今河南兰考东北。

〔八〕庾信《柳瑕墓志》：“王祥佩刀，世为卿族。”《礼记·学记》：“良冶之子，必学为裘；良弓之子，必学为箕。”因用为能继承家业之意。《文苑英华》及《唐诗选》残卷两句作“卿才传世业，相府盛嘉谋”，赵万里《芸盦群书题记》称为“胜处多远出今本上”，然此亦未必然也。嘉谋见前《奉酬睢阳李太守》诗注。

〔九〕《唐诗选》残卷霁作景。豁达见前《自淇涉黄河途中作十三首》注。此及下句赞陈之襟怀。

〔一〇〕《诗·小雅·六月》：“薄伐玁狁，至于大原，文武吉甫，万邦为宪。”传：“吉甫，尹吉甫也，有文有武；宪，法也。”郑笺：“吉甫，此时大将也。”《大雅·崧高》等篇，序谓“尹吉甫美宣王也”。

〔一一〕见前《东平旅游奉赠薛太守二十四韵》诗注〔九〕。子房，张良字。

〔一二〕《唐诗选》残卷阶砌作户牖，恐涉上而误。《说文》卷二十三：“阑，门遮也。”段注：“谓门之遮蔽也，俗谓栊槛为阑。”《文苑英华》作栏，与阑同。此及上句言己欲高攀而其路莫由也。

〔一三〕《诗·小雅·车舝》：“高山仰止。”疏：“古人有高显之德如山者则慕而仰之。”

〔一四〕《孟子·告子》：“大匠诲人必以规矩。”《尽心》：“大匠不为拙工改废绳墨。”此及上句更申言其故。

〔一五〕《汉书·张良传》：“愿弃人间事，欲从赤松子游耳。”注：“赤松子，仙人号也。”《列仙传》：“王子乔，周灵王太子晋也，好吹笙，作凤鸣，浮丘公接上嵩山三十馀年，仙去。”（《太平御览》卷六六二引）《旧唐书·陈希烈传》：“（希烈）尤深黄老。”

〔一六〕《书·说命》：“启乃心，沃朕心。”疏：“当开汝心所有以灌沃我心。”此言陈用世之故，乃玄宗之命也。

〔一七〕公才见前《真定即事奉赠韦使君》注〔一九〕。《晋书·山涛传》:"为吏部尚书,前后选举,周徧内外,而并得其才。"

〔一八〕《晋书·杜预传》:"损益万机,不可胜数,朝野称美,号曰'杜武库',言其无所不有也。……既立功之后,从容无事,乃耽思经籍,为《春秋左氏经传集解》。……预常称'(王)济有马癖,(和)峤有钱癖。'武帝闻之,谓预曰:'卿有何癖?'对曰:'臣有《左传》癖。'"即书癖也。又:"拜镇南大将军都督荆州诸军事。"《旧唐书·陈希烈传》称其"博学",故适以杜预比之。

〔一九〕《后汉书·儒林列传》赞注:"去圣既久,莫知是非,若千载一圣,不复作起,则泉源混浊,谁能澂之?"此反用之。沐,蒙恩也。

〔二〇〕一尉,谓汴州封丘尉也。《广韵》卷二:"休,美也,善也,庆也。"言恩休也。《唐诗选》残卷何作宁。

〔二一〕《宋书·陶潜传》:"我不能为五斗米折腰向乡里小人。"《新唐书·卢承庆传》:"承庆嘉之曰:'宠辱不惊。'"言不以得失动心也。此言知宠辱,意谓知辱而不惊也。

〔二二〕《诗·小雅·菁菁者莪》:"泛泛杨舟,载沉载浮。"笺:"喻人君用士,文亦用,武亦用,于人之材无所废。"陈奂疏:"喻才不论大小,朝无不用也。"(《史记·游侠列传》:"卑论侪俗,与世沉浮。"则另一义也。)司马相如《封禅文》:"昆虫闿泽,回首面内。"吕延济注:"闿,歌也。回首面内,皆谓怀天下之仁德也。"阮籍《为郑冲劝晋王笺》李善注引作回首。

〔二三〕《庄子·齐物论》:"天地,一指也;万物,一马也。"此称天地马,总括而言也。《全唐诗话续编》卷下指其为误。

〔二四〕见前《真定即事奉赠韦使君二十八韵》注〔三九〕。

编年诗 古乐府飞龙曲留上陈左相

〔二五〕《庄子·逍遥游》注："夫小大虽殊，而放于自得之场，则物任其性，事称其能，各当其分，逍遥一也，岂容胜负于其间哉？"即所谓逍遥堪自乐也。

〔二六〕见前《平台夜遇李景参有别》诗注。

〔二七〕见前《同颜少府旅宦秋中》诗注。

〔二八〕《论语·公冶长》："子在陈曰：'归与归与，吾党之小子狂简。'"邢疏："孔子在陈既久，言其欲归之意也。与，语词。再言归与者，思归之深也。"与同欤。

〔二九〕见前《真定即事奉赠韦使君二十八韵》诗注〔一八〕。霄汉喻陈。风尘，久客在外，旅途艰辛，适自谓也。

〔三〇〕《诗·小雅·雄雉》："悠悠我思。"传："忧也。"

笺曰：诗谓陈有大德，为帝梦寐所求，其出也为苍生，天子封以侯爵。高论大猷，门连汉相陈平，克绍箕裘。襟怀则霁云朗月，文才武略有如尹吉甫、张子房，己欲高攀而其路莫由也。陈志在黄老，为玄宗所喜而作相，公才如山涛，嗜书如杜预。今幸蒙千载难得之盛世，何辞于一尉之恩休也。折腰知辱而不惊，回首而见才之大小皆得用也。庄生以天地（万物）为（一指）一马，范蠡泛舟于江湖，逍遥自适，广大无忧也。离此而从黄绶之末职，任白头而归去，己居风尘而陈在霄汉，瞻望不胜其忧思也。

留上李右相

风俗登淳古，君臣挹大庭〔一〕，深沉谋九德〔二〕，密勿契千龄〔三〕。独立调元气〔四〕，清心豁育冥〔五〕，本枝连帝系〔六〕，长策冠生灵〔七〕。傅说明殷道〔八〕，萧何律汉刑〔九〕，钧衡〔一〇〕持国柄，柱石总朝经〔一〕。隐轸江山藻〔二〕，氛氲鼎鼐铭〔三〕，兴中皆白雪〔四〕，身外即丹青〔五〕。江海呼穷鸟〔六〕，诗书问聚萤〔七〕，吹嘘成羽翼〔八〕，提握〔九〕动芳馨。倚伏〔二〇〕悲还笑，栖迟〔二一〕醉复醒，恩荣初就列〔二二〕，含育忝宵形〔二三〕。有窃丘山惠〔二四〕，无时枕席宁〔二五〕，壮心瞻落景〔二六〕，生事感流萍〔二七〕。莫以才难用〔二八〕，终期善易听，未为门下客〔二九〕，徒谢少微星〔三〇〕。

《唐诗选》残卷题无留字。《文苑英华》作《奉赠李右相林甫》。此首与上首同为古乐府《飞龙曲》。《旧唐书·李林甫传》："天宝改易官名，为右相。……林甫久典枢衡，天下威权，并归于己。……宰相用事之盛，开元已来未有其比。"

〔一〕《逸周书·大匡》："王乃召冢卿、三老、三吏、大夫百执事之人朝于大庭。"朱右曾注："庭当为廷。大廷，外朝之廷，在库门内、雉门外。"《文苑英华》挹作揖。

〔二〕《书·皋陶谟》："行有九德，……宽而栗，柔而立，愿而恭，乱而敬，扰而毅，直而温，简而廉，刚而塞，强而义。"孔疏："人性不同，有此九德，人君明其九德所有之常，以此择人而官之，则为政之善哉！"

〔三〕《汉书·刘向传》："诗曰：'密勿从事。'"颜注："犹黾勉从事也。"千龄，谓皇运久长。

〔四〕班固《东都赋》："降烟煴，调元气。"李善注："《春秋命历序》曰：'元气正则天地八卦孳也。'"

〔五〕《淮南子·道应训》："南游乎冈㝗之野，北息乎沉墨之乡，西穷窅冥之党，东开鸿蒙之先。"《唐诗选》残卷窅作杳。

207

〔 六 〕本枝见前《奉酬睢阳李太守》诗注。系谓世系。

〔 七 〕长策,善策也。《南史·齐高帝纪》:"道庇生灵。"犹生民也。冠,读去声,首也。

〔 八 〕《史记·殷本纪》:"说见于武丁,……举以为相,殷国大治,故遂以傅险姓之,号曰傅说。"

〔 九 〕《汉书·刑法志》:"相国萧何攈摭秦法,取其宜于时者,作律九章。"

〔一〇〕《礼记·月令》:"钧衡石。"注:"三十斤曰钧,称上曰衡,百二十斤曰石。"衡谓称物之具。以喻秉持国政。《唐诗选》残卷作权衡。

〔一一〕《汉书·霍光传》:"将军为国柱石。"朝经见前《奉酬睢阳李太守》诗注。明活字本作贤经,从《文苑英华》、《全唐诗》。以上称颂李之能政与执掌大权。

〔一二〕隐轸见前《真定即事奉赠韦使君二十八韵》诗注。江山藻,谓诗赋也。

〔一三〕谢惠连《雪赋》:"氛氲萧索。"李善注:"王逸《楚辞注》曰:'氛氲,盛貌。'"鼎彝铭,礼器之铭文,多为颂德及警戒之辞。

〔一四〕见前《宋中别周梁李三子》诗注。李林甫喜音乐,《旧唐书》本传载其"尤好声伎",故云。

〔一五〕《文苑英华》即作尽。丹青见前《画马篇》注。张彦远《历代名画记》卷九:"李林甫亦善丹青,高詹事(谓高适,适后官太子少詹事与林甫诗曰:'兴中唯白雪,身外即丹青。'余曾见其画迹甚佳,山水小类李中舍(思训子昭道,林甫从弟也)。"以上赞其多才艺。

〔一六〕《后汉书·赵壹传》:"余畏禁不敢班班显言,窃为《穷鸟赋》

一篇。"

〔一七〕见前《奉酬北海李太守丈人夏日平阴亭》诗注。

〔一八〕吹嘘见前《真定即事奉赠韦使君二十八韵》诗注。《史记·留
　　　　侯世家》:"彼四人辅之,羽翼已成,难动矣。"《魏志·曹植传》:
　　　　"植既以才见异,而丁仪、丁廙、杨修等为之羽翼。"

〔一九〕《说文》卷十二:"提,挈也。""握,持也。"徐摛《咏笔》诗:"一逢
　　　　提握重,宁忆仲升捐?"两句自述其愿望。

〔二〇〕《道德经》:"祸兮福所倚,福兮祸所伏。"

〔二一〕见前《奉酬睢阳李太守》诗注。《唐诗选》残卷作栖遑。《文苑
　　　　英华》作升沉。

〔二二〕《论语·季氏》:"陈力就列。"集解:"言当陈其才力,度己所任
　　　　以就其位。"初就列,指被任为封丘尉。

〔二三〕《汉书·刑法志》:"人宵天地之貌(貌)。"注引应劭曰:"宵,类
　　　　也。头圜象天,足方象地。"师古曰:"宵,义与肖同。"

〔二四〕《史记·张仪列传》:"积粟如丘山。"此言李之恩如丘山也。

〔二五〕《吕氏春秋·顺民》:"身不安枕席。"

〔二六〕张载《七哀诗》:"浮景忽西沉。"李善注:"说文:景,日光也。"此
　　　　即曹操《步出夏门行》之"烈士暮年,壮心不已"意也。

〔二七〕王维《偶然作六首》:"生事不曾问,肯愧家中妇。"谓谋生之事
　　　　也。《新唐书》本传称适"不治生事"。杨炯《浮沤赋》:"触流萍
　　　　而欲散,碍浮芥而还连。"

〔二八〕《论语·泰伯》:"才难,不其然乎?"注:"人才难得,岂不然乎?"
　　　　《左传·襄公二十六年》:"虽楚有材,晋实用之。"庾肩吾《奉和
　　　　赛汉高庙》诗:"徒然仰成诵,终用试才难。"

〔二九〕见前《三君咏》注。彭兰以为进士对宰相之称,其实不然,观前

《同群公十月朝宴李太守宅》诗亦称"门下客"可见。

〔三〇〕《汉书·李寻传》："少微处士,为比为辅。"《晋书·天文志》:
"少微四星,在太微西,士大夫之位也。一名处士。明大而黄,
则贤士举也。"颜延之《赠王太常》诗:"属美谢繁翰。"李善注:
"谢犹惭也。"《唐诗选》残卷谢作羡。

笺曰:前幅十六句颂李。可分四段,每段四句。首述唐之盛世,
风俗淳厚,君圣臣贤,皇运久长。次颂李之胸怀,与皇室为同宗,
其善策为生民之最。再颂其能政与执掌大权。四言其能诗赋、
铭文,并好音乐、绘画,多才又多艺也。后幅则适自述贫穷,欲望
提携,而祸福悲笑,游息醉醒,思及初释褐也,有愧于为此天地之
灵矣。多蒙丘山之厚恩,无时能安于枕席,睹落日而壮心不已,
谋生之事,有似流萍。勿谓才难为用,尚期终易听善也,未为门
下之客,徒愧少微星明,不得见举也。

咏史

尚有绨袍赠,应怜范叔寒[一],不知天下士[二],犹作布衣看[三]。

唐汝询曰:"达夫少尝落魄,晚年始贵,疑当时必有轻之者,故借
古人以咏之。"(《唐诗解》卷二十二)《旧唐书·高适传》:"宋州刺
史张九皋荐举有道科,时右相李林甫擅权,薄于风雅,唯以举子
待之。"此诗似即其时所作。

〔一〕《史记·范雎列传》:"事魏中大夫须贾,须贾为魏昭王使于齐,
范雎从。留数月,未得报。齐襄王闻雎辩口,乃使人赐雎金十
斤及牛酒,雎辞谢,不敢受。须贾知之,大怒,以为雎持魏国阴
事告齐,故得此馈,令雎受其牛酒,还其金。既归,心怒雎,以

告魏相。魏相……使舍人笞击睢，折胁折齿。睢佯死，即卷以簀。……范睢得出，……更名姓曰张禄。……秦封范睢以应，号为应侯。……范睢既相秦，秦号曰张禄，而魏不知，以为范睢已死久矣。魏闻秦且东伐韩、魏，魏使须贾于秦，范睢闻之，为微行，敝衣间步之邸，见须贾。须贾见之而惊曰：‘范叔固无恙乎？’……‘今叔何事？’范睢曰：‘臣为人庸赁。’须贾意哀之，留与坐饮食，曰：‘范叔一寒如此哉！’乃取一绨袍以赐之。"索隐："绨，厚缯也，音缔，盖今之绝也。"正义："今之粗袍。"徐增曰："夫以丞相之尊，岂有人敢以绨袍赠他，故用尚有二字，作惊异之辞。此句毕，复顿住笔而凝思曰：吾知之矣，范叔见须贾时不作丞相服饰，足见其寒，怜而赠之也。怜其寒却又应如是的了，故用应字。"（《而庵说唐诗》卷八）按范睢言："汝罪有三耳。……然公之所以得无死者，以绨袍恋恋有故人之意。"则尚有非惊异之辞。

〔二〕《史记·鲁仲连列传》："于是新垣衍起，再拜谢曰：‘始以先生为庸人，吾乃今日而知先生为天下之士也。’"《晋书·刘寔传》："天下所共推则天下士也。"

〔三〕见前《送蔡山人》诗注。

留别郑三韦九兼洛下诸公

211

忆昨相逢论久要〔一〕，顾君哂我轻常调〔二〕，羁旅虽同白社游〔三〕，诗书已作青云料〔四〕。蹇步蹉跎〔五〕竟不成，年过四十尚躬耕，长歌达者杯中物〔六〕，大笑前人身后名〔七〕。幸逢明盛多招隐〔八〕，高山大泽征求尽〔九〕。此时亦得辞渔樵〔一〇〕，青袍〔一〕裹身荷圣朝，犁牛〔一二〕钓竿不复见，县令邑吏〔一三〕来相邀。远路鸣蝉秋兴发〔一四〕，华堂美酒离忧销〔一五〕，不知何时〔一六〕更携手，应念兹晨去折腰〔一七〕。

《唐诗选》残卷题作《留别郑三韦九兼呈洛下诸公》。《唐百家诗选》题作《留别洛下诸公兼赠郑三韦九》。此天宝八载高适受职封丘尉后在洛阳别友赴任之作。诗中称"年过四十尚躬耕"，又天宝五载《奉酬北海李太守丈人夏日平阴亭》诗亦曰："四十犹聚萤。"李颀《赠别高三十五》诗曰："五十无产业，心轻百万资，……忽然辟命下，众谓趋丹墀。"则适之出仕确已四十馀岁，近五十矣。参见《年谱》，适是年为四十六岁。刘长卿有《客舍喜郑三见寄》诗，又有《客舍赠别韦九建赴任河南韦十七造赴任郑县就便觐省》诗，知韦九名建。

（一）《论语·宪问》："久要不忘平生之言。"孔曰："久要，旧约也，平生犹少时。"邢疏："言与人少时有旧约，虽年长贵达不忘其言。"要，读平声。

（二）《礼记·祭统》："顾上先下后耳。"疏训顾为但。常调见前《宋中遇刘书记有别》诗注。殷璠《河岳英灵集》卷上："评事（高适后任大理评事）性落拓，不拘小节，耻预常科。"常科谓明经、进士科也。与此诗所言不同。《文苑英华》作高调。

（三）《左传·庄公二十二年》："羁旅之臣。"注："羁，寄也。旅，客也。"羁亦作羇。《晋书·董京传》："初与陇西计吏俱至洛阳，被发而行，逍遥吟咏，常宿白社中，时乞于市。"

（四）《文苑英华》作已得，注"诗选作比作"。青云见前《同颜少府旅宦秋中》诗注。《说文》卷十四："料，量也。"谓估量或逆料

高适诗集编年笺注

212

之也。

〔 五 〕明活字本作蹇跜，据《唐诗选》残卷、《文苑英华》、《唐百家诗
选》。《说文》卷二："蹇，跛也。"王褒《九怀》："骥垂两耳兮，中
坂蹉跎。"王逸注："众无知己，不尽力也。"颠蹶失足之意。

〔 六 〕《左传·昭公十三年》："晋楚之从，不闻达者。"杜注："皆非达
人。"谓明达之人。杯中物见前《赋得还山吟赠沈四山人》
诗注。

〔 七 〕《晋书·张翰传》："或谓之曰：'卿乃可纵适一时，独不为身后
名邪？'答曰：'使我有身后名，不如即时一杯酒。'时人贵其
旷达。"

〔 八 〕扬雄《解嘲》："今子幸得遭明盛之世。"王康琚《反招隐诗》："今
虽盛明世，能无中林士？"明活字本盛作圣，从《唐诗选》残卷、
《唐百家诗选》、《全唐诗》。楚辞有《招隐士》，淮南小山作，王
逸以为"闵伤屈原，故作招隐士之赋，以章其志"。王夫之谓：
"今按此篇，义尽于招隐，为淮南招致山谷潜伏之士，绝无闵屈
子而章之之意。"（《楚辞通释》卷十二）晋左思、陆机均有招隐
诗，仍本王逸注。刘良注："思苦天下溷浊，故将招寻隐者，欲
以退不仕。"非招致也。此则作招致意。

〔 九 〕《通鉴》卷二一五："天宝六载，上（玄宗）欲广求天下之士，命通
一艺以上皆诣京师，李林甫恐草野之士斥言其奸，……遂无一
人及第者。"《旧唐书·高适传》："宋州刺史张九皋深奇之，荐
举有道科。"有道科乃制举也。故曰多招隐、征求尽。

〔一〇〕《唐诗选》残卷亦作也。

〔一一〕《唐六典》："袍之制有五：一曰青袍，二曰绯袍，三曰黄袍，四曰
白袍，五曰皂袍。"《新唐书·马周传》："三品服紫，四品五品

朱,六品七品绿,八品九品青。"县尉为从九品职,服青袍。李
颀《赠别高三十五》诗:"沐浴着赐衣。"

〔一二〕《论语·雍也》:"犁牛之子骍且角。"注:"杂文。"刘宝楠正义:
"犁牛者,黄黑相杂之牛也。"《文苑英华》注:"诗选作牛犁。"

〔一三〕《唐诗选》残卷、《文苑英华》及《全唐诗》县令作县人。郑三、韦
九或即县令、邑吏。

〔一四〕《唐诗选》残卷作鸣蜩。《礼记·月令》:"孟秋之月,凉风至,白
露降,寒蝉鸣。"秋兴见前《寄孟五少府》诗注〔四〕。

〔一五〕《南史·周舍传》:"虽广厦华堂,舍居之则尘埃满积。"离忧见
前《寄孟五少府》诗注。

〔一六〕《唐诗选》残卷作何日。

〔一七〕见前《古乐府飞龙曲留上陈左相》诗注。《文苑英华》去折腰作
去去遥。

笺曰:首四句言交友昔有旧约,但君笑我不重簿尉常调之微职,
客寄贫困虽同白社之游,诗书已作青云之料量也。次四句言失
时,已过强仕之年尚复躬耕,能得长歌饮酒,可笑身后之名有何
用耶?三段四句言盛世招致隐士,余亦辞别渔樵,青袍加身而为
县尉,感荷圣朝之恩也。结四句时景与离别,不仅相见期远,且
为折腰而悲也。

初至封丘作

可怜薄暮宦游子,独卧虚斋思无已,去家〔一〕百里不得归,到官
数日秋风起〔二〕。

《旧唐书·高适传》:"解褐汴州封丘尉。"《地理志》:"汴州陈留郡

有封丘县。"今河南省封丘县。《全唐文》卷三五七录其《谢封丘尉表》，有"常谓老死林薮，不识阙庭"之语。又曰："自天有命，追赴上京，曾未浃旬，又拜臣职。"可与《答侯少府》诗之"赫赫三伏时，十日到咸秦"，此诗之"到官数日秋风起"相证。又李颀有《赠别高三十五》、《答高三十五留别便呈于十一》等诗，均是时所作。此小诗而情意殊深，盖适有慨于长安之行，不过得为小吏而已。

〔一〕此家乃高适游梁宋一带时之寓居，当即所谓淇上别业，而非指蓚县原籍也。

〔二〕《礼记·月令》："孟秋之月，凉风至。"即所谓秋风起也。

同陈留崔司户早春宴蓬池

同官载酒出郊坼〔一〕，晴日东驰〔二〕雁北飞，隔岸春云邀翰墨〔三〕，傍檐垂柳报芳菲〔四〕。池边转觉虚无尽〔五〕，台上偏宜酩酊归〔六〕，州县徒劳那可度〔七〕？后时连骑〔八〕莫相违。

此诗作于天宝九载春。《新唐书·地理志》："汴州陈留郡治浚仪。"今河南省开封市。《百官志》："州郡有司户参军事。"《汉书·地理志》："开封县，逢池在东北，或曰宋之逢泽也。"《元和郡县志》卷七："蓬泽在（开封）县东北十四里，今号蓬池，左氏所谓蓬泽也。"高适等所宴蓬池即此也。韦应物《大梁亭会李四栖梧作》："至今蓬池上，远集八方宾。车马平明合，城郭满埃尘。"可参。又《述征记》："大梁西南九十里尉氏县有蓬池。"阮籍《咏怀》诗有"徘徊蓬池上，还顾望大梁"之句，高适等载酒出游应不至此县。

〔一〕《左传·文公七年》："同官为寮。"寮亦作僚。高适与崔同为陈留郡吏,故称同官。《书·毕命》:"申画郊圻,慎固封守。"疏:"郊圻,谓邑之境界。"

〔二〕谓日自东而行也。《唐诗选》残卷作东风。

〔三〕见前《信安王幕府诗》注。此处言春云催人为诗文。

〔四〕《九歌·少司命》:"绿叶兮素枝,芳菲菲兮袭予。"王逸注:"言芳草茂盛,吐叶垂华,芳香菲菲上及我也。"庾肩吾《赋得有所思》诗:"春日坐芳菲。"钟惺曰:"报字说早春妙。"(《唐诗归》卷十二)

〔五〕谓空旷也。"虚无"与下"酩酊"均叠韵为对。

〔六〕《晋书·山简传》:"有童儿歌曰:'山公出何许,往至高阳池,日夕倒载归,酩酊无所知。'"此暗用其事也,钟惺以为丑语,谬甚。酩酊俱上声,音茗顶。

〔七〕见前《同颜少府旅宦秋中》诗注〔五〕。《唐诗选》残卷徒劳作劳人。

〔八〕《战国策·秦策》:"转毂连骑。"《西京赋》:"击钟鼎食,连骑而过。"

奉酬睢阳路太守见赠之作

盛才膺命代〔一〕,高价〔二〕动良时,帝简登藩翰〔三〕,人和〔四〕发咏思。神仙去华省,鸳鹭忆丹墀〔五〕,清净〔六〕能无事,优游即赋诗〔七〕。江山分想像〔八〕,云物共萎蕤〔九〕,逸气刘公干〔一〇〕,玄言向子期〔一一〕。多惭汲引〔一二〕速,翻愧激昂〔一三〕迟,相马〔一四〕知何限,登龙〔一五〕反自疑。风尘吏道迫,行迈旅心悲,拙疾徒为尔〔一六〕,穷愁欲问谁?秋庭一片叶,朝镜数茎丝,州县甘无

216

取〔一七〕,丘园〔一八〕悔莫追。琼瑶〔一九〕生箧笥,光景满茅茨〔二〇〕,他日青霄骑〔二一〕,犹应访所知〔二二〕。

明活字本题中无睢阳二字。《文苑英华》作王昌龄诗,恐误。惟与《全唐诗》均题作《奉酬睢阳路太守见赠之作》,甚是,故从之。考张九皋于天宝九载迁襄阳郡太守,兼山南东道采访处置使,十载除南海太守兼五府节度经略采访处置等使,秩满,迁殿中丞,天宝十四载卒。九载九皋去职后睢阳太守由路继任。《新唐书·宰相世系表》有路齐晖,徐、宋二州刺史。此路太守当即齐晖。诗云"风尘吏道迫,行迈旅心悲","州县甘无取,丘园悔莫追",为北使时所作,在天宝九载秋,参下篇。

〔 一 〕命代即命世,避太宗讳改。李陵《答苏武书》:"贾谊、亚夫之徒,皆信命世之才,抱将相之具。"

〔 二 〕见前《宋中别周梁李三子》诗注。

〔 三 〕《书·冏命》:"慎简乃僚。"孔传:"简选。"《诗·大雅·板》:"价人维藩,大师维垣,大邦维屏,大宗维翰。"传:"藩,屏也;垣,墙也;翰,干也。"

〔 四 〕《孟子·公孙丑》:"天时不如地利,地利不如人和。"

〔 五 〕华省见前《真定即事奉赠韦使君二十八韵》诗注〔一三〕及《信安王幕府诗》注〔一八〕。鸳鹭,同鹓鹭,参前《东平旅游奉赠薛太守二十四韵》诗注〔五〕。丹墀见前《东平留赠狄司马》诗注。

〔 六 〕《史记·太史公自序》:"李耳无为自化,清净自正。"

〔 七 〕《诗·大雅·卷阿》:"伴奂尔游矣,优游尔休矣。"疏:"伴奂之言与优游相类,故为自纵弛之意。"吴质《答东阿王书》:"昔赵武过郑,七子赋诗。"

〔八〕见前《涟上别王秀才》诗注。《文苑英华》作纷想像。

〔九〕《七谏》:"上葳蕤而防露兮。"王逸注:"葳蕤,盛貌。"一作萎蕤。

〔一〇〕曹丕《与吴质书》:"公干(刘桢字)有逸气。"

〔一一〕《晋书·向秀传》:"字子期,……雅好老庄之学,庄周著内外数
　　　　十篇,……秀乃为之隐解,发明奇趣,振起玄风,读之者超然
　　　　心悟。"

〔一二〕骆宾王《上兖州刺史启》:"汲引忘疲,奖提不倦。"言引进人才。

〔一三〕《汉书·王章传》:"今疾病困厄,不自激卬,而反涕泣。"如淳
　　　　曰:"激厉抗扬之意也。"

〔一四〕《古今姓氏书辨证》卷七:"《英贤传》:'秦穆公子孙阳伯乐,善
　　　　相马,其后氏焉。'"以喻路能识才。

〔一五〕《后汉书·李膺传》:"士有被其容接者,名为登龙门。"

〔一六〕谢灵运《过始宁墅》诗:"拙疾相倚薄。"李善注:"拙谓拙宦也。"
　　　　《左传·襄公二十四年》:"齐师徒归。"注:"徒,空也。"《礼记·
　　　　檀弓》:"夫子何善尔也。"尔,此也。

〔一七〕《孟子·离娄》:"可以取,可以无取,取伤廉。"谢灵运《浮云
　　　　赞》:"能为变动用,在我竟无取。"州县见前《同颜少府旅宦秋
　　　　中》诗注。

〔一八〕《易·贲》:"贲于丘园,束帛戋戋。"疏:"丘谓丘墟,园谓园圃。"
　　　　《北史·隐逸传》:"论曰:……眭夸忘怀缨冕,毕志丘园。"

〔一九〕见前《酬李少府》诗注。

〔二〇〕《史记·秦始皇本纪》:"尧舜采椽不刮,茅茨不翦。"《说文》卷
　　　　一:"茨,以茅苇盖屋。"音瓷。《文苑英华》、《全唐诗》满作借。

〔二一〕《文苑英华》、《全唐诗》骑作里。

〔二二〕从《文苑英华》、《全唐诗》,明活字本知作之。

高适诗集编年笺注

笺曰：前幅十二句，赞路齐晖以命世之奇才，瓌伟之高价，名动良时，为帝所简选，以为屏藩，人和贵于天时与地利也。昔离贵省，今忆殿墀，清净无事，优游赋诗。想像江山之姿，荟蔚云物之盛，刘桢文有逸气，而向秀以玄言著称也。后幅十六句自述，言有愧于路之汲引，而吏道迫促，北使行迈，拙宦如此，穷愁问谁？秋已始矣，发亦白矣，为州县之职而甘于无取，欲返丘园亦难能也。惠诗如琼瑶光照蓬壁，异日太守犹应访所知也。

酬秘书弟兼寄幕下诸公 并序

乙亥岁，适征诣长安〔一〕，时侍御杨公任通事舍人〔二〕，诗书起予〔三〕，盖终日矣。今年适自封丘尉统吏卒于青夷〔四〕，途经博陵，得太守贾公之政〔五〕，相见如旧，他日之意〔六〕存焉。司业〔七〕张侯，周旋迄兹，仅〔八〕三十载，将畴昔是好，匪穷达之异〔九〕乎！族弟秘书，雁序之白眉〔一〇〕者，风尘一别，俱东西南北之人〔一一〕，怆然相逢，适与愿契。旅馆之暇，长怀〔一二〕益增，因赋是诗，愧非六义之流〔一三〕也。

亚相〔一四〕膺时杰，群才遇良工〔一五〕，翙翙〔一六〕幕下来，拜赐甘泉宫〔一七〕，信知命世奇〔一八〕，适会非常功〔一九〕。侍御执邦宪，清词焕春丛，末路望绣衣〔二〇〕，他时常发蒙〔二一〕。孰云三军壮，惧我弹射雄；孰谓万里遥，在我樽俎〔二二〕中。光禄经济器〔二三〕，精微〔二四〕自深衷，前席屡荣问〔二五〕，长城兼在躬〔二六〕。高踪激颓波〔二七〕，逸翮驰苍穹，将副节制筹〔二八〕，欲令沙漠空。司业志应徐〔二九〕，雅度思冲融〔三〇〕，相思三十年，忆昨犹儿童。

今来抱青紫[三一]，忽若披鹓鸿[三二]，说剑[三三]增慷慨，论交持始终。秘书即吾门，虚白[三四]无不通，多才陆平原[三五]，硕学郑司农[三六]。献封到关西[三七]，独步归山东[三八]，永意久知处，嘉言能亢宗[三九]。客从梁宋来，行役随转蓬[四〇]，酬赠欣元弟[四一]，忆贤瞻数公。游鳞戏沧浪，鸣凤栖梧桐，并负垂天翼[四二]，俱乘破浪风[四三]，耽耽天府间[四四]，偃仰谁敢同！何意构广厦[四五]，翻然顾雕虫[四六]，吾知阮步兵，惆怅此途穷[四七]。

此诗为天宝九载北使清夷军途中所作。《新唐书·百官志》："秘书省有秘书郎三人，掌四部图籍。"幕下，指范阳平卢节度使安禄山幕。王维有《送高道弟耽归临淮作》，顾元纬本、《全唐诗》道作适，所谓族弟者亦似非高耽。

〔 一 〕乙亥为开元二十三年，此诗云"征诣长安"，李白集是年有《秋日于太原南栅饯阳曲王赞公贾少公石艾尹少公应举赴上都序》，亦称《赴上都》，而《太平广记》卷二二二引《定命录》则称："开元二十三年，（崔圆）应将帅举科，又于河南府充乡贡进士，其日正于福唐观试，遇敕下，便于试场唤将拜执戟，参谋河西军事，……崔初入蜀，常于亲知自说如此。"以高适、李白两人诗文较之，则《定命录》依托成分为重。彭兰以高适是年所应系有道科，非是，详见《年谱》。

〔 二 〕《新唐书·百官志》："通事舍人掌朝见引纳殿庭通奏。"

〔 三 〕见前《苦雨寄房四昆季》诗注。

〔 四 〕当作清夷（仲长统《昌言》："警跸清夷。"），军名。《新唐书·兵志》："唐初兵之戍边者大曰军，小曰守捉、曰城、曰镇。"《通典》

卷一七二："范阳节度使统清夷军,妫川郡城内,垂拱中刺史郑崇述置,管兵万人,马三百匹。"妫川郡城在今河北省怀来县。

〔五〕《旧唐书·地理志》："定州,天宝元年改为博陵郡,治安喜。"在今河北省定县东。李荃《大唐博陵郡北岳恒山封安天王铭并序》："明威将军守右威卫将军使持节博陵郡诸军事兼博陵郡太守北平军使上柱国赐紫金鱼袋武威贾公曰循,时之杰也。"(《全唐文》卷三六四,并参《新唐书·忠义列传》,盖禄山反后,颜杲卿招之以倾贼巢穴,为贼所缢而死也。)诗云"太守贾公"即贾循。又李荃文中称安禄山为骠骑大将军,兼御史大夫等职,考《新唐书·安禄山传》,安为御史大夫在天宝六载,李荃文当作于六载后,至九载贾尚在职,高适得与之相见,以诗文呈政。《说文》卷三:"政,正也。"

〔六〕《孟子·滕文公》："他日,又求见孟子。"他日,后日也。此处谓后日提携之意。

〔七〕《新唐书·百官志》："国子监祭酒一人,司业二人,掌儒学训导之政。"

〔八〕段玉裁《说文解字注》卷十五:"唐人文字,仅多训为庶几之几。"

〔九〕《玉篇》卷三十:"将,或也。"王粲《登楼赋》:"岂穷达而异心?"此处谓或昔日情深,非穷达而有异。

〔一〇〕《蜀志·马良传》:"字季常,……兄弟五人,并有才名,乡里为之谚曰:'马氏五常,白眉最良。'良眉中有白毛,故以称之。"

〔一一〕《礼记·檀弓》:"今丘也,东西南北之人也。"注:"言居无常处也。"

〔一二〕鲍照《采菱歌》:"怀古复怀今,长怀终无极。"

221

〔一三〕《诗·大序》："故诗有六义焉,一曰风,二曰赋,三曰比,四曰兴,五曰雅,六曰颂。"

〔一四〕《汉书·百官公卿表》："御史大夫,秦官,位上卿,银印青绶,掌副丞相。"故称御史大夫为亚相。安禄山于天宝六载兼御史大夫,此处即称禄山。

〔一五〕《孟子·滕文公》："赵简子使王良与嬖奚乘,……一朝而获十禽,嬖奚反命曰:'天下之良工也。'"注:"王良,善御者也。"以称安禄山。

〔一六〕见前《别冯判官》诗注。

〔一七〕《元和郡县志》卷一:"甘泉宫,(汉武)帝以五月避暑于此,八月乃还。"宫在今陕西省淳化县甘泉山上。

〔一八〕见前篇《奉酬睢阳路太守见赠之作》注〔一〕。奇谓奇才也。

〔一九〕《汉书·武帝纪》:"元封五年诏曰:'盖有非常之功,必待非常之人。'"

〔二〇〕《汉书·百官公卿表》:"侍御史有绣衣直指,出讨奸猾,治大狱。"

〔二一〕《史记·秦始皇本纪》:"仆射周青臣进颂曰:'他时秦地不过千里。'"胡震亨《唐音癸签》卷二十四《诂笺九》:"他时,常谈以为前日。"《易·蒙》:"初六,发蒙。"疏:"蒙者,微昧暗弱之名……而明能照暗,故初六已能发去其蒙也。"发蒙即诗序所云"诗书起予"。

〔二二〕见前《古乐府飞龙曲留上陈左相》诗注。

〔二三〕《新唐书·贾循传》:"禄山……复奏循光禄卿兼副使。"经济见前《效古赠崔二》诗注。《礼记·王制》:"各以其器食之。"注:"器,能也。"

〔二四〕《礼记·经解》：“絜静精微，易教也。”孔疏：“穷理尽性，言入秋毫，是精微。”

〔二五〕见前《奉酬睢阳李太守》诗注。荣问，言帝问也。

〔二六〕《宋书·檀道济传》：“道济见收，脱帻投地曰：‘乃复坏汝万里之长城！’”袁宏《三国名臣序赞》：“日月在躬，隐之弥曜。”《新唐书·贾循传》：“礼部尚书苏颋尝谓今之（廉）颇、（李）牧。……张守珪北伐，……（循）以功擢游击将军、榆关守捉使。……循调士斩木开道，贼遁去。范阳节度使李适之荐为安东副大都护。”

〔二七〕卢藏用《陈伯玉集序》：“卓立千古，横制颓波。”

〔二八〕《新唐书·贾循传》：“安禄山兼平卢节度，表为副，迁博陵太守。禄山欲击奚、契丹，后奏循光禄卿兼副使，知留后。”

〔二九〕曹丕《与吴质书》：“伟长（徐干字）……著《中论》二十篇，成一家之言，辞义典雅，足传于后，此子为不朽矣。德琏（应场字）常斐然有述作之意，其才学足以著书……。”并参前《苦雨寄房四昆季》诗注。明活字本志作至，从《全唐诗》。

〔三〇〕见前《别韦参军》诗注。

〔三一〕见前《奉酬北海李太守丈人夏日平阴亭》诗注〔二三〕。

〔三二〕庾肩吾《九日侍宴乐游苑应令》诗：“花绶接鹓鸿。”按《庄子·秋水》：“南方有鸟，其名为鹓雏。”释文：“鹓雏，乃鸾凤之属也。”《诗·豳风·九罭》：“鸿飞遵渚。”笺：“鸿，大鸟也。”此言朝官如鹓鸿之分飞有序。

〔三三〕《庄子·说剑》：“庄子曰：‘今大王有天子之位，而好庶人之剑，臣窃为大王薄之。’”李白《赠韦秘书子春》诗：“谈天信浩荡，说剑纷纵横。”

〔三四〕《庄子·人间世》："虚室生白。"释文："崔曰：'白者，日光所照也。'司马云：'室比喻心，心能空虚，则纯白独生也。'"

〔三五〕《晋书·陆机传》："（成都王）颖以机参大将军军事，表为平原内史。……机天才秀逸，辞藻宏丽，张华尝谓之曰：'人之为文，常恨才少，而子更患其多。'"

〔三六〕《后汉书·郑众传》："从父（兴）受《左氏春秋》，精力于学，明《三统历》，作《春秋难记条例》，兼通《易》、《诗》，知名于世。……建初六年，代邓彪为大司农。"

〔三七〕封谓封奏也。关西，函谷关以西也。

〔三八〕《战国策·赵策》："秦必不敢出兵于函谷关以害山东矣。"《汉书·赵充国辛庆忌传》赞："山东出相，山西出将。"山东谓崤山或华山以东也。

〔三九〕《左传·昭公元年》："吉不能亢身，焉能亢宗？"注："亢，蔽也。"后世用为光大门闾之意。

〔四〇〕见前《宋中十首》注。

〔四一〕谓长弟。

〔四二〕《庄子·逍遥游》："其翼若垂天之云。"

〔四三〕《宋书·宗悫传》："叔父炳，高尚不仕。悫年少时，炳问其志，悫曰：'愿乘长风破万里浪。'"

〔四四〕《易·颐》注："虎视耽耽，威而不猛。"《战国策·秦策》："田肥美，民殷富，战车万乘，奋击百万，沃野千里，蓄积饶多，地势形便，此所谓天府。"自游麟以下六句均承上"怀贤瞻数公"以称美诸人。

〔四五〕见前《留别郑三韦九兼洛下诸公》诗注〔一五〕。

〔四六〕《法言·吾子》："赋者，童子雕虫篆刻，……壮夫不为也。"

〔四七〕《魏氏春秋》："（阮）籍以世多故，禄仕而已。闻步兵校尉缺，厨
多美酒，营人善酿酒，求为校尉，遂纵酒昏酣，遗落世事。……
时率意独驾，不由径路，车迹所穷，辄恸哭而反。"（《魏志·王
粲传》附《阮籍传》引）适以阮籍自况，言外仍望数人引荐也。

笺曰：此适酬其族弟并寄安禄山幕下诸人之诗也。重在赞颂，先
赞安禄山及侍御杨某、太守贾循、司业张某，后赞秘书族弟。末
言己从梁宋而来，北使途中得弟之诗，怀念诸人，诸人如鱼游水
中、凤栖梧上，展翅高飞，乘风破浪，不胜企羡也。不料结构广
厦，反顾雕虫小技，吾亦自知如阮籍之泣途穷也。

送兵到蓟北

积雪与天迥〔一〕，屯军连塞愁，谁知此行迈，不为觅封侯〔二〕。

此天宝九载冬日作。

〔一〕言积雪地远与天际相接。

〔二〕言非出征，乃送兵也。

使青夷军入居庸三首

匹马行将久〔一〕，征途去转难〔二〕，不知边地别〔三〕，只讶客衣
单〔四〕。溪冷泉声苦，山空木叶干〔五〕，莫言关塞极，云雪尚
漫漫〔六〕。

古镇青山口，寒风落日时，岩峦鸟不过，冰雪马堪迟〔七〕。出塞
应无策，还家赖有期〔八〕，东山〔九〕足松桂，归去结茅茨〔一〇〕。

登顿〔一一〕驱征骑，栖迟愧宝刀〔一二〕，远行今若此，微禄果徒劳。

绝坂水连下，群峰云共高〔一三〕，自堪成白首，何事一青袍〔一四〕！

《唐诗选》残卷题作《使清夷军》。青夷军当作清夷军，见前《酬秘书弟兼寄幕下诸公》诗序注。高适于天宝九载冬使清夷军，还入居庸关（今河北省昌平县西北）时作此诗。《唐诗选》残卷、《四库》本第三首作第一首。王文濡评"匹马行将久"一首曰："由行役而写到边塞，复由边塞而转入行役，意绪环生，如见当日匹马过关之状。"（《唐诗评注》卷五）

〔 一 〕《公羊传·僖公三十三年》："匹马只轮无反者。"注："匹马，一马也。"《唐诗解》久一作夕。

〔 二 〕徐陵《秋日别庾正员》诗："征途愁转旆。"此言征途归去愈进愈难，则边塞真险阻矣。

〔 三 〕陈琳《饮马长城窟行》："明知边地苦。"王文濡《唐诗评注》卷五："区别也，言不知边地与内地之区别也。"

〔 四 〕庾信《对烛赋》："天山月没客衣单。"

〔 五 〕"溪冷泉声苦"即白居易《琵琶行》之"幽咽流泉冰下难"也。《九歌》："洞庭波兮木叶下。"

〔 六 〕读平声。王文濡注："漫漫，不已也。"

〔 七 〕《诗词曲语辞汇释》卷三："可怜许一作堪怜许。"堪犹可也。马堪迟，马可迟。

〔 八 〕言使事已了将归家。

〔 九 〕谢安高卧东山，见前《古乐府飞龙曲留上陈左相》诗注。

〔一〇〕见前《奉酬睢阳路太守见赠之作》注。

〔一一〕谢灵运《过始宁墅》诗："山行穷登顿，水涉尽洄沿。"李周翰注："登顿谓上下也。"

〔一二〕栖迟见前《奉酬睢阳李太守》诗注。宝刀见前《古大梁行》注。

　　《蜀志·费祎传》裴松之注引《费祎别传》："权乃以手中所常执
　　　之宝刀赠之。"

〔一三〕《唐诗选》残卷水作冰，云作雪。

〔一四〕见前《留别郑三韦九兼洛下诸公》诗注。

蓟中作

策马自沙漠〔一〕，长驱登塞垣，边城何萧条〔二〕，白日黄云昏〔三〕。
一到征战处，每愁胡虏翻〔四〕，岂无安边书〔五〕，诸将已承恩〔六〕，
惆怅孙吴〔七〕事，归来独闭门。

　　蓟中谓蓟城，今河北大兴西南。《唐诗选》残卷、《文苑英华》题作
《送兵还作》。《英华》注称"集作《蓟中作》。"《四库本》题下注：
"一作《送兵还》。"唐汝询曰："此志在安边伤不遇也，言我览观边
塞胡虏之未宁，岂无安边之书可献乎？特以诸将巧诈以图爵赏，
使贤者不能自达于上耳，是以徒抱孙吴之略而不得一试也。"
（《唐诗解》卷九）锺惺曰："'欲言塞下事，天子不召见'，归咎于
君；'岂无安边书，诸将已承恩'，归咎于臣。……'已承恩'三字
偷惰欺蔽二意俱在其中，可为边事之戒。"（《唐诗归》卷十二）邢
昉末批曰："与陶翰《塞下》同调并工。"（《唐风定》卷三）沈德潜
曰："言诸将不知防边，虽有策无可陈也。乃不云天子僭赏，而云
主将承恩，令人言外思之。"（《唐诗别裁》卷一）

〔一　〕《唐诗选》残卷作沙海。

〔二　〕见前《燕歌行》注。

〔三　〕见前《别董大二首》注。

〔四　〕《玉篇》卷二十六："飜，飞也，亦作翻。"言叛去。

227

〔五〕《汉书·赵充国传》："此全师保胜安边之册。"《晋书·杜预传》："预乃奏立籍田，建安边论，处军国之要。"宋何承天亦有《安边论》。唐郭元振有《安边册》。

〔六〕徐陵《侍宴》诗："承恩预下席。"

〔七〕《史记·货殖列传》："孙吴用兵。"谓孙武、吴起也。

除夜作

旅馆寒灯独不眠〔一〕，客心何事转悽然？故乡今夜思千里，霜鬓明朝又一年〔二〕。

诗曰："霜鬓明朝又一年。"知非少年之作，然难以定其作年，姑系于此。晚唐来鹄有《除夜》七绝亦清丽可诵。谭元春曰："故乡亲友思千里外人霜鬓，其味无穷。"（《唐诗归》卷十二）唐汝询曰："怀乡心切，衰老继之，客心所以悲。"（《唐诗解》卷二十七）邢昉曰："以中晚《除夜》二律方之，更见此诗之高。"（《唐风定》卷二十一）中晚二律当指戴叔伦《除夜宿石头驿》、崔涂《巴山道中除夜书怀》也。又曹松、韦庄亦有作。

〔一〕旅馆见前《送李少府时在客舍》诗注。陶潜《杂诗十二首》："不眠知夕永。"

〔二〕邢昉末批："对结意尽。"（同上）王夫之曰："七言绝句有对偶如'故乡今夜思千里，霜鬓明朝又一年'，亦流动不羁。"（《薑斋诗话》卷下）其说为愈。

答侯少府

常日好读书〔一〕，晚年学垂纶〔二〕，漆园〔三〕多乔木，睢水清粼潒〔四〕。诏书下柴关，天命敢逡巡〔五〕，赫赫三伏时〔六〕，十日到咸秦〔七〕。褐衣不得见〔八〕，黄绶〔九〕翻在身，吏道顿羁束，生涯难重陈。北使经大寒，关山饶苦辛，边兵若刍狗〔一〇〕，战骨成埃尘，行矣勿复言，归欤伤我神。如何燕赵陲〔一一〕，忽遇〔一二〕平生亲，开馆纳征骑，弹弦娱远宾，飘飘天地间，一别方兹晨。东道〔一三〕有佳作，南朝无此人〔一四〕，性灵出万象〔一五〕，风骨超常伦〔一六〕，吾党谢王粲〔一七〕，群贤推郤诜〔一八〕。明时取秀才〔一九〕，落日过蒲津〔二〇〕，节苦名已富，禄微家转贫。相逢愧薄游〔二一〕，抚己荷陶钧〔二二〕，心事正堪尽，离忧宁太频〔二三〕。两河归路遥〔二四〕，二月芳草新，柳接滹沱暗〔二五〕，莺连渤海春。谁谓行路难，猥当希代珍〔二六〕，提握〔二七〕每终日，相思犹比邻〔二八〕。江海有扁舟〔二九〕，丘园有角巾〔三〇〕，君意定〔三一〕何适？我怀知所遵。浮沉各异宜〔三二〕，老大贵全真，莫作云霄〔三三〕计，栖遑随搢绅〔三四〕。

此北使归来，行至燕赵之地所作，时为天宝十载春。由"燕赵陲"及"柳接滹沱暗，莺连渤海春"之语，知在河间或其东之地作。《文苑英华》题作《答侯大少府》。名不详。

〔　一　〕《晋书·陶潜传》："好读书，不求甚解。"

〔　二　〕《晋书·嵇含传》："图庄生垂纶之象。"谓渔钓而隐居。

〔　三　〕见前《宋中十首》注。

〔　四　〕睢水旧自杞县经商丘等地入泗，今上游有一支入惠济河，馀俱湮。下游亦多淤断。潒，当作潒。《说文》卷十一："潒，水生厓石间潒潒也，从巜，舜声。"《玉篇》卷二十："潒潒，清澈也，水在石间也。"

〔五〕明活字本柴关作柴门，从《文苑英华》。《庄子·田子方》成玄
　　英疏：“逡巡犹却行也。”

〔六〕《诗·大雅·云汉》：“赫赫炎炎。”传：“赫赫，旱气也。”《阴阳书
　　候》：“夏至后第三庚为初伏，四庚为中伏，立秋后初庚为终伏，
　　故谓之三伏。”

〔七〕《旧唐书·地理志》：“宋州去京师一千五百四十里。”咸秦，指
　　咸阳，秦中地也。此谓唐长安。

〔八〕《孟子·滕文公》：“许子衣褐。”赵岐注：“以毳织之，若今马衣
　　也。或曰：褐，枲衣也。一曰粗布衣。”不得见，不得见帝也。

〔九〕见前《同颜少府旅宦秋中》诗注。

〔一〇〕《道德经》：“天地不仁，以万物为刍狗；圣人不仁，以百姓为刍
　　狗。”《庄子·天运》：“夫刍狗之未陈也，盛以箧衍，巾以文绣，
　　尸祝斋戒以将之；及其已陈也，行者践其首脊，苏者取而爨之
　　而已。”释文：“结刍为狗，巫祝用之。”

〔一一〕《左传·成公十三年》：“虔刘我边陲。”《汉书·地理志》：“赵
　　地……东有广平、钜鹿、清河、河间。”

〔一二〕一作偶。《释名·释亲属》：“耦，遇也。二人相对遇也。”

〔一三〕《左传·僖公三十年》：“若舍郑以为东道主。”郑在秦东，故云。
　　以称侯某。佳作谓侯之诗文。

〔一四〕《魏书·温子升传》：“萧衍使张皋写子升文笔，传于江外。衍
　　称之曰：‘曹植陆机复生于北土。恨我辞人，数穷百六。’……
　　济阴王晖业尝云：‘……我子升足以陵颜（延之）轹谢（灵运），
　　含任（昉）吐沈（约）。’”故曰“南朝无此人”也。

〔一五〕孙绰《游天台山赋》：“浑万象以冥观。”谓万物之象也。

〔一六〕《文心雕龙·风骨篇》：“怊怅述情，必始乎风；沉吟铺辞，莫先

于骨。……结言端直,则文骨成焉;意气骏爽,则文风清焉。"江淹《杂体三十首·嵇中散言志》:"高步超常伦。"吕向注:"伦,辈也。"《文苑英华》超作遗。

〔一七〕《魏志·王粲传》:"左中郎将蔡邕见而奇之。时邕才学显著,贵重朝廷,常车骑填巷,宾客盈坐,闻粲在门,倒屣迎之。粲至,年既幼弱,容状短小,一坐尽惊。邕曰:'此王公(畅)孙也,有异才,吾不如也。'"

〔一八〕《晋书·崔洪传》:"选吏部尚书,举用甄明,门无私谒。荐雍州刺史郤诜代己为左丞。诜后纠洪,洪谓人曰:'我举郤丞而还奏我,是挽弩自射也。'诜闻曰:'……崔侯为国举才,我以才见举,惟官是视,各明至公,何故私言乃至此!'洪闻其言而重之。"郤或作郄。

〔一九〕明时,盛时也。秀才本谓秀异之才,汉定为科目之称,参前《酬裴秀才》诗题解,此称贡士。取,拔取也。

〔二〇〕《元和郡县志》卷十二:"河东县蒲坂关,一名蒲津关,在县西四里。"今山西省永济县西接陕西省朝邑县界。

〔二一〕夏侯湛《东方朔像赞》:"以为浊世不可以富贵也,故薄游以取位。"谢灵运《初去郡》诗:"毕娶类尚子,薄游似邴生。"李善注:"《汉书》曰:'邴曼容养志自修,为官不肯过六百石,辄自免去。'"吕延济注:"邴万(当作曼)容养志自修,薄为游宦而已。"按《汉书·施雠传》:"琅邪邴丹曼容,著清名。"薄游谓末宦也。

〔二二〕抚己,犹抚躬也。《汉书·邹阳传》注:"言圣王制驭天下,亦犹陶人转钧。"慧琳《一切经音义》卷十一:"案陶钧谓造化也。"

〔二三〕《易·系辞》:"宁用终日。"孔疏:"何用终竟其日。"宁太频,何太频急也。

〔二四〕两河谓河南河北。《文苑英华》归路作归客。

〔二五〕《周礼·夏官·职方氏》："正北曰并州，……其川虖池、呕夷。"虖池即滹沱，源出山西繁峙县东，西南流经代县、崞县、定襄，入河北经正定、献县，为子牙河，至文安入渤海。

〔二六〕行路难见前《行路难二首》题解。希代珍，犹前《酬卫八雪中见寄》诗之"希代宝"也，称侯之赠诗。

〔二七〕见前《留上李右相》诗注。谓挈持也。

〔二八〕曹植《赠白马王彪》诗："万里犹比邻。"王勃《送杜少府之任蜀川》诗："海内存知己，天涯若比邻。"

〔二九〕见前《奉酬睢阳李太守》诗注。

〔三〇〕《晋书·羊祜传》："既定边事，当角巾东路归故里。"古隐居者所服用。

〔三一〕《诗词曲语辞汇释》卷三："定，疑问辞，犹云究竟也。"

〔三二〕浮沉见前《古乐府飞龙曲留上陈左相》诗注。各异宜，各异其宜，言各得其所也。

〔三三〕见前《信安王幕府诗》注。

〔三四〕栖遑见前《宋中十首》诗注。《史记·封禅书》集解："搢，插也，插笏于绅；绅，大带。"一作缙绅。

笺曰：首段十八句自述隐居及被召入京授职，北使送兵经过，不胜其悲痛也。次段二十句述与侯相逢，感其相待诚亲，赞其佳作有性灵，而风骨超常辈，才学如王粲，至公如郄诜，为群贤所推重也。今即赴河东，名盛家贫，愧己末宦，心事方可尽言，而离别则太急也。三段十六句述己之归及酬答赠诗。己之归途尚远，谁知行途艰难，而辱承赠诗，终日挈携，相思如在比邻。我欲归隐，君意究何如乎？才之大小各异其宜，年岁老矣，应以全真为贵，勿作青云之想，随搢绅而不得安居也。

同敬八卢五泛河间清河

清川在城下，沿泛多所宜，同济惬数公，玩物欣良时。飘飘波
上兴，燕婉〔一〕舟中词，昔涉乃平原，今来忽涟漪，东流达沧海，
西流延滹池〔二〕。云树共晦明，井邑相逶迤，稍随归月帆，若与
沙鸥期，渔父更留我，前潭水未滋。

《新唐书·地理志》："瀛州河间郡治河间。"今河北省河间县。
又："西南五里有长丰渠，开元二十五年刺史卢晖自束城、平舒引
滹沱东入淇通漕，溉田五百馀顷。"为天宝十载自蓟北归途中作。
敬八疑即敬括，卢五似即卢琚，参《年谱》。

〔一〕《诗·邶风·新台》："燕婉之求。"传："燕，安；婉，顺也。……
燕婉之人，谓伋（卫宣公世子，为宣公所杀）也。"《二子乘舟》：
"泛泛其景。"二子，伋与寿也。不爱其死，如乘舟涉危，见舟影
去而不还也。

〔二〕见上篇注〔二五〕。

笺曰：此适归途至河间与敬、卢等人泛舟清河之作也。以清河通
淇，淇为卫地，故曰"燕婉舟中词"也。昔为平原，今则绿波，东达
渤海，西通滹沱。云明树晦，井里相连，月落始归，如与鸥鸟相约
者。更有渔父相留，前潭水尚未深，何个多事盘桓哉？

辟阳城

荒城在高岸，凌眺俯清淇〔一〕，传道汉天子，而封审食其〔二〕。

奸淫且不戮，茅土〔三〕孰云宜？何得英雄主，返令儿女欺！母仪良已失〔四〕，臣节岂如斯〔五〕？太息一朝〔六〕事，乃令人所嗤〔七〕。

《史记·陈丞相世家》："以辟阳侯审食其为左丞相。左丞相不治，常给事于中。食其亦沛人，汉王之败彭城西，楚取太上皇、吕后为质，食其以舍人侍吕后，其后从破项籍为侯，幸于吕太后。及为相，居中，百官皆因决事。"《同书·朱建列传》："辟阳侯幸吕太后，人或毁辟阳侯于孝惠帝，孝惠帝大怒，下吏欲诛之。吕太后惭，不可以言。大臣多害辟阳侯行，欲遂诛之。辟阳侯急，因使人欲见平原君（朱建），平原君辞曰：'狱急，不敢见君。'乃求见孝惠幸臣闳（衍籍字）孺，……从其计，言帝，果出辟阳侯。……孝文帝时，淮南厉王杀辟阳侯，以党诸吕故。"刘师培曰："讥杨妃之宠，兼刺玄宗之色荒。"（《左盦外集》卷十三《读全唐诗发微》）《资治通鉴》卷二一六："天宝十载春，……召禄山入禁中，贵妃以锦绣为大襁褓，裹禄山，使宫人以彩舆舁之。上闻后宫欢笑，问其故，左右以贵妃三日洗禄儿对。……自是禄山出入宫掖不禁，或与贵妃对食，或通宵不出，颇有丑声闻于外，上亦不疑也。"因知此诗作于天宝十载，高适北使归来过辟阳城之时，彭兰以为开元十九年，王达津以为天宝六载，似均未当。《汉书·地理志》："信都国有辟阳县。"颜注："辟音壁。"《水经注》卷十："《地理风俗记》曰：'广川西南六十里有辟阳亭，故县也。'"《后汉书·郡国志》："清河国有广川城。故属信都。"广川在今河北省枣强县东三十里。《元和郡县志》卷十七："辟阳故城在（信都）县东南三十五里，审食其为辟阳侯。"《新唐书·地理志》："冀州信都郡治信都。"今河北省冀县。是知辟阳城乃在今河北省冀县与枣强之间也。《括地志》卷上谓在信都县西三十五里,西为东之误也。

〔一〕《水经注》卷九:"淇水出河内隆虑县西大号山,东过内黄县为白沟,……又东北过广宗县东(广宗县在今河北威县东二十里),为清河,又北过广川县东。"是清淇即清河也。

〔二〕读异基。两句讽玄宗。

〔三〕《尚书纬》:"天子社东方青,南方赤,西方白,北方黑,上冒以黄土,将封诸侯,各取方土,苴以白茅以为社。"(李陵《答苏武书》李善注引)

〔四〕《列女传》卷一为《母仪篇》。胡安国《春秋传》:"天王所命而称王后,示天下之母仪也。"

〔五〕上四句评高祖,实刺玄宗。母仪句虽谓吕后,实责贵妃;臣节句虽言审食其,实斥禄山也。

〔六〕《后汉书·荀悦传》:"得失一朝,而荣辱千载。"

〔七〕《后汉书·樊宏传》:"时人嗤之。"李邕《铜雀妓》诗:"君举良不易,永为后代嗤。"

封丘作

州县才难适,云山道欲穷〔一〕,揣摩惭黠吏〔二〕,栖隐谢愚公〔三〕。

此似天宝十载归封丘后所作。

〔一〕陈子昂《西还至散关答乔补阙知之》诗:"蜀门自兹始,云山方浩然。"又《忠州江亭喜遇吴参军牛司仓序》:"江陵之道路方赊,巴徼之云山渐异。"《史记·孔子世家》:"西狩见麟,曰:'吾道穷矣。'"

235

〔二〕《战国策·秦策》："得太公阴符之谋，伏而诵之，简练以为揣摩。"高诱注："揣，定也；摩，合也。"《汉书·尹翁归传》："县县收取黠吏豪民。"《方言》："自关而东赵魏之间谓之黠，或谓之鬼。"句言羞如黠吏之忖度以迎合官长也。

〔三〕《说苑·政理》："见一老公而问之曰：'是为何谷？'对曰：'是为愚公之谷。'"谢与上句之惭为互文，亦愧也。参前《真定即事奉赠韦使君二十八韵》注〔三五〕。

笺曰：言我之才难适于州县之吏职，而云山绵远，跋涉维艰，吾之道术难行，殆将穷乎？愧不能效黠吏忖度上官之意以相逢迎，欲谋退隐，又有惭于愚公也。此进退皆难之意也。或以云山出自江淹《云山赞》，系指仙隐，恐非。

封丘县

我本渔樵孟诸〔一〕野，一生自是悠悠〔二〕者，乍可狂歌草泽中，宁堪作吏风尘下〔三〕？只言小邑无所为，公门百事皆有期〔四〕，拜迎官长心欲碎〔五〕，鞭挞黎庶〔六〕令人悲！归来向家问妻子〔七〕，举家尽笑〔八〕今如此，生事应须南亩田〔九〕，世情付与东流水。梦想旧山安在哉，为衔君命日迟回〔一〇〕，乃知梅福徒为尔〔一一〕，转忆陶潜归去来〔一二〕。

《高适诗集》残卷、《才调集》、《文苑英华》、《全唐诗》题为《封丘作》。明活字本题为《封丘县》。此亦似天宝十载归来后所作。

〔一〕见前《宋中十首》注。

〔二〕《世说新语·容止》："刘伶……悠悠忽忽，土木形骸。"《淮南子·修务训》："（魏）文侯曰：段干木不趋势利，怀君子之道，……吾日悠悠惭于影，子何以轻之哉？"又："彼并身而立节，我诞谩而悠忽。"高诱注："悠忽，游荡轻物。"并参前《涟上别王秀才》诗注。

〔三〕《诗词曲语辞汇释》卷一："乍可，犹只可也。高适《封丘作》诗：'我本渔樵孟诸野，一生自是悠悠者，乍可狂歌草泽中，宁堪作吏风尘下？'言我本悠悠之徒，只可草泽狂歌，岂堪风尘作吏也。"《才调集》卷八作乍事。

〔四〕魏文帝《与吴质书》："官守有限。"骆宾王《与程将军书》："官守牵缠，程期有限。"言其有期限也。

〔五〕《高适诗集》残卷、《才调集》、《文苑英华》碎作破。

〔六〕《书·尧典》："黎民于变时雍。"孔传："黎，众也。"蔡传："黎，黑也，民首皆黑，故曰黎民。"《尔雅·释诂》："黎、庶，众也。"此谓庶民也。

〔七〕《高适诗集》残卷、《才调集》作悲来。邢昉批："朴极，冲口而出，却非仲初（王建）《田家》之比。"（《唐风定》卷九）

〔八〕《高适诗集》残卷、《才调集》、明活字本作尽笑。《文苑英华》作尽哭。并称集作尽道。

〔九〕生事见前《留上李右相》诗注。《诗·豳风·七月》："馌彼南亩。"《小雅·信南山》朱熹集传："长乐刘氏曰：'其遂东入于沟，则其亩南矣。'"《文苑英华》应须作须依。高适此句犹陶潜《移居》诗所云"衣食当须纪，力耕不吾欺"也。

〔一〇〕《才调集》作日迟回。《文苑英华》称集作且迟回。《礼记·檀弓》："衔君命而使。"谓奉君命也。《晋书·顾众传》："及王敦构逆，令众出军，众迟回不发。"谓迟疑也。

〔一一〕梅福见前《钜鹿赠李少府》诗注〔四〕。徒为尔见前《奉酬睢阳路太守见赠之作》注。适后有《酬裴员外以诗代书》诗曰："酬赠徒为尔,长歌还自哈。"又白居易《醉赠刘二十八使君》诗曰:"诗称国手徒为尔,命压人头不奈何。"晚唐吴融《登鹳雀楼》诗曰:"祖鞭掉折徒为尔,赢得云溪负钓竿。"可参。此句言梅福为县尉乃徒劳也,正与适同。

〔一二〕《宋书·陶潜传》:"即日解印绶去职,赋《归去来》。"《唐诗选》残卷、《才调集》作转忆。《文苑英华》作却忆,较佳。赵熙批此二句曰:"浑灏流转,常侍独擅之长。"

笺曰:此诗表现高适为尉后思想感情上之矛盾痛苦,欲解职归田,又以衔君命之故而迟疑也,"拜迎长官心欲碎,鞭挞黎庶令人悲"二语,自来传诵人口。

崔司录宅燕大理李卿

多雨殊未已,秋云更沉沉,洛阳故人初解印〔一〕,山东小吏〔二〕来相寻。上卿〔三〕才大名不朽,早朝至尊暮求友〔四〕,豁达常推海内贤〔五〕,殷勤但酌樽中酒。饮酒欲言归剡溪〔六〕,门前驷马〔七〕光照衣,路傍观者徒唧唧〔八〕,我公不以为是非〔九〕。

《新唐书·百官志》:"西都、东都、北都及凤翔等府各有司录参军事二人。"又:"大理寺卿一人,掌折狱详刑。"曹植《与吴季重书》:"讌饮弥日。"六臣注:"善本作燕。"盖燕为讌之本字。亦作宴。诗云:"山东小吏来相寻。"此天宝十一载秋高适去官西至长安所作(适有《陈留郡上源新驿记》,称"末吏不敏,纪于贞石",天宝十一载"壬辰"岁作,尚在封丘尉任内也),是时司录参军崔某方罢官,在其宅中宴大理寺卿李某,高则适逢其会也。

〔一〕《史记·张耳陈馀列传》:"(陈馀)乃脱解印绶。"苏颋《授散骑常侍制》:"解印归休。"

〔二〕见前《酬秘书弟兼寄幕下诸公》诗注。高适方卸封丘尉职,故称"山东小吏"。

〔三〕《新唐书·百官志》:"大理寺卿一人,从三品;少卿二人,从五品下。"故称李为上卿也。

〔四〕《淮南子·精神训》:"视至尊穷宠,犹行客也。"注:"至尊,谓帝王也。故曰穷宠也。"求友见前《夜别韦司士》诗注〔三〕。

〔五〕豁达见前《自淇涉黄河途中作十三首》注。《汉书·司马迁传》:"教以慎于接物,推贤进士为务。"

〔六〕各本缺剡溪二字,据《四库》本及《全唐诗》补。

〔七〕《汉书·于定国传》:"于公谓曰:'少高大门闾,令容驷马高盖车。'"

〔八〕《洛阳伽蓝记》卷四:"京师士女多至河间寺,观其殿庑绮丽,无不叹息,以为蓬莱仙室,亦不足过,入其后园,……咸皆唧唧,虽梁王兔苑,想之不如也。"宋戴侗《六书故》:"唧唧,窃语声,亦叹声也。"

〔九〕言不以为忤也。参前《赋得还山吟赠沈四山人》注〔九〕。

同诸公登慈恩寺塔

香界泯群有〔一〕,浮图岂诸相〔二〕?登临〔三〕骇孤高,披拂忻大壮〔四〕。言是羽翼生〔五〕,迥出虚空〔六〕上,顿疑身世别〔七〕,乃觉形神王〔八〕,宫阙皆户前,山河尽檐向〔九〕。秋风昨夜至,秦塞〔一〇〕多清旷,千里何苍苍〔一一〕,五陵郁相望〔一二〕。盛时惭阮步〔一三〕,末宦知周防〔一四〕,输效独无因〔一五〕,斯焉可游放〔一六〕。

岑参有《与高适薛据登慈恩寺浮图》诗,杜甫、储光羲并有《同诸公登慈恩寺塔》诗,杜甫原注:"时高适、薛据先有此作。"知为五人同游且高适为首唱(除薛据诗失传外,馀四人诗均存,而以杜诗寓意为最佳)。闻一多《岑嘉州系年考证》云:"《旧(书)·玄宗纪》十载'是秋霖雨积旬,墙屋多坏,西京尤甚。'是年杜甫所作《秋述》曰:'秋杜子卧病长安旅次,多雨生鱼,青苔及榻。'多雨既非登塔之时,而杜甫卧病,尤无参与斯游之理,是登塔不得在天宝十载秋也。"按,天宝十一载高适尚在封丘尉任内,上篇题解已辨明矣。《旧唐书》本传:"表为左骁卫兵曹,充翰府掌书记,随翰入朝。"考《旧唐书·哥舒翰传》:"十一载……冬禄山、思顺、翰并来朝。"(《资治通鉴》并同,《安禄山传》误为十载)而十二载五月至九月适均在河西,登塔不得在十二载秋(详《岑嘉州系年考证》),故闻一多以高、杜等人同登慈恩寺塔在十一载秋,甚是。其《少陵先生年谱会笺》称:"十一载冬,翰与安禄山并来朝,……适盖同至京师",则登塔在是年高适赴河西及随翰入朝以前。按此诗称"秋风昨夜至",则为初秋,距哥舒翰入朝之冬日时间相距甚远,且"盛时惭阮步,末宦知周防"之语亦不似已入哥舒幕中之口气,而意在言封丘尉职也。彭兰定为高适客游河右后亦未合,见后《自武威赴临洮谒大夫不及因书即事寄河西陇右幕下诸公》诗题解。《长安志》:"慈恩寺,在县东南八里,高宗在春宫为文德皇后立,故名慈恩。……浮图七级,崇三百尺(《唐贤三昧集》卷下吴暄等辑注引《两京新记》作浮屠六级,高三百尺,六级当误),永徽三年沙门玄奘所立。"陈明微、张礼《游城南记》:"张注曰:塔初为五层,砖表土心,效西域窣堵波,……长安中摧倒,天后及王公施钱重加营建至十层。……塔自兵火之馀,止存七层。"据岑参诗云:"七层摩苍穹。"知高适、杜甫、岑参等登塔时已为七层矣。惟后章八元《题慈恩寺塔》诗云:"十层突兀在虚空,四十门开面面风。"当是虚写重建之时。塔即今西安城南大雁塔是也(雁塔用西域故事瘞雁建塔),实高六十四公尺,即一百九十二市尺也。胡震亨曰:"诗家拈教乘中题,当即用教乘中语义;旁撷外典补凑,便非当行。……唐诸家教乘中诗,合作者多,独老杜殊出入,不可为法。如《慈恩塔》一诗,高、岑终篇皆彼教语,杜则杂以望陵寝,叹稻粱等事,与法门事全不涉,他寺刹及赠僧诗皆然。"(《唐音癸签》卷四)仇兆鳌不取此说,并谓:"岑、储两作,风秀熨贴,不愧名家;高达夫出之简净,品格亦自清坚;少陵则格法严整,气象峥嵘,音节悲壮,而俯仰高深之景,盱衡今古之识,感怀身世之怀,莫不曲尽篇中,真足压倒群贤,雄视千古矣。三家结语,未免拘束,致鲜后劲,杜于末幅另开眼界,独辟思议,力量百倍于人。"(《杜少陵集详注》卷二)其说是也。王士禛曰:"每思高、岑、杜辈同登慈恩塔,李、杜辈同登吹台,一时大敌旗鼓相当,恨不厕身其间,为执鞭弭之役。"(《唐贤三昧集笺注》引)

〔一〕丁福保《佛学大辞典》:"香界,谓佛寺也,见《丹铅录》。"按《维摩诘经》称众香国佛号香积,楼阁苑囿皆香,其香气周流十方无量世界。故称佛寺往往用"香界"或"香林"等。王中《头陀寺碑》:"行不舍之檀而施洽群有。"李善注:"群有谓有色无色,有想无想,以其不一,故曰群有。"泯群有,言万物皆灭。

〔二〕《类函》:"浮图一名窣堵波,此翻聚相即塔也。《说文》无塔字,若依梵本瘞佛骨所名曰塔婆。"(《唐贤三昧集笺注》卷下)《佛

学大辞典》："诸相,诸差别之形相事物也。《维摩经·弟子品》
曰:'法常寂然,灭诸相故。'"

〔三〕见前《同房侍御山园新亭与邢判官同游》诗注。

〔四〕《庄子·天运》:"风起北方,一西一东,有上彷徨,孰嘘吸是?
孰居无事而披拂是?"释文:"披拂,风貌。"《易·大壮》:"象曰:
'大壮,大者壮也。'"注:"大者谓阳爻,小道将灭,大者获正,故
利贞也。"

〔五〕《经传释词》卷五:"言,云也,语词也。"《礼记·乐记》:"羽翼
奋。"孔疏:"谓飞鸟之属皆得奋动也。"

〔六〕《法华经》:"其佛常处虚空,为众说法。"

〔七〕鲍照《咏史》:"君平独寂寞,身世两相弃。"身世别,言身离
世也。

〔八〕《庄子·养生主》:"神虽王,不善也。"释文:"王,于况反。"

〔九〕《诗·豳风·七月》:"塞向墐户。"毛传:"向,北出牖也。"言山
河皆如在檐窗甚近也。

〔一〇〕《史记·苏秦列传》:苏秦说惠王曰:"秦,四塞之国。"李白《蜀
道难》:"不与秦塞通人烟。"清旷见前《东平路作三首》注。

〔一一〕《诗·秦风·蒹葭》:"蒹葭苍苍。"传:"苍苍,盛也。"

〔一二〕《汉书·原涉传》注:"谓长陵、安陵、阳陵、茂陵、平陵也。"均汉
代帝墓。《诗·秦风·晨风》:"郁彼北林。"疏:"郁者,林木积
聚之貌。"

〔一三〕参前《酬秘书弟兼寄幕下诸公》诗注〔四七〕。阮步兵不当缩称
阮步,或谓阮之窘步,如前《留别郑三韦九兼寄洛下诸公》诗之
"窘步",以古诗,不必与下句工对也。

〔一四〕《后汉书·周防传》:"防年十六,仕郡小吏,世祖巡狩汝南,召

掾吏试经,防尤能诵读,拜为守丞。"任昉《上萧太傅启》:"往来末宦,禄不代耕。"防,符况切。

〔一五〕谓输忠报效于君而无由也。

〔一六〕《宋书·谢灵运传》:"为临川内史,在郡游放,不异永嘉。"

笺曰:此与薛据、杜甫、岑参、储光羲同登长安慈恩寺塔,而适首唱之作也。起谓佛寺泯去万物,塔与诸相亦不相同,登临方骇其孤高,风吹喜大道获正也。云是如飞鸟之生羽翼,迥出虚空之上,忽疑身与世离,乃觉形神俱旺也。次言帝之宫阙如在户前,山河尽如檐窗之近也。昨夜秋风至矣,关中之地清旷宜人,千里草木何盛,五陵林木积聚相望。以上均赞美之词。末言盛时失志,末职知如周防,输忠效国独无由矣,于斯可以游放自适也。

同薛司直诸公秋霁曲江俯见南山作

南山郁初霁,曲江湛不流,若临瑶池〔一〕间,想望昆仑丘〔二〕。回首见黛色,眇然波上秋〔三〕,深沉俯峥嵘,清浅延阻修〔四〕。连潭万木影,插岸千岩幽,杳蔼〔五〕信难测,渊沦无暗投〔六〕。片云对渔父〔七〕,独鸟随虚舟〔八〕,我心寄青霞〔九〕,世事惭白鸥〔一〇〕。得意在乘兴〔一一〕,忘怀非外求〔一二〕,良辰自多暇〔一三〕,忻与数子游。

储光羲有《同诸公秋霁曲江俯见南山》一诗(《高常侍集》误为高适诗,题作《奉和储光羲》),此诗必作于同时。恐即五人同登慈恩寺塔后,又至曲江池(在寺塔东南)所作。《新唐书·百官志》:"太子詹事府有司直,正七品上。掌纠劾宫寮及率府之兵。"薛司直恐即薛据,盖先为詹事府司直,后为司议郎者。《国秀集》目录

有"大理司直薛奇章",似非其人。《太平寰宇记》卷二十五:"曲
江池,汉武帝所造,名为宜春苑,其水曲折,有似广陵之江,故名
之。"《雍录》:"唐曲江本秦隑州,至汉为宣帝乐游庙,基地最高,
四望宽敞。隋营京城,宇文恺凿之为池。"康骈《剧谈录》:"曲江
池,本秦时隑州。开元中,疏凿为胜境,南有紫云楼、芙蓉苑,西
有杏园、慈恩寺,花卉环周,烟水明媚,都人游玩,盛于中和上巳
之节,赐宴臣僚会于山亭。"欧阳詹《曲江池记》:"俯睇冲融,得渭
北之飞雁,斜窥澹泞,见终南之片石。珍木周庇,奇花中缛,重楼
夭矫以萦映,危榭巉岩以辉烛。"南山即终南山。《雍录》:"终南
山横亘关中南面,西起秦陇,东彻蓝田。"《清一统志》卷一七八:
"在府城(西安)南五十里。"盖言其主山也。日人近藤元粹曰:
"比前首亦自有一种景象。"(《笺注唐贤诗集》卷下)唐汝询曰:
"此赋初霁之景而以江山交互成篇,盖山初霁则郁然生色,江添
雨则满而不流,若临瑶池而望昆丘,其青翠之色浮于波上也。既
又状山水林岩之奇秀,渔父虚舟之闲逸,因言我心无着,寄彼云
霞,世事未忘,愧兹鸥鸟。然得意亦即在此,乘兴忘怀,岂假外
求,今值良辰,而得与诸君同游,其愿毕矣。"

〔一〕《穆天子传》卷三:"天子(周穆王)觞西王母于瑶池之上。"《史
　　记·大宛列传》赞:"禹本纪言河出昆仑,……其上有醴泉
　　瑶池。"

〔二〕《山海经·西山经》:"昆仑之丘,是实惟帝之下都。"

〔三〕何逊《照水联句》:"临桥看黛色,映渚媚铅晖。"(刘绮句)王尧
　　衢《古唐诗合解》卷二:"南山翠黛之色若浮波上而生秋。盖江
　　高而山势低,此正写俯见二字也。"

〔四〕同上:"深沉、清浅皆言江。峥嵘,深邃貌。阻修,路长也,言南

山绵延也。"

〔五〕《南都赋》:"杳蔼蓊郁于谷底。"李善注:"皆茂盛貌也。"《全唐诗》作杳霭。陶潜《停云》诗:"霭霭停云。"云集貌。

〔六〕《说文》卷十一:"渊,回水也。""小波为沦。"暗投,见前《涟上别王秀才》、《送魏八》诗注。意谓渊沦非道路可比,故无珠璧暗投,见幽静无扰也。《古唐诗合解》卷二:"渊之深沦无暗投纶钩者。"非,以下文明言渔父也。

〔七〕《庄子·渔父》:"有渔父者,下船而来。"

〔八〕《庄子·山木》:"大莫之国,方舟而济于河,有虚船来触舟,虽有惼心之人,不怒。"《古唐诗合解》卷二:"观片云无心,对渔父以为伴,独鸟自适,随虚舟而翻飞。此皆天机活泼,毫无沾滞。"

〔九〕沈约《游锺山诗》:"白云随玉趾,青霞杂桂旗。"日光照于青云也。《魏志·荀攸贾诩传》评"其良平之亚欤"裴松之注:"张子房青云之士,诚非陈平之伦。"谓隐逸也。

〔一〇〕《列子·黄帝》:"海上之人有好沤鸟者,每旦之海上,从沤鸟游,沤鸟之至者百,住而不止,其父曰:'吾闻沤鸟皆从汝游,汝取来吾玩之。'明日之海上,沤鸟舞而不下也。"张湛注:"海童在和心而鸥游。"沤鸟即鸥。此句言世事机巧,有愧白鸥之无心而游。

〔一一〕《庄子·外物》:"得意在忘言。"并参前《奉酬睢阳李太守》诗注。

〔一二〕《宋书·陶潜传》:"忘怀得失,以此自终。"《韩诗外传》卷一:"德义畅乎中,而无外求也。"谢灵运《道路忆山中》诗:"偃卧任纵诞,得性非外求。"

〔一三〕谢灵运《拟魏太子邺中集诗八首》序："天下良辰、美景、赏心、乐事，四者难并。"《晋书·夏侯湛传》："政清务闲，优游多暇。"

醉后赠张九旭

世上谩相识〔一〕，此翁殊不然，兴来书自圣〔二〕，醉后语尤颠〔三〕。白发老闲事，青云在目前〔四〕，床头一壶酒，能更几回眠〔五〕？

张旭与贺知章等被称为酒中八仙，杜甫有《饮中八仙歌》，作于天宝年间。颜真卿天宝元年醴泉尉罢职后曾到京洛向张旭学书法，五载作《张长史十二意笔法记》（《颜鲁公集》卷十四）南唐后主观修禊叙跋："善书法者各得右军之一体，……张旭得其法，而失于狂。"（桑世昌《兰亭考》卷五）今存有千字文、疾痛帖、肚痛帖、古诗四帖等，可依稀见其风格。高适天宝十一载至长安，得与旭相见共饮。

〔一〕《战国策·秦策》："人生世上，势位富贵，盖可忽乎哉。"沈德潜曰："世俗交谊不亲，而泛云知己，所谓谩相识也。"（《唐诗别裁》卷十）邢昉《唐风定》卷十三作漫相识。谩，通作漫。

〔二〕《抱朴子》："卫协张墨号书圣。"杜甫《饮中八仙歌》："张旭三杯草圣传。"自，自然之自，非自己之自。

〔三〕《新唐书·李白传》："旭，苏州吴人，嗜酒，每大醉，呼叫狂走，乃下笔，或以头濡墨而书，既醒自视，以为神，不可复得也，世呼张颠。……旭自言始见公主担夫争道，又闻鼓吹，而得笔法意。观倡公孙舞剑器，得其神，后人论书，欧虞褚陆皆有异论，至旭无非短者。"明活字本尤作犹，从《全唐诗》。

〔四〕《后汉书·赵壹传》："肆嗜欲于目前。"郭璞《游仙诗》："寻我青云友，永与时人绝。"《南史·衡阳王钧传》："身处朱门而情游江海，形入紫闼而意在青云。"谓隐逸也。王尧衢曰："一任白发满头，那顾青云在目？年岁功名都非意中事也。"（《古唐诗合解》卷八）以青云为高位，误。

〔五〕《世说·言语》："孔文举有二子……昼日父眠，小者床头盗酒饮之。"此写旭醉眠生活也。

笺曰：世人广交，泛称知己，此老殊不如此，兴来作书自可称圣，醉后出语尤狂。白发老于闲事，青云长在目前，何其恬退自适也，床头一壶酒，能得几回醉眠乎？

宴韦司户山亭院

人幽想灵山，意惬怜远水，习静务为适，所居还复尔。汲流涨华池〔一〕，开酌宴君子，苔径试窥践，石屏可攀倚。入门见中峰，携手如万里〔二〕，横琴了无事，垂钓应有以〔三〕，高馆何沉沉，飒然凉风起。

按王维有《洛阳郑少府与两省遗补宴韦司户南亭序》，似作于同时。若作于开元二十四年适入京应试不第留都之时，则维为右拾遗也。然适以布衣恐不得与斯宴。姑系于天宝十一载秋，时王维为文部（天宝十一载三月吏部改）郎中。《新唐书·百官志》："州郡有司户参军事。"

〔一〕东方朔《七谏》："鼋鼍游乎华池。"王逸注："芳华之池也。"

〔二〕《唐诗归》卷十二："谭云：奇情奇想。"

〔三〕《诗·邶风·旄丘》："必有以也。"以，因也。

送崔功曹赴越

传有东南别,题诗报客居,江山知不厌,州县复何如? 莫恨吴歈〔一〕曲,当看越绝书〔二〕,今朝欲乘兴〔三〕,随尔食鲈鱼〔四〕。

《新唐书·百官志》:"西都、东都、北都各有功曹参军事二人。州郡有司功参军事一人。"似长安作。此所赴之越当并吴地言,见诗注〔四〕。

〔 一 〕左思《吴都赋》:"荆艳楚舞,吴愉越吟。"刘渊林注:"愉,吴歌也。《楚辞》曰:'吴歈蔡讴。'"《说文》卷十:"恨,怨也。"

〔 二 〕《隋书·经籍志》:"《越绝记》十六卷,子贡撰。"《新唐书·艺文志》:"子贡《越绝书》十六卷"《四库全书总目提要》卷六十六:"此书为会稽袁康所作,同郡吴平所定也。……其文纵横曼衍,与《吴越春秋》相类,而博丽奥衍则过之。"

〔 三 〕见前《奉酬睢阳李太守》诗注。

〔 四 〕《晋书·张翰传》:"因见秋风起,乃思吴中菰菜、莼羹、鲈鱼脍,曰:'人生贵得适志,何能羁宦数千里以要名爵乎?'"葛立方《韵语阳秋》卷二:"余考《地理志》,汉吴县隶今会稽郡,则以鲈鱼作越上,亦无伤也。"按秦及西汉会稽郡治吴,东汉至唐均分为会稽与吴郡,适盖从古称也。

赠任华

丈夫结交须结贫,贫者结交交始亲〔一〕,世人不解结交者,唯重黄金不重人。黄金虽多有尽时,结交一成无竭期,君不见管仲与鲍叔〔二〕,至今留名名不移〔三〕。

　　此诗各本失载,据《唐诗纪事》卷二十二补。《唐摭言》卷十一"怨怒"门附"戆直":"任华戆直,上严大夫笺:'逸人姓任名华,是曾作芸省校书郎者。'"又曾上书京兆尹杜中丞、贾大夫及庾中丞,多愤慨之词(《居易录》谓为傲慢无礼),足见其不得志之情况。《全唐文》卷三七六又有《送李侍御充汝州李中丞副使序》曰:"且御史仲兄金吾将军尝处中司之雄职,镇于上洛之要地,招我于芸阁之上,假我以柏台之荣,与华甚厚,同于骨肉。"知其曾为秘书省校书郎及监察御史之职。又有《送宗判官归滑台序》、《桂林送前使判官苏侍御归上都序》,知其曾为桂州刺史参佐。《唐诗纪事》载任华《杂言寄李白》诗云:"中间闻道在长安,及余戾止君已江东访元丹。"按李白重游江东在天宝五载,任华之到长安应在五载后。又杜甫有《贫交行》,梁权道编在天宝十一载,诗云:"翻手作云覆手雨,纷纷轻薄何须数?君不见管鲍贫时交,此道今人弃如土!"高适此诗正与杜诗意同,结句均以君不见及管鲍为言,或为同时所作。此诗纯出于议论而不觉其泛,较之张谓《题长安主人壁》为愈。其后李白有《箜篌谣》,与高、杜之诗主题相同而更为生动。孟郊《结交》、《择友》、《审友》等诗亦受诸人影响。

〔一〕清汪薇批注:"两贫相结,非道义之合,则意气之投。"(《诗伦》卷上)此处实更重道义。

〔二〕见前《宋中遇陈二》诗注。

〔三〕汪薇批注:"留不朽之名是谓丈夫。"又:"区区身后名,岂足动其心哉?"按,名不移正谓名不朽,称为区区身后名,则有悖原意矣。

同李九士曹观壁画云作

始知帝乡〔一〕客，能画苍梧云〔二〕，秋天万里一片色，只疑飞尽犹氛氲〔三〕。

岑参有《题李士曹厅壁画度雨云歌》，与此诗为同时作。又钱起有《李士曹厅对雨》诗。李九当即李鲁（见前《观李九少府鲁树宓子贱神祠碑》），曾为单父尉者。今为京兆府士曹参军。时天宝十一载秋末。

〔一〕帝乡见前《别孙圻》诗注。锺惺曰："始知二字起，用笔便奇，看他比七言绝又少四字，已是一首歌行。"（《唐诗归》卷十二）

〔二〕《易归藏》："有白云出自苍梧，入于大梁。"

〔三〕谢惠连《雪赋》："氛氲萧索。"李善注："王逸《楚辞注》曰：'氛氲，盛貌。'"

同崔员外綦母拾遗九日宴京兆府李士曹

今日好相见，群贤仍废曹〔一〕，晚晴催翰墨〔二〕，秋兴引风骚〔三〕。绛叶拥虚砌，黄花随浊醪〔四〕，闭门〔五〕无不可，何事更登高〔六〕？

《旧唐书·崔颢传》："累官司勋员外郎，天宝十三年卒。"《唐才子传》卷二："（綦母）潜，……开元十四年严迪榜进士及第，授宜寿尉，迁右拾遗。"九日谓九月九日重阳节也。《荆楚岁时记》："九月九日四民并籍野饮讌。杜公瞻云：'九月九日宴会未知起于何代，自汉世来如此。'"（《太平御览》卷三二引）参前《九月九日酬颜少府》诗题解。李士曹即李鲁，参见上篇。

〔一〕《汉书·薛宣传》："及日至休吏,贼曹掾张扶独不肯休,坐曹治事。"注："冬夏至之日不省官事故休吏。"废曹犹休吏也。仍,乃也。

〔二〕犹前《同陈留崔司户早春宴蓬池》诗之"隔岸春云邀翰墨"也,第此谓秋晴耳。

〔三〕秋兴见前《寄孟五少府》诗注〔四〕。《宋书·谢灵运传》："一世之士,各相慕习,原其飈流所始,莫不同祖风骚。"谓国风、楚骚也。

〔四〕《魏都赋》："清酤如济,浊醪如河。"刘良注："清酤、浊醪,并酒也。济水清,河水浊,故比之。"

〔五〕《后汉书·冯衍传》："西归故郡,闭门自保。"此言聚宴也。

〔六〕见前《九月九日酬颜少府》诗注。何事,言何须也。此用翻案法。

秦中送李九赴越

携手望千里,于今将十年,如何每离别,心事复迢遭〔一〕。适越虽有以〔二〕,出关终耿然〔三〕,愁霖不可向〔四〕,长路或难前。吴会〔五〕独行客,山阴秋夜船〔六〕,谢家征故事〔七〕,禹穴访遗编〔八〕。镜水〔九〕君所忆,莼羹予旧便〔一〇〕,归来莫忘此,兼示济江篇〔一一〕。

251

岑参有《送李翥游江外》诗,与高适此诗为同时作。诗中称"霜降衣仍单","惆怅秋草死,萧条芳岁阑","袖香朱橘团",知时为秋末。高适自天宝三载在单父与李翥相见后(《观李九少府翥树宓子贱神祠碑》),至天宝十一载为九年,故言"携手望千里,于今将

十年"。而岑诗则称"相识应十载",可能岑于天宝二载在京与李
翥相识。

〔一〕《易·屯》:"屯如邅如。"疏:"屯是屯难,邅是邅回。"

〔二〕谓有因而往,非浪游也。

〔三〕谓出潼关也。《远游》:"夜耿耿而不寐兮。"洪兴祖补注:"耿
耿,不安也。"

〔四〕明活字本作愁临,从《全唐诗》。一作秋林,与下秋夜船秋字
复,不可从。向犹对也。

〔五〕赵翼《陔馀丛考》卷二十一:"西汉时会稽郡治本在吴县,时俗
以郡县连称,故云吴会。"(其说本于范成大《吴郡志》)当读贵,
或读为都会之会,非。

〔六〕《新唐书·地理志》:"越州会稽郡有会稽、山阴等七县。"今浙
江省绍兴市,自轩亭口以东为旧山阴县,以西为旧会稽县。
《中吴纪闻》卷四:"夜船惟浙西有之,然其名旧矣,古乐府有夜
航之曲。"从《世说》所载王子猷雪夜乘小舟访戴安道事观之,
浙东山阴等地亦未必无夜船也。

〔七〕谓征访谢安遗事,参前《古乐府飞龙曲留上陈左相》诗注〔三〕。

〔八〕《史记·太史公自序》:"上会稽,探禹穴。"集解:"张晏曰:'禹
巡狩至会稽而崩,因葬焉。上有孔穴,民间云禹入此穴。'"《清
一统志》卷二一六:"禹穴在会稽县宛委山,禹藏书之所。"按
《吴越春秋》谓禹穴乃黄帝藏书之所,禹得其书而已,上二说
并非。

〔九〕《会稽记》:"汉顺帝永和五年,会稽郡守马臻创立镜湖。"(《太
平御览》卷六十六引)在今浙江省绍兴市南。

〔一〇〕见前《送崔功曹赴越》诗注。便,读平声。习也。由此句知高

适曾到吴越,然究在何时,不可考矣。

〔一一〕谢灵运《酬从弟惠连》:"倾想迟嘉音,果枉济江篇。"指惠连所作《西陵遇风献康乐》诗。诗云"昨发浦阳汭,今宿浙江湄","临津不得济,伫楫阻风波"。以比李赏之诗。

笺曰:诗谓己与李赏千里相别,至今已将十年(适前有《别李景参》诗曰:"昨时携手已十年,今日分途各千里。"语意相近),如何每有离别,心事总觉屯难迟回也。今赴越虽有因而往,然思及即出潼关,终觉心中不安,秋霖不可相对,途长或难前行也。独行吴会之地,船驶山阴秋夜,可寻访谢安遗迹与禹穴藏书。君忆镜湖之水,我亦曾尝莼羹之味,归来之时幸勿忘此,并示我以济江佳制也。

送蹇秀才赴临洮

怅望日千里,如何今二毛〔一〕,犹思阳谷〔二〕去,莫厌陇山〔三〕高。倚马〔四〕见雄笔,随身唯宝刀〔五〕,料君终自致〔六〕,勋业在临洮。

此与下首可见高适已有立功西陲之念,故系于天宝十一载秋到长安以后作。《新唐书·地理志》:"洮州临洮郡治临潭。"今甘肃省临潭西南。杜甫有《陪李北海宴历下亭》诗,原注:"时邑人蹇处士辈在座。"或即其人后应试为秀才者。

〔一〕见前《酬岑二十主簿秋夜见赠之作》注。

〔二〕刘歆《甘泉宫赋》:"轶陵阴之地室,过阳谷之秋城。"在今甘肃淳化县北(汉云阳县)。

〔三〕《秦州记》:"陇山东西百八十里,登山岭东望,秦川四五百里,极目泯然,山东之人行役升此而顾瞻者,莫不悲思。"(《续汉

书·郡国志》引）

〔四〕《世说新语·文学》："桓宣武北征，袁虎时从，被责免官，会须露布文，唤袁倚马前令作，手不辍笔，俄得七纸，殊可观。"李白《与韩荆州书》："请日试万言，倚马可待。"

〔五〕见前《古大梁行》注。张正见《陇头水》："心交赐宝刀。"

〔六〕见前《同颜少府旅宦秋中》诗注〔四〕。谓自致于青云之上也。

送白少府送兵之陇右

践更登陇首〔一〕，远别指临洮，为问关山事〔二〕，何如州县劳〔三〕？军容随赤羽〔四〕，树色引青袍〔五〕，谁断单于〔六〕臂？今年太白高〔七〕。

此亦似在长安所作，姑系于此。

〔一〕《汉书·昭帝纪》注："贫者欲得顾更钱者，次直者出钱顾之（为卒），月二千，是谓践更也。"明活字本践更作残更，从《全唐诗》。《三秦记》："小陇山，其坂九回，上者七日乃越，上有清水四注。俗歌曰：'陇头流水，鸣声幽咽，遥想秦川，肝肠断绝。'"（《太平御览》卷五十引）陇首，陇头也。在今陕西陇县。

〔二〕明活字本作关中事，从《全唐诗》。关山事谓送兵也。《汉书·萧何传》："汉王与诸侯击楚，何守关中，侍太子，治栎阳，为令约束，立宗庙社稷，宫室县邑，……计户转漕给军。汉王数失军遁去，何常兴关中卒，辄补缺，上以此剸属任何关中事。"

〔三〕见前《同颜少府旅宦秋中》诗注〔五〕。

〔四〕庾信《华林园马射赋》："夏箭三成，青茎赤羽。"

〔五〕见前《使青夷军入居庸三首》注。

〔 六 〕见前《塞上》诗注。

〔 七 〕见前《信安王幕府诗》注。

笺曰：募兵而登陇头，远别而赴临洮，试问关山送兵之事，何如州县卑职之劳也？军容因赤羽之箭而壮，树色共县尉袍色而青，斫断匈奴单于之臂者其谁乎？今年太白将星甚高也。

登垅

垅头远行客，垅上分流水〔一〕，流水无尽期，行人未云已。浅才登一命〔二〕，孤剑通万里〔三〕，岂不思故乡，从来感知己〔四〕。

《全唐诗》《登垅》题下注："应作陇，诗同。"见上首注〔一〕及前《送塞秀才赴临洮》诗注〔三〕。《汉书·地理志》注："陇坻谓陇坂，即今之陇山也。"《旧唐书·高适传》："客游河右，河西节度使哥舒翰见而异之，表为左骁卫兵曹，充翰府掌书记。"诗云："浅才登一命。"一命即谓左骁卫兵曹参军充翰府掌书记也。适之入幕由于田梁丘之荐。杜甫《赠田九判官梁丘》诗："陈留阮瑀谁争长，京兆田郎早见招，麾下赖君才并美，独能无意向渔樵？"仇兆鳌注："美田九荐贤之功。……阮瑀指高适，适本封丘尉，与陈留相近。他章云：'好在阮元瑜。'可证。高之入幕，必由田君所荐，故云早见招。"（《杜少陵集详注》卷三）《资治通鉴》卷二一七："天宝十三载，哥舒翰亦为其部将论功。……翰又奏严挺之之子武为节度判官，河东吕諲为支度判官，前封丘尉高适为掌书记。"乃系事后补奏。考适长安诗大都为秋日作，则赴河西必天宝十一载秋暮，可参仇兆鳌《杜少陵集详注》卷二《送高三十五书记十五韵》、卷三《赠田九判官梁丘》、《投赠哥舒开府二十韵》诗题注。沈德潜

《唐诗别裁》卷一："观'浅才登一命'句,应是哥舒翰表为参军掌书记时作。感知忘家,语简意足。"唐汝询曰:"首叙陇头之事而即以流水兴行人之不休,盖赋而兴也。"(《唐诗解》卷九)

〔一〕《水经注》卷十七:"……即陇水也,东北出陇山。"疏:"(熊)会贞按:陇山绵延数百里,郦氏以在北者为大陇山,在南者为小陇山,亦或单称陇山。所出之水甚多,有东西流者,有南北流者,此水即以陇为名,则南流者也。"

〔二〕《礼记·王制》:"小国之卿,与下大夫一命。"

〔三〕《史记·淮阴侯列传》:"项梁渡淮,信仗剑从之。"李白《上安州裴长史书》:"故知大丈夫必有四方之志,乃仗剑去国,辞亲远游。"与此意同。

〔四〕见前《酬庞十兵曹》诗注。

金城北楼

北楼西望满晴空,积水连山胜画中〔一〕,湍上急流声若箭〔二〕,城头残月势如弓〔三〕。垂竿已谢磻溪老〔四〕,体道犹思塞上翁〔五〕,为问边庭更何事?至今羌笛怨无穷〔六〕。

此诗有"北楼西望"等语,不似东归之作,"垂竿已谢磻溪老,体道犹思塞上翁",确系初仕为封丘尉之后,亦非天宝末入朝为左拾遗之语也。当为天宝十一载秋赴河西时过金城所作。《新唐书·地理志》:"兰州金城郡治金城。"今甘肃省兰州市。张维《兰州古今志》:"兰州城郭门各有楼,而北门最古。"

〔一〕张维《兰州古今志》:"兰州铁桥之北有山曰北塔,……山之阳为金山寺,凿山崖为兰若,每当重九,都人士挈酒登饮于此。

又西为金城关，南阻大河，北连崇岭。”

〔二〕《广雅·释水》王念孙疏证：“水流石上谓之湍濑。”《慎子》：“河之下龙门，其流驶如竹箭。”

〔三〕见前《信安王幕府诗》注〔四一〕。

〔四〕《水经注》卷十七：“渭水之右，磻溪注之，……东南隅有一石室，盖太公所居也。水次平石钓处，即太公垂钓之所也。”磻溪老即指太公。《全唐诗》谢作羡。

〔五〕《淮南子·人间训》：“近塞上之人，有善术焉者，马无故而亡入胡，人皆吊之，其父曰：‘此何遽不能为福乎？’居数月，其马将胡骏马而归，人皆贺之，其父曰：‘此何遽不能为祸乎？’家富良马，其子好骑，堕而折其髀，人皆吊之，其父曰：‘此何遽不能为福乎？’居一年，胡人大入塞，丁壮者引弦而战，近塞之人死者十九，此独以跛之故，父子相保。故福之为祸，祸之为福，化不可极，深不可测也。”《道德经》：“祸兮福所倚，福兮祸所伏。”故称体道。

〔六〕《风俗通》：“笛，汉武帝工人丘仲所造也，又有羌笛。”《乐纂》：“横笛，小篪也，汉灵帝好胡笛，有胡笛篪，出于胡吹即此也。梁胡歌云：‘快马不须鞭，拗折杨柳枝，下马吹横笛，愁杀路傍儿。’”（《太平御览》卷五八〇引）陈旸《乐书》：“羌笛五孔，马融赋笛谓出于羌中，旧制四孔而已，京房加一孔，以备五音。”《说文》卷五：“笛，七孔筩也。羌笛三孔。”又《西京杂记》载尚有二十六孔之玉笛。按横吹曲有《折杨柳》、《落梅花》等，故云怨无穷也。

登百丈峰二首

朝登百丈峰〔一〕，遥望燕支〔二〕道，汉垒青冥〔三〕间，胡天白如扫〔四〕。忆昔霍将军〔五〕，连年此征讨，匈奴终不灭〔六〕，寒山徒草草〔七〕，惟见鸿雁飞〔八〕，令人伤怀抱〔九〕。

晋武轻后事〔一〇〕，惠皇终已昏〔一一〕，豺狼塞瀍洛〔一二〕，胡羯〔一三〕争乾坤，四海如鼎沸〔一四〕，五原徒自尊〔一五〕。而今白庭〔一六〕路，犹对青阳门〔一七〕，朝市〔一八〕不足问，君臣随草根。

《高适诗集》残卷题为《武威作二首》。彭兰疑百丈峰即石门山中之高峰，在河州凤林县。谓汉武帝元狩二年霍去病出陇右至皋兰即指此。然《汉书·霍去病传》明言"过燕支山千有馀里，合短兵，鏖皋兰下"，不得在今甘肃临夏地也。《汉书补注》引沈钦韩曰："《广韵》：'隋文帝置兰州，取皋兰山为名。'《九域志》：'兰州西南九十五里皋兰县有皋兰山。'然兰州西北至甘州（今张掖）千馀里，上云'过焉支山'，未审其何以复鏖皋兰也。《一统志》：'石门山在河州西南。'《水经注》云：'疑即皋兰山门也。'然此二说皆非是，皋兰山盖在张掖塞外矣。"沈说甚是。苏林亦曰："匈奴中山关名也。"且诗云"朝登百丈峰，遥望燕支道"，又"五原徒自尊"，《高适诗集》残卷作"五凉更自尊"，考前凉、后凉、北凉均在武威，南凉在乐都，西凉在敦煌，后徙酒泉，仍以《武威作》为是。彭氏又以此为天宝十四载自凉州东归时所作，误矣，以其不知敦煌唐写本《高适诗集》残卷之有《自武威赴临洮谒大夫不及因书即事寄河西陇右幕下诸公》诗也。诗云："主人未相识，客子心忉忉。"适之初至武威，在天宝十一载，此诗云："惟见鸿雁飞。"知为秋日也。故天宝十三载秋《奉寄平原颜太守》诗曰："一为天崖（高厓）客，三见南飞鸿。"唐汝询解此诗第一首曰："此叹苦战之无益也，言登高而望边境，见汉垒而想去病之北征，其时以为必灭匈奴而后已，然终果灭乎？狼居胥之封徒草草耳。既无足称，然睹鸿雁之飞而独伤怀抱者，窃有感于传书之事也。夫去病伪功而取封，子卿守节而薄赏，适盖有慨于当时矣。"（《唐诗解》卷九）解寒山句甚是，盖狼居胥山之封乃在元狩四年，出陇西麇皋兰下为元狩二年事，诗谓之"连年"，正合。解鸿雁二句则不免附会，盖只有边地之感而已。

〔一〕《高适诗集》残卷作百尺烽。

〔二〕《旧唐书·地理志》："凉州天宝县有焉支山。"《凉州记》："焉支山在西郡界，东西百馀里，南北二十里。"（《太平御览》卷五十引）

〔三〕见前《奉酬北海李太守丈人夏日平阴亭》诗注。

〔四〕王僧孺《至牛渚忆魏少英》诗："沙岸静如扫。"赵熙批："青、白二字奇妙。"

〔五〕《高适诗集》残卷作卫将军，恐误。

〔六〕《史记·骠骑列传》："天子为治第，令骠骑（霍去病）视之，对曰：'匈奴未灭，无以家为也。'"高适反言之以谓征讨之无益。

〔七〕《高适诗集》残卷寒山作塞下。《四库》本作平沙。《诗·小雅·巷伯》："劳人草草。"传："草草，劳心也。"

〔八〕《诗·小雅·鸿雁》："鸿雁于飞。"孔疏："鸿雁俱是水鸟，故连言之，其形鸿大而雁小，……春则避阳暑而北，秋则避阴寒而南。"

〔九〕《晋书·王羲之传》："或取诸怀抱，晤言一室之内。"

〔一〇〕《晋书·武帝纪》："制曰：'武皇……见土地之广，谓万叶而无虞；睹天下之安，谓千年而永治。……加之建立非所，委寄失才，……故贾充凶竖，怀奸志以拥权，杨骏豺狼，苞祸心以专辅。……曾未数年，纲纪大乱，海内版荡，宗庙播迁。……良由失慎于前，所以贻患于后。……元海（刘渊）当除而不除，卒令扰乱区夏，惠帝可废而不废，终使倾覆洪基。'"

〔一一〕《惠帝纪》："政出群下，纲纪大坏，货赂公行。"《高适诗集》残卷皇作星，误。

〔一二〕《书·洛诰》："我乃卜涧水东瀍水西。"按瀍水源出河南省孟津县西北，南经洛阳，东入洛水。瀍洛指中原之地。

〔一三〕五胡有匈奴、羯、鲜卑、氐、羌，故称胡羯。

〔一四〕《汉书·霍光传》："群下鼎沸，社稷将倾。"

〔一五〕《汉书·武帝纪》："太初三年，遣光禄勋徐自为筑五原塞外列城。"《地理志》："五原郡有五原县。"在今内蒙古自治区。曾为南匈奴单于所居。《高适诗集》残卷作五凉，徒作更。五凉谓五胡十六国之前凉、后凉、南凉、西凉、北凉也。

〔一六〕似谓匈奴单于庭，观上首"胡天白如扫"可见。《史记·匈奴列传》："单于之庭，直代、云中。"索隐："案谓匈奴所都处为庭。乐彦曰：'单于无城郭，不知何以国之，穹庐前地若庭，故云庭。'"《高适诗集》残卷庭作亭，是也。《新唐书·兵志》："赤水、大斗、白亭……军十，乌城等守捉十四，曰河西道。"白亭军在今甘肃民勤县北。

〔一七〕《礼记·月令》："天子居青阳左个。"注："大寝东堂北偏。"《太平御览》卷一八三："晋宫门又有大夏门、长春门、朱明门、青阳门。"晋时刘元海、刘聪都平阳，怀帝、愍帝先后被掳前往，故云。

〔一八〕见前《古大梁行》注。

自武威赴临洮谒大夫不及因书即事寄河西陇右幕下诸公

浩荡[一]去乡县，飘飘瞻节旄[二]，扬鞭发武威，落日至临洮，主人未相识，客子心忉忉[三]。顾见征战归，始知士马豪，戈鋋[四]耀崖谷，声气如风涛。隐轸[五]戎旅间，功业竞相褒，献状陈首级[六]，飨军烹太牢[七]。俘囚驱面缚[八]，长幼随巅毛[九]，毡裘何蒙茸[一〇]，血食[一一]本羶臊。汉将乃儿戏[一二]，秦人空自劳[一三]，立马眺洪河[一四]，惊风吹白蒿。云屯[一五]寒色苦，雪合群山高，远戍[一六]际天末，边烽[一七]连贼壕。我本江海游，逝将心利逃[一八]，一朝感推荐，万里从英髦[一九]。飞鸣盖殊伦[二〇]，俯仰忝诸曹，燕颔知有待[二一]，龙泉惟所操[二二]。相士[二三]惭入幕，怀贤愿同袍[二四]，清论挥麈尾[二五]，乘酣持蟹螯[二六]。此行岂易酬，深意方郁陶[二七]，微效傥不遂，终然辞佩刀[二八]。

此诗为适客游凉州前往临洮谒哥舒翰不遇之作。诗云："云屯寒色苦，雪合群山高。"当在天宝十一载冬。今集中失收，据《唐诗选》残卷补。见《敦煌古籍叙录》。按哥舒翰于天宝六载代王忠嗣为陇右节度副大使知节度事，八载拔石堡城后，拜特进鸿胪员外卿，加摄御史大夫。《旧唐书·李林甫传》及《资治通鉴》卷二一六：天宝十载三月，高仙芝除武威太守河西节度使，代安思顺，思顺密讽群胡请留己，遂复留思顺于河西，至十一载四月，李林甫方请以河西节度使权知朔方节度事安思顺代己为朔方节度使。则十一载四月以前，哥舒翰不得为河西节度使也。《旧唐书·哥舒翰传》载天宝十二载加河西节度使，则十一载四月后为权知河西节度。《旧唐书·高适传》："表为左骁卫兵曹，充翰府掌书记，从翰入朝。"《通鉴》卷二一六："天宝十一载，哥舒翰素与安禄山、安思顺不协，……是冬，三人俱入朝。"高适亦随之前往（参闻一多《少陵先生年谱会笺》及仇兆鳌《杜少陵集详注》卷二《送高三十五书记十五韵》诗题下注，均以为适同至京）。

〔一〕见前《平台夜遇李景参有别》诗注。

〔二〕《史记·秦始皇本纪》："衣服旄旌节旗皆上黑。"正义："旄节者，编毛为之，以象竹节。"《汉书·爰盎传》："解节旄怀之。"唐节度使皆赐节（《新唐书·百官志》："辞日赐双旌双节，行则建节，树六纛。"），此指哥舒翰。

〔三〕由此可知其时高适尚未与哥舒翰见面，然不知哥舒何往也。陇右节度本治西平郡（鄯州），今高适乃赴临洮郡（洮州），岂哥舒以战而权驻欤？《诗·齐风·甫田》："劳心忉忉。"传："忉忉，忧劳也。"疏："忧也，以言劳心，故云忧劳也。"

〔四〕《芸盦群书题记》作戈鎚（《敦煌古籍叙录》引），误。《史记·匈奴列传》集解："铤形似矛，铁柄。"

〔五〕见前《真定即事奉赠韦使君二十八韵》注。

〔六〕《后汉书·光武帝纪》注："秦法：斩首一赐爵一级，故因谓斩首为级。"

〔七〕《公羊传·桓公八年》注："礼，天子诸侯卿大夫牛羊豕凡三牲曰大牢，天子元士诸侯之卿大夫羊豕凡二牲曰少牢。"

〔八〕《左传·僖公六年》注："缚手于后，唯见其面。"《汉书·项籍传》："马童面之。"注："面，谓背之不面向也。面缚，亦谓反背而缚之。”后说为是。

〔九〕《国语·齐语》：“班序颠毛，以为民纪统。”注：“班，次也。序，列也。颠，顶也。毛，发也。统，犹经也。言次列顶发之白黑，使长幼有等，以为治民之经。”此言俘因依其发色而分长幼各成队列也。

〔一〇〕见前《营州歌》注。

〔一一〕谓胡人食牛羊肉，与前《题尉迟将军新庙》诗言享祭之血食不同。

〔一二〕《史记·绛侯世家》：“文帝曰：‘嗟乎，此（谓周亚夫）真将军矣！曩者霸上、棘门军，若儿戏耳，其将固可袭而虏也；至于亚夫，可得而犯邪！’”此言哥舒翰为真将军，非他汉将可比。

〔一三〕秦人戍边，劳而无功，犹前《登百丈峰》诗中之“寒山徒草草”意也。

〔一四〕《西都赋》刘良注：“洪河，大河也。”鲍照《河清颂》：“泰阶既平，洪河既清。”

〔一五〕《芸盒群书题记》作屯云，误。陆机《从军行》：“胡马如云屯。”《广雅》：“屯，聚也。”

〔一六〕《左传·定公元年》：“城三旬而毕，乃归诸侯之戍。”谓戍守之人也。

〔一七〕《史记·周本纪》：“幽王为烽燧，大鼓，有寇至，则举烽火。”《后汉书·光武帝纪》：“修烽燧。”注：“边方备警急，作高土台，台上作桔皋，桔皋头有兜零，以薪草置其中，常低之，有寇即燃火举之以相告，曰烽；又多积薪，寇至即燔之望其烟，曰燧。昼则燔燧，夜乃举烽。”

〔一八〕《诗·魏风·硕鼠》：“逝将去女，适彼乐土。”郑笺：“逝，往也。”

《敦煌古籍叙录》引《芸盦群书题记》误作誓将。《庄子·让王》："故养志者忘形，养形者忘利，致道者忘心矣。"心利逃，即忘利与心也。俞平伯谓"心利逃不可解，疑当作名利逃"（《补全唐诗》校语）。恐非。

〔一九〕原作旄，刘盼遂校为髦，是也，盖上文已有"飘飘瞻节旄"。枚乘《忘忧馆柳赋》："隽乂英旄，列襟联袍。"注："旄与髦通。"《尔雅·释言》："髦，俊也。"郭璞注："士中之俊，如毛中之髦。"又："髦，士官也。"注："取俊士令居官。"刘峻《辩命论》："英髦秀达。"谓英俊之士，称"幕下诸公"也。

〔二〇〕《史记·滑稽列传》："此鸟不飞则已，一飞冲天；不鸣则已，一鸣惊人。"李白《嘲鲁儒》："君非叔孙通，与我本殊伦。"言非其比也。

〔二一〕原作鸽，俞平伯校为颔，是也。《后汉书·班超传》："生燕颔虎颈，飞而食肉，此万里侯相也。"《礼记·儒行》："爱其死以有待也。"句言立功封侯有待。

〔二二〕《战国策·韩策》："韩卒之剑戟，……龙渊大阿，皆陆断马牛，水击鹄雁。"唐讳渊改曰龙泉。《越绝书》："楚王令风胡子之吴，见欧冶子、干将，使作剑三枚，一曰龙渊、二曰太阿、三曰工布。"《说文》卷十二："操，把持也。"

〔二三〕《史记·平原君列传》："胜相士多者千人，寡者百数，自以为不失天下之士。"

〔二四〕谢庄《封皇子郡王奏》："桐圭睦亲，书河汾之策，赐带怀贤，敬东平之祚。"《诗·秦风·无衣》："岂曰无衣，与子同袍，王于兴师，修我戈矛，与子同仇。"传："上与百姓同欲，则百姓乐致其死。"

〔二五〕《晋书·王衍传》："妙善玄言，唯谈庄老为事，每捉玉柄麈尾，
与手同色。"麈尾谓拂尘也。

〔二六〕《晋书·毕卓传》："右手持酒杯，左手持蟹螯。"

〔二七〕见前《东平路中遇大水》诗注。

〔二八〕《晋书·王祥传》附："吕虔有佩刀，工相之，以为必登三
公。……虔谓祥曰：'……卿有公辅之量，故以相与。'"句谓辞
去佩刀之赠以退隐也。《芸盦群书题记》辞误作解。

笺曰：此亦五古而多偶句者也。首段六句叙已离乡远行，瞻望旌
麾，马行自武威而至临洮，时已暮矣，而不见主将，客行之人，中
心何其忧劳哉！次段二十句写征战之事，言但见士马战归，戈鋋
照耀崖谷之间，声气一何壮也！战绩辉煌，斩获甚多，俘囚尤众。
方之秦汉，昔事岂能相及？边地寒苦，戍者接于天末，而烽燧直
近贼壕也。末段十六句述志，言已江海漫游，本已忘于心利，而
一朝感推荐之知，故不远万里来从诸俊士也。飞鸣本非其比，忝
居诸曹，而知君等封侯有待，龙泉之剑惟当在握也。今已入幕，
愿与同袍贤者清论、饮酒。此行岂易为酬，意方郁结，如不得微
效，终当辞去佩刀之赠以退隐也。

送浑将军出塞

将军族贵兵且强，汉家已是浑耶王〔一〕。子孙相承在朝野〔二〕，
至今部曲燕支〔三〕下，控弦尽用阴山儿〔四〕，登阵常骑大宛
马〔五〕。银鞍玉勒绣蝥弧〔六〕，每逐嫖姚破骨都〔七〕，李广从来先
将士〔八〕，卫青未肯学孙吴〔九〕。传有沙场〔一〇〕千万骑，昨日边
庭羽书〔一一〕至。城头画角〔一二〕三四声，匣里宝刀昼夜鸣〔一三〕，

意气能甘万里去，辛勤动作一年行〔一四〕。黄云白草无前后〔一五〕，朝建旌旗夕刁斗〔一六〕，塞上应多侠少年，关西不见春杨柳〔一七〕。从军借问所从谁〔一八〕，击剑酣歌〔一九〕当此时，远别无轻绕朝策〔二〇〕，平戎早寄仲宣诗〔二一〕。

《旧唐书·浑瑊传》："祖大寿、父释之，皆代为皋兰都督。……释之少有武艺，从朔方军，积战功于边上，累迁至开府仪同三司，试太常卿，宁朔郡王。广德中，与吐蕃战，没于灵武，年四十九。"浑将军即释之也。《新唐书·回鹘传》："浑在诸部最南者。……以阿贪支为右领军卫大将军、皋兰州刺史。……阿贪支死，子回贵嗣，回贵死，子大寿嗣，大寿死，子释之嗣。释之鸷勇不凡，从哥舒翰拔石堡城，迁右武卫大将军，封汝南郡公。"《新唐书·浑瑊传》："父释之，有才武，从朔方军，积战多迁。……瑊年十一，善骑射，随释之防秋，朔方节度使张齐丘戏曰：'与乳媪俱来邪？'是岁立跳荡功。后二年，从破贺鲁部，拔石堡城（今青海省西宁市西百馀里）、龙驹岛（在青海中），其勇常冠军，署折冲果毅。节度使安思顺授瑊偏师，入葛禄部，略特罗斯山，破阿布思，与诸军城永清（今内蒙古自治区五原县西二百里大同川）及天安军（《新唐书·地理志》："大同川有天德军，大同川之西有天安军，皆天宝十二载置。在今内蒙古自治区乌拉特中后联合旗西北），迁中郎将。"按安思顺本河西节度使，于天宝九载八月权知朔方节度事，十一载四月副使李献忠（即突厥阿布思）叛后思顺始为朔方节度使，是年九月"阿布思入寇，围永清栅"。次年五月阿布思破。此诗所送之人为将军，当为浑释之而非折冲果毅之浑瑊。释之为皋兰都督，考《新唐书·地理志》："回纥州十八，府九。东皋兰州,以浑部置。初为都督府,……后罢都督,又分东西州,永徽三年皆废,后复置东皋兰州,侨治鸣沙。"鸣沙隶灵州,后改威州,属关内道,而非陇右道,则浑释之为朔方节度使安思顺所部,而非陇右节度使哥舒翰所部也。此诗作于天宝十一、二载间。此古诗时用偶句,而能驱遣自如。赵熙批曰:"浑将军得此一诗,胜于史篇一传。"按,正可补唐史之阙也。

〔 一 〕《史记·匈奴列传》:"浑耶王杀休屠王,并将其众降汉。"《新唐书·宰相世系表》:"浑氏出自匈奴浑邪王,随拓跋氏徙河南,因以为氏。"此言其族贵,其祖先在汉时已是浑耶王也。赵熙批曰:"接法天挺。"

〔 二 〕《旧唐书·浑瑊传》:"高祖大俟利发浑阿贪支,贞观中为皋兰州刺史,曾祖元庆、祖大寿、父释之,皆代为皋兰都督,大寿开元初历左领卫中郎将、太子仆同正。释之……累迁至开府仪同三司、试太常卿、宁朔郡王。"此其在朝者也。在野则言未仕之人。《汉书·刘向传》:"众贤和于朝,则万物和于野。"

〔 三 〕部曲见前《赠别王十七管记》诗注。燕支见前《登百丈峰二首》注。

〔 四 〕《汉书·娄敬传》:"控弦四十万骑。"注:"控,引也,谓皆引弓也。"《匈奴传》:"臣(郎中侯应)闻北边塞至辽东,外有阴山,东西千余里,草木茂盛,多禽兽,本冒顿单于依阻其中,治作弓矢,来出为寇,是其苑囿也。"

〔 五 〕《史记·大宛列传》:"大宛在匈奴西南,……多善马,马汗血,其先天马子也。"

〔 六 〕庾信《三月三日华林园马射赋》:"控玉勒而摇星,跨金鞍而动月。"《左传·隐公十一年》疏:"郑有蝥弧,诸侯之旗也。"

〔七〕嫖姚见前《睢阳酬别畅大判官》诗注。指节度使安思顺。言
　　　"每逐",即谓其积战功也。《史记·匈奴列传》:"置左右贤王、
　　　左右谷蠡王、左右大将、左右大都尉、左右大当户、左右骨都
　　　侯。"集解:"骃案:'骨都,异姓大臣。'"以比突厥将。

〔八〕《史记·李将军列传》:"匈奴左贤王将四方骑围广,军士皆
　　　恐,……广为圜陈(阵)外向,胡急击之,矢下如雨,汉兵死者过
　　　半,汉矢且尽,广乃令士持满毋发,而广身自以大黄(弩名)射
　　　其裨将,杀数人,胡虏益解,会日暮,吏士皆无人色,而广意气
　　　自如,益治军,军中自是服其勇也。"《唐贤三昧集》吴暄等注此
　　　诗引李广"得赏赐辄分其戏(麾)下,饮食与士卒共之",非。

〔九〕《史记·卫青霍去病列传》:"天子尝欲教之孙吴兵法,(霍去
　　　病)对曰:'顾方略何如耳,不至学古兵法。'"王楙《野客丛书》
　　　卷五:"不学孙吴兵法乃霍去病事,……卫霍同时为将,而二传
　　　相近,故多误引用之。"按卫青亦未尝学孙吴兵法也,尚不为
　　　误。《魏书·伊馝传》:"卫青霍去病亦不读书而能大建勋名。"
　　　两句亦比浑释之。

〔一〇〕王中《头陀寺碑文》:"炎区九译,沙场一候。"张铣注:"沙场,亦
　　　　边方也。"

〔一一〕见前《燕歌行》注。

〔一二〕梁简文帝《折杨柳》:"城高短箫发,林空画角悲。"陈旸《乐书》:
　　　　"胡角本应胡笳之声,其制并五彩衣幡,掌画蛟龙,五采脚。"

〔一三〕张华《博陵王宫侠曲》其二:"吴刀鸣手中。"

〔一四〕《四库》本及《全唐诗》动作判,一年谓自春至冬。

〔一五〕黄云见前《别董大二首》注。《汉书·西域传》:"鄯善国多……
　　　　胡桐白草。"注:"白草似莠而细,无芒,其干熟时正白色,牛马

所嗜也。"无前后,言到处皆此物也。

〔一六〕见前《睢阳酬别畅大判官》诗注。

〔一七〕关西,阳关以西,与上句之塞上均泛指。《古唐诗合解》卷五:"今春风不过玉门,则玉门关外安得有任怨之柳?玉关外之寒苦如此。"即所谓关西不见春杨柳也。

〔一八〕王粲《从军诗》:"从军有苦乐,但问所从谁,所从神且武,焉得久劳师?"本指曹操,借以比安思顺也。

〔一九〕《史记·司马相如列传》:"少时好读书,学击剑。"《书·伊训》:"酣歌于室。"传:"乐酒曰酣。"

〔二〇〕《左传·文公十三年》:"(士会)乃行,绕朝赠之以策,曰:'子无谓秦无人,吾谋适不用也。'"杜注:"策,马挝。临别授之马挝,并示己所策以展情。绕朝,秦大夫。"孔颖达疏:"服虔云:绕朝以策书赠士会。杜不然者,寿馀请讫,士会即行,不暇书策为辞,且事既密,不宜以简赠人。"李白《送羽林陶将军》诗:"莫道词人无胆气,临行将赠绕朝鞭。"与此同意。

〔二一〕王粲《从军诗》:"一举灭獯虏,再举服羌夷,西收边地贼,忽若俯拾遗。"即所谓平戎诗也。《新唐书·浑瑊传》:"瑊好书,通《春秋》、《汉书》,尝慕司马迁《自叙》,著《行纪》一篇。"足征其能文也。以此推之,则释之当亦能诗也,故云。

笺曰:首谓浑释之祖先浑耶王降汉以来,子孙繁衍,朝野相承,部曲居于燕支山下,引弓者皆阴山健儿,登阵所骑者为大宛良马也。次谓释之常随安思顺破突厥,身先将卒,以方略为贵,不学古兵法。昨夜羽书忽至,敌众来侵,将军意气甘行万里,辛苦动即经年。胡地惟见黄云白草,朝建旌旗,夜闻刁斗,春风不至关西,故不见杨柳也。末谓从军当视主将如何,主将神武,则不致久劳师于外，此时当击剑酣歌也。远别无轻绕朝赠鞭，平戎之后，望早寄我诗章也。

李云南征蛮诗<small>并序</small>

天宝十一载，有诏伐西南夷，右相杨公兼节制之寄^{〔一〕}，乃奏前云南太守李宓涉海自交趾^{〔二〕}击之。道路险艰，往复数万里，盖百王^{〔三〕}所未通也，十二载四月至于长安。君子是以知庙堂^{〔四〕}使能，而李公效节^{〔五〕}。适忝斯人之旧，因赋是诗。

圣人赫斯怒^{〔六〕}，诏伐西南戎，肃穆庙堂上，深沉节制雄。遂令感激^{〔七〕}士，得建非常功，料死不料敌^{〔八〕}，顾恩宁顾终^{〔九〕}？鼓行天海^{〔一〇〕}外，转战蛮夷中，梯巘^{〔一一〕}近高鸟，穿林经毒虫。鬼门^{〔一二〕}无归客，北户^{〔一三〕}多南风，蜂虿^{〔一四〕}隔万里，云雷随九攻^{〔一五〕}。长驱大浪破，急击群山空，饷道^{〔一六〕}忽已远，县军^{〔一七〕}垂欲穷。精诚动白日^{〔一八〕}，愤薄^{〔一九〕}连苍穹，野食掘田鼠^{〔二〇〕}，晡餐兼焚僮^{〔二一〕}。收兵列亭堠^{〔二二〕}，拓地弥西东，临事耻苟免^{〔二三〕}，履危能饬躬^{〔二四〕}。将星^{〔二五〕}独照耀，边色何溟蒙，泸水^{〔二六〕}夜可涉，交州^{〔二七〕}今始通。归来长安道，召见甘泉宫^{〔二八〕}，廉蔺若未死^{〔二九〕}，孙吴知暗同^{〔三〇〕}，相逢论意气^{〔三一〕}，慷慨谢深衷^{〔三二〕}。

此天宝十二载夏作。《旧唐书·南诏传》："（天宝）十二年，剑南节度使杨国忠执国政，仍奏征天下兵，俾留后、侍御史李宓将十馀万，辇饷者在外，涉海瘴死者相属于路，天下始骚然苦之。宓复败于大和城北，死者十八九。"《玄宗纪》："十三载六月，……侍御史、剑南节度留后李宓率兵击云南蛮于西洱河，粮尽军旋，马足陷桥，为阁罗凤所擒，举军皆没。"《新唐书·玄宗纪》："十三载六月，……剑南节度留后李宓及云南蛮战于西洱河，死之。"《资治通鉴》卷二一七："侍御史剑南留后李宓将兵七万击南诏，阁罗凤诱之深入，至大和城，闭壁不战，宓粮尽，士卒罹瘴疫及饿死什七八，乃引还。蛮追击之，宓被擒。全军皆没。杨国忠隐其败，更以捷闻，益发中国兵讨之，前后死者几二十万人。"《容斋随笔》卷四："按高适集中有《李云南征蛮诗》一篇，……宓盖归至长安，未尝败死，其年又非十三载也，味诗中掘鼠餐僮之语，则知粮尽危急，师非胜归，明甚。"储光羲有《同诸公送李云南伐蛮》诗云："斩伐若草木，系缧同犬羊，馀丑隐弭河（即指西洱河，下流为昆弥川，弭同弥），啁啾乱行藏。……剑关掉鞅归，武弁朝建章，龙楼加命服，獬豸拥秋霜。"盖杨国忠隐败而以捷闻也。然高诗云："归来长安道，召见甘泉宫。"储诗云："剑关掉鞅归，武弁朝建章。"则宓曾回长安，其被擒或战死乃十二载后事也。南诏《德化碑》正谓："天宝十三年，李宓犹不量力，进逼邓川，三军溃衄，元帅沉江。"高适、储光羲均未尝知此役为不义之战。赵熙批："此诗足证史之失实。"非是。《册府元龟》卷七〇〇："李宓为云南太守，犯赃贬为澧阳郡慈利县丞，员外置。"似贬官而未赴任也。

〔一〕《旧唐书·玄宗纪》："天宝十载十一月，兵部侍郎兼御史中丞杨国忠兼领剑南节度使。""十一载十一月乙卯，尚书左仆射兼右相晋国公李林甫薨于行在所，庚申，御史大夫兼蜀郡长史杨国忠为右相兼文部尚书。"

〔二〕见前《饯宋八充彭中丞判官之岭外》诗注。

〔三〕《汉书·董仲舒传》："盖闻五帝三王之道，改制作乐，而天下洽和，百王同之。"

〔四〕《后汉书·班固传》："养志和神，优游庙堂。"谓朝堂也。

〔五〕《荀子·王霸篇》："莫不敬（王引之谓当作务）节死制。"注："节，忠义；制，职分。"效节，为忠义而效力。

〔六〕《诗·大雅·皇矣》："王赫斯怒，爰整其旅。"郑笺："赫，怒意；斯，尽也。……文王赫然与其群臣尽怒，曰整其军旅而出。"王引之《经传释词》卷八："斯犹其也。……《皇矣》曰：'王赫斯怒。'《烈祖》曰：'有秩斯祜。'斯字并与其同义。"

〔七〕《后汉书·蔡邕传》："感激忘身。"

〔八〕扬雄《赵充国颂》："料敌制胜。"此句言自量必死而不计敌之众强。

〔九〕言欲报皇恩而岂自顾其终乎？

〔一○〕当谓洱海。

〔一一〕《诗·大雅·公刘》："陟则在巘，复降在原。"传："小山别于大山也。"朱熹注："巘，山顶也。"梯巘状其高险。

〔一二〕《太平寰宇记》卷一六七："有两石相对，其间阔三十步，俗号鬼门关，……晋时趋交趾皆由此关，其南尤多瘴疠，去者罕得生。"在今广西省北流县南。

〔一三〕《尔雅·释地》注："觚竹在北，北户在南。"疏："北户者，即日南郡是也。"《汉书·地理志》注："言其在日之南，所谓开北户以向日者。"今越南北部地。

〔一四〕《左传·僖公三十二年》："蠭虿有毒。"蠭同蜂。

〔一五〕《墨子·公输》："公输盘九设攻城之机变，子墨子九距之。"

〔一六〕《史记·靳歙列传》："破项籍军成皋南，击绝楚馈道。"馈同饷。谓粮道也。

〔一七〕《蜀志·法正传》："左将军悬军袭我，兵不满万，军无辎重。"县同悬。

〔一八〕《史记·邹阳列传》："昔者荆轲慕燕丹之义，白虹贯日，太子畏之。"集解："应劭曰：'燕太子丹质于秦，始皇遇之无礼，丹亡去，故厚养荆轲，令西刺秦王，精诚感天，白虹为之贯日也。'如淳曰：'白虹，兵象。日为君。'"

〔一九〕潘岳《寡妇赋》："气愤薄而乘胸兮，涕交横而流枕。"吕延济注："愤懑（五臣本薄作懑）郁结也。"

〔二〇〕齧齿类，又鼹鼠亦有田鼠之名。

〔二一〕《汉书·西南夷列传》："巴蜀民或窃出商贾，取其莋马僰僮。"《广韵》卷一："晡，申时。"日将入之时也。

〔二二〕见前《塞上》诗注。

〔二三〕《礼记·曲礼》："临财毋苟得，临难毋苟免。"

〔二四〕《淮南子·原道训》："履危行险，无忘玄仗。"高诱注："玄仗，道也。"饬躬，整饬其身也。

〔二五〕《隋书·天文志》："天将军十二星，在娄北，主武兵。中央大星，天之大将也。大将星摇，兵起，大将出。"

〔二六〕《十道记》："泸水，出蕃中，……四时多瘴气，三四月间发，人冲之立死。"（《太平御览》卷六十五引）

〔二七〕即交趾郡，参前《饯宋八充彭中丞判官之岭外》诗注。

〔二八〕《关中记》："林光宫，一曰云阳宫，秦所造，在甘泉山，宫以山为名，周匝十馀里，汉建元中增广之，周十九里，去长安二百里，望见长安城。"

〔二九〕《史记·廉颇蔺相如列传》："相如曰：'……强秦之所以不敢加兵于赵者，徒以吾两人在也。今两虎相斗，其势不具生，吾所

以为此者，以先国家之急，而后私雠也。'廉颇闻之，肉袒负
荆。……卒相与驩，为刎颈之交。"《世说新语·品藻》："廉颇、
兰相如虽千载上死人，懔懔如有生气。"高适变化其语意，谓廉
蔺如尚在也，以赞将相李、杨。

〔三〇〕见前《蓟中作》注。《晋书·山涛传》："不学孙吴而暗与之合。"

〔三一〕卢谌《赠刘琨》诗："意气之间，靡躯不悔。"李善注："谢承《后汉
书》：杨乔曰：侯生为意气刎颈。……靡，烂也。靡与糜古
字通。"

〔三二〕《后汉书·齐武王縯传》："性刚毅，慷慨有大节，自王莽篡汉，
常愤愤怀复社稷之虑。"唐太宗《重幸武功》诗："怀旧感深衷。"
谢犹惭也。

笺曰：此适颂云南太守李宓征伐南诏之诗也。按此役实对少数
民族进行侵略，故遭强烈抵抗，而右相杨国忠匿其败状，以获胜
奏闻，故高适亦不明真象，而作此错误之赞颂也。首谓玄宗下诏
征伐，而士卒顾恩，不畏死亡，转战异域，粮饷断绝，孤军深入，掘
田鼠并以爇僮为食，艰危极矣，泸水难渡，唯夜中可行，交趾亦方
通也。归来拜见天子于甘泉宫中，今将相有如廉、蔺，兵法与孙、
吴暗合，与之相遇，如言意气慷慨，则深心甚为惭愧也。

同李员外贺哥舒大夫破九曲之作

遥传副丞相〔一〕，昨日破西蕃，作气群山动，杨军大旆翻。奇兵
邀转战〔二〕，连弩绝归奔〔三〕，泉喷诸戎血，风驱死虏魂。头飞
攒万戟，面缚聚辕门〔四〕，鬼哭黄埃暮，天愁白日昏。石城与岩
险，铁骑皆云屯〔五〕，长策一言决〔六〕，高踪百代存。威稜慑沙

漠〔七〕，忠义感乾坤，老将黩无色，儒生安敢论？解围凭庙算〔八〕，止杀报君恩，唯有关河眇，苍茫空树敦〔九〕。

《唐诗选》残卷题为《同吕员外范司直贺大夫再破黄河九曲之作》。此高适在河西九曲后方所作。《全唐文》卷三五七有高适《送窦侍御知河西和籴还京序》，称"军司马员外李公"知李为哥舒翰幕府之行军司马，《资治通鉴》卷二一六："天宝十二载八月，……翰表侍御史裴冕为河西行军司马。"则李为行军司马不得在是年八月。又哥舒翰收河西九曲在是年五月，则此诗作于此月也。《新唐书·百官志》："尚书省各部设员外郎，位次于郎中。"《吐蕃传》："吐蕃……厚饷（杨）矩，请河西九曲为（金城）公主汤沐，矩表与其地，……自是虏益张。……哥舒翰……收九曲故地，列郡县。"今青海省巴燕县。

〔一〕见前《酬秘书弟兼寄幕下诸公》诗注〔一四〕。哥舒翰于天宝八载拔石堡城后，拜特进鸿胪员外卿、加摄御史大夫。

〔二〕见前《赠别王十七管记》诗注。

〔三〕《史记·秦始皇本纪》："见则以连弩射之。"谓设有机括之弓，可以连续发射者。《赵奢列传》："（白起）纵奇兵，佯败走，而绝其（谓赵括）归路。"

〔四〕面缚见前《自武威赴临洮谒大夫不及因书即事寄河西陇右幕下诸公》诗注。《周礼·天官·掌舍》注："次车以为藩，则仰车以其辕表门"

〔五〕见前《自武威赴临洮谒大夫不及因书即事寄河西陇右幕下诸公》诗注。

〔六〕《左传·昭公二十八年》："昔叔向适郑，鬷蔑恶，……而往立于堂下，一言而善，叔向……下执其手以上。"《申子》："一言正而天下定。"

〔七〕《汉书·李广传》："威稜憺乎邻国。"注："李奇曰：'神灵之威曰稜。'"王先谦补注："稜，俗棱字。木四方为棱，人有威如有棱者然，故曰威棱。"《唐诗选》残卷沙漠作沙塞。

〔八〕《孙子·计篇》："夫未战而庙算胜者，得算多也。"张预注："古者兴师命将必致斋于庙，授以成算，然后遣之，故谓之庙算。"

〔九〕明活字本作树墩，从《唐诗选》残卷。《旧唐书·王子颜传》："父难得，……九载，击吐蕃，收五桥，拔树敦城，补白水军使，十三（当作二）载，从收九曲。"《周书·史宁传》："树敦为吐浑巢穴。"《通鉴》卷二一六胡三省注："树敦城以古犬戎王树惇名城，隋在吐谷浑界，唐在吐蕃界。"在今青海省西宁市曼头山北。

笺曰：此奉贺哥舒翰收复河西九曲之和诗也。前幅十二句叙攻破九曲之战，山动旗翻，追奔追北，吐蕃军死降均众。后幅十二句则颂哥舒之善策与威武，使老将失色，儒生结舌，凭庙谋以解重围，止杀戮以报君恩，关河眇远迷茫，敌之树敦城亦为之一空也。

同吕判官从哥舒大夫破洪济城回登积石军多福七级浮图

塞口连浊河〔一〕，辕门对山寺，宁知鞍马上，独有登临〔二〕事？七级凌太清〔三〕，千岩列苍翠。飘飘方寓目〔四〕，想像〔五〕见深意，高兴〔六〕殊未平，凉风飒然至。拔城阵云合〔七〕，转旆〔八〕胡星坠,大将何英灵〔九〕,官军动天地〔一〇〕。君怀生羽翼〔一一〕,本欲厚骐骥,款段〔一二〕苦不前,青冥〔一三〕信难致,一歌阳春〔一四〕后,三叹终自愧。

《高适诗集》残卷题无哥舒及多福字。《旧唐书·吕諲传》:"蒲州河东人。……陇右河西节度使哥舒翰奏充度支判官。"《册府元龟》卷七一六:"吕諲为陇右河西节度哥舒翰度支判官,性谨守,勤于吏职,虽同寮追赏,而块然视事,不离案簿。翰益亲之。"(并参卷七二八)《资治通鉴》卷二一六:哥舒翰攻破吐蕃洪济、大漠门等城,在天宝十二载夏。杨炎《河西节度使厅壁记》(《全唐文》卷四二一)作于天宝十二载六月,亦称"仆射哥舒以纵横之奇"云云。诗云"凉风飒然至",知此诗为是年秋作。《通鉴》卷二一六胡注:"廓州(今青海巴燕)西南百四十里有洪济桥。"在今青海省东境河曲之地。《通典》卷一七二:"陇右节度使统积石军,宁塞西百八十里,仪凤二年置,管兵七千人,马一百匹。"在今甘肃省临夏县西。

〔 一 〕《物理论》:"河色黄,众川之流,盖浊之也。"(《太平御览》卷六十一引)

〔 二 〕见前《同房侍御山园新亭与邢判官同游》诗注。

〔 三 〕《吴都赋》:"回曜灵于太清。"刘渊林注:"太清谓天也。"

〔 四 〕见前《单父逢邓司仓覆仓库因而有赠》诗注。

〔 五 〕见前《涟上别王秀才》诗注。

〔 六 〕见前《寄孟五少府》诗注。

〔 七 〕张正见《战城南》:"云屯两阵合。"

〔 八 〕见前《宋中送族姪式颜时张大夫贬括州使人召式颜遂有此作》

诗注。

〔九〕孔稚珪《北山移文》:"锺山之英,草堂之灵。"本谓山神,此谓大将神明。殷璠《河岳英灵集序》:"粤若王维、王昌龄、储光羲等三十五人,皆河岳英灵也。"则谓江山之才杰。与此意近。并参前《奉酬北海李太守丈人夏日平阴亭》诗注〔二〕。

〔一〇〕《史记·项羽本纪》:"楚战士无不一以当十,楚兵呼声动天。"

〔一一〕《史记·留侯世家》:"彼四人辅之,羽翼已成,难动矣。"君称吕諲。

〔一二〕《后汉书·马援传》:"御款段马。"注:"款犹缓也。言形段迟缓也。"

〔一三〕见前《奉酬北海李太守丈人夏日平阴亭》诗注。

〔一四〕见前《睢阳酬别畅大判官》诗注〔三〕。称吕諲之诗。

笺曰:此奉和判官吕諲从哥舒翰破洪济城回登积石军佛塔之作也。前幅十句写征途登塔,塔高山峻,临眺可喜。后幅十句则颂哥舒大军破城并赞吕之诗作,兼述吕之厚己,然苦于才薄迟进也。

塞下曲

结束浮云骏〔一〕,翩翩出从戎〔二〕,且凭天子怒〔三〕,复倚将军雄。万鼓雷殷地〔四〕,千旗火生风,日轮驻霜戈〔五〕,月魄悬彫弓〔六〕。青海〔七〕阵云匝,黑山兵气冲〔八〕,战酣太白〔九〕高,战罢旄头〔一〇〕空。万里不惜死,一朝〔一一〕得成功,画图麒麟阁〔一二〕,入朝明光宫〔一三〕。大笑向文士,一经何足穷〔一四〕,古人昧此道,往往成老翁〔一五〕。

《唐诗品汇》卷二十三"姓氏疑误者六人,诗十一首",有高适此诗及《铜雀妓》,谓"二篇《文苑英华》俱作高适诗,按《常侍集》无此诗,疑误",何得仅以集无而致疑不收?明活字本及《全唐诗》均收入。彭兰以为天宝十二载收九曲时作,可与《同李员外贺哥舒大夫破九曲之作》参看。并参前《塞上》诗题解。

〔一〕结束,言人马装束,如加鞍辔之类。《西京杂记》卷二:"文帝自代还,有良马九匹,皆天下之骏马也,一名浮云。"名浮云者,喻其轻疾也。

〔二〕《诗·小雅·巷伯》:"缉缉翩翩。"传:"翩翩,往来貌。"张正见《紫骝马》诗:"将军入大宛,善马出从戎。"谓从军也。

〔三〕明活字本作王子,从《文苑英华》、《全唐诗》。天子怒参前《李云南征蛮诗》注〔六〕。

〔四〕《说文》卷八:"作乐之盛称殷。"言鼓声如雷之动地。

〔五〕《淮南子·览冥训》:"鲁阳公与韩构难,战酣,日暮,援戈而撝之,日为之反三舍。"《汉书·武帝纪》:"霜戈一挥,巨猾奔进。"

〔六〕悬各本作丝,《文苑英华》作勒,从《全唐诗》。唐太宗《帝京篇》:"琱弓写明月。"《说文》卷一:"琱,治玉也。"引伸为刻镂义,言雕刻为纹也。

〔七〕《北史·吐谷浑传》:"青海周回千馀里,海内有小山。"

〔八〕《魏书·太武帝纪》:"车驾东辕至黑山。"《通鉴》注:"黑山,在振武北塞外,即杀虎山。"在今内蒙古自治区。《文苑英华》冲作中。

〔九〕见前《信安王幕府诗》注。

〔一○〕《史记·天官书》:"昴曰旄头。"乃星名。《文苑英华》脱去此二句。

〔一一〕《文苑英华》作一阵。

〔一二〕见前《信安王幕府诗》注〔二四〕。

〔一三〕《汉书·武帝纪》:"太初四年秋,起明光宫。"颜注:"《三辅黄图》云:'在城中。'"《元后传》注:"在城内,近桂宫。"《雍录》:"汉明光宫有三:一在北宫,与长乐相联("入朝"当在此),一在甘泉宫中,一为尚书奏事之所。"

〔一四〕《汉书·艺文志》:"后进弥以驰逐,故幼童而守一艺,白首而后能言。安其所习,毁所不见,终以自蔽,此学者之大患也。"一艺即一经。何足穷,言不如征战可立功封侯也。

〔一五〕言古人不明此理,遂成老翁而终不得见用也。

九曲词三首

许国从来彻庙堂〔一〕,连年不为在坛场〔二〕,将军天上封侯印〔三〕,御史台中异姓王〔四〕。

万骑争歌杨柳春〔五〕,千场对舞绣骐驎〔六〕,到处尽逢欢洽事,相看总是太平人。

铁骑横行铁岭〔七〕头,西看逻逤〔八〕取封侯,青海只今将饮马,黄河不用更防秋〔九〕。

郭茂倩《乐府诗集》卷九十一:"哥舒翰破吐蕃,收九曲黄河,置洮阳郡,适为作《九曲词》。"收九曲事在天宝十二载夏,此诗虽云"万骑争歌杨柳春,千场对舞绣骐驎。"然杨柳春似为歌曲名,舞绣骐驎亦不能必为新春之事,而乃庆祝胜利所设。诗又云:"御史台中异姓王。"哥舒翰封西平郡王在十二载八月(据《通鉴》,闻氏据《旧唐书·玄宗纪》为九月），则此诗为十二载八月后作。唐汝询以末首为"叹立功之难言"，并称《蓟中作》为"同时之诗"（《唐诗解》卷二十七），甚误。三首均赞颂哥舒翰战功，末首更写其部众之壮志，不可故为深解。按三首均多对偶句，与杜甫绝句诗相近。

〔一〕言以身许国之心通于朝廷也。

〔二〕《史记·淮阴侯列传》："（萧）何曰：'……王必欲拜之，择良日，斋戒，设坛场，具礼，乃可耳。'王许之。诸将皆喜，人人各自以为得大将。至拜大将，乃信也，一军皆惊。"《汉书·高帝纪》注："筑土而高曰坛，除地曰场。"不为在坛场，赞哥舒之许国不为大将之职也。

〔三〕《大象列星图》："鉤陈六星，在紫微宫中，华盖之下，天帝所居之宫，亦护军将军之象，占以明则吉。""河鼓三星在牵牛北，主军鼓，盖天子三将军。中央大将军也，其南左星左将军也，其北右星右将军也。"（《太平御览》卷六引）《汉书解诂》："列侯金印紫绶，以赏有功。"（《太平御览》卷一九九引）《旧唐书·哥舒翰传》："十二载，进封凉国公，食实封三百户。"

〔四〕《汉书·彭越传》赞："昔高祖定天下，功臣异姓而封者八国，张耳、吴芮、彭越、黥布、臧荼、卢绾与两韩信。"《旧唐书·哥舒翰传》："八载，加摄御史大夫，十二载，进封凉国公，……寻进封西平郡王。"

〔五〕杨柳春，似为歌曲名。

〔六〕绣骐驎，如今所舞龙狮之类。

〔七〕《卫藏通志》卷三："布达拉山：前藏地方，四面皆崇山峻岭，不生草木，殆古所谓铁围也。"陈观浔《西藏志》稿《卫藏山川考》：

"今以古籍考之,决非铁围,《维摩诘所说经佛国品》云:'十宝
山:须弥山、雪山、佛真邻陀山、摩诃目真邻陀山、香山、宝山、
金山、铁围山、大铁围山、黑山。'据此则铁山在十宝山中,洵宝
山也。布达拉并非宝山,何得以铁围当之。"铁岭当指铁围山,
然不详其在何处,或借言边境山岭。

〔八〕一作逻娑、逻些,唐时吐蕃都城,即今西藏自治区之拉萨。同
上书:"拉萨,番语。拉,山也,萨,地也,盖山中平地,俗云佛地
也。古所云逻逤,云罗娑,云乐些者,与拉萨音相近耳。"

〔九〕《旧唐书·陆贽传》:"河陇陷蕃已来,西北边常以重兵守备,谓
之防秋。"盖吐蕃兵常以秋至也。

同吕员外酬田著作幕门军西宿盘山秋夜作

碛路天早秋〔一〕,边城夜应永,遥传戎旅作〔二〕,已报关山冷。
上将顿盘坂〔三〕,诸军徧泉井,绸缪阃外书〔四〕,慷慨幕中请。
能使勋业高,动令氛雾屏〔五〕,远途能自致,短步终难骋。羽翮
时一看,穷愁始三省〔六〕,人生感然诺〔七〕,何啻若形影?白发
知苦心,阳春见佳境〔八〕,星河连塞络〔九〕,刁斗〔一〇〕兼山静,忆
君霜露时,使我空引领〔一一〕。

《新唐书·百官志》:"尚书省各部有员外郎,位次于郎中。又著
作局有著作郎,掌撰碑志、祝文、祭文,与佐郎分判局事。"《旧唐
书·吕諲传》:"翰益亲之,累兼虞部员外郎、侍御史。"诗当作于
天宝十三载。田著作疑即梁丘。《通典》卷一七二:"莫门军,临
洮郡城内,仪凤二年置,管兵五千五百人,马二百匹。"《资治通

鉴》作漠门军，与此幕门军并同。《读史方舆纪要》卷六十："临洮
府有十八盘山。"注："在府东南百里，山高险，有石级一十八盘。"

〔一〕《续汉书·郡国志》："伊州铁勒国多沙碛。"早秋亦作甲秋，一
作正秋。

〔二〕指田之《幕门军西宿盘山秋夜作》诗。

〔三〕上将指哥舒翰，时为陇右、河西节度使。盘坂即盘山。

〔四〕《诗·唐风·绸缪》："绸缪束薪。"郑笺："绸缪，犹缠绵也。"《史
记·冯唐列传》："阃以外者将军制之。"集解引韦昭曰："此郭
门之阃也，门中橛曰阃。"此下二句言将军邀请田至幕中任职。

〔五〕《礼记·月令》："氛雾冥冥。"注："霜露之气散相乱也。"以喻虏
势。屏，退也，音丙。

〔六〕《论语·学而》："曾子曰：'吾日三省吾身：为人谋而不忠乎？
与朋友交而不信乎？传不习乎？'"

〔七〕《史记·张耳陈馀列传》："此（谓赵相贯高等）固赵国立名义，
不侵为然诺者也。"

〔八〕阳春指田之诗篇，见前《睢阳酬别畅大判官》诗注〔三〕。佳境
谓所写秋夜盘山之境也。下二句"星河连塞络"云云即写此，
《文苑英华》境作景。

〔九〕《西京赋》："振天维，衍地络。"薛综注："络，网也。"

〔一〇〕见前《睢阳酬别畅大判官》诗注。

〔一一〕《左传·成公十三年》："我君景公引领西望。"

河西送李十七

边城多远别，此去莫徒然，问礼〔一〕知才子，登科〔二〕及少年。

出门看落日，驱马向秋天，高价〔三〕人争重，行当早着鞭〔四〕。

李十七当为河西人。高适在河西送之入京应试，观"登科及少
年"、"行当早着鞭"之语可见。

〔一〕见前《酬鸿胪裴主簿雨后睢阳北楼见赠之作》注。

〔二〕《开元天宝遗事》："新进士每及第，以泥金书帖子，附于家书
中，用报登科之喜。"《封氏闻见记》卷三："故当代以进士登科
为登龙门。"

〔三〕见前《宋中别周梁李三子》诗注。

〔四〕见前《别韦兵曹》诗注。

部落曲

蕃军傍塞游，代马喷风秋〔一〕，老将垂金甲，阏氏〔二〕着锦裘。
琱戈蒙豹尾〔三〕，红旆插狼头〔四〕，日暮天山下，鸣笳汉使愁。

纪昀评曰："此殊钝置，非常侍之佳作。"（《瀛奎律髓刊误》卷三
十）《全唐诗》有此首，又十一函七册为马逢作。

〔一〕《古诗十九首》："胡马依北风。"李善注："《韩诗外传》曰：'诗
云："代马依北风，飞鸟栖故巢。"皆不忘本之意也。'"

〔二〕《史记·韩王信传》："匈奴骑围上，上乃使人厚遗阏氏。"正义：
"单于嫡妻号，若皇后。"

〔三〕《汉书·郊祀志》："赐尔旂鸾，黼黻琱戈。"注："琱戈，刻镂之戈
也。"《晋阳秋》："沈充谓其妻曰：'男儿不建豹尾，不复归矣。'"
（《世说新语》卷四注引）《清会典》载有豹尾枪、豹尾幡，即古豹
尾遗制。

〔四〕《北史·突厥传》："其先居西海之右，后为邻国所破，尽灭其

族，有一儿，弃草泽中，有牝狼以肉饵之，及长，与狼交合，遂有孕焉。其后阿史那最贤，遂为君长，故牙门建狼头纛，示不忘本也。"其说甚荒诞，但突厥旗建狼头当为事实，未知究何故也。疑是图腾。

武威同诸公过杨七山人

幕府日多暇，田家岁复登，相知恨不早，乘兴乃无恒〔一〕。穷巷在乔木，深斋垂古藤〔二〕，边城唯有醉，此外更何能？

诗云："幕府日多暇，田家岁复登。"当为天宝十三载秋在河西作。
〔一〕乘兴见前《奉酬睢阳李太守》诗注。无恒，不常也。
〔二〕两句写杨七所居之宅。

陪窦侍御灵云南亭宴诗并序

凉州近胡，高下其池亭，盖以耀蕃落〔一〕也。幕府董帅〔二〕雄勇，径践戎庭，自阳关〔三〕而西，犹枕席〔四〕矣。军中无事，君子饮食宴乐，宜哉。白简〔五〕在边，清秋多兴，况水具舟楫，山兼亭台，始临泛而写烦〔六〕，俄登陟以寄傲〔七〕，丝桐徐奏，林木更爽，觞蒲萄以递欢〔八〕，指兰芝〔九〕而可掇。胡天一望，云物苍然，雨萧萧而牧马声断，风嫋嫋而边歌几处，又足悲矣。员外李公〔一〇〕口：乞口者何？牛女之夕也。大贤者何得谨其时〔一一〕？请赋南亭诗，列之于后。

人幽宜眺听〔一二〕，目极〔一三〕喜亭台，风景〔一四〕知愁在，关山〔一五〕忆梦回。只言殊语默〔一六〕，何意忝游陪〔一七〕，连唱波澜〔一八〕

动,冥搜物象〔一九〕开。新秋归远树,残雨拥轻雷,檐外长天尽,尊前独鸟来。常吟塞下曲〔二〇〕,多谢幕中才〔二一〕,河汉〔二二〕徒相望,嘉期安在哉〔二三〕?

《清一统志》卷二〇六:"灵泉池,在武威县南。"《武威县志·地理志》:"灵泉池,姑臧城南,晋张寔开。"《水经注》卷四十:"都野泽经姑臧故县城西,东北流,水侧有灵渊池。"今序云:"凉州近胡,高下其池亭。"则灵云池或即灵渊池也。《全唐文》卷三五七有高适《送窦侍御知河西和籴还京序》,知窦在河西办理和籴之事。此诗为天宝十三载秋在武威所作。

〔 一 〕蕃通藩。《周礼·夏官·掌固》:"用其材器。"注:"民之材器,其所用堑筑及为藩落也。"疏:"藩屏,篱落。以遮障也。"应璩《与刘靖笺》:"藩落高峻,绝穿窬之心。"

〔 二 〕李白有《送白利从金吾董将军西征诗》。《资治通鉴》卷二一五:"天宝六载,将军董延光自请将兵取石堡城。"此董帅疑即延光。

〔 三 〕《汉书·地理志》:"敦煌郡龙勒县有阳关、玉门关,皆都尉治。"《元和郡县志》以阳关居玉门关之南。在今甘肃省敦煌县西南。

〔 四 〕《汉书·赵充国传》:"治隍陿中道桥,令可至鲜水,以制西域,信威千里,从枕席上过师。"注"郑氏曰:'桥成军行安易,若于枕席上过也。'"

〔 五 〕《晋书·傅玄传》:"每有奏劾,或值日暮,捧白简,整簪带,竦踊不寐,坐而待旦,于是贵游慑伏,台阁生风。"谓御史弹劾之章奏。

〔 六 〕写同泻，写烦与涤烦意同，谓洗涤尘烦也。

〔 七 〕陶潜《归去来辞》："倚南窗以寄傲。"言旷放不受拘束也。

〔 八 〕《史记·大宛列传》："有蒲陶酒。"一作葡萄。递谓更迭。

〔 九 〕见前《奉酬北海李太守丈人夏日平阴亭》诗注〔一七〕。兰茝即
　　　 兰芷也。

〔一〇〕参前《同李员外贺哥舒大夫破九曲之作》题解。

〔一一〕谢惠连《七月七日夜咏牛女》诗李善注："曹植《九咏》注曰：'牛
　　　 女为夫妇，七月七日得一会同也。'"时，谓七夕，谨，拘慎也。

〔一二〕见前《东平旅游奉赠薛太守二十四韵》诗注。

〔一三〕谢灵运《拟魏太子邺中集诗八首》："目极尽所讨。"

〔一四〕陶潜《和郭主簿二首》："天高风景澈。"

〔一五〕谢朓《暂使下都夜发新林至京邑赠西府同僚》诗："徒念关
　　　 山近。"

〔一六〕见前《东平旅游奉赠薛太守二十四韵》诗注。

〔一七〕江总《侍宴临芳殿》诗："北阁滥游陪。"

〔一八〕谢灵运《石门新营所住四面高山回溪石濑茂林修竹》诗："洞庭
　　　 空波澜。"

〔一九〕冥搜见前《东平旅游奉赠薛太守二十四韵》诗注。《左传·僖
　　　 公十五年》："物生而后有象。"疏："物既生讫而后有其形象。"

〔二〇〕见前《塞上》诗题解。

〔二一〕谢瞻《张子房诗》："婉婉幕中画。"谢，犹惭也，见前《留上李右
　　　 相》诗注〔三〇〕。句言甚惭不如幕中才也。

〔二二〕《古诗十九首》："皎皎河汉女。"李善注："毛苌曰：'河汉，天
　　　 河也。'"

〔二三〕谢朓《怀故人》诗："可以赠佳期。"嘉期犹佳期也。两句借七夕

以寓君臣遇合，佳期难卜也。

陪窦侍御泛灵云池

白露时先降〔一〕，清川思不穷〔二〕，江湖仍塞上，舟楫在军中。舞换临津树，歌饶向晚风，夕阳连积水〔三〕，边色满秋空。乘兴宜投辖〔四〕，邀欢莫避骢〔五〕，谁怜持弱羽〔六〕，犹欲伴鹓鸿〔七〕。

与上篇为同时作。

〔一〕《礼记·月令》："孟秋之月，……凉风至，白露降，寒蝉鸣。"白
　　　露先降则早寒也。

〔二〕谢朓《送江水曹还远馆》诗："清川带长陌。"《古唐诗合解》卷十
　　　二："清川即灵云池，秋凉故水清。"思谓泛舟之思也，读去声。

〔三〕《庄子·逍遥游》："水之积也不厚，则其负大舟也无力。"

〔四〕《汉书·陈遵传》："每大饮，宾客满堂，辄关门，取客车辖投井
　　　中，虽有急，终不得去。"

〔五〕《后汉书·桓典传》："拜侍御史，是时宦官专权，典执政无所回
　　　避，常乘骢马，京师畏惮，为之语曰：'行行且止，避骢马御
　　　史。'"《说文》卷十："马青白杂毛也。"孟浩然《和李侍御渡松滋
　　　江》诗："寮寀争攀鹢，鱼龙亦避骢。"又《与黄侍御北津泛舟》
　　　诗："本欲避骢马，何知同鹢舟？"

〔六〕鲍照《野鹅赋》："升弱羽于丹庭。"弱羽犹短翮也，高适自喻。

〔七〕见前《酬秘书弟兼寄幕下诸公》诗注。两句犹前《酬鸿胪裴主
　　　簿》诗之"终当拂羽翰，轻举随鸿鹄"也。

笺曰：首四句泛舟清川，乃在塞上军中，故秋思不尽。中四句池
中空旷及泛舟之乐。末四句谓主人投辖留客，我则以邀欢之故

不避御史骢马,谁怜弱羽凡鸟而陪鹓鸿之意乎?

和窦侍御登凉州七级浮图之作

化塔圪中起〔一〕,孤高宜上跻,铁冠〔二〕雄赏眺,金界宠招携〔三〕。空色〔四〕在轩户,边声连鼓鼙〔五〕,天寒万里北,地豁九州西。清兴揖才彦,峻风和端倪〔六〕,始知阳春〔七〕后,具物皆筌蹄〔八〕。

彭兰据"始知阳春后"定为天宝十四载春作,误,仍与上二首同为十三载秋作,观"天寒万里北"可知。

〔 一 〕张说《侍宴襄荷亭诗》:"园林看化塔,坛墠识馀封。"塔为埋佛
　　　　骨之所。佛经中言佛菩萨等以神通力化作佛形曰化佛,故塔
　　　　亦称化塔。《说文》卷十三:"圪,墙高也。"一作圪。

〔 二 〕见前《东平留赠狄司马》诗注。

〔 三 〕金界,金刚界也。《佛学大辞典》:"开示大日如来智德之部门
　　　　也,如来内证之智德其体坚固,有摧破一切烦恼之胜用,故譬
　　　　以金刚。"招携,犹招邀也。

〔 四 〕《般若经》:"色即是空,空即是色。"《止观经》:"金錍抉膜,空色
　　　　朗然。"此处盖言景色。

〔 五 〕《广韵》卷一:"鼙,骑上鼓。《释名》曰:'鼙,裨也,裨助鼓
　　　　节也。'"

〔 六 〕《庄子·寓言》:"和以天倪。"疏:"天倪,自然之分也。和,合
　　　　也。"端倪意为微始,与此意近。

〔 七 〕谓窦《登凉州七级浮图之作》,见前《睢阳酬别畅大判官》诗注
　　　　〔三〕

〔 八 〕《庄子·外物》:"筌者所以在鱼,得鱼而忘筌;蹄者所以在兔,

得兔而忘蹄;言者所以在意,得意而忘言。"荃亦作筌。

入昌松东界山行

鸟道几登顿〔一〕,马蹄无暂闲,崎岖出长坂,合沓〔二〕犹前山。
石激水流处,天寒松色间,王程〔三〕应未尽,且莫顾刀环〔四〕。

《旧唐书·地理志》:"凉州武威郡有昌松县,汉苍松县。"故城在
今甘肃省古浪县西。诗云:"王程应未尽。""石激水流处,天寒松
色间。"当为天宝十三载秋作。

〔一〕李白《蜀道难》:"西当太白有鸟道,可以横绝峨眉巅。"王琦注:
"谓连山高峻,其少低缺处,惟飞鸟过此以为径路,总见人迹所
不能至也。"登顿见前《使青夷军入居庸三首》注。

〔二〕谢朓《游敬亭山》诗:"合沓与云齐。"吕向注:"合沓,高貌。"

〔三〕李颀《送人尉闽中》诗:"春草是王程。"谓奔走王事之里程也。

〔四〕《汉书·李陵传》:"(任)立政等见陵,未得私语,即目视陵,而
数数自循其刀环,握其足,阴谕之,言可还归汉也。"此处只借
镮作还意,言当以王事为重也。

奉寄平原颜太守并序

初颜公任兰台郎〔一〕,与余有周旋〔二〕之分,而于词赋,特为深
知。洎擢在宪司〔三〕,而仆寓于梁宋。今南海太守张公之牧梁
也〔四〕,亦谬以仆为才,遂奏所制诗集于明主。而颜公又作四
言诗数百字并序,序张公吹嘘之美〔五〕,兼述小人狂简〔六〕之
盛,遍呈当代群英。况终不才,无以为用,龙锺蹭蹬〔七〕,适负

知己〔八〕。夫意所感，乃形于言，凡廿韵。

皇皇平原守，驷马出关东，银印垂腰下，天书〔九〕在箧中。自承到官后，高枕扬清风〔一〇〕，豪富已低首，逋逃还力农。始余梁宋间，甘予〔一一〕麋鹿同，散发对浮云，浩歌追钓翁。如何顾疵贱，遂肯偕穷通，耿介出宪司，慨然见群公，赋诗感知己，独立争愚蒙〔一二〕。金石〔一三〕谁不仰，波澜殊未穷，微躯枉多价，朽木惭良工〔一四〕。上将拓边西，薄才忝从戎，岂论济代〔一五〕心，愿效匹夫雄〔一六〕，骅骝满长皂〔一七〕，弱翮依彫笼〔一八〕。行军动若飞〔一九〕，旋旆信严终〔二〇〕，屡陪投醪〔二一〕醉，窃贺铭山〔二二〕功，虽无汗马劳〔二三〕，且喜沙塞空〔二四〕。去去勿复道，所思积深衷，一为天崖〔二五〕客，三见南飞鸿，应念萧关〔二六〕外，飘飘随转蓬〔二七〕。

此诗今本失载，系据《高适诗集》残卷补。《颜鲁公行状》："天宝十二载，（杨）国忠以前事衔之，谬称精择，乃出公为平原太守。"《册府元龟》卷三〇七："颜真卿天宝中为殿中侍御史、东都畿内采访判官，转侍御史、武部员外，国忠怒其不附己，出为平原太守。"迄天宝末均在任。诗序云"今南海太守张公"，按张九皋以天宝十四载四月二十日卒（萧昕《唐银青光禄大夫岭南五府节度经略采访处置等使摄御史中丞张公神道碑》，载《全唐文》卷三五五），此诗当作于张之生前，即不得在天宝十四载四月后也。又诗云："一为天崖客，三见南飞鸿。"又云："虽无汗马劳，且喜沙塞空。"当作于天宝十三载秋。如作于十四载秋，则纵道途遥远，仲夏亦可获知其殁，不容至秋尚茫然于奖掖己者之不存也。《新唐书·地理志》:"德州平原郡治安德。"今山东省陵县。

〔 一 〕《新唐书·百官志》:"龙朔二年改秘书省曰兰台。……秘书郎
为兰台郎。"又:"秘书郎三人,从六品上,掌四部图籍。校书郎
十人,正九品上,掌雠校典籍,刊正文章。……著作局校书郎
二人,正九品上,掌撰碑志、祝文、祭文。"《颜鲁公行状》:"开元
二十四年,吏部擢判入高等,授朝散郎、秘书省著作局校
书郎。"

〔 二 〕见前《效古赠崔二》诗注。

〔 三 〕称御史台。《颜鲁公行状》:"天宝六载,迁监察御史。……八
载八月,迁殿中侍御史。"按八月适已赴京并受职封丘尉矣,此
所指为六载事。

〔 四 〕张公即张九皋,是时为南海太守。梁谓睢阳。

〔 五 〕查《高适诗集》残卷序字是重文,作ㄥ,与诗首句之"皇皇"下一
字正同,王重民《敦煌古籍叙录》及《补全唐诗》均误为之字。
吹嘘见前《真定即事奉赠韦使君二十八韵》诗注。

〔 六 〕《论语·公冶长》:"吾党之小子狂简。"《孟子·尽心》注:"简,
大也,狂者进取大道,而不得其正者也。"盖自谦其志大而行不
相副也。

〔 七 〕《唐音癸签》卷二十四:"考《埤苍》:躘踵,行不进貌。古字从
省,躘因作龙,踵又借作锺。"《名义考》:"龙锺潦倒,正二合之
音,龙锺切癃字,潦倒切老字,欲言癃,欲言老,即以龙锺、潦倒
言之。"蹭蹬见前《送蔡山人》诗注。

〔 八 〕见前《酬庞十兵曹》诗注。

〔 九 〕谓诏书。

〔一○〕《战国策·齐策》:"三窟已就,君姑高枕为乐矣。"扬清风见前

《途中酬李少府赠别之作》注。

〔一一〕《广韵》卷三："郭璞云：'予犹与也。'"

〔一二〕《诗词曲语辞汇释》卷二："争，犹怎也。自来谓宋人用怎字，唐人只用争字。"言怎奈也。愚蒙，自谦之词。

〔一三〕《吕氏春秋·求人》："故功绩铭乎金石。"注："金，钟鼎也；石，丰碑也。"

〔一四〕《敦煌古籍叙录》、《补全唐诗》惭作悬，误。《孟子·滕文公》："天下之良工也。"

〔一五〕见前《三君咏》注。

〔一六〕见前《同群公出猎海上》诗注。

〔一七〕《史记·邹阳列传》："使不羁之士，与牛骥同皂。"集解："骃案《汉书音义》曰：'食牛马器，以木作如槽也。'"骥骝喻才士。

〔一八〕祢衡《鹦鹉赋》："闭以雕笼，翦其翅羽。"即所谓弱翮也，适自谦之词。彫亦作雕。

〔一九〕《隋书·史万岁传》："善骑射，骁捷若飞。"《木兰辞》："关山度若飞。"

〔二〇〕《谷梁传·庄公八年》："治兵而陈蔡不至矣，兵事以严终，故曰善陈者不战。"注："以严整终事，故敌人不至。"刘盼遂云："严助终军也。"引苏轼诗"一时冠盖尽严终"为证（《补全唐诗》引），误。

〔二一〕《晋书·刘弘传》："弘下教曰：'酒室中云，齐中酒，听事酒，猥酒，同用麹米而优劣三品，投醪当与三军同其薄厚，自今不得分别。'"

〔二二〕张载《剑阁铭》："勒铭山阿。"此言获胜铭山也。

〔二三〕《史记·晋世家》："矢石之难，汗马之劳，此复受次赏。"言战绩也。

〔二四〕谓边塞清平无事。

〔二五〕《说文》卷九:"厓,山边也。""崖,高边也。"朱骏声《说文通训定
声》:"崖与厓微别,厓之峻而高者崖也。"刘校作天涯。

〔二六〕《汉书·武帝纪》:"元封四年,北出萧关。"在今宁夏省固原县
东南。

〔二七〕见前《宋中十首》注。

笺曰:此诗首段十八句颂颜真卿出守平原之德政,并有感于颜为
监察御史时,以诗序嘉美,而自惭愚蒙也。次段十句空望金石之
铭,而朽木不可雕饰,以哥舒翰之任命而赴边地,岂敢云有济世
之心,愿得一效匹夫之力而已。末段十二句述行军甚速,回旌则
严整以终其事,掌书记之职,不过同三军以欢饮,为铭贺主将之
立功,无汗马之劳绩,但喜边塞之清平无事。忆至边塞今已三
秋,当念萧关之外,有客随转蓬以飘飘也。

和贺兰判官望北海作

圣代务平典〔一〕,辎轩〔二〕推上才,迢遥〔三〕溟海际,旷望沧波开。
四牡未遑息〔四〕,三山〔五〕安在哉?巨鳌不可钓〔六〕,高浪何崔
嵬。湛湛朝百谷〔七〕,茫茫连九垓〔八〕,挹流纳广大,观异〔九〕增
迟回。日出见鱼目〔一〇〕,月圆知蚌胎〔一一〕,迹非想像到,心以
精灵猜〔一二〕。远色带孤屿,虚声涵殷雷,风行越裳贡〔一三〕,水
遏天吴〔一四〕灾。揽辔隼将击〔一五〕,忘机鸥复来〔一六〕,缘情韵骚
雅〔一七〕,独立遗尘埃〔一八〕。吏道竟殊用〔一九〕,翰林仍忝陪〔二〇〕,
长鸣谢知己〔二一〕,所愧非龙媒〔二二〕。

《高适诗集》残卷题无北字。贺兰判官未知是否贺兰进明。据《旧唐书·玄宗纪》：进明为北海太守收信都在天宝十五载六月（《册府元龟》卷七二二称进明曾为信安郡太守），如判官是进明，当在此以前。姑系于此。北海谓渤海。

〔一〕《后汉书·陈忠传》："不敢希意同僚，以谬平典。"盖法宜平，故称平典。

〔二〕《群书考索》："輶轩，天子之使臣也。"

〔三〕《文苑英华》作迢停，《高适诗集》残卷、《全唐诗》作迢亭。

〔四〕《诗·小雅·四牡》："四牡骈骈，周道倭迟。"诗序以为"劳使臣之来也"。息，止也。

〔五〕《史记·秦始皇本纪》："海中有三神山，名曰蓬莱、方丈、瀛洲。"

〔六〕《列子·汤问》："龙伯之国有大人，……一钓而连六鳌。"鳌为鼇之俗字。

〔七〕《道德经》："江海所以能为百谷王者，以其善下之，故能为百谷王。"

〔八〕《淮南子·道应训》："吾与汗漫期九垓之上。"注："九垓，九天也。"

〔九〕陆云《失题》诗："思乐万物，观异知同。"

〔一○〕《参同契》："鱼目岂为珠？"卢谌《赠刘琨并书》："所谓咸池酬于北里，夜光报于鱼目。"《诗词曲语辞汇释》卷五："见，犹知也；觉也。"与下句之知为互文。

〔一一〕《汉书·扬雄传》："剖明月之珠胎。"注："珠在蛤中若怀姙然，故谓之胎也。"《吴都赋》："蛤蚌珠胎，与月亏全。"四句当有所慨而言也。

〔一二〕《高适诗集》残卷非作唯。想像见前《涟上别王秀才》诗注。精

灵见前《观李九少府翳树宓子贱神祠碑》注。《玉篇》卷二十
三：“猜，疑也，恨也，惧也。”

〔一三〕《后汉书·南蛮传》：“交阯之南有越裳国，周公居摄六年，……
以三象重译而献白雉。”

〔一四〕《山海经·海外东经》：“朝阳之谷，有神曰天吴，是为水伯。”

〔一五〕《后汉书·范滂传》：“揽辔登车，慨然有澄清天下之志。”隼击，
喻其高举如鹘之击凡鸟也。

〔一六〕《庄子·天地》：“功利机巧，必忘夫人之心。”并参前《同薛司直
诸公秋霁曲江俯见南山作》注〔一〇〕。

〔一七〕陆机《文赋》：“诗缘情而绮靡。”骚雅即诗。

〔一八〕《史记·屈原列传》：“浮游尘埃之外，不获世之滋垢，皭然泥而
不滓者也。”《高适诗集》残卷遗作贵，误。

〔一九〕《文苑英华》殊用作吾用。

〔二〇〕见前《送萧十八》诗注。句谓和诗也。

〔二一〕谢犹愧也，为互文。知己见前《酬庞十兵曹》诗注。

〔二二〕《汉书·礼乐志》：“天马徕，龙之媒。”注：“应劭曰：‘言天马者
乃神龙之类，今天马已来，此龙必至之效也。’”后称骏马为
龙媒。

酬河南节度使贺兰大夫见赠之作

高阁凭栏槛〔一〕，中军倚旆旌〔二〕，感时常激切，于己即忘情〔三〕。
河华屯妖气〔四〕，伊瀍有战声〔五〕，愧无戡难策，多谢出师名〔六〕。
秉钺〔七〕知恩重，临戎觉命轻〔八〕，股肱瞻列岳〔九〕，唇齿赖长
城〔一〇〕。隐隐摧锋势〔一一〕，光光弄印荣〔一二〕，鲁连真义士〔一三〕，

陆逊岂书生〔一四〕？直道宁殊智〔一五〕，先鞭忽抗行〔一六〕，楚云随去马〔一七〕，淮月尚连营〔一八〕。抚剑堪投分〔一九〕，悲歌益不平，从来重然诺〔二〇〕，况值欲横行〔二一〕。

《旧唐书·房琯传》："诏以(贺兰)进明为河南节度兼御史大夫。"《资治通鉴》卷二一九："至德元载冬十月，以贺兰进明为河南节度使。""十二月，置淮南节度使，领广陵等十二郡，以(高)适为之，置淮南西道节度使，领汝南等五郡，以来瑱为之，使与江东节度使韦陟共图(永王)璘。""至德二载秋七月，河南节度使贺兰进明克高密琅邪，杀贼二万馀人。""至德二载八月，以张镐兼河南节度采访等使代贺兰进明。"此诗必至德二载初所作。今贺兰之诗存七首，而赠高适之作已佚。适和诗在广陵作。

〔一〕《书·顾命》："凭玉几。"《说文》卷十四："凭，依几也。……《周书》：凭玉几。读若冯。"此谓依凭栏槛，眺望千里之地也。

〔二〕《左传·桓公五年》："王以诸侯伐郑，王为中军，虢公林虎将右军，周公黑肩将左军。"《诗·小雅·车攻》："萧萧马鸣，悠悠斾旌。"《说文》卷八："倚，依也。"

〔三〕《晋书·王衍传》："衍尝丧幼子，山简吊之。衍悲不自胜，简曰：'孩抱中物，何至于此？'衍曰：'圣人忘情，最下不及于情。然则情之所锺，正在我辈。'"此处谓感时而忘一己之私情。

〔四〕班固《西都赋》："东薄河华。"李善注："河，黄河也。华，华山也。"句言关中之地为安史所据。

〔五〕《水经注》卷十五："伊水出南阳鲁阳县西蔓渠山，北入于洛。""瀍水出河南谷城县北山，东南入于洛。"句指中原战乱。

〔六〕谢与上句之愧为互文，知亦惭义。言甚惭有出师之名，而无平难之策也。此与《汉书·赵广汉传》"至府为我多谢问赵君"之多谢义异。

〔七〕《诗·商颂·长发》："武王载旆,有虔秉钺。"笺："建旆兴师出发,又固持其钺,志在诛有罪也。"

〔八〕梁简文帝《京洛篇》："刘苍归作相,窦宪出临戎。"褚亮《奉和禁苑饯别应令》："酬恩识命轻。"

〔九〕股肱见前《奉酬北海李太守丈人夏日平阴亭》诗注。徐陵《武皇帝作相时与岭南酋豪书》："身居列岳,自御强兵。"列岳称牧伯。《说文》卷四:"瞻,临视也。"段注:"《释诂》、毛传皆云:瞻,视也。"

〔一○〕《左传·僖公五年》:"晋侯复假道于虞以伐虢,宫之奇谏曰:'谚所谓辅车相依,唇亡齿寒,其虞虢之谓也。'"以喻贺兰所领河南镇与高适所领淮南镇之关系。长城见前《酬秘书弟兼寄幕下诸公》诗注。以称贺兰。

〔一一〕张衡《西京赋》:"商旅联槅,隐隐展展。"薛综注:"隐隐展展,重车声也。"《周书·田弘传》:"弘每临阵摧锋直前。"

〔一二〕《汉书·叙传》:"子明(冯奉世字)光光,发迹西疆。"《周昌传》:"高祖持御史大夫印弄之曰:'谁可为御史大夫者?'熟视(赵)尧曰:'无以易尧。'"按贺兰亦兼御史大夫,故称"弄印荣"。

〔一三〕《史记·鲁仲连列传》:"魏王使客将军新垣衍间入邯郸,因平原君谓赵王曰:'……赵诚发使尊秦昭王为帝,秦必喜,罢兵去。'平原君犹预未有所决。此时鲁仲连适游赵,……乃见平原君曰:'……梁客新垣衍安在? 吾请为君责而归之。'……鲁仲连见新垣衍……曰:'……彼即肆然称帝,过而为政于天下,则连有蹈东海而死耳,吾不忍为之民也。'"以赞贺兰之不降安史也。

〔一四〕《吴志·陆逊传》："当御备时，诸将军或是孙策时旧将，或公室贵戚，各自矜持，不相听从，逊案剑曰：'……仆虽书生，受命主上，国家所以屈诸君使相承望者，以仆有尺寸可称，能忍辱负重故也。各任其事，岂复得辞，军令有常，不可犯矣。'及至破备，计多出逊，诸将乃服。"按贺兰进明能文，故以陆逊期之。考《资治通鉴》卷二一九："睢阳士卒死伤之馀，才六百人，张巡、许远分城而守之，……是时许叔冀在谯郡，尚衡在彭城，贺兰进明在临淮（今安徽泗县东南），皆拥兵不救，城中日蹙，巡乃令南霁云将三十骑犯围而出，告急于临淮，……霁云慷慨泣且语曰：'……大夫坐拥强兵，观睢阳陷没，曾无分灾救患之意，岂忠臣义士之所为乎？'"然贺兰竟因"疾巡、远功名，亦惧为叔冀（贺兰之都知兵马使，与贺兰交怨，不受节制）所袭"，不肯出兵，致有睢阳城之陷落，张巡被害，实负高适之厚望。此后乾元元年高适罢职路过睢阳致祭于张巡许远时，有"十城相望，百里不救"之语，乃对贺兰所为有感而发。

〔一五〕祢衡《鹦鹉赋》："虽同族于羽毛，固殊智而异心。"此则谓直道岂异其心智乎？

〔一六〕先鞭见前《别韦兵曹》诗注。张华《游侠篇》："龙虎相交争，七国并抗衡。"《法书要录》卷一《晋王右军自论书》："吾书比之锺张当抗行。"抗行同抗衡。

〔一七〕徐州等地属河南道，故称楚，云随马去，马行甚疾也。

〔一八〕见前《古大梁行》注。此言月照淮营也。

〔一九〕《九歌·东皇太一》："抚长剑兮玉珥。"王逸注："抚，持也。"王僧孺《临海伏府君集序》："与君道合神遇，投分披衿。"

〔二〇〕见前《同昌员外酬田著作幕门军西宿盘山作》注。

〔二一〕见前《燕歌行》注。

笺曰：前幅言己凭高阁之栏而望，贺兰为中军，旌旆可依，每有感于时局，即当忘于私情。关中为贼所据，中原亦复战乱，愧无平难之策，有惭于出师之名也。受命而知恩重，临战而觉命轻，牧伯乃为股肱，邻镇唇齿相依，长城可倚也。后幅赞贺兰摧锋直前，又为大夫之荣，义如鲁仲连不肯事敌，战如陆逊非但为书生也。直道心智不异，先鞭当与抗衡，楚云随马以去，淮南月尚照营，持剑交契，悲歌不平，古来以然诺为重，况今欲横行灭敌乎？

广陵别郑处士

落日知分手，春风莫断肠，兴来无不惬，才在亦何伤〔一〕？溪水堪垂钓，江田耐插秧，人生只为此，犹足傲羲皇〔二〕。

高适《谢上淮南节度使表》："臣适言，以今月二日至广陵，以某日上讫。"又李白至德二载在浔阳狱中有《送张秀才谒高中丞》诗，序云"将之广陵谒高中丞"，诗云"高公镇淮海，谈笑却妖氛"，知其时适在广陵，称高中丞，其时适盖兼御史中丞也。《新唐书·地理志》："扬州广陵郡治江都。"今江苏省扬州市。《全唐诗》作郑威士。《史记·殷本纪》："或曰伊尹处士，汤使人聘迎之，五反，然后肯往。"

〔一〕《全唐诗话续编》卷下称此为佳句。误才在为才大。

〔二〕陶潜《与子俨等疏》："五六月中，北窗下卧，遇凉风暂至，自谓是羲皇上人。"言伏羲氏以前之人，"傲羲皇"亦此意也。明活字本犹作亦，从《唐诗选》残卷。

登广陵栖灵寺塔

淮南富登临[一]，兹塔信奇最，直上造云族[二]，凭虚纳天籁[三]。
迥然碧海西，独立飞鸟外，始知高兴尽[四]，适与赏心会[五]。
连山黯吴门[六]，乔木吞楚塞[七]，城池满窗下，物象[八]归掌内。
遥思驻江帆，暮情[九]结春霭，轩车疑蠢动[一〇]，造化资大
块[一一]，何必了无身[一二]，然后知所退[一三]。

李白有《秋日登扬州西灵塔》诗，刘长卿有《登扬州栖灵寺塔》诗，
《全唐诗》谓栖灵一作西岩，同为一塔。《扬州府志》卷二十八：
"敕赐法净寺，县西北五里，即大明寺，古之栖灵寺也。又曰西
寺，以其在隋宫西，故名。寺枕蜀冈，旧有塔。《大观图经》云：隋
文帝仁寿元年，以诞辰诏海内清净处立塔三十所，此其一
也。……后塔燬。……寺右为平山堂，左建平远楼。"今扬州城
西法净寺石坊有"栖灵遗阯"四字。寺建于宋孝武帝大明年间
（清乾隆时改法净寺）。《独异志》："扬州西灵塔，中国之尤峻峙
者，唐武宗末拆寺之前一年，……天火焚塔俱尽。"（《太平广记》
卷九八"怀信"条）

〔一〕见前《同房侍御山园新亭与邢判官同游》诗注。

〔二〕《庄子·在宥》："云气不待族而雨。"疏："族，聚也。"

〔三〕《庄子·齐物论》："女闻地籁而未闻天籁夫?"疏："籁，箫
也。……夫箫管参差，所受各足，况之风物，咸禀自然。"天籁
谓发于自然之音。

〔四〕见前《寄孟五少府》诗注。此但用高兴尽，与下赏心会同，不关
秋日。

〔 五 〕见前《同群公出猎海上》诗注〔一〕，赏心会犹心赏俱也。

〔 六 〕门，都门。吴，今苏州。

〔 七 〕庾信《周大将军司马裔神道碑》："伍员道阻，燕丹路遥，南奔楚塞，北避秦桥。"李白《饯李副使藏用移军广陵序》："一扫瓦解，洗清全吴，可谓万里长城，横断楚塞。"

〔 八 〕《文苑英华》作物华。

〔 九 〕《文苑英华》作暮晴，《全唐诗》作暮时。

〔一〇〕《说文》卷十三："蠢，虫动也。"《异苑》："掘地见一异物蠢蠢而动。"锺惺评高适此语曰："一时所见真境，写出不觉，形容高远，如画笔端。"谭元春曰："考工轮人中妙语。"（《唐诗归》卷十二）按上云春霭，则蠢动或因《礼记·乡饮酒义》"春之为言蠢也"化出。

〔一一〕《庄子·齐物论》："夫大块噫气，其名为风。"疏："大块者，造物之名，亦自然之称也。"

〔一二〕《道德经》："吾所以有大患者，为吾有身，及吾无身，吾又何患？"

〔一三〕同上："功成，名遂，身退，天之道。"锺惺曰："知所退三字深而朴。"（《唐诗归》卷十二）

笺曰：此诗极写栖灵寺塔之高迥，与所见之辽远，"轩车疑蠢动"虽系实见，然着笔甚细致，描写逼真，语尤生动，得力在一疑字。结语作佛道语，乃常格也。

302

见人臂苍鹰

寒楚〔一〕十二月，苍鹰八九毛〔二〕，寄言燕雀莫相忌〔三〕，自有云霄〔四〕万里高。

《河岳英灵集》卷上题为《见薛大臂鹰作》，可从。崔骃《与窦宪笺》："皆臂鹰牵狗陈于道侧云。"《汉书·东方朔传》注："韦昭曰：'韝，形如射韝，以缚左右手，于事便也。'师古曰：'傅，着也；韝，即今之臂韝也。'"《全唐诗》题下注："一作李白诗。"按白集题作《观放白鹰二首》，既与另一首八月所作不同时，又非放白鹰，则此首当属之高适。《旧唐书》本传："李辅国恶适敢言，短于上前，乃左授太子少詹事。"此诗亦言其谗谤，应作于至德二载冬。《定命录》："高适任广陵长史，尝谓人曰：近梦于大厅上见叠累棺木，从地至屋脊，又见旁有一棺，极为宽大，身入其中，四面不满。……其后累历诸任，改为詹事，亦宽慢之官矣。"（《太平广记》卷二百七十七"赵良器"条引）说极荒诞，"累历诸任"亦误。

〔一〕见前《宋中遇刘书记有别》诗注。李白集作寒冬。

〔二〕张华《鹪鹩赋》："苍鹰鸷而受韝。"王琦《李太白文集注》卷二十四："鹰一岁色黄，二岁色变次赤，三岁而色始苍矣。"按所引《埤雅》作鸧鹰，通谓之角鹰。《河岳英灵集》作八十毛，误，从《文苑英华》及《全唐诗》。八九毛谓毛羽摧颓也。王琦《李太白文集注》卷二十四："八九毛者，是始获之鹰，剪其劲翮，令不能远举飏去。"

〔三〕《史记·陈涉世家》："燕雀安知鸿鹄之志哉？"燕雀喻常人也，此处喻小人，指李辅国。《河岳英灵集》、《四库》本及《全唐诗》忌作啴，《玉篇》卷五："众口貌。"

〔四〕见前《信安王幕府诗》注。

同群公宿开善寺赠陈十六所居

驾车出人境〔一〕，避暑投僧家，徘徊龙象〔二〕侧，始见香林花〔三〕。

读书不及经，饮酒不胜茶[四]，知君悟此道，所未披袈裟[五]。谈空忘外物[六]，持戒[七]破诸邪，则是无心地[八]，相看唯月华[九]。

陈十六即陈章甫（见下篇序）。后魏杨衒之《洛阳伽蓝记》卷四："城西准财里内有开善寺。……（魏）尚书右仆射元稹闻里内频有怪异，遂改准财里为齐谐里。"《搜神记》卷一："后魏洛阳阜财里有开善寺，京兆人韦英宅也。"或准为阜之误。（唐诗人元稹亦有《和友封题开善寺十韵》诗，恐亦此寺，见《元氏长庆集》卷十三）此诗为高适在洛阳作，观下篇"东周既削弱"等语可以推知。又李颀有《宴陈十六楼》诗曰："西楼对金谷，此地古人心。"金谷在洛阳西北，与开善寺近，故高适宿寺中得赠诗与陈也。李颀又有《送陈章甫》诗，亦云"郑国游人（称陈）未及家，洛阳行子（颀自谓）空叹息"，又称"罢官昨日今如何"。按《元和姓纂》卷三："太常博士陈章甫，江陵人（即下篇所云楚人，当指郡望，陈实郑州籍）。"未知罢官是否罢太常博士职。但李颀在洛阳与陈章甫宴会并送别，可为此诗写作地点在洛阳之旁证。彭兰以诗云"避暑入僧家"非应举有道科及赴任封丘尉时事，而以为乾元元年夏任太子少詹事时，是也（适有《罢职还京次睢阳祭张巡许远文》，称"乾元元年五月太子（少）詹事御史中丞高适"可证）。陈章甫有《与吏部孙员外书》，《唐文粹》编于"书十一·忿恚"一门，文中称"但仆一卧嵩丘二十餘载"，可见其人对当世政治之不满及其不得志之情况。

〔一〕陶潜《归园田居》："结庐在人境，而无车马喧。"

〔二〕《智度论》："是五千阿罗汉，于诸阿罗汉中最大力，以是故言如龙如象,水行中龙力大,陆行中象力大。"

〔三〕《文苑英华》始见作如见。香林称佛寺。

〔四〕《文苑英华》作还胜茶,较优。胜读平声。锺惺曰:"二语名士清课。"(《唐诗归》卷十二)

〔五〕僧衣也,将布割截为长方形小片缀合而成。

〔六〕空谓玄理。《庄子·外物》:"外物不可必。"嵇康《养生论》:"外物以累心不存。"李善注:"司马彪曰:'物,事也。'"

〔七〕《法华经·譬喻品》:"持戒清洁,如净明珠。"谓受持戒律也。

〔八〕《大日经疏》:"知世人举趾动足皆依于地,菩萨亦如是依心进行,故名此心为地。"谭元春曰:"接处用所未、则是字,奇甚。"(《唐诗归》卷十二)

〔九〕见前《同李司仓早春宴睢阳东亭》诗注。谭元春评此语曰:"如别入万壑矣。"(同上)《文苑英华》相看作相知。

同观陈十六史兴碑 并序

楚人陈章甫继毛诗而作《史兴碑》,远自周末,迫乎隋季,善恶不隐,盖国风之流。未藏名山〔一〕,刊在乐石〔二〕,仆美其事而赋是诗焉。

荆衡〔三〕气偏秀,江汉流不歇,此地多精灵〔四〕,有时生才杰。
伊人今独步〔五〕,逸思能间发,永怀掩风骚,千载尚矻矻〔六〕。
新碑亦崔嵬,佳句悬日月,则是刊石经〔七〕,终然继梼杌〔八〕。
我来观雅制,慷慨变毛发〔九〕,季主〔一〇〕尽荒淫,前王徒贻厥〔一一〕。东周既削弱,两汉更沦没,西晋何披猖,五胡相唐突〔一二〕。作歌乃彰善,比物仍恶讦〔一三〕,感叹将谓谁,对之空

305

咄咄〔一四〕。

与上篇为同时作。陈章甫《史兴碑》文已佚。

〔一〕《汉书·司马迁传》：“仆诚已著此书（《史记》），藏之名山，传之其人。”

〔二〕《峄山刻石文》：“刻此乐石。”章樵注：“石之精坚，堪为乐器者。”

〔三〕《书·禹贡》：“荆及衡阳惟荆州。”荆州即楚地。

〔四〕见前《观李九少府翥树宓子贱神祠碑》诗注，并参《古乐府飞龙曲留上陈左相》诗注。

〔五〕《后汉书·戴良传》：“独步天下，谁与为偶。”

〔六〕风骚见前《同崔员外綦母拾遗九日宴京兆府李士曹》诗注。千载，谓自周末至隋朝。《汉书·王褒传》：“终日矻矻。”注：“如淳曰：‘矻矻，健作貌。’应劭曰：‘矻矻，劳极貌。’”

〔七〕汉魏以后屡刻诸经文于石，称为石经。

〔八〕《孟子·离娄》：“晋之《乘》，楚之《梼杌》，鲁之《春秋》，一也。”赵注：“此三大国史记之异名。《梼杌》者，嚚凶之类，兴于记恶之戒，因以为名。”章甫楚人，故称其著作为继《梼杌》

〔九〕《韵语阳秋》卷二：“杜甫读苏涣诗则曰：‘余发喜却变，白间生黑丝。’高适观陈十六史碑则曰：‘我来观雅制，慷慨变毛发。’”言毛发因激昂而转黑也。

〔一〇〕谓末世之主。

〔一一〕《书·五子之歌》：“有典有则，贻厥子孙。”孔疏：“有治国之典，有为君之法，遗其后世之子孙使法则之。”

〔一二〕五胡，匈奴、羯、鲜卑、氐、羌五族。《后汉书·段颎传》：“羌遂陆梁，覆没营坞，转相招结，唐突诸郡。”

〔一三〕《论语·阳货》:"恶讦以为直者。"集解:"包曰:'讦谓攻发人之阴私。'"两句仍与乃为互文。

〔一四〕《后汉书·严光传》:"咄咄子陵,不可相助为理邪?"惊叹之声。

笺曰:诗谓楚地秀气,江汉长流,地多精灵,时生才俊。陈今独步无偶,逸思时发,掩超风骚,述周至隋已逾千年,尚勤作而不息。新碑高峻,佳句如日月之长悬,光影常新,此如刊石经而继楚史《梼杌》,我观雅作,白发为之变黑也。末世之主尽为荒淫奢侈,前王徒以典则遗其子孙,故东周削弱,两汉沦没,西晋狼狈,五胡冲犯也。作歌所以彰善,不以发人阴私成己之直,对之空自惊叹,将谁告乎?

送崔录事赴宣城

大国非不理〔一〕,小官皆用才〔二〕,欲行宣城郡〔三〕,住饮洛阳杯。晚景为人别,长天无鸟回,举帆风波渺,倚棹江山来,羡尔兼乘兴〔四〕,芜湖〔五〕千里开。

《新唐书·百官志》:"州郡有录事参军事。"《地理志》:"宣州宣城郡,治宣城。"今安徽省宣城县。细审诗意,似亦乾元元年在洛阳所作。

〔一〕《道德经》:"治大国若烹小鲜。"理即治也。此句谓崔非无治大国之才。

〔二〕《唐诗归》卷十二:"谭云:'此二句非大家名家不能。'锺云:'好胸襟,好念头,满肚经济。'"

〔三〕明活字本、《全唐诗》郡一作印,从《四库》本。

〔四〕见前《奉酬睢阳李太守》诗注。

《汉书·地理志》:"丹阳郡有芜湖县。"芜湖在县西南,源出丹
阳湖,合五丈湖等至县入江,湖水不深而多生芜藻,故名芜湖。

送桂阳孝廉

桂阳少年〔一〕西入秦,数经甲科犹白身〔二〕,即今江海一归客,
他日云霄万里人〔三〕。

《新唐书·地理志》:"郴州桂阳郡治郴。"今湖南省郴县。《汉
书·武帝纪》:"元光元年(公元前一三四年),初令郡国举孝廉各
一人。"注:"孝谓善事父母者,廉谓清洁有廉隅者。"唐朝以科举
取士,《全唐文纪事》卷十四玄宗《条制考试明经进士》曰:"且今
之明经进士,则古之孝廉秀才。"孟浩然《送张参明经举兼向泾州
省觐》诗曰:"孝廉因岁贡,怀橘向秦川。"知孝廉即谓明经也。其
后宝应二年(即广德元年)杨绾疏请依古察孝廉,始诏明经进士
与孝廉兼行,然仅二年高适即病逝,而此诗云"数经甲第犹白
身",更知所谓孝廉亦用古名,非宝应后诗也。诗与《见人臂苍鹰
作》结句同称"云霄万里",又桂阳往秦或由秦返郴当经洛阳,或
高适在洛阳为太子少詹事时之作欤? 姑系于此。

〔一〕《全唐诗》少年作年少。

〔二〕《汉书·萧望之传》:"以射策甲第为郎。"注:"谓为难问疑义,
书之于策,量为大小,书甲乙之科,列而置之,不使彰显,有欲
射者,随其所取得而释之,以知优劣。"《唐会要》卷七十六:"中
书舍人贾至议曰:……今礼部每岁设甲乙之科,只足长浮薄之
风,开侥倖之路矣。"《新唐书·选举志》:"凡明经,先帖文然后
口试经问大义,……亦为四等。……白身视有出身一经三传

皆通者奖擢之。……凡进士,试时务策五道,帖一大经,经策全通为甲第,策通四帖过四以上为乙第。"甲第犹甲科也。白身,犹白衣也,谓无出身者。

〔三〕《唐人万首绝句》云霄作云山(《全唐诗》谓"一作云山"),非是。适《信安王幕府诗》曰:"云霄不可望。"《见人臂苍鹰》诗曰:"寄言燕雀莫相忌,自有云霄万里高。"可证。作"云山"则与上"江海归客"句意复矣。两语谓落第可以再举得中,非言归程甚远也。

赴彭州山行之作

峭壁连崆峒〔一〕,攒峰叠翠微〔二〕,鸟声堪驻马,林色可忘机〔三〕。怪石时侵径,轻萝乍拂衣〔四〕,路长愁作客,年老更思归。且悦岩峦胜,宁嗟意绪违?山行应未尽,谁与玩芳菲〔五〕?

《新唐书》本传:"未几,蜀乱,出为蜀、彭二州刺史。"由高适《谢上彭州刺史表》而知先任彭州,后转蜀州。赴彭州当在乾元二年夏(参下篇"今年复拜二千石,盛夏五月西南行")。自长安赴彭州均系大山,绵亘不绝。唐仕宦重内轻外(参赵翼《陔馀丛考》卷十七),故有"路长愁作客,年老更思归"之叹。

〔一〕《太平寰宇记》卷一五五:"崆峒山在岷州溢乐县西二十里。"今甘肃省岷县西。

〔二〕《尔雅·释山》:"未及上翠微。"疏:"谓未及顶上,在旁陂陀之处。一说山气青缥色,故曰翠微也。"

〔三〕见前《和贺兰判官望北海作》注。

〔四〕萝,莪蒿。《诗词曲语辞汇释》卷一:"乍犹恰也,正也。"《说文》

卷十二："拂，过击也。"徐锴曰："击而过之也。"《通训定声》：
"与拭略同。"

〔五〕见前《同陈留崔司户早春宴蓬池》诗注。

同河南李少尹毕员外宅夜饮时洛阳告捷遂作春酒歌

故人美酒胜浊醪〔一〕，故人清词合风骚〔二〕，长歌满酌惟吾曹，
高谈正可挥麈毛〔三〕，半醉忽然持蟹螯〔四〕。洛阳告捷倾前
后〔五〕，武侯腰间印如斗〔六〕，郎官〔七〕无事时饮酒，杯中绿蚁〔八〕
吹转来，瓮上飞花〔九〕拂还有。前年持节将楚兵〔一〇〕，去年留
司在东京〔一一〕，今年复拜二千石〔一二〕，盛夏五月西南行。彭门
剑门蜀山里〔一三〕，昨逢军人劫夺我〔一四〕，到家但见妻与
子〔一五〕，赖得饮君春酒数十杯，不然令我愁欲死！

《资治通鉴》卷二二一："乾元二年九月，光弼遂移牒留守韦陟使
帅东京官属西入关，牒河南尹李若幽使帅吏民出城避贼，空其
城。……十月，史思明引兵攻河阳，……光弼诸将齐进致死，呼
声动天地，贼众大溃，斩首千馀级，捕虏五百人，溺死者千馀人，
周挚以数骑遁去，擒其大将徐璜玉、李秦授，其河南节度使安太
清走保怀州。思明不知挚败，尚攻南城，光弼驱俘囚临河示之，
乃遁。"《诗·豳风·七月》："为此春酒，以介眉寿。"传："春酒，冻
醪也。"陈奂传疏：《月令》：'仲冬乃命大酋，秫稻必齐。'仲冬周
之春正月，十月作酒，而十一月用之。"因知此诗乃乾元二年冬十
一月作。又《新唐书·地理志》：成都府土贡蔗糖、梅煎、生春酒，

未知指此否。《新唐书·宰相世系表》有李则,河南府少尹,或即其人。《太平广记》卷三三九:"贞元初,河南少尹李(黄晟刻本误作季,题不误)则卒。"知李则位终河南少尹,谓贞元初卒,不知有误否。然适所周旋者当非李岘。据岘本传及《通鉴》,岘先为河南少尹、魏郡太守,入为金吾将军,迁将作监,改京兆府尹,天宝十三载以不附杨国忠出为长沙郡太守,至德初,肃宗拜为扶风太守兼御史大夫,至德二载为御史大夫兼京兆尹,乾元二年三月为吏部尚书、同中书门下平章事,五月出为蜀州刺史。此不称相国等职而称少尹,故知非岘也。又有毕抗,曾为兵部员外郎,吴郡太守,江南采访使。《郎官石柱题名》左司员外有毕炕,《新唐书·毕构传》:"构子炕,天宝末为广平太守,拒安禄山,城陷覆其家,赠户部尚书。"韩愈《唐故河南府王屋县尉毕君(坰)墓志铭》作毕构生抗,注谓杭本作炕。当为新书《毕构传》之所据。如毕抗、毕炕是一人,则久殁。或殉难者为广平太守毕炕,而此毕员外为毕抗任吴郡太守者。又司勋员外郎有毕炕,或为炕之兄弟,然司勋属吏部,恐非其人。此毕员外宅不知在京师抑在蜀中。

〔一〕见前《同崔员外綦母拾遗九日宴京兆府李士曹》诗注。

〔二〕《宋书·谢灵运传》:"清辞丽曲,时发乎篇。"风骚见前《同崔员外綦母拾遗九日宴京兆府李士曹》诗注。

〔三〕疑当作麈尾,下每一转韵第四句均不押韵也。见前《自武威赴临洮谒大夫不及因书即事寄河西陇右幕下诸公》诗注〔二五〕。

〔四〕同上诗注〔二六〕。

〔五〕《后汉书·张奂传》:"吾前后仕进,十要银艾。"前后均言前此。倾前后,犹言空前此也。

〔六〕《蜀志·诸葛亮传》:"诏策曰:'……赠君丞相武乡侯印绶,谥君为忠武侯。'"《北史·李雄传》:"帝大悦曰:'公真武侯才也。'"此处称李少尹。《晋书·周顗传》:"今年杀诸贼奴,取金印如斗大系肘。"

〔 七 〕称毕员外。

〔 八 〕谢朓《在郡卧病呈沈尚书》诗:"绿蚁方独持。"李善注:"《释名》曰:'酒有泛齐,浮蚁在上泛泛然。'"《古隽考略》:"绿蚁,酒之美者,泛泛有浮花,其色绿。"(吴景旭《历代诗话》卷六一)

〔 九 〕《古隽考略》:"浮蚁,杯面浮花也。"言酒花溢出瓮上也。

〔一〇〕《新唐书》本传:"帝(肃宗)奇之,除扬州大都督府长史、淮南节度使。"

〔一一〕参前《见人臂苍鹰诗》题解。《旧唐书·齐澣传》:"起为员外、少詹事,留司东都。"唐人谓分司东都者为留司。此段只四句,与前后段异,未知有脱句押韵者否,存疑。

〔一二〕参上篇《赴彭州山行之作》题解。二千石见前《题尉迟将军新庙》诗注。

〔一三〕《水经注》卷三十三:"大江……东南下百馀里,至白马岭而历天彭阙,亦谓之天彭谷也。秦昭王以李冰为蜀守,冰见氐道县有天彭山,两山相对,其形如阙,谓之天彭门,亦曰天彭阙。"《元和郡县志》卷三十一:"垂拱二年,于此置彭州,以岷山导江江出山处,两山相对,古谓之天彭门,因取以名州。"曹学伶《蜀中名胜记》卷五:"(彭)县北三十里丹景山,……其前为彭门山,两山对峙,悬崖绝壁,相去数百步如门,即天彭门也。"丹景山在今四川省彭县西北三十馀里,其南地名皂角岩,俗称擦耳岩,言旧日道之险窄也。隔江与牛心山相对。今其地名老关口,在丹景山之南,新关口市街之北。即堋口。《重修彭县志》

卷一："南天门迤东偏南二里曰彭阙山(旧讹为定峰山,俗呼老
君山),亦曰彭门山,方正平列,状类今之石坊,故谓之阙,若嵩
山神阙王稚子阙是也。旧志谓珊口山为彭门,《元和志》谓灌
口山西岭为彭门,《水经注》误以氐道为湔氐道,云大江经天彭
阙下,皆非其地。《华阳国志》谓李冰至湔氐县,见两山对如
阙,刘昭《郡国志注》谓两石对如阙,《蜀都赋》言出彭门之阙,
亦非其实。""湔水……东迳天彭阙北,阙对天彭山,……东迳
通济场南。"今彭县西北五十里地。《元和郡县志》卷三十三:
"剑州剑门县,圣历二年置,因剑门山为名也。梁山在县西南
二十四里,即剑门山也。"山在今四川省剑阁县东北。此句言
在由剑门往彭门之蜀山中行进也。

〔一四〕我字属哿韵,与上句里字属纸韵不相叶,似涉末句"不然令我
愁欲死"之我而误。疑当作"劫夺己",参前《秋胡行》注〔一五〕
引李昂诗"从来顾恩不顾己,何异浮萍寄深水"。或为"劫夺
已",谓劫夺了也。盖乱兵为盗,竟劫掠赴任之官员,其时蜀中
之社会秩序甚差也。

〔一五〕意谓惟见妻子,而衣被财物遭劫无馀矣。

同鲜于洛阳于毕员外宅观画马歌

知君爱鸣琴〔一〕,仍好千里马〔二〕,永日恒思单父〔三〕中,有时心
到宛城〔四〕下。遇客丹青天下才〔五〕,白生胡雏控龙媒〔六〕,主人
娱宾画障开,只言骐骥西极来〔七〕。半壁趁趣〔八〕势不住,满堂
风飘飒然度,家僮愕视欲先鞭,枥马惊嘶还屡顾〔九〕。始知物
妙皆可怜〔一〇〕,燕昭市骏〔一一〕岂徒然?纵令翦拂〔一二〕无所用,

犹胜驽骀〔一三〕在眼前。

《新唐书·李叔明传》："本鲜于氏，世为右族，兄仲通。……乾元中，除司勋员外郎，……迁司门郎中。东都平，拜洛阳令，招徕遗民，号能吏。……大历末，或言叔明本严氏，少孤，养外家，冒鲜于姓，请还宗，诏可，叔明初不知，意丑之，表乞宗姓，列属籍，代宗从之。"今由上篇在毕员外宅夜饮得知此篇亦同作于乾元二年冬。

〔一〕见前《宋中十首》注〔二七〕。寓施仁政之意。

〔二〕《汉书·王莽传》："吉瑞累仍。"仍，重也，再也。千里马见前《又送族姪式颜》诗注〔二〕。暗寓爱惜人才之意。

〔三〕同注〔一〕。

〔四〕谓大宛城，参前《送浑将军出塞》诗注。

〔五〕丹青见前《画马篇》注。《国语·齐语》："夫管子，天下之才也。"此言画才之高。

〔六〕岑参《赤骠马歌》："紫髯胡雏金剪刀，平明剪出三鬃高。""白生胡雏"恐为无髯之年少胡人。龙媒见前《和贺兰判官望北海作》诗注。

〔七〕《庄子·秋水》："骐骥骅骝，一日而驰千里。"《说文》卷九："骐，马青骊文如博棋也。""骥，千里马也，孙阳所相者。"《史记·乐书》："天马来兮从西极。"

〔八〕《吴都赋》："趁趋䟤䟢。"李善注："相随驱逐众多貌。"

〔九〕四句均系夸张而非写实也。

〔一〇〕《诗词曲语辞汇释》卷五："可怜，犹云可喜也；可爱也；可羡也；可贵可重也。"此言物妙皆可爱可贵也。

〔一一〕《战国策·燕策》："郭隗先生曰：'古之君人，有以千金求千里马者，三年不能得，涓人言于君曰："请求之。"遣之三月，得千里马，马已死，买其骨五百金，反以报君。君大怒曰："所求者生马，安得死马而捐五百金？"涓人对曰："死马且买之五百金，况生马乎？天下必以王为能市马，马今至矣。"于是不能期年千里马之至者三。今王诚欲致士，先从隗始。隗且见事，况贤于隗者乎，岂远千里哉？'于是昭王为隗筑宫而师之。"孔融《与曹公论盛孝章书》："燕君市骏马之骨，非欲以骋道里，乃当以招绝足也。"骆宾王《与程将军书》："燕昭为市骏之资，郭隗居礼贤之始。"

〔一二〕见前《画马篇》注。

〔一三〕《九辩》："却骐骥而不乘兮，策驽骀而取路。"刘良注："驽骀，喻不肖。"本谓马之蹇劣者。

笺曰：可分四段，每段四句。首言鲜于叔明能行仁政，又好骏马。次段则言毕员外宅开骏马画障以娱宾。三段写画马之生动逼真。末段言画马虽无所用，犹胜驽马之令人可厌，亦犹燕昭市骏马骨以招良马也，暗喻招贤之意。

赠杜二拾遗

传道招提^{〔一〕}客，诗书自讨论^{〔二〕}，佛香时入院，僧饭屡过门。听法还应难^{〔三〕}，寻经剩欲翻^{〔四〕}，草玄^{〔五〕}今已毕，此外复何言^{〔六〕}？

《新唐书·杜甫传》："至德二年，亡走凤翔，上谒，拜右拾遗。"按《杜少陵集》有《为补遗荐岑参状》，末署"左拾遗内供奉臣杜甫"，又叶奕苞《金石录补》卷十五"唐授杜甫左拾遗诰"条全录授职敕书之文，与《钱注杜诗》同，并称所见为宋绍兴中石刻，则本传称右拾遗者自误。《旧唐书·职官志》："门下省有左拾遗二员，掌供奉讽谏，扈从乘舆，大则廷议，小则上封。"顾宸注杜诗《卜居》曰："乾元二年十二月，公至成都，明年上元元年，卜成都西郭浣花溪以居，公题草堂诗云'经营上元始'是也。"（《杜少陵集详注》卷九引）此诗作于草堂经营以前，为乾元二年十二月适在彭州作。仇兆鳌注此诗曰："公初居浣花溪寺，故云招提客，佛香僧饭，听法寻经，想寺中景事。草玄之外，更有何言，谓别有著作也。"（同书同卷）《容斋随笔》卷十六"和诗当和意"条："古人酬和诗必答其来意，非若今人为次韵所局也。……高适寄杜公云：'愧尔东西南北人。'杜则云：'东西南北更堪论。'高又有诗云：'草玄今已毕，此外更何言?'杜则云：'草玄吾岂敢? 赋或似相如。'……皆如钟磬在簴，叩之则应，往来反复，于是乎有馀味矣。"

〔一〕梵语。本作拓提，义为四方，后以称寺院及僧。《靖康缃素杂记》卷四："《会要》云：大历二年薛平奏请赐中条山兰若额为大和寺。盖官赐额者为寺，私造者为招提、兰若。"

〔二〕见前《同韩四薛三东亭玩月》诗注。

〔三〕《高僧传》卷四："支遁讲维摩经，遁通一义，众人咸谓（许）询无以厝难；询每设一难，亦谓遁不能复通。"难，去声。《文苑英华》作说。

〔四〕仇兆鳌注此诗引《庐山记》曰："谢灵运即远公寺翻《涅槃经》，名其台曰翻经台。翻者，委曲敷衍之意，非翻译也。"《玉篇》卷十七："剩，馀也，不啻也。"本作賸。

〔五〕《汉书·扬雄传》："时雄方草《太玄》。……以为经莫大于

《易》,故作《太玄》。"

〔六〕杜诗仇注卷九:"草玄之外,更有何言,谓别有著作也。"《文苑英华》作"此后更何言"。

寄宿田家

田家老翁住东陂,说道平生隐在兹,鬓白未曾记日月,山青每到识春时〔一〕。门前种柳深成巷〔二〕,野谷〔三〕流泉添入池,牛壮日耕十亩地,人闲常扫一茅茨〔四〕。客来满酌清樽酒,感兴平吟才子〔五〕诗,岩际窟中藏鼷鼠,潭边竹里隐鸬鹚。村墟〔六〕日落行人少,醉后无心怯路歧〔七〕,今夜只应还寄宿,明朝拂曙与君辞〔八〕。

> 诗云"山青每到识春时",彭州有彭门山,又有丹景、至德等山,或彭州作也。又云:"潭边竹里隐鸬鹚","人闲常扫一茅茨",确均蜀中所有。彭兰谓写蜀中景色,姑系于上元元年春夏之际。考明活字本《高常侍集》卷五为七言古诗,编此诗于《同河南李少尹毕员外宅夜饮时洛阳告捷遂作春酒歌》之后;《人日寄杜二拾遗》之前,故彭说可从。诗多偶句,然风致甚佳。高棅谓"虽联对精密,而律调未纯,终是古诗手段"(《唐音癸签》卷十引),是也。

〔一〕赵熙批此句曰:"精炼。"

〔二〕陶潜《五柳先生传》:"宅边有五柳树。"

〔三〕似用愚公事,见前《封丘作》注。

〔四〕见前《奉酬睢阳路太守见赠之作》注。

〔五〕见前《别冯判官》诗注。

〔六〕《唐百家诗选》作林稀。

〔七〕路歧:道旁出。赵熙批:"透结处消息而次第井然。"

〔八〕赵熙批:"千钧之力而从容自在。"

酬裴员外以诗代书

少时方浩荡〔一〕,遇物犹尘埃〔二〕,脱略〔三〕身外事,交游天下才。
单车入燕赵〔四〕,独立心悠哉,宁知戎马间,忽展平生怀。且欣
清论高,岂顾夕阳颓〔五〕?题诗碣石馆〔六〕,纵酒燕王台〔七〕。北
望沙漠垂,漫天雪皑皑〔八〕,临边无策略,览古空徘徊。乐毅吾
所怜,拔齐翻见猜〔九〕,荆卿吾所悲,适秦不复回〔一〇〕,然诺多
死地〔一一〕,公忠成祸胎〔一二〕!与君从此辞,每恐流年催,如何
俱老大,始复忘形骸〔一三〕,兄弟真二陆〔一四〕,声华连八裴〔一五〕。
乙未将星变〔一六〕,贼臣候天灾〔一七〕,胡骑犯龙山〔一八〕,乘舆经
马嵬〔一九〕,千官无倚着〔二〇〕,万姓〔二一〕徒悲哀。诛吕鬼神动,
安刘天地开〔二二〕,奔波走风尘〔二三〕,倏忽值云雷〔二四〕。拥旄出
淮甸〔二五〕,入幕征楚材〔二六〕,誓当翦鲸鲵〔二七〕,永以竭驽
骀〔二八〕。小人胡不仁〔二九〕,谗我成死灰〔三〇〕,赖得日月明〔三一〕,
照耀无不该〔三二〕。留司洛阳宫〔三三〕,詹府唯蒿莱〔三四〕,是时扫
氛祲〔三五〕,尚未歼渠魁〔三六〕。背河列长围〔三七〕,师老将亦
乖〔三八〕,归军剧风火〔三九〕,散卒争椎埋〔四〇〕。一夕瀍洛〔四一〕空,
生灵悲曝腮〔四二〕,衣冠投草莽〔四三〕,予欲驰江淮〔四四〕。登顿宛
叶下〔四五〕,栖遑襄邓隈〔四六〕,城池何萧条,邑室更崩摧。纵横
荆棘丛,但见瓦砾堆,行人无血色,战骨多青苔。遂除彭门
守〔四七〕,因得朝玉阶〔四八〕,激昂仰鸳鹭〔四九〕,献替欣盐梅〔五〇〕。

驱传〔五一〕及远蕃，忧思郁难排，罢人〔五二〕纷争讼，赋税如山崖〔五三〕。所思在畿甸〔五四〕，曾是鲁宓侪〔五五〕，自从拜郎官〔五六〕，列宿焕天街〔五七〕。那能访遐僻〔五八〕，还复寄琼瓌〔五九〕，金玉本高价〔六〇〕，埙篪〔六一〕终易谐。朗咏临清秋〔六二〕，凉风下庭槐，何意寇盗间〔六三〕，独称名义偕〔六四〕。辛酸陈侯诔〔六五〕，叹息季鹰杯〔六六〕，白日屡分手，青春不再来。卧看中散论〔六七〕，愁忆太常斋〔六八〕，酬赠徒为尔〔六九〕，长歌还自哈〔七〇〕。

此诗自叙至彭州刺史止，当在彭州作。彭兰以"拜郎官"即适为刑部侍郎，乃还长安后作，非也。"拜郎官"谓裴员外也，观其诗中未叙及剑南西川节度使任内之事，可以明知矣。又此诗云："辛酸陈侯诔。"《全唐诗》于此句下有注："陈二补阙铭诔即裴所为。"杜甫亦有《赠陈二补阙》诗，仇注系于天宝十三载，至上元元年秋适自彭州转蜀州刺史时已六年矣，陈任补阙而不迁转恐不可能。《柳河东集》卷八《陈给事行状》："父某（即兼），皇右补阙、翰林学士、赠秘书少监。"知又为翰林学士也。（参《唐会要》卷五十七："陈兼、蒋镇、李白等，旧在翰林中，但假其名，而无所职。"）《新唐书·宰相世系表》有裴霸，吏部员外郎；裴兴，工部员外郎。以李华《三贤论》（《唐文粹》卷三十八）参之，此裴员外似当为霸。按高适之前，宋之问有《游陆浑南山自歇马岭到枫香林以诗代书答李舍人适》诗，张九龄有《南还以诗代书赠京师旧僚》诗。《四库》本题下有注："凡三百四十六字。"误。实为四百七十字。全诗自叙生平经历及与裴之交谊，为高适晚期之力作。

〔一〕见前《平台夜遇李景参有别》诗注。《离骚》："怨灵修之浩荡兮。"王逸注："无思虑貌也。"

〔二〕物谓外物；尘埃，至微者也。言无意于富贵。

〔三〕《晋书·谢尚传》："脱略细行，不为流俗之事。"言放任不受拘束也。

〔四〕李陵《答苏武书》："且足下昔以单车之使，适万乘之虏。"高适言己赴蓟北经燕赵之地。

〔五〕潘岳《寡妇赋》："四节流兮忽代序，岁云暮矣日西颓。"李善注："《说文》曰：'颓，坠也。'"

〔六〕陈子昂《燕昭王》诗："南登碣石馆，遥望黄金台。"按《史记·孟子荀卿列传》："邹衍如燕，昭王拥篲先驱，请列弟子之座而受业，筑碣石宫，身亲往师之。"正义："碣石宫在幽州蓟县西三十里宁台之东。"《长客客话》卷一："《一统志》：都城南旧有碣石馆。"考之乃辽时永平馆，朝士宴集之所也。或谓蓟州东去抚宁县，枕海有石，如甬道数十里，即《禹贡》冀州之碣石，燕时故宫疑在斯地。一抚宁距易城更远，如何遥望，或谓之说不足据。司马相如《上林赋》："离宫别馆，弥山跨谷。"通谓屋舍也。

〔七〕《史记·燕世家》："昭王为（郭）隗改筑宫而师事之。"孔融《与曹公论盛孝章书》："昭王筑台以尊郭隗。"任昉《述异记》："燕昭王为郭隗筑台，今在幽州燕王故城中，土人呼为贤士台，亦谓之招贤台。"《水经注》卷十一："陂北十馀步有金台，台上东西八十许步，南北如减。北有小金台。……访诸耆旧，咸言昭王礼贤，广延方士，……故修连下都馆之南垂，言燕昭创之于前，子丹踵之于后。"按王隐《晋书》始有黄金台之名，谓昭王置千金其上以延天下士。（又《上谷图经》："昭王筑台，置千金于其上，遂因以为名。"）地当在今河北易县东南易水北。《晋书》段匹磾讨石勒，进屯故安县故燕太子丹金台，则金台之事不独燕昭王而已。参《真珠船》卷七。鲍照《代放歌行》："岂伊白璧赐，将起黄金台。"《长安客话》卷一："黄金台有二，故燕昭王所为乐（毅）、郭（隗）而礼之者，其胜迹皆在定兴。今都城亦有二，是后人所筑。"又："都城黄金台，出朝阳门循濠而南，至东南角，岿然一土阜是也。"按：易县南有古燕城，桓侯所徙，则台不得在北京也。

〔 八 〕垂，陲本字。《说文》卷七："皠，霜雪之白也。"《后汉书·张衡传》："行积冰之皑皑兮。"注："盖古字皑与皠通。"

〔 九 〕《史记·乐毅列传》："乐毅于是为魏昭王使于燕，……遂委质为臣，燕昭王以为亚卿。……燕昭王悉起兵，使乐毅为上将军，赵惠文王以相国印授乐毅，乐毅并护赵楚韩魏燕之兵以伐齐，破之济西，……乐毅攻入临菑，尽取齐宝财物祭器输之燕。……乐毅留徇齐五岁，下齐七十馀城，皆为郡县以属燕，唯独莒、即墨未服。会燕昭王死，子立为燕惠王，……得齐反间，乃使骑劫代将，而召乐毅。乐毅……遂西降赵。"

〔一〇〕《史记·荆轲列传》："荆轲者，卫人也。……而之燕，燕人谓之荆卿。"（索隐：卿者，时人尊重之号。）"又前而为歌曰：'风萧萧兮易水寒，壮士一去兮不复还。'……于是荆轲就车而去，终已不顾，遂至秦。……乃引匕首以擿秦王，不中，中铜柱。秦王复击轲，轲被八创，……于是左右既前杀轲。"

〔一一〕然诺见前《同吕员外酬田著作幕门军西宿盘山秋夜作》注。《孟子·梁惠王》："若无罪而就死地。"

〔一二〕《汉书·枚乘传》："福生有基，祸生有胎。"注："服虔曰：'基、胎皆始也。'"

〔一三〕王羲之《兰亭集序》："放浪形骸之外。"言得重逢同游也。

〔一四〕《晋书·陆云传》："少与兄机齐名,虽文章不及机而持论过之,号曰二陆。"

〔一五〕声华见前《酬李少府》诗注。《世说新语·品藻》："正始中人士比论,以八裴比八王。"《新唐书·裴宽传》："兄弟八人皆擢明经,任台省、州刺史,雅性友爱,于东都治第,八院相对。"上句言裴员外兄弟二人有文才,下句言其族辈众而名盛也。疑此二句下有脱文,或当在后"曾是鲁宓侪"下。

〔一六〕乙未为天宝十四载。将星见前《李云南征蛮诗》注。

〔一七〕贼臣谓安禄山。《国语·周语》："天降灾戾。"

〔一八〕左思《魏都赋》："鸳鸯交谷,虎涧龙山。"刘渊林注："虎涧在邺西南,龙山在广平涉县。"龙山一名善应山,在今河南省安阳西。然从下句观之,则此句之龙山似指长安之龙首山也。

〔一九〕《元和郡县志》卷二："马嵬故城在(兴平)县西北二十三里。马嵬于此筑城以避难,未详何代人也(按为晋人)。"

〔二〇〕岑参《和贾至舍人早朝大明宫之作》亦云："玉阶仙仗拥千官。"盖古者天子千官,诸侯百官也。倚着见前《东平路中遇大水》诗注。

〔二一〕《书·立政》："式商受命,奄甸万姓。"

〔二二〕《史记·绛侯周勃世家》："于是勃与(陈)平谋,卒诛诸吕。"上句喻唐龙武大将军陈玄礼请诛杨国忠等,事惊鬼神也。《史记·高祖本纪》："上曰:'……周勃厚重少文,然安刘氏者必勃也。'"下句喻陈玄礼诛杨国忠等,重安唐室也。

〔二三〕《后汉书·班固传》："设后北虏稍强,能为风尘。"言戎马所至,风起尘扬也。

〔二四〕《易·屯》："云雷屯君子以经纶。"疏:"言君子法此屯象,有为之时,以经纶天下,约束于物。"

〔二五〕拥旄参前《自武威赴临洮谒大夫不及因书即事寄河西陇右幕
下诸公》诗注〔一〕。鲍照《上浔阳还都道中》诗:"登舻眺淮甸,
掩泣望荆流。"按《周礼·夏官·职方氏》:"方千里曰王畿,其
外五百里为侯服,又其外五百里为甸服。"此泛谓诸侯之地也。

〔二六〕《左传·襄公二十六年》:"虽楚有材,晋实用之。"《说文》卷八:
"征,召也。"

〔二七〕《左传·宣公十二年》注:"鲸鲵,大鱼名,以喻不义之人。"此指
永王璘。

〔二八〕驽骀见前《同鲜于洛阳于毕员外宅观画马歌》注。高适自喻。
李白《送张秀才谒高中丞(适)》诗曰:"高公镇淮海,谈笑却
妖氛。"

〔二九〕小人指李辅国。《左传·文公二年》:"臧文仲其不仁者三。"

〔三〇〕高适被李辅国谗毁事见前《见人臂苍鹰》诗及题解。《庄子·
齐物论》:"形固可使如槁木,而心固可使如死灰乎?"

〔三一〕陆倕《石阙铭》:"功均天地,明并日月。"

〔三二〕《招魂》:"招具该备。"注:"该亦备也。"兼该当作晐。《说文》卷
七:"晐,兼晐也。"《说文系传》卷十三:"臣锴曰:日之光兼
覆也。"

〔三三〕《旧唐书·太宗纪》:"贞观十一年改洛州为洛阳宫。""大霖雨,
谷水溢入洛阳宫。"宫在洛阳城西北。留司参前《同河南李少
尹毕员外宅夜饮时洛阳告捷遂作春酒歌》注。

〔三四〕《新唐书·百官志》:"东宫官:詹事府太子詹事一人,少詹事一
人,掌统三寺十率府之政,少詹事为之贰。"蒿莱言其战后荒凉
之景。

〔三五〕《左传·昭公十五年》:"吾见赤黑之祲,非祭祥也,丧气也。"注:"祲,妖氛也。盖见于宗庙,故以为非祭祥也。氛,恶气也。"

〔三六〕《书·胤征》:"歼厥渠魁。"传:"歼,灭;渠,大;魁,帅也。指谓羲和罪人之身。"以喻安庆绪。

〔三七〕《南史·宋高祖纪》:"克广固大城,慕容超固其小城,乃设长围以守之。"

〔三八〕《左传·僖公三十三年》:"老师费财。"注:"师久为老。"《新书·道术》:"刚柔得适谓之和,反和为乖。"时九节度使之师围邺城,肃宗不置统帅,故云。

〔三九〕《后汉书·皇甫嵩传》:"今贼依草结营,易为风火,若因夜纵烧,必大惊乱。"归军言败军。

〔四〇〕《史记·王温舒列传》:"少时椎埋为奸。"集解:"徐广曰:'椎杀人而埋之,或谓发冢。'"

〔四一〕见前《酬河南节度使贺兰大夫见赠之作》注〔五〕。

〔四二〕《南史·何敬容传》:"曝顋之鱼,不念杯酌之水。"曝顋以言困顿,腮为顋之俗字。

〔四三〕《后汉书·羊陟传》:"家世衣冠族。"谓搢绅之家。《孟子·万章》:"在野曰草莽之臣。"

〔四四〕适自谓欲往江淮一带也。

〔四五〕登顿见前《使青夷军入居庸三首》注。《新唐书·地理志》:"山南东道邓州南阳郡有南阳县。""武德三年,以南阳及春陵郡之上马置宛州。并置云阳、上宛、安固三县。……八年,州废,……以安固入南阳来属(邓州)。"宛在今河南省南阳市。又:"河南道汝州临汝郡有叶县。"在今叶县南。

〔四六〕栖遑见前《真定即事奉赠韦使君二十八韵》诗注。《新唐书·地理志》:"山南东道襄州襄阳郡有襄阳、邓城二县。"今湖北省襄阳、邓县。《册府元龟》卷四四三:"乾元二年,……九节度与逆贼安庆绪战于相州城下,官军不利,诸将皆解围溃散。……(郭)子仪等收兵断河阳桥保东京,士庶惊恐,散投山谷,留守崔圆、河南尹苏震、(少)詹事高适、汝州刺史贾至百馀人南奔襄邓。回兵剽劫,官吏不能止,旬日方定。"(《新唐书·肃宗纪》同)则襄邓固唐军转徙之地。

〔四七〕《新唐书》本传:"出为蜀彭二州刺史。"按先为彭州刺史(时蜀州刺史为李岘),后转蜀州。彭门见前《同河南李少尹毕员外宅夜饮时洛阳告捷遂作春酒歌》注。《汉书·景帝纪》注:"凡言除者,除故官就新官也。"

〔四八〕班固《西都赋》:"玄墀釦砌,玉阶彤庭。"张铣注:"以玉饰阶。"称御殿之阶。

〔四九〕见前《东平旅游奉赠薛太守二十四韵》诗注〔五〕。

〔五〇〕《后汉书·胡广传》:"臣献可替否为忠。"注:"《左传》曰:'齐晏子曰:"君所谓可,而有否焉,臣献其否以成其可;君所谓否,而有可焉,臣献其可以去其否。"'"谓献善止不善也。《书·说命》:"若作和羹,尔为盐梅。"传:"盐咸梅醋,羹须咸醋以和之。"乃殷高宗命傅说为相使摄政之词。沈佺期《自考功员外授给事中》诗:"何幸盐梅处,唯忧对问机。"时宰相为吕諲、李岘、李揆等。

〔五一〕《汉书·高祖纪》注:"传者若今之驿,古者以车,谓之传车。其后又单置马谓之驿骑。"

〔五二〕《周礼·秋官·大司寇》:"以圜土聚教罢民。"郑注:"圜土,狱城也,聚罢民其中,困苦以教之为善也。民不愁作劳,有似于罢。"又《司圜》:"掌收教罢民。"注:"郑司农云:'罢民,谓恶人不从化,为百姓所患苦,而未入五刑者也。'"王融《策秀才文》:"罢民难业。"罢人之人本为民,唐世避讳改。

〔五三〕言其高且重,积欠如山也。

〔五四〕《九歌·山鬼》:"折芳馨兮遗所思。"王逸注:"所思,谓清洁之士,若屈原者也。"张衡《四愁诗》:"我所思兮在太山,欲往从之梁父艰。"此谓裴员外也。《周礼·夏官·大司马》:"方千里曰国畿。"《礼记·王制》:"千里之内曰甸。"

〔五五〕鲁宓即宓子贱,见前《登子贱琴堂赋诗三首》注〔九〕。李华《三贤论》:"河东裴腾士举,朗迈真直,弟霸士会,峻清不杂。"李颀《送裴腾》诗:"令弟为县尹,高城汾水隅。"知裴员外曾为县令于汾上也。

〔五六〕《后汉书·明帝纪》:"郎官上应列宿,出宰百里,苟非其人,则民受其殃。"

〔五七〕《史记·天官书》:"毕昴间为天街。其阴,阴国;阳,阳国。"正义:"天街三(二)星,在毕昴间,主国界也。街南为华夏之国,街北为夷狄之国。"此谓焕天街者,恐指京师之大道言。

〔五八〕高适自谦其所居之地。蜀中距京师道远,故曰遐僻也。

〔五九〕《诗·秦风·渭阳》:"何以赠之,琼瑰玉佩。"传:"琼瑰,石而次玉。"瓌同瑰。以喻裴之原作。

〔六〇〕《晋书·顾荣传》:"陆士光贞正清贵,金玉其质。"高价见前《宋中别周梁李三子》诗注。

〔六一〕《诗·小雅·何人斯》:"伯氏吹埙,仲氏吹篪。"刘峻《广绝交论》:"道叶胶漆,志婉娈于埙篪。"李善注:"兰茝埙篪,言和顺之甚也。"张铣注："言友道相合，其和如琴瑟埙篪。"

〔六二〕见前《寄孟五少府》诗注〔四〕。

〔六三〕言世乱也。

〔六四〕《史记·张耳陈馀列传》："此固赵国立名义，不侵为然诺者
　　也。"《玉篇》卷三："偕，俱也。"此赞裴之气节也。

〔六五〕《全唐诗》于此句下有注："陈二补阙铭诔即裴所为。"陈二补阙
　　名兼，参前《宋中遇陈二》诗题解。

〔六六〕《晋书·张翰传》："张翰字季鹰，吴郡吴人也。……任心自适，
　　不求当世，或谓之曰：'卿乃可纵适一时，独不为身后名邪？'答
　　曰：'使我有身后名，不如即时一杯酒。'"

〔六七〕《晋书·嵇康传》："与魏宗室婚，拜中散大夫。以为神仙禀之
　　自然，非积学所得至，乃论《养生论》。"

〔六八〕《后汉书·周泽传》："数月复为太常，清絜循行，尽敬宗庙。常
　　卧病斋宫，其妻哀泽老病，窥问所苦。泽大怒，以妻干犯斋禁，
　　遂收送诏狱谢罪。当世疑其诡激。时人为之语曰：'生世不
　　谐，作太常妻。一岁三百六十日，三百五十九日斋。'"李贤注：
　　"《汉官仪》此下云：'一日不斋醉如泥。'"李白《赠内》诗曰："三
　　百六十日，日日醉如泥，虽为李白妇，何异太常妻？"

〔六九〕见前《奉酬睢阳路太守见赠之作》、《封丘县》诗注。

〔七〇〕《吴都赋》："东吴王孙轃然而咍。"刘渊林注："楚人谓相笑曰
　　咍。"阮籍《咏怀》诗："乃悟羡门子，噭噭令自蚩。"蚩犹咍也。

笺曰：此诗首叙少时北游燕赵，得遇裴霸，共游于碣石馆、黄金
台，题诗饮酒，慷慨怀古。而别来岁月催人，老大重逢，甚羡霸与
兄腾之文才及声名也。次段叙安史之乱，马嵬诛诸将而安唐室，
己则奉命镇淮南，欲除叛者以报效于君主，而为宦官所谗，留司

洛阳，又值邺城兵败，南奔襄邓，中原为之一空，何其悲也。己又出为彭州刺史，因得入朝，驱车南行，见恶人之争讼，而租赋积欠甚高，忧难解也。恒思霸在京师，得拜郎官，又复寄书相问，兄弟情深，甚可感也。末则赞其诔陈兼，悲陈之早逝，又思效张翰、嵇康之放达、养生，而不欲如周泽之谨守斋禁也。

人日寄杜二拾遗

人日题诗寄草堂〔一〕，遥怜故人思故乡〔二〕，柳条弄色不忍见，梅花满枝空断肠〔三〕。身在南蕃无所预〔四〕，心怀百忧复千虑〔五〕，今年人日空相忆，明年人日〔六〕知何处？一卧东山〔七〕三十春，岂知书剑老风尘〔八〕，龙钟还忝二千石〔九〕，愧尔东西南北人〔一〇〕。

见前《赠杜二拾遗》诗题解。

大历五年正月二十一日，杜甫有《追酬故高蜀州人日见寄》诗，序曰："开文书帙中，检所遗忘，因得故高常侍适往居在成都时，高任蜀州刺史人日相忆见寄诗，泪洒行间……。"按刘峻有《重答刘秣陵沼书》，为追答书、追和诗之所本。黄鹤注高适此诗曰："上元元年人日，杜公未有草堂，殆是二年人日所寄也。"董勋《答问礼俗》："正月一日为鸡，二日为狗，三日为羊，四日为猪，五日为牛，六日为马，七日为人。……正旦画鸡于门，七日镂人于金薄。"（《岁华纪丽》卷一）《荆楚岁时记》："正月七日为人日，以七种菜为羹，剪彩为人，或镂金薄为人，以贴屏风，亦戴之头鬓。"（《太平御览》卷三十引）成都每年人日游人亦群至草堂谒杜赏梅。《唐诗解》卷十六："按上元中，适为蜀彭二州刺史，甫构草堂于成都。段子璋反东川，此忧乱而叹功名不显也。……我虽作蕃于蜀，无与于政，忧虑颇多，以帝不纳匡正之言，邦国多难，官无常职，今之所居，盖不谋其明岁矣。"仇兆鳌注："首二，总提。次四，思故乡。下六，怜故人。梅柳，人日之景。南蕃，蜀在西南。忧虑，长安经乱。卧东山，以谢安比杜。二千石，高时为刺史也。七、八意转而韵不转，九、十韵转而意不转。"(《杜少陵集详注》卷二十三)恐不尽然，仍以四句一段为是。黄培芳评曰："收摄沉顿。此一字一顿。老杜和作乃分诠四段以应之，宜取参看。"(《唐贤三昧集笺注》卷下)并参前《赠杜二拾遗》诗题解引《容斋随笔》文。按唐人唱和诗相赠答，意正相对，颇为不苟，后人乃自说己话，惟依次用韵耳。

〔一〕杜甫《堂成》诗："背郭堂成荫白茅。"草堂在今成都通惠门外浣花溪边。

〔二〕梁元帝《折杨柳》诗："故人怀故乡。"杜甫流寓蜀中，时思北归，上元元年冬有《和裴迪登蜀州东亭送客逢早梅相忆见寄》诗曰："幸不折来伤岁暮，若为看去乱乡愁。"适当曾见此诗，故云。

〔三〕《文苑英华》作堪断肠。同上诗曰："江边一树垂垂发，朝夕催人自白头。"

〔四〕蕃通藩。《诗·大雅·崧高》："四国于蕃。"笺："四国有难，则往扞御之，为之蕃屏。"南蕃谓蜀中，预谓参预朝政也。《文苑英华》作远蕃。

〔五〕曹植《赠王粲》："自使怀百忧。"张协《杂诗》："岁暮怀百忧。"《史记·淮阴侯列传》："愚者千虑，必有一得。"

〔六〕《文苑英华》作此日，称集作老日，从明活字本。

〔 七 〕见前《古乐府飞龙曲留上陈左相》诗注〔三〕。

〔 八 〕《文苑英华》作与风尘。陈子昂《送别出塞》诗："平生闻高义，书剑百夫雄。"古代士人随身所带之物。风尘见前《古乐府飞龙曲留上陈左相》诗注。两句均写杜甫。仇兆鳌曰："卧东山，以谢安比杜。"是也。唐汝询以为适自言，不当。王尧衢以两句分属杜与己，则文气不贯矣。

〔 九 〕龙锺见前《奉寄平原颜太守》诗序注。二千石见前《题尉迟将军新庙》诗注。

〔一〇〕《礼记·檀弓》："今丘也东西南北之人也。"杜甫《谒文公上方》诗云："甫也南北人。"高亦以称杜。唐汝询曰："苟龙锺而守此二千石，孰若遨游四方哉？以此不能无愧于君耳。"（《唐诗解》卷十六，《唐诗别裁》说同）徐增曰："太守禄秩二千石，适时刺蜀州；忝者，无刺史之才能，而居刺史之爵位，言不能荐引；愧尔东西南北人，言子美依止无定，心甚愧之。"（《而庵说唐诗》卷六，《古唐诗合解》说同）按：唐氏以东西南北之人仅言遨游，不当，高适实兼谓杜甫栖栖遑遑，志在君国。徐氏以不能荐引为愧，亦属附会。仇兆鳌曰："高诗东西南北一语，公衍为四句（杜甫《追酬故高蜀州人日见寄》诗："遥拱北辰缠寇盗，欲倾东海洗乾坤，边塞西羌最充斥，衣冠南渡多崩奔。"），以该当时乱离之事。"

笺曰：人日寄诗，盖遥怜故人之流落蜀中而思故乡也，柳色梅花，令人见之断肠耳。身在蜀地，不能参预朝政，百忧千虑，集于一身，今年人日不得相见，明年人日又在何处耶？君如谢安东山一卧三十年矣，谁料将老于风尘中也。我以龙锺之人尚忝居刺史之职，有愧于尔之栖栖遑遑志在君国也。

第二部分　未编年诗

遇卢明府有赠

良吏[一]不易得，古人今可传，静然本诸己[二]，以此知其贤。我行挹高风，羡尔兼少年，胸怀豁清夜，史汉如流泉[三]。明日复行春[四]，逶迤出郊坛[五]，登高见百里[六]，桑野郁芊芊[七]。时平俯鹊巢[八]，岁熟多人烟，奸猾唯闭户，逃亡归种田。回轩自郭南[九]，老幼满马前，皆贺蚕农至[一〇]，而无徭役牵[一一]。君观黎庶[一二]心，抚之诚万全[一三]，何幸逢大道[一四]，愿言烹小鲜[一五]，谁能奏明主，一试武城絃[一六]。

明府见前《钜鹿赠李少府》及《送虞城刘明府谒魏郡苗太守》诗题解。《新唐书·卢奕传》称奕"天宝初为鄠令，所治辄最"，然天宝初适不在鄠县。又《册府元龟》卷七〇四："卢坦，为寿安令，时河南尹征赋限穷，而县人许以机织未就，坦请延十日，府不许，坦令人但就其织而输，勿顾限也，违之不过罚令俸耳。既成而输，坦亦坐罚，由是知名。"寿安在洛阳西南，今河南省宜阳县。然亦不能确定为坦，未知究是何人。此诗反映适之重视农业生产及关怀人民生活之思想感情，非仅对卢歌功颂德也。

〔一〕《汉书·晁错传》："虽有材力，不得良吏，犹亡功也。"

〔二〕《论语·卫灵公》："君子求诸己，小人求诸人。"锺惺曰："本诸己，深矣，加静然二字，尤妙，学问实得之言。"（《唐诗归》卷十二）

〔三〕锺惺评"胸怀豁清夜"句曰："高爽在目。"（同上）陆机《文赋》："言泉流于唇齿。"李善注："《论衡》曰：'吾言濡溉而泉出。'"吕向注："言之出也，如泉之涌动于唇齿矣。"《世说新语·言语》："张茂先论史汉靡靡可听。"史汉谓《史记》、《汉书》也。

〔四〕《续汉书·百官志》："每郡置太守一人，……常以春行所主县，劝人农桑，振救乏绝。"

〔五〕《礼记·郊特牲》注："郊者，祭天之名。"《说文》卷十三："坛，祭场也。"《清一统志》卷一七九："唐郊坛，在咸宁县东。《长安志》：'唐南郊坛在万年县南十五里，启夏门外。'"

〔六〕《蜀志·庞统传》："以从事守耒阳令，在县不治免官，吴将鲁肃遗先主书曰：'庞士元非百里才也。'"百里谓一县之内。《高适诗集》残卷作千里。

〔七〕《列子·力命》："美哉国乎，郁郁芊芊。"张湛注："《广雅》云：'芊芊，茂盛之貌。'"

〔八〕《诗·召南·鹊巢》序："鹊巢，夫人之德也。国君积行累功，以致爵位，夫人起家而居有之，德如鸤鸠，乃可以配焉。"《驺虞》序："驺虞，鹊巢之应也。鹊巢之化行，人伦既正，朝廷既治，天下纯被文王之化，则庶类蕃殖，蒐田以时，仁如驺虞，则王道成

也。"《庄子·马蹄》:"故至德之世,……鸟鹊之巢,可攀援
而窥。"

〔 九 〕言行春已毕归自城郭之南也。

〔一○〕《全唐诗》至一作事。

〔一一〕《礼记·王制》注:"不给其繇役。"繇一作徭。古力役之征也。
牵,犹累也。

〔一二〕见前《封丘县》诗注。

〔一三〕锺惺曰:"抚之诚万全,婉而厚。"(《唐诗归》卷十二)《高适诗
集》残卷诚作可。

〔一四〕《礼记·礼运》:"大道之行也,天下为公。"《高适诗集》残卷作
大路。《孟子·告子》:"夫道,若大路然。"

〔一五〕《道德经》:"治大国若烹小鲜。"

〔一六〕《论语·雍也》:"子游为武城宰。"《阳货》:"子之武城,闻弦歌
之声。"邢昺疏:"意欲以礼乐化导于民,故弦歌。"弦,同絃。武
城在今山东费县西南。

笺曰:此适遇县令卢某之赠诗也。首谓卢为良吏,可比古人,有
德故求诸己,静然贤君子也。仰取高风,羡君年少,清夜晤谈史、
汉,畅如流泉。次段谓卢之德政,明日行春,当见桑盛岁熟,逃亡
归乡,老幼来至卢之马前,相贺蚕农时节,无徭役之牵累。末段
谓卢安抚黎庶,治大国若烹小鲜,谁能奏帝使知,一试武城以礼
乐化民之弦歌乎!

同马太守听九思法师讲金刚经

吾师晋阳〔一〕宝,杰出山河最,途经世缔间〔二〕,心到空王〔三〕外。

鸣钟山虎伏〔四〕，说法天龙会〔五〕，了义同建瓴〔六〕，梵法若吹籁〔七〕。深知亿劫〔八〕苦，善喻恒沙大〔九〕，舍施割肌肤〔一〇〕，攀缘〔一一〕去亲爱。招提〔一二〕何清净，良牧驻轩盖〔一三〕，露冕众香〔一四〕中，临人觉苑〔一五〕内。心持佛印〔一六〕久，摽割魔军退〔一七〕，愿开初地因〔一八〕，永奉弥天对〔一九〕。

《高适诗集》残卷题作《陪马太守听九思师讲金刚经》。"新唐书·宰相世系表"有马择，"兵部员外郎，河间太守"，未知是否其人。此五古之多用偶句者。

〔一〕《新唐书·地理志》："太原府太原郡有晋阳县。"今山西省太原市。

〔二〕《智度论》："佛法中有二谛，一者世谛，二者第一义谛。"即真俗二谛也。世谛为俗谛。

〔三〕《圆觉经》："佛为万法之王，又曰空王。"

〔四〕《高僧传》卷四："于法兰……冬月在山，冰雪甚厉，时有一虎，来入兰房，兰神色无忤，虎亦甚驯，至明旦雪止方去。"又北齐僧稠及隋昙询能以锡杖分解虎斗，使其低头受命，见《续高僧传》。《高适诗集》残卷山虎伏作云鸟下。谢惠连《连珠四首》："淳德易孚，可狎殊方，是以高罗举而云鸟降。"

〔五〕《高僧传》卷十："涉公……能以秘呪下神龙，每旱，（苻）坚常请之呪龙，俄而龙下钵中，天辄大雨。"

〔六〕《宝积经》："若诸经中有所宣说，厌背生死，欣乐涅槃，名不了义；若有宣说，生死涅槃二无差别，是名了义。"《汉书·高帝纪》："地势便利，以其下兵于诸侯，譬犹居高屋之上建瓴水也。"同建瓴者，言其义高也。《高适诗集》残卷同作犹。又建作达,误。

〔 七 〕葛洪《字苑》:"梵,净行也,洁也。"《史记·司马相如列传》:"吹鸣籁。"集解:"籁,箫也。"《高适诗集》残卷梵法作发蒙。

〔 八 〕《拾遗记》卷十"员峤山"条:"移池国人长三尺,寿万岁,……死而复生于亿劫之内,见五岳再成尘。"《金刚经》:"若有善男子、善女人,初日分以恒河沙等身布施,中日分以恒河沙等身布施,后日分亦以恒河沙等身布施,如是无量百千万亿劫以身布施。"

〔 九 〕《智度论》:"恒河沙多,馀河不尔;复次是恒河是佛生处、游行处,弟子现见,故以为喻。"大,谓多也,同太。

〔一〇〕《左传·宣公十二年》:"旅有施舍。"注:"旅客来者,施之以惠;舍不劳役。"佛家言布施恩德曰施舍或舍施。《高适诗集》残卷割肌肤作轻发肤。

〔一一〕《楞严经》:"诸众生以攀缘为至性。"言散乱之心随外境而转移,如猿攀木也。省称为缘。

〔一二〕见前《赠杜二拾遗》诗注。

〔一三〕良牧见前《题尉迟将军新庙》诗注,称马太守。《高适诗集》残卷驻作枉。

〔一四〕《华阳国志》卷十:"郭贺字乔卿,……荆州刺史,明帝南巡狩,善其治,赐三公服,去襜露冕,使百姓见之以彰有德。"(据志古堂刻本校勘记补佚文)众香参前《同诸公登慈恩寺浮图》诗注〔一〕。

〔一五〕临人即临民也。与露冕皆承良牧而言。觉苑谓佛所居净土也。

〔一六〕《六祖法宝坛经》:"师曰:吾传佛心印,安敢违于佛经?"印谓决定不变。《高适诗集》残卷心持作住持。《圆觉经》："一切如来，光严住持。"谓安住于世，保持正法。

〔一七〕《大唐西域记》卷八："初魔王知菩萨将成正觉也，诱乱不遂，忧惶无赖，集诸神众，齐整魔军，治兵振旅，将憎菩萨，于是风雨飘注，雷电晦冥，扬沙激石，备矛盾之具，极弦矢之用，菩萨于是入大慈定，凡厥兵仗，变为莲华，魔军怖骇，奔驰退散。"《高适诗集》残卷摽割作操割。张九龄《在郡秋怀》诗："未得操割效，忽复寒暑移。"

〔一八〕见前《同群公登濮阳圣佛寺阁》诗注。《高适诗集》残卷开作同。

〔一九〕《高僧传》卷五："闻(道)安至止，(习凿齿)即往修造，称言：'四海习凿齿。'安曰：'弥天释道安。'时人以为名答。"《阴符经》："卷之藏于心，隐于神，施之弥于天，给于地。"对，答也。

送韩九

惆怅别离日，徘徊歧路前，归人望独树，匹马随秋蝉〔一〕。常与天下士〔二〕，许君兄弟贤〔三〕，良时正可用，行矣莫徒然。

诗云："许君兄弟贤。"按适有《同韩四薛三东亭玩月》诗（见前编年诗中），韩四似与韩九为兄弟。

〔一〕《古诗十九首》："秋蝉鸣树间。"两句出此，下句谓一马随蝉声以远去。锺惺曰："亦只说所送之人，不着自己身上。"（《唐诗归》卷十二）

〔二〕见前《咏史》诗注。

〔三〕锺惺评二句曰："眉睫唇齿间有一副肝肠。"谭元春曰："无论其情事之绝，只此二语何其清竦而香洁。"按，勉人语而情真也。

别耿都尉

四十能学剑〔一〕，时人无此心，如何耿夫子，感激投知音〔二〕。翩翩〔三〕白马来，二月青草深，别易小千里〔四〕，兴酣倾百金〔五〕。

《旧唐书·职官志》："诸府有折冲都尉、左右果毅都尉、别将等。"《新唐书·姚訚传》："及为城父令，遂同守睢阳，累加东平太守。巡之遣（南）霁云、（雷）万春败城（当作贼）于宁陵也，别将二十有五，石承平、李辞、陆元锽、朱珪、宋若虚、杨振威、耿庆礼……其后皆死巡难"此云耿都尉或非庆礼。

〔一〕《史记·项羽本纪》："去学剑，又不成。"

〔二〕《列子·汤问》："伯牙善鼓琴，锺子期善听。伯牙鼓琴，志在登高山，锺子期曰：'善哉，峨峨兮若泰山。'志在流水，锺子期曰：'善哉，洋洋兮若江河。'"曹丕《与吴质书》："昔伯牙绝弦于锺期，……痛知音之难遇。"此云投知音，谓投效知己也。感激见前《李云南征蛮诗》注。

〔三〕见前《塞下曲》注。

〔四〕言不以千里离别为意也。

〔五〕言豪饮倾百金买酒一醉。

别张少府

归客留不住，朝云纵复横，马头向春草，斗柄〔一〕临高城。嗟我久离别，羡君看弟兄，归心更难道，回首一伤情〔二〕。

《文苑英华》题作《送张少府》。

〔一〕沈佺期《和常州崔使君寒食夜》诗："斗柄更初转，梅香暗里
　　　残。"斗柄亦称斗杓，即北斗七星之五至七星（玉衡、开阳、瑶光
　　　三星）也。

〔二〕《文苑英华》作益伤情。

酬马八效古见赠

深崖生绿竹，秀色徒氛氲〔一〕，时代种桃李〔二〕，无人顾此君〔三〕。
奈何冰雪操〔四〕，尚与蒿莱群？愿托灵仙子〔五〕，一吹声
入云〔六〕。

岑仲勉《唐人行第录》："效古者，效古体也。"（九十七页）

〔一〕谢惠连《雪赋》："氛氲萧索。"李善注："氛氲，盛貌。"

〔二〕《韩诗外传》卷七："春树桃李，夏得荫其下，秋得食其实。"时
　　　代，时世也。

〔三〕《晋书·王徽之传》："时吴中一士大夫家有好竹，欲观之，便出
　　　坐舆造竹下，讽啸良久，主人洒扫请坐，徽之不顾，将出，主人
　　　乃闭门，徽之便以此赏之，尽欢而去。尝寄居空宅中，便令种
　　　竹，或问其故，徽之但啸咏指竹曰：'何可一日无此君邪？'"

〔四〕言竹之清操如冰雪也。

〔五〕孙绰《游天台山赋》："皆玄圣之所游化，灵仙之所窟宅。"

〔六〕竹可为箫，仙人每吹奏之。《列仙传》："萧史者，秦穆公时人，
　　　善吹箫，能致孔雀白鹤，穆公女弄玉好之，公妻焉，乃教弄玉，
　　　作凤台，一旦夫妻同随凤飞去。"

同群公题中山寺

平原十里外，稍稍[一]云岩深，遂及清净所，都无人世心。名僧既礼谒，高阁复登临，石壁倚松径，山田多栗林。超遥尽巇崿[二]，逼侧仍岖嵚[三]，吾欲休世事，于焉聊自任。

〔一〕《诗词曲语辞汇释》卷二："稍稍，稍之重言也。义与稍同。……稍有已而义、旋义，稍稍亦然。"此言平原十里之外，已而云岩深也。《汉书·食货志》："稍稍置均输以通货物。"稍稍，犹渐渐也，义亦相近。

〔二〕阮籍《清思赋》："超遥茫渺，不能究其所在。"谢灵运《晚出西射堂》诗："连障叠巇崿。"李善注："崖之别名。"

〔三〕司马相如《上林赋》："偪侧泌瀄。"李善注："司马彪曰：'偪侧，相偪也。'"王褒《洞箫赋》："徒观其旁山侧兮，则岖嵚岿崎。"李善注："岖嵚岿崎皆山险峻之貌。"

哭裴少府

世人[一]谁不死，嗟君非生虑[二]，扶病适到官[三]，田园在何处[四]？公才[五]群吏感，弃事[六]他人助，余亦未识君，深悲哭君去[七]。

《高适诗集》残卷题作《哭裴明府》。

〔一〕《高适诗集》残卷作世上。

〔二〕谢灵运《邻里相送至方山》诗："积痾谢生虑。"刘良注："言积病是惭摄生之虑。"此处亦正谓其积病而乏摄生之虑也。

〔三〕《文苑英华》、《全唐诗》谓一作"无病适到官",非。《高适诗集》
　　　残卷官作门。

〔四〕陶潜《归去来辞》:"田园将芜胡不归?"在何处,言无家业也。
　　　其贫较陶潜为尤甚矣。

〔五〕见前《真定即事奉赠韦使君二十八韵》注〔一九〕。

〔六〕《高适诗集》残卷、《文苑英华》作葬事。谓丧葬等事。

〔七〕《文苑英华》、明活字本缺深字,据《四库》本等补。《高适诗集》
　　　残卷深悲作悲君。《庄子·养生主》:"适去,夫子顺也。"去谓
　　　死也。

题李别驾壁

去乡不远逢知己〔一〕,握手相欢〔二〕得如此,礼乐遥传鲁伯
禽〔三〕,宾客争过魏公子〔四〕。酒筵莫散〔五〕明月上,枥马常鸣春
风起〔六〕,一生称意能几人,今日从君问终始〔七〕。

　　《唐诗选》残卷题作《酬李别驾》。诗云:"去乡不远逢知己。"然此
　　所谓乡,不知是适之郡望,抑其家居之地也? 难以定其作年。晋
　　庾亮《答郭预书》:"别驾旧与刺史别乘,同流宣王化于万里者,其
　　任居刺史之半,安可任非其人?"《新唐书·百官志》:"诸郡置别
　　驾一人,天宝八载废。"《职源》:"别驾、长史、司马,通谓之上佐。"
　　此诗明活字本编入七言古诗。

〔一〕见前《酬庞十兵曹》诗注。

〔二〕《后汉书·李通传》:"共语移日,握手极欢。"

〔三〕《史记·鲁周公世家》:"相成王,而使其子伯禽代就封于鲁。"

〔四〕《史记·信陵君列传》:"魏公子无忌者,……仁而下士,士无贤

不肖，皆谦而礼交之。不敢以其富贵骄士，士以此方数千里争
往归之，致食客三千人。”

〔 五 〕《唐诗选》残卷亦作莫散。《全唐诗》作暮散，恐非。

〔 六 〕《唐诗选》残卷常作长。《四库》本起作里，不当。

〔 七 〕《易·系辞》："易之为书也，原始要终，以为质也。""惧以终始，
其要无咎，此之谓易之道也。"《易·序卦》："有天地，然后万物
生焉。盈天地之间者唯万物，故受之以屯。屯者，盈也。屯
者，物之始生也。……物不可穷也，故受之以未济终焉。"问终
始，言问道也。《唐诗选》残卷从君作于君。

送田少府贬苍梧

沉吟对迁客〔一〕，惆怅西南天，昔为一官未得意，今向万里令人
怜。念兹斗酒成暌间〔二〕，停舟劝君〔三〕日将晏，远树应连北地
春，行人却羡南归雁〔四〕。丈夫穷达未可知〔五〕，看君不合长数
奇〔六〕，江山到处堪乘兴〔七〕，杨柳青青那足悲〔八〕？

《新唐书·地理志》："梧州苍梧郡治苍梧。"今广西僮族自治区苍
梧县。此诗慰贬甚佳。

〔 一 〕《古诗十九首》："沉吟聊踯躅。"《后汉书·曹褒传》："昼夜研
精，沈吟专思。"《六书故》："喜为歌吟，疑为沉吟。"江淹《恨
赋》："迁客海上，流戍陇阴。"谓迁徙之客也。

〔 二 〕间，读去声，隔也。《玉篇》卷二十："暌，违也。"

〔 三 〕明活字本作叹君，从《高适诗集》残卷。

〔 四 〕汉武帝《秋风辞》："草木黄落兮雁南归。"

〔 五 〕李康《运命论》："穷达，命也。"

〔六〕《诗词曲语辞汇释》卷三:"看,估量之辞。……犹料也。"数奇参前《塞上》诗注。《汉书·李广传》注:"孟康曰:'奇,只不耦也。'如淳曰:'数为匈奴所败,为奇不耦。'师古曰:言广命只,不耦合也。孟说是矣。"数,运数也,如淳说非是。

〔七〕见前《送前卫县李宷少府》诗注。

〔八〕反用离别曲《折杨柳》之意。适诗每以慰借语作结,如"丈夫不作儿女别,临歧涕泪沾衣巾"、"圣代即今多雨露,暂时分手莫踟蹰"之类。

送别

昨夜离心正郁陶〔一〕,三更白露西风高。萤飞木落何淅沥〔二〕,此时梦见西归客。曙钟寥亮〔三〕三四声,东邻嘶马使人惊,揽衣〔四〕出户一相送,唯见归云纵复横。

唐汝询曰:"此叙不忍别之情,夫念离而忧,思深如梦,候钟而起,闻马而惊,当未别之时已不胜情矣,况既别之后所见为归云,能无惆怅乎?"(《唐诗解》卷十六)此诗两句或四句一换韵,别有风致。

〔一〕见前《东平路中遇大水》诗注。

〔二〕乔知之《定情篇》:"黄叶已淅沥。"落叶声。

〔三〕庾肩吾《蔬圃堂应诏》诗:"风长曙钟近。"向秀《思旧赋》:"邻人有吹笛者,发声寥亮。"声清彻也。

〔四〕《古诗十九首》:"揽衣起徘徊。"

咏马鞭

龙竹〔一〕养根凡几年，工人截之为长鞭。一节一目〔二〕皆天然，珠重重，星连连。绕指柔，纯金坚〔三〕，绳不直，规不圆〔四〕。把向空中捎〔五〕一声，良马有心日驰千〔六〕。

〔一〕《后汉书·费长房传》："翁与一竹杖，曰：'骑此任所之，则自至矣。既至，可以杖投葛陂中也。'……长房乘杖，须臾来归，……即以杖投陂，顾视则龙也。"

〔二〕《礼记·学记》："善学者如攻坚木，先其易者，后其节目。"节目谓坚而难攻之处。

〔三〕刘琨《重赠卢谌》诗："何意百炼刚，化为绕指柔。"此以喻鞭也。

〔四〕不直者绳之使直，不圆者规之使圆。鞭之于马亦然。

〔五〕《汉书·扬雄传》："曳捎星之旃。"注："捎犹拂也。"

〔六〕谓日驰千里也。

送张瑶贬五溪尉

他日维贞干〔一〕，明时悬镆铘〔二〕，江山遥去国〔三〕，妻子独还家。离别无嫌远〔四〕，沉浮勿强嗟，南登有词赋〔五〕，知尔吊长沙〔六〕。

《高适诗集》残卷题作《送张瑶贬三溪尉》，误。此高适在京送张瑶贬外之作。《水经注》卷三十七："武陵有五溪，谓雄溪、樠溪、无溪、酉溪、辰溪其一焉。"《元和郡县志》卷三十："或曰：巴子兄弟入为五溪之长，今酉溪在（辰）州西，次南武溪，次南沅溪，次南辰溪，次东南熊溪，次东南朗溪，其熊、朗二溪与郦道元《水经注》

虽不同,推其次第相当,则五溪尽在今辰州界也。"

〔一〕他日,后日也,见前《酬秘书弟兼寄幕下诸公》诗注。《诗·大
　　　雅·文王》:"维周之桢。"传:"桢,干也。"疏:"我周王之国能生
　　　此贤人,收而用之,则维是我周家干事之臣,臣能干事,则国以
　　　乂安。"《庄子·列御寇》作贞干。《高适诗集》残卷维作推。

〔二〕曹植《求自试表》:"志欲自效于明时。"《后汉书·崔骃传》:"求
　　　镆铘于明智。"注:"《吴越春秋》曰:'干将,吴人也。造二剑,一
　　　曰干将,二曰莫邪。莫邪者,干将之妻名也。干将作剑,采五
　　　山之精,合六金之英,百神临观,遂以成剑。'"《高适诗集》残卷
　　　悬作弃。字微缺。

〔三〕谢灵运《山居赋》:"狭三闾之丧江,矜望诸之去国。"此谓张瑶
　　　去京远行也。

〔四〕《高适诗集》残卷作辞远。

〔五〕《史记·屈原列传》:"楚有宋玉、唐勒、景差之徒者,皆好辞而
　　　以赋见称。"《汉书·艺文志》:"登高能赋,可以为大夫。"《晋
　　　书·郭璞传》:"词赋为中兴之冠。"

〔六〕《史记·屈贾列传》:"汉有贾生,为长沙王太傅,过湘水,投诗
　　　以吊屈原。"

别刘大校书

昔日京华〔一〕去,知君才望〔二〕新,应犹作赋〔三〕好,莫叹在官贫。
且复伤远别,不然愁此身,清风〔四〕几万里,江上一归人。

《新唐书·百官志》:"弘文馆、集贤殿书院及崇文馆有校书郎、校
书等职,掌校理典籍,刊正错误。"孟浩然有《九日龙沙作寄刘大

眚虚》诗。《南昌郡乘》："刘眚虚，字全乙，新吴人（新吴在今江西省奉新县。《唐才子传》作嵩山人，《全唐诗》作江东人），开元中举宏词，累官崇文馆校书郎。"（《古今图书集成》六二六册）当即其人。又王士禛《渔洋诗话》以眚虚字挺卿，即李华《三贤论》中所称者，误，挺卿乃刘知几子迅之字也。（《文苑英华》卷七四四作柄卿，注：《唐书》作捷，一作挺。）

〔一〕见前《淇上酬薛三据兼寄郭少府微》诗注。

〔二〕才望，公才公望也。见前《信安王幕府诗》注。

〔三〕《汉书·艺文志》："大儒荀卿及楚臣屈原离谗忧国，皆作赋以风，咸有恻隐古诗之义。"

〔四〕《全唐诗》一作青枫，不当。

宴郭校书因之有别

彩服趋庭训〔一〕，分交载酒过〔二〕，芸香业早著〔三〕，蓬转〔四〕事仍多。苦战知机息〔五〕，穷愁奈别何，云霄莫相待，年鬓已蹉跎。

〔一〕《高士传》："老莱子年七十，作婴儿戏，着五采斑斓衣，取水上堂，跌仆卧地，为小儿啼，欲母喜。"因谓人子娱亲为彩服或彩戏。《论语·季氏》："（孔）鲤趋而过庭。"刘宝楠正义："礼，臣行过君前，子行过父前，皆当徐趋，所以为敬也。过庭，谓东西经过也。"因谓父教为过庭之训或庭训。《唐诗选》残卷训作罢。

〔二〕潘岳《金谷集诗》："投分寄石友。"李善注："阮瑀《为魏武与刘备书》：'披怀解带，投分托意。'分，犹志也。"分交，当即投分之交意也。《汉书·扬雄传》："家素贫，耆酒，人希至其门，时有

345

好事者，载酒肴从游学。"《唐诗选》残卷作贫交。过，读平声。

〔三〕《群芳谱》："此草香闻数百步外，栽园亭间，……置书帙中去蠹。"切校书事。明活字本香下缺一字，据《唐诗选》残卷补。《畿辅丛书》本作名，《四库》本作功。

〔四〕见前《宋中十首》注〔二六〕。潘岳《西征赋》："陋吾人之拘挛，飘萍浮而蓬转。"此言征人如蓬转也。

〔五〕《唐诗选》残卷苦战作战胜，恐误。《全唐诗》称苦战一作战苦，《四库》本作战伐。机息谓息其机巧之心也。参前《和贺兰判官望北海作》注〔一六〕。

送刘评事充朔方判官赋得征马嘶

征马向边州，萧萧嘶不休〔一〕，思深应带别〔二〕，声断为兼秋〔三〕。歧路风将远〔四〕，关山月共愁〔五〕，赠君从此去，何日大刀头〔六〕？

《唐诗选》残卷题无赋字。岑参有《函谷关歌送刘评事使关西》，未知刘评事是否一人。《新唐书·百官志》："大理寺有评事，掌出使推按。"《旧唐书·地理志》："夏州都督府，……天宝元年改为朔方郡。"今陕西省横山县西。古乐府有《征马嘶》。唐汝询曰："唐人送别各赋一物以为赠，故以'征马嘶'为题。言马向朔方哀嘶不息，其思幽深，以带别为然；声更凄绝，为兼秋而甚。于是涉歧路之风，对关山之月，行渐远而愁日深，从此而去，何日当还也？"（《唐诗解》卷三十七）

〔一〕《诗·小雅·车攻》："萧萧马鸣。"疏："惟闻萧萧然马鸣之声。"《唐诗选》残卷嘶作听。

〔二〕思读去声。句谓别意深也。

〔三〕王勃《滕王阁序》："雁阵惊寒，声断衡阳之浦。"此谓马嘶声断也。鲍照《浔阳还都道中作》："俄思甚兼秋。"李善注："兼犹三也。《毛诗》曰：'一日不见如三秋。'"按此处兼作动词用，与带别为对。

〔四〕曹植《美女篇》："采桑歧路间。"参前《别韦参军》诗注〔一八〕。风将远，犹共风渐远也。将与下句之共为互文。

〔五〕王褒《关山月》："关山月夜明，秋色照孤城。"

〔六〕《乐府解题》："大刀头者，刀头有环也。何当大刀头者，何日当还也。"并参前《入昌松东界山行》诗注〔四〕。

赠别褚山人

携手赠将行，山人道姓名，光阴蓟子训〔一〕，才术褚先生〔二〕。墙上梨花白，樽中桂酒清，洛阳无二价，犹是慕风声〔三〕。

〔一〕《后汉书·蓟子训传》："时或有百岁翁，自说童儿时见子训卖药于会稽中，颜色不异于今。后人复于长安东霸城见之，与一老翁共摩娑铜人，相谓曰：'适见铸此，而已近五百岁矣。'"

〔二〕《南齐书·褚伯玉传》："宁朔将军丘珍孙与（王）僧达书曰：闻褚先生出居贵馆，此子灭景云栖，不事王侯，抗高木食，有年载矣。"

〔三〕《后汉书·韩康传》："常采药名山，卖于长安中，口不二价，三十馀年。时有女子从康买药，康守价不移，女子怒曰：'公是韩伯休（康之字）那，乃不二价乎？'康叹曰：'我本欲避名，今小女子皆知有我焉，何用药为？'乃遁入霸陵山中。"风声谓名声也。

别王八

征马嘶长路,离人挹佩刀〔一〕,客来〔二〕东道远,归去北风高。
时候何萧索,乡心更郁陶〔三〕,传君遇知己〔四〕,行日有绨袍〔五〕。

　　贾至有《巴陵夜别王八员外》及《岳阳楼重宴别王八员外贬长沙》
　　诗,李嘉祐有《赠王八衢州》诗,独孤及有《自东都还濠州奉酬王
　　八谏议见赠》诗,未知是否其人。

〔一〕谓引佩刀以赠别也。《高适诗集》残卷挹作指。

〔二〕《高适诗集》残卷作客行。

〔三〕见前《东平路中遇大水》诗注。

〔四〕见前《酬庞十兵曹》诗注。

〔五〕参前《咏史》诗注。此处言心念故人,不必尽用须贾事。

送董判官

逢君说行迈,倚剑别交亲〔一〕,幕府为才子〔二〕,将军作主人。
近关多雨雪,出塞有风尘,长策须当用〔三〕,男儿莫顾身〔四〕。

〔一〕宋玉《大言赋》:"长剑耿耿倚天外。"陈子昂《送东莱王学士无
　　　竞》诗:"怀君万里别,持赠结交亲。"又《喜遇冀侍御珪崔司议
　　　泰之二使》诗:"使星入东井,云是故交亲。"

〔二〕《高适诗集》残卷为作多。

〔三〕《高适诗集》残卷须当作当须。

〔四〕《高适诗集》残卷莫作不。

送裴别将之安西

绝域眇难跻，悠然信马蹄[一]，风尘惊跋涉，摇落怨暌携[二]。地出流沙[三]外，天长甲子[四]西，少年无不可，行矣莫栖栖。

《新唐书·兵志》："府置长史、兵曹、别将各一人。"王达津《诗人高适生平系诗》以裴别将为裴冕，定为天宝十二载，不当（盖是年八月裴冕为河西哥舒翰之行军司马也，见前《同李员外贺哥舒大夫破九曲之作》题解），谓尝为别将之安西则无可据。

〔一〕《庄子·马蹄》："马蹄可以践霜雪。"信，任也。言任其所之也。

〔二〕摇落见前《古大梁行》注。暌携，违离也。

〔三〕《汉书·地理志》："张掖郡居延，居延泽在东北，古文以为流沙。"

〔四〕《汉书·律历志》："历数三统，天以甲子，地以甲辰，人以甲申。"

送郑侍御谪闽中

谪去[一]君无恨，闽中我旧过，大都秋雁少[二]，只是夜猿多[三]。东路云山合，南天瘴疠和[四]，自当逢雨露[五]，行矣慎风波[六]。

此诗并载《岑嘉州诗集》（明正德济南刻本）。考岑参行迹不及江汉，遑论闽中？诗云"闽中我旧过"，此甚不合。高适之父从文曾为韶州长史，适《秦中送李九赴越》诗有"莼羹予旧便"之语，则闽中之行、吴越之行当系随父南宦韶州之时（详情难考），此诗应为高适之作。作诗年月难定。《汉书·闽粤王传》："秦并天下，废

为君长，以其地为闽中郡。"颜注："即今之泉州建安也。"按建安
郡名，治闽县，今福建省福州市。《因话录》卷五徵部："御史台三
院。一曰台院，其僚曰侍御史，众呼为端公。……二曰殿院，其
僚曰殿中侍御史，众呼为侍御。……三曰察院，其僚曰监察御
史，众呼亦曰侍御。……若三院同见台长，则通曰三院侍御。"

〔一〕《史记·贾生列传》："又以适去。"韦昭曰："谪谴也。"

〔二〕江淹《别赋》："值秋雁兮飞日。"

〔三〕谢灵运《登石门最高顶》诗："嗷嗷夜猿啼。"雁少猿多，不免旅
　　　思。参前《送李少府贬峡中王少府贬长沙》诗注。

〔四〕《南史·任昉传》："流离大海之南，寄命瘴疠之地。"云山虽合，
　　　瘴疠稍和，慰之也。

〔五〕见前《送李少府贬峡中王少府贬长沙》诗注。

〔六〕言道途险恶也。《汉书·闽粤王传》："(东粤王)馀善上书请以
　　　卒八千，从楼船击吕嘉等，兵至揭阳，以海风波为解。"

送李侍御赴安西

行子对飞蓬〔一〕，金鞭指铁骢〔二〕，功名万里外，心事一杯中〔三〕。
虏障燕支〔四〕北，秦城太白〔五〕东，离魂〔六〕莫惆怅，看取宝
刀〔七〕雄。

　　唐汝询曰："此以立功期侍御也。君既为行子矣，所对者飞蓬，所
　　恃者鞍马，万里之志形于一杯。虏障秦城，特咫尺耳，岂以离别
　　为恨哉？请视宝刀以壮行色。"(《唐诗解》卷三十七)王达津以为
　　作于天宝十二载，亦无可据。

〔一〕《商君书·禁使》："今夫飞蓬遇飘风而行千里。"

〔二〕《尔雅·释畜》："青骊骟。"注："今之铁骢。"谓青黑毛相杂之马。

〔三〕胡应麟《诗薮》内编卷四："太白：人分千里外，兴在一杯中。达夫：功名万里外，心事一杯中。甚相类。然高虽浑厚，易到，李则超逸入神。"胡震亨《唐音癸签》卷十一："似皆从庾抱之'悲生万里外，恨在一杯中'而来，而达夫较厚，太白较逸，并未易轩轾。"

〔四〕《汉书·李陵传》："出遮虏障。"障谓堡垒。燕支，山名，见前《登百丈峰二首》注。

〔五〕秦城指长安，唐汝询注谓在凤翔府陇州南三里，秦非子所居，非是。《水经注》卷十八："杜彦达曰：'太白山南连武功山（在武功县南），于诸山最为秀杰，冬夏积雪，望之皓然。'"

〔六〕《别赋》："知离梦之踟蹰，意别魂之飞扬。"

〔七〕宝刀见前《古大梁行》注。《诗词曲语辞汇释》卷三："取，语助辞，犹着也，得也。"看取，看得也。

同朱五题卢使君义井

高义唯良牧〔一〕，深仁自下车〔二〕，宁知凿井处，还是饮冰馀〔三〕。地即泉源〔四〕久，人当汲引初〔五〕，体清能鉴物，色洞每含虚〔六〕。上善滋来往〔七〕，中和浃里闾〔八〕，济时应未竭〔九〕，怀惠〔一〇〕复何如？

《唐诗选》残卷题中使君作太守。《新唐书·卢奂传》："出为陕州刺史，开元二十四年，帝西还次陕，嘉其美政，题赞其厅事。"然诗云"地即泉源久"，又似为卫州（《诗·卫风·竹竿》："泉源在左，淇水在右。")之作，未知究是何人。

〔一〕见前《题尉迟将军新庙》诗注。《唐诗选》残卷唯作称。

〔二〕《晋书·江统传》："东海王越……与统书曰：'昔王子师为豫州，未下车，辟荀慈明；下车，辟孔文举。'"

〔三〕饮冰见前《饯宋八充彭中丞判官之岭外》诗注。赵熙批此二句曰："捐廉为之。"

〔四〕《诗·卫风·竹竿》："泉源在左，淇水在右。"传："泉源，小水之源，淇水，大水也。"孔疏："泉源者，泉水初出，故云小水之源，淇则卫地之川，故知大水。"赵熙批此句曰："旧基。"恐亦未必。

〔五〕赵批此句曰："新汲。"

〔六〕《全唐诗》洞一作淡，《唐诗选》残卷含作涵。

〔七〕《道德经》："上善若水，水善利万物而不争。"《唐诗选》残卷滋作资。赵批来往旁曰："行者。"

〔八〕《礼记·中庸》："喜怒哀乐之未发，谓之中，发而皆中节，谓之和。中也者，天下之大本也；和也者，天下之达道也。致中和，天地位焉，万物育焉。"《法言·孝至》："立政鼓众，动化天下，莫尚于中和。"包融《和崔会稽咏王兵曹厅前涌泉势成中字》诗："含灵符上善，作字表中和。"里闾见前《苦雨寄房四昆季》诗注。《说文》卷十一"新附"："浃，洽也。"按《说文》同卷："洽，霑也。"《唐诗选》残卷浃作洽。赵批里闾旁曰："居者。"

〔九〕赵批："望其百废俱兴。"

〔一〇〕《论语·里仁》："小人怀惠。"疏："小人唯利是亲，安于恩惠，是怀惠也。"

同郭十题杨主簿新厅

华馆曙沉沉，惟良〔一〕正在今，用材兼柱石〔二〕，开物〔三〕象高深。

更得芝兰地,兼营枳棘林〔四〕,向风扃戟户〔五〕,当署近棠阴〔六〕。勿改安卑〔七〕节,聊闲理剧〔八〕心,多君有知己〔九〕,一和郢中吟〔一○〕。

　　观"惟良正在今"之语可知杨所任为御史台之职。《旧唐书·职官志》:"御史台有主簿。掌印及受事发辰,勾检稽失。兼知官厨及黄卷。"

〔一〕《书·吕刑》:"非佞折狱,惟良折狱。"传:"非口才可以断狱,惟平良可以断狱。"

〔二〕《汉书·霍光传》注:"柱者梁下之柱,石者承柱之础也。言大臣负国重任,如屋之柱及其石也。"

〔三〕《易·系辞》:"夫易开物成务,冒天下之道,如斯而已者也。"注:"冒,覆也。言易通万物之志,成天下之务,其道可以覆冒天下也。"

〔四〕各本营作荣,据《全唐诗》校改。《后汉书·岑彭传》:"舆人歌曰:'我有枳棘,岑君(熙)伐之。'"注:"枳棘多榛梗,以喻寇盗充斥也。"营,治也。

〔五〕戟户,戟门也,见前《酬鸿胪裴主簿雨后睢阳北楼见赠之作》注〔八〕。

〔六〕《诗·召南·甘棠》:"蔽芾甘棠,……召伯所茇。"见前《同群公十月朝宴李太守宅》诗注〔五〕。

〔七〕《潜夫论·德化篇》:"位安其卑,养廿其薄。"

〔八〕《后汉书·袁安传》:"府举安能理剧,拜楚郡太守。"言治理烦剧之事。

〔九〕多,称美也。《汉书·袁盎传》:"诸公闻之皆多盎。"君称郭十,知己见前《酬庞十兵曹》诗注。

〔一〇〕见前《睢阳酬别畅大判官》诗注〔三〕。高适自言和郭之题诗也。

送柴司户充刘卿判官之岭外

岭外资雄镇〔一〕，朝端宠节旄〔二〕，月卿临幕府〔三〕，星使〔四〕出词曹。海对羊城〔五〕阔，山连象郡〔六〕高，风霜驱瘴疠〔七〕，忠信涉波涛〔八〕。别恨随流水，交情脱宝刀〔九〕，有才无不适，行矣莫徒劳。

岑仲勉《读全唐诗札记》："按卿是镇岭外者之本官。"刘卿疑为刘巨鳞，《旧唐书·玄宗纪》载天宝三载、八载均在南海太守任内，惟柴司户何年应辟前往不可知也。唐汝询曰："岭外之使，刘卿当往，时有所避，则以司户充判官而往。故言镇为岭外所重，节为朝廷所宠，今月卿宜临幕府，乃遣词曹之星使乎？吾想羊城象郡，错杂山海，卑湿之地也，惟愿风霜驱除此瘴疠，君以忠信临之，波涛庶几可涉。然别恨无已，交情莫申，惟有解佩刀以相赠耳。已后勉之曰：君既有才，何往不可，岭外虽远，亦应树勋，毋虚此行也。"（《唐诗解》卷四十九）王尧衢曰："前解柴司户充刘卿判官之岭外，四句已足；留送字意在后解显出，中解布景描情，字字精湛。"（《古唐诗合解》卷十二）

〔一〕李白《送赵判官赴黔府中丞叔幕》诗："风霜推独坐，旌节镇雄藩。"

〔二〕《宋书·王弘传》："臣弘忝承人乏，位副朝端。"《南史·姚察传》："时硕学名儒，朝端在位，咸希旨注同。"节旄见前《自武威赴临洮谒大夫不及因书即事寄河西陇右幕下诸公》诗注。

〔 三 〕《书·洪范》："卿士惟月。"传："卿士各有所掌，如月之有别。"幕府见前《信安王幕府诗》注。唐谓"时有所避"，非。

〔 四 〕《晋书·天文志》："流星，天使也。"句谓柴司户充刘卿判官也。

〔 五 〕《广州记》："战国时高固为楚相，五羊衔谷穗于楚庭，故广州厅事梁上画五羊像，又作五谷囊。"《太平寰宇记》卷一五七："五羊城在广州府南海县。初有五仙人骑五色羊执六穗秬而至，今呼五羊。"

〔 六 〕见前《饯宋八充彭中丞判官之岭外》诗注〔一八〕。

〔 七 〕《南史·任昉传》："流离大海之南，寄命瘴疠之地。"周去非《岭外代答》卷四："岭外毒瘴，……率水土毒尔。……盖天气郁蒸，阳多宣泄，冬不闭藏，草木水泉，皆禀恶气，人生其间，日受其毒，元气不固，发为瘴疾。"

〔 八 〕《孔子家语》卷二："孔子自卫反鲁，息驾于河梁而观焉，……有一丈夫方将厉之，……遂渡而出。孔子问之，……丈夫对曰：'始吾之入也，先以忠信，及吾之出也，又从以忠信。'"言柴有忠信之德，可以涉海而无患。

〔 九 〕《汉书·郑当时传》："一死一生，乃知交情，……一贵一贱，交情乃见。"宝刀见前《古大梁行》注及《使青夷军入居庸三首》注。

同群公题张处士菜园

畦地〔一〕桑柘间，地肥菜常熟，为问葵藿〔二〕资，何如庙堂肉〔三〕？

彭兰《高适系年考证》以此诗与杜甫《题张氏隐居二首》为同时作，然两人诗不相侔，恐非。士礼居钞本及明关中李本芳刊本

《岑参诗集》均收有此诗。明正德济南及蜀刻本《岑嘉州诗集》不载,《全唐诗》岑参诗亦不收。据葛立方《韵语阳秋》知为高适之作。葛氏曰:"自古工诗者未尝无兴也,观物有感焉则有兴。今之作诗者以兴近乎讪也,故不敢作而诗之一义衰矣。(以上当系录《古今诗话》文)老杜《萵苣》诗云:'两旬不甲坼,空惜埋泥滓,野苋迷汝来,宗生实于此。'皆兴小人盛而掩君子也。至高适《题张处士菜园》……则近乎讪矣。作诗者苟知兴之与讪异,始可以言诗矣。"(《韵语阳秋》卷二)此亦温柔敦厚之说教也。处士见前《广陵别郑处士》诗题解。

〔 一 〕《玉篇》卷二:"畊,古文耕字。"

〔 二 〕曹植《求通亲亲表》:"若葵藿之倾叶。"葵藿,均植物之贱者。

〔 三 〕《后汉书·班固传》:"优游庙堂。"谓朝堂也。《左传·庄公十年》:"(曹)刿曰:'肉食者鄙,未能远谋。'"《说苑·善说》:"晋献公之时,……祖朝对曰:'……设使食肉者一旦失计于庙堂之上,若臣等之藿食者,岂得无肝胆涂地于中原之野与?'"陆机《君子有所思行》:"无以肉食资,取笑葵与藿。"刘良注:"无以肉食而自安,是以取笑于食葵藿贫贱之士。"高适第用其语而出之反问耳。

逢谢偃

红颜怆[一]为别,白发始相逢,惟馀昔时虑[二],无复旧时[三]容。

《新唐书·文艺传》有谢偃,太宗时人,与高适不同时,人多疑此诗为他人之诗误收者。但安知别无谢偃其人者与适为友。或诗题有误亦不可知。各本均有此诗,仍以作高适诗为当。

〔 一 〕《文苑英华》作创,创犹初也。

〔 二 〕《全唐诗》作泪,非。虑泪双声,此双关语也。

〔 三 〕《文苑英华》作昔时。

和王七玉门关听吹笛

胡人吹笛戍楼间,楼上萧条海月闲,借问落梅〔一〕凡几曲,从风
一夜满关山。

此诗各本颇有不同,据《国秀集》(《全唐诗》同)。《河岳英灵集》
题为《塞上闻笛》。诗作"胡人羌笛戍楼间,楼上萧条明月闲,借
问梅花何处落? 风吹一夜满关山"。《唐诗选》残卷、明活字本及
《畿辅丛书》本《高常侍集》均题作《塞上听吹笛》。诗为:"雪净胡
天牧马还,月明羌笛戍楼间,借问梅花何处落? 风吹一夜满关
山。"(《文苑英华》及洪迈《唐人万首绝句》同,《英华》首二句一作
与《河岳英灵集》同)宋人吴曾以诗中误将落梅曲写为吹之则梅
落始于戎昱(《能改斋漫录》卷三),其实李白《观胡人吹笛》诗已
云:"十月吴山晓,梅花落敬亭。"或为后人修改此诗之所本。高
适《信安王幕府诗》亦云:"落梅横吹后,春色凯歌前。"与此诗"落
梅凡几曲"正同。当以《国秀集》及《四库》本《高常侍集》为是。
曾彦和跋《国秀集》有云:"天宝三载,国子生芮挺章撰。……而
殷璠所作《河岳英灵集》作于天宝十一载,岁月稍后。"(近人卞孝
萱《杜甫诗论旁探》曰:"《国秀集》中,称王维为尚书右丞,据赵殿
成《右丞年谱》,乾元二年王维'始转尚书右丞',可见《国秀集》的
成书年代不得早于乾元二年。序中所云'自开元二年,维天宝三
载'云云,指选录诗篇的起讫年代。"见《文学遗产增刊》十三辑该

文注〔三〕,然此官职是否原书所有,殊成疑问。又称高适为"绛
郡长史",不知何据。)此诗似作于开元末,岑仲勉《唐人行第录》
以为系和王之涣《凉州词》,在天宝三载《国秀集》选诗讫止以前
(彭兰以为作于天宝十三载,未当),难以细按年月。《新唐书·
地理志》:"沙州燉煌郡有寿昌县,西北有玉门关。"今甘肃省敦煌
县西北。唐汝询曰:"落梅足起游客之思,故闻笛者每兴味。"
(《唐诗解》卷二十七)日人近藤元粹以此诗为"平稳无他奇"(《笺
注唐贤诗集》卷下),实未注及其意境之高,写景真而抒情深也。

〔一〕鲍照有《梅花落》诗。《乐府诗集》收梅花落于横吹曲辞曰:"梅
花落,本笛中曲也。按唐大角曲亦有大单于、小单于、大梅花、
小梅花等曲,今其声犹有存者。"

第三部分　赋

双六头赋送李参军

有物兮四方故城，六面砥平，白质黑文，花攒星明〔一〕。主张尔手谈〔二〕，决断尔心争，推得失似关乎天命〔三〕，而消息乃用乎人情〔四〕。若行之尤，思之精，虽邂逅而小比〔五〕，必指掌而大亨〔六〕。李侯李侯保令名，无怨效〔七〕于垂成，朝影入平川，川长复垂柳〔八〕，明年有一掷分〔九〕，君不先鸣谁先鸣〔一〇〕？

此篇各本失载，据《高适诗集》残卷补（见《敦煌古籍叙录》、《补全唐诗》）。《新唐书·狄仁杰传》："（武后）召谓曰：'朕数梦双陆不胜。'"洪遵《双陆序》："以异木为盘，盘中彼此内外，各有六梁，故名。"《名义考》："双陆古谓之十二棊，又谓之六博。"《韵语阳秋》卷十七："余谓双陆之制，初不用棋，俱以黑白小棒槌每边各十二枚，主客各一色，以骰子两只掷之，依点数行，因有客主相击之法。故赵搏《双陆诗》云：'紫牙缕合方如斗，二十四星衔月口，贵人迷此华筵中,运木手交如阵斗。'今六簙既行六棋,则非双陆明矣。"又有谓为天竺之波罗塞戏者,殆亦不然。胡应麟《少室山房笔丛》卷六《丹铅新录》谓双陆由握槊之戏发展而来。又卷四十《庄岳委谈》谓"今双陆始列必八行,而唐六行,稍异"云云。李参军不知何名。殷璠《河岳英灵集》卷上:"评事(称适)性拓落,不拘小节,耻预常科,隐迹博徒,才名自远。"由此篇可证其与博徒游之事实。当为适早期之作。

〔 一 〕以上四句均写棋局与棋子。

〔 二 〕《南史・齐武陵王传》:"尝于武帝前与竟陵王子良围棋,子良大北,及退,豫章王谓曰:'汝与司徒手谈,故当小相推让。'"

〔 三 〕《易・萃》:"用大牲吉,利有攸往,顺天命也。"《论语・为政》:"五十而知天命。"

〔 四 〕《易・丰》:"天地盈虚,与时消息。而况于人乎?"孔疏:"盈则与时而息,虚则与时而消,天地日月尚不能久,况于人……而能长保其盈盛乎?"

〔 五 〕《易・比》:"坤下坎上,吉。……象曰:比,吉也,辅也,下顺从也。"《诗・郑风・野有蔓草》:"邂逅相遇,适我愿会。"传:"不期而会,适其时愿。"《唐风・绸缪》:"见此邂逅。"释文:"邂逅,解说(悦)也。"均会遇之意。小比乃谓小吉,正与邂逅之意合。王重民《补全唐诗》注:"俞(平伯)云:'小比疑当作小疵。'刘(盼遂)云:'当作小屯。'"(《易・屯》:"屯,元亨利贞。……象曰:屯,刚柔始交而难生。动乎险中,大亨贞。")恐不尽然。姑存其说。

〔 六 〕《晋书・文帝纪》:"取蜀如指掌。"《易・巽》:"巽而顺,刚中而应,是以大亨。"

〔七〕《玉篇》卷十七：“烎，同叚、弢，侃也。”《论语·乡党》集解：“孔曰，侃侃，和乐之貌。”

〔八〕此二句乃误钞《自淇涉黄河途中作十三首》之文，当删。《补全唐诗》云：“刘云：‘柳字不叶韵，疑是平之误，此句说苦练不已。’”垂平不词，且与上平川意复，与垂成字复，与砥平韵重，苦练云云乃郢书燕说，应予订正。

〔九〕《晋书·何无忌传》：“刘毅家无儋石之储，樗蒱一掷百万。”《补全唐诗》云：“‘明年有一掷分’不成句，疑‘分’字是衍文。俞云：似亦不误，说明年还有一掷的机会（大约指官场的考绩等事），您一定便得意的。‘分’字仄声。”刘疑“有”当作“傥有”。俞说是，刘说非，盖“明年有一掷分”与“无怨效于垂成”均六言句，“李侯李侯保令名”与“君不先鸣谁先鸣”则均七言句也，交错用之。

〔一〇〕《左传·襄公二十一年》：“州绰曰：‘君以为雄，谁敢不雄？然臣不敏，平阴之役，先二子（谓殖绰、郭最）鸣。’”此谓其才及治绩居先也。

奉和鹘赋

天宝初，有自滑台〔一〕奉太守李公《鹘赋》以垂示适，越在草野〔二〕，才无能为，尚怀知音〔三〕，遂作《鹘赋》。其词曰：

夫何鹘之为用，置之则已，纵之无匹，怀果断之沉潜〔四〕，任性情之敏疾〔五〕。头小而锐，气雄而逸，貌耿介〔六〕以凌霜，目精明而点漆〔七〕。想像邈远〔八〕，孤贞深密〔九〕，将必取而乃回〔一〇〕，若授词〔一一〕而勿失。当白帝〔一二〕之用事，入青云而委质〔一三〕，乃狥节以勃然〔一四〕，因指踪〔一五〕而挺出。

严冬欲雪，蔓草初焚，野潇荡〔一六〕而风紧，天峥嵘而日曛。忿顾兔〔一七〕之狡伏，耻高鸟之成群，始灭没以略地，忽升腾而参云〔一八〕。翻决烈以电掣〔一九〕，皆披靡〔二〇〕而星分，奔走者折胁而绝脰〔二一〕，鸣噪者血洒而毛分，虽百中〔二二〕之自我，终一呼而在君〔二三〕。

夫其左右更进，纵横发迹〔二四〕，扫窟穴之凌兢〔二五〕，振荆榛之淅沥〔二六〕。翕六翮以直上，交双指以迅击，合连弩〔二七〕之应机，类鸣髇之破的〔二八〕。豁尔胸臆，伊何凌厉以爽朗，曾莫蚩介〔二九〕，岂虞险艰而怵惕？

观其所获多有〔三〇〕，得用非媒〔三一〕，历闉阇〔三二〕以肃穆，翙钩陈〔三三〕而环回。幸辉光于蒐狩〔三四〕，承剪拂〔三五〕于楼台，望凤沼而轻举，纷羽族〔三六〕之惊猜。路杳杳而何向，云茫茫而不开，莺出谷〔三七〕兮徒尔，鹤乘轩〔三八〕而何哉？彼怀毅勇轗轲而弃置〔三九〕，胡不效其间关〔四〇〕而徘徊？

尔乃顾恩〔四一〕有地，恋主多情〔四二〕，念层空而不起〔四三〕，托虚室〔四四〕以无惊，雅节表于能让，义心激于效诚。势逾高而下急，体弥重而飞轻，戢羽翼〔四五〕以受命，若肝胆之必呈，嗟日月之云迈〔四六〕，犹羁縻而见婴〔四七〕。

别有横大海而遥度〔四八〕，顺长风而一写〔四九〕，投足眇〔五〇〕于岩巅，脱身逸于弋者〔五一〕。冰落落〔五二〕以凝闭，雪皑皑而飘洒，谅坚锐之特然〔五三〕，宁苦寒以求舍。匪聚食以祈满，聊击鲜〔五四〕而自假，比玄豹之潜形〔五五〕，同幽人〔五六〕之在野。

矧其升巢绝壁，独立危条[五七]，心倏忽于万里，思超遥[五八]于九霄。岂外物之能慕[五九]，曷凡禽之见邀，则未知鸳鹭之所适[六〇]，孰与夫鹏鷃兮逍遥[六一]云尔哉。

《旧唐书·李邕传》："又累转括、淄、滑三州刺史。天宝初，为汲郡、北海二太守。"《新唐书·李邕传》："开元二十三年起为括州刺史，……后历淄、滑二州刺史。"今由此赋序知李邕天宝初尚在滑州刺史任，为汲郡太守当在天宝三载后。《新唐书·地理志》："滑州灵昌郡，本东郡，天宝元年更名，治白马。"今河南省滑县。序称邕为太守，指灵昌郡也。《玉篇》卷二十四："鹘，鹰属。"《增韵》："隼也。"《全唐文》卷三五七题作《奉和李泰和鹘赋》，泰和，李邕字也。《文苑英华》卷一三六载李邕原作及此赋。

〔一〕《元和郡县志》卷八："滑州，州城即古滑台城。……昔滑氏为垒，后人增以为城。"

〔二〕《左传·襄公十四年》："越在他竟。"杜预注："越，远也。"嵇康《与山巨源绝交书》："抱琴行吟，弋钓草野。"《文苑英华》野一作泽。

〔三〕《列子·汤问》："子期死，伯牙绝弦，以无知音者。"

〔四〕《书·洪范》："沈潜刚克。"孔传："沈潜谓地虽柔亦有刚，能出金石。"《书·周官》："惟克果断，乃罔后艰。"孔疏："惟能果敢决断，乃无有后日艰难。"

〔五〕《汉书·张敞传》："敞为人敏疾。"《文苑英华》、《全唐文》作情性。

〔六〕《九辩》："独耿介而不随兮。"

〔七〕《晋书·杜乂传》："王羲之见而目之曰：'肤若凝脂，眼若点漆。'"

〔 八 〕想像见前《涟上别王秀才》诗注。《文苑英华》、《全唐文》邈远作辽远。

〔 九 〕《魏志·荀攸传》："攸深密有智防。"

〔一〇〕谓将进取而却回也。

〔一一〕《文苑英华》、《全唐文》作受词,是也。

〔一二〕庾信《周祀五帝歌》:"金行秋令,白帝朱宣。"白帝朱宣谓少昊氏也。

〔一三〕《文苑英华》、《全唐文》作下青霄,注:一作入青云。《左传·僖公二十三年》:"策名委质。"疏:"质,形体也。"

〔一四〕颜延之《阳给事诔序》:"厉诚固守,投命徇节。"《文苑英华》、《全唐文》作顺节,注:一作狥。《庄子·天地》:"忽然出,勃然动。"

〔一五〕《文苑英华》、《全唐文》作指纵。见前《同群公出猎海上》诗注。

〔一六〕《文苑英华》、《全唐文》作莽荡,是也。班彪《北征赋》:"野萧条以莽荡。"

〔一七〕《古怨歌》:"茕茕白兔,东走西顾。"《文苑英华》、《全唐文》作顽兔。

〔一八〕颜延之《赭白马赋》:"驱鹜迅于灭没。"《列子·说符》:"伯乐对曰:'良马,可形容筋骨相也;天下之马者,若灭若没,若亡若失,若此者绝尘弭辙。'"《文苑英华》、《全唐文》参云作簪云。

〔一九〕《隋书·地理志》:"其人率多劲悍决烈,盖亦天性然也。"《文苑英华》作电系,"全唐文"作电击。

〔二〇〕《史记·项羽本纪》:"于是项王大呼驰下,汉军皆披靡。"正义:"靡言精体低垂。"

〔二一〕《说文》卷四："脰，项也。"

〔二二〕《史记·周本纪》："楚有养由基者，善射者也，去柳叶百步而射之，百发而百中之。"

〔二三〕《史记·淮阴侯列传》："俊雄豪桀，连号一呼。"上句自我谓鹘，此在君谓养鹘者。

〔二四〕《史记·太史公自叙》："秦失其政而陈涉发迹。"

〔二五〕扬雄《甘泉赋》："驰闾阖而入凌兢。"颜师古注："入凌兢，言寒凉战栗之处也。"

〔二六〕荆榛见前《古大梁行》注。淅沥见前《送别》诗注。

〔二七〕《史记·秦始皇本纪》："见则以连弩射之。"

〔二八〕《玉篇》卷七："髇，髇箭。"《韵会》一作髇。《文苑英华》、《全唐文》均作破的，明活字本《高常侍集》作破镝，误。

〔二九〕《全唐文》作蛋芥。张衡《西京赋》："趬悍虓豁，如虎如貙，睢盱蛋介，尸僵路隅。"李善注："张揖《子虚赋注》曰：'蒂介，刺鲠也。'蛋与蒂同。"吕向注："睢盱蛋芥，怒貌。"

〔三〇〕《文苑英华》、《全唐文》作"观其获多不有"，较优。

〔三一〕《离骚》："又何必用乎行媒?"此正言无媒而得用也。

〔三二〕同上："吾令帝阍开关兮，倚闾阖而望予。"王逸注："闾阖，天门也。"

〔三三〕《晋书·天文志》："北极五星、钩陈六星皆在紫宫中。"庾信《华林园马射赋》："闾阖开而钩陈转。"

〔三四〕马融《广成颂》："忽蒐狩之礼，阙槃虞之田。"

〔三五〕见前《画马篇》注。又《北史·卢思道传》："思道为《孤鸿赋》曰：'翦拂吹嘘，长其光价。'"

〔三六〕见前《自淇涉黄河途中作十三首》注。

〔三七〕《诗·小雅·伐木》："伐木丁丁,鸟鸣嘤嘤。出自幽谷,迁于乔木。"张衡《东京赋》:"睢鸠丽黄,关关嘤嘤。"梁元帝《言志赋》:"闻莺鸣而怀友。"陈杨谨《从驾祀麓山庙诗》:"轩树已迁莺。"言莺出谷当本此。

〔三八〕《左传·闵公二年》:"卫懿公好鹤,鹤有乘轩者。"杜预注:"轩,大夫车。"

〔三九〕东方朔《七谏》:"年既已过太半兮,然埳轲而留滞。"嵇康《述志诗》:"轗轲丁悔吝,雅志不得施。"亦作坎轲。曹丕《杂诗》:"弃置勿复陈。"

〔四○〕《诗·小雅·车辖》:"间关车之辖兮。"传:"间关,设辖也。"(朱熹注:"设辖声也。")"辖,车轴头铁也。"以喻鸟啼声。《全唐文》效作效,并同。

〔四一〕见前《秋胡行》注。此处即《燕歌行》之"身当恩遇常轻敌"之意。

〔四二〕曹植《求自试表》:"不胜犬马恋主之情。"

〔四三〕《文苑英华》、《全唐文》起作去。

〔四四〕《庄子·人间世》:"虚室生白。"注:"司马云:'室比喻心,心能空虚,则纯白独生也。'"

〔四五〕嵇康《赠秀才入军》:"双鸾匿景曜,戢翼太山崖。"

〔四六〕《诗·唐风·蟋蟀》:"日月其迈。"传:"迈,行也。"

366

〔四七〕陆机《赴洛道中作》:"世网婴我身。"李善注:"江伟《答军司马》诗曰:'羁絷系世网,进退维准绳。'《说文》:'婴,绕也。'"(各本作"颈饰也",段氏注曾订正。)

〔四八〕《文苑英华》、《全唐文》作径度,较优。

〔四九〕《周礼·地官·稻人》:"以浍写水。"俗作泻。

〔五〇〕明活字本误作耻。《文苑英华》、《全唐文》作眇,是也。屈原
　　　《哀郢》:"眇不知其所蹠。"王逸注:"眇,远也。"

〔五一〕《文苑英华》、《全唐文》均作逸于弋者,明活字本逸作兔,误。
　　　《诗·郑风·女曰鸡鸣》:"弋凫与雁。"郑笺:"弋,缴射也。"

〔五二〕《道德经》:"不欲碌碌如玉,落落如石。"河上公注:"落落,
　　　喻多。"

〔五三〕《文苑英华》、《全唐文》作时然。

〔五四〕《汉书·陆贾传》:"数击鲜。"注:"师古曰:鲜谓新杀之肉
　　　也。……宜数数击杀牲牢……。"《文苑英华》、《全唐文》作
　　　击群。

〔五五〕谢朓《之宣城出新林浦向版桥》诗:"虽无玄豹姿,终隐南山
　　　雾。"李善注:"《列女传》曰:'……南山有玄豹,隐雾而七日不
　　　食,欲以泽其衣毛,成其文章。'"

〔五六〕《易·履》:"履道坦坦,幽人贞吉。"孔疏:"故在幽隐之人守正
　　　得吉。"

〔五七〕言高枝也。

〔五八〕阮籍《清思赋》:"若登昆仑而临西海,超遥茫渺不能究其
　　　所在。"

〔五九〕明活字本作"岂别物之能暴",误。《文苑英华》、《全唐文》作
　　　"岂外物之能慕",是也。《庄子·外物》:"外物不可必。"郭注:
　　　"善恶之所致,俱不可必也。"释文:"外物,王云:夫忘怀于我
　　　者,固无对于天下,然后外物无所用必焉。"

〔六〇〕鸳鹭见前《奉酬睢阳路太守见赠之作》:"鸳鹭忆丹墀。"参前
　　　《东平旅游奉赠薛太守二十四韵》注〔五〕。适,往也。《文苑英
　　　华》、《全唐文》作所以。

〔六一〕《庄子·逍遥游》:"穷发之北,有冥海者,天池也。……有鸟焉,其名为鹏,背若泰山,翼若垂天之云,抟扶摇羊角而上者九万里,绝云气,负青天,然后图南,且适南冥也。斥鷃笑之曰:'彼且奚适也?我腾跃而上,不过数仞;而下,翱翔蓬蒿之间,此亦飞之至也。而彼且奚适也?'此小大之辩也。"

东征赋

岁在甲申,秋穷季月,高子游梁既久〔一〕,方适楚以超忽〔二〕。望君门〔三〕之悠哉,微先容〔四〕以效拙,始不隐而不仕,宜漂沦而播越〔五〕。

出东苑〔六〕而遂行,沿浊河〔七〕而兹始,感隋皇〔八〕之败德,划平原而为此,西驰洛汭〔九〕,东并淮澨〔一〇〕。地豁山开,川流波委,六宫景从〔一一〕,千官逦迤〔一二〕,龙舟锦帆,照耀乎数千里〔一三〕。大驾〔一四〕将去,群盗日起〔一五〕,尸禄者卷舌而偷生〔一六〕,直谏者解颐而后死〔一七〕,寄腹心于枭獍〔一八〕,任手足于蛇虺〔一九〕。既受杀于匹夫〔二〇〕,尚兴疑于爱子〔二一〕,岂不〔二二〕为穷力役于征战,务淫逸于奢侈〔二三〕?六军悲牧野之师〔二四〕,万姓哭辽阳之鬼〔二五〕,嗟颠覆于曩日,指年代于流水,唯见长亭〔二六〕之烟火,悲〔二七〕旷野之荆杞。

至酂县〔二八〕之旧邑,怀萧相之高风,既屈节于主吏〔二九〕,每归诚于沛公〔三〇〕。始俱起于天下,乃从定于关中,推金帛于他人,挹图籍于我躬〔三一〕,按山川之险阻,救天地于屯蒙〔三二〕。嘉盈俸以增邑〔三三〕,方指踪而建功〔三四〕,纳邵平以防患〔三五〕,举曹参而告终〔三六〕。

经铚城〔三七〕而永望,想谯郡而销忧〔三八〕,慨魏武之雄图〔三九〕,终大济于横流〔四〇〕。用兵戈以临四海〔四一〕,挟天子而令诸侯〔四二〕,乃擅命以诛伏〔四三〕,徒矫迹以安刘〔四四〕。吾始未知夫顺逆,胡宁比德于殷周〔四五〕?

下符离〔四六〕之西偏,临彭城〔四七〕之高岸,连山郁其潾荡〔四八〕,大泽平乎渺漫〔四九〕。昔天未厌祸〔五〇〕,项氏叛涣〔五一〕,解齐归楚,自萧击汉〔五二〕。天地无色,风尘溃乱〔五三〕,悯君王之轖轲〔五四〕,混士卒以奔散,苟炎运〔五五〕之克昌,岂生人之涂炭〔五六〕?

次灵壁之逆旅〔五七〕,面垓下之遗墟〔五八〕,嗟鲁公之慷慨〔五九〕,闻楚声而悒于〔六〇〕。歌拔山以涕洟〔六一〕,窃霸图〔六二〕而莫居,摈亚父之何甚〔六三〕,悲虞姬之有馀〔六四〕。出重围而狼狈〔六五〕,至阴陵以踌躇〔六六〕,顾天亡以自负〔六七〕,虽身死兮焉如〔六八〕?登夏丘以寓目〔六九〕,对蒲隧而愁予〔七〇〕,闻取虑〔七一〕之斯在,微长直而舍诸〔七二〕。

宿徐县〔七三〕之回津,惟偃王之旧域〔七四〕,方以小而事大〔七五〕,岂无位而有德〔七六〕?彼皆昏暴以丧邦,伊何仁义而亡国?高延陵之挂剑〔七七〕,慕班彪之述职〔七八〕,缅沛水之悠悠〔七九〕,俯娄林之纡直〔八〇〕。

即日河浒〔八一〕,依然泗上,山川土田,耳目清旷。眺睢源之呀豁〔八二〕,倚楚关〔八三〕之雄壮,挂轻席于中流〔八四〕,顺长风以破浪〔八五〕。过盱眙〔八六〕之邑屋,伤义帝之波荡〔八七〕,虽三户之亡秦〔八八〕,知万人以离项〔八九〕。

越龟山〔九〇〕而访泊,入渔浦而待潮,鸿雁飞兮木叶下〔九一〕,楚歌悲兮雨潇潇〔九二〕。霜封野树,冰冻寒苗,岸草无色〔九三〕,芦花自飘。幸息肩〔九四〕于人事,愿投迹于渔樵〔九五〕,思魏阙〔九六〕而天远,向秦川〔九七〕而路遥。

候鸣鸡以进帆,趋乱流以争迅,纵孤舟〔九八〕于浩大,抚垂堂以诚慎〔九九〕。遵枉渚于淮阴〔一〇〇〕,征昔贤于韩信〔一〇一〕,哀王孙以寄食〔一〇二〕,嘉漂母之无愠〔一〇三〕,鄙亭长之不仁,乃晨炊而蓐恁〔一〇四〕。忽从龙以获骋〔一〇五〕,遂擒豹以自奋〔一〇六〕,破全赵而用奇〔一〇七〕,称假齐以益振〔一〇八〕。幸辞通以感惠〔一〇九〕,俄结豨而谋衅〔一一〇〕,当处约而心亨〔一一一〕,曷持盈而不顺〔一一二〕。

凌赤岸之迢递〔一一三〕,棹白波之纡馀〔一一四〕,历山阳之村野〔一一五〕,投襄贲之邑居〔一一六〕,人多嗜艾〔一一七〕,俗喜观渔〔一一八〕。连葭苇于郊甸〔一一九〕,杂汀洲于里闾〔一二〇〕,感百川之朝宗〔一二一〕,弥结念于归欤〔一二二〕,日杲杲以丽天〔一二三〕,云飘飘以卷舒〔一二四〕。鲁放情而蹈海〔一二五〕,丘永叹于乘桴〔一二六〕,遇坎则止〔一二七〕,吾今不知其所如〔一二八〕者哉!

赋云"岁在甲申",乃天宝三载作。叙其自睢阳经酂县、符离、灵壁、彭城、泗水、盱眙、淮阴而至襄贲(涟上)为止,未及南楚,故曰东征。汉班彪有《北征赋》、曹大家有《东征赋》,适此赋盖仿之而作也。晋潘岳亦有《西征赋》,与此赋稍不同。

〔一〕从明活字本,《文苑英华》、《全唐文》均作复久。梁谓睢阳郡也。

〔二〕骆宾王《在江南赠宋五之问》:"潇湘一超忽,洞庭多苦辛。"陈熙晋笺注:"《楚辞·九歌·国殇》:'出不入兮往不返,平原忽兮路超远。'王屮《头陀寺碑文》:'东望平皋,千里超忽。'"楚谓彭城及彭城东南。《新唐书·地理志》:"楚州淮阴郡,本江都郡之山阳、安宜县地,臧君相据之,号东楚州。"今江苏省淮安县。

〔三〕《礼记·曲礼》:"大夫士出入君门,由闑右。"郑注:"臣统于君。闑,门橛。"

〔四〕《汉书·邹阳传》:"蟠木根柢,轮囷离奇,而为万乘器者,以左右先为之容也。"颜注:"万乘器,天子车舆之属也。容谓彫刻加饰。"喻己无人相荐举也。

〔五〕明活字本始不作姑不,宜下衍其字,从《文苑英华》及《全唐诗》。《左传·昭公二十六年》:"兹不谷震荡播越。"注:"播越,迁踰也。"

〔六〕《史记·梁孝王世家》:"于是孝王筑东苑,方三百馀里。"

〔七〕《物理论》:"河色黄者,众川之流,盖浊之也。"《隋书·炀帝纪》:"大业元年三月辛亥,发河南诸郡男女百馀万,开通济渠,自西苑引谷、洛水达于河,自板渚引河通于淮。"按通济渠经宋州以入淮,故曰沿浊河也。

〔八〕隋皇谓炀帝也。

〔九〕《书·禹贡》:"东过洛汭。"孔传:"洛入河处。"《说文》卷十一:"汭,水相入也。"

〔一〇〕《说文》卷十一:"涘,水崖也。"

〔一一〕《周礼·天官·内宰》:"以阴礼教六宫。"注:"玄谓六宫谓后也。……后象王立六宫,亦正寝一、燕寝五。"又:"上春,诏王后帅六宫之人。"注:"玄谓……夫人以下分居后之六宫者,每宫九嫔一人、世妇三人、女御九人,其馀九嫔三人、世妇九人、女御二十七人从后,唯其所燕息焉。"后乃泛称后妃所居。《汉书·陈胜传》赞:"嬴粮而景从。"注:"言如影之随形也。"景同影。

〔一二〕《尔雅·释丘》:"逦迤沙丘。"注:"旁行连延。"

〔一三〕《隋书·炀帝纪》:"大业元年三月庚申,遣黄门侍郎王弘、上仪同于士澄往江南采木,造龙舟、凤艒、黄龙、赤舰、楼船等数万艘。……八月壬寅,上御龙舟,幸江都。……文武官五品已上给楼船,九品已上给黄蔑,舳舻相接,二百馀里。"《文苑英华》于数千下注"一有百字",明活字本亦同有百字。

〔一四〕《后汉书·舆服志》:"乘舆大驾,公卿奉引,大仆御,大将军参乘,属车八十一乘。"

〔一五〕《隋书·炀帝纪》:"大业七年十二月,……于时辽东战士及馈运者填咽于道,昼夜不绝,苦役者始为群盗。""九年二月己未,济北人韩进洛聚众数万为群盗。""三月丙子,济阴人孟海公起兵为盗,众至数万。"直至大业十三年,起兵者日众。

〔一六〕《汉书·鲍宣传》:"群臣幸得居尊官,食重禄,……以苟容曲从为贤,以拱默尸禄为智。"注:"尸,主也。不忧具职,但主食禄而已。"刘昼《新论》:"天有卷舌之星,人有缄口之铭。"谓不言也。李陵《答苏武书》:"子卿视陵岂偷生之士而惜死之人哉?"

〔一七〕《隋书·炀帝纪》:"大业十二年七月,奉信郎崔民象……谏不宜巡幸,上大怒,先解其颐,然后斩之。"

〔一八〕《诗·周南·兔罝》:"赳赳武夫,公侯腹心。"《北史·魏清河王绍传》：“枭獍为物，天实生之，观夫元绍所怀，盖亦特钟沴气。”《魏书·朱瑞传》：“（尔朱）荣恐朝廷事意有所不知，故居之门下，为腹心之寄。”

〔一九〕《孟子·离娄》：“君之视臣如手足。”《尔雅·释鱼》：“蝮虺，博三寸，首大如擘。”注：“身广三寸，头大如人擘指，此自一种蛇，名为蝮虺。”

〔二〇〕明活字本作“既垂弑于匹夫”，《全唐文》同，《文苑英华》作“虫受杀于匹夫”，称川本作既，据改。《白虎通义》卷一：“庶人称匹夫者，匹，偶也，与其妻为偶。”陈立疏：“《孟子·梁惠王》注，匹夫、一夫者，以其与妻相对则训为偶，以与众人相对故匹。”是匹夫犹一夫也。《隋书·炀帝纪》：“右屯卫将军宇文化及、武贲郎将司马德戡……以骁果作乱，入犯宫闱。上崩于温室。……遂以万乘之尊，死于一夫之手。”《宇文化及传》：“遣令狐行达弑帝于宫中。”一夫即行达也。

〔二一〕《隋书·齐王暕传》：“帝亦常虑暕生变，所给左右，皆以老弱，备员而已。暕每怀危惧，心不自安。……俄而化及作乱，兵将犯跸，帝闻，顾谓萧后曰：‘得非阿孩邪？’其见疏忌如此。”

〔二二〕明活字本“岂不”后衍以字，据《文苑英华》删去。

〔二三〕《隋书·炀帝纪》：“史臣曰：‘……骄怒之兵屡动，土木之功不息，频出朔方，三驾辽左，旌旗万里，征税百端，猾吏侵渔，人不堪命。’”

〔二四〕《周礼·夏官·司马》：“凡制军，万二千五百人为军，王六军，大国三军，次国二军，小国一军。”《诗·大雅·大明》：“殷商之旅，其会如林，矢于牧野，维予侯兴。”郑笺：“殷盛合其兵众，陈于商郊之牧野，而天乃予诸侯有德者当起为天子，言天去纣，

东征赋

373

周师胜也。"

〔二五〕《汉书·地理志》："辽东郡有辽阳县。"《隋书·炀帝纪》："大业
八年三月甲午，车驾渡辽，大战于东岸，击贼破之，进围辽东。"
"七月壬寅，宇文述等败绩于萨水，右屯卫将军辛世雄死之。
九军并陷，将帅奔还亡者二千馀骑。"

〔二六〕见前《真定即事奉赠韦使君二十八韵》诗注。

〔二七〕明活字本遗悲字，据《文苑英华》、《全唐文》补。

〔二八〕《汉书·萧何传》："上以何功最盛，先封为酂侯。"《汉书·地理
志》："沛郡有酂县。"注："应劭曰：'音嵯。'师古曰：'此县本为
鄐，中古以来借酂字为之耳。'"王先谦补注："吴卓信曰：《说
文》：鄐，沛国县，……江统《徂淮赋》亦云：戾鄐城而倚轩，实萧
公之故国。……固知小司马谓何初封沛，后嗣改封南阳，其说
为最当矣。"故城在今河南省永城县西南。

〔二九〕《史记·萧相国世家》："以文无害，为沛主吏掾。"

〔三〇〕同上："及高祖起为沛公，何常为丞督事。"索隐："谓高祖起沛，
令何为丞，常监督庶事也。"

〔三一〕同上："沛公至咸阳，诸将皆争走金帛财物之府分之，何独先入
收秦丞相御史律令图书藏之，……汉王所以具知天下阨塞、户
口多少强弱之处，民所疾苦者，以何具得秦图书也。"

〔三二〕《易·屯》："刚柔始交而难生。"《说文》卷一："屯，难也。"《易·
蒙》孔疏："微昧暗弱之名。"《文苑英华》救作敕。

〔三三〕《史记·萧相国世家》："是日悉封何父子兄弟十馀人，皆有食
邑，乃益封何二千户，以帝尝繇咸阳时，何送我独赢奉钱二
也。……吕后用萧何计，诛淮阴侯，……（高帝）使使拜丞相何
为相国，益封五千户，令卒五百人，一都尉，为相国卫。""高祖

374

高适诗集编年笺注

以吏繇咸阳,吏皆送奉钱三,何独以五。"集解:"李奇曰:'或三百,或五百也。'"索隐:"奉谓资俸之,如字读,谓奉送之也。刘氏云:'时钱有重者,一当百,故有送钱三者。'""谓人皆三,何独五,所以为赢二也。"考证:"疑皆非也。文明曰奉钱,则是就其本奉十之三为赠,而何独以奉十之五耳。"《广雅》卷三《释诂》:"赢,馀也。"王念孙疏证:"《汉书·食货志》云:'蓄积馀赢。'《后汉书·马援传》云:'致有盈馀。'盈与赢通。"《汉书·高后纪》:"幸得赐餐钱奉邑。"奉与俸通。

〔三四〕见前《同群公出猎海上》诗注。《文苑英华》指作挹,称川本作指。

〔三五〕《史记·萧相国世家》:"召平者,故秦东陵侯,秦破,为布衣。贫,种瓜于长安城东。……召平谓相国曰:'祸自此始矣。……而益君封、置卫者,以今者淮阴侯新反于中,疑君心矣。夫置卫卫君,非以宠君也。愿君让封勿受,悉以家私财佐军,则上心说。'相国乃从其计,高帝乃大喜。"《易·既济》:"君子以思患而豫防之。"

〔三六〕《史记·萧相国世家》:"及何病,孝惠自临视相国病,因问曰:'君即百岁后,谁可代君者?'对曰:'知臣莫如主。'孝惠曰:'曹参何如?'何顿首曰:'帝得之矣,臣死不恨矣。'孝惠二年,相国何卒,谥为文终侯。"

〔三七〕明活字本及《全唐文》并误为洛城,《文苑英华》作绎城,当为铚城也。《汉书·地理志》:"沛郡有铚县。"今安徽省宿县西南。

〔三八〕《魏志·武帝纪》:"太祖武皇帝,沛国谯人也。"《后汉书·郡国志》:"沛国有谯县。"今安徽省亳县。王粲《登楼赋》:"聊暇日以销忧。"

〔三九〕《魏志·武帝纪》评:"汉末天下大乱,雄豪并起,……太祖运筹演谋,鞭挞宇内。"

〔四〇〕《晋书·王尼传》:"沧海横流,处处不安也。"陶潜《感士不遇赋》:"或大济于苍生。"

〔四一〕《蜀志·诸葛亮传》:"今操芟夷大难,略已平矣,遂破荆州,威震四海。"《全唐文》作威四海。

〔四二〕《吴志·周瑜传》:"议者咸曰:'曹公,豺虎也。然托名汉相,挟天子以征四方,动以朝廷为辞。'"《晋书·乐志》:"魏武挟天子而令诸侯。"

〔四三〕《魏志·武帝纪》:"汉皇后伏氏,坐昔与父故屯骑校尉完书,云帝以董承被诛怨恨公,辞甚丑恶,发闻,后废黜死,兄弟皆伏法。"《魏志·刘放传》:"阻兵擅命,人自封殖。"

〔四四〕蔡邕《太尉桥公碑》:"至德在己,扬之由人,苟不矫迹,夫何舍焉。"《史记·高祖本纪》:"周勃厚重少文,然安刘氏者必勃也。可令为太尉。"

〔四五〕从明活字本。《文苑英华》顺逆作逆顺,比德作比,注"一作德字",谓川本也。《魏志·武帝纪》献帝称操"功高于伊、周"。

〔四六〕《汉书·地理志》:"沛郡有符离县。"今安徽省宿县。

〔四七〕同上:"楚国有彭城县。"《史记·项羽本纪》:"项王自立为西楚霸王,王九郡,都彭城。"正义:"彭城,徐州县。"今江苏省徐州市。

〔四八〕见前《奉和鹘赋》注。

〔四九〕《文苑英华》作"分大泽乎渺漫",川本作大墠平,据明活字本。

〔五〇〕《文苑英华》作"忆昔天未厌祸"。明活字本无忆字。

〔五一〕《陈书·武帝纪》:"交趾叛涣。"

〔五二〕《史记·项羽本纪》:"徇齐至北海,多所残灭,齐人相聚而叛之。……汉王部五诸侯兵得五十六万人东伐楚,项王闻之,即令诸将击齐,而自以精兵三万人南从鲁出胡陵,……项王乃西从萧,晨击汉军,而东至彭城,日中,大破汉军。"《汉书·地理志》:"沛郡有萧县。"今安徽省萧县西北。

〔五三〕《史记·项羽本纪》:"围汉王三匝,于是大风从西北而起,折木发屋,扬沙石,窈冥昼晦,逢迎楚军,……楚军大乱坏散,而汉王乃得与数十骑遁去。"

〔五四〕见前《奉和鹃赋》注。《文苑英华》作坎轲。

〔五五〕《汉书·高帝纪》赞:"汉承尧运,德祚已盛,断蛇箸符,旗帜上赤,协于火德。"故曰炎运也。

〔五六〕生人,即生民也,避太宗讳。《书·仲虺之诰》:"有夏昏德,民坠涂炭。"传:"民之危险,若陷泥坠火。"

〔五七〕《史记·项羽本纪》:"楚又追击,至灵壁东。"集解:"徐广曰:'在彭城。'"索隐:"故小县,在彭城南。"正义:"《括地志》云:'灵壁故城,在徐州符离县西北九十里。'"《左传·僖公二年》:"保于逆旅。"杜注:"逆旅,客舍也。"

〔五八〕《史记·项羽本纪》:"项王军壁垓下,兵少食尽。汉军及诸侯兵围之数重。"集解:"徐广曰:'在沛之洨县。'李奇曰:'沛洨县聚邑名也。'"索隐:"张揖《三苍注》云:'垓,堤名,在沛郡。'"正义:"按垓下是高冈绝岩,今犹高三四丈,其聚邑及堤在垓之侧,因取名焉。今在亳州真源县东十里。"唐真源县在今河南省鹿邑县东十里。《广雅》卷二《释诂》:"墟,居也。"

〔五九〕《史记·高祖本纪》:"楚怀王……封项羽为长安侯,号为鲁公。"《史记·项羽本纪》:"于是项王乃悲歌忼慨,自为诗。"

377

〔六〇〕同上："夜闻汉军四面皆楚歌,项王乃大惊曰:'汉皆已得楚乎?
是何楚人之多也!'……项王泣数行下。"

〔六一〕同上："自为诗曰:'力拔山兮气盖世……。'项王泣数行下。"
《易·萃》:"齎咨涕洟。"孔疏:"自目出曰涕,自鼻出曰洟。"
(《说文》解同)

〔六二〕同上："项王自立为西楚霸王,王九郡,都彭城。"

〔六三〕同上："亚父者,范增也。"集解:"如淳曰:'亚,次也。尊敬之次
父,犹管仲为仲父。'"又:"项王乃与范增急围荥阳,汉王患之,
乃用陈平计,间项王,……项王乃疑范增与汉有私,稍夺之权,
范增大怒曰:'天下事大定矣,君王自为之。愿赐骸骨归卒
伍。'项王许之。行未至彭城,疽发背而死。"《文苑英华》摈作
捐,称川本作摈,明活字本同。

〔六四〕同上："项王则夜起饮帐中,有美人名虞常幸从,骏马名骓常骑
之,于是项王乃悲歌忼慨,自为诗曰:'……骓不利兮可奈何,
虞兮虞兮奈若何!'歌数阕,美人和之,项王泣数行下。"

〔六五〕同上："汉军及诸侯兵围之数重,……于是项王乃上马骑,麾下
壮士骑从者八百馀人,直夜溃围南出驰走。"

〔六六〕同上："项王至阴陵,迷失道,问一田父,田父绐曰:'左'。左,
乃陷大泽中。"踌躇见前《送李少府贬峡中王少府贬长沙》
诗注。

〔六七〕同上："项王自度不得脱,谓其骑曰:'吾起兵至今八岁矣,身七
十馀战,所当者破,所击者服,未尝败北,遂霸有天下。然今卒
困于此,此天之亡我,非战之罪也。'"

〔六八〕同上："项王笑曰:'天之亡我,我何渡为?'"如,往也;焉如,言
何所往也。

〔六九〕《汉书·地理志》:"沛郡有夏丘县。"顾野王《舆地志》:"虹县,尧封夏禹为夏伯,邑于此,即天子位,徙都阳翟,汉为夏丘县,属沛国。"今安徽省泗县。寓目见前《单父逢邓司仓覆仓库因而有赠》诗注。《文苑英华》一作纵目,谓川本也。

〔七〇〕《左传·昭公十六年》:"齐师至于蒲隧。徐人行成。徐子及郯人、莒人会齐侯盟于蒲隧。"注:"蒲隧,徐地。下邳取虑县东有蒲如陂。"取虑在今江苏睢宁县西南。《九歌·湘夫人》:"目眇眇兮愁予。"郑玄谓余予古今字,当误。

〔七一〕《史记·陈涉世家》:"取虑人郑布……将兵围东海守庆于郯。"索隐:"取虑属临淮。音秋闾。"《水经注》卷二十五:"初平四年,曹操攻徐州,拔取虑、睢陵、夏丘等县,以其父避难被害于此,屠其男女十万,泗水为之不流。自是数县人无行迹,亦为暴矣。"明活字本作"问取虑",川本同,从《文苑英华》。

〔七二〕《水经注》卷二十四:"睢水又东合乌慈水,水出(取虑)县西南乌慈渚,潭涨东北流,与长直故渎合,渎旧上承蕲水。"明活字本作舍诸,以其渎微而舍之不往也。《文苑英华》微作征,较优。

〔七三〕《汉书·地理志》:"临淮郡有徐县。"今安徽泗县北。

〔七四〕《都城记》:"周穆王末,徐君偃好行仁义,东夷归之者四十馀国。穆王西巡,闻徐君威德日远,遣楚袭其不备,大破之,杀偃王,其子遂北徙彭城,百姓从之者数万,徐国今徐城是也。"(《太平御览》卷一六〇引)以徐曾北迁彭城,故称徐县为旧域也。

〔七五〕《左传·哀公七年》:"小所以事大,信也。"《孟子·梁惠王》:"惟智者为能以小事大。"

〔七六〕《左傳·僖公二十八年》："有德不可敵。"《論語·里仁》："不患无位。"邢昺疏："言不忧爵位也。"《水經注》稱"偃王爱民不斗，遂为楚败"，故云以小事大，何有德而无位也。

〔七七〕《史記·吳太伯世家》："季札封于延陵，故号曰延陵季子。……季札之初使，北過徐君，徐君好季札劍，口弗敢言，季札心知之，为使上國未献，还至徐，徐君已死，于是乃解其寶劍，系于徐君冢樹而去。"《括地志》卷下："徐君廟，在泗州徐城縣西南一里，即延陵季子挂劍之徐君也。"

〔七八〕《後漢書·班彪傳》："河西大將軍竇融，以为从事，深敬待之，接以師友之道，彪乃为融画策事漢，总河西以拒隗囂，及融征还京師，光武問曰：'所上章奏，谁与参之？'融對曰：'皆从事班彪所为。'帝雅聞彪材，因召入見，舉司隸茂才，拜徐令。"《孟子·梁惠王》："諸侯朝于天子曰述職，述職者述所職也。"

〔七九〕《國語·楚語》："緬然引領南望。"韋注："犹邈也。"賈注："思貌也。"《詩·鄘風·載馳》："驅馬悠悠。"傳："悠悠，远貌。"《水經注》卷二十四："相縣，故宋地也。秦始皇二十三年，以为泗水郡，漢高帝四年，改曰沛郡，治此。……睢水又東南流，迳下相縣故城南。……应劭曰：相水出沛國相縣，故此加下也。然則相又是睢水之别名也。"此謂沛水，或亦睢水之别名，而非謂沛澤也。

〔八〇〕《春秋·僖公十五年》："楚人伐陳。……楚人败徐于婁林。"杜注："婁林，徐地。下邳僮縣東南有婁亭。"在今安徽省泗縣東北。紆直見前《自淇涉黃河途中作十三首》注。《文苑英華》作行直。

〔八一〕《詩·王風·葛藟》："在河之滸。"傳："水厓曰滸。"

〔八二〕明活字本作淮源，川本同，从《文苑英华》及《全唐文》。《玉篇》卷五："呀，大空貌。又唅呀，张口貌。"

〔八三〕鲍照《凌烟楼铭》序："东临吴甸，西眺楚关。"明活字本倚作伟，川本同，从《文苑英华》及《全唐文》。

〔八四〕谢灵运《游赤石进帆海》诗："挂席拾海月。"李善注："扬帆、挂席，其义一也。"汉武帝《秋风词》："泛楼船兮济汾河，横中流兮扬素波。"

〔八五〕《南史·宗悫传》："愿乘长风破万里浪。"

〔八六〕《史记·高祖本纪》："项梁……因立楚后怀王孙心为楚王，治盱台。"索隐："韦昭云：'临淮县。'"今江苏省盱眙县。

〔八七〕同上："楚怀王见项梁军破，恐，徙盱台，都彭城。""项羽……乃佯尊怀王为义帝，实不用其命。……乃使使徙义帝长沙郴县。……杀义帝江南。"故曰波荡也。

〔八八〕《史记·项羽本纪》："故楚南公曰：'楚虽三户，亡秦必楚也。'"集解："瓒曰：'楚人怨秦，虽三户犹足以亡秦也。'"明活字本虽作叹，川本同，此据《文苑英华》、《全唐文》。

〔八九〕同上："韩信乃从齐往，刘贾军从寿春并行，屠城父，至垓下。大司马周殷叛楚，以舒屠六，举九江兵，随刘贾彭越，皆会垓下。……项王乃大惊曰：'汉皆已得楚乎？是何楚人之多也！'"故曰万人离项王归汉也。

〔九〇〕《泗州图经》，"龟山在盱眙县东北，周回四里，高十五丈，宋文帝遣将拒魏太武筑城此山。"

〔九一〕《诗·小雅·鸿雁》："鸿雁于飞，肃肃其羽。"传："大曰鸿，小曰雁。肃肃，羽声也。"谢庄《月赋》："木叶微脱。"

〔九二〕明活字本作萧萧，从《文苑英华》及《全唐文》。

〔九三〕言草衰枯无绿色也。

〔九四〕《左传·襄公二年》：“子驷请息肩于晋。”注：“欲避楚役，以负担喻。”

〔九五〕扬雄《解嘲》：“欲步者拟足而投迹。”李善注：“欲行者拟足不前，待彼行而投其迹也。”李周翰注：“投迹，谓观事变而随行之。”句言愿置身于渔樵也。

〔九六〕见前《真定即事奉赠韦使君二十八韵》注。

〔九七〕《蜀志·诸葛亮传》：“将军身率益州之众，以出秦川。”

〔九八〕《归去来辞》：“或棹孤舟。”

〔九九〕《史记·司马相如列传》：“故鄙谚曰：‘家累千金，坐不垂堂。’”索隐：“张揖曰：‘畏檐瓦堕中人。’乐彦曰：‘垂边也，近堂边恐其堕坠也，非谓畏檐瓦。’”乐说非。孟浩然《经七里滩》诗：“余奉垂堂戒，千金非所轻。”

〔一〇〇〕陆机《行思赋》：“行魏阳之枉渚。”《水经注》卷二十五：“故无魏阳，疑即泗阳县故城也。……盖魏文帝幸广陵所由，或因变之，未详也。”《汉书·地理志》：“临淮郡有淮阴县。”今江苏省淮阴县东南。

〔一〇一〕《史记·淮阴侯列传》：“韩信者，淮阴人也。……徙齐王信为楚王，都下邳。……遂械系信至雒阳，赦信罪，以为淮阴侯。”明活字本昔贤作昔人，从《文苑英华》及《全唐文》。

〔一〇二〕同上：“始为布衣时，……不能治生商贾，常从人寄食饮。”

〔一〇三〕同上：“信钓于城下，诸母漂，有一母见信饥，饭信，竟漂数十日，信喜，谓漂母曰：‘吾必有以重报母。’母怒曰：‘大丈夫不能自食，吾哀王孙而进食，岂望报乎？’”《论语·学而》：“人不知，而不愠。”集解：“愠，怒也。”此无愠当谓漂母饭信而不愠，非谓母闻信将重报之言而不怒也。

〔一○四〕同上：“常数从其下乡南昌亭长寄食，数月，亭长妻患之，乃晨炊蓐食，食时信往，不为具食。信亦知其意，怒，竟绝去。”《说文》卷十：“嗇，爱濇也。”卷三：“吝，恨惜也。”吝一作悋，悭吝也。

〔一○五〕《史记·淮阴侯列传》：“汉王之入蜀，信亡楚归汉。……至南郑，……诸将皆喜，人人各自以为得大将，至拜大将，乃信也，一军皆惊。”

〔一○六〕同上：“魏王豹……绝河关反汉，……信乃益为疑兵，陈船欲渡临晋，而以兵从夏阳，以木罂缻渡军，袭安邑，魏王豹惊，引兵迎信，信遂虏豹。”

〔一○七〕同上：“信乃使万人先行，出背水阵。……信所出奇兵二千骑，共候赵空壁逐利，则驰入赵壁，皆拔赵旗，立汉赤旗二千。赵军已不胜，不能得信等，欲还归壁，壁皆汉赤帜，而大惊，以为汉皆已得赵王将矣，兵遂乱遁走。……于是汉兵夹击，大破虏赵军，斩成安君泜水上，禽赵王歇。”《文苑英华》及《全唐文》作有奇谋，不当。川本误作册用奇，从明活字本。

〔一○八〕同上：“平齐，使人言汉王曰：‘齐诈伪多变，……不为假王无以镇之，其势不定，愿为假王便。’……（汉王）曰：‘大丈夫定诸侯，即为真王耳，何以假为？’乃遣张良往立信为齐王。”

〔一○九〕同上：“韩信曰：‘汉王遇我甚厚，……吾岂可以乡利倍义乎？’……又自以为功多，汉终不夺我齐。遂谢蒯通。”惠谓厚遇也。

〔一一○〕同上：“陈豨拜为钜鹿守，辞于淮阴侯，……淮阴侯曰：‘公所居，天下精兵处也。人言公之畔，陛下必不信，再至，陛下乃疑

矣,三至,必怒而自将。吾为公从中起,天下可图也。'陈豨素
知其能也,信之。"《左传·桓公八年》:"雠有衅,不可失也。"
注:"衅,瑕隙也。"

〔一一一〕明活字本处作在,川本同,又心作必,从《文苑英华》及《全唐
文》。《论语·里仁》:"不仁者不可以久处约。"集解:"久困则
为非。"《易·坎》:"维心亨。"王弼注:"阳不外发,而在乎内,心
亨者也。"孔疏:"言心得通也。"

〔一一二〕《道德经》:"持而盈之,不如其已。"河上公注:"盈,满也,已,止
也,持满必倾,不如止也。"《易·蒙》:"勿用取女,行不顺也。"
"童蒙之吉,顺以巽也。"疏:"顺谓心顺,巽谓貌顺。"

〔一一三〕枚乘《七发》:"凌赤岸,篲扶桑。"李善注:"赤岸,盖地名也。曹
子建表曰:'南至赤岸。'山谦之《南徐州记》:'京江,禹贡北江,
春秋分朔,辄有大涛,至江乘,北激赤岸,尤更迅猛。'然并以赤
岸在广陵,而此文势似在远方,非广陵也。"《文苑英华》凌作
陵,据明活字本。嵇康《琴赋》:"指苍梧之迢递。"远貌。

〔一一四〕《上林赋》:"酆镐潦潏,纡馀委蛇,经营乎其内。"白波见前《同
房侍御山园新亭与邢判官同游》诗注。明活字本棹作掉,据
《文苑英华》及《全唐文》。

〔一一五〕《新唐书·地理志》:"楚州淮阴郡有山阳县。"今江苏省淮安
县。明活字本作村墅,从《文苑英华》及《全唐文》。

〔一一六〕《汉书·地理志》:"东海郡有襄贲县。"今江苏省涟水县。明活
字本投作挹,贲作鄪,从《文苑英华》及《全唐文》。

〔一一七〕《文苑英华》作耆艾,《诗·鲁颂·閟宫》:"俾尔耆而艾。"孔疏:
"使汝年寿则耆而又艾。"《礼记·曲礼》:"五十曰艾,六十曰
耆。"明活字本作嗜艾,川本同,或即《离骚》之"户服艾以盈要

兮,谓幽兰其不可佩"之意。《佩文韵府》引此文作"人多嗜艾,俗喜观鱼",工整可从。

〔一八〕《吴都赋》:"观鱼乎三江。"善注:"《左传》:'公将如棠观鱼者。'"杜注:"观鱼者本亦作渔者。"又《左传·隐公五年》:"遂往陈鱼而观之。"注:"公大设捕鱼之备而观之。"

〔一九〕《左传·襄公二十一年》:"罪重于郊甸。"杜注:"郭外曰郊,郊外曰甸。"

〔一二○〕见前《苦雨寄房四昆季》诗注。

〔一二一〕《书·禹贡》:"江汉朝宗于海。"孔传:"二水经此州而入海,有似于朝,百川以海为宗。"

〔一二二〕《论语·公冶长》:"子在陈,曰:'归与归与!'"集解:"孔子在陈思归欲去。"谢灵运《石门新营所住四面高山回溪石濑修竹茂林》诗:"结念属霄汉。"善注:"言所思念邈若霄汉。"

〔一二三〕《易·离》:"日月丽乎天。"孔疏:"此广明附着之义。"《诗·卫风·伯兮》:"其雨其雨,杲杲出日。"旭明貌。

〔一二四〕《诗·大雅·卷阿》:"有卷者阿。"传:"卷,曲也。"舒之对。

〔一二五〕《史记·鲁仲连传》:"彼即肆然而为帝,过而为政于天下,则连有蹈东海而死耳。"明活字本而作于,从《文苑英华》及《全唐文》。

〔一二六〕《论语·公冶长》:"子曰:'道之不行,乘桴浮于海。'"集解:"马曰:'桴,编竹木大者曰栿,小者曰桴。'"

〔一一七〕《易·坎》:"彖曰:习坎,重险也。"《说卦》:"坎为水,为沟渎,为隐伏……。"《序卦》:"坎者陷也。"

〔一二八〕《九章·涉江》:"入溆浦余僭佪兮,迷不知其所如。"注:"如,之也。"

第四部分　误收之诗

奉和储光羲

天静终南[一]高,俯映江水[二]明,有若蓬莱[三]下,浅深见澄瀛[四],群峰悬中流,石壁如瑶琼。鱼龙隐苍翠,鸟兽游清泠[五],菰蒲[六]林下秋,薜荔[七]波中轻,山蔓浴兰汀[八],水若居云屏[九]。岚气浮潜宫[一〇],孤光随曜灵[一一],阴阴豫章馆[一二],宛宛百花亭[一三],大君及群臣,燕乐方嘤鸣[一四]。吾党二三子[一五],兹辰怡性情,逍遥沧洲[一六]时,乃在长安城。

此诗《全唐诗》题作《同诸公秋霁曲江俯见南山》,作储光羲诗,按高适集中已有《同薛司直诸公秋霁曲江俯见南山作》一首,则此诗应属储。彭兰亦未详考,故并列此诗入适诗编年中。

〔一〕山名,见前《同薛司直诸公秋霁曲江俯见南山作》题解。

〔二〕谓曲江水。

〔三〕见前《和贺兰判官望北海作》注〔五〕。

〔 四 〕谢惠连《泛湖归出楼中玩月》诗:"日落泛澄瀛。"李善注:"楚辞曰:'倚沼畦瀛兮遥望博。'王逸曰:'楚人名池泽中曰瀛。'"

〔 五 〕苍翠言山,清泠言水,两句写倒影,故鱼龙如在山而鸟兽如游水也。

〔 六 〕鲍照《野鹅赋》:"立菰蒲之寒渚。"《广雅·释草》:"菰,蒋也,其米谓之雕胡。"《说文》卷一:"蒲,水草也。可以作席。"

〔 七 〕《离骚》:"贯薜荔之落蕊。"李善注:"薜荔,香草也,缘木而生。"

〔 八 〕山葽未详为何草,葽字字书亦均未见。郑曼季《答陆士龙鸳鸯诗》:"朝游兰池,夕宿兰沚。"《说文》卷十一:"小渚曰沚。"

〔 九 〕颜延之《车驾幸京口三月三日侍游曲阿后湖作》:"山只跸崎路,水若警沧流。"李善注:"王逸曰:'海若,海神名。'"张协《七命》:"云屏烂汗,琼壁青葱。"李善注:"《礼记》曰:'疏屏,天子庙饰也。'郑玄曰:'屏谓之树,刻之为云气。'"

〔一〇〕《全唐诗》作渚宫,非是。《水经注》卷二十八:"扬水又东历天井北,……井有潜室。"潜宫或犹潜室之义。

〔一一〕《蜀都赋》:"埃壒曜灵。"李善注:"《广雅》曰:'曜灵,白日也。'"

〔一二〕《三辅黄图》:"豫章观,武帝造,在昆明池中。"

〔一三〕《松窗杂记》:"曲江池,……花卉环周,烟水明媚,……赐宴臣僚,会于山亭。"

〔一四〕见前《夜别韦司士》诗注〔三〕。

〔一五〕《论语·公冶长》:"吾党之小子狂简。"《述而》:"二三子以我为隐乎。"

〔一六〕见前《涟上别王秀才》诗注。

铜雀妓

日暮铜雀迥[一]，秋深玉座[二]清，萧森松柏望[三]，委郁绮罗情[四]，君恩不再得，妾舞为谁轻[五]？

此王适诗也。《全唐诗》二函王适诗、三函高适诗并收之，两俱失注。视其风格当属王适，以名相同而误收，或始于《文苑英华》也。《旧唐书·陈子昂传》："初为《感遇诗》三十八首，京兆司功王适见而惊曰：'此子必为天下文宗矣。'由是知名。"《新唐书·陈子昂传》："初为《感遇诗》三十八章，王适曰：'是必为海内文宗。'乃请交。"铜雀台在邺城内。《晋书·地理志》："魏郡有邺县。魏武受封居此。"在今河北省临漳县西南。台系魏武帝曹操作。《魏志·武帝纪》："建安十五年冬，作铜爵台。"又《铜雀台》，为乐府平调曲名，一作《铜雀妓》。《邺都故事》："魏武帝遗命诸子曰：'吾死之后，葬于邺之西岗上，与西门豹祠相近，无藏金玉珠宝。馀香可分诸夫人，不命祭，吾妾与伎人皆着铜雀台，台上施六尺床，下繐帐，朝晡上酒脯粻糒之属，每月朝十五辄向帐前作伎，汝等时登台，望吾西陵墓田。'"（《乐府诗集》卷三十一）《乐府古题要解》卷下："后人悲其意而为之咏也。铸铜雀置台上，因名为铜雀台。"按《全唐诗》收李邕《铜雀妓》诗，诗云："西陵望何及，弦管徒在兹，谁言死者乐，但令生者悲。丈夫有馀志，儿女焉足私？扰扰多俗情，投迹互相师，直节岂感激，荒淫乃凄其。颍水有许由，西山有伯夷，颂声何寥寥，唯闻铜雀诗，君举良未易，永为后代嗤。"固不仅"悲其意"，而直为讽谕也。

〔一〕迥，各本作回，误，从《文苑英华》、《全唐诗》校改。

〔 二 〕谢朓《铜雀妓》诗:"玉座犹寂寞,况乃妾身轻。"玉座指魏武之
座,即台上施六尺床也。

〔 三 〕丘迟《与陈伯之书》:"将军松柏不翦。"李善注:"仲长子《昌言》
云:'古之葬,松柏梧桐以识其坟。'"

〔 四 〕王勃《铜雀妓》:"西陵松槚冷,谁见绮罗情?"委郁,郁结深
沉也。

〔 五 〕哀魏武已死,妓人为谁轻舞乎?

塞下曲

君不见芳树枝,春花落尽蜂不窥;君不见梁上泥,秋风始高燕
不栖。荡子〔一〕从军事征战,蛾眉婵娟〔二〕守空闺,独宿自然堪
下泪〔三〕,况复时闻乌夜啼〔四〕。

此诗《文苑英华》列于高适同题诗后,未注作者。《河岳英灵集》
收入贺兰进明《行路难五首》中,当属贺兰之作(参《唐诗纪事》卷
十七)。彭兰以为高适自写,亦误。

〔 一 〕《古诗十九首》:"荡子行不归,空床难独守。"李善注:"《列子》
曰:'有人去乡土,游于四方而不归者,世谓之狂荡之人也。'"

〔 二 〕《离骚》:"女媭之婵媛兮。"李善注:"婵媛犹牵引也。"《吴都
赋》:"檀栾蝉蜎,玉润碧鲜。"李善注:"言竹妍雅也。"郑珍以为
"古义为牵引,借作蝉蜎,意俱相似"(《说文新附考》)。《广韵》
卷二:"婵娟,好貌。"

〔 三 〕《说文》卷十三:"堪,地突也。"段注:"引申之凡胜任皆曰堪。"
徐锴《系传》:"地穴出也,借为不堪字。"堪下泪,言可下泪也,
能下泪也。

〔四〕《乐府古题要解》:"《乌夜啼》,宋临川王义庆所造也。宋元嘉
　　中,徙彭城王义康于豫章郡。义庆时为江州,相见而哭。文帝
　　闻而怪之,征还宅,义庆大惧。妓妾闻乌夜啼,叩斋阁云:明日
　　应有赦。及旦,改南兖州刺史,因作此歌。"张华《禽经注》:"乌
　　之失雄雌,则夜啼。"按:此非言歌也,当从后解。

重阳

节物〔一〕惊心两鬓华,东篱〔二〕空绕未开花,百年将半仕三
已〔三〕,五亩就荒天一涯〔四〕。岂有白衣来剥啄〔五〕,亦从乌
帽〔六〕自欹斜,真成独坐空搔首〔七〕,门柳萧萧噪暮鸦。

　　此诗见于宋人程俱所著《北山小集》卷九,原注引高适《九日酬颜
少府》诗云"纵使登高只断肠,不如独坐空搔首"(《四部丛刊》续
编据双鉴楼影宋写本),足见系后人诗误入适集中者,似以二诗
均有"独坐空搔首"之语而误收,《四库全书总目提要》卷一百四
十九称"毛奇龄选唐人七律,亦误题适作"。叶梦得谓程俱"诗章
兼得唐中叶以前名家众体"。此诗亦与其集中各诗风格相近。

〔一〕卢思道《从军行》:"边庭节物与华异。"谓四时风物也。

〔二〕陶潜《饮酒二十首》:"采菊东篱下,悠然见南山。"

〔三〕《论语·公冶长》:"令尹子文三仕为令尹,无喜色;三已,无
　　愠色。"

〔四〕《孟子·梁惠王》:"五亩之宅,树之以桑。"陶潜《归去来辞》:
　　"三迳就荒,松菊犹存。"《古诗十九首》:"相去万馀里,各在天
　　一涯。"李善注:"《广雅》曰:'涯,方也。'"

〔五〕《续晋阳秋》:"陶潜九日无酒,出篱边怅望,久之,见白衣人至,

乃王弘送酒使也，即便就酌，醉而后归。"韩愈《剥啄行》："剥剥
啄啄，有客至门，我不出应，客去而嗔。"按《说文》卷四："剥，裂
也。"段注："豳风假剥为攴，八月剥枣，毛传曰：'剥，击也。'"
《广韵》卷五："啄，鸟啄也。"剥啄，叩门也。

〔六〕《魏志·管宁传》："宁常着皂帽布襦袴布裙。"《诗词曲语辞汇
释》卷一："从，犹任也，听也。高适《重阳》诗：'岂有白衣来剥
啄，一从乌帽自欹斜。'一从，一任也。"按上第四句"天一涯"已
有一字，此句宜依明活字本作亦字。

〔七〕见前《九月九日酬颜少府》诗注。

感五溪莕菜

两京作斤卖〔一〕，五溪无人采，夷夏〔二〕虽有殊，气味终不改。

此高力士诗也。《旧唐书·高力士传》："为李辅国所构，流配黔
中道，力士至巫州，地多荠而不食，因感伤而咏之曰：'两京作芹
卖，五溪无人采，夷夏虽不同，气味终不改。'"《明皇杂录》补遗
同，惟芹作斤，甚是。郭湜《高力士传》亦作"两京秤斤卖"，末句
则作"气味因不改"。《唐人万首绝句》题作"感巫州荠菜"，首句
亦作斤，周必大《二老堂诗话》亦作斤，《全唐诗》作勦，末句"都不
改"一作"固常在"。按高力士为李辅国所构，除籍流配黔中，而
高适未尝至五溪一带，当以作高力士诗为是，俱以高姓而误收。
五溪见前《送张瑶贬五溪尉》诗题解。《诗·邶风·谷风》："其甘
如荠。"李时珍《本草纲目》："小荠叶小茎扁，味美。大荠叶大而
味不及。"《新唐书·地理志》："叙州潭阳郡，本巫州，贞观八年以
辰州之龙标县置。"今湖南省黔阳县。

〔一〕《新唐书·地理志》:"上都初曰京城,天宝元年曰西京,东都天宝元年曰东京。"是为两京,即长安、洛阳也。下言"无人采",未言非莽也,故当作斤。

〔二〕《孟子·滕文公》:"吾闻用夏变夷者,未闻变于夷者也。"

听张立本女吟

危冠广袖楚宫妆〔一〕,独步闲庭逐夜凉〔二〕,自把玉簪〔三〕敲砌竹,清歌一曲月如霜〔四〕。

《会昌解颐录》:"张立本有一女,为妖物所魅。其妖来时,女即浓装盛服于闺中,如与人语笑;其去,即狂呼号泣不已。久每自称高侍郎,一日忽吟一首云:'危冠广袖楚宫妆,独步闲庭逐夜凉,自把玉簪敲砌竹,清歌一曲月如霜。'立本乃随口抄之。立本与僧法舟为友,至其宅,遂示其诗云:'某少女不曾读书,不知因何而能。'舟乃与立本两粒丹,令其女服之,不旬日而疾自愈。其女说云:'宅后有竹丛,与高锴侍郎墓近,其中有野狐窟穴,因被其魅。'服丹之后,不闻其疾再发矣。"(《太平广记》卷四五四)说甚荒诞,洪迈《唐人万首绝句》采入,题作《凭张立本女吟》,作者为高侍郎狐,盖洪氏好怪异,尝为《夷坚志》也。明活字本《高常侍集》竟误收入,当以适曾为刑部侍郎,遂误以高侍郎为适也,《四库全书总目提要》卷一百四十九称:"考明人所刻适集,以《太平广记》高锴侍郎墓中之狐妖绝句……并载之,芜杂殊甚。"诗题被改作《听张立本女吟》,《全唐诗》亦未除去。所写似为宫女或歌妓,不知何人所作,或者张立本女随人而吟,非其自作,"为妖物所魅"云云乃小说家故为神怪之说,以炫耀僧人法力,供士大夫

"解颐"耳。郑振铎未辨此诗原委,竟以其为高适诗之成就最高
者(《插图本中国文学史》第二册)。但诗甚清丽,所写乃夜歌情
景也。

〔一〕《后汉书·马廖传》:"传曰:'……楚王好细腰,宫中多饿死。'
长安语曰:'城中好高髻,四方高一尺;城中好广眉,四方且半
额;城中好大袖,四方全匹帛。'"庾肩吾《答饷绫纹启》:"广袖
将裁,翻有城中之制。"刘禹锡《赠妓》诗:"高髻云鬟宫样妆,春
风一曲杜韦娘。"

〔二〕孟浩然《宿来公山房期丁大不至》诗:"松月夜生凉。"杜甫《羌
村三首》:"忆昔好追凉。"

〔三〕《西京杂记》卷二:"武帝过李夫人就取玉簪搔头。"

〔四〕陶潜《诸人共游周家墓柏下》诗:"清歌散新声,绿酒开芳颜。"
谢朓《同羁夜集》诗:"霜月始流砌,寒蜩早吟隙。"

在哥舒大夫幕下请辞退托兴奉诗

自从嫁与君,不省一日乐,遣妾作歌舞,好时还首恶。不是妾
无堪,君家妇难作,下堂辞君去,去后君莫错。

王重民《补全唐诗》录此首,谓与下首"闺情"同写于一卷,标题上
有高适二字,疑后人依托或拟作,是也。

闺情 _{为落殊蕃陈上相知人}

自从沦落到天涯,一片真心恋着□〔一〕,頩颔不缘思旧国,行
渧〔二〕只是为冤家。

〔一〕原阙一字。

〔二〕王重民注：行啼。

闺情

相随万里泣胡风，疋偶将期一世终，早知中路生离别，悔不深
怜沙碛中。

不须推道委人猜，只是君心自不开，今夜闺门凭莫闭，孤魂拟
向梦中来。

只今桃李正堪攀，所恨枝高引手难，愿君垂下方便叶，袖卷将
归看复看。

自处长信宫，每向孤灯泣，闺门镇不开，梦从何处入？

王重民《补全唐诗》录此四首，谓在上首以后，似妓女歌辞，亦不
著撰人。

第五部分　附录文 史传及诸家评论

为东平薛太守进王氏瑞诗表

臣某言,符瑞之兴,实由王化[一],歌诗[二]之作,有自[三]国风。伏见范阳卢某母琅琊王氏,性合希夷,体于静默,精微道本,驰骛元关,旁通天地之心,预纪休征之盛。去景龙二载,撰天宝回文诗,凡八百一十二字,循环有数(一作理),苦寒暑之递迁,应变无穷,谓阴阳之莫测。诚其子曰:吾殁之后,尔密记之,当逢大道之朝,必遇非常之主,则真图之制,便可上言,君亲之义不违,犬马之诚斯在。臣早识其子,常与臣言,星霜屡移,书奏仍阙。盖以岁月滋久[四],旨趣幽微,沉吟取耳目之前,倏忽应祯祥之后。伏惟皇帝陛卜乘道御极,乃圣[五]兴化,三[六]日月之并明,一乾坤而同德,梯航万里,争饮淳和之风,臣妾四夷,尽归仁寿之域。今陛下务于道,道可尽乎?法于天,天实长久。是知与道齐运,比天同休,无疆之休,乃在兹

397

矣。则王氏之美，其可替乎？章句粲然，所谓没而不朽者也。臣某[七]诚惶诚恐，顿首顿首。昔汉幸甘泉，且昧神君之语，周穷辙迹，徒称王母之谣，岂若迥出名言，高悬响像，赞皇王之丕命，运宫商于景福。且夫灵芝嘉禾，草木之瑞者，黄龙丹雀，禽兽之瑞者，犹能光扬帝载，标榜颂声，方之真图，彼未为得。特望编之史策，列在乐章，则陛下先于天而听于人也。臣才术浅劣，谬忝藩条[八]，曾微涓尘，以答万一，但驰[九]北极，每切子牟之恋，遥奉南山，愿效封人之祝。

胡应麟《诗薮》外编卷四："苏若兰《璇玑诗》，宛转反覆，相生不穷，古今诧为绝唱。余读高达夫集，有《进王氏瑞诗表》云：琅琊王氏，于天宝（当作景龙）二载撰回文诗八百一十二字，循环有数，若寒暑之推迁，应变无穷，谓阴阳之莫测。则亦当不在苏下，而湮灭莫传，殊可慨也。"按其内容不及《璇玑诗》。

〔一〕《全唐文》作王政。

〔二〕《唐四家集》作诗歌，据《全唐文》。

〔三〕《全唐文》作本自。

〔四〕《全唐文》此句作"以岁月悠远"。

〔五〕《全唐文》作至圣。

〔六〕《全唐文》作参。

〔七〕《唐四家集》作臣适，误。从《全唐文》。

〔八〕《全唐文》作藩垣。

〔九〕《全唐文》作恒驰。

谢封丘尉表

臣适言：臣田野贱品，生逢圣时，得与昆虫俱霑雨露，常谓老死林薮，不识阙庭；岂其岩穴久空，弓旌未已，贤才毕用，搜访仍勤，见尧舜之为心，荷乾坤之善贷。臣艺业无取，谬当推荐，自天有命，追赴上京，曾未浃旬，又拜臣职。顾惭虚受，实惧旷官，捧日无阶，戴天何报？臣已于正衙辞讫，即以今日赴官，无任犬马之志，谨奉表陈谢以闻。臣适诚惶诚恐，顿首顿首。

陈留郡上源新驿记

《周官》行夫掌邦国传遽之事，施于政者，盖有章焉。皇唐之兴，盛于古制，自京师四极，经启十道，道列于亭，亭实以驷，而亭惟三十里，驷有上中下，丰屋美食，供亿是为，人迹所穷，帝命流洽，用之远者，莫若于斯矣。伊陈留雄称山东，声殷[一]海内，昌大嚣庶，有梁魏之遗迹，风烟两河之眇[二]，襟带九州之半，洎皇华韶传，夷使骏奔，出关而驰，南向北户，山川水陆之役，兆于是矣。故上源所置，与其难哉。居里之冲，濒河之阳，地形湫隘，馆次卑狭，巽在堤下，面于剧旁，走庭以隅，建步终坎，车靡方驾，骑无并鞭，其郁闭有如此者。壬辰岁，太守元公连率河南之三载也，尧咨四岳，而神人[三]理，汉诏八使，而风俗清，举德推贤，事高典策，革已成之弊，持独断之明，迨兹邮亭，俯视颓朽，何逼侧塞浅，不称其声，将图鼎新，岂曰仍旧？顾谓长史李公曰："夫开释故实，发挥制度，不有攸居者，谁其允协，今奏计阙前，先甲而往，小大之务，公其领之。"申命录事参军冯元掌曰："维操绳墨者，盖用于正，蕴廉慎者，俾临于财，公以正身，用财均力，纪纲相佐，善莫大焉。"复命浚仪令裴胜曰："公之为县也，简易于理，训迪其源，秉清白之一门，据忠信之馀地。夫忠以创物，清而守官，立言有程，指使而可。"于是北吞里室，人以利迁也，南豁路旅，事无苟免也，合土以峻墉，攻木以高户，栋宇相翼，群材如生，兹所谓动乃有经，徐而不费。於戏！久于否者，宜以改作，本于功者，终乎永贞，则亭之成焉，我方访王公澄清之初也。公时膺迈德，天与大才，属梁宋不登，朝廷旰食，求瘼之重，不其[四]然欤？用能官去粃政，人无菜色，百城偃于迅风，万象纳于明镜。乃因寮吏慨然于兹亭曰："且夫木石之新者，而犹可观，况人而自新，孰不观者？"又曰："《传》不云乎：'启塞从时。'用之善者。而今而后，吾以无事为事焉。"君子是以知邮亭之可嘉，而我公之清净无穷也。末吏不敏，纪于贞石云。

〔 一 〕《全唐文》作英。

〔 二 〕《唐四家集》本风烟下衍雄字，从《全唐文》删去。

〔 三 〕《唐四家集》本作人神，从《全唐文》。

〔 四 〕《唐四家集》本作期，从《全唐文》。

后汉贼臣董卓庙议

昔汉祚陵[一]夷，桓灵弃德，宦官用事，国步多艰，宗社有缀旒之危，宰臣非补衮之具。董卓地兼形胜，手握兵钤，颠而不扶，祸则先唱，兴晋阳之甲，君侧未除，入洛阳之宫，臣节如扫。至乃发掘园寝，逼辱妃嫔，太后之崩，岂称天命，弘农之废，孰谓人心？敢讽朝廷，以自尊贵，大肆剽虏，以极诛求，焚烧都邑，驰突放横，衣冠冻馁，倚死墙壁之间，兆庶困穷，生涂草莽之上。于是天地愤怒，鬼神号哭，而山东义旗，攘袂争起，连州跨郡，皆以诛卓为名，故兵挫于孙坚，气夺于袁绍，僭拟舆服，党助奸邪，驱蹙东人，胁帝西幸，淫刑以逞，有汤镬之甚，要之糜烂[二]，刳剔异端。乃谓汉鼎可移，郿坞方盛，殊不知祸盈恶稔，未或不亡。故神赞允诚，天假布手，母妻屠戮，种族无留，悬首燃脐，遗臭万代，骨肉灰烬，不其快哉！今狄道之人，不惭卓之不臣，而务其为鬼，苟斯鬼足尚，则汉莽可得而神，晋敦可得而庙，桓玄父子可享于江乡，尔朱弟兄可祠于朔上，嗟乎！仁贤之魄寂寞于丘陵，义烈之魂沉埋于泉壤，何馨香之气而用于暴悖之鬼哉？适窃奉吹嘘，庇身戎幕，每承馀论，饱识公忠之言，不远下风，尽知仁义之本，昨忝高会，敬受德音，今具贼臣之事，悉以条上，谨按《尚书》王者望秩[三]天地之神祇，诸侯祭境内之山川，乱臣不言，淫祀无取，则董卓之庙，义当焚毁。

集无此文，据《唐文粹》卷四十二补。王士禛剑州邓艾庙诗："常侍还焚董卓祠。"（《带经堂诗话》卷二十四）

〔　一　〕《唐文粹》作凌，从《全唐文》。

〔　二　〕疑当作糜烂。

〔 三 〕《唐文粹》作望袟,从《全唐文》。

送窦侍御知河西和籴还京序

天子务西州之实,岁籴亿计,何始于贵取,而终以耗称,俾边
兵受寒,战马多瘦,輓域中之税,铸海上之山,江淮之人,盖奔
命矣。岂财用[一]之地,抑以从来,将利害之乡,犹有所阙[二]?
庙堂精思其故,表窦公自宪闱而董之,开释丛脞之病,发挥卤
莽之极,政之大者,不其然欤?今农夫[三]力于必登,廉贾知夫
踊贱[四],於戏,若惟斯之义,以见天下之兵,我幕府凉公,勤劳
王家,常用此道,干戈所适,戎狄相吊,宜哉!八月既望,公于
是领钱谷之要,归奏朝廷,副节制郎中裴公、军司马员外李
公,追台阁之旧游,惜轩车之远别,席楼船于池上,泛云物于
城下,胡笳[五]羌笛,缭绕隈隩,儶罗袨装,映带洲渚,醉后欢
甚,东林日高[六],语岐路于罇前,指京华于天眇[七],有若司直
崔公之逸韵,嘉其廷评数贤之间作,适忝斯人之后,敢拜首而
叙云。

〔 一 〕《文苑英华》作财赋。

〔 二 〕《文苑英华》作所关。

〔 三 〕《唐四家集》本作农未,从《文苑英华》、《全唐文》。

〔 四 〕《文苑英华》、《唐四家集》本作勇贱,从《全唐文》。

〔 五 〕《文苑英华》、《全唐文》作胡琴,并称"集作箛"。

〔 六 〕《文苑英华》、《全唐文》作东日遐瞻。

〔 七 〕《全唐文》作天杪。

绣阿育王像赞 并序

阿育王绣像，窦氏女奉，为亡姚太夫人苏氏所建也。呜呼，有以蓬首操行，柴立孝思，仰昊天之茫茫，对高堂而泣血，女子孝矣，将感于神明，妇之义矣，可施于王化。故能尘垢[一]明镜，住持青莲[二]，永明[三]宿因，独见诸净，以为霜雪风雨之思，胡宁以报亲，功德庄严之深，冀以益吾亲矣。乃自方丈[四]之室，沛然广大之愿，彩翠鲜秀，光华可掬，运夫心眼之灵，尽如相好之美，瞻仰[五]围绕，涕泪是悲，俾像教之勿坠，如佛身之有在。夫莫大者孝也，不泯者善也，惟孝与善可以导达幽冥，则我太夫人宜归净土矣。呜呼，孝之至也，感人无穷，乃为赞曰：

佛不可见兮，法亦难知，惟我庄严兮，本乎孝思，傥幽冥兮，昭乎景福，彼净土者，可得而归之。

〔 一 〕《唐四家集》本作姤，从《全唐文》。

〔 二 〕《唐四家集》本阙莲字，据《全唐文》补。

〔 三 〕《唐四家集》本明作惟，从《全唐文》。

〔 四 〕《唐四家集》本丈作文，从《全唐文》。

〔 五 〕《唐四家集》本作赡养，从《全唐文》。

樊少府厅狮猛赞

百兽至猛，莫若狮子[一]，绀眼星悬，赤毛焰起，铜爪铁甲，锯牙凿齿，顾犀象则百队山踣，看熊罴则千群野死，以此言威，威可知矣。仙尉樊公，写其象于中厅[二]，昆仑却粹[三]，而屋壁欲动，虎豹胆慑，而讼庭已空，稜稜兮隔帘飞霜，飒飒兮满院生风，于是乎狮子[四]为百兽之长，遂识樊公为百夫之雄。

《全唐文》题作《樊少府厅师猛赞》。

〔一〕《唐四家集》本百兽作狮猛，莫若作猛于，从《全唐文》。

〔二〕《唐四家集》本作写其象中，从《全唐文》。

〔三〕《全唐文》作却摔。

〔四〕《唐四家集》本作君子，《全唐文》作师子，据之而改。

谢上淮南节度使表

臣适言：以今月二日至广陵，以某日上讫[一]，流布圣泽，江淮益深，扇扬皇风，草木增色。臣诚惶诚恐，顿首顿首[二]。伏惟皇帝陛下，大明照临，纯孝抚御，汉主事亲之日，爰总六师，轩后垂衣之辰，再清四海。犹以京华尚阻，国步暂艰，运黄石之神谋，推赤心于人腹。臣器非管乐，殊孔明之自比，识谢孙吴，异山涛之暗合，岂意圣私超等，荣宠荐臻，拔自周行，寄重[三]方面，以时危而注意，窃愧非才，因国难以捐躯，顾为定分。即当训练将卒，缉绥黎甿，外以平贼为心，内以安人为务，庶使珍灭凶丑，舞咏时邕，报明主知臣之恩，成微臣许国之节。无任戴荷攀恋之至。谨遣某官陈谢以闻[四]。

〔一〕《全唐文》无此三句。

〔二〕《全唐文》无此二句。

〔三〕《全唐文》作重寄。

〔 四 〕《全唐文》无末二句。

贺安禄山死表

臣适〔一〕言：臣得河南道及诸州牒，皆言逆贼安禄山苦痛而死，手足俱落，眼鼻残坏。臣闻负天者天诛，负神者神怒，其道甚著，今乃克彰。臣适诚欢诚喜，顿首顿首。逆贼孤负圣朝，造作氛祲，啸聚吠尧之犬，倚赖射天之矢，残酷生灵，斯亦至矣。臣恨不得血贼于万载，肉贼于三军，空随率土之欢，远奉九霄之庆。即当总统将士，凭恃威灵，驱未尽之犬羊，覆已亡之巢穴。无任踊跃庆快之至。谨遣摄判官李翥奉表陈贺以闻。

《四库全书总目提要》卷一百四十九："《贺安禄山死表》称'臣得河南道及诸州牒，皆言逆贼安禄山苦痛而死，手足俱落，眼鼻残坏'，则禄山竟以病死，与史载李猪儿事迥异，盖兵戈云扰，得诸传闻之故也。"自以史载为实。

〔 一 〕《全唐文》作臣某。

罢职还京次睢阳祭张巡许远文

维乾元元年五月日，太子詹事御史中丞高适谨以清酌之奠，敬祭于故御史中丞张、许二公之灵：中丞体质贞正，才掩贤豪，诗书自负，州县徒劳。惆怅雄笔，辛勤宝刀，时平位下，世乱节高。贼臣通逆，国步惊搔〔一〕，两河震恐，千里嗷嗷。投袂洒泣，据鞍郁陶，全谯入宋，收梓捍曹。心系魏阙，志清武牢，帝曰嗟尔，龙光豹韬，宪台戎幕，持斧拥旄。呜呼，予亦忝窃，统兹介胄，俄奉短书，至夔狂寇。裹粮训卒，达曙通昼，军乃促程，书亦封奏。遂发骄勇〔二〕，俾驱鸟兽，将无还心〔三〕，兵亦死斗。贼党频蹙，我师旋漏，十城相望，百里不救。胡羯〔四〕啸聚，犬羊蚁凑〔五〕，积薪为梁，决岸成窦。呜呼，当此虎敌，岂无强邻，常时肝胆，今日胡秦〔六〕。坚守半岁，绝粮数旬，柿橡秣马，煮纸均人〔七〕。病不暇拯〔八〕，殁无全身，煎熬甲胄，啄啮胶筋，慷慨艰险，凄凉苦辛。呜呼，我辞淮楚，将赴伊洛，途出兹邦，悲缠旧郭。邑里灰烬，城池墟落，何九拒之峥嵘，皆二贤之制作。声盖天壤，气横辽廓，让死争先，临危靡却。呜呼□□〔九〕，天亦难论，万夫开壁，一旅才存。衰羸既竭，力弱相吞，陷穽织路，梯冲栈门。土濠水合，木栅云屯，居即其弊〔一〇〕，突无其奔。烟云〔一一〕剑戟，逼侧纷昏，与求生而害义，宁抗节以埋魂〔一二〕。呜呼，悖逆歼溃，干戈将止，海岳澄清，朝廷至理。封功列爵，怀黄拖紫，伤哉二贤，不预于此。呜呼孀妇，伶俜爱子，追赠方荣，赏延兹始。寂寂梁苑，悠悠睢水，黄蒿连接，白骨填委。思壮志于冥寞，问遗形于荆杞，列祭空城，一悲永矣。

《全唐文》题上无罢职二字，从《唐四家集》本。

〔一〕《全唐文》作惊骚。

〔二〕《全唐文》作趫勇。

〔三〕《全唐文》作二心。

〔四〕《全唐文》作纭纭。

〔五〕《全唐文》作兵锋亦凑。

〔 六 〕《全唐文》作越秦。

〔 七 〕《全唐文》作饲人。

〔 八 〕《唐四家集》本作埀，从《全唐文》。

〔 九 〕《唐四家集》本阙二字。

〔一〇〕《全唐文》弊作敌。

〔一一〕《唐四家集》本阙云字，据《全唐文》补。

〔一二〕《唐四家集》本作理魂，从《全唐文》。

谢上彭州刺史表

臣适〔一〕言：伏奉圣恩，授臣彭州刺史，宠光自天，喜惧交集。臣某诚惶诚恐，顿首顿首，死罪死罪。臣本野人，匪求名达，始自一尉，曾未十年，北使河湟，南出江汉，奉上皇非常之遇，蒙陛下特达之恩，累登谏司，频历宪府。比逆乱侵轶，淮楚震惊，遂兼节制之权，空忝腹心之寄。衔命感激，思效驽骀，敢竭公忠，动无回避。而智不周物，才难适时，俄尘圣听，果速官谤。实谓死亡〔二〕可待，流窜在兹。陛下弘覆载之恩，明日月之鉴，始拜宫尹〔三〕，今列藩条，雨露之恩，更霑枯朽，阳和之气，忽曜〔四〕沉埋。天高听卑，臣独何幸！臣某诚惶诚恐，顿首顿首，死罪死罪。臣闻忠臣事君，虽死无贰，臣今未死，敢忘至公？伏惟陛下哀臣愚蒙，矜臣方直，臣虽在远，若近天颜。臣以今月七日到所部上讫，宣布德音，草木增气，敷陈睿泽，黎庶昭苏。无任悃款屏营之至。谨附驿奉表陈谢以闻。臣某诚惶诚恐，死罪死罪，谨言。

〔一〕《全唐文》适作某。

〔二〕《全唐文》死亡作斧钺。

〔三〕《唐四家集》本作官允,从《全唐文》。

〔四〕《全唐文》曜作振。

西山三城置戍论

剑南虽名东西两川,其实一道。自邛关黎雅,界于南蛮也;茂州而西,经羌中至平戎数城,界于吐蕃也。临边小郡,各举军戍,并取给于剑南,其运粮戍,以全蜀之力,兼山南佐之,而犹不举。今梓、遂、果、阆等八州,分为东川节度,岁月之计,西川不可得而参也。而嘉陵比为夷獠所陷,今虽小定,疮痍未平。又一年已来,耕织都废,而衣食之业,皆货易〔一〕于成都,则其人不可得而役,明矣。今可税赋者,成都、彭、蜀、汉州〔二〕,又以四州残敝,当他十州之重役,其于终久,不亦至艰!又言利者穿凿万端,皆取之百姓,应差科者自朝至暮,案牍千重,官吏相承,惧于〔三〕罪谴,或责之于邻保,或威之以仗罚,督促不已,逋逃益滋,欲无流亡,理不可得。比日关中米贵,而衣冠士庶,颇亦出城,山南、剑南,道路相望,村坊市肆,与蜀人杂居,其升合斗储,皆求于蜀人矣。且田土疆界,盖亦有涯,赋税差科,乃无涯矣。为蜀人之计,不亦难哉!今所界吐蕃城堡,而疲于蜀人,不过平戎已西数城矣,邈在穷山之巅,垂于险绝之末,运粮于束马之路,坐甲于无人之乡,以戎狄言之,不足以利戎狄,以国家言之,不足以广土宇,奈何以险阻弹丸之地，而困于全蜀太平之民哉？恐非今日之急务也。国家若将已成之地不可废，已镇之兵不可收，当宜即[四]停东川，并力从事，犹恐狼狈，安可仰于成都、彭、汉、蜀四川[五]哉！虑乖圣朝洗荡关东扫清逆乱之意也。傥蜀人复扰，岂不贻陛下之忧？昔公孙弘愿罢西南夷、临海，专事朔方，贾捐之请弃珠崖，以宁中土，谠言政本，匪一朝一夕。臣愚望罢东川节度，以一剑南，西山不急之城，稍以减削，则事无穷顿，庶免倒悬。陛下若以微臣所陈，有裨万一，下宰相廷议，降公忠大臣，定其损益，与剑南节度终始处置。

《全唐文》题作《请罢东川节度使疏》，兹据《旧唐书》本传文为题。《新唐书》本传但称"适上疏曰"，及本文称"望罢东川节度"，似即《全唐文》之所本。

〔 一 〕百衲本《旧唐书》本传作贸易。

〔 二 〕《全唐文》句下有也字。

〔 三 〕《全唐文》作干。然百衲本《旧唐书》本传亦作于。

〔 四 〕《全唐文》即作却。百衲本《旧唐书》本传亦同。

〔 五 〕百衲本《旧唐书》本传及竹简斋本均作"四川"，川当为州之误。

谢上剑南节度使表

臣适[一]言：受脉登坛，必先礼乐，剖符揽辔，是委腹心。方将总领诸侯，整训戎旅，分二南之名器，创七德之筹谋。君无虚授，臣无虚受，授受之际，任用匪轻。况全蜀奥区，非贤勿守，方面重寄，择善而从。顾臣庸愚，岂合祗拜，远奉恩制，不敢

逡巡，即以二月二日上讫，天威在颜，风俗思变，饮冰食蘖，策
朽磨铅。臣往在淮阳，已无展效，出临彭蜀，又乏循良，虽圣
恩不移，而微臣益惧。谨当宣扬皇化，镇抚蕃蛮，训卒吏兵，
翦除夷獠，庶冀毫发，增益山丘。陛下慎择任人，朝廷多士，
伏愿更征英彦，俾付西南，许臣暮年，归侍丹阙。臣子之恳，
君父之慈，天高听卑，下情上达。军府多事，税赋方殷，臣今
逐便指撝，乘间式遏，救苍生之疲弊，宽陛下之忧勤。乃臣丹
诚偻偻〔二〕于夙夜，无任悾款之至。谨遣洋州司马摄参谋臣路
球，谨奉表陈谢以闻。

〔 一 〕《全唐文》适作某。

〔 二 〕《全唐文》作缕缕，误。

贺斩逆贼徐知道表

臣某言：臣闻人臣无将，将必诛之。逆贼前成都少尹兼侍御
史、伪称成都尹兼侍御史中丞〔一〕、剑南节度使徐知道，中官携
养，莫知姓族，荧惑主司，叨窃宪台。不能输沥肝胆，以答休
明，而怀挟奸邪，啸聚同恶，倾竭府库，涂炭黎甿，遂为攙
枪〔二〕，恣行蛊毒，杜塞剑道，拥遏朝经，部署凶残，统领州县，
曾未数日，荡坏一隅，郊原已空，市井如扫。臣与邛南邻境，
左右叶心，积聚军粮，应接师旅，以今月二十三日大破贼众，
同恶翻然，共杀知道，大军〔三〕庆快，云物改容，百姓欣欢，景色
相贺。此皆社稷昭应，神灵保持。伏惟皇帝陛下，一德动天，
无远不届，兵戈向戢，华夏克宁。布萧王之赤心，竭臣子之丹

款,妖氛聚而皆尽,郡国危而更安,高视百王,能事斯毕。臣忝守藩翰,罹此艰虞,睹天地之廓清,与飞动之咸若,无任踊跃之至。谨奉表陈贺以闻。

〔 一 〕疑当作兼御史中丞。

〔 二 〕《唐四家集》本作搀抢,从《全唐文》。

〔 三 〕《唐四家集》本作六军,从《全唐文》。

请入奏表

右自徐知道作乱,军府略空,救弊扶伤,事资安辑,臣夙夜陈力,启[一]处不遑。伏以二陵攀号,臣未修壤奠[二],万方有主,臣未睹天颜,犬马之诚,不胜恳款。候士卒稍练,蕃夷渐宁,特望圣恩,许臣入奏,谨录奏闻,伏听敕旨,谨奏。

〔 一 〕《全唐文》作起处,从《唐四家集》本。

〔 二 〕《唐四家集》本作坏奠,从《全唐文》。

贺收城表

臣适[一]言:闻正月十六日,中使郭罗至,伏奉敕书,示臣圣略,收复瀍洛,扫殄凶徒,臣适手之足之,载欣载跃。臣闻天不假易,将而必诛,守在四夷,难逃一面。顷者逆胡稔恶,窃据中都,欲驱犬羊,敢肆蜂虿[二],碎首于雷霆之下,窜迹于城社之中,犹贮残魂,拟收馀烬。陛下泽深覆载,功济艰难,神武必止于干戈,寰区大拯于涂炭,好生恶杀,诚屡发于宸心,走兽奔禽，尽已罹于纲目〔三〕，使风云一变，日月增辉，巨海绝于扬波，祆氛〔四〕化为和气。臣忝司戎律，累奉德音，昭宣睿谋，底宁县道，天下幸甚，岂独方隅？无任庆快之至。谨遣洋州司马员外同正员摄参谋臣路球奉表陈贺以闻〔五〕。

〔 一 〕《全唐文》作臣某。下同。

〔 二 〕《全唐文》作蛊毒。

〔 三 〕《全唐文》作网目。

〔 四 〕《全唐文》作妖氛，并通。

〔 五 〕《全唐文》此句下有臣某言。

旧唐书高适传

　　高适者，渤海蓚人也。父从文，位终韶州长史。适少濩落，不事生业，家贫，客于梁宋，以求丐取给。

　　天宝中，海内事干进者注意文词，适年过五十，始留意诗什，数年之间，体格渐变，以气质自高，每吟一篇已，为好事者称诵。宋州刺史张九皋深奇之，荐举有道科。时右相李林甫擅权，薄于文雅，唯以举子待之。解褐汴州封丘尉，非其好也。乃去位，客游河右，河西节度哥舒翰见而异之，表为左骁卫兵曹，充翰府掌书记。从翰入朝，盛称之于上前。禄山之乱，征翰讨贼，拜适左拾遗，转监察御史，仍佐翰守潼关。

　　及翰兵败，适自骆谷西驰，奔赴行在，及河池郡，谒见玄宗，因陈潼关败亡之势曰："仆射哥舒翰，忠义感激，臣颇知之。然疾病沉顿，智力将竭〔一〕，监军李大宜与将士约为香火，使倡妇弹箜篌琵琶以相娱乐，樗蒲饮酒，不恤军务，蕃浑[二]及秦陇武士盛夏五六月于赤日之中食仓米饭，且犹不足，欲其勇战，安可得乎？故有望敌散亡，临阵翻动，万全之地，一朝而失。南阳之军，鲁炅、何履光、赵国珍各皆[三]持节，监军等数人更相用事，宁有是战而能必胜哉？臣与杨国忠争[四]，终不见纳，陛下因此履巴山剑阁之险，西幸蜀中，避其蚕毒，未足为耻也。"玄宗嘉之，寻迁侍御史。至成都，八月制曰："侍御史高适，立节贞峻，植躬[五]高朗，感激怀经济之略，纷纶赡文雅之才，长策远图，可云大体，谠言义色，实谓忠臣。宜回纠逖之任，俾超讽谕之职，可谏议大夫，赐绯鱼袋。"适负气敢言，权幸惮之。

　　二年，永王璘起兵于江东，欲据扬州。初上皇以诸王分镇，适切谏不可。及是，永王叛。肃宗闻其论谏有素，召而谋之，适因陈江东利害，永王必败。上奇其对，以适兼御史大夫、扬州大都督府长史、淮南节度使，诏与江东节度来瑱率本部兵平江淮之乱，会于安州。师将渡，而永王败，乃招季广琛于历阳，兵罢。李辅国恶适敢言，短于上前，乃左授太子少詹事，未几，蜀中乱，出为蜀州刺史，迁彭州。

　　剑南自玄宗还京后，于绵益二州各置一节度，百姓劳敝，适因出西山三城置戍论（疑脱一论字）之曰：（下略，全文见前）疏奏不纳。

　　后梓州副史段子璋反，以兵攻东川节度使李奂，适率州兵从西川节度使崔光远攻子璋，斩之。西川牙将花惊定者，恃勇，既诛子璋，大掠东蜀，天子怒光远不能戢军，乃罢之，以适代光远为成都尹、剑南西川节度使。

代宗即位，吐蕃陷陇右，渐逼京畿，适练兵于蜀，临吐蕃南境以牵制之，师出无功，而松、维等州寻为蕃兵所陷，代宗以黄门侍郎严武代还，用为刑部侍郎，转散骑常侍，加银青光禄大夫，进封渤海县侯，食邑七百户。永泰元年正月卒。赠礼部尚书，谥曰忠。

适喜言王霸大略，务功名，尚节义，逢时多难，以安危为己任。然言过其术，为大臣所轻。累为藩牧，政存宽简，吏民便之。有文集二十卷。其与贺兰进明书，令疾救梁宋以亲诸军；与许叔冀书，绸缪继好，使释他憾，同援梁宋；未过淮，先与将校书，使绝永王，各求自白（开扬按：均佚）。君子以为义而知变。而有唐已来，诗人之达者，唯适而已。

〔一〕《全唐文》高适《陈潼关败亡形势疏》作俱竭。

〔二〕同上书作蕃军，当误。

〔三〕同上书作皆有。

〔四〕同上书无杨字，当误。

〔五〕百衲本《旧唐书》本传作直躬。

414

新唐书高适传

高适字达夫，沧州渤海人。少落魄，不治生事，客梁宋间。宋州刺史张九皋奇之，举有道科，中第。调封丘尉，不得志。去客河西，河西节度使哥舒翰表为左骁卫兵曹参军、掌书记。

禄山乱，召翰讨贼，即拜适左拾遗，转监察御史，佐翰守潼关。翰败，帝问群臣，策安出？适请竭禁藏，募死士抗贼，未为晚。不省。天子西幸，适走间道，及帝于河池，因言："翰忠义有素，而病夺其明，乃至荒踏。（开扬按：宋人德洪《石门题跋》卷二《跋杜子美祭房太尉文稿》："哥舒翰之臣禄山，天子西奔，天下怨之，而高适乃表雪其事，称舒翰忠义有素，而以病夺其明，将军三十万而低首事贼，非叛乎？从而文其罪，非欺乎？"杜甫《潼关吏》："请嘱防关将，慎勿学哥舒。"）监军诸将不恤军务，以倡优蒲簺相娱乐，浑陇武士饭粝米，日不厌，而责死战，其败固宜。又鲁炅、何履光、赵国珍屯南阳，而一二中人监军更用事，是能取胜哉？臣数为杨国忠言之，不肯听，故陛下有今日行，未足深耻。"帝颔之，俄迁侍御史，擢谏议大夫。负气敢言，权近侧目。

帝以诸王分镇，适盛言不可，俄而永王叛，肃宗雅闻之，召与计事，因判言王且败，不足忧。帝奇之，除扬州大都督府长史、淮南节度使，诏与江东韦陟、淮西来瑱率师会安陆，方济师而王败。李辅国恶其才，数短毁之，下除太子少詹事。未几蜀乱，出为蜀彭二州刺史。

始上皇东还，分剑南为两节度，百姓弊于调度，而西山三城列戍，适上疏曰："剑南虽名东西川，其实一道。自邛关黎雅，以抵南蛮，由茂而西，经羌中平戎等城界吐蕃，濒边诸城，皆仰给剑南。异时以全蜀之饶，而山南佐之，犹不能举。今裂梓、遂等八州，专为一节度，岁月之计，西川不得参也，嘉陵比困夷獠，日虽小定，而疮痏未平，耕纺亡业，衣食贸易，皆资成都，是不可得役，亦明矣。可税赋者，独成都、彭、蜀、汉四州而已。以四州耗残，当十州之役，其弊可见。而言利者枘凿万端，穷朝抵夕，千案百牍，皆取之民，官吏惧谴，责及邻保，威以罚抶，而逋逃益滋。又关中比饥，士人流入蜀者，道路相系，地入有讫而科敛无涯，为蜀计者，不亦难哉！又平戎以西数城，皆穷山之颠，蹊隧险绝，运粮束马之路，坐甲无人之乡。为戎狄言，不足利戎狄；为国家言，不足广土宇。奈何以弹丸地而困全蜀太平之人哉？若谓已戍之城不可废，已屯之兵不可收，愿罢东川，以一剑南，并力从事，不尔，非陛下洗盪关东清逆乱之意也。蜀人又扰，则贻朝廷忧。"帝不纳。

梓屯将段子璋反，适从崔光远讨斩之，而光远兵不戢，遂大掠，天子怒，罢光远，以适代为西川节度使。广德元年，吐蕃取陇右，适率兵出南鄙，欲牵制其力，既无功，遂亡松、维二州及云山城。召还为刑部侍郎、左散骑常侍，封渤海县侯。永泰元年卒。赠礼部尚书，谥曰忠。

适尚节义，语王霸衮衮不猒，遭时多难，以功名自许，而言浮其术，不为搢绅所推。然政宽简，所涖人便之。年五十始为诗即工，以气质自高，每一篇已，好事者辄传布。其诒书贺兰进明，使救梁宋，以亲诸军；与许叔冀书，令释憾；未度淮，移檄将校绝永王，俾自各白，君子以为义而知义变。

诸家评论(以评诗为主，兼及其人，无关宏旨者不录)

李白曰：高公镇淮海，谈笑却(缪本作廓)妖氛，采尔幕中

画,勘难光殊勋。(王琦注《李太白文集》卷十八《送张秀才谒高中丞》)

杜甫曰:高生跨鞍马,有似幽并儿,脱身簿尉中,始与捶楚辞。借问今何官,触热向武威,答云一书记,所愧国士知。人实不易知,更须慎其宜。(仇兆鳌注《杜少陵集》卷二《送高三十五书记十五韵》)

又曰:叹息高生老,新诗日又多,美名人不及,佳句法如何? 主将收才子,崆峒足凯歌,闻君已朱绂,且得慰蹉跎。(同上卷三《寄高三十五书记》)

又曰:自失论文友,空知卖酒垆,平生飞动意,见尔不能无。(同上卷六《赠高式颜》)

又曰:故人何寂寞,今我独凄凉,老去才虽(一作难)尽,秋来兴甚长。物情尤可见,词客未能忘,海内知名士,云端各异方。高岑殊缓步,沈鲍得同行,意惬关飞动,篇终接混茫。举天悲富骆,近代惜卢王,似尔官仍贵,前贤命可伤。诸将非弃掷,半刺已翱翔,诗好几时见,书成无信将。……竹斋烧药灶,花屿读书床,更得清新否,遥知对属忙。……蚩尤终戮辱,胡羯漫猖狂,会待妖氛静,论文暂裹粮。(同上卷八《寄彭州高三十五使君适虢州岑二十七长史参三十韵》)

又曰:当代论才子,如公复几人,骅骝开道路,鹰隼出风尘。行色秋将晚,交情老更亲,天涯喜相见,披豁对吾真。(同上卷九《奉简高三十五使君》)

又曰:楚隔乾坤远,难招病客魂,诗名惟我共,世事与谁论? 北阙更新主,南星落故园,定知相见日,烂漫倒芳樽。(同上卷十一《寄高适》)

又曰：才名旧楚将，妙略拥兵机，玉垒虽传檄，松州会解围。和亲知计拙，公主漫无归，青海今谁得，西戎实饱飞。(同上卷十二《警急》诗，题下原注："高公适领西川节度。")

又曰：汶上相逢年颇多，飞腾无那故人何，总戎楚蜀应全未，方驾曹刘不啻过。今日朝廷须汲黯，中原将帅忆廉颇，天涯春色催迟暮，别泪遥添锦水波。(同上卷十三《奉寄高常侍》)

又曰：归朝不相见，蜀使忽传亡，虚历金华省，何殊地下郎。致君丹槛折，哭友白云长，独步诗名在，只令故旧伤。(同上卷十四《闻高常侍亡》)

又曰：昔者与高李，晚登单父台，寒芜际碣石，万里风云来。桑柘叶如雨，飞藿去徘徊，清霜大泽冻，禽兽有馀哀。……幽燕盛用武，供给亦劳哉，吴门转粟帛，泛海陵蓬莱，肉食三十万，猎射起黄埃。隔河忆长眺，青岁已摧颓，不及少年日，无复故人杯。赋诗独流涕，乱世想贤才，有能市骏骨，莫恨少龙媒。(同上卷十六《昔游》)

又曰：昔我游宋中，惟梁孝王都，名今陈留亚，剧则贝魏俱。邑中九万家，高栋照通衢，舟车半天下，主客多欢娱。……忆与高李辈，论交入酒垆，两公壮藻思，得我色敷腴。气酣登吹台，怀古视平芜，芒砀云一去，雁鹜空相呼。……吾衰将焉托，存殁再鸣呼，……乘黄已去矣，凡马徒区区。不复见颜鲍，系舟卧荆巫，临餐吐更食，常恐违抚孤。(同上卷十六《遣怀》)

又曰：自蒙蜀州人日作，不意清诗久零落，今晨散帙眼忽开，迸泪幽吟事如昨。呜呼壮士多慷慨，合沓高名动寥廓，叹我悽悽求友篇，感君郁郁匡时略。锦里春光空烂熳，瑶墀侍臣已冥寞，潇湘水国傍鼋鼍，鄠杜秋天失雕鹗。（同上卷二十三《追酬故高蜀州人日见寄》）

殷璠曰：评事性拓落，不拘小节，耻预常科，隐迹博徒，才名自远。然适诗多胸臆语，兼有气骨，故朝野通赏其文。至如《燕歌行》等篇，甚有奇句。且余所最深爱者："未知肝胆向谁是，令人却忆平原君。"（《河岳英灵集》卷上，《唐诗纪事》卷二十三所引多末语"吟讽不厌矣"。）

刘长卿曰：吾师几度曾摩顶，高士何年遂发心？（《秋夜有怀高三十五适兼呈空上人》）

宋祁曰：（杜甫）尝从（李）白及高适过汴州，酒酣登吹台，慷慨怀古，人莫测也。（《新唐书·杜甫传》，辛文房《唐才子传》卷二引此作"酒酣登吹台，慷慨悲歌，临风怀古，人莫测也。中间唱和颇多。"）

葛立方曰：意在退处者，虽饥寒而不辞，意在进为者，虽沓贪而不顾，皆一曲之士也。高适尝云：吾谋适可用，天路岂寥廓，不然买山田，一身与耕凿。可仕则仕，可止则止，何常之有哉？适有《赠别李少府》云：余亦悭所从，渔樵十二年，种瓜漆园里，凿井卢门边。《赠韦参军》云：布衣不得干明主，东过梁宋无寸土（按：当作非吾土），兔苑为农岁不登，雁池垂钓心长苦。其生理可谓窄矣。及宋州刺史张九皋奇其人，举有道科中第，调封丘尉，则曰：此时也得辞渔樵，青袍裹身荷圣朝，牛犁钓竿不复见，县人邑吏来相邀。则是不堪渔樵之艰窘，而喜末官之微禄也。一不得志，则舍之而去，何邪？《封丘诗》云：我本渔樵孟潴野，一生自是悠悠者，乍可狂歌草泽中，宁堪作吏风尘下？其末句云：乃知梅福徒为尔，转忆陶潜归去来。则不堪作吏之卑辱，而复思孟潴之渔樵也。韩退之云：居闲食不足，从仕力难任。其此之谓乎！（《韵语阳秋》卷十一）

严羽曰：高、岑之诗悲壮，读之使人感慨。孟郊之诗刻苦，读之使人不欢。（《沧浪诗话·诗评》）又称高适诗为"高达夫体"。（《沧浪诗话·诗体》）

陈绎曾曰：高适诗尚质主理，岑参诗尚巧主景。（《唐音癸签》卷五引《吟谱》，疑当作《诗谱》）

宋濂曰：开元、天宝中，杜子美复继出，上薄风雅，下该沈宋，才夺苏李，气吞曹刘，掩颜谢之孤高，杂徐庾之流丽（录元稹语），真所谓集大成者，而诸作皆废矣。并时而作，有李太白，宗风骚及建安七子，其格极高，其变化若神龙之不可羁。……他如岑参、高达夫、刘长卿、孟浩然、元次山之属，咸以兴寄相高，取法建安。（《宋文宪公全集》卷三十七《答章秀才论诗书》）

高棅曰：开元、天宝间，则有李翰林之飘逸，杜工部之沉郁，孟襄阳之清雅，王右丞之精致，储光羲之真率，王昌龄之声俊，高适、岑参之悲壮（第十五卷则称"高达夫之气骨，岑嘉州之奇逸"），李颀、常建之超凡，此盛唐之盛者也。（《唐诗品汇》总序，第十五卷称"此皆宇宙山川英灵间气萃于时以锺乎人矣"。）

徐献忠曰：左散骑常侍高适，朔气纵横，壮心落落，抱瑜握瑾，浮沉闾巷之间，殆侠徒也。故其为诗，直举胸臆，摹画景象，气骨琅然，而词峰华润，感赏之情，殆出常表。视诸苏卿之悲愤，陆平原之怅惘，辞节虽离而音调不促，无以过之矣。夫诗本人情，囿风气，河洛之间其气浑然远矣，其殆庶乎！《唐诗品》，明朱警刊《百家唐诗》卷首引录）

王世贞曰：高、岑一时不易上下，岑气骨不如达夫遒上，而婉缛过之。选体时时入古，岑尤陟健。歌行磊落奇俊，高一起一伏，取是而已，尤为正宗。五言近体，高、岑俱不能佳，七言，岑稍浓厚。（《艺苑卮言》卷四）

又曰：六朝之末，衰飒甚矣。然其偶俪颇切，首响稍谐，一变而雄，遂为唐始。再加整栗，便成沈、宋。人知沈、宋律家正宗，不知其权舆于三谢，囊钥于陈隋也。诗至大历，高、岑、王、李之徒，号为已盛。然才情所发，偶与境会，了不自知其堕者，如"到来函谷愁中月，归去蟠（当作磻）溪梦里山"，"鸿雁不堪愁里听，云山况是客中过"，"草色全经细雨湿，花枝欲动春风寒"，非不佳致，隐隐逗漏钱、刘出来。至"百年强半仕三已，五亩就荒天一涯"（此非高适诗，乃宋人程俱作，见前误收之诗中），便是长庆以后手段。吾故曰：衰中有盛，盛中有衰，各含机藏隙。盛者得衰而变之，功在创始；衰者自盛而沿之，弊遂趋下。（同上）

胡应麟曰：高适、岑参、王昌龄、李颀、孟云卿，本子昂之古雅，而加以气骨者也。（《诗薮》内编卷二古体中五言）

又曰：古诗自有音节。陆、谢体极俳偶，然音节与唐律迥不同，唐人李、杜外，惟嘉州最合，襄阳、常侍虽意调高远，至音节时入近体矣。（同上）

又曰:常侍五言古深婉有致,而格调音节,时有参差。嘉州清新奇逸,大是俊才,质力造诣,皆出高上。然高黯淡之内,古意犹存,岑英发之中,唐体大著。(同上)

又曰:高、岑并工起语,岑尤奇峭,然拟之宣城,格愈下矣。(同上)

又曰:高气骨不如嘉州,孟材具远输摩诘,然并驱者,高、岑悲壮为宗,王、孟闲澹自得,其格调一也。(同上)

又曰:凡诗诸体皆有绳墨,惟歌行出自离骚乐府,故极散漫纵横,初学当择易下手者。今略举数篇:青莲捣衣曲、百啭歌,杜陵洗兵马、哀江头,高适燕歌行,岑参白雪歌、别独孤渐,……皆脉络分明,句调婉畅。(同上书内编卷三古体下七言)

又曰:唐五言古作者弥众,至七言殊寡。初唐四子外,惟汾阴、邺都(李峤作《汾阴行》、张说作《邺都引》)。盛唐李、杜外,仅高、岑、王、李。(同上)

又曰:唐七言歌行,垂拱四子,词极藻艳,然未脱梁陈也。张、李、沈、宋,稍汰浮华,渐趋平实,唐体肇矣,然而未畅也。高、岑、王、李,音节鲜明,情致委折,浓纤修短,得衷合度,畅乎,然而未大也。太白、少陵,大而化矣,能事毕矣。(同上)

又曰:唐人歌行烜赫者:郭元振宝剑篇,宋之问龙门行、明河篇,李峤汾阴行,元稹连昌辞,白居易长恨歌、琵琶行,卢仝月蚀,李贺高轩,并惊绝一时。今读诸作,往往不厌人意。而卢、骆、杜陵、高、岑、王、李,大家正统,俱不以是著称,同时惟太白蜀道难等篇,为世所慕,差不爽名实耳。(同上)

又曰：胜国歌行多学李长吉、温庭筠者，晦刻浓绮，而真景真情，往往失之目前。盛唐则不然。愈近愈远，愈拙愈工。读王、岑、高、李诸作可见。(同上)

又曰：五言律体，兆自梁陈。唐初四子，靡缛相矜，时或拗涩，未堪正始。神龙以还，卓然成调，沈、宋、苏、李，合轨于先，王、孟、高、岑，并驰于后，新制迭出，古体攸分，实词章改变之大机，气运推迁之一会也。(《诗薮》内编卷四近体上五言)

又曰：五言律体，极盛于唐，要其大端，亦有二格。陈、杜、沈、宋，典丽精工，王、孟、储、韦，清空闲远，此其概也。然右丞赠送诸什，往往阑入高、岑。鹿门、苏州，虽自成趣，终非大手。太白风华逸宕，特过诸人，而后之学者，才匪天仙，多流率易。唯工部诸作，气象鬼峨，规模宏远，当其神来境诣，错综幻化，不可端倪，千古以还，一人而已。(同上)

又曰：山河扶绣户，日月近雕梁，碧瓦初寒外，金茎一气旁。高华秀杰，杨、卢下风。冠冕通南极，文章落上台，诏从三殿去，碑到百蛮开。典重冠裳，沈、宋退舍。耕凿安时论，衣冠与世同，在家常早起，忧国庆年丰。寓神奇于古澹，储、孟莫能为前。片云天共远，永夜月同孤，落日心犹壮，秋风病欲苏。含阔大于沈深，高、岑瞠乎其后。退朝花底散，归院柳边迷。花动朱楼雪，城疑碧树烟。王右丞失其秾丽。地平江动蜀，天阔树浮秦。日月低秦树，乾坤绕汉宫。李太白逊其豪雄。……杜集大成，五言律尤可见者。(同上)

又曰：盛唐排律，杜外，右丞为冠，太白次之，常侍篇什空

澹，不及王、李之秀丽豪爽，而信安王幕府二十韵，典重整齐，精工赡逸，特为高作，王、李所无也。(同上)

又曰：王、岑、高、李，世称正鹄。嘉州词胜意，句格壮丽而神韵未扬。常侍意胜词，情致缠绵而筋骨不逮，王、李二家和平而不累气，深厚而不伤格，浓丽而不乏情，几于色相俱空，风雅备极，然制作不多，未足以尽其变。(《诗薮》内编卷五近体中七言)

又曰：达夫歌行、五言律，极有气骨。至七言律，虽和平婉厚，然已失盛唐雄赡，渐入中唐矣。(同上)

又曰：唐七言律自杜审言、沈佺期首创工密，至崔颢、李白时出古意，一变也。高、岑、王、李，风格大备，又一变也。杜陵雄深浩荡，超忽纵横，又一变也。(同上)

又曰：盛唐脍炙佳作，如李颀：朝闻游子唱离歌，昨夜微霜初度河。颈联复云：关城曙色催寒近，御苑砧声向晚多。朝曙晚暮四字重用。然惟其诗工，故读之不觉。然一经点勘，即为白璧之瑕。初学首所当戒。又如右丞早朝诗：绛帻尚衣冕，旒衮龙珮声。五用衣服字。……虽其诗神骨泠然，绝出烟火，要不免于冗杂。高、岑即无此等而气韵远输。兼斯二美，独见杜陵。然百七十首中，利钝杂陈，正变互出，后来沾溉者无穷，讹误者亦不少。(同上)

又曰：高、岑明净整齐，所乏远韵。王、李精华秀朗，时觉小疵。学者步高、岑之格调，合王、李之风神，加以工部之雄深变幻，七言能事极矣。(同上)

又曰：初唐王、杨、卢、骆，盛唐王、孟、高、岑，虽品格差肩，亦微有上下。惟陈、杜、沈、宋，不易优劣。（同上）

又曰：七言绝以太白、江宁为主，参以王维之俊雅，岑参之浓丽，高适之浑雄，韩翃之高华，李益之神秀，……集长舍短，足为大家。（《诗薮》内编卷六近体下绝句）

又曰：盛唐长五言绝，不长七言绝者，孟浩然也；长七言绝，不长五言绝者，高达夫也；五七言各极其工者太白；五七言俱无所解者少陵。（同上）

又曰：七言绝太白、江宁为最。右丞、嘉州、舍人、常侍次之。中唐则随州、苏州、仲文、君平、君虞、梦得、文昌、绘之、清溪、广津皆有可观处。（同上）

又曰：唐人则王、杨之繁富，陈、杜之孤高，沈、宋之精工，储、孟之闲旷，高、岑之浑厚，王、李之风华，昌龄之神秀，常建之幽玄，云卿之古苍，任华之拙朴，皆所专也；兼之者杜陵也。（《诗薮》外编卷四唐下）

又曰：诗最可贵者清，然有格清，有调清，有思清，有才清。才清者，王、孟、储、韦之类是也。……王、杨之流丽，沈、宋之丰蔚，高、岑之悲壮，李、杜之雄大，其才不可概以清言，其格与调与思，则无不清者。（同上）

又曰：唐人每同赋一题，必推擅场，如钱起送刘相公、李端与郭都尉之类。今同赋多不传，即擅场者未必佳也。若高适、岑参、杜甫同赋慈恩寺三古诗，贾至、王维、杜甫、岑参同赋早朝四七言律，宋之问、沈佺期、苏颋同赋昆明池三排律，沈佺期、皇甫冉、李端、王无竞题巫山高四五言律，皆才格相当，足可凌跨百代。就中更杰出者，则慈恩当推杜作，早朝必首王维，昆明之问为最，巫山皇甫尤工。（同上）

又曰：王、杨、卢、骆以词胜，沈、宋、陈、杜以格胜，高、岑、王、孟以韵胜。词胜而后有格，格胜而后有韵，自然之理也。（同上）

又曰：南渡时天彝少章者，吾郡人。尝评唐百家诗，多切中语。而诗流罕见称述，今节录于左方：高常侍诗有雄气，虽乏小巧，终是大才。岑嘉州与工部游，皆唐人巨擘也。王昌龄尤所宝玩。李顾于诸人中尤有古意。沈千运、王季友尤老成。自储光羲而下，常建、崔颢、陶翰、崔国辅，皆开元天宝间人，元和而后，虽波澜阔远，动成奇伟，而求如此邃远清深，不可得也。（《诗薮》杂编卷五闰馀中南渡）

又曰：就仲默言，古诗全法汉魏，歌行短篇法杜，长篇王、杨四子，五七言律法杜之宏丽，而兼取王、岑、高、李之神秀，卒于自成一家，冠冕当代。（《诗薮》续编卷一国朝上）

钱谦益曰：诗者，志之所之也。陶冶性灵，流连景物，各言其所欲言者而已。如人之有眉目焉，或清而扬，或深而秀，分寸之间，而标置各异，岂可以比而同之也哉？沈不必似宋也，杜不必似李也，元不必似白也。有沈、宋又有陈、杜也，有李、杜又有高、岑，有王、孟也，有元、白又有刘、韩也，各不相似，各不相兼也。（《牧斋初学集》卷三十一《范玺卿诗集序》）

胡震亨曰：盛唐名家称王、孟、高、岑，独七言律祧孟，进

李颀，应称王、李、岑、高云。（《唐音癸签》卷十）

又曰：七言律独取王、李而绌老杜者，李于鳞也。夷王、李于岑、高而大家老杜者，高廷礼也。尊老杜而谓王不如李者，胡元瑞也。谓老杜即不无利钝，终是上国武库；又谓摩诘堪敌老杜，他皆莫及者，王弇州也。意见互殊，几成诤论，虽然，吾终以弇州公之言为衷。（同上）

又曰：岑词胜意，句格壮丽，而神韵未扬；高意胜词，情致缠绵，而筋骨不逮。（以上胡应麟《诗薮》语）岑之败句，犹不失盛唐，高之合调，时隐逗中唐。（同上）

又曰：王风谓（调）正似云卿（沈佺期字），岑茂采堪追廷硕（苏颋字），李存藻不多，既同考功（宋之问），高裁体欲变，亦类左相（张说）。以盛配初，约略不远。惟杜子美无一家不备，亦无一家可方尔。（同上）

又曰：高适，诗人之达者也，其人故不同。甫善房琯，适议独与琯左。白误受永王璘辟，适独察璘反萌，豫为备。二子穷而适达，又何疑也。（同上书卷二十五）

王夫之曰：浩然山人之雄长，时有秀句，而轻飘短味，不得与高、岑、王、储齿。（《姜斋诗话》卷下）

张实居曰：七言律诗，五言八句之变也，唐初始专此体，沈、宋精巧相尚，然六朝馀气犹存。至盛唐声调始远，品格始高，如贾至、王维、岑参早朝倡和诸作，各臻其妙，李颀、高适皆足为万世法程。杜甫浑雄富丽，克集大成。（《师友诗传录》答郎廷槐问）

刘大勤问曰：高、岑似微不同，或高优于岑乎？王士禛答曰：唐人齐名，如沈宋、王孟、钱刘、元白、皮陆，皆约略相似，唯李杜、高岑迥别，高悲壮而厚，岑奇逸而峭，锺伯敬谓高岑诗如出一手，大谬矣。（《师友师传续录》）

沈德潜论七言古曰：高、岑、王、李四家，每段顿挫处，略作对偶，于局势散漫中，求整饬也。李、杜风雨分飞，鱼龙百变，读者又爽然自失。（《说诗晬语》卷上）

又论七言律曰：王维、李颀、崔曙、张谓、高适、岑参诸人，品格既高，复饶远韵，故为正声。老杜以宏才卓识、盛气大力胜之。（同上）

叶燮曰：盛唐大家，称高、岑、王、孟。高、岑相似，而高为稍优；孟则大不如王矣。高七古为胜，时见沉雄，时见冲澹，不一色，其沉雄直不减杜甫；岑七古间有杰句，苦无全篇，且起结意调，往往相同，不见手笔。高、岑五七律相似，遂为后人应酬活套作俑，如高七律一首中，叠用巫峡啼猿、衡阳归雁、青枫江、白帝城，岑一首中，叠用云随马、雨洗兵、花迎盖、柳拂旌，四语一意，高、岑五律如此尤多，后人行笈中，携《广舆记》一部，遂可吟咏徧九州，实高、岑启之也。总之以月白风清鸟啼花落等字装上地头，一名目则一首诗成，可以活板印就也。……总而论之，高七古王五律，可无遗议矣。（《原诗·外篇》）

李重华曰：至初学入手，求其笔势稳称，则王摩诘、高达夫二家，乃正善学唐初者。少陵如洗兵马、古柏行亦然，但更

加雄浑耳。(《贞一斋诗说》)

黄子云曰：高、岑、王三家，均能刻意炼句，又不伤大雅，可谓文质彬彬。(《野鸿诗的》)

薛雪曰：前辈(指叶燮)论诗，往往有作践古人处，如以高达夫、岑嘉州五七律相似，遂为后人应酬活套，是作践高、岑语也。后人苟能师法高、岑，其应酬活套，必不致如近日之恶矣。(《一瓢诗话》)

翁方纲曰：高常侍与岑嘉州不同，锺退谷之论，阮亭已早辨之，然高之浑朴老成，亦杜陵之先鞭也，直至杜陵，遂合诸公为一手耳。(《石洲诗话》卷一)

又曰：东川句法之妙，在高、岑二家上。高之浑厚，岑之奇峭，虽各是名家，然俱在少陵笼罩之中，至李东川则不尽尔也，学者欲从精密中推宕伸缩，其必问津于东川乎！(同上)

洪亮吉曰：孙可之、李习之、皇甫持正能为文而不能为诗，高、岑、王、李、李、杜、韦、孟、元、白能为诗而不能为文，即有文亦不及其诗。(《北江诗话》卷二)

又曰：高常侍之于杜浣花，贺秘监之于李谪仙，张水部之于韩昌黎，始可谓之诗文知己。(同上卷六)

又曰：谪仙独到之处，工部不能道只字，谪仙之于工部亦然。退之独到之处，白傅不能道只字，退之之于白傅亦然。所谓可一不可两也。外若沈之与宋，高之与岑，王之与孟，韦之与柳，温之与李，张王之乐府，皮陆之联吟，措词命意不同，而体格并同，所谓笙磬同音也。唐初之四杰、大历之十子亦

然。欲于李、杜、韩、白之外求独到，则次山之在天宝，昌谷之在元和，寥寥数子而已。（同上）

方东树曰：王、李、高、岑别有天授，自成一家，如如来下又有文殊、普贤、维摩也。又如太史公外别有庄、屈、贾生、长卿也。（《昭昧詹言》卷十二）

又曰：东川缠绵情韵，自然深至，然往往有痕。所谓无意为文而意已至，阔远而绝无弩拔之迹，右丞其至矣乎！高、岑奇峭，自是有气骨，非低平庸浅所及；然学之者亦须韵句深长而阔远不露乃佳，不然，恐不免短急无馀韵，仍是俗手耳。（同上）

又曰：高、岑二家，大概亦是尚兴象，而气势比东川加健拔。（《续昭昧詹言》卷三）

宋育仁曰：高适达夫，其源出于左太冲，才力纵横，意态雄杰，妙于造语，每以俊言取致，有如河洲十月，一看思归；舍下蛩鸣，居然萧索；载酒平台，赠君千里，发端既远，研意弥新。在小谢之间，居然一席。七古与岑一骨，苍放音多，排戛骋妍，自然沉郁，骈语之中，独能顿宕，启后人无限法门，当为七言不祧之祖。《三唐诗品》

论高适的诗

刘开扬

　　高适是盛唐时代著名的诗人,他的诗反映了当时的社会和政治的情况,较为关怀人民的生活。在我国诗歌发展史上,作为一个政治诗人和边塞诗人,高适无疑是有较高的地位和较大的影响的。本文试就高适诗的几个主要方面来加以论列。

一

　　高适诗的第一个主要方面,是他在"浪游"时期所写下的较多的伤不遇诗,这些诗反映了即使是在盛唐时代,在那样的上升的封建社会里,人才仍是大批地不得任用,特别是出身寒微的士人很难找到从政的出路,从而揭露了那些特权阶级(所谓"权贵")的把持政柄,阻滞了当时社会和政治的发展。

431

　　高适曾经以悲痛的心情,叙述他年轻时在京城长安的遭遇和失意而归的情况道:

　　二十解书剑,西游长安城,举头望君门,屈指取公卿。……

白璧皆言赐近臣,布衣不得干明主!归来洛阳无负郭(以苏秦自比),东过梁宋非吾土,兔苑(即梁园,梁孝王所筑,唐时已成废墟)为农岁不登,雁池(在梁园中)垂钓心长苦。……(《别韦参军》)

他从长安回来后去到了梁宋、蓟北、鲁郡和楚地。他不断地慨叹"逢时事多谬,失路心弥折"(《蓟门不遇王之涣郭密之因以留赠》),"微才应陆沉"(《淇上别刘少府子英》),"自从别京华,我心乃萧索,十年守章句,万事空寥落"(《淇上酬薛三据兼寄郭少府微》),"同人久离别,失路还相见"(《酬别薛三蔡大留简韩十四主簿》),"终年不得意,去去任行藏"(《鲁郡途中遇徐十八录事》),"曾是不得意,适来兼别离"(《宋中别周梁李三子》),"异县少朋从,我行复迢遰"(《涟上题樊氏水亭》)。他很贫穷,自顾"田园同季子(苏秦),储蓄异陶朱(范蠡)"(《真定即事奉赠韦使君二十八韵》),曾说:"丈夫贫贱应未足,今日相逢无酒钱!"(《别董大二首》之二)他特别仰慕梁孝王的广揽人才,而历史却是一去不复返了,他忧伤地唱道:

梁王昔全盛,宾客复多才,悠悠一千年,陈迹唯高台,寂寞向秋草,悲风千里来。(《宋中十首》之一)

封建时代的士人,因为他们从政的愿望不得实现,往往陷入无限的悲哀。加上世态的炎凉,使诗人高适越来越孤独,越来越伤感。他写道:

苏秦憔悴人多厌,蔡泽栖迟世看丑,纵使登高只断肠,不如独坐空搔首。(《九日酬颜(一作顾)少府》)

尽管如此,高适谋仕进的心一直是没有死的,虽然他一再说过愿意从事农耕:"不然买山田,一身与耕凿,且欲同鹪鹩,焉

能志鸿鹄!"（《淇上酬薛三据兼寄郭少府微》）"耕耘有山田,纺绩有山妻,
人生苟如此,何必组与珪!"（《宋中遇林虑杨十六山人因而有别》）他在四
十三岁时更宣布:"从此日闲放,焉能怀拾青!"（《奉酬北海李太守丈人
夏日平阴亭》）但不久他被睢阳太守张九皋（张九龄之弟）荐举有道科,
在极炎热的夏天仍去到了长安。（《答侯少府》:"赫赫三伏时,
十日到咸秦。"）由于右相李林甫的专权,不重人才,高适仅被任
为封丘县尉。他不得已到了职,但不久即辞去。浪游到了河
西,节度使哥舒翰表为左骁卫兵曹参军,在哥舒幕府中掌书记,
七五二年随哥舒入朝,不久仍回河西。七五五年,安禄山反叛,
封常清败绩,玄宗召哥舒翰,拜太子先锋兵马元帅,高适为左拾
遗,转监察御史,佐哥舒翰守潼关。这时高适已五十二岁了[一],
靠着哥舒翰,才结束了他的穷困生活。后来他又做了侍御史
和谏议大夫,以后又做过淮南节度使、彭蜀二州刺史、西川节
度使、刑部侍郎、左散骑常侍等职,历事玄宗、肃宗、代宗三
朝,在唐代诗人中算是最显达的了。

　　高适早年自伤不遇的诗很多,而他对于别人和他同其遭

〔一〕晁公武《郡斋读书志》卷四称高适"天宝八年举有道科中第"。高有《留别郑三韦九
兼洛下诸公》诗云:"蹇踬蹉跎竟不成,年过四十尚躬耕。……幸逢明盛多招隐,高
山大泽征求尽。此时亦得辞渔樵,青袍裹身荷圣朝。"知其时为四十多岁。李颀《赠
别高三十五》诗:"五十无产业,心轻百万资。"则天宝八载(七四九年)高适应为四十
六至四十八、九岁。杜甫《王竟携酒高亦同过共用寒字》诗原注:"高每云:汝(称杜
甫)年几小,(《宋本杜工部集》无小字,甚是)且不必小于我,故此句("头白恐风
寒")戏之。"如天宝八载高为四十八岁,便比杜甫大十岁,与注文不相合,故我定
此年为四十六岁,七五五年为五十二岁。这个推断是比较可靠的。高适的生卒
年代是七○四—七六五年,活了六十二岁。我以前根据《重阳》一诗来考证高适
生年,但那首诗是宋人程俱的诗误收入高适集中者(见所著《北山小集》卷九),应
该辨明订正。

遇的，更加称道和同情，象对于陈兼、宋八、高式颜、梁洽、裴某、崔某等。他称陈兼为"王佐才"，比他做管仲，而以鲍叔自比（《宋中遇陈二》），对于新任判官的宋八，他为之扬眉吐气，而回顾其昨日的落拓不遇，又为他表示了异常的愤怒和不平（《饯宋八充彭中丞判官之岭外》），对于死去的曾经和他一起登临赋诗的单父县尉梁洽，他哭悼说：

> 开箧泪沾臆，见君前日书，夜台今寂寞，犹是子云居。……常时禄且薄，殁后家复贫。妻子在远道，弟兄无一人！十上多苦辛，一官恒自哂。……唯有身后名，空留无远近。（《哭单父梁九少府》）

这诗首四句传说当时歌女亦有能讴诵者（《集异记》），虽未必确有其事（详见本书此诗笺注），但应为人们所喜爱，因为感情很真挚。还有对于扶病到官即死去的县尉裴某，他极度悲伤地写道：

> 世人谁不死，嗟君非生虑，扶病适到官，田园在何处？公才群吏感，弃事他人助，余亦未识君，深悲哭君去。（《哭裴少府》）

高适对于那些失意者，处处提到和他自己的境遇相同，如说"相逢俱未展，携手空萧索"（《和崔二少府登楚丘城作》），"俱游帝城下，忽在梁园里"（《又送族侄式颜》），相互间的同情，正表现他们的命运是相同的。这反映了在我国历史上的盛唐时代，贤能的人士恓恓遑遑，不知何往。试看"桂阳年少西入秦，数经甲科犹白身"（《送桂阳孝廉》），便可知道其间的辛酸了。不过高适只是"耻预常科"（殷璠），还不能对科举和封建官僚制度本身提出怀疑。

然而,高适当时把他的不满与愤恨投向那些当道的权贵,也是接触到问题的一部分的。他有一首《效古赠崔二》的诗,明白地指出当道的权贵对于人才进用的漠不关心,而且对他们的穷奢极欲的生活作了揭露:

> 十月河洲时,一看有归思,风飙生惨烈,雨雪暗天地,我辈今胡为,浩哉迷所至。缅怀当途者,济济居声位,邈然在云霄,宁肯更沦踬。周旋多燕乐,门馆列车骑,美人芙蓉姿,狭室兰麝气,金炉陈兽炭,谈笑正得意。岂论草泽中,有此枯槁士!

高适是坚决反对当时的权贵的,他在做侍御史和谏议大夫的时候表现了"谠言义色"、"负气敢言",使"权幸惮之"。(《旧唐书》本传)

此外,他有《行路难二首》,也可能是早期在长安所作。把长安的世家子弟的生活与结托权贵的富家翁的生活,来和饱读群书的穷书生的生活,用对比的手法作了鲜明的写照。(这种手法同样应用在《燕歌行》、《效古赠崔二》等诗中。)

自然高适诗里也有消极的情绪,这样的感情往往是触景而引起的;然而更多的场合,则是对于他自己仕途蹭蹬的无可奈何的话(有时还有一种愤激的情绪)。我们剥开那层看来好象是峨冠或袈裟的"冲淡"形式,就可以看到骨子里仍然是一种积极的急于用世的思想精神。他还写过一些为年老而伤悲的诗,我们也不应该一概认为应加批判,有的诗必须和我们上面所谈的他前大半生的经历,他的抱负难展一同联系起来看,才能得到较深刻的了解,比如:

红颜怆为别，白发始相逢，唯馀昔时虑，无复旧时容。（《逢谢偃》〔一〕）

这首诗虽然较含蓄，但绝不是仅仅为年老貌丑而忧伤，则是一眼就可以看得出来的。

另外一点是高适的向往富贵功名，他一再露骨地说："长卿无产业，季子惭妻嫂"（《酬裴秀才》），"男儿争富贵，劝尔莫迟回"（《宋中遇刘书记有别》），"吾知十年后，季子多黄金"（《别王彻》）。这些当然是他庸俗的一面，是他的诗中的糟粕，应该加以剔除。

二

高适诗的第二个主要方面，也是他的诗中最可贵的部分，是他反映人民生活的诗，他能注意到人民的疾苦，提出改善人民生活的主张，通过对良吏的称道，和对历史上的暴君贼臣的指责来表达他的关怀人民的思想。这是与他前半生的浪游，和人民有较多的接近，对人民的生活有所体验分不开的。他曾接近过农民，而且他自己曾亲身参加过农业劳动，因而对于农民生活的理解，远比孟浩然、岑参等人为深刻。他有《自淇涉黄河途中作十二首》（《全唐诗》作十三首），其第九首写道：

朝从北岸来，泊船南河浒，试共野人言，深觉农夫苦！去秋虽薄熟，今夏犹未雨，耕耘日勤劳，租税兼舄卤。园蔬空寥落，产业不足数，尚有献芹心，无因见明主。

这首诗反映了当时的农民生活与农民思想，勤苦耐劳的农民遭

〔一〕新旧《唐书》均有《谢偃传》，其人与高适不同时，但我以为古人同名者亦多，也可能是诗题有误，在没有确证为他人之作羼入高适诗集以前，我以为仍应作为高适的诗看。

受着旱灾和重税剥削，农村凋敝，然而，他们却仍然拥护皇权。

高适感到久雨中的生活很苦恼："滴沥檐宇愁，寥寥谈笑疏，泥涂拥城郭，水潦盘丘墟。"但他立即由此想到农民秋收后不久的经济情况说："惆怅悯田农，徘徊伤里闾，曾是力井税，曷为无斗储！万事切中怀，十年思上书。"《《苦雨寄房四昆季》》可见他是准备着要为农民的疾苦说话的。

高适又曾目睹大水给农民带来的严重灾害，他非常生动地描绘了下来：

> 天灾自古有，昏垫弥今秋，霖霪溢川原，澒洞涵田畴。……傍沿钜野泽，大水纵横流。虫蛇拥独树，麋鹿奔行舟，稼穑随波澜，西成不可求。室居相枕藉，蛙黾声啾啾，乃怜穴蚁漂，益羡云禽游。农夫无倚着，野老生殷忧。
>
> (《东平路中遇大水》)

他既然注意到这些方面，所以他有一些改善民生的理想，如主张实行赈济，免收农民的租税：

> 圣主当深仁，庙堂运良筹，仓廪终尔给，田租应罢收。
>
> (同上)

然而，他是有难言之痛的，他的一切正义的主张是难以得到采纳的，他悲伤地叹道：

> 我心胡郁陶，征旅亦悲愁，纵怀济时策，谁肯论吾谋？
>
> (同上)

高适对人民生活是接近和关心的，他在浪游中是"酒肆或淹留，渔潭屡栖泊"，看到了社会的各个角落，了解到人民的真实生活，所以提出"理道资任贤，安人在求瘼"《《淇上酬薛三据兼寄郭

少府微》),虽然他不知道他的主张究竟能不能实现。他决不忍心做压迫人民的官吏,他说:

> 我本渔樵孟诸野,一生自是悠悠者,乍可狂歌草泽中,宁堪作吏风尘下? 只言小邑无所为,公门百事皆有期,拜迎官长心欲碎,鞭挞黎庶令人悲!(《封丘县》)

他不久就辞官不做了,即杜甫在《送高三十五书记十五韵》中说的"脱身簿尉中,始与捶楚辞"。(唐朝县尉本身也不免受杖责,参《遁斋闲览》、《新唐书·于頔传》等,《柳亭诗话》卷十六有《捶楚》条。)这种县尉生活使他感到"吏道顿羁束,生涯难重陈"(《答侯少府》)。他的好自由的精神和李白、孟浩然相近似。后来杜甫不肯就任河西县尉,自然是不愿"折腰",和高适说的"转忆陶潜归去来"同为受陶渊明的影响。杜甫又说"老夫怕趋走,率府且逍遥"(《官定后戏赠》),以簿尉的趋走和率府参军的逍遥对言,趋走必有丰富的具体内容,未始不是高适讲的那些痛心的事,因此我觉得,他可能是以高适的事为前车之鉴的。(杜甫和高适、李白在天宝三载同游宋中,三人交情很深。)

高适对当时的良吏备极称颂,因为这些人是比较关怀民生的,他们的施政在一定程度上改善了人民的生活,象太守李少康的除去重税、严刑,县令卢某的某些裕民的措施,都给高适以好感,他这样写道:

> 俗见中兴理,人逢至道休,先移白额横,更息褚衣偷。梁国歌来晚,徐方怨不留,岂伊齐政术,将以变浇浮。讼简知能吏,刑宽察要囚,坐堂风偃草,行县雨随辀。(《奉酬睢阳李太守》)

良吏不易得，古人今可传。……登高见百里，桑野郁
芊芊。时平俯鹊巢，岁熟多人烟，奸猾唯闭户，逃亡归种
田。……皆贺蚕农至，而无徭役牵。君观黎庶心，抚之诚
万全。（《过卢明府有赠》）

这最后四句当然也不免美化封建政治，应是作者的封建地主阶
级意识的表现。他的怀古诗里所称道的古人，也大多是反抗暴
政和实行"仁政"的人物。象反秦的刘邦，不肯以百姓代己死的
宋景公，以百金治露台为费的汉文帝，特别是对春秋时宓子贱
在单父的良政，他作了无数次的歌颂，如《宋中十首》之九、《观
李九少府翥树宓子贱神祠碑》、《登子贱琴堂赋诗三首》等。而
对于陈胜、吴广这两个首义人物，诗中却并没有写到。

三

高适也写过一些关于边塞和战争的诗。虽然不如岑参那
样描写边地风光的瑰奇多采，然而他的诗也别具风格。对于保
卫边疆的战争，他热烈地歌颂战功，如《睢阳酬别畅大判官》、
《东平留赠狄司马》等。这一点和岑参相似。他不仅赞扬作战
的将军是"万里不惜死，一朝得成功，画图麒麟阁，入朝明光
宫"，而且对于书生还好象有些瞧不起地说："大笑向文士，一经
何足穷，古人昧此道，往往成老翁。"（《塞下曲》）由于他深切地了解
将军们是比较容易建功立业而儒生是有才难展的，所以这些诗
令人读后感到还多少含有一些愤激和悲凉的意味。

当时汉族和少数民族之间的战争有些是可以避免的。高
适早年对于战争的耗竭民力，不如杜甫有正确深刻的理解。特

别是在哥舒翰幕府中的一段时期,他对哥舒翰有好感,便妨碍了他对这方面的认识。对于和吐蕃的战争,杜甫曾经讽劝高适:"请公问主将(哥舒翰),焉用穷荒为?"(《送高三十五书记十五韵》)因为董延光、哥舒翰先后率军进攻吐蕃石堡城,历两年多才攻下,人民的负担是很重的。哥舒翰攻破洪济城时,高适也只是有诗歌颂,而没有注意到这方面。(但后来他在做刺史时有了一些转变,那时曾上疏请罢东川节度以息民力,杜甫所说"致君丹槛折",就是对他这些地方称赞的。)

高适反对和议,他说:"戎狄本无厌,羁縻非一朝,饥附诚足用,饱飞安可招? ……君还谢幕府,慎勿轻刍荛。"(《睢阳酬别畅大判官》)又说:"边尘涨北溟,虏骑正南驱,转斗岂长策,和亲非远图。"(《塞上》)对于边防的巩固和对于破坏和议的预防自然是应该注意的,但是和议可以在一定条件下造成各族的友好相处,高适似乎没有理解得到。

但高适绝对不是希望战争永远打下去,他绝不是专门喜欢战争的人,他是希望战争早日胜利,边疆巩固,获致太平的,他颂扬的是:"庶物随交泰,苍生解倒悬,四郊增气象,万里绝风烟"(《信安王幕府诗》),"解围凭庙算,止杀报君恩"(《同李员外贺哥舒大夫破九曲之作》)。他兴奋地唱过:"万骑争歌杨柳春,千场对舞绣骐驎,到处尽逢欢洽事,相看总是太平人。"(《九曲词三首》之二)"青海只今将饮马,黄河不用更防秋!"(同上之三)

不仅如此,高适对于战争给人民直接带来的痛苦(除了民力负担以外),不是没有见到,而是很早就有领会的。他写出了战争的残酷:

北使经大寒,关山饶苦辛,边兵若刍狗,战骨成埃尘,

行矣勿复言,归软伤我神。(《答侯少府》)

对于从军者他表现了别离的悲伤,不知道他们何日能够凯旋,他说:"歧路风将远,关山月共愁,赠君从此去,何日大刀头(大刀头即环,环与还音同,意思是何日得还?)"(《送刘评事充朔方判官赋得征马嘶》)"边城十一月,雨雪乱霏霏,元戎号令严,人马亦轻肥,羌胡无尽日,征战几时归?"(《蓟门五首》之五)

重要的是高适对战士寄予了高度的同情,在七三八年他三十五岁时就写下了著名的《燕歌行》。这是在他第一次到蓟北归来后所作,虽然是酬和"客有从御史大夫张公(守珪)出塞而还者"所作同题的诗,但和他在蓟北的经历也有关系。由于亲身的体验,所以他写得很深刻,比历来同题之作均佳(自曹丕以后多有作者)。这首诗揭示了战士们在艰困地死战时,美人还在将军的帐里歌舞;当战士的年轻的妻子正在盼望他们奏凯归来时,他们也只有空望云山而已。陈沆说是"非泛咏边塞……无病之呻也"(《诗比兴笺》卷三),这是对的。实以张在瓜州饮乐击败吐蕃之事则不然,说是"刺其末年富贵骄逸不恤士卒之词"(方东树所谓"指李牧以讽",见《昭昧詹言续录》卷二)却是合情理的。诗人是这样歌唱的:

山川萧条极边土,胡骑凭陵杂风雨,战士军前半死生,美人帐下犹歌舞!大漠穷秋塞草腓,孤城落日斗兵稀,身当恩遇常轻敌,力尽关山未解围。铁衣远戍辛勤久,玉箸应啼别离后,少妇城南欲断肠,征人蓟北空回首!……相看白刃血纷纷,死节从来岂顾勋,君不见沙场征战苦,至今犹忆李将军。(《燕歌行》)

此外,他还写出了:"戍卒厌糟糠,降胡饱衣食,关亭试一望,吾欲涕沾臆!"(《蓟门五首》之二)指出了这种刻待自己战士宽待降敌的不合理现象。后来他在潼关败亡后,也曾对玄宗说:"监军李大宜与将士约为香火,使倡妇弹箜篌琵琶以相娱乐,樗蒲饮酒,不恤军务。蕃浑及秦陇武士盛夏五六月于赤日之中食仓米饭,且犹不足,欲其勇战,安可得乎? ……南阳之军,鲁炅、何履光、赵国珍各皆持节,监军等数人更相用事,宁有是战而能必胜哉?臣与杨国忠争,终不见纳,陛下因此履巴山剑阁之险。"(《旧唐书》本传)这不仅表现了他反对权贵的刚正不阿,同时也说明了他对战士生活是异常关怀的。

高适对于统治阶级的内战,是立于反对的立场的,在安史之乱以前,国内比较安定,但他看见楚汉角逐的广武城的遗址,还发出了这样的浩叹:

> 遥见楚汉城,崔嵬高山上,……缅怀多杀戮,顾此增凄怆。……圣代休甲兵,吾其得闲放。(《自淇涉黄河途中作十三首》之十二)

在安史之乱发生后,战争激烈,破坏严重,死亡累累,他描写乱后的情况道:

> 背河列长围,师老将亦乖,归军剧风火,散卒争椎埋,一夕瀍洛空,生灵悲暴腮。……城池何萧条,邑屋更崩摧,纵横荆棘丛,但见瓦砾堆,行人无血色,战骨多青苔!(《酬裴员外以诗代书》)

看了以上这些描述,便会觉得,有些人常常爱把高适和岑参说成"他们歌颂战争的时候多,而诅咒战争的时候少",类似这样的说法,都是没有对他们的诗进行具体分析的结果。

以上三类诗是就他的诗的主要内容说的，不是说，别的诗就不可取了。高适有些咏史诗不一定可以分在这三类里面，如《辟阳城》一首，借高祖的纵容吕后淫乱来讽刺唐玄宗和杨贵妃（参刘师培所著《左盦外集》卷十三《读全唐诗发微》），"太息一朝事，乃令人所嗤"，他说得是很轻蔑的。《古大梁行》也不好分在哪一类里，它连暗喻也没有，但以"侠客犹传朱亥名，行人尚识夷门道"与"魏王宫馆尽禾黍"、"高台曲池无复存"相对照，繁华安在，不朽的乃是卑贱的朱亥和侯嬴，诗人肯定了他们的正直和英勇，引起读者的共鸣。《邯郸少年行》讽刺了当世，"不见今人交态薄，黄金用尽还疏索"，写那位游侠是"未知肝胆向谁是，令人却忆平原君"，二语最为殷璠所赏识。

四

殷璠评价高适的诗说："适诗多胸臆语，兼有气骨，故朝野通赏其文。至如《燕歌行》等篇，甚有奇句。"（《河岳英灵集》卷上）所谓"多胸臆语"，就是说他的诗语有很多是出自肺腑，流露真情实感的，使人读后如见其人，通过它可以了解到诗人的灵魂深处。"兼有气骨"的气骨又是什么呢？刘勰《文心雕龙·风骨篇》说：

> 风……乃化感之本源，志气之符契也。是以怊怅述情，必始乎风；沉吟铺辞，莫先于骨。故辞之待骨，如体之树骸；情之含风，犹形之包气。结言端直，则文骨成焉；意气骏爽，则文风清焉。……捶字坚而难移，结响凝而不滞，此风骨之力也。

这一段话可以帮助我们来了解什么是气骨。原来刘勰认为文章不外情与辞二者，而首要在于风与骨。要文风清，必须意气骏爽，要文骨成，必须结言端直。所以他又说："缀虑裁篇，务盈守气。"假如不是这样，而是相反，"钻砺过分，则神疲而气衰"（《养气篇》）。刘勰的这些解说是很清楚的。

我们来看高适的诗，就正是显得意气骏爽、结言端直的。那些作品写得豪放有力，不尚雕琢，文辞看来并不工巧。他有很多诗（如《邯郸少年行》、《行路难二首》等）的风格是粗犷的，然而使人读后感到厚重可爱，与初唐的那种六朝馀风异趣。这当然与他的文学观点有关系，但是更重要的是他接触了人民的生活和人民的语言，从那里受到了深刻的影响，因而形成他的有气骨和多胸臆语等特点。徐献忠说："常侍朔气纵横，壮心落落，抱瑜握瑾，浮沉闾巷之间，殆侠徒也。故其为诗，直举胸臆，摹画景象，气骨琅然，而词峰华润，感赏之情，殆出常表。"（《唐诗品》，《百家唐诗》卷首引录）我们试读他的七古《题李别驾壁》：

> 去乡不远逢知己，握手相欢得如此，礼乐遥传鲁伯禽，宾客争过魏公子。酒筵莫散明月上，枥马常鸣春风起，一生称意能几人，今日从君问终始。

这些诗语完全无隐地表现了他对于那位李别驾（别驾是刺史的佐贰官，称为"半刺史"）的喜爱和仰慕的心情，全诗一气呵成，语极生动，真是有如司马迁在《史记·魏公子列传》里对信陵君的歌颂那样诚挚和自然。相反，如果我们读到象"契阔多别离，绸缪到生死"的《哭单父梁九少府》等诗，则可以体会得到那样的诗又是多么自然而恰当地表现了他悲伤的感情。总之，正因他是毫不隐饰也毫不造作地说出他的真心话,所以他的酬赠和伤悼诗没有一般难于避免的那种庸俗气味。

又如他的《送别》一诗写道:

> 昨夜离心正郁陶,三更白露西风高。萤飞木落何淅沥,此时梦见西归客。曙钟寥亮三四声,东邻嘶马使人惊。揽衣出户一相送,唯见归云纵复横。

这首古诗是对于他自己的心情的完全无隐的写照,把离别的情景写得多么的逼真。说明作者在描写和用语方面都达到了很高的境地。

论高适的诗

他的诗所表现的感情是极为真挚的,就是晚年也并不例外。如他在蜀州曾有一首诗寄杜甫,也可以看出杜甫说的"交情老更亲","披豁对吾真"《杜少陵集》卷九《奉简高三十五使君》,是真实的。那首诗写道:

> 人日题诗寄草堂,遥怜故人思故乡,柳条弄色不忍见,梅花满枝空断肠。身在南蕃无所预,心怀百忧复千虑,今年人日空相忆,明年人日知何处? 一卧东山三十春,岂知书剑老风尘,龙锺还忝二千石,愧尔东西南北人。(《人日寄杜二拾遗》)

杜甫后来在逝世前数月重读到这诗,还"泪洒行间",说"今晨散帙眼忽开,迸泪幽吟事如昨"《杜集》卷一十三《追酬故高蜀州人日见寄》。足见它的感人之深。

《旧唐书》本传有这样的说法:"适年过五十,始留意诗什,数年之间,体格渐变。"《新唐书》本传更说:"年五十始为诗,即工,以气质自高。"《唐才子传》用此,后加"多胸臆间语",见该书卷二)这些说法都是不符合实际情况的。高适早年就创作了不少诗篇,而且颇有成熟的作品,《燕歌行》即其一例,怎么能说是"年过五十始留意诗什"或"年五十始为诗"呢? 他们把殷璠所说的高适诗的特点误为晚年所具,好象五十岁以前的作品就不是多胸臆语,兼有气骨的,我以为即使高适诗的风格有所变化,也只能是这一特点的加深和突出,而绝不是指什么重要的转变。这从今存高适的诗可以大体看得出来的。

还有高适诗和岑参诗相比较的问题。我们前面提到过高适的边塞诗是不如岑参的描写边地风光那么瑰丽多采的,拿别的诗来看也可以这样说。但是讲到高适诗的气骨,却不是岑参的诗所能赶过的。这一点过去也有争论,陈绎曾说:"高适诗尚质主理,岑参诗尚巧主景。"(《唐音癸签》卷五引《吟谱》)王世贞说:"高岑一时不易上下,岑气骨不如达夫(高适字)遒上,而婉缛过之。"(《艺苑卮言》卷四)王士禛说:"高悲壮而厚,岑奇逸而峭。"(《师友诗传续录》)这些说法大体上是正确的,它只是说明高、岑两人的一些差异,并没有抑岑参而扬高适。向来我们的诗论家就是以高岑相提并论的,如杜甫说:"高岑殊缓步,沈鲍得同行,意惬关飞动,篇终接混茫。"(《寄彭州高三十五使君适虢州岑二十七长史参三十韵》)严羽说:"高岑之诗悲壮,读之使人感慨。"(《沧浪诗话》卷四)辛文房说:"参……诗调尤高,……与高适风骨颇同,读之令人慷慨怀感。"(《唐才子传》卷三)说明他们的风格是有相近之处的,然而这不等于说没有程度上的差异。王士禛对锺惺说的高岑诗如出一手进行批评是正确的。胡应麟说:"高气骨不如嘉州(称岑参)。"(《诗薮》内编卷二)即使是专指五古,这样的说法也是缺少有力的根据的,因此令人觉得不符合实际情况。

高适的近体诗不如他的古诗写得好,尤其是七古,如《古大梁行》、《邯郸少年行》、《燕歌行》等,古朴森茂,自不待言,章法结构,亦可为法。宋育仁说:"高适其源出于左太冲,才力纵横,意态雄杰,……七言与岑一骨,苍放音多,排戞骋妍,自然沉郁,骈语之中独能顿宕,启后人无限法门,当为七言不祧之祖。"(《三唐诗品》)他的七律与之相较,却不免逊色。其《重阳》一诗,见于宋人程俱所著《北山小集》卷九,题为《九日写怀》,诗的后面原注有高适《九日酬颜少府》诗云"纵使登高只断肠,不如独坐空搔首"(《四部丛刊续编》据双鉴楼影宋写本),可见是程诗误收入高适集中的。诗语有"百年已半仕三已",也与程俱屡次罢官(参《宋史》本传)的事实相合。叶梦得序《北山小集》也说程俱的诗"兼得唐中叶以前名家众体",今读集中各诗,风格与此也相类,故此诗应属程俱,而与高适无涉。此外,《别前卫县李寀少府》、《送李少府贬峡中王少府贬长沙》两首,语极平常,然一唱三叹,极为动人,方东树仅以前首为工于发端(《续昭昧詹言》卷三),殆不尽然。至后首连写巫峡、长沙两地风物,连用四地名,略显拼合,不如陈子昂《度荆门望楚》首四句连用巫峡、章台、巴国、荆门四地名和李白《峨眉山月歌》七绝二十八字中连用峨眉山、平羌江、清溪、三峡、渝州五地名的不着痕迹,极炉锤之妙。但若过分贬抑高适此诗(如叶燮《原诗》外篇),亦不甚当。在过去对高此诗极端赞扬的人中,可能有欣赏其结语"圣代即今多雨露,暂时分手莫踟蹰"的,那种思想感情易为粉饰现实的封建士大夫所欢迎,是不难设想的。《夜别韦司士》、《金城北楼》相较又在其次。惟《赠杜二拾遗》五律一首,与杜甫的答诗可称合璧。不过总的看来,高适的律诗是不及岑参的。绝句中也有可取者,如《和王七玉门关听吹笛》(一作《塞上闻笛》):

> 胡人吹笛戍楼间,楼上萧条海月闲,借问《落梅》凡几曲,从风一夜满关山。

末二句多么生动地表现了笛声的满布关山各处。此诗系据《国秀集》及《全唐诗》,《河岳英灵集》题为《塞上闻笛》,吹笛作羌笛,海月作明月,末二句作"借问梅花何处落,风吹一夜满关山"。《才调集》作宋济诗,题为《塞上闻笛》,胡人作胡儿,末二句亦同于《河岳英灵集》。《唐人万首绝句》、明活字本《高常侍集》题为《塞上听吹笛》,前二句作"雪净胡天牧马还,月明羌笛戍楼间",末二句也和《河岳英灵集》同。《唐人万首绝句》、活字本为后人所改毫无问题,即《河岳英灵集》异文与《才调集》作宋济诗者,亦均不可靠,曾彦和跋《国秀集》有云:"天宝三载,国子生芮挺章撰。……而殷璠所撰《河岳英灵集》作于天宝十一载,岁月稍后。"《国秀集》编选在先,较为可据,故从之。此外,《除夜作》由客居思乡,转而写到故乡的家人思念千里之外的客子,就不显得落套。《别董大》的"莫愁前路无知己,天下谁人不识君",也是有名的诗句。

　　高适诗的风格很粗犷(有似于桑世昌在《兰亭考》卷中所说颜真卿的粗鲁和柳公权的生犷,虽彼系谈书法,理实相同),是就其总的情况说的。他不是完全没有写出过工致的诗句。如"柳接滹沱暗,莺连渤海春"(《答侯少府》),"寥寥寒烟静,莽莽夕云吐"(《送萧十八》),都是很整齐的。他还有"蝶舞园更闲,鸡鸣日云夕"（《同群公题郑少府田家》），"池空菡萏死，月出梧桐高"（《酬岑二十主簿秋夜见赠之作》）之类的诗句，都是通过他所描写的景象来加深他的主意的。他描写壁画的云："秋天万里一片色，只疑飞尽犹氛氲。"（《同李九士曹观壁画云作》）描写画马："家僮愕视欲先鞭，枥马惊嘶还屡顾。"（《同鲜于洛阳于毕员外宅观画马歌》）宋育仁说他"妙于造语，每以俊取致，有如河洲十月，一看思归，舍下蛩鸣，居然萧索，载酒平台，赠君千里，发端既远，研意弥新"（《三唐诗品》）。这些说明他的艺术修养和表现能力是并不低的，粗犷的风格而不失之于野，骈语之中而能出以顿宕，是高适诗的很大的优点。

一九五六年十二月

中华国学文库　第二辑　（精装）

周易注校释

〔魏〕王　弼　撰　楼宇烈　校释

汉　书（全四册）

〔汉〕班　固　撰　〔唐〕颜师古　注

后汉书（全四册）

〔宋〕范　晔　撰　〔唐〕李　贤　等注

十一家注孙子

〔春秋〕孙　武　撰　〔三国〕曹　操　等注　杨丙安　校理

荀子集解

〔清〕王先谦　撰　沈啸寰　王星贤　整理

列子集释

杨伯峻　撰

坛经校释

〔唐〕慧　能　著　郭　朋　校释

曹操集

〔三国〕曹　操　著　中华书局编辑部　编

诸葛亮集

〔三国〕诸葛亮　著　段熙仲　闻旭初　编校

增订文心雕龙校注

〔南朝梁〕刘　勰　著　黄叔琳　注　李　详　补注　杨明照　校注拾遗

中华国学文库　第三辑　（精装）

论语集释（上下册）

程树德 撰　程俊英 蒋见元 点校

水经注校证

〔北魏〕郦道元 著　陈桥驿 校证

洛阳伽蓝记校释

〔北魏〕杨衒之 撰　周祖谟 校释

读通鉴论

〔清〕王夫之 著　舒士彦 点校

廿二史劄记校证

〔清〕赵　翼 著　王树民 校证

庄子集释

〔清〕郭庆藩 撰　王孝鱼 点校

韩非子集解

〔清〕王先慎 撰　钟　哲 点校

杜牧集系年校注

〔唐〕杜　牧 撰　吴在庆 校注

伊川击壤集

〔宋〕邵　雍 著　郭　彧 整理

姜白石词笺注

〔宋〕姜　夔 著　陈书良 笺注

中华国学文库　第五辑　（精装）

周易程氏传

〔宋〕程　颐 撰　王孝鱼 点校

礼记译解

王文锦 译解

孝经郑注疏

〔清〕皮锡瑞 撰　吴仰湘 点校

经学通论

〔清〕皮锡瑞 撰　吴仰湘 点校

十七史商榷

〔清〕王鸣盛 撰　闻旭初 点校

吕氏春秋集释

许维遹 撰　梁运华 整理

梦溪笔谈

〔宋〕沈　括 撰　金良年 点校

大乘起信论校释

〔梁〕真　谛 译　高振农 校释

花间集校注

〔后蜀〕赵崇祚 编　杨景龙 校注

王阳明集（上卜册）

〔明〕王守仁 著　王晓昕　赵平略 点校

中华国学文库　第六辑　（精装）

书集传

〔宋〕蔡　沉　撰　王丰先　点校

诗经注析

程俊英　蒋见元　著

孟子正义

〔清〕焦　循　撰　沈文倬　点校

四书讲义

〔清〕吕留良　撰　〔清〕陈　鏦　编　俞国林　点校

徐霞客游记校注

〔明〕徐霞客　撰　朱惠荣　校注

陶庵梦忆　西湖梦寻

〔明〕张　岱　撰　马兴荣　点校

晏子春秋校注

张纯一　撰　梁运华　点校

盐铁论校注

王利器　校注

古诗源

〔清〕沈德潜　选　闻旭初　标点

建安七子集

俞绍初　辑校

中华国学文库　第七辑　（精装）

尚书校释译论
顾颉刚　刘起釪　著

春秋左传注
杨伯峻　编著

越绝书校释
李步嘉　校释

书目答问补正
〔清〕张之洞　编撰　范希曾　补正

鬼谷子集校集注
许富宏　撰

论衡校释
黄　晖　撰

释氏要览校注
〔宋〕道　诚　撰　富世平　校注

曹植集校注
〔三国〕曹　植　著　赵幼文　校注

玉台新咏笺注
〔陈〕徐　陵　编　〔清〕吴兆宜　注　程　琰　删补　穆克宏　点校

高适诗集编年笺注
〔唐〕高　适　著　刘开扬　笺注